# 扶择

张大维 著

华龄出版社
HUALING PRESS

图书在版编目（CIP）数据

扶择 / 张大维著 . -- 北京 ：华龄出版社，2025. 6. -- ISBN 978-7-5169-2983-4

Ⅰ. I247. 5

中国国家版本馆 CIP 数据核字第 2025H1L736 号

责任编辑 梁玉刚　　责任印制 李未圻

| | | | |
|---|---|---|---|
| 书　名 | 扶择 | 作　者 | 张大维 |
| 出版发行 | 华龄出版社 HUALING PRESS | | |
| 社　址 | 北京市东城区安定门外大街甲 57 号 | 邮　编 | 100011 |
| 发　行 | （010）58122255 | 传　真 | （010）84049572 |
| 承　印 | 三河市龙大印装有限公司 | | |
| 版　次 | 2025 年 6 月第 1 版 | 印　次 | 2025 年 6 月第 1 次印刷 |
| 规　格 | 710mm × 1000mm | 开　本 | 1/16 |
| 印　张 | 39.25 | 字　数 | 663 千字 |
| 书　号 | ISBN 978-7-5169-2983-4 | | |
| 定　价 | 98.00 元 | | |

# 题记

天下事细品皆精妙，
千古文章拉牛解套。
诗情传意鬼怪志谈，
是奇思怪想的怪招。
生活实录长篇小说，
百无一用心浮气躁。
都在说他胡编乱造，
书里的心血谁知道。
其实他并非瞎造谣，
哪件没有人物原型，
都不凭空生搬硬套。
长江天佑琪琪晶垚，
哪个离开发展浪潮。

# 一

晶沟乡位于陕西境内的鹿鸣县，是个名不见经传的小乡村，西通湖北，南邻河南。这里地理位置太过偏僻，即使加上神话故事也不会让人产生过多的遐想。

整个晶沟乡全部是山地，大山连着小山，小山再接大山，连绵起伏，几乎无平坦开阔地。唯一一个由环山围出来的三个足球场大的世外桃源，也只存在老辈人的传说中，到现在这个年代，很少有人去过。

这里的村民散居在大山各处，靠种玉米、土豆、小麦、花生等传统农作物为生，世世代代靠天吃饭。

在过去，很多中原人到外地逃难，沿路讨饭、吃树皮野菜时经过这里。现在晶沟乡却见不到那一代逃难的人，也还是因为这里山大沟深，连逃荒的地方都比不上，当年那些为了生存的人没有犹豫，继续他们北上的征程。这场迁徙距今已过去许多年，这里的山还是连绵起伏的山，水还是那水，只是人过了好几茬。

变化的是外出打工人回乡描述的城市的美好，吸引了新一代的年轻人去城市谋生活，他们成为二代农民工，靠着晶沟乡前半生给予的体格和思想，挣到钱以后再回到这里，成为那颗无处安放的心的暂时寄存点。能改变这里的，是他们对晶沟乡的新的认识。

晶沟乡下辖七个行政村，乡政府在晶沟村，七个村通过山路与乡政府相连。从晶沟乡政府延伸出一条土路穿过晶沟村、太阳花村，在太阳花村下村的昶河与晶沟乡擦边的国道相接。国道沿河修筑，河道有多弯曲路就有多曲折。昶河北面是晶沟乡地界，南面是昶河镇（昶河在此流经最远而得名）地界。昶河大桥也是这条路上为数不多的平坦路面。

这里的原住居民零星地分居在大山各处，有的孤零零地坐落在半山腰，有的隐藏在山坳之间，只有为数不多的几个大户人家，在溪水旁的空地处建房安家——正如人类社会发展进程一样，解决了饮水问题也就解决了群居问题。

晶沟乡的大山里有一些洞穴，这些洞穴深浅不一，进去后偶尔会捡到各色的水晶石，五彩的还有人稀罕，被高价收走，褐色、浑浊不透明的，会被人搬回家，放在自家附近的某个地方，象征性地占为己有。全乡有一千多户，三千多人，平时各忙各的，遇到事情就会抱成团。

从县城骑摩托撒丫子跑，翻山越岭，绕山过桥，需要两个半小时才能到晶沟乡政府。这里山高皇帝远，无论是计划经济还是市场经济，对这里影响都不大，这里亘古不变的是贫穷，这里的村民为了糊口整日劳作，然而大部分终生与贫穷为伴。

这些年，对这里影响最大的莫过于取消农业税，解放了劳动力，第一代农民工放下负担走出深山，去省城西安，到东南沿海的发达城市打工。见识到祖辈没有见过的大千世界。在全国都在小康建设的道路上奔跑时，晶沟乡仍然落后贫瘠，下雨断路，刮风断电。很多村民家不通车、不通电。也是这种恶劣的环境，逼迫着一些有能力的人通过层层考试走向西安、走向北京，并且通过后期的努力成为社会精英。

改革开放初期，晶沟乡的各色水晶石引起了一部分人的注意，乡里有个能人王三豪带了些样品到西安的一所农林高校化验，测出石头里含有钒、铬、镍等稀有元素，解开了水晶石成分的秘密。了解到这些稀有元素的用途，能人王三豪从各处筹备资金，打通关系，办下来手续，又买来机器设备，组织了十几号人，注册了豪晶禄昌矿业有限公司，在这里开起了矿。那个年代，全国对稀有金属的冶炼和用途尚处于摸索中，总体的需求不是特别大，加上晶沟乡山大沟深、电力达不到特定负荷、运输成本高等缺陷，这里的水晶石一直都处于盲采盲卖的状态。跟随经济发展的步伐，豪晶禄昌矿业新增了机器设备，成立了新部门，从公司成立之初的十几号人增加到百十号人，俨然成为一个麻雀虽小五脏俱全的矿业开采公司。

随着改革开放的深化，经济建设速度加快，为了满足人们日益增长的各项需求，城市修建起更多的高楼大厦，也修建了更多的公路铁路，各种新的机器设备也被制造出来，新的材料在不断研发，稀土的作用也越来越被重视。

伴随着经济发展，稀土成为战略资源，这里开始受到关注。县里把本来要撤并的晶沟乡政府保留了下来，保留维持乡政府基本运作的三十多人，承担起全乡行政管理与服务职能。把计划撤并的农村联合社也保留下来，保留了七个人，承担起稀土矿和全乡的资金往来。两个单位都在自己独立的地方办公，中间隔了一堵墙。

整个晶沟乡只有一所学校，坐落在乡政府斜对面的半山腰上，和乡政府隔了一条河。学生由高峰时的两百多人、六个年级，逐渐减少到现在的四十多人、五个年级，六年级以后统一到隔壁的昶河镇就读。

乡政府、学校、联合社是这个乡上仅有的三个公家单位。

昶河镇在晶沟乡的南面，与河南接壤，从昶河镇去鹿鸣县城要翻好几座山，但是翻过一座山过一座桥就到河南的紫荆关，风土人情更接近河南。从当地人的口音上分辨不出他们是陕西人还是河南人。虽然一口河南话，但风土人情还是陕西人的味道。

晶沟乡现任书记叫袁裕苍，昶河镇人。袁裕苍在昶河镇的时候是副镇长，调到晶沟乡当了书记。这个人名字听着很饱满，性格和办事风格却与名字截然相反。

农村联合社的主任姓段，土生土长的晶沟乡人。在这个联合社做主任，不是本地人很难开展工作。段主任在这里的人际关系比袁书记更活套。

这个社掌握着整个乡的经济命脉，它对整个乡的村民人口，每户情况、收入、产业等掌握得比乡政府更精确。以前有农业税时，乡财政所开票，到隔壁联合社缴存，两家亲密无间。后来取消了各项农村税收，改成了补贴，由乡财政所支配，联合社走账。

这个社不大，只有七个人，因为稀土矿的存在，县里面分配的各项任务、每年的完成情况都排在前列，存贷款任务也能满额完成，如果不是因为自然造就的恶劣环境，这个联合社应该是全县最受欢迎的地方。

乡政府和农村联合社是邻居，又有业务往来，两边的人处得也挺好。上一任的汪书记因组织需要到县里当局长，袁书记过来后改变了乡里的人文环境。

伴随着经济改革的不断深化，资源成为攫取财富最有效、最直接的手段。

在袁书记来后不久，晶沟乡的稀土矿矿区由开始的百十人增加到三百多人，矿区成了一个小的生活系统。原来只有一条通往县城的道路，后来又规划了两条。

豪晶禄昌矿业有限公司，王三豪依然是矿长，主管着矿上的大小事务。稀土矿的无序开采给下游太阳花村带来了较大的环境污染，时不时有人到各级人民政府投诉上访。

矿区的稀土矿石开采出来以后，通过大卡车，沿着那条路经过昶河镇，翻过青岭镇，抵达县城，这中间大部分都是盘山路。一部分矿石经火车发往目的地，一部分由汽车运送到外地的加工厂。

王三豪在建矿初期还跑过外地的冶炼厂，后期市场销路都是外地冶炼厂慕名而来。他则一直周旋在政府和村民的利益当中，直到袁裕苍的到来。

当然，哪里都有条件好的地方，也有条件差的地方。晶沟乡的七个下辖村中，地下有矿的晶沟村、十坪村、太阳花村，部分人沾上稀土矿带来的机会小富起来。另外的千坪村、碳沟村、八亩地沟村和耀岭村的村民，没有任何资源，靠着面朝黄土背朝天的劳作而勉强度日，这几个村的年轻人，宁愿到外面做上门女婿，也不愿意再回来。

在这里的存在感就像这里的山和这里的河，叫得最多的就是后沟和阳排。由于吃水是人们的头等大事，人们对河就有一种天然的亲近，水流方向就成为人们辨别方位的首选。这里的人都习惯将到逆水的地方去称为往上，到顺水的地方去称为往下。哪怕这条河流由东流向西，也把到上游去叫往上。就像十坪村人见面问："去哪？"来人回答"下乡政府"。这话对于太阳花村就不一样，这个村在河流下游。问："到哪去？"肯定回答"上乡政府"。

按照晶沟乡那条不知名的河流走向，晶沟联合社在晶沟乡政府的下游，虽然一墙之隔，联合社的人去乡政府也说上乡政府。这里的上下是地理上的方位，与乡政府和农村联合社所说的"下乡"有本质的不同。

昶河这条滔滔大河的众多分支在太阳花村汇聚，又来了一个大回旋流经昶河镇。

晶沟乡的人祖祖辈辈都在和贫穷做斗争，更与恶劣的自然环境做斗争以求生存。在"社会主义新农村建设"和"城市化"的背景下，村民也有了更多的选择，要么搬到城里面成为非农户口，要么留下来继续改造这里的山和水，也被这里改造，最终和这里成为一体。

要说城乡接合部是城市与乡村的缓冲桥梁，晶沟乡就是城市和乡村不可逾越的鸿沟。穿梭在这里的人，有些人是为了生存，有些人是为了生活。从这里出去的人和继续留在这里打拼的人，一直在接受并试着改造这里。他们都记着生活的不易，这是晶沟乡赐予他们的，他们也铭记于心。

## 二

晶沟叫乡，但它的地域面积很大，只是人口很少。除了稀土矿，没有其他能发展起来的产业。

这一年年中，乡里来了个新人。

六月初，一辆老式桑塔纳进了乡政府，后排下来两个人，一个约莫二十来岁，另一个五十多岁，两个人都是衬衫西裤。好几个人在院子里等着迎接，为首的是乡党委书记袁裕苍。年长的那个人刚下车，袁裕苍大步迎上去，握着手说："我们这里山大沟深，路不好走，您还亲自把人送过来，不辞劳苦。"

"我上一次来还是几年前，这次来，路还是老样子，没啥大变化。"他没有看袁书记，而是看看院子四周。

袁书记笑笑说："这里的条件您也知道，就是山大、路险，这条路这么多年基本上都是修修补补，乡上每年都在提拓路的想法，但是没钱啊，没钱啥都干不了！"

"没钱这事怪你，你这地方本来就偏僻，再不找准优势发展产业只能按部就班！"

"刘主任说的是，后面要经常去你们那儿走走拓宽思路。走，去办公室说。"袁裕苍带着几个人上楼。

乡政府是一座L形的大楼，坐东朝西，背靠大山的是个四层，一层十间房，北面伸出来的地方只盖了两层。乡政府的院墙有三米多高，上面插满了碎玻璃，防止有人翻墙进院。三楼最北面那个办公室是袁书记的办公室。

袁书记带着一行人来到三楼，刚进门，刘主任就停在门口，仰着身子说："这办公室宽敞、明亮，享受着自然光！"

"宽敞是宽敞，就是条件差，凑合着办公。"袁书记指指旁边的沙发说："这边坐！"

刘主任坐下后，袁书记才挨着他左手坐下，其他人坐在对面的长条沙发上。一个年轻小伙子忙里忙外，泡茶、倒水。

袁书记随行的一个中年男子给大家散烟，刘主任接过来，看了一眼叼在嘴上，袁书记凑上去点着火。

“县委给你们配了个副乡长，我今天专程给你们送过来。”刘主任夹着烟指指对面随行的年轻人。

年轻人站起来点头示意，袁书记点点头，说：“县委对我们乡又重视起来了？我前面还听说晶沟乡政府要撤并，又补充新人？”

“乡镇改革中考虑过把你们撤并，又考虑到你们是资源大乡，暂时保留乡的建制，派个年轻人到你们这儿多历练。”

袁书记点着烟说：“不撤也好，不撤我就安心在这儿待着。就是我们这里条件艰苦，怕年轻人受不住。”

“我负责把人送过来，后面就是你的兵，工作上你全盘考虑。”刘主任加重音量说，“锻炼！就应该压担子，干重活、难活、累活。”

袁书记浅浅一笑说：“都是县上派下来的人，这哪儿敢！”然后话锋一转说，“不过领导这么说，后面的工作就好开展了。”

刘主任示意了一下，说：“小伙子毕业就到我那儿，也好几年了，干事实在，就是缺乏基层历练的经验，多接触人、接触事就好了。”

年轻人站起来说：“以后还请多多关照！”

袁书记笑着伸出手示意刘长江坐下。

刘主任吐了口烟圈说：“对面的矿现在怎么样？一年能产多少？和周边村民处得咋样？现在都顺溜了吧！”

袁书记咂了下嘴说：“计划的路不通，电压不够，资金设备也不到位，都难，勉强凑合着养活那些人！”

“有你这书记在，啥问题解决不了！是不？”

……

话罢。刘主任问：“你这儿还有没有成色好的石头？”

袁书记似乎等这句话很久了，忙说：“早晨打电话说你要过来，我就备了几块，带你看看去。”

“好！”刘主任指着茶说，“这茶喝起来不错。”

“你品这茶哪儿出的？”袁书记也喝了一口。

刘主任拿起水杯看看茶形，呷了一口说：“袓河茶厂的头道毛尖。”

“刘主任是行家，一会儿给你带些回去尝尝！味道好了多给我们宣传一下。”

“品类我不在行，宣传倒是义不容辞！”刘主任摆摆手。

袁书记唉了一声说："这说哪里话，刘主任谦虚了！"说完指指窗外说，"带你看看石头去！"

刘主任起身说："走。"

一行人下楼到北边的一楼，库房已经打开，几个人鱼贯而入。

五十多平方米的房间里塞满了各种物品，靠门立着几个货架，上面摆放着水晶石，最大的一块跟普通铁锅大小，斜靠在底层货架上，旁边还有几块钟乳石。今天天气很好，房间里光线充足。

刘主任走近货架端详起来。袁书记靠近说："这些石头现在越来越难找，看得上眼的都放在这里。您看这块，成色就不错。"他指指架子上的一块。刘主任凑近，说："嗯，不错。"又直起腰看别的石头。

袁书记喊："小景，把灯打开。"跟在后面那个忙前忙后的小伙子把灯打开，里面又亮了许多。

刘主任拿起一块石头对着灯看起来，袁书记在旁边说："这里面好几块石头都有来历，您看这块，十坪村那个独眼的段老五急用钱，背下来，没人买，我给了六十块钱买下来，解了他的急，讨了我的喜欢。"

刘主任放下手中的石头，拿起那块看起来，成色还好，就是有点杂质，灯光下看起来有些浑浊，他放下，继续看其他的石头。

"您看这块。"袁书记指着靠在窗户边的一块柱状水晶石说，"这块，是个下雨天，几个人到晶沟村村主任阮国安家，我看他家道床边的界碑，看起来像块水晶石，让他老婆洗洗带回来。这块石头都不知道在他家道床边放了多久，从来没人注意过。"

刘主任用手提起来，还比较有分量，袁书记上前帮忙托起，两个人一块举起来应着灯看。

"这块不错，我带走了啊！"

"就给您准备的！那天下雨，雨水冲刷过后我就看它像块丑石，专门留给您这爱石头的人。"

"丑石可不丑，得有能发现它的人，我只是善于发现丑石的美！"刘主任面带喜色。

"这石头今天可找到它的伯乐了。"

袁书记冲小景示意，小景连忙应着。

## 三

一行人出了库房来到院子里，袁书记对旁边人说：“王主任，你带刘乡长到那个收拾好的办公室看看，还有啥要整理的，你给他帮忙。”

王主任应着，对着旁边的年轻人说：“刘乡长，你跟我来。”

“刘主任、袁书记，你们俩聊，我先过去。”年轻人说完跟着王主任上楼去了。

等其他人都走开，袁书记压低声音说：“市矿务局的路占廷局长您熟悉不？”

刘主任没有转身，昂起头说：“你说啥事！”

“矿上有一个手续要经过他那儿，报上去一年多，一直没批下来，不知道是个啥情况！”

刘主任这才转身看看袁书记，露出微笑：“我在县上可不这么听说，第二个矿洞是你打的。”

袁书记声音更低了，辩解说：“这都是些惹是生非的人嚼舌根子，我没投，我在这里，乡上的大小事都得操心！”

“投也正常嘛，不投也正常，你说晶沟有啥！就只有这些石头疙瘩，不靠它还能靠啥？你说你不投也不符合你袁裕苍的性格啊！”

“刘主任这话说得对，靠山吃山，靠水吃水，王矿长不就是个例子，这几年也不少挣。不过话又说回来，啥都不是稳赚不赔，前几年出事故，前前后后搭进去多少！”袁书记叹了口气说，“那几年多张狂，现在瘪多了！”

“他的事我知道，他瘪可不是死人那档子事。大前年他和胡常务喝多了，为了争阎王在哪儿生的儿子打起来，那次是下了血本才没进去，这事你没少跑路！”

“那事刚好是我碰到了，替朋友跑个路，我和人家胡常务隔着十万八千里，再说三豪那人也不错。”

“和谁都隔，就是和钱不隔啊！”刘主任背着手看着远处。

## 四

新来的年轻人叫刘长江，是从县政协提拔的新人，不到二十五岁的副乡长，整个鹿鸣县最年轻的乡镇长之一。从考察到公示，中间隔了好几个月，没公示前都传他会留在县政协，公示出来他却要去全县最偏远的乡——晶沟乡。带他去新房间的是晶沟乡办公室主任王立晖，一个四十多岁的中年人。刘主任本名刘邦国，是县政协主任，大家一直都叫他刘主任，刘主任没被提拔前是刘长江的直接领导。

这次本不由他送刘长江过来，组织部门去政协考察时，他主动要求送刘长江到晶沟乡上任，出于公心也出于私心。公心是他是刘长江的直管领导，加上以前在县上当副县长的时候分管过晶沟乡，五十五岁那年，按照县里不成文的规定，安排他退居二线，到政协当主任，这么多年也想过来看看。私心是他特别喜欢奇花异石，也颇有研究。刘主任分管晶沟乡时，经历过王三豪开矿的部分事情，对其中的来龙去脉还算清楚。

在院子里转了两圈，刘主任说："胡常务分管这一块，你可以向他汇报，他向市矿务局路局反映你们这个情况。"

袁书记听刘主任这么说，停了好一会儿，才说："我和胡常务还没到我和你这关系。"

刘主任欲言又止，继续在院子里转悠。

## 五

王主任带着刘长江来到二楼已经腾空的房间。这个房间在袁书记的楼下，两个办公室的布局相同，只是袁书记办公室可以到北边厢房的楼顶，他这一层要穿过走廊通往二楼厢房。

进办公室，刘长江张望了一下说："这个办公室有我县城里的三个那么大。"

"咱们这里就是有地方，其他的简陋。"王主任说。

刘长江穿过办公室走到另一头的窗户说："外面是山，旁边还有一个小卧室。"

"这房子在汪书记手上建起来，竖的这一绺都是这个户型，外面办公，侧面是个卧室。二层还好，院墙只挡住一小半，光线能照进来，还能看到外面的山。前年来的一个副乡长被安排在一楼，光线不好，还潮湿。"

"你说的是李乡长？"

"是的，你们还认识？"

"来之前听别人说过。"

王主任“哦”了一声，说：“整个屋子已经打扫干净，车上有什么东西，我去拿上来。”

“司机是王舟，他应该和小景搬石头去了，我一会儿喊他把东西拿上来，你不用管了。”

“那你收拾，有事叫我，我在另一头，这边条件就是艰苦一些。”

“好好，你先忙，辛苦王主任。”

司机王舟正在车里听 CD，看到小景过来打开车门问：“领导找我？”

“领导和袁书记说话，我看看你在没在车上，把水晶石搬过来放在哪儿合适？”

“石头在哪儿，咱们俩一块过去看看。”

“一楼库房。”小景带着王舟去北边库房，经过院子看到刘主任和袁书记在院子里聊天。

两个人来到仓库，小景指指那块石头，似乎又不太自信，摸了又摸。王舟跟在后面说：“你可记好是哪块，领导可有慧眼。”

小景连连说：“知道，知道，就是那块！”又喃喃地指着水晶石说着话，然后才回头说，“噢，就是这块，那天袁乡长和村主任一块送过来的，就是它。”小景双手合抱起来，王舟在旁边托着，经过院子，刚好碰到刘主任和袁书记上楼，刘主任看见后说：“那边有水龙头，在那边好好洗一下。”两个人应着托着水晶石走向水池。

刘长江下楼看到王舟正和小景在水池边清理水晶石，一个人从车里取了自己的东西回房间。

中午安排在乡政府上边的饭店里。

一行人出乡政府大院往右拐，走了两百米，来到一个饭馆，木头招牌，凹进的红字刻着“晶沟大饭店”。

乡政府是这家饭店的大客户，乡里百分之八十的接待都在这儿。

晶沟大饭店的老板叫蔡洪，夫妻俩经营着这个小店。只要袁书记在，每次都签单。最开始一个季度一结，拖到现在一年结一次，但是仍然还有很多年前没有结的旧账。夫妻俩也没有办法。在这里开餐馆，乡政府的生意是不能不接，又不能不让他们签单。

夫妻俩在这里开了十几年的店，两个女儿都已经长大成人嫁到别处，现在只剩下老两口守着店。

晶沟大饭店是座两层小洋房，二楼是夫妻俩的住处和几间客房，一楼是餐馆，中间是个大厅，摆放着几张长条桌和两张圆桌，大堂后面是厨房，两边五个包间，左边两个，一大一小，大包间除了吃饭还能唱歌，右边三个小包间，吧台在大堂进门的右手边。

乡政府的接待都安排在最大的那个包间。

徐乡长在包间里和刘长江说着乡里的情况。

几个人等到十二点半，袁书记才带着刘主任进包间。

这顿饭一直吃到下午三点多才结束。

从蔡老板那里出来，刘主任在前，其他人随后，晃晃悠悠地回到乡政府。大家都喝得差不多，各自回房间休息。刘主任让刘长江也回房间，他去袁书记办公室聊几句。

到袁书记房间，两个人还是按照原来的位置坐下，有一句没一句地聊着矿上手续，聊着县里的人和事。

约莫一个小时，酒醒得差不多，刘主任说："时候不早了，该回县城了，这几天会议比较多。"

"吃过晚饭我送你回县城。"袁书记客套着说。

刘主任执意要走，起身出门，袁书记拐进卧室，拿了两个礼盒快步出来，在楼梯口追上刘主任。

王舟侧躺在车里打鼾。袁书记打开车门叫醒他，王舟坐起来看到袁书记手里的礼盒，接过来放进后备箱。等刘主任进车，袁书记两个指头做敬礼的姿势，说："欢迎刘主任经常来视察！"回头看了看说，"长江没来，准是喝多了在屋里睡觉，我让小景叫一下他。"

刘主任摆手说："不叫了，他的酒量我知道，今天也喝得差不多，让他睡，晚点我给他打电话。"

袁书记招招手说好。王舟嚼着口香糖，启动车出了乡政府。

刘主任一走，袁书记也回房倒头就睡。刘长江今天也喝高了，回房间躺在床上昏天黑地地睡下。外面发生的这些事他全不知道。

等刘长江睁开眼睛，外面已经黑漆漆的了。他打开手机，快八点。与其说是睡醒的，倒不如说是被蚊子叮醒的，全身上下被咬了好多疙瘩，他在身上挠了挠坐起来，四处看，发了一会癔症才起身开灯。他拨通刘主任的电话，刘主任交代他安心在这里工作。

打完电话，他有些口渴，出卧室来到办公室。这里面有些什么他还不是特别清楚，他想寻找个烧水壶，找了办公桌和茶几，又找了卧室和柜子，都没有找到。他拍了拍脑袋，中午怎么把这事忘了。

出了办公室，他把头伸出走廊，只有几个房间亮着灯，这一层楼梯口的另一个房间的灯也亮着，里面传来电视声。他掀开门帘探进去半个身子，房间里两个人抽着烟聊得正高兴，看他进来问："你找谁？"

刘长江瞅瞅房间里的两个人中午都没见过，说："你这儿有开水没有？倒杯水。"

"水还没有！多少都有，你带杯子没？"

"我过去拿。"他放下门帘回办公室取出茶杯倒上茶叶，又回到那个房间。

刚才说话的那个人站起来说："我给你倒！"接过杯子，边倒水边问，"以前没见过你，你是不是新来的刘乡长？"

"是啊，中午才到这里报到，房间里东西还没有配齐，想喝热水，还没有烧水壶。"

"烧水壶咋能不给你配！"那人说着出了房间。

刘长江环顾四周，整个房间用铁皮柜从中间隔成两部分，外面算是办公室，门口摆着两张单人沙发，中间夹了一张小茶桌，沙发对面是个长沙发，一头抵着铁皮柜，一头挨着三斗桌，电视放在铁皮柜上。他正看着，听到那人在外面喊："小景，小景，你过来一下！"没等回应那人就进了房间。

"殷所长，我在。"一楼传来一个声音。

"到我屋来一趟。"说完对刘长江说，"一个烧水壶是个啥，就会欺负新来的。"

旁边那个人呵呵笑了一下。

"可能是忘了吧！"刘长江有些尴尬。

"库房一大堆，一会儿让小景给你拿一个。"

刘长江连连说好，喝了口茶问："殷所长！您在这儿有些年头了吧！"

殷所长吸了口烟说："我接班的，从凤柳镇调到青岭镇，1994年调到晶沟，十来年了！"

刘长江有些疑惑地说："怎么从县城周边越调越远？"

"事事都有缘由啊！"殷所长毫不掩饰地说起来，"当年在青岭镇的时候说让我过来当财政所所长，我就过来了，后面财政所所长也当上了，一干就干到现在，已经习惯了这里的工作节奏，现在还有几年就退休喽，也不想回县城了。"

正说着，小景进门，殷所长没有起身，说："小景，咱们库房的钥匙你拿着吧，去给刘乡长拿个烧水壶！”

“库房不知道还有没有烧水壶，有了我拿上来……”小景不确定地说。

殷所长没等小景说完就打断：“咋没有！库房那么多烧水壶去哪儿了！”

小景不再说话，转身出门，刘长江也想去库房看看还有没有需要的其他东西，起身说：“小景，我跟你一块去。”

小景停下，连连说好。

刘长江跟着小景一前一后下楼梯，殷所长叮嘱：“明天记得给王主任说一下。”

“好，我明天到王主任那儿登记！”

来到院子，刘长江问：“库房是不是咱们中午看石头的那间？”

“那是一个库房，办公生活用品在隔壁小房子里，乱糟糟的，几十年没人打扫。”

刘长江“噢”了一声。小景掏出钥匙打开门，和刘长江攀谈起来：“咱们晶沟乡没啥娱乐活动，年轻人待不住，上一个副乡长待了不到两年，调走了，毕竟城里面比这儿条件好，啥都还方便。”

刘长江没有接他的话，说：“我刚问殷所长，他在这儿待了十来年。”

“他待得久，陪了好几任书记。”小景停了一下继续说，“书记也待了三四年了。”

刘长江“噢”了一声，说：“刚和殷所长说了几句话，他蛮有个性！”

小景也没有掩饰，说：“殷所长是乡上的老人手，说人解事都鞭辟入里，后面你就知道了。”

“那他都说些啥？”

小景嘿嘿一笑，又重复说：“后面你就知道了。”

房间靠墙有几个铁皮柜，通往其中一个柜子的路面因为经常被踩踏，露出点水泥，其他几个柜子前面有几个零星的脚印。两个人走路稍微重一点，灯光下飞舞的尘埃就明显增多。旁边堆满了破凳子、破三脚桌、尖头电脑壳等杂七杂八的东西。

小景指着那些东西说：“这些东西早就该扔了，殷所长不让，说怕县里面资产核算，就算是个壳子，也得放那儿。”

刘长江睁大眼看了一下：“我看这些东西确实也没啥用，放这儿还占地。”

“是啊，殷所长不让扔，谁敢扔？”小景打开柜门，上面摆放着纸笔等办公用品，下层摆了几个盒子和一些奖牌。小景拿出一个盒子，瞅了下说：“这些都是新的，应该能用，你回去试一下，有问题我给你换。”

刘长江道了谢，指指里面的奖牌说：“乡里面获得过这么多奖！”

小景撇撇嘴说：“县上看我们这里山大沟深，每年都评上一两个先进，外面的墙上挂不下，就放这里了。”

刘长江没有说话，点点头，又从上层拿了笔、本等办公用品，提着壶出了门。小景客气地要跟他一起去。

小景过来用处还挺大，帮他把办公室里的插座调顺手，水壶试好，烧上水。刘长江看了眼整个办公室的布局，有几处不太合自己的想法，他又和小景一起把办公室里的桌、椅、柜子按照他的喜好挪腾了一遍，在办公桌后面放了一个铁皮柜用来放书。刘长江还想在办公桌紧挨着的墙上装一个插座，这样用台灯看书就方便很多。小景不会安装，只能明天让电工过来。把这些都按照刘长江的想法倒腾得差强人意，也到十点多。

刘长江下午起床已经快八点，乡上的食堂早已经关门，刚忙着倒腾没什么感觉，歇下来的时候感到有些饿，在办公室来回踱了几圈还是觉得要吃点啥才能睡得着。一个人下楼来到院子里。

六月已经进入夏天，晶沟的风里面还带着一丝丝凉意，今晚的月亮比较亮，静静地照着大院，照着孤零零的他，两座大山黑漆漆地遮挡着天的两边，只能看到扇形的天空。楼上几个房间透着微弱的光，时隐时现。

乡政府的大门十一点以后就锁起来了，只留一扇小门进出。小门在里面用门闩别着，留有一个洞，也可以从外面伸手打开，他拉开门闩打开小门，土路坑坑洼洼。月光下只能看到大概轮廓。他对这块儿还不熟，先往左手边走，过了乡政府院子，紧挨着的是一栋气派的两层小楼，门头上挂着一个大大的牌匾，月光下看不清写的什么，继续往下走了百十来米，不见一个人影，也不见一户人家，远远听到狗叫。道路两边的树木阴森森的，随着风发出沙沙的声音，他有点陌生和胆怯，转身回去。过了那幢楼和乡政府大门继续走，有个小商店，已经关门，缝隙中还透着光。再继续走，来到晶沟大饭店，大门大开，里面亮着灯，大堂里没人，但能听到有人划拳喝酒的声音。

刘长江进门。老板躺在吧台的躺椅上打着呼噜，对面的电视里播放着电视剧。他刚靠近吧台，老板像触电似的坐起来，迷糊中冲他看了又看，然后说：“刘乡长，这么晚还没睡！”

刘长江趴在吧台上说：“刚把房间整理了一下，这才歇下来。”

蔡老板说：“噢，我们这里，一到晚上就是无聊，山里面没娱乐活动，除了看电视就是喝酒。来，坐这儿看电视。”说着起身端凳子放在摇椅旁边，又说，“我这里一年四季都这样，吃饭的人不走我就走不了，夏天这还不算晚。”说话的时候脸上堆满了笑，很不自在。

刘长江赔笑说：“是啊！”然后问，“现在还有啥吃的？睡久了没赶上饭点，这会儿倒有些饿。”

“你等一下，我去厨房看看。”蔡老板起身去厨房，刘长江找个位置坐下。包厢猜拳喝酒的声音里有男有女。

一分钟不到，蔡老板出来说：“还有炒米饭！”

“那就来一份。”

不到十分钟，蔡老板端着一盘炒米饭出来，把茶水也倒上，这会儿精神了许多，坐在吧台和他聊起来。

“刘乡长看着二十出头？结婚没有？”

刘长江扒拉着饭说：“还没过二十五，你看我结婚没有？”又问，“蔡老板在晶沟待多久？这个店就你一个人看？”

蔡老板打量着刘长江说：“看不出来结没结婚。”然后补充道，“这店我一个人看不了，还有媳妇，她回楼上睡觉去了。中午听说刘乡长过来，还是从县里下来的，本来要敬您几杯，外面忙没顾得上。”

“哪里用得着这么客套！以后都是邻居。”

蔡老板赶快说：“邻居不敢说，您是官，我是小老百姓，不敢称邻居！”

“这话说到哪里去了！”刘长江又扒拉起炒米饭。

蔡老板躺摇椅上看着电视说：“我在这儿待的时间久，二十多年了，来的时候乡政府还是几间瓦房，前几年汪礼仁才把它盖成楼房。”

刘长江打断他说：“汪书记在这儿待的时间还久？”

“六七年吧，他一走袁书记就过来了，说起他我还想起来，他在这儿的时候还有万把块钱没有结。”说着拉开吧台的柜子。

“万把块钱！真不少，他走的时候你没找他结了？”刘长江停顿了一下说：“乡上在这儿吃饭都签字？”

蔡老板拉开抽屉说：“找他了，当时结了一部分，还剩这么多，剩下的他说是乡上欠的，又不是他个人欠的，后面的领导不会不认账，乡上的财政一看吃紧，这我也能理解：谁让咱们在这旮旯里开这个饭馆！”蔡老板把那些票递到刘长江面前。

刘长江也好奇如何签字，拿过来大概翻了一遍说：“这上面不都有汪书记的签字，若不是财政困难，应该都给你了？”

“你们那儿问题复杂，各当各的家，有些袁书记签字说可以给钱，殷所长说字签得有问题；有的袁书记说有问题，字不是他签的，拿给殷所长看，殷所长说那是袁书记刁难。你说这字要不是他签的，我能让别人不付钱只签个字就走？你看我们这些做生意的小老百姓有多难！”

刘长江点着头没有搭话，蔡老板把票据收起来，坐在摇椅上看起电视。

包厢里好不热闹，不时有人进出，刘长江看这些人大部分穿着矿工服。

吃完饭，刘长江开玩笑地说：“蔡老板，我今天也签字啊！”

“这样不行。”说着把中午的单子找出来，拿给刘长江。刘长江停了一下嘿嘿一笑，在蔡老板拿着单子过来的同时从口袋里掏出钱递给他，蔡老板一愣笑了笑说：“这样多不好意思！”

“没签过字就想开个玩笑！”

“县上下来的人素质就是不一样。”蔡老板笑着收起钱。

刘长江起身出大堂，蔡老板喊：“这么晚别走太远。”

刘长江也没打算走多远，应和着回了乡政府。

第二天早晨，他准时起床去食堂吃饭。吃饭的人不多，馒头、稀饭、咸菜和土豆丝。吃过饭回房间，想想事情，看看随身带来的几本书。除了中午去饭堂吃饭，他一整天都在办公室，没人过来找他，也没什么工作安排。到了下午食堂开饭，还是那几个人。

后面几天仍然没有人找他，也没有其他事情，只是有些知道他的人碰到了会和他打声招呼。

他保持着在政协工作时的作息，看文件、看书学习。这期间，他只见到一次袁书记，打了个照面匆匆又不见了人影。

就这样到周五下午，第一次过周六周日，刘长江想着怎么样回县城。

在房间里看了一会儿书，他在走廊喊小景，没多久小景喊：“马上来！”他这个位置可以看到整个院子，王书记员这会儿已经把摩托车停在院子里，戴上头盔准备走，见他出来说：“娃在昶河上中学，得早点去接。”

刘长江笑着点头说：“噢，路上慢一些。”

王书记员启动摩托车，一溜烟儿不见了。

刘长江回办公室，刚坐下，小景掀开门帘进来。刘长江招呼他坐下。

“这边回县城怎么回？通村公交一天几趟？”

“一天一趟，周五肯定是下午从晶沟到县城，其他的时间大部分都是早晨从县城下来，下午从这里回县城。也有一天跑两趟的，不过很少。”

刘长江“噢”了一声。小景接着又说道：“我家在昶河镇，离这儿不远，我来回都骑摩托，在这儿上了五六年班，坐通村班车的次数不超过五次！”

“班车几点到咱们这儿？”

小景思索了一下说：“如果是早晨，六点左右从千坪村出发，到乡政府门口七点到七点半。要是下午，四点半左右到这里，天黑前差不多能到县城。”

“噢！”

“在晶沟乡还是得有一辆摩托车，后面经常下乡，山又大，路又远，没有摩托车，去哪儿都不方便，这里摩托车比汽车去的地方多。”

“四点半到这儿，那过一会儿就到。我县里面有辆摩托车，脚踏板的！”

小景露出憨厚一笑，说：“脚踏板在这边有些费车，我是个一二五排量的，多大的陡坡只管拧油门，有劲，跑起来快。”

刘长江笑了笑说：“还有个事情，乡上电视信号从哪儿牵过来？这地方还得有个电视，要不成了睁眼瞎，外面发生的事，啥都不知道。”

“真还得有个电视，乡上人都有，殷所长用的小天锅，接收的台多，就是信号时好时坏。这里拉个有线电视一年一百多，还经常出问题，不方便。”

刘长江点点头，思索着说：“这么说装天锅比较划算，咋装的？”

“没多难，等你电视买回来，晶沟有专门装天锅的人，我这儿有他的电话，打电话让他过来，装好调好 130 块钱。”

“还挺贵！”刘长江咂咂嘴。

小景有些尴尬地笑笑说：“殷所长那个时候装的 150 块钱，现在还降了。”

刘长江点点头，又问小景说：“乡上有几部电话？”

“好像有五部。”然后小景大致说了在哪里。

刘长江心里盘算着，没有多说话。看看还有半个多小时就到四点，客气地打发小景离开。

等小景出门，他收拾好换洗的衣服，四处看这个办公室，陌生中带着熟悉，不知道要在这里待多久。他拿上随身带的保温杯，装满水下楼。楼上大部分人的房间紧闭，殷所长的房门还开着。院子里除了电视声音，就是山里的虫鸟叫。

出了院子，他在一个阴凉处等班车，没过多久，通村班车驶过来，车后扬起了一屁股的灰尘。他招招手拦住车，一个女售票员招呼他上车。车厢里坐满了人，没有空座，他双手扶着栏杆。

售票员是个微胖的女孩。

“去哪儿？”

“县城！”

“15 元。”

刘长江翻开钱包，掏出 15 块钱递给女孩，女孩撕了票，顺手从一个座位下面拿出一个小凳子。

“后面找个空地坐下！”

刘长江接过凳子往车厢后面走，在车厢后两排座位中间的走廊放下凳子，还没坐稳，车就飞速启动。他坐在过道，比两旁的座椅矮，座椅上的人挡住了他的视线，看不到窗外。车摇摇晃晃，有几次大幅度的颠簸让他紧张得以为会翻车，双手紧抓旁边座椅扶手。他看看两边座位上的人，没有一个人有太多的过激反应。

车颠簸前行，偶尔有人上下。行驶了半个多小时，车停下来，司机喊：“方霞，下去把木板垫到前面的路上。”

女售票员应着下车。刘长江个子高，窝坐在凳子上这么久不太舒服，站起来活动筋骨，他朝窗外看去，一边靠山，另一边是山谷，路在半山腰。他想看看这条路的具体路况，从班车上下来，绕过车身到路边，这是条在半山中间开凿出来的路，路面坑坑洼洼，山谷那边是万丈深渊。他惊出一身冷汗，从路边捡了块石头扔下去，许久没听到落地声。女售票员从后备箱抽出一块木板，看到他在扔石头说：“看你面生，以前没见你坐过车？”

“没，第一次坐这车，这路这么险，你不害怕？”

“走了这么多年，都习惯了，有啥怕的！”

刘长江呵呵一笑。

女售票员扛着木板走到车前，他打量了一下那块木板，和售票员差不多高，他不一定能拿得像她那样稳。刘长江也跟着到车前，路边有一处水泥砌成的护栏被压塌，出现了一个一米多的豁口，如果不留意，开过去肯定会翻进深沟。

售票员把木板垫上，退到旁边，喊：“垫好了，往前走！”

司机启动车，慢慢行驶，接近木板，左扭右扭把车轱辘刚好压在木板上，后轱辘驶过木板没多远停下。女售票员扛起木板塞进后备箱，动作一气呵成，然后对站在旁边的刘长江说：“站这儿看啥，快上车，走了！”刘长江小跑两步绕过坍塌处上车。

回车厢他又坐在之前那个位置，车剧烈地摇晃着前行，每摇晃一次，他的心都剧烈地震动一阵。下了山坡，车就没那种大幅度的摇晃。

没多久售票员喊："太阳花村到了，下车的赶快下。"车厢里没人动，车又飞速地向前。又行驶了半个多小时，售票员喊："昶河镇到了，要下的赶快下。"只有两个人下车。两人刚下，涌上来一群人，有男有女，大声聊着天，从谈话的内容判断应该是昶河镇的老师。过昶河镇没多久，班车开始爬坡，刘长江没能数清楚拐了几个弯，从山脚爬到山顶，这时候的他已经是晕乎乎的了。

## 六

周天下午，刘长江骑着爱人的脚踏板摩托车进了晶沟乡政府大院，把摩托车停在车棚，坐在摩托车上缓了好一会儿，他才缓过来，全身精疲力竭。三点多从县城出发，六点才到，用了快三个小时。沿途绝大部分都是山路，精神高度紧张，惊险又刺激。

这个点，刚好赶上食堂开饭。他把捆在货架上的纸箱搬回房间，倒水换洗完下楼到食堂。

周天晚上的人比较多，各个部门的人差不多都在，一些人第一次见他，客气地打声招呼就各自吃各自的。即使食堂里还有空位，仍然有几个人端着碗在台阶上蹲着吃，特意保持着距离。

这次来，带了半箱常用的生活用品和半箱书，吃完饭他把带来的东西整理归类。除了带过来的书占用柜子，桌面和茶几上还有些空旷。整理完毕他有些困，没出去溜达就睡下了。

这个星期和上个星期一样，袁书记也没有给他分配具体的工作。他白天看着院子里进进出出的人，没事泡杯茶站在走廊转悠，其余大部分时间都在房间里看书。

周五骑着摩托车回家，回去比来时轻松许多，只用了两个小时多一点。

这样过了几个星期，他蚂蚁搬家似的把生活用品和电视搬过来。他的摩托车带不下电视机，他和爱人在县电器商城买完，跟着送货车送到车站，放在通村班车上，向女售票员叮嘱好以后，他把爱人送回家，收拾了些自己的东西，骑着摩托车赶往晶沟。到乡政府半个多小时以后，通村班车的售票员才让他到大门口取电视。

周天晚上，他还像往常一样吃过晚饭，在院子里溜达了几圈，回房间随手从书架上拿起一本书看起来。

七点多，王主任敲门进来，告诉他袁书记回来了，明天全乡开会，几个领导先碰个面把事情说一下。刘长江问他需要带什么，王主任说只需要带上本子和笔。

喝着茶翻着书，刘长江想着晚上开会的内容。快到八点，他带着笔和本，来到袁书记的办公室，这是他第二次进袁书记办公室。虽然他们俩在同一竖绺，两个人房间的户型相同，但是刚进门就有一种扑面而来的拥挤感和紧凑感，他的直观感受是袁书记的房间比他的房间充盈，东西比他房子的东西都大一号。

袁书记抽着烟，看他进来说："来，来，长江，坐！"

刘长江点着头坐在办公桌对面的沙发上。

袁书记关切地问："待了有段时间了吧！这边条件咋样，能习惯不？"

刘长江前倾着身子说："比县里面工作环境简单些，还算适应。"

袁书记笑笑说："这里的条件有限，通信也不方便，我刚给王主任说了，给你房间配个电话，这样打电话方便，还有啥需要你和王主任说。"

"谢谢袁书记关照，确实需要加个座机，这边手机信号不稳定，打电话还得换着位置，不然说着说着就听不见。"

"电话装上就方便些，只要不刮风下雨，打电话没问题。"

刘长江表示感谢。

正说着副乡长徐国平进来，办公室王主任、殷所长、综合股王股长也陆续进来。

袁书记看大家都到齐了，说："畜牧站安红霞站长还没回乡，刚给我打电话说过了，咱们就不等她了，现在手头上有几个事情，先碰个头。"他从桌子上的文件中拿出来一份说，"每年这个时期的头等大事——防汛抗旱、年中经济考评，一会儿大家看一下，涉及谁分管的，都抓紧落实。"说着把文件递给王主任说，"一会儿复印几份分发给其他人。"又抽出来几份文件说，"这儿还有宣传新农村建设的，你们也看一下。"递给王主任。

等把文件读完，袁书记说："今天碰面主要是给大家介绍一下新来的副乡长刘长江，大家都认识了吧！"

刘长江站起来向其他人点头示意。

袁书记说：“长江来也有段时间了，一直没做工作安排，一是他个人事情还没有理顺，需要一个适应的过程，生活适应了，工作才能迈开步子干；二是长江是县上下来的，科班出身，高学历人才，啥大学来着？”

刘长江紧接着说：“北方工业大学。”

袁书记“噢”了一声继续说：“分管哪一块我也犹豫，思考再三，长江以前在政协，到我们这里来也该发挥他的特长，党建、宣传、宗教等这一块由他分管。还有，碳沟以前是李乡长分管的，李乡长调走空余这段时间由徐乡长代管，现在交给长江分管，你们看这样安排妥不妥当？”

会场沉默了好一阵，徐国平说：“这样安排好着呢，我没意见。”

其他几个人仍然默不作声，袁书记说：“那暂时就这样安排。”示意刘长江和大家说两句。

刘长江清清嗓子说：“我刚来这里，对这里的情况也不是特别了解，以后的工作还请大家多指导。”

徐国平笑笑说：“指导就不必，基层工作比较琐碎，你都是县上下来的人，对你来说没啥难度。”

王主任也赞同。袁书记说：“王主任，你把乡上通讯录和人员情况给刘乡长拿一份，让长江熟悉熟悉乡上的情况。”

王主任答应着。

“你们还有没有其他事情要说？”

几个人都说没有。

袁书记最后总结说：“明天下午召开全乡干部职工大会，王主任去准备，通知全乡干部职工明天下午四点开会，通知到各村村主任、支书。”

“好。”

## 七

星期一早晨，天气还算晴朗，刘长江在房间里有些忐忑。虽说具体职责已经分配，但是工作从哪里开展？怎么开展？他还是一头雾水。中午十点多，王主任给他拿来几份文件和一份通讯录，交代他下午大会上要做发言，他谢了王主任，开始看文件和通讯录。发言稿昨天晚上回来就考虑到，已经写好，这会儿他有些不放心。

大山里的天气变化多端，吃午饭的时候下了阵小雨，没一会儿就晴起来，凉爽许多。

下午两点多，陆陆续续有人进院子。三点多刘长江字斟句酌地定稿时，一个五十多岁，胡子拉碴，穿着皮筒靴的人敲他的门大声问：“这是刘乡长办公室吗？”

刘长江愣了一下，站起来说：“我是，您进来坐。”说着指着旁边的沙发。

那个人没有客气就坐下说：“我是碳沟的村支书龚自立，刚去徐乡长那儿，他说你以后分管我们村，我来认个门。”

刘长江记起通讯录上的名单说：“我还想开完会认识一下碳沟的村主任和支书，您就来了。”

“我们干啥不拖拉，碳沟村整个情况虽然不咋地，但是我和余主任不会给你拖后腿，吩咐啥干啥。”

“那好，我对村上情况不太了解，等过几天理顺了到村上看看，后面还要你们多支持我的工作。”

“支持那不用说，村部离这儿三十多里，骑摩托车要四十多分钟，过去了提前打电话，你看这边雨下得不大，那边雨下得特别大。”

刘长江起身倒水说：“早晨我看天气还算好，没想到会下雨，路上没受影响吧！”

“我们都是山里人，风里来雨里去，受惯了，不影响。今天下雨好，水是财，听徐乡长说今天宣布你的分工，预示着你会给我们带财来，你看着好年轻，刚二十出头！”说完抹了一把胡子拉碴的嘴。

刘长江摆摆手笑笑说：“哪里的话，我也工作好多年，二十五了。”

“给我们乡配年轻干部好，年轻干部干事有魄力，我们村是贫困县里面的贫困乡，贫困乡里最贫困的村，一家生活都是靠那一小块地的收成，这几年都说乡村建设，我们是不知道建设了个啥！”

“后面我到村里去看看情况。”

龚自立喝了口水说：“村主任叫余西峰，我走的时候绕道到他家和他媳妇说了，他应该晚一些就到。”

“那好，你在办公室坐，我这儿还有个稿子要修改。”他还有一小段没有看，着急着看完。

龚自立客套地说：“那你忙，我到殷所长那儿看看退耕还林啥情况。”

刘长江笑笑说：“喝了水再去，不影响。”他回桌前开始修改稿件。龚自立喝了两口水，出了房门。

下午三点五十，刘长江进大会议室，乡上和村上的干部坐满了大会议室。他第一次坐在台上俯视台下的人，这种感觉以前还没有过，整个人精气神提升了好几倍。他扭头看了一下旁边，袁书记和徐国平都没有到，他低头看稿子，心里面努力让自己平静下来，一直没有抬头。

过了好一阵，旁边两个人还是没有到，下面开始从吵闹变得小声说话，渐渐地很安静。刘长江看了一下手表，已经过了四点，他侧目看旁边，两个人还没有来，他抬头看台下，台下的人同样看着他，他没有露出任何表情，端坐着低头看稿子。

这种场面持续了几分钟，一个人进来，大家把目光齐聚在门口。是王股长，他迅速找了个空位坐下。没多久袁书记进会议室坐在中间位置，徐国平紧随其后。

袁书记拧开水杯喝了口水，和刘长江、徐国平示意了以后，会议正式开始。袁书记没有拿稿件，从乡里面的事情讲到人，讲到一些村主任和支书的工作，滔滔不绝地讲了一个多小时，最后才说到刘长江。徐国平照着两页的稿子读了刘长江的简介，强调了他分管的领域，刘长江照着事先准备好的稿子做了临场发挥，整个会议持续到六点才结束。

会议结束后回到办公室，前前后后几个人赶趟儿到他房间。这次大会过后，他也算正式上岗了。

在办公室琢磨琢磨文件，和周围的人闲聊，刘长江慢慢打开了工作思路。又经过一个半月的熟悉适应，他俨然成了一名基层乡镇干部。

他重新买了辆大排量的摩托车，下村、回县城，都已经游刃有余。

正式上岗以后，刘长江经常听到矿长王三豪的名字，从别人的口中认识到哪一个人是王三豪：一个个子适中，修着偏分头，古铜色的肤色，眉重目圆脸长的男人，身材发福，挺着小肚腩，西裤皮鞋，每次来都夹着个鼓囊囊的大钱包。

这个人到乡政府的次数不多，也从没有主动找过他，每次来都能凑巧赶上袁书记在乡里，每次都是去找袁书记。

# 八

这天中午，刘长江正在办公室喝茶看文件，一个头发梳得锃亮的五十岁的男人没有敲门直接闯进来，大声说："你就是刘乡长吧！"

"是我，进来坐。"

这个人迈着大步坐在沙发上说："我是王三豪。"

"经常听到你，难得来一趟！"

王三豪扯着嗓子喊："碳沟村现在是你分管？那个佘景鹏他爸又到我矿上去了，他这隔不了多久就去闹一次，我们矿上还怎么生产！"

"你别急，慢慢说是个啥事！"

"佘三娃的儿子佘景鹏前几年在我矿上上班，有一次跟车出去，车翻到沟里，人当场就死了，当时乡上出面协调，该赔的钱都赔了，这过了好几年，前几年还没事，最近佘三娃老过来，说还说不通，赖着不走，你看我这衣服。"说着指指身上几处被撕烂的地方。

刘长江看看赔笑道："使这么大劲儿！也没拦着！"还没有等王三豪开口，他继续说，"你们应该也有保安，还有派出所，报警抓啊！"

"警察和保安能起作用我到你这儿来干什么？当时是乡上主持调解的，所有的都说得好好的，这过了几年就开始变卦……"

这种事情刘长江从来没经历过，他只能把水倒上，笑着听王三豪把事情的前因后果讲一遍。王三豪在他办公室说了一个多小时才愤愤地离开，走的时候放下狠话："下次你们乡上没人管，我可要下狠手了！"这次他彻底认识了王三豪。

过后他问王主任这件事的经过，王主任说这个事情不是他经手的，具体情况他也不清楚，再多问也没问出来个所以然。

后来在和龚自立的交谈中，他大概知道了事情的来龙去脉。

八月初，乡里又招了个协管员，是个叫沈慧亚的女孩，分在乡办公室。

八月中旬，殷所长到刘长江办公室说他的工资要从县财政局发放划转到乡上发放，他得到隔壁的联合社办一个工资存折，每个月把钱打到工资存折上。

在和殷所长的聊天中，他知道乡上有编制的人不到一半，像小景，还有畜牧站整天乐呵呵跟着安红霞、骑着摩托车满乡跑的五十多岁的吴宇华，都是临聘人员，一个月才六百块钱。

他这天中午带着身份证出乡政府大门，还没到联合社门口，通村班车停在路边，车上下来一个年轻的小伙儿，个子不高，还有些瘦，背着一个和他身高差不多的大背包，一手提一个大袋子，站在那里有些晕乎。刘长江觉得有些好笑，他看着那个小伙儿。

班车开走，扬起满路灰尘。

晕乎了一阵以后，那个小伙儿几乎和他同时上台阶进营业厅，小伙儿抢在他前面迅速说："我是今年新招考的员工，我叫富晶垚，今天过来报到！"

他侧着脸看这个小伙儿，像极了他刚毕业急匆匆到新单位上班的情景。

柜台里一个年龄偏大的人说："你从侧面绕进来，出门不要往右手边，那是去乡政府的路，往左手边三十米，从那个小门进来。"

富晶垚兴奋地点点头说："好好！"提着东西出营业厅。

营业室里年龄偏大的那个人对刘长江说："你等一下，我到外面接个人。"

刘长江笑着点点头说："我不着急，你们来新人了，我晚点再过来。"

"也好，来个新人，不知道要忙多久，你就晚点来。"

刘长江点着头出了营业厅。

## 九

富晶垚推开联合社的小门，左边是座两层小楼，右边是两人高的大坝，中间一个不大的院子，刚才说话的那个人已经在院子里，见到他说："联合社难得新来一个大学生，你把东西放在这儿，跟我到二楼见一下段主任，看段主任咋安排。"

富晶垚重重地说："好。"把袋子背包放下，跟着上楼。

二楼是一排房间，他跟着走到最里头的那间。

"段主任，联合社新招的大学生富晶垚今天来报到。"

富晶垚跟着进门，段主任正在房间里看电视，站起来说："这好，才说你啥时候来，今天就到，来坐。"说着把泡水的茶壶和杯子拿出来倒上水。

富晶垚坐下，没等其他人说话，先说："这个地方真的好远，从县城坐车都得两个多小时。"说完对两个人咧嘴笑。

"以后买辆摩托车，在这里工作不买摩托车不行。"

段主任说："是啊，我们这儿山大沟深，后面还要经常下乡，要买辆摩托车。”

富晶垚说：“我以前也没有学过，还不会骑。”

“多骑就会了！”段主任对另外一个人说，“你过去看一下管主任在不在，你们一起过来一趟。”

那个人应着出门。

现在就剩下两个人在房间。

“你结婚没有？老家是哪里的？”段主任问。

“还没结婚，老家是县城周边的骑牛镇。”

“联合社能进来的都是子弟，省去了政审和经济审查这两个环节，但是我好像从没见过你？”段主任追问。

富晶垚支支吾吾地说：“我父母没在联合社，也没亲戚在这里，社会招聘考试考进来的。”

“你这个娃在你主任面前还有隐瞒！”段主任哈哈一笑。

“我真不是子弟。”富晶垚有些急。

“噢，这样！到这儿来好好干，基层联合社，条件也没县上好，一会儿你和管主任认识一下，你接管主任的出纳兼档案管理，中午我们先在灶上吃，晚上再出去吃。”

“听您安排，我后面少不了给您添麻烦，您多指导。”

“社上就七个人，等管主任把这摊事情交接完，他就到昶河联合社报到。”

富晶垚有些心虚，说：“不会因为我过来把管主任挤走了吧！”

“你这个娃想多了！管主任申请了好多年要过去昶河，因为这边的条件有限，一直没有人来，你过来接他的班，他刚好就调过去，那边毕竟在公路沿线，比这边方便。”

富晶垚叹了口气说：“是这样！”

段主任似乎理解到他的意思，说：“你不要有思想压力，你还挤不走管主任，这边锻炼人，适应适应就好！”

“请段主任放心，条件艰苦不要紧，再苦也没有上学苦，我一定会把工作干好。”

“好小伙子！有志气就好，你是哪个学校毕业的？”

富晶垚正准备说，带他过来的那个人和一个头发苍白的老头儿进来。那个带他进来的人是社里的会计，姓谭，大家都叫他谭会计。

刚进门，头发苍白的老人说：“你就是新来的大学生吧！可算等到有人来替我。”

段主任笑笑说：“是啊，在你退休之前县上还能派个人过来替你。”

谭会计说：“就是的，把你美的！”

段主任说：“你跟着管主任，听他的。”

“好！”富晶垚跟着管主任出门，留谭会计和段主任在办公室。

他对这里很好奇，四处张望，走廊上能看到院墙隔壁是座四层楼房，他这里刚好能看到二楼。也能看到正对的坝上，十几级台阶上去，中间一条小道，两边种的蔬菜长势喜人，菜园的最里面建有一层瓦房，瓦房旁边还搭了间柴棚。

管主任带他走进中间一个房间，是个大会议室，从大会议室的桌斗里拿出一把钥匙。出会议室打开旁边的房门，这间房门口摆着一张三斗桌，靠墙有七个铁皮柜，最里面放有一张床，被子叠放得很整齐。

“这里面都是档案，晶沟七个村的农户表和贷款档案，你后面拿着册子核对，和册子上对得上，咱们俩就做一个交接清单。”说完指着床说，“这个房间分给我，也就一些常用的东西在这儿，我基本上不在这儿住，都在楼下金库里面。”他停顿了一下继续说，“档案多，交接起来慢，我把册子给你，你慢慢核对，你再跟我下楼去营业室。”

富晶垚叹了口气说：“这档案真不少！”

管主任说：“也没多少，一两个星期就能核对完。”

富晶垚没有太多概念，点着头。

“走，我们去营业室。”

富晶垚跟着管主任下楼。

来到一层，管主任用一张卡片刷了钥匙的位置，里面“呲啦”一声，管主任拉开第一道门进去，喊富晶垚也进去。

里面是个只能容下四个人的狭小空间，管主任又刷了一下，又是“呲啦”一声，推开门来到营业室。营业室不大，四个对外窗口。

“这里我和你交接的就比较多，现金、重要凭证，还有票据。”管主任在其中一张桌斗里掏出一串钥匙，打开旁边的铁门，厚厚的铁门需要非常用力才能推开。

“这么厚的铁门需要防什么？”

“这道门防几十公斤的炸药，你还比较享福，这道门装上有两三年，安全多了，以前都是盾、棒、枪放在床头才能睡。”

两个人推门进去，管主任打开灯，中间一张床，旁边两个保险柜，一个两米高，另一个和他差不多高。

“这里有那么多的坏人吗？”

“你别小看夜晚从前面这条路上走过的人，个个都不简单（故意吓唬富晶垚，增加他的安全意识）！”

“哪有那么可怕！”富晶垚有些不屑地说。

“你这个娃才来，知道啥！”管主任似乎有些不高兴。

“你看这个大保险柜，钥匙在这儿，这儿有个说明书，你一会儿自己学，你们这些大学生学啥都快。还有，你看这边。”管主任走到床头的墙角说，“你过来看，这是盾、钢叉、狼牙棒，以前还有把枪。”说着翻床头的柜子，“你看这儿，枪收上去了，只剩一个枪套。”他拿起枪套在富晶垚面前晃了一下，扔在柜子上。

富晶垚被惊到，不再说话，管主任在房子里转了一圈，然后指着墙上一道十厘米高、二十厘米宽的窗子说：“这个窗子是个摆设，打不开。”

富晶垚“哦”了一声过去看，透过那条缝隙，看到外面灰蒙蒙的光线。

“要是你值班以后就睡在这里。”

管主任说完出门，走出去又说：“出来把灯关了！”富晶垚跟着出门，关灯后他回头看房间，灰尘在透进来的光线里飞舞，其他地方黑漆漆的。他费力地把门关上。

穿过营业室到另一头，是一扇防盗门，管主任推开，这个房间倒算正常，两头都有窗户。里面全是铁皮柜。

管主任指着一个保险柜说：“这边的保险柜里都是从建社以来的烂账单，最远的几十年，放在这块没人动过，你要是想核对从段主任那儿找一下清单；这边几个保险柜，里面都是前几年的出纳、会计账单，这个没啥好核对的，你想核对问一下谭会计，他那里有清单。”

“好！”

“年轻娃就应该这样，说啥答应就是，多学，不要不相信我们老人说的，刚说深夜从门前走的人，谁敲门你都要小心，他们说啥都不要信。”

富晶垚讨好地笑，说：“信信！管主任是老前辈，说得都对。”

管主任也没有理会，看了一下房间说：“这里面啥都没有，一会儿当着谭会计的面，我们俩把营业室的东西做一下交接，下午能走我就去昶河联合社了。”

“好，我不懂，都听您安排，您说怎么办我就怎么办。”

管主任放慢步伐，走到营业室，坐在凳子上跷着二郎腿，富晶垚跟在后面，恭敬地站在旁边，像极了一个小跟班。

门外传来开门声。谭会计进门看到他们俩就说：“小富，要好好向管主任学习，管主任可是好多人的老师。”

“是，是，刚才给我说了好多，我一会儿拿个本子记下来。”

“拿本子记着没用，我们这儿工作烦琐，要用心！”管主任说。

“是。”

谭会计对管主任说：“你把新来的娃带几天，等到差不多了再走！”

“我打算下午就去昶河那边，前几天石主任还打电话说那边房子都腾好了，等我过去。”

“你搞得太急火，也带几天新来的大学生，让他自己摸索，能独立办业务都到啥时候去了！咱们这工作和其他行业还不一样。”

“大学生还能不会！我刚给小富都说了，下午做一个交接清单，我们俩签字，这边手续就算交完。”管主任声音坚定有力。

“你真是心念念地想去昶河，还害怕晚一天县上变卦换别人过去！”

“谁去昶河联合社都一样，这边早点让年轻人上手，后面都是他们挑大梁。”

“我可当不了他的老师啊！”谭会计继续挽留。

“还有段主任，他也是从内勤出来的，让小富多问他。”

“你看啥都让你安排得好好的！”谭会计欲言又止。

“我不安排，我下午走了以后都是你安排！”管主任说完对站在旁边的富晶垚说：“在营业室里啥都听谭会计安排，谭会计是老会计，县里公认的好会计，多向谭会计学习。”

富晶垚点着头说：“嗯，嗯。”

营业室靠近院子有一扇窗户，一张三斗桌挨着墙，有一部分在窗户下面，谭会计在那张三斗桌上办公。

管主任面对着外面的营业室看了一会儿，扭头对富晶垚说：“你看到这几个工位了吧，那是给谭会计留的，平时都是你一个人在这儿，我走了这几个你随便选，就那个不能坐，留给会计开票用。县上要求办业务是两个人，平时开票拿单子给钱，都是我一个人，后面你就听谭会计安排。”

“嗯，记着了！”

“你看你这话说得就不对，你在这儿你一个人办，你走了就要我和小富两个人办！”谭会计说。

管主任哈哈笑起来说：“我在这儿没出过错，不然娃办业务出错了说我没给他说，不就不对了。”

谭会计憋红了脸说：“就你说得对！”然后对富晶垚说，“交接的时候你多向管主任请教，啥不懂都得问，每一张票可都是钱，搞错了你自己赔。”

富晶垚站在那里不说话。

管主任把脸朝向营业室外面，里面出现了短暂的安静。

“我手里拿了这么多钥匙咋办？这算不算交接清单里的？”富晶垚支吾着说。

管主任好像被逗了似的笑起来说：“你这个娃咋那么实诚，谭会计吓你的，不是啥都是钱，下午列清单写上，钥匙我也交给你。”

富晶垚紧张的心松弛下来。

“你会打算盘吗？”谭会计问。

“不会，只会用计算器。”

“那东西我用不惯，没算盘好用。”谭会计说。

“能学向谭会计学一下，谭会计算盘打得好。”管主任说，“我打得马马虎虎，对了，刚才段主任说给你安排房间，你一会儿去问一下他。”

“现在去吗？”

“你现在去也好。”

富晶垚答应着出去，但他还不会开那个门，管主任把他送出去并且教他如何开关。

刚上楼梯，他就听到营业室传来哈哈的笑声。

来到段主任办公室，段主任对他做的安排大致和管主任带他时说的相同，把装有档案的那个房间分给他作平时休息的地方，金库也由他来看管。因为他才来，暂时跟着谭会计学习，听谭会计安排，又给他介绍了伙食、休假、工作内容等。

他离开的时候段主任笑着说：“小富，你来了一个风水宝地，在这里好好干！”

管主任又一次把他接到营业室。谭会计见他进来说：“你刚来管主任就急着走，你要趁这会儿把能学的都学会，学会的东西都是你在这个行业的本事，啥都会了后面才能挑起大梁。”

管主任说：“刚毕业都是年轻小伙子！做事不要怕累、怕吃苦，我们这行的工作就是细心，细心了就不会出错，念过大学的脑子都不差，学起来快。

我把库房那一摊先交给你，再交营业室的这一摊，剩下的你就按照交接单慢慢核对。”

管主任已经准备好了笔和本子，先领着他打开金库门，走到保险柜旁边，从柜顶摸出来两张发黄的纸说：“这是保险柜的旋转方法，左转三圈，右转两圈，拉把手就打开了，上面有旋转的刻度和方法。”

富晶垚接过图纸看起来，还没有看完，管主任已经把两个保险柜打开，他有些愣神，图纸上既要转刻度还要转圈数，自己从来没见过这玩意，他有点头大，说：“我能不能现在试一下？”

管主任摇摇头说：“这个简单，你以后有的是时间学习。”没有给他留时间，把里面的东西一一拿出来说，“现金！”清点完毕记录在本子上。“空白凭证！”又记录下来……

富晶垚觉得自己进入角色太快，一时还处于游离当中，他左看看右看看，不清点管主任记录的东西，也不说话，呆呆地看着管主任。

管主任并没有理会，粗略地看了一下记录本，突然想起来什么，说：“你看这一层！”拉开下层一个黑乎乎的暗格说，“这袋子里面的钱是个整数，已经放了十来年都没人打开过，上面别了个条子有金额，我在这儿这么多年也从来没打开过，你不放心打开看看。还有你看，两个保险柜都是两把钥匙，按制度要求我和谭会计一人一把，我们俩在这里时间久，一直都是我拿着，这样不合规定，我把钥匙交给你，是两把都你拿，还是你拿其中一把，另一把交给谭会计，你自己看！”

谭会计在外面听到这儿，说：“小富才来，啥都不知道，我后面还要带他，你把其中一把钥匙给我，我和他一起开保险柜。”

“我把两把钥匙都给小富，一会儿你从小富那儿拿。”

谭会计没有搭话。富晶垚不知道该怎么办，手里又增加了一串钥匙。管主任盘算完说：“清点完你就出来，我在营业室等你。”转身出了金库门，留富晶垚呆呆地站在那里。

富晶垚发了一会儿呆，也想不出啥好办法，开始核对现金。大保险柜装的现金，最上面贴着一百，中层贴着五十，下层二十、十块，最下面一格放的零钱。他逐个核对，连续核对了好几遍都没有问题，这才放心。又核对小保险箱，里面全是有效空白凭证，他按照管主任的记录核对起号码段，小保险柜虽然小，但是里面空间比大保险柜大许多，最上层是存款凭证，中层是贷款凭证，最下层是卡和存折。他又一项一项核对。正聚精会神地对着数字，管主任喊："小富，吃饭了，去前面把卷闸门拉下来一半。"

富晶垚应了声，放下手中的事情，摸索着打开门，站在院子里愣起神，忘记出去拉卷闸门。

院子有一个羽毛球场那么大，最里面有一个车棚，停放了几辆摩托车，愣过神以后他才上了台阶，站在菜园子中间能清楚地看到二楼，有几个人从房间里出来，其中一个人说："这个小伙子是不是就是今天新来的？"

"是啊，我早晨过来报到。"

"小伙子刚大学毕业就进联合社？你爸在哪个社？结婚没有？"

富晶垚没有回答前面的问题，直接回答最后一个问题，说："还没有结婚。"

从另一个房间出来一个人笑起来说："你不知道，这个是你柯叔叔，家里有两个女儿呢！"

富晶垚涨红了脸说："柯叔叔好。"

姓柯的那个人说："没结婚好，联合社好多年都没招新人，没结婚的年轻人来咱们社，大门都得换一个钢大门，这个铁大门经不住说亲的人踩。"

富晶垚的脸更红了。他有一个已经谈了好几年的女朋友，正在读研究生，有好一阵没有见面了，正犹豫着，不知道说什么好。这时管主任出来了，说："你别听你阮叔叔和柯叔叔在这里说，说不定人家娃正谈着呢。"

"现在的娃，没有领证，就算生米煮成爆米花也不一定能成。"

管主任站在瓦房的屋檐下说："你说的那是景经理，啥都不挑，不要把小富带坏。卷闸门拉了没有？吃饭在后面厢房。"

富晶垚应着出去拉卷闸门。

等再回到后院，不见了大家的人影。他径直到后厢房，经过灶房看到一个中年妇女正在做饭，笑着打了声招呼到隔壁的餐厅，餐厅有个圆桌，坐了五个人，管主任坐正中间。

他刚到门口，管主任就招呼："来，坐这里！"指着旁边预留的位置，他看了一下，刚才二楼和他说话的一个年龄较大的人坐在门口，给他留在段主任旁边，显然比那个人靠里。

"我不能坐这儿，我坐进门的位置！"

段主任说："这个位子专门给你留的，都已经安排好，让你坐你就坐。"

富晶垚过去拉扯着门口的同事，嘴里重复着："我不能坐那儿……"

"在社里面你就听安排，段主任说坐哪里你就坐哪里，坐那儿去。"那个同事没有动。

富晶垚见拉也拉不动，大家都让他坐过去，只好坐过去，伏在桌子上倾着身子说：“我最小，应该坐在门口。”

“给你安排坐我旁边不好，不想和我坐？”段主任笑嘻嘻地说。

“没有，没有！”富晶垚也不再争辩。

段主任做开场白：“今天景泽录下乡，赶不回来，就咱们这些人，小富到我们这儿来，管主任就要到昶河去。管主任从退二线到现在已经四年多，今天小富来，对管主任也是一件好事，对社里面来说也是好事，也是个新老交替的过程，我让厨师做了几个菜，欢迎小富。”

管主任说：“段主任这话说得在理，这都申请多少年了！结果还有一年就退休了，小富来接替我，也算县上还记着我这个老头！”

富晶垚先是愣了一下，然后堆出笑脸。段主任和其他人倒是习以为常，笑着说：“总算在退休前调到昶河，在自己家乡退休这有啥不好！”

管主任嘟囔着说：“前几年让退二线那阵，家里面有事，我每天在昶河和晶沟两头跑，一跑就是三年，现在事情过去了，等着退休才调……”

段主任哈哈一笑，没有打断管主任，任他一个在那儿说，拍拍富晶垚说：“那个是谭会计，中午见过，旁边那个是柯礼朝柯叔叔，坐你旁边那个叫阮宝山阮叔叔，业务上多向他们学习。”

富晶垚答应着说：“都是老前辈，各方面以后多多指导。”

柯礼朝嘿嘿笑起来说：“你看年轻人就是会说话，又是前辈又是指导。学这个事情好，看向谁学，学得不好就把你带到滴水岩去了！”

桌子上的其他人都大笑起来。

富晶垚不知道什么是滴水岩，傻傻地跟着一起笑。

## 十

吃完午饭大家都回房间休息，管主任没有回来。他着急着向富晶垚交接手续，喊富晶垚进营业室。刚进门就看到两个保险柜也敞开着，站在门口喊：“小富你过来。”

富晶垚听到管主任叫，起身过去。管主任用极其快速的语言说：“你把这个月的工资给我一半！”

富晶垚被说得莫名其妙，说：“管主任，出啥状况？”

“你看这两个保险柜，人离开没有关，按制度要扣一个月的绩效。你这个错误犯得太大，我先不给段主任说，你记得发工资以后把一半工资给我。”

富晶垚不知道这个问题的严重性，反驳说：“两个保险柜没关，至于那么严重吗？有点说大了吧！”带着不屑和轻蔑。

管主任用犀利的眼光扫了一下他，走到后面的窗户，打开窗纱，伸着头喊：“段主任，段主任，你下来一下！”富晶垚心里一慌，进金库准备关保险柜的门，管主任说：“小富，你一会儿听段主任怎么说。”

段主任慢悠悠地进营业室，看到管主任说：“你叫我？”

“你进去问小富！”

段主任又进金库问：“小富，刚才出了什么事情？”

“我中午吃饭，没有关这两个保险柜。”他说得吞吞吐吐。

“你知道这两个保险柜里装的啥吗？”

“大的装现金，小的装重要空白凭证。”

“你知道啊！那有没有人给你说人离开这两扇门都得关上？”

富晶垚站着不说话。

管主任进门说：“小富就特别犟，给他说夜晚从外面走的人要多留个心，和我争没那么害怕。”接着对富晶垚说，“我进出金库都把门锁起来，你看到了吧，看到就要学，要不长眼睛干啥！”

段主任说：“你听到管主任咋说没有！不关金库门要扣一个月的绩效，还要当众写检查。你今天才来就出现这么严重的工作失误，晚上开会好好说你这事。”

富晶垚垂着头站在那里。

管主任嘟囔着：“年轻人才来要听老同事的，说咋办就咋办，还犟嘴。”

段主任从金库出来说：“小富今天也才来，安全意识淡薄，这方面要着重强调。你看这保险柜，后面那个钱箱，还有保管重要空白凭证的抽屉，只要离开你的工位，立马就要锁起来，要有这意识。管主任以前就是这儿的主任，我就跟着他学，后面没出过什么问题。管主任说啥你都不要争辩，都是为了你好。你在这个单位里，自己不犯错是一种本事，尊重老同事也是一种口碑，县里面好几百号人，做业务的同时还要学做人。”

富晶垚一直“嗯”着。

管主任一直嘟囔着什么他也没听清楚。

说了一阵，段主任强调：“你以后每天中午十二点下班，把营业室里面该锁的锁好，该关的关好，出去把卷闸门拉下来，然后才能吃饭，吃完饭出去把卷闸门拉开，进营业室就坐在管主任这个位置，下午五点半下班，一年四季都这样，知道了吧！”

“一定记得！”富晶垚说，“我出去把卷闸门打开。”

段主任点点头。

他出了营业室，感到自己面红耳赤。

等他再次回到营业室，段主任已经离开，谭会计在里面，管主任打着算盘，看他进来，说：“小富，你看这是钱箱里的现金和重要空白凭证交接单，你核对一下！”然后对谭会计说，“你看你那儿的数字对不对。”

谭会计找到会计报表说了数字，管主任指着箱子说：“小富，你看，箱子里的现金多出来几毛钱，应该是每次多出来几厘没办法找积累出来的，你再数数，没啥问题这个交接单我先签字，就算是把我管的这摊子全部交给你了。”

富晶垚站在那里，不知道签还是不签，又不敢说、不敢问，管主任把钱箱的几把钥匙放在桌面上对富晶垚说：“我把这几把钥匙放在这里，就算把钥匙交完了。”又强调了一遍，“离开就要锁柜子。”

说完，他又对谭会计说：“我把东西都交给小富，一会儿把东西收拾完我就走了！”

“段主任还说晚上一块到蔡老板那儿喝酒，给你送行，喝完酒你再去昶河，哪有那么着急！”谭会计说。

“那边都在等着，刚打电话过去，房子都腾好了。”管主任说着出了营业室。

富晶垚拿着清单开始清点，谭会计唠叨：“管老头儿在这儿干了一辈子，现在才到想要的地方去。小富，以后这个营业室就剩咱们俩喽。”

“好好，以后各方面请您多担待。”富晶垚说。

谭会计带着失落说：“我和管主任相处这么多年没出过啥矛盾、拌过啥嘴，后面说啥你干就行了，我这个人好相处。”

## 十一

正核对着清单，富晶垚听到管主任在院子里说：“你今天怎么穿得像个人样过来？你来准没啥好事，景经理今天没在！”

只听到一个讨好的声音：“管主任这话说哪里去了，他不在找你也可以，听别人说你要调走，过来送送你！”

“送我？我怕是受不起你送啊！”听口音另外一个人年龄也挺大。

“你看你在这儿这么多年，我找你也少，也没给你添过啥麻烦，走了也说几句好话是吧！”

“好话，小富，你出来！”

富晶垚在营业室里连忙“哎”了一声，锁好柜子出门。刚准备开门，谭会计小声说：“那和我们不是一路人，你小心点。”富晶垚轻轻“噢”了一声出去。

院子里，一个梳着油头，头发花白相间，弯着腰的中年人站在管主任对面。富晶垚笑着点点头，管主任指指说：“这是晶沟的名人余俊武余大主任，后面离他远一些！不要翻沟里了都不知道为啥！”说着竟然在那个人头上揉搓了两把。余俊武用两根指头梳理着头发，轻声说：“你看你，我们两人开个玩笑就得了，在新来的年轻人面前也开这种玩笑就不好！”

管主任有些严肃地说：“你看我是在开玩笑！你看我是在开玩笑！”似乎觉得也不太合适，说，“那走，去我房里给你倒杯茶！这么多年都没给你倒过水，这都走了还不给你泡杯茶！”说着拉着余俊武上了二楼。

富晶垚心里想这个人确实不简单，都被管主任“盘”成那样还面不改色。

他这会儿还对管主任带着情绪，但是他没有料到管主任那句“不要翻沟里了都不知道为啥”在往后对他起到了多大的作用。在他面对轮番审问的时候，他才回想起来这句话是多么有用。

此刻，这句话一直在他脑海里不停地翻转。

回到营业室，富晶垚把刚才的情况说给谭会计，谭会计叮嘱他管主任说得对，少和他来往。

## 十二

两个人正说着，营业室进来一个办业务的人，富晶垚抬头看，正是早晨说下午再来办卡的刘长江，刘长江站在柜台外面问：“现在能办业务了吗？”

“能办，你要办啥？”谭会计说。

“我们财政所殷所长说我的工资是从县财政转到乡财政，让我过来办一张工资的折子。”

“带身份证没有？折子五块钱，里面还要存五十块钱。”

“都带了。”刘长江从口袋里掏出身份证、一张五十和一张五块从柜台的下沉窗口递进来。

谭会计接过身份证看了一下说：“你就是新来的刘乡长？好年轻！”

“是我，快二十五，不年轻了。”

谭会计对正在核对现金和重要空白凭证的富晶垚说：“你拿一张折子出来，我给你说怎么办理。”

富晶垚抬头看看谭会计，并没有停下手头的事情，嘴里还念着数字，谭会计又重复说：“我和管主任在一起几年，他就是脾气比较急躁，账上从来都没出过问题，你等会儿再清点，先把这笔业务办完。从钱箱里拿一个存折出来。”

富晶垚现在心里还是一团乱麻，听谭会计说了两遍才放下手中的事情，从钱箱里找存折。钱箱里有好几种纸质凭证，他一样一样看，找到存折递给谭会计，谭会计看了一下问：“按顺序拿没有？”

“拿的最上面那个。”

“把那一沓的存折都拿出来看看，再确定一下。”

刘长江站在外面说：“这是你们早晨才来的新人？”

“是啊，早晨来，现在还是蒙的，啥都不懂。”

“你们不着急，我下午也没啥特别重要的事！”

富晶垚抬起头看了一眼刘长江没有说话。核对完，确定是第一本，对谭会计说：“是第一本。”

谭会计把存折翻看了一遍交给富晶垚，说：“我说，你在系统上操作。”然后抱怨了句，“这个管老头儿跑得快，啥都不教就走！”

富晶垚接过存折呆呆地看着谭会计。

“电脑也是才上不久，我看看怎么办。”谭会计说着在电脑上试起代码。他找到菜单给富晶垚讲，富晶垚一步一步地记着。开卡的过程比较烦琐，先在总号码段里销一个号码，再在另外一个菜单下增加这个号码，再录刘长江的信息，执行操作，核对无误再执行上传，一串的操作下来，富晶垚云里雾里。营业室里的空调开得很低，他却全身是汗。刘长江在外面等得直擦汗，说了几遍：“你们也不在外面安个空调，里面在享受，外面在受罪。”

谭会计笑着说：“只要你们给拨钱，安几台空调都可以！”

“你们挣钱也不给我们发。我们一个月不到三千块钱，你们一个月五六千，装个空调算啥！”

谭会计调侃地说：“不到五六千你们财政给我们补啊！”

“我在县上都听说你们工资高，乡下的也少不了！”

谭会计笑了笑，看着富晶垚在电脑上操作，突然想起什么，说：“我听说太阳花村要建一个水库，现在项目到哪步了？”

刘长江咂咂嘴说：“太阳花村要建一个水电站？位置在哪儿？我只听说过，具体啥情况还真不知道，这块不是我分管！”

“我听说规划都过了，快批下来了。”

“规划什么时间批下来的？”

“就前两三个月，你下次路过太阳花村上村看看，村民现在全部在建房、种树，到时候赔偿就是个问题！”

刘长江站在外面的营业室打了一个转说：“这还不知道要几年，谁能管那么远，到时候按不按照一棵树一棵树地赔还不好说。”

“还几年？我都知道规划下来，肯定是十拿九稳。你看昶河那么大的水一天天白流，早点建成早点用上，这个道理谁都清楚，而且你看上边王三豪那个矿，用电量那么大，拉几条线都不够。”

刘长江“噢”了一声说：“在太阳花村！你说得也是，这边的电真不咋稳定，我在这儿两个月，下雨断路，刮风断电，太阳花村水电站要是修好了能缓解不少。”

“你分管哪个村？”

“碳沟。”

谭会计憨笑了一声说：“碳沟！可给你分了个好地方。可有几个‘大好人’啊！”

“你不是本地的？对碳沟还了解？”

“我就是太阳花村的，我们这工作对哪个村都有了解，碳沟王家那几个，胡家、佘家那几个，我们这儿的贷款都烂了多少年，尤其是佘三娃，你们弄的糊涂账，后面成了个嘛达（麻烦）事！”

“你们了解的还挺多，佘三娃那个是个啥事？”

这时富晶垚核对了几遍没问题，对刘长江说：“输一个六位数密码，输两遍。”

刘长江笑着走近柜台输密码，谭会计没有停，继续说：“佘三娃的事就是欺负人家就一个老头儿，家里没其他人。”之后不再说话。

刘长江输完密码说：“你们什么时间上的电脑？”

“才上没多久，只能办些简单业务，有些业务还办不了，得去县城。”

“那和我们一样，只有基本的功能，像派出所、司法所这些机构也只设在昶河镇。”

谭会计哈哈笑了一下，说：“刘乡长你说你，咋来这么个地方！”

刘长江听完也爽朗地一笑，对正在办业务的富晶垚说：“那个新来的，你咋来这么个地方？”

富晶垚被突然问起来，带有几分严肃地说：“我是县里分过来的，过来的时候和我说越是艰苦的地方越能锻炼人，反正在哪儿都是干工作。”

刘长江接过话说：“看，还是才毕业的学生思想觉悟高，好安排，说分到哪儿就分到哪儿。”

谭会计叹了口气说：“我在这儿干了半辈子，说干一行爱一行，我们这行我是干得够够的，我娃毕业了是怎么着都不会让他进这里。”

刘长江说：“县里面领导的娃挤破头都想进你们单位，进不去，你还不让娃进，一个月拿我们几倍的工资，咋不好！”

“工资高有什么用，在这个地方你能花得出去？”

“到城里花也一样吗！”

两个人对着一笑。

富晶垚又核对了一遍，对谭会计说：“您再帮我看看，还有没有什么问题！”谭会计拿起存折，在记账簿上核对起来，又扒拉了一下算盘说：“好了，你让刘乡长输一遍密码试试。”富晶垚接过存折操作起来。刘长江试了密码，一切正常。富晶垚站起来，深深地松了口气说：“我工作生涯的第一笔业务！”

刘长江笑起来说：“确实有纪念意义，大学毕业就过来了？哪个学校毕业的？”

“北方大学金融专业，毕业考试就分这里来了！”

刘长江用力拍拍柜台，似乎是要引起富晶垚的注意，说：“咱们俩大学隔着一条马路，我北方工业大学的，是不是邻居，还真凑巧，现在又是邻居！”

富晶垚经过刚才的艰难操作，对这笔业务还心有余悸，没有表现出和刘长江同样的兴奋，淡淡地说：“咱们俩也真算凑巧，边家村那块吃的是真美！”

刘长江在营业室里待的时间已久，又特别热，业务也已经办完，对富晶垚说："闲了过来聊，我在乡政府二楼最北面那个房间。"

富晶垚说："好，您慢走！"

刘长江向谭会计打了声招呼，满身是汗地出了营业室。

## 十三

刘长江走后，富晶垚拿起传票细看办理的第一笔业务，边看边问，谭会计又重新给他捋了一遍，告诉他这笔业务算所有业务中比较难的类型，要反复多看。他核对了办理时间，从开始办理到结束用了四十多分钟。他把这笔业务细看了好几遍，直至不用问谭会计也能操作了，才放下。

谭会计抱怨起来："这个管老头子，没有交接完就着急忙慌地走，在这儿干了半辈子，再撞几天钟都不愿意！"

富晶垚听着没有接话，继续核对交接单。

把单子上营业室的业务核对完，他刚站起来，谭会计打着算盘说："把以前办过的传票拿出来看看，记清楚哪种业务用哪种单据。"

他答应着，从柜子里拿出以往装订好的传票看起来。

传票按时间先后顺序装订，他大概翻了一遍，这里一天办不了几笔业务，大部分都是存款取款。

谭会计正在电脑上讲一笔业务，院子里有人"嘭嘭"地敲窗户："管主任在哪儿……"

谭会计走过去说："你们哪有那么急！"

"石主任早晨接到电话，不知道管主任的东西多不多，就安排我过来！"

"管主任在楼上收拾东西，应该收拾完了，你上去看看，段主任也在楼上。"

"那我先上去。"

谭会计转过身对富晶垚说："这是昶河联合社的吴苏礼，湖北人，有意思得很，媳妇也是湖北人。"

富晶垚接过话说："湖北的咋能进鹿鸣联合社，我们招考竞争都那么激烈！"

谭会计咂咂嘴，嘿嘿一笑说："他和你阮叔叔一样是临时工，他们进来又不像你们那么多程序。"

富晶垚有些好奇，问：“我们这种招考的在联合社算什么？”

“我们算正式编制，他们是临时工。”

富晶垚顿时有一种身份上的优越感，心里乐滋滋的。

谭会计接着说：“临时工是县上招的，你们是省上统一招考，招考机关就不一样，除了临时工，各个村还有代办员，说是天天工，还比不上临时工。你还别说，这些人都是村里面的能人，都能倒腾。”

富晶垚想了解得更多，饶有兴趣地听着。

谭会计继续说：“我们这儿一个萝卜一个坑，每个位置都有人干，说是工资高，拿的都是辛苦钱。县里提出以社为家，一个月只有四天假，家都顾不上。你还没结婚，没牵挂，一人吃饱全家不愁，我老小今年上高三，啥都顾不上！”

富晶垚没有说话，继续听着。听着听着，谭会计对联合社的介绍越来越少，牢骚却越来越多。

过了没多久，阮宝山和吴苏礼各提了一个大包袱从二楼下来，段主任、管主任、柯礼朝跟在后面，经过窗户，段主任喊：“管主任要走，你俩出来送一下！”

富晶垚把钱箱、柜子锁好，出了营业室。吴苏礼正在货架上绑包袱，柯礼朝对着吴苏礼开玩笑地指挥这样绑那样绑，吴苏礼也不还嘴，柯礼朝怎么说他就怎么绑，换了好几个办法，最后在车架下面垫了两根木板才把几个包袱绑好。

管主任还是想早点走，对这里没有任何留恋，看到富晶垚，说：“小富，交接单核对好了没有？你去拿过来，我先签字。”

“下午办了笔业务，现在我只核对了营业室的东西，其他的还没有来得及。”

“那么多档案你一时半会儿也核对不完，慢慢来，我就在昶河联合社，跑不了，在联合社都干了几十年，我先当着大家的面签字，你后面慢慢核对。”

富晶垚站在那里没有搭话。

段主任说：“管主任在这里工作了几十年，你让管主任先签字，有啥问题，昶河离这里也不远。”

柯礼朝也说：“管主任在社上这么久没出过啥问题，你先让管主任签字。”

阮宝山也这样说。

富晶垚进营业室拿出交接单，管主任不忘从窗户外看看营业室，说：“这娃还是有记性，说离开工位就要把钱箱和柜子锁上，这不就锁上了！”

大家直夸管主任教得好。

管主任接过交接单，在移交人一栏上签上名字，当着大家的面说：“七页，你看好了。”

段主任在旁边说：“晚上在老蔡那儿定了一桌给你送行，顺便给小富接风，你这么着急地走。”

“老蔡那儿都吃了那么多年，就那几样，有啥吃的。后面你们到昶河请我吃。”签过字，把手搓了搓，又看了眼整个院子，低头叹了口气，骑上摩托车，说，“你们到昶河联系！”

段主任带着大家把两个人送出门，看着两个人消失在扬起的尘烟里，没有一个人说话。

## 十四

刘长江办完存折就到殷所长那里留下存折号码，回到房间看书，王主任拿过来几个文件告诉他按照县上要求，需要分管乡长学习完开会传达。

这两个月，他已经摸清了袁书记的工作风格，除了重大事情很少开会，但他还是写了讲话稿。

下午有些闷，他打开空调，在房间里喝着茶，看着文件。这个时间段没有人打扰，他思考着谭会计说的那些话。

刘长江的父母都是老师，他还有个弟弟叫刘天佑。他父亲是中学的政治老师，母亲带过语文也带过数学，从小就对他要求严格。他自己也很争气，大学扩招第一年考上了北方工业大学，毕业后一心想留在西安发展，大四签在一家研究所，刚好遇到考公务员热，加上家里面出现了一些事情，父母也让他考公务员，他就报考了鹿鸣县政协，抱着试试的心态走完了流程，没想到能考上，后面就在那里报到上班，在政协里做文秘工作，写写材料。他年轻，在整个系统里算高学历，干了两年，县上提倡干部队伍年轻化，跟着政策升了副科，本来是依着单位好，能提到县城周边的乡镇做副镇长，也不知道出了什么鬼使神差的事情，公告发出来是晶沟乡的副乡长。

刘父、刘母都是先从乡下教书，后来一步步才到鹿鸣县城，就给他做思想工作，他也就慢慢接受了这件事。他也是全乡镇最年轻的乡镇长，一丝的喜悦里带着更多的不甘。

坐在那里想了好一会儿，他思索着自己以后究竟是随波逐流还是迎风劈浪。

## 十五

晶沟乡的稀土矿是村民的共同财富，也是晶沟乡的财富，归根结底，王三豪得了大头。

王三豪最开始摸爬滚打挖稀土矿的时候也是蹚过深水的。当时拿着那些水晶石的报告单，教授告诉他："这些金属元素的用途还没有完全开发出来，市场的应用还不确定！"他带着对未来的极不确定性和山大沟深任何事情都得下深水的现实，开了第一个矿洞，经过这么多年的发展，这些稀有金属的用途越来越广泛。尤其是这几年，需求直线上涨，王三豪跟着飘起来。制约稀土矿发展最主要的因素是电力和运输。前期生产中的遗留问题也慢慢凸显，王三豪也有一筹莫展的时候。

豪晶禄昌矿业有限公司注册了十几年，中间政策调整，换过几次证照，每次更换证照都比较麻烦。袁书记调来当书记以后变得顺畅了很多，但也仅限于第一个矿洞的手续。想要开第二个矿洞，就需要扩大经营资质。经过这几年，袁书记敏锐地意识到万一他突然调离这里，另外那个矿洞就是非法开采，手续始终还是要办的，但是这个手续又特别难批，没有人和市里审批机构打招呼，简直就是天方夜谭。王三豪和袁书记一直都寻摸着哪里有合适的人和市里牵线搭桥。

打第一个矿洞的时候，王三豪只有四十几个人，机械设备运进来都花了小半年，矿洞选在晶沟乡政府往上五六里河西的半山腰。

隔着马路和矿山的那条河夏季里偶尔发洪水，架在水面的桥经常被冲毁，现在将四个一人多高的水泥桶放倒，并排做成了简易桥，上面铺满砂石泥土。到矿区去必须经过这座桥，过了桥三千米是个斜坡，斜坡再往上拐几个弯，约莫四千米有一座用水泥浇筑的一百多平方米的沉淀池，洗矿的水、矿洞里的暗洪排出来的有害杂质，都排到沉淀池里，经过沉淀，水从最下面渗出来，有害杂质留在沉淀池，能减轻部分污染。再往上没多远的半山腰，是住宅区和加工区，这里实际上是一座矮山削平了山头，特别宽敞，平台另一边的两个山坳之间建有一个院子，里面有房子有狗，常年不见太阳，储存着炸药，和生活区隔了半扇山。

第二个矿洞坐落在晶沟乡政府往下十多里的半山腰，也是从大路分出去一条进山的路，一座石桥架在河上，桥上的水泥栏杆七零八落，桥体有木头，还有铁板打着补丁，桥洞裂开的水泥皱纹预示着它的状况，都宣告着“我”还能再坚持一下。

王三豪的办公室在第一个矿洞的办公区，办公区还是最开始成立时规划建造的，地方不是特别大。有段时间生产扩大，效益特别好，他在办公区旁边凿出一块空地，建了栋新办公楼，规模可比肩县城最豪华的大楼，他就换到了新办公室。没多久就出现矿洞渗水，又出了佘景鹏的事情。众人说来说去，他就找了个风水先生，风水先生告诉他新盖的楼不能当他的办公楼，他又把办公楼换回最初创业时的那幢楼。

佘景鹏的事情说起来也是个意外。那段时间生产扩大，柴油紧缺，需要经常驾着卡车到县城拉油。佘景鹏当天没有排班，跟着车一起去，这种事情也比较平常，那次加油站的油也不多，没有加满，几个人在县城又喝了酒，没加满的油箱在货架上来回晃荡，司机也跟着晃荡了一路，回来时掉下了那座桥，当时坐着的三个人全没了。两个司机是外地人，只有佘景鹏是本地人。晶沟乡没有派出所和司法所，只能去昶河镇调解，袁书记当时在昶河镇分管司法，和晶沟乡政府一起主持调解了这件事。调解补偿过后就再也没其他后续的事情。

这件事过后，佘三娃老伴就卧床不起，虽然得到了赔偿，还比外地的人多了一些，但佘三娃家只有佘景鹏这一根独苗，为后面的事埋下了祸根。

过了没三年，突然有一段时间，佘三娃莫名其妙地到处说佘景鹏给他托梦，说娃死得惨，让他去王三豪那里讨说法，他就经常去矿上讨说法。王三豪让保安将人架出去过几次，有一次还让保安把佘三娃打进了乡卫生所，佘三娃好了以后又去找，保安也觉得这个干巴的老头儿可怜，远远地躲着。在佘三娃不断地讨说法以后，王三豪对整个业务也做了调整，调整的第一项就是不再招十里八乡的村民到矿上做工，出事以后外地的一次性赔偿结束以后就没了其他后事。而佘三娃这件事让他彻底没了脾气，老头子执着地让他只能躲。第二项就是矿洞由公司开采，矿石出洞以后运往县城这部分业务外包一部分，有车的自己运输，按照土方或者趟数计费，责任自负。他也知道，开采虽然危险，但永远是主业。

豪晶禄昌矿业有限公司在晶沟联合社开的公户，公司的大部分账务都在晶沟联合社处理，两个矿洞的工人工资也由这里代发，公司的财务叫郗媛。刘长江第一次在乡政府见到郗媛大为惊讶，这个山沟沟里面还有打扮这么时髦、这么漂亮的女人，一袭长裙，着淡妆，柳叶眉，大眼睛，瓜子脸，一顶太阳帽，让他心里澎湃了好一阵。

郗媛到晶沟联合社的次数不是很多，只有处理大额账务的时候她才会去。像发工资、转小账都是司机去办。郗媛偶尔亲自到联合社办理业务时，谭会计和管主任两个人也会打个黄腔，互相表现男人的一面，等郗媛离开又开始互相调侃。这个女人简直就是晶沟乡上下十里的一枝花，到哪儿哪儿躁动。

二号矿洞越挖越深，矿石的品质也越来越好。王三豪依据检测部门样品检测结果和前期开采量判定，这里是一个矿脉，还是个浅层矿脉，规模不会太小。但是因为手续不全，没有实际大规模开采。和第一个矿洞相比，那座水泥石桥就是最好的见证。第二个矿洞三年多只出现过一次渗水，没出过其他大事故。预计三年回本，但实际只用了两年多就已经回本。仍然由王三豪来管理。

这里也有一个储存火药的小仓库，这个火药仓库也在两个山坳之中，用起来更为方便，只是增加了墙高和进出门的个数。

随着串级萃取的加工工艺日趋完善，稀土提炼问题得到解决，应用更广泛，出口慢慢呈现出管制的迹象，价格也忽高忽低，经常出现几火车皮的稀土，装车的时候一个价，运到目的地后又是一个价。晶沟这边的反应机制还不是特别明显，跟不上市场的节奏。

## 十六

郗媛、第二个矿洞、袁书记，也是王三豪没有料到的偶遇。三年前的一次饭局，别人宴请鹿鸣县的大小名人，邀请王三豪参加。饭桌上王三豪坐在一堆人群里特别不显眼，作为一个如日中天的矿老板，他从心里面有些傲视其他人，然而这些人也并不把他当回事。

主座是鹿鸣县常务副县长胡旭华。酒过三巡，不知是谁提出来李自成落难鹿鸣的时候在 ×× 镇生了一个儿子，×× 镇应该建一个闯王山，王三豪当时趁着酒兴说：“谁说闯王的儿子在富油镇生的，明明是在咱们晶沟生的！”

大家都被他这带有流氓气的匪话逗乐，有的哈哈大笑，有的捂着嘴笑，王三豪又大声说："×× 你们笑啥？"王三豪那一本正经的样子让大家都不再说话，就那样沉寂了一阵。

为了打破这种尴尬，胡常务发话："你说你三豪，人家笑有啥不对！这是有资料考证的。据县志记载，闯王的儿子确实出生在富油镇，那个山后来就命名为闯王山！"

王三豪有些不服气地说："×× 和生儿子还要十个月，×× 是在我们晶沟！"

大家被他这么一说又哈哈大笑起来，桌子上还有几位女士掩面说："王矿长有意思！""三豪这嘴真是威力大。"……王三豪被激得有点儿生气，拿起酒瓶"咕嘟咕嘟"喝了两口说："有谁不信，那就把剩下的吹了！"

胡常务说："王矿长喝多了，县志记载的谁又改不了，是富油镇就是富油镇，那谁还说你女儿是你在一楼还是二楼、东厢房还是西厢房种的种子！"

大家笑得更起劲，王三豪觉得很没面子，转过身对着胡常务，把酒瓶从左手倒到右手的时候，右手没有接住，手指碰到酒瓶，顺势把酒瓶怼到胡常务身上。胡常务站起来说："三豪你是真喝多了，扔起了酒瓶！你先坐下冷静冷静！"

王三豪一心想争闯王生儿子的事，也没有示弱，说："我说闯王在晶沟生的儿子就在晶沟生的儿子，什么县志，都是一群人胡编乱造，还县志！胡志吧！"

胡常务转过身子，伸出右手扇了王三豪一巴掌，所有人都愣住，待在那儿看后面的发展，王三豪用那只没有接住酒瓶的手挥过去，一拳打掉了胡常务的一颗牙。两个人就这样因为酒后的两句话，由一个点头之交的朋友转成了仇人撕扯起来，混乱中有人报警。

后来有人分析王三豪用酒瓶子砸胡常务有几种可能动机：一个是王三豪本来就有把东西左右手来回扔的习惯，那天确实喝得有点多，左手扔出去，右手没接住，打在胡常务身上；第二种说法是和坐他对面的另一个人是在市里做金融的老板，他是富油镇人，王三豪这个做实业的没看上那个做金融的老板，暗地里都憋着一口气，在胡常务这里爆发；第三种说法是胡常务分管国土和工商，有些地方做得太苛刻，导致王三豪心里积了一些怨恨；还有最多的一种传闻，胡常务在检查中发现了王三豪的矿涉及很多问题，王三豪就想借这个场合挫挫胡常务的威风。这种传闻最多的说法也不成立，因为查王三豪的企业也是两个人在酒桌上的矛盾爆发以后才有的事情。

这件事情在县里也算是大事，风言风语传了个遍。无论是哪种说法，赶到一起，就在那种场合爆发了。

打过架以后的王三豪知道闯了祸，出酒店大门直奔自己的小车。关上车门他才发现拉架的时候大家都偏向胡常务，自己身上的衬衫被撕裂，还重重地挨了几拳，钱包也落在餐桌上没来得及取。王三豪让司机开车直奔自己的地盘——晶沟稀土矿。从保险柜里拿了现金和司机一起逃向湖北，在湖北和河南两个地方来回换，防止被抓。

他逃到湖北没两天，公安、国土、税务、工商、司法等单位检查豪晶禄昌矿业有限公司。王三豪从公司老板变成了逃犯，在外面提心吊胆。甚至有人给他传话，就算他提着现金跪下来求胡常务和解，这事也不会就这么了了，一定要让他坐牢。他一度不敢拿自己的身份证住宿，他觉得自己还不如一条狗。

在外面漂了两个多月，王三豪觉得也不是办法，指示司机和亲信放出去狠话，如果老板坐牢，他们也没有去处，肯定会让胡常务付出惨痛的代价。王三豪则四处找关系有谁能和胡常务搭上话，从中撮合达成和解。他那时找了几个人，其中就有袁书记，他们俩认识的时间也久，当王三豪求到袁裕苍，袁裕苍心里乐得不行，就把这件事揽了下来。

袁裕苍揽下来也不是没有把握，他有自己的底气。昶河桐油厂从20世纪90年代初就是集体企业，靠着集体企业的名誉和胡常务之前政府办主任的协调，从县联合社和开发银行贷款一千多万，年年贷款年年亏损，但是还能年年贷出来钱。

摆平王三豪的事情，袁裕苍也是费尽了心思，终于在三个月以后摆平了这件事。王三豪酒后打架这件事好像就没有发生，袁裕苍也从昶河镇调到晶沟乡做了书记，王三豪又回到豪晶禄昌矿业有限公司当起了矿长。

王三豪回来看到各个部门的审计结果和罚款，加上需要补办和补缴的税费，彻底让他明白了依法依规的重要性。

东躲西藏回来那天，除了他那辆车，后面还跟了一辆车，下来一个女人，就是郗媛，是他躲在湖北时认识的。下车的时候大家也没觉得那个女人有多惊艳，更没引起多少人的注意，没多久她突然打扮得像仙女一样，和王三豪走得特别近。几年工夫不到，不显山不露水地成了财务上的老大。

王三豪也有家庭，是入赘，有两个孩子。他发达以后给媳妇在县城买了房，也不怎么回去，定时送钱送物。他媳妇因为要照顾老人还一直住在十坪村，村里面闲言很多，他媳妇也只听着，别人说得过头了她还和别人说："如果真离了，也不一定能过得有现在好。"

打架那年王三豪四十八岁，是他的本命年，用他的话说："不出胡常务这件事，也会出王县长那档子事，或者出在县局哪个局长身上，始终有这么个劫要挨到我头上！"只字不提事情的经过。现在有空了就去湖北、河南潇洒，他觉得那里比鹿鸣县城轻松。县城关系太复杂，湖北、河南那边和自己没有太多的瓜葛，有钱在那里吃了、玩了、花了，就是单纯的交易，不掺杂其他成分。

依着这件事成功调和，王三豪开起了第二个矿洞。

所有事情结束以后，并没有拉近袁书记和胡常务的关系，反而扯远了他们之间的距离。鹿鸣县就是个巴掌大的地方，大家抬头不见低头见，彼此都认识，天下没有不透风的墙，虽然当事人不说，但是各种版本的风言风语传得越来越离谱，他和胡常务之间的关系也因为这件事而结束，除了一些公务活动，私下特意保持了距离。

第二个矿洞，也依赖王三豪的各项管理经验，各项工作都进展得很顺利。

## 十七

下午五点多，段主任下楼看到富晶垚还在营业室里面拿着计算器翻档案传票，拉开纱窗说："小富，别算了，咱们这儿的业务永远也算不完，先去老蔡那儿吃饭。"

富晶垚立马站起来说："你们先过去，我一会儿到。"

"你拿计算器算啥？我们这儿的业务对你这个大学生来说没啥难度，就是要细心。"

"我学的都是书本上的知识，没做过会计分录，下午有个人从存折上取出一千块钱，又加了现金存成一年定期，我拿计算器算算传票上如何记录的。"

"记那些有啥用！这些都是系统设定好的，每笔业务都一样，你要学的是如何办理，如何在系统上操作。"

"操作过程我都熟记在心里面，就想看操作原理。"

段主任笑起来说："我们是基层联合社，职责是办理具体业务，看懂那些有啥用？会操作就行，你说的原理是省里的事情。"

富晶垚思索了一下说："好，我把东西放回金库就走。"

"你收拾东西，我去喊其他人。"段主任在院子里喊了一声，其他人从各自的房间里出来。

谭会计住在金库的隔壁，那个房间的门正对走廊，空间稍大，也是从中间隔成办公室和卧室，房门正对楼梯的廊檐。谭会计到营业室外的窗户喊："小富，先吃饭，你是科班学得快。"

富晶垚把东西搬进金库，没有搭理，谭会计听里面没声音又喊："有啥问题没有？"富晶垚正在拧保险柜，被段主任和谭会计戴了两顶高帽，随口喊："没事，好着呢，马上就去。"

"那我们先过去，在乡政府往上没多远，晶沟大饭店！"

"好，你们先过去，我来锁门。"

段主任带着谭会计一行人先过去。

富晶垚拧了好久小保险柜没打开，放弃了，打算把大保险柜打开。大保险柜是个老式保险柜，虽然说明书已经泛黄，但是标识得非常清楚，他按照图纸顺着转到指定刻度，反转两圈到指定刻度，再顺时针转，连续试了几次，终于打开，浑身已经湿透。他把所有的钱箱、印章等一股脑儿地放进去，关上门，打乱密码锁，关好几道门飞奔出去。他没来得及参观整个街道，一路小跑到晶沟大饭店。晶沟联合社在这条街道属于最下头那户，跑到晶沟大饭店用了不到两分钟，他大致数了一下，所有的户数加起来不超过五家。

他看到一个招牌"晶沟大饭店"，心里着实有点吃惊，这么小的地方名字倒叫得大气。

蔡老板看到有个小伙子着急忙慌地跑进来问："你是找人还是吃饭？"

"段主任在哪个包间？"

蔡老板指指。富晶垚跑过去。

整个晶沟乡，蔡老板最喜欢晶沟联合社的人到他这里吃饭，晶沟联合社的人也签字，但是不会拖太久就会把账全清了。还有县里面或者在外做生意的老板回晶沟联合社贷款吃饭，都比较大气，菜样点得多，而且点得贵。对于这件事，蔡老板问过一个回晶沟的大老板袁木匠，为什么在外地做生意要回晶沟贷款？袁木匠就说，虽然他们在西安做生意，公司开了好几家，涉足几个行业，但是自己的户口和档案都在晶沟乡，西安那边的银行大部分不给外地人贷款，临时要用十几万还得回户籍地贷款。贷款的时候总不能给"他们"表现自己没钱。如果抠抠搜搜，让他们感觉没钱，联合社的那帮人怎么会放心把钱贷给我们。蔡老板调侃这是“打肿脸充胖子”。

晚上这一桌，除了景泽录，晶沟联合社其他六个人都在。在段主任的观念里，酒品即人品，尤其是干金融工作，整天和钱打交道，更需要了解人品。富晶垚开始谦虚自己喝不了酒，后来挡不住你一句我一句地劝酒，也喝多了。快到八点，天黑下来，谭会计回联合社把院子、自己房间、营业室和楼道里的灯全打开，又回去接着吃喝。这里除了吃饭喝酒也没有其他娱乐活动，大家喝得比较尽兴，十点多才结束。

富晶垚报到的第一天夜晚在晕乎乎中度过。

第二天早晨，富晶垚在客房里还像在家一样到八点还没起床。段主任在客房外喊他起床吃早饭，他才匆匆起床洗了把脸去餐厅。

大家都在，又提起昨晚喝酒的事情。

柯礼朝说：“小富啊，你太滑头，开始不喝，段主任呛你你才喝，像个小媳妇，要别人哄着喝酒。”

“我确实不能喝，在学校没喝过，昨天晚上第一次喝那么多。”

段主任笑笑说：“学校里面不喝酒？我不信！你还没几个白鲁川镇的同学？是个男的都能喝二三两！”

“有几个高中同学是那边的，他们喝，我没喝过。”

柯礼朝说：“你看县里以前分下来的大学生，哪个下乡来我们这儿不能喝酒？你还扭扭捏捏的，架子摆得大！”

谭会计说：“小富在喝酒上还得多学习，我们这儿讲的可是酒品就是人品，你昨天晚上喝酒喝得不过关。”

“我昨天晚上真喝多了，咋回来都不记得。”

几个人都哈哈笑。

阮宝山说：“你说你不会喝酒，昨天晚上还喝多？看样子还是能喝，是没找到陪喝的人。”

谭会计打趣说：“让矿上的郗媛过来陪呗！”然后抿着嘴笑。

柯礼朝说：“郗媛怕是看不上小富吧，人家要有钱人！”

段主任说：“那也不一定，说不定人家就喜欢小富这样年轻的！”

大家又“哄”地笑起来，富晶垚也不争辩，跟着哈哈笑起来。

吃过早饭，富晶垚提前回营业室，在谭会计进第二道门的时候迅速打开保险柜。在谭会计问：“小富，需不需要我过去给你帮忙”时，他已经提着钱箱出来。谭会计问：“两个保险柜，大的放现金，小的放重要空白凭证，管老头儿给你说了吧！”

“说了，我就是这样放的。”然后把钱箱放椅子旁边，出院子，绕到前面打开卷闸门，开始了他正式上班的第二天。

## 十八

经过前几个月的适应，刘长江已经褪去了身上的浮躁，开始静下来思考自己的现状和未来。在这里，如果说事情多的话也真多，县委、县政府和各个局的大小会议文件，每个星期都一大沓；如果说事情少，除了极少数重要事情需要签字表决外，其他也没啥事。如果不在自己的分管领域，也就凑数打酱油。他游离在忙与不忙之间。

这期间他去了趟碳沟村。那天他提前给龚自立打电话要去村里看看，到村部就快中午了。龚自立叫了村组几个人，安排在他家吃饭，几个人有说低保户怎么分，有说五保户的名额给谁。按照他们的说法，村上得有一大半人享受低保、五保才能生存下去，还有一小部分人也需要低保，只是名额不够，加上这些人这儿那儿的有问题，不能安排。刘长江没有搭话。

众人喝酒的时候还提起退耕还林，有人抱怨既要建设新农村，又要实行退耕还林，这是相互矛盾。

从上次去碳沟到现在也有段时间了。这天天气阴沉沉的，也不适合下乡，他在房子里看了几个文件，觉得还没自己在政协时写得有水平，他把文件放下，站在走廊上。小景和新来的女孩正在院子里嘻嘻哈哈地说笑，看见他在走廊上，停止了说笑，回办公室去了。畜牧站的安红霞站长拿个文件到袁书记那里去，在楼梯口和他打了声招呼。他往左前方看，晶沟联合社的二楼有来往的人，他想起了新来的那个小伙儿，前几天走得匆忙，忘记问他的名字，他想这会儿没事情，过去聊聊。

出乡政府大门往下拐，进晶沟联合社的营业室，这会儿营业室没人，刘长江站在窗口旁边，谭会计和富晶垚两个人正在讨论如何办理业务。谭会计看见他说：“我们这儿除了殷所长和小景过来，乡上领导都来得少，过来有啥安排？”

刘长江本来没事，被谭会计这么一说，想起来说：“我上次办理的那个存折能不能在县上取钱？”

谭会计“噢”了一声说：“那天办的时候忘记给你设定的是可通兑还是不可通兑的了，如果是可通兑的，就可以到县上取钱。存折拿了没有？让小富给你查一下。”

刘长江没有拿存折，问：“有身份证可以查吗？”

“可以，你把身份证给我。”

刘长江把身份证递进来，富晶垚站起来，伸手接过说：“我不会操作。”

谭会计抱怨了几句，说：“你打开2242这个代码。”然后一步一步地指导富晶垚操作。刘长江在营业室外问：“谭会计一直叫你小富，你全名叫啥？”

富晶垚正聚精会神地按照谭会计的指导办理业务，过了好一会儿才反应过来说：“你刚说啥？噢，我叫富晶垚！”

“你这个名字好，到晶沟太适合不过，你名字里面这几个字和晶沟非常贴切。”

富晶垚抬起头挤出来个笑，继续按照谭会计的指导操作。

刘长江继续问：“你今年毕业就到这儿？”

富晶垚还是反应了一会儿才说：“是啊，我毕业就考这里！”

“你为啥考回来？咋不想留西安？”

富晶垚和谭会计说着话，没有太在意刘长江说的这些，等操作完，谭会计说：“你办的时候小富给你选的可通兑，能在全省取钱，在县上取钱不要手续费，出了县到市上取钱就要收手续费。”

刘长江“哦”了一声。

富晶垚插空问：“刘乡长，我刚在听谭会计讲业务，没听清楚你说什么。”

刘长江没有重复原话，说：“没事了到你邻居那儿转转，我在那边二楼，平时都在。”

谭会计说：“小富，刘乡长刚才问你为啥毕业不留西安，回这个地方？”

“我工作的事情阴差阳错就分到这里，下午下班去你那里聊，真的一句两句说不清楚。”

谭会计说：“还怕在这儿说谁听见！”

富晶垚尴尬地说：“没有没有，真是一句两句说不清。”

刘长江说：“好，你下班没事了过来，你在后面哪个房间？”

“我现在暂时住在客房，给我分在档案室，还没来得及收拾，等我收拾好你过来玩。”

刘长江对富晶垚笑笑招手说："收拾好了我过去。"

等刘长江走后没多久，谭会计叹了口气说："好年轻的乡长，在这儿待得久了就废了，还分管碳沟！十户里有三户都有烂贷款，十几年不还。下班就这一条街，加上乡政府也就五家，打个来回都不超过五分钟，娃肯定待不住！"

富晶垚听后说："这条街总共还不到五户，能叫街？连我们学校小卖部的个数都没有，这地方确实像县里给我说的——锻炼人！"

"肯定能锻炼人，这地方不锻炼人，难不成县里锻炼人！"

富晶垚本想说在这地方锻炼和在县里锻炼的不一样，但是忍住没有说，笑笑说："就是，走一条街都不超过五分钟，确实锻炼人！"

谭会计"嘿嘿"笑了一下说："好好熬吧，管老头儿都快退休了才到公路沿线！"

富晶垚有点紧张地说："他在这儿待了一辈子？"

"你们倒不一定，我们大部分都是接班的，文化素质低，你们都是大学生，不会让你们在这儿待一辈子！"富晶垚不再说话，梳理起刚才那笔业务。

## 十九

富晶垚的父母一直在县城里做小生意，都是本本分分的生意人，没有过大富大贵，但是有大跌大落，靠着顽强不息的生活意志在县城生活。富晶垚毕业的时候他爸托人给他寻了个营生，富晶垚也还争气，联合社向来都是内部子弟报名，他靠着一个远房亲戚的关系，以自己的专业优势考进了联合社，分在了这里。贵人领进门修行靠个人，后面的路就得靠他自己往下走。他的金融专业和这个单位非常对口，富晶垚也打算踏踏实实地在这里干。毕竟县里面公务员每个月两千多的时候，他听说这里能拿到四千多块钱。上了那么长时间的学，不就是为了挣工资，他的同学有去非洲的，那边高工资，条件可能比这里还差。

管主任走时只留有交接单，这几天他一直处于按照交接单对账的忙乱中，对于刚入行的他来说，理论上是高个，操作中是白痴。纸上列明的项目他都得一一问谭会计，他怕给管主任打电话被怼，没敢打电话问过具体情况。

谭会计刚才说的话让他有些发怵，这里究竟是个什么地方？深夜以后外面敲门的人别信！一干就干了一辈子！

管主任走后，谭会计一直住在金库，他给富晶垚说过他只是暂时住在里面，等富晶垚适应以后就要交给他。富晶垚不想现在就住在那个危险的地方，也不想睡在档案室，他总觉得档案室满屋都散发着纸发霉的味道，就一直睡在客房。

对富晶垚来说，交接工作量最大的是核对七个村的农户档案和贷款资料档案，好在暂时也没有人催他，他可以慢慢干。

吃过晚饭，大家又拿他开涮，富晶垚开始辩驳，终究敌不过几个人的轮番调侃说教。

在说教中他想起刘长江中午的话，舒展着身子，漫不经心地看着营业室，细细数起来，需要做的事情还很多，但是一旦干起来，一时半会儿又停不下来。他抬头看看天空，再看看四周，才发现这个院子的美。

这个小院是他理想的院子，篮球场那么大，四周三米高的院墙，墙头插着碎玻璃和铁丝网，沿着院墙有一道用水泥砌出来的沟渠。院子从中间分成两半，一边种的豇豆、茄子、西红柿，一边种的玉米和几株他也说不清楚的作物，长势都很旺。中间是一条一米八宽的过道，红砖路面，摆有一组水泥桌凳。

看了几遍，他把目光停留在后排瓦房的柴棚里，里面大斧头和圆木堆了好大一堆，已经劈开的木柴整齐地摆放在墙角。刚才拿他开涮的时候，柯礼朝还说让他每天早晨劈半小时木柴，这比跑五千米还有用。他进柴棚拿起斧头，掂了掂，六七斤重的样子，还比较沉，他拿了一根圆木立在地上，双手提起斧头在空中比试了几下，抡起斧头劈下去，“噼啪”的一声，卡在木头上，声音特别大。柯礼朝很快从房间出来，站在二楼的走廊说：“小富是个好同志，干啥都积极，刚说劈柴锻炼身体，马上就开始。”

段主任在房间里说：“他是新奇，城里娃，以前没劈过柴。”

柯礼朝嘿嘿一笑，说：“也是，他们这些大学生没经历过那个年代，有谁知道柴火咋劈。”

富晶垚说：“以前劈过，上学以后就再没劈过柴，十几年了。”一边说话一边抡斧头，又是几下。

他说的也是实话，十几年没有劈过柴，斧头还比较沉，力道拿捏不准，要么劈在原木一角，整根原木侧翻；要么把斧头卡在原木上，拔不出来。说话这会儿一根原木也没有劈开。

柯礼朝站在二楼看着他说：“小富，你可要注意，小心斧头劈在地上，弹出来石头把自己打着。”

“就是，不会劈柴还真不好使这玩意，这斧头太沉。”

柯礼朝说：“你喊你阮叔叔给你做个示范，他还嫌这斧头太轻，遇到树结巴力度不够大，劈不动。”

阮宝山在房间里说：“这大热天，在房子里阴着多好，外面热死了，还有力气劈柴！”

柯礼朝说：“你看这大学生就不怕，大热天劈柴，明天火烧得旺好多。加劲多劈一些。”

阮宝山说：“你别听你柯叔叔的，这么热，劈几下就是了，你柯叔叔给你戴高帽子。”

富晶垚没有停，又劈了几下，说：“我把这个木头劈开就停下来。”

突然，富晶垚“哎哟”一声，好久不说话，也不劈柴，柯礼朝大声地笑起来说：“这娃是哪里磕着了。”

富晶垚没有接话，段主任听到柯礼朝这么说，跑出来问：“小富，咋了？”

“没事，没事！”他把斧头扔在旁边，坐在木墩上。

“这么热就别劈柴了，明天早晨再劈。”阮宝山说。

“好，好！”

段主任和柯礼朝听到小富这么说，也没听到劈柴声，各自回房间去了。

富晶垚确实受了点伤，在最后那一下，斧头没有拿稳，劈下去的时候斧尖斜劈在原木上，整个斧头横着墩在木头上，被反弹起来，手被弹麻，腰也被震到了，浑身酥软。在木墩上坐了一会儿，他把两只手放在面前甩了甩，握在斧头把后面的右手好很多，他用那只手揉揉自己的腰。站起来扭了两下，也还能走。

下到后院，他准备回档案室数档案。思考片刻，整理档案不如去乡政府找刘长江，他慢步向乡政府走去。

乡政府院子里大家都忙着吃饭，他按照记忆上二楼，走到最里头的房间，敲门，没有人应，他站在走廊四处看，能清楚地看到联合社的二楼。刚站了一会儿，就看到刘长江端着碗从食堂出来，喊：“小富，你先进房间，我马上回去，外面还有太阳。”

“不着急，我不知道你们这个点开饭，比我们晚半个多小时，要不我就晚点再过来？”

“不要紧，你先进屋。”

富晶垚虽然嘴里说“好”，但是还站在门外，这会儿太阳也没那么毒辣。

这座楼坐东朝西，顺着山势。整个院子比联合社大五六倍，全部水泥硬化。一楼偏房有人在水龙头上洗碗，大部分都是上了年纪的人，只有几个年轻人。

富晶垚正在四处张望，刘长江上楼，说：“我屋里除了书没啥贵重东西，外面这么热，让你进去，你还在外面晒太阳！”

“好好。”富晶垚憨笑着把路让开。

刘长江轻轻推门开了，说：“门没锁，都在院子。吃饭的时候小景给我说有人来找，我出来看是你。”

“我记着你中午说在二楼，猜想应该是这个房间。”

“进屋随便坐。”刘长江把碗放在后面的柜子上，拿出一个玻璃杯，放茶，倒水。

富晶垚坐在长沙发上环看整个房间，特别整洁，办公桌上的纸和笔摆放得也很有次序，说：“这是你的办公室？你在哪儿睡觉？”

刘长江指指后面说：“那儿还有个门，里面半间房是卧室，有这一半大小，有些乱，就不请你参观了。”

“办公桌都摆放得这么整齐，里面能乱到哪儿去。这里倒像个豪华套房，外面办公，里面睡觉，多惬意。”

“豪华套房，你不觉得咱们更像知识青年下乡吗！”

富晶垚停顿了好一会儿说：“你的思想高度有点高！”

刘长江把泡好的茶递给富晶垚，说：“你今天上班业务还多！怎么坐得那么别扭？”

富晶垚耸了耸身子，说：“刚才劈柴被斧头震着腰，现在还有点麻。”

“你还劈柴，以前没劈过吧，在我这儿不用拘谨，靠沙发上！”

富晶垚顺势就靠在沙发上。

“大学时黄雁村那家烤鸡店吃过没有？贼好吃，我们宿舍一个月改善一次伙食，那烤鸡必不可少。”刘长江说。

“那儿有一家烤鸡店确实不错，经常吃。我们宿舍都是玩游戏，有个汉中的，带着我们吃鱼。”

“吃鱼，这是地域差别，汉中是鱼米之乡，鱼多，也会吃鱼。”然后话锋一转说，“你毕业在西安找工作没有？有没有考公务员？”

“找了，高不成低不就，去了还担心窝在那儿了，就没去，公务员也考了，没进面试，后面考联合社，就进来了。”

刘长江给自己倒上水，喝了口说：“进联合社挺好，工资高，现在提倡商品经济，挣工资才是硬道理。我在县里就听到你们工资高，是行政工资的两倍，而且分房子，你看县城哪个好地方没有你们的家属楼！”

“我也是奔着这种想法进来的，都说这地方工资待遇好。”富晶垚在心里窃喜了一下。

“你为啥来晶沟这刮风断电、下雨断路的地方？”

“真是我说的那样，我爸说给我找了个好营生，这个地方好多人挤破头都进不来，让我啥都听单位安排。”

刘长江沉默了一阵说：“才毕业啥都一片空白，随便怎么画都是一幅画。”

富晶垚嘿嘿一笑说：“上学的时候心比天高，志比海深，回来看到父母在城里做了这么多年的生意，还是勉强度日，就觉得自己啥也不是。做啥都不如有个稳定的工作好！”

“你这才上班几天就像上了十几年班一样！”

“真的，我到这里来就是图有个稳定的工作挣工资。”

刘长江叹了口气说：“在城里做点小生意也艰难，各种费用大，他们说的给你找个安稳的工作是最实际的做法。”

富晶垚靠在沙发上仿佛进入回忆似的，说：“我父母在我很小的时候也是农民，在生活最艰难的那几年转到县城做生意，从什么都没有到有了一隅门面，体会到了做农民和做小生意的双重艰难。现在，农民成了年轻人最不愿意从事的职业，和我一般大的，宁愿选择在城市里做一些城里人看不上的高强度工作，也不愿意回家种地，宁愿去工厂做打工仔，也少有自己开店的，就是这种情况。”

刘长江给富晶垚添了水，又给自己加上说：“往小说是个人选择，往大说是整个社会状态，你看我这文件，有几个都是新农村建设，提到一村一品，也有说城镇化建设，大杂居小聚居。”

“你站在管理层看事情，我才上几天班，现在连周围的环境都没有摸清楚。”

“五分钟打个来回，后面咱们俩可以去其他地方转转。”

富晶垚笑了笑说：“好。”

“这会儿太阳也落下，你现在走路咋样，能走我先带你逛一圈晶沟街。”刘长江笑了笑。

富晶垚听了，连说：“我没问题，能走。”

两个人出了乡政府大门开始逛晶沟街。

## 二十

九点多回联合社，富晶垚没有整理档案就回客房睡下了。

早饭又是他最后一个，吃完饭把碗放进锅里，他就回营业室准备当天营业的办公用品。谭会计进营业室看他坐着，打了声招呼，开始忙自己的。

等富晶垚站起来走动，谭会计看到他姿势有些僵硬，问：“你咋啦？这么快就找到矿上的小香港了？”边说边嘿嘿地笑起来。

富晶垚被说得一头雾水，解释说：“昨天下午劈柴，斧头横着劈到木柴上，震着腰了。”

“我昨天下午在房子里看电视，听到你们几个说劈柴，原来是你。这下好，才来几天就闪腰！”

富晶垚忙说：“不严重，不严重，你看！”前后扭，扭完问，“你说的啥小香港？”

“你来的时间短，还不知道，上边有个稀土矿，两三百矿工，从吃的到玩的啥都有，月初那几天给矿上发工资你就能看到，全是外地人，他们吃住都在矿上，两三百矿工又养活了百十人，都叫那儿小香港。”

“这叫法真奇特，小香港！还没有县城一个小区大，叫得响亮！”

“你有点瞧不起那边的矿工，人家工资比我们高得不是一点点，不了解你就别说，那儿啥都有，压杠、炸金花啥没有！”又嘿嘿一笑说，“还有你们年轻人最好的‘一包方便面’。”他一直谄笑，这笑声是个男人都懂。

富晶垚似懂非懂地问：“啥方便面？哈哈，我从小就喜欢吃方便面。”

“我说的是一个女的外号叫‘一包方便面’，你那吃的是啥方便面！”

“还有叫这名字的！真怪！”

“她每个月都来，我给你指。”

“好。”富晶垚重重地说。

# 二十一

除了向谭会计请教以外，富晶垚学习新业务都是以翻看传票为主。他发现管主任把以往的传票按照年份、月份摆放得整整齐齐，每一沓传票按照业务发生的顺序装订，破损的地方用胶水贴好。他也按照管主任的方式装订最近办理的传票。

整个农户档案和贷款档案就像一个巨大的杂货库，杂乱无序。农户档案中分家的要做分户，搬迁的要迁户。贷款档案也是有增有减，贷款就需要新增档案，还款就需要销户。整个工作内容简单，但是户数太多，是个简单繁重的工作。

就这样上班学习营业室业务，下班整理档案，不知道过了多少天。

这天，富晶垚正在营业室看传票，听到有人在窗外喊："谭会计，开下门，我进去办几笔业务！"

谭会计起身说："这次下乡下得时间久，有两三个星期了吧！"他一边说着一边去开门。

那个人进营业室说："哪有那么长时间，下乡不就是这样，还有好几张存单没拿到。"

他看见富晶垚坐在管主任的位置上说："管主任已经走了？这是新来的？"

"这次总算合管老头儿的意调到昶河，这是新来的小富。"

富晶垚笑着点点头说："我叫富晶垚，前段时间才来报到。"

"这是你景泽录景叔叔，晶沟这个地界就是他的地盘。"

景泽录把几张存单在桌子上拍拍说："晶沟是人家段主任的地盘，咋能是我的地盘！后面都是这些后生的地盘！"

谭会计一本正经地说："到晶沟贷款，他段昌宏的话还没有你景泽录的话管用，你说是不是？"

"你又在小孩面前教这些不好的东西！"

"这不都说的是大实话，他迟早也要调到外勤。"

景泽录转过身问富晶垚说："你们都是社招的吧？"

"是吧！考试考进来的。"

"好好干！干得好，县上哪个领导看上你，就把你调到县里面，不要总待在这鸟不拉屎的地方，管主任调到公路沿线，都比这儿方便很多。"

“到哪儿都得学好业务，都一样！”

谭会计说：“第一天来喝酒，柯礼朝说新来的大学生会说话，你看这话说得多漂亮。”

景泽录在富晶垚肩膀上轻拍了几下说：“就是，你看这话说得多有水平！”然后把那几张存单递给谭会计，谭会计把每一张都看了一下，递给富晶垚说，“正常的转存单！”然后问景泽录，“连本带利一起转？”

“一起转。”

富晶垚接过存单，开始在电脑上操作。

新存单转存完毕，景泽录收起来，说：“小富，我就在楼上，下面没业务了你就上来。”

“好的，闲了我去您那儿”。

等景泽录出去，富晶垚问谭会计：“别人的存单可以这样操作吗？不用本人过来就可以转存？”

“你知道晶沟村有多大不？面积比县城还大，最远的地方早晨七点骑摩托车走，九十点才到，社上的几个人在这儿待的时间都久，村民都认识，为了这几千块钱的存单还骑个摩托车跑几十公里村里人也觉得不划算，不然要外勤干啥？就是干这些。还有碳沟，更远！”

“那这种风险岂不是特别大，金额是多少，只有他们俩说得清楚！”

“你就操些闲心，营业室这一大堆的事情都干得够呛，还管他们。那儿还有代办员，这要管，哪能管得过来，管这些真是自己给自己逮个虱子咬，把钱存过来，又不是把钱放出去！”

富晶垚连连说：“噢，这样！”

谭会计接着说：“后面你做外勤就知道。书上是书上说的，我们这儿是我们这儿的！”

富晶垚有些似懂非懂地应着。

学习业务这段时间，富晶垚认为谭会计是个好老师。管主任在他报到的当天移交了所有的资料，他两眼一抹黑什么都不会，都是谭会计教他怎么办理。遇到不确定的业务，谭会计总会打电话问县营业室或者其他联合社，确定以后再在电脑上摸索。还好这里大部分时间都不太忙，谭会计忙完自己那摊事情以外还有空余时间。

对于前来办业务的人，谭会计总会拉着聊上几句，富晶垚对这些也充满好奇，经常竖着耳朵听，觉得蛮有意思。

自从他出现在晶沟，就有人打听他的婚事，也有人问隔壁的刘长江结婚没有。

## 二十二

自从刘长江知道大学时期的邻居也分到晶沟以后，就觉得自己不再孤单。但是那次的聊天让他隐隐觉察到两个人的思想不在同一个层面。富晶垚目前还处于找个营生的基本需求上，他则是被分配到这里，县政协上班的时候还有些许优越感，下放到这里虽然是个副乡长，就像回到了以前的某个时期，交通不便，没有娱乐活动，更没有任何生活配套设施。

刘长江认为自己工资低，而作为临时工的小景工资更低，他也感叹过小景那么低的工资怎么养家糊口。相比几个接班的老头儿，小景还是大专学历，还有新来的小沈，也是个本科，还是个临时工，是什么原因让她到这里来？

他又想到畜牧站的安红霞站长，那就不一般，这么多年四处奔波，皮肤起了小黑斑，但是整个脸的轮廓还在。在刘长江没来之前，整个乡里面也只有安站长把心扎在晶沟，天天忙得不亦乐乎，带着协管吴宇华东家跑西家，一个村一个村地跑。今年夏季雨水少，犯病的猪多，两个人基本没闲着。

在这里，大部分人都是被动式工作，推着走。

刘长江想了千百遍，他并不比一个女人差多少，尽自己的所能干好工作，不至于最后和这潭死水融在一起。

在政协工作的时候，他的工作就是调研写材料，县里涉及的民生福祉项目，他都会陪同相关领导前去调研，他始终坚信“没有调查就没有发言权”这个论调，而且调研过程中又有好多有意思的事情。

第一次去碳沟村，他提前给龚自立打过电话，在他家里和村组长待了一天，村民的具体情况也没有了解到。

不过他知道了来回的路线。

受第一次的影响，他这次没有给龚自立打招呼，一个人骑着摩托车来到碳沟村，路程还特别远，全是乡间小道，他脑海里不断地响起《山路十八弯》这首民谣，到处都曲里拐弯，一条窄路能分出来几条岔路。

这次在路上遇到一件惊险的事。经过一条背山的小道时，他远远地看到一条黑色长带绕了几圈盘在路中间，他减慢速度定睛看，是一条长虫（蛇），慌乱中他打算减速从旁边绕过去，但是越靠近越心虚，这条长虫得有小臂那么粗，没有办法判断是否有毒，更不知道如何搞定，他本能地把油门拧到底，加速冲过去，不偏不倚碾在了蛇身上，在后轱辘压过时，他明显感受到蛇头咬到车上，撞得“咚”的一声，他没有停，继续加速飞奔。走了好远，心里还在发怵。在一户人家门前停下车查看车况，满是灰尘的排气筒上露出了钢质印记。

他庆幸当时选择的正确性，夏天本就穿得薄，如果不加速碾过去，他想不出其他好办法。他又重新骑车沿路查看沿途的房屋和山上的作物。

八月的碳沟，山上到处郁郁葱葱，偶尔看到一片规则的绿色或者黄色的区域，都是些常见的玉米、芝麻等农作物。

这里地域面积很大，能耕种的土地很少，山上高大灌木也特别少，都是些低矮的树和矮草丛。受退耕还林政策影响，有些山地明显比其他地方略显土色，稀稀疏疏地长着树。

住户都离得比较远，偶尔有一条小溪，也只是零星的人家，大门紧锁。

他骑着摩托车翻过了几道山，过了几座房屋，有一种说不出来的荒凉和孤寂，这里基本上全是土房和土木混合砌筑的房屋，很少有青砖盖成的楼房。

偶尔有几户人家外面有塑料大棚，他好奇里面种的什么，停车去看，没人阻止，更没人搭理。里面是一些木头棒子，一排一排的，长着零星的蘑菇。

沿路只要有人家他就会去看看。

不知不觉有些饿，他看看手表，该到中午吃饭时间，去龚自立家还是回乡上吃？他犹豫了一下，回乡上至少需要两个小时，回去已经过了吃饭时间。他骑着摩托车去了村部。

几间土房，屋檐下打着“建设社会主义和谐新农村”的标语，门半掩着，里面没人。他骑着车去了龚自立家，一个女人正在把半桶猪食往猪圈里倒，这是龚自立的媳妇，上次来的时候见过，龚自立的媳妇出现让他觉得还有人生活在这里。女人看了他好一会儿才认出来他是刘长江，热情地打招呼。

龚自立的媳妇是个矮矮的微胖的女人，短头发，一看就特别贤惠。招呼着刘长江进屋，在堂屋用座机给龚自立打电话让他回来。挂了电话和刘长江拉着家常。她早晨天微亮就去山里劳作刚回来，家里还没有热水，要去灶房烧水。刘长江也没有避讳，说这大山里没有商店也没有饭馆，再没个熟人，中午想吃口饭都难。

龚自立的媳妇寒暄过后去厨房烧水，刘长江坐在客厅里打量堂屋，楼高有三米五，比县城的房子高很多，没有装修，比较简陋，一面墙上挂着几张毛主席的油画。两把凉椅，一张茶几。几只鸡看到大门敞开也进门觅食，试探着走近他。

龚自立的媳妇在灶房里把水烧上进堂屋站着，有些不自在。刘长江为了缓解尴尬，问："中午我在村里面转了一大圈，没见几个人，都去哪儿了？"

"早晨天蒙蒙亮吃过饭都去山里，锄草的锄草，翻秧的翻秧，村里面就没人。"

"那么早就上山，有那么多地要锄草、翻秧？"

"你看见了，我们这儿的山，不是哪儿都能种，有些地方特别远，早晨吃好，备好干粮，中午就不回来吃饭，吃干粮。"

刘长江有些诧异，说："家门口没地？"

"家门口的地不够种，你看那边阳排，地下面全是石头疙瘩，种啥都不长，还有你看山峘上，树都长不大，更别说庄稼，不到远一些的地方种点地咋过活。"说完她叹了口气。

"我绕着碳沟转了一大圈，山坳里的玉米，长势非常好，半山腰的就不行，又矮又瘦。"

"我们这儿都是山，像山坳的地方能有多少，山峘上的收成比不上那儿的一半，就不如去远一些的地方……"

刘长江在那儿点着头，等龚自立的媳妇说完，刘长江问："那没有考虑移民到城里面？"

"移民到县城？到城里面吃啥喝啥？在乡下至少还能种地，再懒一些种两块地，够自己吃还行，到城里面吃住都要钱，咋来钱……"

刘长江细细听着，龚自立的爱人唠叨了一会儿进灶房，水已经烧开，她用暖壶盛水，给刘长江泡完茶，开始收拾中午的饭菜。

刘长江一个人坐在堂屋的木椅上，心里盘算着下午的计划，百无聊赖。他出堂屋站在屋檐下，水泥硬化的道床上有几只鸡在阳光下觅食，外面还是很热。

他又回堂屋，刚喝了口茶，龚自立进来，大嗓门喊："刘乡长，你过来的时候给我打个电话，我也好早早准备，你突然来啥都没准备，过了饭点还没吃上饭！"

刘长江站起来笑笑说："今天过来的想法来得比较突然，过来得也就突然，就没给你打电话。"

“这山旮瘩有啥看的，都一样，除了山还是山！”然后对灶房喊，“爱芬，你中午做几个菜，我把余西峰也叫来了，还有六组的几个。”

“晓得了！”女人挎着菜篮子出去了。

## 二十三

刘长江和龚自立聊天的时候陆陆续续来了几个人，他从几个人那里了解到村民的收入方式比较单一，但是总体来说收入都很低。

来之前他就打算去一趟佘三娃家，中午时坚持没有喝酒，他也确实一杯没喝。大片的肥肉，大碗的捞面吃得过瘾。吃完中午饭已经到三点多。

其他几个人陆续离开。虽说外面还特别热，龚自立家特别凉爽。刘长江没有休息就和龚自立商量去佘三娃家看看。龚自立没有表现出高兴或不高兴，喝了会儿茶领着他过去，一同去的还有村主任余西峰。

几个人顶着炎日，骑了半个多小时来到一个山峘下，山峘上两座土房，一座房屋部分已经坍塌，另一座情况也不怎么好。龚自立指着那处说：“最上边就是佘三娃家，这会儿他应该在。”几个人沿着崎岖的小路来到那座情况不太好的房屋前，龚自立用力拍门，一个女人用微弱的声音说：“谁呀？”

“是我！”

“门没有拴牢，你使劲推。”

龚自立用力一推，门“哐当”一声打开，里面有些黑，泥地泥墙，大门正对着灶台，灶台紧挨的那堵墙上有一扇二十厘米高、五十厘米长的窗户，用木头别着塑料纸，从那里透出些许的光照着整个屋子，中间是个弄堂，大门透进来的光可以看到一张小桌子和几把凳子。

几个人经过弄堂到旁边厢房，里面黑漆漆的，走路全靠感觉，只有一面有窗户，窗户上有几块玻璃。还有几块地方用塑料纸遮挡着，靠墙放着一张床，刘长江凭着微弱的光走到床边，老太太含含糊糊地自言自语。

“中午饭吃过没有？”刘长江问。

“我不饿！”老太太快速地说。

“你一个人在家？你家老头子呢？”

老太太重复说：“我不饿！”

“家里生活用品还都全吧？”

老太太还是那句话，语速特别快。

刘长江问了几句，老太太都前言不搭后语。

龚自立接过话说：“你在家好好休息，有啥事你让三娃给我们说。”

“我不饿。”老太太回道。

刘长江在房子里转了一圈，走动过程中他明显感到脚下坑坑洼洼，差点把脚崴着。

房间比较小，也看不太清楚，几个人站着听老太太一个人唠叨了一会儿，招呼了一声出门。太阳还挂在天上，天气炎热，屋子里面却是截然不同的世界。

从山岖下来，龚自立说：“村里还有几户像这样，还去看吗？”

“这户看完我就知道啥情况，其他的就不看了。我早晨过来路过一些住家户门外搭的塑料大棚，里面种的啥？有没有哪户在家，我去看看。”

龚自立嘴里念叨着说：“走，我们去二组，二组有两个种得比较好。”几个人骑着摩托车行了十几里路，来到一户人家。刘长江把早晨心里面的疑问一一问了个遍，几个人你一句我一句，凭经验说个大概，具体情况还得靠他自己判断。

看完这家，天已经暗下来，刘长江没有回村部，和龚自立告别回乡政府。回去的路上，他对那条蛇还心有余悸，除了拐弯，全程高速。所幸还比较顺利，回到乡政府，刚好赶上吃晚饭。他梳洗了一下拿着饭盒到饭堂打饭，意外地碰见了也在灶上吃饭的袁书记，他很少看到袁书记傍晚在食堂吃饭，打了声招呼，袁书记也回敬了一下。

吃过饭回到房间，他开始整理今天的见闻和想法，写累了随手拿起摆放在桌角的文件看起来。正看着，袁书记敲了下门直接进来，说：“长江，你今天去碳沟村？还专门去了趟佘三娃家！”

刘长江愣了一下，站起来笑笑说：“去了趟碳沟，去三娃家看了看！”

“你们俩今天打了个卯，他今天下午去王三豪那里，王三豪没在，他到乡政府，你也没在。”

“这是个可怜人，家里不开灯，黑得看不见，还有一个老伴瘫在床上，话也说不清楚。”

“可怜，你要是到各个村看一圈，可怜的人一大堆，他家是天灾人祸赶一块，娃没了，谁还能给他变一个出来，闹了这么多次，也不知道他想干啥！”

“前段时间年中工作汇总，信访这块就提到了佘三娃，你看这文件。”刘长江从一堆文件里找出来递给袁书记。

袁书记看了一下标题说："我看过了，好几个信访，你说咱们鹿鸣县就是个国家级贫困县，咱们这儿是贫困县中的贫困乡，做得再好，时间久了，难免会出现一些问题，文件里面有点小题大做，你看其他乡镇有没有？都有，我们乡多也因为我们乡自身的条件所致。如果都按照这些人提出来的条件来办，就那些人的胃口，这次满足了，后面还有更多的要求。"袁书记作为他的顶头上司说的这一通话，把他说得有些不知所措，赔着笑脸，点着头。

袁书记继续说："你下乡也看到了吧，和城里比，十个里面九个都能算贫困户！还有一个按城里面的标准也垫底。"他的声音有些大，说完停顿了下来。

刘长江应和着说："袁书记说得对，要不是这次去看看，我现在还从来没见过用塑料纸当窗户的。"

袁书记用手指了指碳沟的方向说："你不知道，他那窗户，还是那次出事矿上换的，他家那情况总不能雇个人给他家当保姆吧！"

刘长江说："就是啊！"

……

袁书记说着在旁边的沙发上坐下来，他给袁书记泡了杯茶，闲聊起其他事情。

刘长江从案头拿出一本杂志说："袁书记看这个，上面报道有些地方一村一品推进得不错。"

袁书记没有接，说："晶沟这个地方山地多，人员分散，有空了可以和安红霞探讨，她对整个乡都了解。"

"也是，我很少看她在乡上，遇到也是拿文件签字。"

"她是个忙人，得碰巧。"

……

袁书记走后他心里就犯嘀咕，袁书记怎么会这个点来他办公室。

去碳沟村下乡，除了他对调查和决策之间的认识之外，脑海里还酝酿了几个想法。上个月年中工作会议公布了各乡镇情况，晶沟乡依然垫底，这次看到村民家里面的情况以后，他觉得有些想法还得撂在一边，要从村里面的实际情况出发。

# 二十四

晶沟的夜晚，要说闲得没事，那真是无聊透顶。刘长江不是本地人，朋友、熟人都不在这里，分管的碳沟村又特别远。

在晶沟的街道来回走了几圈，他还是觉得没啥意思，拐进了联合社，联合社的大门只在左侧留有一扇小门，只要稍微动一下都会发出非常大的声音。他轻轻地推开门进院子，第一个房间亮着灯，里面有电视的声音。他敲敲门，谭会计问："谁啊？进来坐。"

刘长江探进去半个身子说："我找富晶垚，他在哪个房间？"

"二楼楼梯口那间，会议室旁边。"

"好的！"

"这不是刘乡长？进来坐会儿。"

"一会儿再来。"

谭会计起身说："你来找你那个邻居啊！"

刘长江"嗯嗯"地回应着。

上二楼看到一个会议室的牌子，刘长江敲了敲旁边的门。

"请进。"富晶垚喊。

刘长江推开门，富晶垚见是刘长江，起身说："你今天怎么有空过来？我这里档案摆放得一模糊（乱）。"

刘长江站在门旁边说："好家伙！这么用功，这么晚还在整理档案！"

富晶垚无奈地笑笑说："没办法啊，你看这几个柜子里，全是档案，好久没有系统整理，比较乱，我接手到现在天天整，还有好多。"

刘长江冲他招招手说："歇一会儿！"

"有些乱，你先坐床上。"

刘长江环顾整个房间，椅子上、地上，满是档案，摊得到处都是，没地方下脚，说："我刚上班那会儿和你一样，干啥没头绪，慢慢捋顺了就好。"

富晶垚腾出来一个桌角说："哈哈，你肯定比我优秀，干啥都比我有思路，我干啥糊里糊涂，这档案堆得就看出来。"把茶杯放在桌角，倒上水，说，"你这大乡长应该天天都有应酬，今天还有时间过来？"

刘长江在床沿坐下说："哪里！我不善于应酬，分管的都是些边边角角的事情，没啥事也没人找！"

富晶垚也给自己收拾出一个凳子坐下问："你到这儿多久？"

"比你早两个月。"

"两个月！也不太久，我也就那天和你转了这条街，其他地方还没来得及细看。"

"这地方我前几天到碳沟下乡看了一下，全是山，哪儿都是山！"

富晶垚正色说："碳沟！你去碳沟下乡？你们也包村？"

"我们各负责一些部门，另外我和袁书记、徐乡长各包几个村，我分管碳沟。"

"真给你分管了一个好地方。我把几个柜子打开，数碳沟的资料最少，就从这个村开始整理，每笔都要核对。开始比较新鲜，还看里面的内容，真应了谭会计的那句话：十户里面有一小半都有烂贷款。"

"资料在哪儿，我能看看吗？"

"可以！"富晶垚指指旁边一个铁皮柜说，"碳沟的资料都在那儿，里面还有农户档案资料。"

刘长江走过去打开柜门，拿出几户的资料看起来，自言自语道："你说这大深山里面，贷款都是几千几千，真是任何主流经济学原理都解释不透这里的经济状况，在这里只能用生存经济学来解释！"

"这个柜子里是晶沟村的资料，人数相差不是特别多，贷款笔数和金额却翻了好几倍，主流经济学能解释的就是贷款多的地方经济发展肯定不差！"

刘长江听了哈哈大笑，问："你说晶沟贷款多，他们这些贷款都干什么去了？"

"我这还在整理，没细看，我觉得和王三豪的矿有关。"

"你说这同是一个乡，差别咋就那么大！"

……

刘长江把碳沟的资料大致翻看了一遍才放下。

喝着茶，两个人聊起了乡里的人。两个人一直聊到深夜才结束。

## 二十五

最近有好几个村民到营业室咨询存取钱的事情，都是因为孩子在外地上大学，要带上学费和生活费，一笔不小的金额。他们问富晶垚在这里存，外地能不能取出来？在外地取钱手续费多少？问得特别详细，富晶垚也都一一解答，他不懂了就问谭会计。在交谈中他知道有两个考上了北京、上海的著名大学。他感叹道，在这大山沟里，从开始上学到最后步入顶尖学府的大门，得下多大的工夫！克服了多少困难！

每当有人来咨询这些问题，他仿佛想象得到当年上学时父母同样面临过这些问题，最终都由父母解决，而他用了最优的途径。他当时并没有考虑到这些问题。

记得大学第一年，听到黔南偏远地区的同学到西安带着现金，他还觉得不可思议，但是现在看到村民来咨询这些问题的时候甚是惭愧，也许这些人从来没有和子女提过具体问题，就像他当年用存折还是卡，他的父母从来没有提过一样。父亲在把他送到学校后一再叮嘱，一次性把钱取出来，然后在大学周边的银行办一张卡存进去，只收第一次取钱的异地跨行费用，后面再用多少取多少，只要在西安本地就不再收取其他费用。当时他只是按照父母说的去做，没理解这当中的过程。在听到村民和谭会计讨论怎么样取得划算的时候，他心里一阵酸楚。

他清楚地记得有一个村民戴着草帽进营业厅，皮肤黝黑，直挺着身子，略带兴奋地问这问那，还向他要了一张纸一边问一边记，等谭会计说“你连自己名字都不会写，在那儿写啥我看看”时，那个人不好意思地把纸递进来，上面歪歪扭扭地画着各种符号，谭会计看了以后直摇头，让他问，富晶垚记录。

半个多月后，富晶垚才把所有的档案整理完毕，这期间他没有回过家。

他有个女朋友，叫徐馨璐，今年上半年考上研究生，两个人只是男女朋友关系，还没有到谈婚论嫁的地步。

他平时都拿办公室的电话打给她，年轻的小情侣电话里你侬我侬，总会说一些肉麻情话。每次打电话，营业室外面总会有人来来回回地走动，他想说“我想你了”这类话，还得左看看、右瞅瞅，外面没人的时候才敢说出来，更多的时候心里带着顾忌，怎么也说不出口。他很想买一个手机，这样他想怎么聊就怎么聊。

但是对于刚毕业的他，买手机和捉襟见肘的收入让他特别矛盾。

这次来晶沟报到，母亲给了他五百块钱。他能理解父母那个年代没有正式工作，靠辛苦劳作挣钱供子女读书的辛苦。现在他有了正式工作，就更不好意思向父母要钱买手机，打算等这个月上完班，下个月发工资了给自己买个手机。

那天晚上刘长江过来聊天时，他看到刘长江腰间别了一个手机，随口问了几句，也没好意思拿过来看。

如果工资真如他们说的那么高就好了，不但能买一个手机，还有选择的空间。

来了这么久，除了第一天去过段主任房间，他还没有到其他人房间去过。

这天晚上，他把最后一本档案整理完毕，长长地叹了一口气，他打算请两天假。

锁好档案柜，来到段主任的房间。

段主任的房间是个套间，外面是办公室，里面是卧室。他在门口轻轻地敲门，段主任喊他进去。推开门，柯礼朝也在，段主任指指对面的凉椅招呼他坐下。

“档案整理得咋样？来这么久了也没见你过来聊天。”段主任问。

“开始摸不清楚怎么整理，后面理顺了就简单些，基本上整理完毕了，工作没干完之前也不好意思到您这里来！”富晶垚说。

段主任笑笑说：“整理档案也是学习外勤业务的过程，那里面每笔档案都是对这笔贷款从开始到最后的记录！把档案理顺了，整个流程也就知道该怎么办了！”

柯礼朝跟在后面说：“就是，你们这些大学生不能老待在那巴掌大的营业室，要多出来做业务，到乡下跑跑！”

“你听你柯叔叔说的吧，内勤掌握得差不多了就轮到外勤了，跑外勤锻炼人！”

“我才来，对这儿还不熟，听段主任安排！”

段主任泛着通红的脸露出了笑：“年轻人好说话，让干啥就干啥！”

“跑外勤这个大梁后面不让年轻人挑起来谁挑！”柯礼朝说。

富晶垚应着。

柯礼朝嘿嘿一笑，对着管主任说：“碳沟业务少，让小富先从碳沟开始！”这虽然是一句玩笑话，但是在不久的将来却成了真事。

段主任大声笑出来说：“小富，整理档案的时候你也看到，碳沟档案少，贷款就少。贷款少就好管理，你柯叔叔说从这儿开始不错。”

两个人都看着富晶垚不说话。富晶垚知道这里不是个好地方，也没有搞清楚两个人究竟说的是真话还是假话，满脸通红地呆坐在那里。

过了会儿，段主任拿起来一瓶三鞭酒举起来和柯礼朝碰了一下，发出清脆的声音，两人各自抿了一口。

茶几上已经有几个空瓶子。

喝过以后，段主任笑出声说："你这咋不说听安排！还是有点脑子，你要是说听安排，后面分给你，工作干不下去哭鼻子就怪不得谁喽！"

柯礼朝有些不屑，说："就那点贷款，一个科班生还干不了！"

段主任抿了口酒，说："你别听你柯叔叔在这儿说了！那地方没人干也不会分给你。"

柯礼朝把嘴噘在一起笑，举起酒瓶，段主任也举起酒瓶，碰完喝起来。

"你喝酒不，给你也来一瓶？"段主任问。

"我不喝，不会喝酒。"富晶垚双手摇起来说。

"你还不会喝酒，第一天段主任请你在老蔡那儿吃饭，你说不能喝不能喝，最后喝了多少！现在说不能喝，我不信！"柯礼朝说。

段主任和柯礼朝回忆着那天喝酒的场景……

富晶垚的脸更红了，说："我真不能喝酒，那是大家说到那儿了，不喝就有点过意不去。"

段主任没有理会，起身打开房间的柜子，把嘴抹了一把说："呀，咋没有了！"关好柜门，从屁股口袋摸出一张一百元递给他说，"你出去再买四五瓶，才这个点，你来了咱们还不喝到十二点再睡！"

富晶垚没有接那张一百元，起身说："不要紧，我去买，我去买。"

段主任仰着脸把脚一跺，说："你把钱拿着去买啊！"

柯礼朝看着他说："就是，你把钱拿着去买酒！"

"不用，不用！"富晶垚掀开门帘出了房间。

他走得比较着急，在楼梯口碰见了迈着碎步，嘴里哼着曲儿的景泽录，景泽录说："这急匆匆地干啥去！"

"去商店买点东西！"

"可是去买东西啊！"景泽录说完哈哈笑起来。

"嗯，嗯！"

出了院子，走在路上他才想起来自己是去请假的。

晚上没有月亮，天有点阴沉，好像要下雨，他来到这条街唯一的小卖部，开店的是一对夫妻，富晶垚给老板形容段昌宏和柯礼朝经常喝的酒，老板立马从脚边提出来一个纸箱，告诉他就是这种酒，富晶垚看瓶子付了钱。

老板娘忙问："你是不是联合社新来的？平时也不见你过来。"

“我来没多少天，业务都没有学完，没时间出来。”

老板娘又问：“你有对象没有？”然后冲着里屋喊，“娇娇，你把屋里面的开水帮我拿出来一下。”然后对富晶垚说，“来来，这儿有凳子，坐一会儿。”

富晶垚提着酒说：“不了，段主任他们的酒喝完了还等着我送回去。”

老板娘又喊了一声：“娇娇，你人呢！”里面缓缓出来一个中等身材，穿着大背心、大裤衩的女孩。富晶垚提着东西站在门口，正对着灯光。

“娇娇，这是隔壁联合社新来的，给人家倒杯水。”老板娘说。

“不用，不用，我改天再过来。”

娇娇不说话，开始找杯子，富晶垚腾出一只手使劲摇摆说：“真不用，他们俩还等着呢。”说完出了门。

推开门进院子，迎面又碰见了景泽录，景泽录说：“真是买酒，这么快！”富晶垚连连点头。景泽录出门他进门。

到段主任房间，两个人喝得正高兴。见他进来，段主任说：“回来得刚刚好，我这瓶见底了！”

“你这个娃有点实在，说让你买酒，你买了一箱，还不拿钱，咋了！你怕拿了段主任的钱烫手？来来，拿我的钱。”柯礼朝说着摸出一沓钱，抽出来一张一百元递给他。

富晶垚气喘吁吁地说：“没有没有，我给你们买酒还不正常！”呵呵一笑。

“买酒归买酒，钱你要拿上，你不拿我的就拿你柯叔叔的，你刚毕业，哪有钱！”

富晶垚没有接，打开纸箱，里面有六个小瓶，每瓶三两，他把六瓶全拿出来放在茶几上，然后坐回原地。段主任拿出一瓶拧开递给他说：“来，一块喝！”

富晶垚没有接。

“钱也不拿，自己买的酒也不喝，难不成段主任这房子待不下你！”柯礼朝说。

富晶垚被说得没办法，接过酒。柯礼朝把酒举起示意说：“你喝一口，保证以后会喜欢上它。”

段主任哈哈笑起来说：“这里不像大城市有娱乐的地方，年轻娃喝了这酒明天流鼻血！”

富晶垚拿起酒瓶看起来，柯礼朝说：“你看到啥，说说！”说完嘿嘿地笑起来。富晶垚哈哈笑着，喝了一小口，说：“有点像药酒！”

“本来就是药酒。”段主任说。

“是从余光亮那儿买的吧！”柯礼朝说。

“上面那家小卖部。”

“他家有个女儿，男娃性格，还没对象，一直瞅着乡里的好小伙子。”

富晶垚脑子里闪现买完东西回头看到的那个短发大裤衩的女孩，灯光太弱，没看清楚脸。

柯礼朝笑起来说：“小富怕是降不住那个女娃吧！”

他没有搭话，房间里沉默了一阵。

“我想休两天假，来了半个多月，想回家看看。”

段主任说：“也是，小富到社里面已经半个多月，也该回家说说这边好不好。”

柯礼朝说：“你晚上把这瓶酒喝了，段主任保准批准你请假，我替你。”

段主任似乎反应过来说：“就是，把这瓶酒喝完我就批你的假！”

富晶垚举起瓶子看看说：“太多了，太多了，留一半回来喝？”

“哪有留一半的，小家子气，我把这个喝完，你把那个喝完。”柯礼朝说着把他那瓶剩余的酒喝完，富晶垚咂了咂嘴，喝了一半。

三个男人你一句我一句地聊着天，看着电视，把那箱酒喝得还剩一瓶。富晶垚晕乎乎地回房睡觉。

## 二十六

早晨醒来，富晶垚还是有些晕乎乎的，屋子里散发着霉味，他打开窗户，一股清新的泥土味扑面而来。后半夜下了场大雨，这会儿刚停。

他听到外面的吵闹声，穿好衣服到走廊。

菜园子里滚下来一块一人多高的石头，如果不是菜园的地势平坦，有足够的缓冲地带，石头就从上面滚下来砸到前面的二层小楼了。

几个人围着石头，指指点点，他跑下楼，来到石头跟前。柯礼朝看他过来问：“昨天晚上声音那么大，你听到没有？”

“他听到个屁吧！昨天晚上听到你们结束都快十二点了，以你们那两把刷子，小富肯定喝多了！”阮宝山说。

“我在金库，听到外面有声音，没想到是石头滚下来，那会儿狂风暴雨，我还以为下雨把树枝刮断了！”谭会计说。

“昨天晚上我听到声音还出来看，雨太大，没看到石头！”段主任说。

富晶垚缩着身子说：“这地方太危险，石头速度再快点就滚到台阶下，刚好砸到谭会计房间！”

谭会计从喉咙里咳了几声说：“就是，速度再快一些就砸到我房子了，多亏是下雨，地下湿，软和，砸出来个窝窝就停在那儿！”

“谭会计说得是，还是柯家那个锄地的老汉把地挖得扎实，现在这地还松软！”柯礼朝说。

段主任走过去围着石头转圈说：“这石头还好从院墙外面直接跳进来，院墙一点都没碰着！”

“如果管老头儿在，肯定嚷嚷着要把院墙加高，石头都能蹦进来，人也能进来！”谭会计说。

富晶垚看着石头唏嘘了两下说：“这石头这么大，咋搬出去？”

段主任说：“我也想怎么才能把这石头搬出去。”

几个人七嘴八舌地讨论起来。阮宝山不紧不慢地说：“让王三豪来，他那儿挖山凿石的东西多，这石头对他来说都太小！”这句话引起了段主任的注意，对着石头拍拍说：“就是，王三豪是行家，他肯定有办法。”

商量完石头怎么运出去以后，几个人又绕到院墙和山之间的排水沟查看。排水沟不宽，可以并行两个人。所幸山体那侧堤坝由石头水泥砌筑，没有坍塌和裂缝，只渗出些许的水。

几个人再回到院子，厨师已经做好了早饭。

富晶垚吃完饭，去营业室准备交接，打开第一道门，关上以后准备打开第二道门，突然停电了，他左拧拧右按按，怎么都打不开，被关在中间的狭小空间里，他焦急地喊起来。也许是防尾随门的隔音效果太好，喊了十来分钟也没人听到，他靠在门上，不停地喊。

最先听到喊叫声的是柯礼朝，弄明白他为什么喊以后，柯礼朝站在门外笑得合不拢嘴，说：“小富，这要等来电了才能打开，不来电你只能在里面待着！”

“这门不应该只在通电的情况下才能打开，以前都是这样吗？”

“以前也是等来电了才能打开！”柯礼朝说完，笑的声音更大了。

富晶垚沉默着不说话，他心里来回地翻腾，这要等多久！

没一会儿听到柯礼朝喊："谭会计，谭会计，小富锁门里面了！"这让富晶垚觉得安慰了许多。

"小富，你锁里面了？"谭会计赶过来。

"是啊，你说巧不巧，我刚准备打开里面这扇门时停电了，把我锁在中间。"

谭会计说了和柯礼朝同样的话："小富啊，这下完蛋了，要等来电后才能把门打开！"

"听到了吧，刚给你说你还不信！"

"要是今天不来电，我今天一天都出不去了？"

谭会计听完在外面哈哈笑着说："大家都是逗你玩的，管老头儿搞过好多次这种事情，这种情况只能用钥匙打开，管老头子把钥匙放在哪儿了？我想想！"停了一会儿说，"你想一下交接时有一串用红绳子系着的两把钥匙。"

富晶垚努力回忆着两把用红绳子系着的钥匙。

谭会计拿来一根火钳，试着打开营业室里贴墙摆放的三斗桌抽屉，试了几次终于拉开，外面两个人上下来回看了几遍也没有看到那串钥匙。谭会计说："小富，三斗桌里没有，你想想你把它放在哪儿了？如果想不起来就真要等来电才能打开。"

"我记得我把管主任给的用不上的钥匙全放在营业室的那个抽屉里，没有锁，应该都在那里。"

"好家伙！那么远，这谁能把钥匙弄过来？你怕是要等来电，管老头儿锁过几次以后就把钥匙放在三斗桌里，他跑得快！这事没给你交代。"谭会计喊起来。

"还有没有备用钥匙，你们再找找！"

其他几个人也来了，在外面打转没办法，你一句我一句地说着怎样才能打开门。

关在里面已经半个多小时，狭小的空间让富晶垚开始焦躁，他不停地捶门，段主任在外面喊："小富，你别急，说不定一会儿电就来了，管主任最多的一次也就在里面待了两个多小时。这场雨还不大，没破坏啥！"

"这门就这个问题不好，停电把人关在里面，要么来电，要么用钥匙，要向县里反映这个问题！"谭会计说。

几个人找来长竹竿，在顶端绑了个铁钩试着拉开营业室的抽屉。

试着够了好几次，终于够到，谭会计小心翼翼地往回缩竹竿，大家都说："慢一些，慢一些，千万不能掉下去！"正说着，听到铁和水泥地面接触发出的清脆声音，几个人同时“唉！”一声，谁也不说话。

过了好一阵，段主任说：“这咋办？掉得看不见了！”

谭会计黑着脸说：“不行把发电机抬出来，发十分钟电，打开门再关掉发电机！”

段主任说：“也只能这样办了！”

柯礼朝上楼把外接的插刀拔下，关掉各个房间的闸刀，接好营业室里的电源。几个人把发电机抬出来，接上总线。

富晶垚听到轰隆隆的马达声，防尾随门又重新锁好，他立马按下开关键，快速推开，健步出门，大口大口地吸气。

谭会计说：“小富，这发电机才运回来没多久你就用上了，管老头儿那次可比你这时间长。”

富晶垚骂骂咧咧地说：“啥烂门……”

段主任也笑着说：“小富，管主任都没你这待遇，他可是等来电了才出来！”

柯礼朝笑着说：“就是，你要好好谢谢段主任，不然就得等到来电，拉屎撒尿都得在那里面！”

富晶垚憋了一肚子的气，默不作声。

大家看着他狼狈的样子哈哈笑起来，叮嘱他按照管主任以前那样把钥匙放在特定的地方。阮宝山关掉发电机，吆喝他一起把发电机抬回楼梯下面的暗格，又把所有的电源闸刀复位。

直到下午才来电。富晶垚庆幸自己赶的时间好，不像管主任那样在那里面待那么久。

来电以后他找到柯礼朝按照系统数字做交接。

第一次办理交接手续，他不清楚哪些需要交接，哪些不需要交接。打开钱箱，看着里面的东西犯了愁，他问谭会计：“我请假把手续交给柯叔叔，也像上次管主任交接给我一样，做个交接表，全部都交接？”

没等谭会计开口，柯礼朝说：“小富，这种交法你就回不去了！”

谭会计接着说：“哪有那么麻烦，你把现金和重要空白凭证交接给你柯叔叔就行了，其他的不用交接。”

柯礼朝说：“你按照谭会计说的那两样交接，这是临时代班，和管主任的工作交接不一样！”

富晶垚连连点头。

这两样也不多，两个人很快就清点完毕，富晶垚顿时轻松了许多，准备出营业室，柯礼朝叫住他说：“在这里上半个月班感觉咋样？”富晶垚回过身说：“还挺好！谭会计教得好，你们对我也挺好，工作也慢慢理顺，没有太多的杂事。”

“我好个啥，你到时候不说我给你教错了就行。”谭会计满面笑容地说。

柯礼朝说：“还好！昨天晚上那块石头再大一点、快一点，前面这个小房子还有没有？咱们还有没有？”说完嘬着嘴笑。

富晶垚摆摆手说：“不会！不会！菜地那么宽，石头再快也滚不下来。”

“滚不下来？你可小心，去年我和谭会计、管主任下班没事看了咱们后山的山头，有几个大石头，这次掉下来的是个小的，指不定哪天那块大的就掉下来了！”柯礼朝一本正经地看着富晶垚。

富晶垚停了好一会儿，心虚地说：“你们都不怕，我有啥好怕的！”

谭会计说：“你别吓小富，娃才来，你把人吓着，回去不来咋办！”然后对富晶垚说，“你别听你柯叔叔说得那么吓人，是有个石头，它要滚下来也不一定滚到这儿！后面有院墙，还有菜地，滚不到这儿！”

柯礼朝显出不屑的样子说：“你们还抬杠！下次你让小富自己去看看。”

富晶垚没有搭理，出了营业室。

谭会计和柯礼朝哈哈大笑说：“你看娃这动作真是让早晨吓着了。”

在这里上班没有周六周日，只有忙的时候和闲的时候。他也忘记了今天星期几。

他收拾好背包走出院子，站在营业室外面的屋檐下等车。柯礼朝在营业室调侃了他几句，他装作没有听到。

等了半个多小时，车从乡政府那个方向驶过来，他连连招手，车停下来，女售票员招呼他上车。车厢里挤满了人，勉强有站的地方。整个车厢里汗味十足，充斥着每一寸空间。

公交车一路走一路晃荡。路上不时出现大小石块挡在路上，小一点的石块，女售票员三两下就挪开；大的石块，司机下车和售票员一起拿撬棍移开；再大一些的石块只能喊车上的人一起帮忙。富晶垚没有见过这种场面，凑上去，被女售票员说了一通，让他离远一些。富晶垚看着漂亮的售票员感叹道，这里的自然环境硬生生地把一个漂亮的山妹子逼成了一个出力气活的男人。

只要停车，富晶垚总会下车，等车启动，他再用尽力气挤上去。车行至半山腰的盘山道上，有一台挖土机正从另一面清理塌方，大家都下车等着，没多久，来了几辆满载矿石的卡车。

售票员赵芳霞说："路应该很快就能修好，后面还有几辆矿上的车，他们比我们着急！"

富晶垚凑到跟前说："这条路这么险，你们开车不担心滚石头和塌方？"

"我都开了好多年了，哪年不出现几次这种情况，有啥好担心的。现在矿上把路还修平整了，以前才叫难走！"

富晶垚有些拍马屁地说："这路开起来确实需要水平！"

赵芳霞打量了一下他说："你是哪个村的？以前咋没见过你！"

"我是晶沟联合社的，才分到这儿。"

赵芳霞显出羡慕的神情说："你进了个好单位，旱涝保收，有保障，我们包这条线，整天就这样，提心吊胆的。"她叹了口气继续说，"挣钱哪有你们那么容易！"

富晶垚也跟着说："挣钱都不容易！"

等了半个多小时，挖土机把路铲平，让开路，赵芳霞招呼大家上车。富晶垚坐这种车没经验，被挤到了最前面，赵芳霞坐在售票员的座位上，看他站在旁边，招呼说："你过来坐这儿，我站一会儿！"她准备起身。

富晶垚有点受宠若惊的样子，连连说："没事没事，我站着。"

"你说你是联合社的，我就不收你钱了！"

富晶垚感觉被区别对待，连连说："是多少钱就收多少钱，哪能不收钱。"

赵芳霞笑嘻嘻地说："你都是我们的及时雨，咋能收你的票钱！"富晶垚第一次被人捧得这么高，而且对面的赵芳霞还有几分姿色，更让他无所适从，汗流浃背地说："哪有，哪有，才报到，啥都不是！"

赵芳霞和他聊起来，通过聊天富晶垚了解到她和司机是夫妻，承包了从晶沟到县城的这条线路，每年交一部分承包费。这条线有很大一段和矿车的路线重合，出现断路、垮塌，抢修得比较快。这条线路和另外一条白鲁川的公交线路也重叠了一部分。

有个美女陪着他聊天，他一路站到了县城也没觉得特别累。到车站已经八点多，他慢步走回家。县城里灯火通明，这是城市的烟火气。

到家门口，门店已经关门。前面是店铺，后面是生活区，他敲了好长时间门，母亲才出来给他开门。

进门依然是那句亲切的"妈，我回来了！"

母亲也是那句"垚儿，你回来了！"

在家待了整整一天，第二天就得坐通村班车去晶沟。

吃过早饭，他早早地去车站买了车票，在车上占了座位，虽然他觉得他去得早，但是位置还是很靠后。赵芳霞没在车上，无人和他聊天，他倒在那里闭着眼睛。

母亲给他准备了一袋吃的，还有一些换洗的衣物，足足一个大背包，他放在座位旁边，眯着眼睛似睡非睡。有人拍拍他："这个大背包是你的吗？"他点点头，把背包往脚下收了收，那个人在他旁边坐下。他起身张望，就他旁边一个座位。

车厢坐满了人，赵芳霞开始检票，到他这里笑笑，向他打声招呼。出了车站，沿路走，沿路有人上车，没出县城，车厢又挤满了人。

司机载着一车人驶往晶沟。一路上处处惊险，回来时被铲车填平的路，过了一天已经被大卡车压得坑坑洼洼。

这次他选的靠窗户的位置，能清楚地看到道路两边。在过那条从山顶到山脚的"之"字形路时，每个拐弯，他的心都提到了嗓子眼，司机总能在该拐弯的时候来个大回旋，转过急弯。车厢里没有人觉得那是多大的危险。

车终于停在了联合社的门前，他背着包下车，感到天旋地转，踉跄着进院子，敲敲营业室的玻璃说："我来了！"

"我刚和你柯叔叔还在合计，车在我们门前停下来，准是你来！"

柯礼朝凑过来问："坐车感觉咋样？"

"我这次坐在窗户边，有些害怕，从山顶绕到山脚，还过半山腰，要是不小心掉下去，整车人都得报废。"

柯礼朝嘿嘿笑起来说："以前就翻过车，死了几个，你下次坐在中间过道，啥都看不见就不害怕，即使翻车你也在中间！"

"你就会说鬼话，啥时候翻过车！我在这儿这么久还没有翻过车。你歇一会儿来和你柯叔叔交班，还是现在交班？"

"你不着急，歇多久都行！"

"我去楼上放东西，放了就下来。"富晶垚说着跨上楼梯，进房间放下背包就下楼。

进营业室，谭会计坏笑着问："回去见到想见的人没有？"

"就是，才上半个月就能回家，我们那个时候，第一个月上班都是约莫着啥都理顺了，师傅准许了才敢请假。"

"回去就和几个高中同学见面聊聊，哪有谁特别想见！来时给你们带了点水果，接完班，拿给你们。”

“你们高中回来的多不多？”谭会计问。

“不多，就几个人，剩下的天南地北都有，工作签哪儿就到哪儿。”

“回来的都是哪些人？”

富晶垚没有理解谭会计的意思，回答了一句：“男的女的都有。”

谭会计回过头看看他说：“我的意思是回来的都是哪种家庭的，县城里面的娃回来的多，还是乡下娃回来的多？”

“噢，我数数！”

他默默地在心里盘算了一遍，说：“县城里回来的多，我们班乡下娃大部分都把工作签在外面。”

谭会计“噢”了一声，不再说话。

交谈中，他和柯礼朝已经交接完毕。

等柯礼朝走出营业室，他又小心核对了一遍，核对完，锁好钱箱，上楼拿水果分给大家。他敲敲段主任房间，里面没人。再敲其他几个人房间，只有阮宝山和柯礼朝在。

## 二十七

九月份开学季，陆陆续续有人过来取钱。

那些最基础的存取钱业务富晶垚已经学得差不多了，谭会计用算盘算账的时候都是他一个人在办理，他每办一笔业务，仍然会拿过去让谭会计复核，谭会计总会停下手中的算盘，翻看办理的传票。

两个人在营业室配合得还算融洽。

闲下来时，谭会计慢悠悠地说：“隔壁小卖部老余家女儿在你休假时总过来看折子上有没有钱，一天来好几趟，怕不是来看折子上有没有钱，是来看人的！”

“哪个老余？是不是身材比较壮实、穿着大裤衩的那个女孩？”

“就是她！”

“她来看人，看谁？咱们社谁和她是亲戚？”

谭会计哈哈笑起来说：“谁和她都不是亲戚，以后有没有人和她是亲戚就不知道了！”

富晶垚被说得莫名其妙，回了一声“噢”，不说话。

营业室里出现一阵短暂的安静。

一个头发散乱，大脸，描着重眉，涂着血红色口红，擦着浓妆，穿着宽松长裙的女人进来。人还没有进营业厅，身上那浓郁的花露水味道已经从窗口飘进来，她靠近富晶垚的窗口打趣似的说：“呦！新来一个小伙子，啥时候来的？”

“来了两个多星期，您来办点啥业务？”

“你们这儿这么多年都没换过人，进你们这儿门槛比较高，得是大学生吧？”

富晶垚笑着说：“嗯，嗯！”

女人翻着一个五成新的斜挎包，从里面拿出一张卡说：“你看看这里面有没有钱？”动作妖娆。

谭会计说：“你一天净操心卡里面有没有钱！有没有钱，卡在你手上都是你的钱，查了是你的钱，不查也是你的钱！”

“你不知道，我就看看有没有钱。”

“小富，你给她看看有没有钱，从收费通道进。”

谭会计指导着富晶垚开始办理业务。

“大学生都分在县城，你怎么到这山沟沟里来了？”

“现在大学生多得很，哪能都分到县城！”

女人听罢没好气地说：“分到乡下的，都是上的学校不咋地，哪有你说的那么多大学生！”

富晶垚被这句话噎住。

谭会计说：“就你会说，好像你家大学生多得很，都分在县城！”

“哼，你们啥都不知道！也就该分在这儿！”

富晶垚没有理会这句话，说：“该输密码了！”然后仔细看面前的女人，这个女人除了头发蓬乱以外声音还带着一些沙哑，偶尔还有干呕的症状，脸上有一块瘀红，上嘴唇有些浮肿。她输完密码，富晶垚看电脑屏幕，告诉她卡里面的金额，女人“噢”了一声说：“我不取，就是看看！”

富晶垚把卡递给他，女人接过卡，用不太标准的普通话说：“哪有那么多的大学生！”斜着头瞥了一眼营业室，富晶垚领略到那种蔑视，但是他又能怎么样？

等女人走远，谭会计开始介绍起这个女人。女人小名叫“花花”，住在矿上，以前在矿上上班，现在有没有上班他不清楚，每个月月初都会过来查卡里的钱。在矿上有几个相好，有的心疼她，有的不在乎她。女人到晶沟稀土矿的时间特别早，才来的时候是上下几个乡镇的一枝花，距今已经十余年。

富晶垚只当故事听，心里没有波澜。

谭会计打着算盘，含糊地扒着一段说不清楚的往事："晶沟稀土矿的人员流动性比较大，有段时间外销不好，停产好长一段时间，走了一大批人，属于青黄不接的时候。花花没有走，留了下来，不开工就没有工钱。

"晶沟村上头有个光棍，住得离矿不太远，光棍也是个混混，平日里游手好闲，不太爱做饭，主食是泡面。矿上停工那段时间，有一次光棍从小卖部买了箱方便面扛着回家，路上碰见了花花，据光棍说花花主动勾搭他，他就把花花领回家，啥都做了，完事后给了花花一包方便面。

"一直到开工前那段时间，光棍经常用一包方便面和花花干自己想干的事情。后来矿上开工，光棍的一包方便面就不顶用，光棍逢人就炫耀那段时间的事情，每次都说得活灵活现，说得多了大家都用'一包方便面'来形容花花，都忘记她的大名了。有一次一个人不小心在花花面前说起一包方便面，被花花连吐了几口唾沫，还被骂得狗血淋头。"

听完这些，富晶垚觉得有些惋惜，一个好好的女人，怎的变成了这样！他心里有些膈应，出营业室到灶房取了肥皂，洗了几遍手才回营业室。谭会计注意到他这个举动说："你这个娃！人家拿过的银行卡有什么，你要是这样，以后就接不成钱了。你看矿上那些人，有很多人买的内裤里面带有一个拉链口袋，钱就放在那里，贴近裤裆，偶尔过来打钱都要从那里掏老半天。你没见那个要饭的，浑身没件囫囵的衣服，披一片布掉一片布，啥时候过来存钱你看看人家的账户，存款比我都多，他拿的钱更看不成，像从狗屁股里拉出来的一样，又黑又脏，他递进来你接不接？你这个娃！人家'一包方便面'还是递给你一张从包里面翻出来的卡，你就去后面洗手，后面有你恶心的时候！"

富晶垚被说得狡辩起来："没有，我不是因为那女人和那张卡，就是手上有汗洗一下！"

"洗一下那么大肥皂味！"

富晶垚被说得语塞，不再说话。

究竟有没有脏的感觉，他自己也隐隐约约说不清楚。

晚餐在灶上吃饭的就三个人，他、谭会计、柯礼朝。

“谭会计，咋这个石头还在？前几天不是说让王三豪过来挪走吗？”

柯礼朝瞥了瞥他，一本正经地说：“后面不打算挪走了，你看放在那儿不用摆放就比乡上那块高价钱挪过去的石头好看！”

富晶垚当真，端着碗出去看了又看说：“还真是，从上面滚下来砸在那儿稳稳的，周围清理一下真能成一个景观石！”

他若有其事的说法惹得谭会计哈哈大笑，说：“你去向段主任申请把这个石头留在咱们菜园子里，估计段主任特别高兴。”

富晶垚想了想，明白柯礼朝在拿自己开玩笑，就说：“这事得柯叔叔说，我说的没分量！”

柯礼朝听到了，边用牙签剔牙边说：“小富，我给你说一下咱们段主任的性格，他最听大学生的话，我说话他保准不信，你说话他肯定会信！”

谭会计不作声，富晶垚放下碗正视说：“真的！这石头是从咱们后山滚下来的，我一会儿去乡上看看他们那块石头，要是真比那好，就给段主任说留下来。”

“就是，小富也是个有品位的人，有院子就应该有树，有树就要有石头！”柯礼朝说。

富晶垚得意地笑起来，在脑子里一直想着两块石头的对比。吃过饭进了乡政府院子，里面没什么人，每年开学这几天都逢周六周日，今年也不例外。大部分人都已经回家，他走到院子一角的石头旁，围着看，突然听到有个老头儿喊：“这石头可贵，晶沟乡政府除了这栋楼下来就是这块石头最贵，第三就是那棵桂花树，人都没它金贵！”

富晶垚四处看，只有二楼站着一个老头儿，反问：“一个东西还能比人金贵？”

二楼的那个人是财政所的殷玉鑫所长，他一年四季基本上都住在乡上，好像没有家。借着这句话他就和富晶垚聊起来，说东说西，富晶垚开始听着，后来感到话的味道不对，把话题扯开，借着一个说辞出了乡政府院子。

他没有回联合社，沿路往上，路过余老板的小卖部和蔡老板的大饭店，街道最上头有一棵核桃树，树上稀稀拉拉地挂着几个核桃。他继续往上走，左边是一条不知名的小河，长势凶猛的河草遮住了两边的河岸。右边是山，茂盛的树木遮挡住视线，看不到山有多高、多险。路上鲜有人经过，偶尔一辆装满矿石的大卡车呼啸着从他身旁掠过。

独自一人行了两里路，拐过了一座山角，到了山的另一面，从半山往下镶嵌着几块田埂，地里的庄稼稀稀疏疏。他继续往前走了一段，再回头看，视野开阔了许多。刚才经过的那段路旁都是些乔木夹杂着刺藤，两山之间的山坳处有一座坍塌的房屋，残垣断壁斜横在那里，富晶垚不禁有些疑惑，这是谁家的房子，怎么塌成这样？

他继续往前，约莫走了半个小时，有一座简易水泥桥通往另外一边。再往上就变成狭窄的土路。远处也没有人家。他四处张望甚觉荒凉，决定回去，一路走一路看，不知不觉已经天黑，走到街口那棵核桃树那里他的心才稍微踏实一点。

正琢磨着这个地方，到了小卖部门口，他站在外面想还有没有东西要买，正犹豫着，老板娘热情地招呼他进去，富晶垚觉得又不是特别的熟，笑着招招手回联合社。路过乡政府大门，里面只有少数几个房间透着光，忽明忽暗。

回到联合社的小院，院子里亮着灯，只要天黑，就有人顺手打开它，一直到很晚才拉灭。

谭会计的房间里传出来电视的声音，菜园里，那块石头像一只怪兽伏在那里，有一种说不清楚的陌生和可怕。

他回到房间，没有手机，也没有电视，甚觉无聊，在房间里来回踱步，睡觉又觉得早，他下营业室给徐馨璐打电话，但是总觉得有人在窗户外偷听，他压低着声音四处张望，有些压抑，心里渴望说的一些悄悄话没有说出来，很不痛快。带着一些语言上尚未发泄的不快回到房间，还是睡不着，突然闲寂下来的感觉让他有些无所适从，思想开始心猿意马。

孤寂的长夜，一切都是那么寂静，让他感到被整个世界遗忘。空气里还带有几分炎热，他脱得只剩内裤站在窗户旁边看着外面，等了许久，一辆摩托车飞驰而去。他想起"一包方便面"说的话："被分到这里的不是学历低就是没背景。"作为一个风尘女子，她说的确实也不无道理。想起听到这句话时仔细看到的"花花"，女人的模样呈现在他眼前，那脸型、那身材、那风尘妩媚的动作，富晶垚想象着谭会计说花花年轻时的漂亮，又怎么会到这里？怎么会成为大家口口相传的"一包方便面"？他也不觉得她有那么的不能接触。青春的荷尔蒙不停地刺激着他的脑子。

人总是会给自己找突破口，被自己的欲望一点点说服！

# 二十八

那阵急雨过后，联合社里多出来的那块石头对联合社来说是个意外，但是不打紧，只能算小的自然灾害。

但是对于分管碳沟的刘长江而言，要面对的就多了许多。在联合社几个人围着石头讨论如何把它弄走的时候，乡政府召开了防范地质灾害的会议。

自从 1998 年特大洪水过后，只要出现大的降雨，对于基层的乡政府，抗洪防灾就是头等大事。刘长江分管的碳沟更是地质灾害频发的地方。

碳沟这个地方本也林密树多，也不知道从什么时候开始，本地人发现这里的林木烧成的木炭不但耐烧而且没有烟，还带有淡淡的草木清香。村民们争相伐木、烧炭赚钱，导致林木被砍伐殆尽，到后面这里就成了穷乡僻壤之地，山上几无大树，都是些葛藤刺条之类的藤蔓，下小雨暂且能蓄水，稍微大一点的雨，就能改变一些地方的地形地貌。

刘长江去碳沟下乡调研了几次以后，经常提到碳沟的两个治理措施：一个是正在实施的退耕还林，另外一个是移民搬迁。退耕还林是一个长期工程，树木生长需要一个过程，树木在生长过程中对地形地貌的保护也有一个过程，不能一蹴而就。眼前的宣传已经到位，补偿款也正在一步步地到位。移民搬迁是个难以提及的事情，能搬迁并且愿意搬迁的人，基本上不用动员，就在城里买房。谁不想在城里生活，过城里人的日子。但是进城之后靠什么生活？因此只是少数人愿意。大多数村民，没有任何技能，难以在城里立足，依然留在乡下种地。

刘长江在村上和龚自立、余西峰等几个组长讨论过指导有技术的村民种香菇、木耳等食用型特产，或者种黄姜、天麻等中药材，但是实施难度都比较大。

这次的雨势比较猛。村部电话第二天就打不通，龚自立用手机汇报整个村的损失不太大，村主任余西峰留守村部，他和会计到各组统计灾害。刘长江不放心，骑着摩托车去了村部。沿路有好几处垮塌，最大的一处坍塌阻断了整条路，一路磕磕绊绊，非常不顺利。到村部已经十点多。龚自立向他汇报几户依山而建的房屋受损比较严重，几处通村公路被坍塌的泥石阻断，人工难以清理，需要铲车才能清理掉。没有出现人员伤亡，这比他预计的要好。他打算查看一下受灾比较严重的村民。村主任余西峰带他过去。

余西峰是个不太爱说话、矮瘦黝黑的庄稼户，他听龚自立说过这个人吹得一口好唢呐，平日没事经常在家里吹。

余西峰在前面带路，刘长江跟在后面。前面带路的余西峰明显比后面跟着的刘长江车技好很多，余西峰不停地停下来往后张望，等他跟上。对于刘长江来说，下雨路滑，再加上七拐八拐，骑得很费劲。

好不容易才到其中一户，两个人把摩托车停下，过去查看。这户家里只有两个女人在家，一个儿媳妇，一个婆婆，家里三个男人都在外面打工，生活相对过得去，在山脚的一块大空地上建起了二层小楼。暴雨导致山体塌方，堵住了后面的屋渠，水渗进家里，两个女人正把里屋的东西往外搬。

余西峰过来也没有向她们介绍刘长江，径直上去帮忙抬，刘长江也过去帮忙，边拿东西边问："这房子出了啥状况，要把这些东西抬外面去？"

"屋后塌方，堵住了后渠，水排不出去，渗进后屋，今年下了几场雨都没有出现这种情况，这次雨太急，才出现这种情况。"

刘长江把东西放下回屋里查看，水泥抹平的地板有些湿脚，中间堂屋的水不太明显，右厢房的卧室里水已经没过脚平面，左边屋里的粮食已经搬出来一些，还剩不多的几袋，他透过窗户看屋外，垮塌的泥石几乎与窗沿齐平，山上出现一个大豁缺，他心里一惊，从里屋出来说："后面垮塌得挺严重，这房子还好结实！"

余西峰说："山里最怕的是下急雨和连绵雨，都是些碎山石，这两种雨最容易垮坝，一垮一大片。"

女人说："余主任说得是！昨天晚上雨下得大，我给老太太还说咱们俩睡前厢房，半夜听到轰轰隆隆的声音，只有两个女人在家，都没敢出去看啥情况。"

女人的婆婆说："这水泥砖房比以前的土房好很多，以前只要下雨，全家都到前面厢房睡觉，一家人挤在一起。"

说话间女人又提了一个袋子出来，说："这些都是今年新收的玉米，早应该搬到楼上，就我婆媳俩在家，也没那力气，还打算等过段时间娃们回来再搬，还没等娃回来就浸水，不搬出来晾干很快就会发芽。"

刘长江听着连连点头，他叫上余西峰绕到屋后查看塌方的石堆，两个人在那里大概合计了一下，这些泥石对于整栋房子来说还不构成威胁，三个人加一辆架子车，三天就能把这些土方出完。

看到不足以威胁到婆媳两个人的生命安全，刘长江和余西峰帮着把几袋粮食搬出房间后去了下一家。走的时候余西峰说：“这是乡里的刘乡长过来查看灾情！”

女人显得很不好意思，说：“来了还让你们干活，真不知道是乡长，都没有给你倒水！”

刘长江摆摆手说：“不了，不了，还要看其他几户。”

两个人骑着摩托车来到另一户灾民家，两户离得不是特别远，这户坐落在山峘平坦处。摩托车到不了门前，两个人沿着泥路上了十来分钟才到屋前，泥泞的路有些费鞋，到大门口，两个人的鞋底粘了足足有五斤重的泥。余西峰找了两块碎瓦片，两人各自刮去沾在鞋上的泥。看着刮下来的泥，刘长江窘迫地笑了笑。

这户是老两口，老头儿和老太太年龄都很大，但是思维很清晰，老太太说话速度特别快，老头子倒是不紧不慢地有一句说一句。老头子看着余西峰带着一个人过来，说：“昨天晚上这雨下得大，屋顶都让它淋坏了！”

他给两个人指指受损的地方，屋角掉了几片瓦。余西峰看了说：“这有些危险，保不准上面会掉下来什么东西砸着人。”然后对老头子说，“你们不敢在这下面走，离远一些，这是咱们乡的刘乡长，过来看一下灾情！”

老头儿说：“噢，都好，国家政策好！”

刘长江有点尴尬地提醒他不要在下面走。

老头儿说：“来了个好年轻的乡长！”

“是啊，刘乡长分管我们碳沟，昨天下雨，今天就过来了！”

“噢，托乡里惦记，我们这儿都好！”

刘长江围着房子转了一圈，就是屋顶那块掉了几片瓦，其他还好。他和余西峰商量这户怎么办。

“这户没有修好之前应该不能住进去，万一上面掉下来东西砸着人就麻烦了。”

“你说得是，那边屋顶，砸着人可不是小事，而且年龄都大。”

“以往出现这种情况怎么安排灾民？”

“一直都是村民自己想办法，在附近哪家凑合，乡上不安排。”

刘长江露出无奈说：“这样！”然后四处张望了一下。

这个山峘上就这一户独独地住在这里，两个老人正打算和些泥修整屋顶，刘长江也不知道怎么弄，看着两个老人慢腾腾地从旁边的地里铲出泥土，倒在门前平地上，老太太取来一些麦秆掺在泥里，打着配合，完全忽视了他们俩的存在。

刘长江准备上前帮忙，老头儿和老太太都不好意思，执意不让，老太太快速地说：“我们俩就行，你歇着。”

余西峰也过来说：“让他们俩来，你扶着梯子，我把屋顶收拾一下。”余西峰找来梯子，刘长江在下面扶着。余西峰爬上屋顶，把烂瓦和可能掉下来的泥块全扒下来，确定不会再有土块掉下来，才从梯子上下来。

老头儿在旁边不住地说：“来都没有喝口水，让你们受累！”咧嘴笑起来，露出仅剩的两颗牙。刘长江把头凑跟前说：“你们俩放慢一些，不行放放，或者找个年轻人来做！”

老头儿似乎没有听清楚，点着头说：“都好，都好。”

陆续又看了几家，都是些不会出现人身伤害的小灾害。

过了中午，两个人才回到村部，龚自立和另外几个人早已回来，正在村部的灶房里生火做饭。几个人你一句我一句地说着这次灾情。之前受灾，村组长把受灾情况统计完报村上，村上再报到乡上。受灾情况严重的有可能会拨救济款，但是时间都比较久。

最主要的还是村上的几条外出道路被阻断，需要组织人员、机械施工。

下午龚自立和余西峰带着刘长江查看了出村的几条路，有几条路受损严重。通往乡政府的道路出现了二次塌方，不能通行。刘长江出不了村，只能回村部。

一天下来，他精疲力竭，晚上在余西峰家吃的晚饭，几个人要喝酒解乏，被刘长江拦住。吃罢晚饭，余西峰拿出二胡，露了一手，大山里，二胡拉出了山谷的空旷与悲凉，像是大山的幽咽。他拉完二胡又吹了曲唢呐，比得上专业水准。刘长江为之痴醉，他感叹这偏远的山村里还有人有这技艺。

晚上余西峰让刘长江住在他家，刘长江看了余西峰家，门前厕所旁边拴着一条特别大的土狗，虽然有铁链子拴着，狗见到他就开始狂吠，他也有些怕，担心夜间上厕所那只狗冲他狂叫，就没有在他家住。

后来龚自立说村部有客房，他就从余西峰家拿了床垫被子，又拿了块毛巾被去村部睡。忙了一白天，他躺下就睡着了。半夜他被蚊子咬醒，在床上坐起来，听到满屋嗡嗡声，用手摸了摸脸上和身上，很多疙瘩，痒得出奇，像出荨麻疹一样。他起床到村部院子里转悠，看着新出的月牙，惆怅许久吟道：

**月夜思**

少志无疆多狂纵，
辕笔思游了无绊。
入行承业渐知规，
深思深做仍难断。

院子里也不是特别黑，他得不停地走动，只要停下来，耳边就袭来嗡嗡的蚊子声。他从口袋摸出手机，已经关机，勉强开机看了下时间又自动关机。他原打算下午回乡政府，依下午查看的情况，还得在这儿住几天。村部的门外是漆黑的山，天上的星星映衬着夜空的深邃。他无心看这些，想着那几户灾民，他们今晚怎么度过。在院子里待了一个多小时，他感到困倦，回房间用报纸一口气拍死好几只蚊子，亮着灯捂着头又睡下。

早晨龚自立到村部叫他吃饭，他晕着脑袋起床。到龚自立家，他媳妇爱芬煮的糊汤，蒸的馒头，还炒了几个菜，早晨还炒了个腊肉，比乡上的伙食好许多。腊肉吃起来特别细腻，和城里菜市场买的新鲜肉是完全不一样的口感，比县城里任何一家馆子里的腊肉都好吃。

吃过饭，刘长江从龚自立家找了一个万能充给手机充电。

八点多，村上的几个人到龚自立家集合，去查看田里庄稼的受损情况。这也需要填报。

晚上回村部，刘长江随意说昨天晚上没有睡好，到处都是蚊子，咬了一身的疙瘩。龚自立当时没搭话，等到送手机到村部的时候特意备了清凉油，还准备了一把艾蒿，他点燃艾蒿，把整个屋子熏了一遍，开窗通风换气，然后把窗户闭上才回家。房子里一阵阵的艾草香，这天晚上刘长江睡了个好觉。

刘长江按照他的作息时间起床，天尚亮。在院子里转悠，龚自立喊他吃早饭。今天的早餐依然很丰盛，馒头换成了包子，炒腊肉只见肉，土豆片和辣椒只是装饰。

吃过饭，龚自立随意说起来："刘乡长，您看，我家里面虽然有我和你嫂子，哪里有活去哪里做，收入上还是马马虎虎，家里面这房子也好多年了，还想再修整一下。前段时间和儿子商量，儿子反过来说他在城里面哪怕喝口水都要钱，给我说他想在咱们村办个低保。"说到这儿不再继续往下说。

刘长江听懂了龚自立的言外之意，问："咱们村的低保是村上自己上报到乡上还是乡上认定？"

"我上次报给综合股的王书记员，后来没下文，我问过他，他说主管领导没同意。”

“没有批下来？”

“是啊，王书记员说领导没批下来，我寻思着你分管我们，是不是你不知道是哪一户。”

“不是，不是！这事不经我这儿，王书记员除了说领导不同意，还有没有说其他的？”

龚自立有些难为情地说：“他没说其他的，我猜想娃户口转到城里面，现在是商品粮户口。”又不多说话。

刘长江停了一下，顿了好长时间说：“这肯定是违反原则的，先不说符不符合低保的政策，户口在城里面，怎么能在这儿领低保！”

龚自立眼里充满了无奈，说：“你看家里面，这道床和院子，都要收拾，就想你给帮忙疏通一下。”

刘长江没有回应。

“拿人手短，吃人嘴软。”刘长江当天继续和龚自立、余西峰查看灾情，但始终觉得有件事悬在心里面，想着今天晚上不管用什么办法都得回乡里面。

谚语说，条条大路通罗马，对这里来说，条条小路通乡政府。从和其他几个人的聊天中他知道还有一条小路，绕道上面的十坪村，从十坪村下晶沟村也可以回乡政府，就是特别绕路。

下午查看灾情结束，刘长江将一百元钱交给余西峰，让他转交给龚自立，全当这几天的伙食费。

刘长江被困在这里的第三天下午骑着摩托车回乡政府，他一路走一路问，到了晶沟那条路，心里才踏实。路上被一根刮断的葛藤打着肩膀，火辣辣地疼。

在天微黑的时候终于到乡政府大院。周六周日乡上不做饭，他到蔡老板那里吃晚饭。当和蔡老板笑着说起这几天的遭遇，蔡老板笑他说：“刘乡长着实把一个乡长当村主任干！”他也哈哈大笑起来，他没有听明白蔡老板的这句话是夸奖他还是贬损他，说：“这有啥办法！路不通，把我硬是困在那里，老百姓管不了是村主任还是乡长，受灾的时候过去看看，他们都觉得是一种关怀。”蔡老板连连说是。

吃完饭回乡政府，刚好刘长江和到乡政府找他的富晶垚错过。富晶垚敲了十来分钟都没有人回应，就出了乡政府大院，刘长江那时刚好进乡政府大院。刘长江在院子里慢走了几圈才回房间。他已经好几天没有洗澡，烧了盆热水，简单擦了擦身子。肩膀上那块被葛藤挂着的地方出现了一条血印。

早晨五点多，他做了个莫名其妙的梦，醒来全记不起来，又觉得莫名其妙。坐起来看着窗户外面，天已经亮了，虫子在后山上吱吱地叫。他自嘲地感叹：

**听风听声**

夜无寂，且听虫鸣且听风，虫无志，风无心，杂草树叶了平生，与而嘁嘁百里志，更似对牛弹琴声，一锹一锄，一垛一瓦，更有几样你识，何物尔用，心腾波涛，擎笔徘徊论初心，欲向青云寄言，待化作细雨，润风滋虫，摒弃进化，物我皆亨通。

吟完以后觉得心情舒畅很多，觉时间尚早，还能睡个回笼觉，他又睡下。

## 二十九

刚上班就没周六周日，富晶垚特别不习惯。从乡政府回来他才知道那天周六。

联合社的厨师是从附近请来的一个中年妇女，姓胡，大家也不叫胡大姐、胡嫂子，只叫炊事员，家里有个三岁的小女孩，偶尔带过来。大家对她都挺尊重。

这天炊事员刚出院子，谭会计开始拿富晶垚开涮：“小富，昨天那手洗干净了？花花今天还要来，你得去余家小卖部买双手套！”

柯礼朝听了很带劲，接着说：“花花昨天来找小富了，你是走进了桃花林！”哈哈笑起来。

段主任说：“小富，你才来多久，花花就把你瞄上了？”

富晶垚这个时候憋得满脸通红，不说话。谭会计把那天他洗手的事情活灵活现地说了一遍。柯礼朝立马接话说：“你这个娃真是不知道好歹，别人都是花钱去摸，你间接接触就这样嫌弃！”

“小富还是太年轻！人家花花以前真漂亮，你不知道，现在长变了！”段主任说。

富晶垚听后觉得昨天洗手这件事做得有些过分，开始争辩说：“谭会计说对了一部分，也不全是因为我拿‘一包方便面’银行卡的事情……”还没说完，柯礼朝的笑声更放荡，说：“你都知道‘一包方便面’！你打听人家那么细想干啥？还嫌弃？是为后面做准备吧！”

"'一包方便面'是谭会计告诉我的。"

"我给你说过，但是怕我没说之前你都知道了，你们年轻人思想激进！"

富晶垚抢着说："我第一次听到这事，真的是从谭会计那儿知道她还有个外号叫'一包方便面'！"

"从哪儿知道的不重要，现在知道咋办了吧！"段主任说。

"就是的，'一包方便面'都知道，后面我给余老板说，你要是买方便面绝对不要卖给你。"柯礼朝说。

谭会计笑笑说："咱们灶上都有饭，小富要是买方便面就是有想法。"

"那也说不定，花花不要一包方便面，说不定要一包火腿肠、一袋饼干……"

富晶垚越听越觉得好像什么都不能再买，叹了口气说："嗯，嗯，咱们灶上的饭就是挺好吃！"大家一起嘲笑他那窘样。

这几天的营业室算一年当中比较忙的时间，开学以后，办业务的人明显增多，早晨八点多开营业室的卷闸门时就有人守在门口。

他到现在仍然只会办理简单的业务，对于复杂业务和有疑问的业务，都是听谭会计的口气处理。

大部分时间，村民都挤在一起，都安静地等着一个一个办理，没有人嚷嚷。人特别多的时候就开始无序，全靠谭会计的吼声来维持秩序。他的第一句是："那谁谁谁，就你那点钱，那么快取了花，放在那儿生利息多好的！"第二句话："喊啥喊！这边正在对账，一会儿错了就有人找你事！"大家都是乡里乡亲，都打过照面，没有谁特别较真认死理纠缠，谭会计喊完大家又自觉一个一个排队办理。

因为富晶垚怕出错，所以办理存钱、取钱、转账业务，都会核对好几遍才放心地给出去，至今没有错过一笔账。在联合社干柜台，付错了钱是要自己赔的。就连谭会计都说："管老头子在的时候给人家付错过几次，小富就比他灵性，这么久从来没付错过钱，这娃就适合干这工作！"富晶垚心里面暗暗高兴。

下午上班一直忙到四点多人才少一些。四点以后来办业务的基本上都是这周边的人，远一点的人四点以后再来办业务，回家都已经天黑了，没有急事大家都不愿意摸黑赶路。

快五点的时候营业室进来一个人，戴着休闲帽，富晶垚被眼前的这个女人吸引住。谭会计不知道从哪里看到，凑到营业室的玻璃上打招呼："郗部长过来了，对账还是转钱？”

“对账，看看账户里还有多少钱，再付出去一笔。”

“你们的票据和付款单都带了没有？”

“带了，核算单和空白付款单，今天把公章带着，你们怎么说我怎么填。”

谭会计笑笑说：“带公章最好，不然来回改，来回跑！”

“今天办别的事带着公章，就顺带到这儿办业务。”

谭会计接过郗媛递进来的东西，教富晶垚如何操作对公账户，富晶垚操作电脑的时候心猿意马，时不时地斜着脸看郗媛，谭会计倒是专心地看着账户和数字，核对对账单的金额和系统金额是否一致。

郗媛也看到新来的富晶垚说：“管主任今天没在？”

谭会计没有抬头，继续看着电脑，嘴里读着数字，读完抬头说：“管主任调去了昶河联合社，都去几周了。”继续核对。

富晶垚坐在那里看着电脑，不时瞥一眼柜台外面，谭会计在那儿核对了两遍，没什么问题，对他说：“你把对账单打出来，让她再核对一遍。”说出操作代码 5567，富晶垚按照谭会计所说一步一步操作，仍然时不时看郗媛，他发现郗媛有些不自在地取下帽子，放在柜台外面的柜沿上。谭会计注意到这个情况，在他再一次斜眼看的时候猛地“嗨”了一声，说：“再看！一会儿多打一个零，你这辈子工资都不够赔！”

富晶垚仿佛一个谎言被揭穿，脸上火辣辣的，低着头开始仔细核对。营业室里特别寂静，他又重新核对了几遍，郗媛打破这种寂静说：“这个娃才大学毕业吧？分到这个地方好，人少业务量少，清闲。”

“今年才招的，今天你来，眼睛都不够用，不知道自己该看啥！”谭会计笑了两声。

“对公业务我不熟，担心她再递东西进来。”富晶垚狡辩。

谭会计哈哈笑起来说：“你这个借口这会儿就说不过去，递东西不会叫你。”

富晶垚不再说话，两个人把账单、票据打好，转款单开好，一齐递出去，这会儿富晶垚反而不好意思正面看郗媛。郗媛接过来开始核对，富晶垚坐下看着面前的票据，不时地用余光瞟郗媛，那里实在是太吸引他，他觉得这个女人真漂亮。谭会计看着柜台外面，郗媛翻一张票据，谭会计说着账户和金额，好像这个人就是个平常客户，没有什么特殊的地方，就像他对那些村民一样。

全部核对完，郗媛说没问题，留下她那联，其余的递进来。谭会计从柜台的进出口接过来，交给富晶垚，指导他办理后续业务。谭会计和郗媛有一句没一句地聊着。

所有的手续都办完，富晶垚把手续递出去，正面看郗媛。那是一张瓜子脸，擦着淡淡的粉，天气比较热，满脸是汗也没有出现掉粉后的一道道痕迹，眼睛特别大，V 字领衬衫露出半个肩膀，皮肤白皙，身材傲人。郗媛把单据收拾好，装在随身的包里面，对谭会计说："没什么问题我走了！"谭会计应着。郗媛转身出营业室，还没到门口又转身回来，谭会计嘿嘿一笑说："咋还舍不得走了！"

"那个新来的，你手机号多少，我存一下，后面开票、对账我来不了给你打电话。"

富晶垚没有手机，又说不出口，站在那里没有动，谭会计说："你的手机号没有变吧！"然后对富晶垚说，"你看一下，管老头儿记在一沓纸上，乡上、学校的、他们的都记在一块儿。"指指旁边。

富晶垚的旁边，除了键盘啥都没有，他坐到这儿以后就把桌子上所有不用的东西从这里清理出去了。谭会计顺着他看的方向看，说："你这个娃也不问一下，啥都没剩下，管老头儿以前放在算盘下面压着，现在算盘都不见了！"然后咂了几下嘴对郗媛说："你存的还是管老头儿的号码吧？你存营业室的座机，你把你的手机号给小富说一下，后面有事让小富打给你！"

富晶垚立刻报出营业室的号码，然后问郗媛的手机号，郗媛想了一会儿说："你记这个号吧！"把号码报给了富晶垚，富晶垚拿笔记下，郗媛看他记完，离开营业室。富晶垚觉得谭会计完美地化解了他的尴尬。他迫切想要买一部手机。

等郗媛走远，谭会计开始调侃说："小富，你的魂是不是被人家勾走了，手机号也给你了，晚上可以给她打电话！"

"没有，没有，你看人家叫我都叫新来的！"

谭会计说："你看你刚才那眼睛，办个业务一分钟瞟了人家多少次！看吧！你还不敢正眼看。人家本来就漂亮，有啥不敢正眼看的。"

"这大山旮旯里还有这么漂亮的女人！"

"不是你觉得漂亮，这上下，最漂亮的！"停了一下说，"也是化妆好，不化妆，花花比她漂亮，才来的时候花花没什么心机，被这儿忽悠那儿戴高帽子，你看现在成啥样了，每次来不是这一块瘀青就是那一块受伤，矿上那些人，心疼她的还好，不心疼她的都是些野蛮人。"

正说着，花花扭动着身子进来，两个人立刻打住不说话。花花从皮包里面翻出来一张卡对富晶垚说："新来的帅哥，查一下里面有没有钱！"

富晶垚接过卡查起来，这次花花没有多余话，在那里静静地等着。富晶垚查完告诉她卡里的金额，花花抱怨了几句"真是个窝囊废！"骂骂咧咧地走了。

等花花走远，谭会计说："你说邪门不邪门！说她她就来！"

"这个女人性格太急躁，你看还没有啥就骂骂咧咧，没办法接话。"

"是啊，性格造成的，心里面憋不住事。"谭会计说完叹了口气。

"就是，她就来这儿两次，我都记住她！"

"你没有到街上，她经常在那儿，有的时候还到蔡老板那儿点两个菜，喝点啤酒。"

"是性情中人，有钱了花，没钱了不花。"

"你说这样的性格好不好？要不然'一包方便面'的称呼咋来的。"

"唉！不好，真不好，两个人的感觉完全不一样，郗媛过来就想多聊两句，她来了就想早早办完了事。"

"你这次咋没有擦手？"谭会计哈哈笑起来。

"啥擦手，那次真是手上有汗。"

谭会计不再说话。富晶垚开始整理郗媛刚才那笔业务。来来回回问谭会计操作步骤。

在营业室共事这么久，谭会计已经把富晶垚的性格摸得八九不离十，出了事情就会找借口，偶尔还耍滑头。涉及钱，他还暂时不太了解，因为一直没出过错，每天下午的现金没有多出来的，也没有短库。但是在联合社整天和钱打交道，这方面又至关重要。

下午只有他和谭会计两个人。那块石头还矗立在菜园里。两个人的话题也没有绕过这块石头。

吃过饭，富晶垚是真没什么事情。除了在周围转悠，他找不到更好的事情做。上边那条路他已经转过，今天他打算往下转悠。他把碗放下，就往下走。下边和上边的路况都差不多，没多久一条大路分出去几条岔路，他一直沿着大路走了有一段距离，来到一处聚集处，从塬角到坡顶分为几层，差不多有二十来户。他没有停留，继续往下走，路上偶尔有行人。

夜色降临时他才回到联合社，窝在房子里百无聊赖，他畅想着发工资后买一部手机、一台电视……想着想着，伸手摸摸口袋，熟练地掏出来数数，不到三百块钱。这次回家母亲问他上班的情况和工资收入，他说吃的、住的社里面都管，工资比较高。母亲问他发工资了没有，还有没有钱？他说很快就会发工资，但是所有的情况都是他自己想的，他真不忍心再向父母要钱。等吧！发完工资就好了，真要是四千多块钱就可以先买个手机。下午郗媛问他手机号码的时候，平时他那么会找理由和借口，那会儿竟然有些词穷，找不到一个理由，幸亏谭会计把话题岔开。

下午在路上转悠的时候，他在心里做了对比，如果花花对他说："年轻小帅哥，把你的手机号给我留一下，给你打电话，你帮我查一下卡里面的金额，我就不用跑那么远！"不管能不能查，他都会毫不犹豫地说："我没有手机！"这句话对着花花说是一种借口，更像是一种推脱的话术。但是对于下午那种场景，他是怎么样都说不出"我没有手机！"虚荣心作祟，他觉得如果说出那话，以后再见郗媛都会处于一种低下的自卑中。

## 三十

睡了一觉，富晶垚穿了件外套起床，出房间站在外面的走廊上，外面有些微热，其他几个人的房间亮着灯。他先去柯礼朝房间，从房间挂着的钟表看已经十一点半了，柯礼朝还在那儿写着什么。柯礼朝戴着眼镜，低着头，从眼睛边框和额头之间的空隙里看到是他，说："来，坐，我这儿还有一个报告快写完了，写完你陪叔喝两口，我这儿酒多，不像你段叔叔那儿，喝到一半还让你去买酒！"

正说着，段主任在外面阳台上说："谁在说我？"

富晶垚有些心虚，没有说话。

柯礼朝没还嘴，手上也没有停，说："说让你过来，咱们仨喝酒，管醉！"

段主任掀开门帘进屋，富晶垚立马站起来让座，段主任走近柯礼朝，看看桌子上那堆报表说："你这弄的是哪一户？"

"这不是八亩地沟那户，今天过去看了下，快季度考核了，把这户的贷审写一下。"然后合起资料，指指说，"坐，不写了，明天再写，刚好小富过来了，一块喝个酒！"起身从柜子里拿出一瓶酒。

段主任笑呵呵地问："什么酒？"

段主任进房间的时候，富晶垚就闻到他满身酒味，又问什么酒，明显是想喝两口。

柯礼朝把酒瓶翻过来看看，似乎也没有看清楚这酒是什么牌子的，说：“小富，你看看，我一到晚上啥都看不清，戴眼镜还好些，不戴眼镜只能看个轮廓。”

富晶垚准备接，段主任伸手接过去说：“这啥酒，这啥酒？”大概看了一下放到桌子上说，“拿酒了，喝酒的杯子在哪儿？”

“不急，等我找。”柯礼朝从柜子里拿出来几个小玻璃杯说：“好久没用了！”抽出几张纸巾，在酒杯里一转，从暖壶里倒了杯水稍微冲洗了一下。段主任已经把酒打开，一直做着倒酒的姿势，等着柯礼朝的杯子。柯礼朝把杯子递过去，段主任就开始倒酒，倒了杯先放在自己面前，又倒了杯放在柯礼朝面前，倒了第三杯放在富晶垚面前，拿起酒瓶闻了闻说：“这酒真香！”柯礼朝举起杯子放在鼻子上闻闻，说：“香，比那个三鞭酒香多了，喝一个。”

富晶垚只是陪衬，也举起酒杯。他们俩一饮而尽，唯独富晶垚只抿了一小口。

柯礼朝有些不高兴，说：“在段主任那儿你都喝完，在我这儿喝这么一小口，啥意思，我不是主任吧！”

段主任正色说：“喝酒图个高兴，你每次喝酒扭扭捏捏，后面咋带你出去喝酒？”

“我真不太会喝酒，上次喝了那一小瓶就把我喝醉！”

“看这话又是套话，那次真醉假醉都说不清楚。”柯礼朝说。

“他耍滑，就让他少喝一点，我们俩多喝，来来，喝！”段主任和柯礼朝示意以后抿了一大口，故意孤立富晶垚，富晶垚心里面有种不合群的失落感，在两个人再次举杯时也端起酒杯凑到跟前，把那杯酒干了。

三个人玩起了“老虎、虫、鸡、杠子”和“田忌赛马”，段主任和柯礼朝猜拳，顺带教富晶垚，就这样玩得不亦乐乎，很快一瓶酒就被喝完了。

喝酒这件事，富晶垚就这样被带上道。

## 三十一

乡政府对面是座起伏较缓的小山，半山腰是所小学，前几天已经开学。加上校长在内不到十个老师，全是男老师。学校所有的资金周转也都通过晶沟联合社，大部分都是对公业务，比较复杂，几个老师都是全能型人才，每次办业务的人都不一样，每个人过来就会问“这是你们新来的小伙？”大部分都是谭会计搭话。

段主任带他在学校食堂吃过一次饭。那天淅淅沥沥地下着小雨，加上学校没有开学，到处都黑漆漆的。那次吃饭，做饭的厨师特意叮嘱他，学校里没钱修路灯，最好拿个手电，有几处高坝，掉下去就麻烦了。本来就下着小雨，厨师再这么一说，他就没胆量参观学校了。

现在开学，他想学校里面那几处堤坝会不会设置路灯。他经常听谭会计说，别小看那个啥都差的学校，那里可出过司局级干部，这让他更想去看看那究竟是个什么样的学校。虽然在大学里偶尔从食堂电视的新闻里看到哪个司司长在开新闻发布会，但是现在的他对司局级干部没有太多的概念，总归是个大人物。

这天，富晶垚和谭会计正在营业室里聊着晶沟稀土矿，聊着乡里乡亲，一个人过来取钱，这类业务对于他来说已经算简单业务，但这个人这次取钱有些复杂，从公账转到私人账户，私人账户之间还要倒腾，倒腾几次以后，再取个整数两万块钱。富晶垚正在听谭会计指导如何转账，营业室电话铃响起。一般情况下富晶垚都是停下来等谭会计接完电话再继续操作。但这次他觉得这些都是小业务，来回转了几次以后，就从钱箱里取出来两万块钱递出去。等谭会计接完电话过来，他已经开始整理传票，那个人把钱掂在手上看了看，临走前调侃似的说：“你看你们这儿摆的这块牌子——钱款当面清点，过后概不负责！这句话就是个霸王条款，两万块钱里面谁知道哪一张会不会出啥问题！”

“不会，不会，信用联合社，最基础的就是信用，你要把钱点清楚！”

“经常在这儿取钱，从来没错过，就不数了，就是你们这几个字看着别扭。”

谭会计说：“这字贴在这儿其他人都不说，就你来每次说，就你挑剔！”

那个人哈哈笑起来说：“不是挑剔，你们这就是霸王条款！”笑笑把钱揣在口袋里，出了营业室。

谭会计说：“他是对面的老师，好长时间不来，来了就说这块牌子不对！”

“对面的老师，看着挺开朗的。”

“就那点地方，跟咱们一样，整天不给自己弄开朗些谁在乎你！”

谭会计在他旁边看着他整理传票，说：“你有好事啊！”

富晶垚诧异地说："我能有啥好事？"脑子里飞快地想可能的情况，发工资了？还是因为什么被奖励了？

"县上接市上通知，要你们这一批新来的年轻娃全部到市上培训两周，多享福！"

"那真好！啥时间培训，是不是自己出钱？"富晶垚高兴地站起来。

"县上出钱，暂定这个月底，这个月底安排不过来那就下个月中旬，提前通知让各社做好人员调配。"

富晶垚有些失望，说："时间还没有确定？"

"急啥，都通知了，肯定快，看把你着急的！"

"工作的第一次培训，肯定特别期待！"

快到十二点，余光亮的女儿余丽娇穿着一件连衣裙，踩着凉鞋过来查折子上的钱，富晶垚熟练地操作完，把存折递出去，余丽娇拿着存折并不着急走，在营业室外面这儿看看那儿瞅瞅，偶尔还问东问西，谭会计小声说："你看那个女孩！"

富晶垚小声说："上次见穿了个大裤衩，这次穿的裙子，我差点认不出来！"

"这次穿裙子，你知不知道为啥？"

"天热，人家女孩喜欢穿裙子！"

谭会计哈哈笑起来说："后面你再遇见余光亮和他媳妇你就知道了！"

"这跟那有啥联系？"

谭会计一改平时的哈哈大笑，抿着嘴笑着说："你这个娃呀！"

余丽娇在营业厅里面转了几圈，问了几个问题，又在富晶垚柜台前趴了一会儿就走了。

下午不太忙，富晶垚搜罗出平时比较难的业务，一一问谭会计，谭会计也非常有耐心地教他，时不时地说一句"这个管老头子！"下午就那样平静地度过。

下午下班，谭会计先离开营业室，留富晶垚在那里清点现金和重要空白凭证。

突然"嗵"的一声，声音特别大，震动了楼上楼下，谭会计飞快跑到营业室外，拉开窗户说："小富，咋了？咋了？"柯礼朝也从楼上跑下来问。

富晶垚几乎是带着哭腔地说："少了两万块钱现金！"

谭会计"噢"了一声，打开门进营业室，柯礼朝跟着一起进来，谭会计淡淡地说："你再核对一遍！"

富晶垚当着两人的面清点起来，差点哭出来说：“是差两万！”

“你再找找，或者再想想，有没有从保险柜里面拿钱，或者把钱放在哪儿了？”谭会计说。

“小富，你别慌，就这么大点儿地方，肯定会找到！”柯礼朝说。

富晶垚坐在那儿，板着脸努力地回忆说：“今天没有动保险箱，也没有把钱乱放……”站起来四处翻桌面、抽屉。

“你别急躁，年轻人要沉住气！今天的传票归档没有，你拿出来我看看！”谭会计说。

富晶垚把当天的传票全部拿出来递给谭会计，谭会计一笔一笔地看，总共二十三笔业务，很快就翻完，说：“你这里面都没有两万块钱的取钱传票，你早晨给对面学校老师两万块钱？要错应该就是这笔业务错了！”

富晶垚很确定地说：“就是，就是，就是他，我现在就去找他！”他重重地拍了下桌子，急匆匆地准备走。

柯礼朝说：“你冷静一下！”

谭会计说：“你先别找人家……”话还没有说完，富晶垚打断说：“不找他怎么能要回来钱！”

谭会计咂咂嘴说：“你等一下，让我先说完。”

柯礼朝又重复一遍说：“你听谭会计说完，别毛躁！”

富晶垚这会儿心里全是怎么样把钱要回来，晚点他不承认怎么办？他不给怎么办？两万块钱啊！

柯礼朝说：“你先坐下，先坐下！”富晶垚表情狰狞，还是坐了下来。

谭会计接着说：“你把这沓传票再仔细看一下，这有几笔转账，加起来两万多，都是柯携敏签字，你再回忆一下，尽量回忆清楚，如果不是人家，贸然去找，都是乡里乡亲的，说出去很难听！”

富晶垚强按住急切的心情，拿起传票看起来，他努力回忆着上午办业务时的每一个细节。

“以后出现这种事别急躁，把每笔业务和传票细看几遍，先从自身找原因！”

柯礼朝也接过话说：“依我说，这事是咱们自己业务办错了，你在没有弄清楚的情况下急匆匆地去找人家，搞不好就会吵起来，钱现在在人家手里，你平息好自己，看怎么说合适！”

“就是，业务是你自己办错的，给人家好好说，一吵架这事就僵在那儿！”

富晶垚“嗯嗯”地点头。

柯礼朝觉得这不是个什么大事，说："放心，事情能说清楚，不是啥说不清楚的事！"站在那儿看了一会儿，出了营业室。

谭会计说："柯携敏！你等一会儿，我看看有没有他的手机号。"

富晶垚听到站起来说："就是，先打电话问他在不在学校，在了我就过去好好和他说。"

谭会计把手机离得远远地看，富晶垚的心提得老高。不一会儿，谭会计把手机伸到他面前说："你看是不是这个？"

富晶垚看到中间那个字和传票签字不一样，是"谢谢"的"谢"，说："有个字不一样，我打打试试。"

"你用营业室座机打过去，给我省点电话费！"

富晶垚用营业室的座机拨通号码，问完确实是柯携敏，而且非常干脆地说要过来看怎么办，听到这口气和态度，富晶垚心里的疑虑打消了一大半。

挂断电话，谭会计说："小富，你这段时间没出现现金问题，我还对你放心下来，你看你一出事就是个大事，这种事以后再发生就悄点声，别大声叫喊让所有人知道。"

富晶垚疑惑地说："为啥不让大家知道，柯叔叔就过来给我帮忙想办法。"

"你出纳的职责是啥？就是管钱、数钱。你把钱都数错，说明你工作没干好，这要是让段主任知道，对你们年轻人的印象就不好，还有就是出现短库这种情况，你是要被罚款的。"

富晶垚心里不服气，我都赔钱了还罚款，这叫啥规定！撇着嘴说："知道了！"

谭会计听富晶垚说的情况判断，也就是柯携敏过来走个手续的事情，不会出啥其他状况，也出了营业室。又在院子里交代："和人家说话客气一些！"

翻到那几张传票坐在那儿看着营业室大门，富晶垚心里充满了焦虑，涌出来好多种可能。

十几分钟不到，柯携敏急匆匆进门说："业务有什么问题？怎么少办了一笔业务？你打完电话我就骑摩托车过来了。"

富晶垚解释说："中午只办了转账，没有办取款手续就把钱给你，还要再补办取款手续。"

"这样！两万块钱我都带着，你看现在能不能办取钱手续，能办我从卡上把钱取出来，不再从你那儿拿现金，要是不能取款我把这两万块钱还给你，明天过来取。”说着把钱和银行卡都从口袋里掏出来。

富晶垚被说得有些不好意思，他最开始的冲动与那些胡思乱想的想法让他面红耳赤，说：“能取，能取，我业务办错了劳您跑一趟，您还说得这么客气！”

柯携敏直了直身子说：“没关系，能取钱就好！”一边说一边把卡递进来，富晶垚很快操作完，柯携敏接过卡，收起现金说：“你们这儿‘钱款当面清点，过后概不负责’这句话就是个霸王条款！”然后又是哈哈哈爽朗的笑声。

富晶垚没有反驳，说：“这事劳烦您跑一趟，确实不好意思！”

柯携敏摆摆手，如释重负似的说：“现在没啥问题了吧，没啥问题我就走了。”

“好好，您慢走，没事过来闲聊！”

柯携敏点着头出了营业室大门。

重新关掉电源，清点好现金，锁好门，富晶垚去谭会计那里把刚才的事情说了一遍，还特意强调柯携敏非常客气。谭会计告诉他对面学校的老师都很好，这大深山，在这儿奉献这么久都不走的老师都是些有信仰的人。交代他后面出了事一定不要慌里慌张……

富晶垚耐心地听着，他觉得有柯携敏这样的好老师，能教不出好学生吗？

## 三十二

在这个地方，对于乡政府来说，一年当中也就考核和出现自然灾害的时候比较忙，其他时间，基本上都比较清闲。

灾情过后，全乡做了统计，受灾最严重的还是碳沟，其他几个村几乎没有受到太大影响。刘长江回到乡政府后每天都忙着统筹协调各方面的人力机械，做报表后上报到县上各个部门。

在碳沟待了三天，他对整个灾情有所了解。龚自立报上来的受灾情况中多出来两处公共道路的塌方。

对自然灾害造成的公共道路的损毁，按照灾害的等级报至县上相关部门，都会给予适当拨款。但是对于公共道路通往住家户的损毁、村民房屋受损、田地的庄稼受灾等，就属于私人的损失，统计过后报到县里相关部门，会视情况给予补助。

刘长江一边看着几个文件，一边想着怎么办。他放下文件，拿办公室座机给龚自立打了个电话："刚才办公室王主任把受灾的情况报到我这儿，问我有啥问题没有，让我签字，我看了一下，签完字给了王主任。"

龚自立支吾了一下说："噢，就是，咱们碳沟出现问题最严重，雨势猛，山上又没大树，蓄不住水，你走了以后又出现塌方。受灾这么严重，不知道能不能补一些。"

"拨不拨得下来钱还真不好说。"

"你在咱们这儿待了几天也看到了，村里人过得艰难，路不通就更难了，不补一些，光靠村里人出义务工怕是不行。你从县上下来的，帮忙给我们这儿说说话，能补一点是一点！"

"哪些能拨钱，哪些不能拨钱，能争取的尽量给大家争取。"

在村上待的那几天，除了自我感慨和惆怅之外，刘长江还被村民面对自然灾害后的反应所感动，就如同那天看到的老两口，已经是高龄老人，屋顶缺了个角，没等没靠，没有看到他和余西峰就开始折腾，老两口自己和泥，自己上屋顶修补，还乐观地说都好。两个人配合着和泥的场景，刘长江一辈子都忘不了。他思考后决定和县里面沟通，为村民做点力所能及的事。

经历了这次灾情，刘长江意识到乡镇工作的方式方法和县城机关里的工作差别太大，他得向孙红霞多多学习。

## 三十三

自从上次没有办理取款手续就把钱给柯携敏以后，富晶垚干什么都小心翼翼。所幸没有再出现差错。

谭会计和柯礼朝吃饭的时候说起余丽娇有意无意到营业厅查看存折的目的后，富晶垚才恍然大悟。他对那个大大咧咧的女孩有好感，但还达不到可以处对象的地步，况且自己还有女朋友。他现在还没有意识到这样的女孩有多好。在他历经沧桑以后才明白，余丽娇这样的女孩才是最好的人生伴侣。

盘算一阵以后，他下班来到余老板的小卖部。这会儿只有余老板一个人，他有意无意地透露出他有个正在谈的女朋友。

后面几天他经过余老板的小卖部都会忍不住朝里面看有没有变化。他还到蔡老板那里打听小卖部最近的情况，却听到他取错两万块现金的事情，还有几个版本，和当时的情况有出入，细节也各不相同，甚至说他吓得几天都吃不下饭，担心那两万块钱要不回来，这得多久才能挣回来！

余丽娇后面基本上不再过来了，他觉得那事可以放下，但是有必要请柯携敏在晶沟大饭店吃个饭。这个小地方，就那点人、那点事，大家抬头不见低头见，闲聊起来，巴掌大的事情都能变成天大的事。这件事因为他业务不精导致，他有过错。如果请柯携敏也就只有两个人，再把刘长江叫上，都是年轻人，熟了以后还能串门。

下班后他去蔡老板那里，蔡老板每次见他都特别热情，这种热情让他有些无所适从。蔡老板大概问了几个人、喝什么酒、什么标准，富晶垚对这些都不确定，在菜单上看了几遍，上面没有大学时经常吃的二十多块钱的麻辣鲶鱼，没有酸辣白菜。他预算不超过一百块钱，可拿着菜单算来算去，不带酒水就超过一百五。他没有定，打算先确定有几个人。刘长江最近，先去他那里。

进了乡政府大院，小景和沈慧亚正在打羽毛球，他俩也是乡里为数不多的年轻人。

小景偶尔到联合社拿财政所拨款单，和他还能聊两句。另外一个女孩叫沈慧亚。他从别人那儿知道有这么个女孩，在他前后到这里工作，没见过几次面。

富晶垚打了声招呼，小景笑嘻嘻地调侃："乡里的财神爷今天怎么有空到这里来？"

"财神爷，在那儿！"富晶垚指指殷所长的房子。

小景猫了一下腰说："那是文财神，你们是武财神，我们的钱都要经过你们才能拨下来！"

沈慧亚听了，放下球拍问："你是隔壁联合社的？"

"是啊，隔壁的，和你差不多前后来！"

沈慧亚大大咧咧地说："我们俩不一样，我是临时工，我在外面都找好幼师工作了，我爸嫌不稳定，非得让我回来，我家就在十坪村。"

富晶垚咂咂嘴说："幼师多好，你爸咋想的！"

小景也带有些不甘，说："当初我也在外面，我爸让我回来，和我说外面那些人都是房奴，买了房以后拼命还房贷，我爸把昶河老家的房子都收拾好了，不比城里差，我拿着工资也没什么压力。"

“我爸也是这么想的，在这儿就是工资低，没啥玩的，其他都好！”沈慧亚说。

富晶垚应和着说：“就是，就是，只是在这儿工作。”

沈慧亚说：“哎，哎，咋忽视了我这个土生土长的土著，这地方别人不喜欢，我还挺喜欢。这里好玩的多了，水晶洞，鱼洞，过年的腊肉，山里的野果子，都有着我童年的记忆。我爸在这儿生活了几十年，我在这儿生活了十几年，除了工作还有那些呢！”

“也就你们本地人说好，这地方真不咋地！”

小景扯着脖子说：“不咋地你还来？和我和小沈一样，不照样干得热火朝天！”富晶垚被小景的话噎住了，长叹一口气。

“分在这儿就好好待着啊，待久了你会觉得这里挺好的！”

富晶垚有些惭愧，也不再抬杠说：“好好，不说这地方好，看样子要被你们数落死。”然后指指刘长江办公室说，“刘乡长在不在？”

两个人都摇头说：“不知道！”

“他一个大活人在不在你们俩都不知道？”

小景悄悄说：“人家是领导，我还能看得住？”

富晶垚也不再多问，说：“我上去看看”。

来到二楼，刚往右转过楼梯口，就听到房间里有人说话，其中有一个女人的声音。富晶垚轻轻地敲门，谈话声停止，刘长江说：“进来！”

富晶垚掀开门帘，看到一个女人前倾着身子和刘长江说着什么，刘长江见他过来，说：“坐，坐，我这里十天半个月也不见你过来一趟，今天咋过来了？”

“就是好久没来，才过来看看我的邻居一天忙啥，原来还在和美女聊天。”

刘长江解释说：“这是隔壁联合社的富晶垚，大学时我的学校和他的学校是邻居，现在又是邻居，我到这儿没两个月他也到这儿。”

安红霞说：“那你们俩有缘，还能在晶沟遇到！”

“就是，所以我和他说话不见外，你们俩要是说事，我出去和小景他们打会儿羽毛球，一会儿再来。”

“没事，我和安站长也没啥事，随便聊聊！”

安红霞打量了一下富晶垚，刘长江起身泡茶。

“你看这个屋子，一个年轻的乡长，一个漂亮的站长，我在这儿就当个充电桩。”

安红霞说：“我和刘乡长就是拉拉（聊聊）乡里乡外的事情，也没啥内容。”

“你这话有点妄自菲薄，我俩的工资加起来都比不过你一个月工资，怎么是充电桩！”刘长江说。

富晶垚虽然不知道工资是多少，但是多少心理平衡了一些，笑笑说：“都是在那儿瞎猜，哪有那么多，到这大山里来不都是为了挣这点工资！”

“这话你在乡上说给其他人我不反对，你对咱们安站长这么说就错了，安站长是正儿八经带着一腔热血来这里的！”刘长江说。

“也没有刘乡长说的那么大的志向，才开始来这里，我也是一万个不愿意，在这儿待得久了，觉得这里的农民都很朴实，干工作比在城里面顺畅。”

“小富，听到了吧，要有这种情怀才对！”

“咱们工作性质不一样，我们联合社就是任务，量化考核，任务达不到要求，就是扣钱，放出去的贷款收不回来也是扣钱。如果有安站长这种情怀，那这里的人都缺钱，放出去的贷款收不回来，工资不够扣还得补！”

“你看你，还没有领会到安站长的精神实质！”

安红霞把嘴一捂笑起来说：“刘乡长这话说的，把你这个大学邻居架起来了！”

刘长江哈哈大笑，富晶垚勉强地笑了一下。

安红霞看到富晶垚尴尬的样子说：“刘乡长，您还有啥事没有，没啥事我先走了，我在这儿影响你们俩聊天。”

“不影响，再坐一会儿。”

安红霞起身说：“不了，我先走了，你们俩聊。”富晶垚也起身相送。

刘长江把茶水放在富晶垚面前，说：“我听说你们那儿滚下来块大石头，没砸着啥吧？”

“石头从山上跳进院子，就把菜地砸了个坑，其他啥都好好的，现在还在菜地里杵着，不知道我们主任是不是想把它弄成你们那样的景观石。”

“我前几天还听你们段主任找王三豪要把石头砸碎运走，王三豪嫌工程量太小，不干。还是找的调到昶河的一个主任给他说。”

“这事你都知道，我还是第一次听。”

刘长江岔过话说：“你来也快一个月了，适应不？”

“你现在适应没有？”

刘长江长长地叹一口气说：“即将适应！”

富晶垚哈哈笑起来说：“这话听起来怎么酸溜溜的。先不说适不适应，我有个打算和乡长说一下，咱们这儿来的年轻人也不怎么多，我最近想笼络笼络一块吃个饭。”

“你发工资了请大家吃饭。”

“我还没发工资，请大家吃饭也还有个其他事情。”他把那天柯携敏取钱，自己搞错的情况说了一遍。

刘长江听后说：“你们上班还有这种情况！”然后饶有兴趣地问了几个取钱、存钱、假钱的问题，富晶垚都一一解答。刘长江又说：“你想的也对，乡上的年轻人也就四个，安站长我来叫。小景和小沈我叫不太合适，你一会儿给他们说。”

富晶垚“嗯嗯”地说好，时间初步定在大后天。下楼天色已晚，他没有见到小景和沈慧亚的人影。

进联合社时已经天黑，他觉得回房间着实没事情，就去谭会计那里看电视。

谭会计坐在那儿犯迷糊，看到他进来招呼他坐下，电视里的连续剧很快就吸引住他。正入迷，谭会计说：“我明天去县上送这个月的报表，下午和段主任说过了，还不知道谁替我。”

富晶垚心里有些紧张，说：“那您以前去县上送报表都是谁替？”

“谁闲了谁替，段主任安排。”

“那去几天？”

“也就两三天。”

“你一走，我心里瞬间没了底气！”

“这有啥！还有个事和你说一下，你来这么久都没有让你在金库值班，一直都是我在里面值班，以后就交给你，要求我一个月值五天，换起来也麻烦，以前一直都是管主任。”

富晶垚还被管主任那几句话禁锢着，问：“金库值班都要注意啥，害怕不？管主任说外面的人都是坏人，我说没有那么害怕，还被他说了几句。”

“管主任是老主任，说的是他们那个年代的事，那个年代乱，出的事多，所以干啥都特别谨慎。守金库这样也对，管主任在这里可是经历过大风大浪的人，他说都是坏人有些过，但是不要随便给人开门。”

“今天不用提前一天在金库里面试试吗？”

“今天晚上就算了，这个点了，还要换铺盖，明天你就好好在里面值班。”

富晶垚“噢”了一声，也无心看电视，惶恐着明天独自办业务，还要守金库。谭会计似乎猜到了他的心思说：“你也别太担心，都这个年代了，不会出事，夜晚外面怎么敲门你不开门就是了，只要不是里面着火，你就啥都不管，只管在里面闷头睡觉。”

富晶垚疑惑地说：“那段主任叫门也不开吗？”

谭会计看着电视没有动说：“你看你这个娃，看情况！他有钥匙，他自己会开。如果没钥匙，你就不理，事后他问你，你就说你睡得比较死，他还能把你咋了！”

富晶垚听了这话，觉得说得很对，连连点头。

“现在不比往日，但是周边矿上的工人流动大，啥事，不怕一万，就怕万一！”谭会计讲起了以前通报的几个案例。富晶垚听后心里担心起来。

## 三十四

吃过早饭，富晶垚在营业室准备当天的营业用品，谭会计进来拿了个文件袋，打了声招呼就出去了。谭会计前脚出营业室，景泽录后脚就进来了。这次代替谭会计的是神龙见首不见尾的景泽录，平时基本上见不着他的面，今天怎么会替谭会计？遇见麻烦事情他能搞定吗？虽然对于同事这种社会属性有一种自然而然的拉近感，但整天见不着人的神秘感更让富晶垚有些陌生和怀疑。

景泽录进营业室主动和他打了声招呼，大眼环视了一圈，出了营业室。富晶垚整理妥当，坐在那儿等着办业务的人。

过了半个多小时，景泽录拿了个透明的保温杯坐在谭会计的位置上，一口一口品起来。

中午不是特别忙，除了早晨见面说的那几句话，景泽录大部分时间都在发信息、打电话，没有搭理富晶垚。

吃过中午饭，景泽录交代他要午休，晚点下来。没有等富晶垚回应，就上楼去了。富晶垚坐在那里也打着瞌睡。

到了下午三点景泽录才晃晃悠悠地进营业室，又是一杯水，一个手机，富晶垚斜看了一眼，心想一下午会不会又是这样。

三点多，一个头发稀疏、身着老旧西服的中年男子进来办业务。在这里很少见到穿西服的人，富晶垚格外客气。

他不说话，把卡递进来，富晶垚接过，在刷卡机上刷卡。密码键盘提示输密码，那个人没有看里面，也没有太多的停顿，一只手遮着密码键盘，一只手按数字，输完放开键盘。富晶垚看电脑余额，大声喊：“里面没有钱！”那个人抬起头，掏出一堆卡从里面拿出来一张，放在眼前端详了一阵，又放回去，又拿出来一张递进来。富晶垚又刷卡查询，还是没有钱。那个人表现出急躁不安的样子，把卡在柜台上拍了几下，然后再拿出一张卡递进来，这张卡里面有几百块钱。那个人把几张卡查完，细声说：“把这张卡里的钱转两百到这张，把这张卡里面的钱全部转到这里面！”在一旁的景泽录过来说：“你今天又在这儿干啥？”

“转点钱！”那个人说得有些含糊。

“你把卡拿过来。”景泽录接过卡，用卡的背面在刷卡机上面刷了几下，外面的密码键盘嘀嘀作响，然后说，“你这个卡有问题，你听，把我们磁卡机刷坏了，还转钱，你要给我们赔磁卡机！”

富晶垚呆呆地看着景泽录这一通操作。

“那咋办，我又没钱！”那个人慢腾腾地收拾起一堆卡，离开柜台。

景泽录把水端过来说：“这个人在上下都是挂了号的，几张卡来回倒腾，后面再取钱，一会儿就把你搞晕了。他就是想趁着你对他厌烦想早点办完业务的心理作怪，遇见了早早找个理由打发走就行了，还一张一张地给他查！”

富晶垚听着不说话。

景泽录又说：“这上下有几个这样的人，你遇见了可要提防。比方说，你在数钱的时候有人对你说话，不停地打断你，你要留心；你在打算盘算账，有人弄出来一样的声音，你也要多注意。这都是在扰乱你的注意力。你把钱给多了没人会找你，你把钱付少了不找你才怪！”

“我刚看到这个老头儿还有好感，就想着他想怎么查就怎么查，想怎么样转钱就怎么样转，没想那么多。”

“你要这样想，工作就没办法干，不能依着别人的想法来，要想办法让对方怎么干，才是工作方法。”

富晶垚“嗯嗯”地点着头。

“你是大学生？”

“是啊，今年才毕业。”富晶垚抬头说。

“这大学咋上的？不过到这个地方来就对了！”景泽录抱着水杯回座位。

还没到下班时间，景泽录拿起手机、水杯出营业室，走时说：“我先走了，你一会儿把这里面收拾一下。”

富晶垚“嗯”的声音还没有落，已经听到外层关门的声音。

下午下班，富晶垚一个人收拾营业室。他心里一直惦记着今天晚上在金库值班的事情。

吃过晚饭，他去蔡老板那里订明天的饭菜，蔡老板见他来订餐特别高兴。所有的菜品他都是先问价钱，然后再和蔡老板讨价还价，合意了再定。蔡老板挖苦他太抠门，好歹也是联合社的人，这一桌子这么讲下去他一点钱也不赚，真不给联合社撑门面。富晶垚只是笑着说自己才工作，没有钱，干啥都得优先考虑价格。

点完菜他去通知其他人。到乡政府见小景一个人在房间里看电视，提起吃饭，小景很高兴，但说到刘长江也去，小景满面憨笑地问他去合适不合适。富晶垚也不含糊，说刘长江让叫他，小景这才说好。

沈慧亚的房间离小景的房间不远，在同一层。富晶垚敲敲门，里面并没有任何声音，再敲门，沈慧亚才懒洋洋地说：“谁啊？等一下！”

“隔壁的富晶垚！”

沈慧亚“噢”了一声。

富晶垚在外面等了五六分钟，沈慧亚穿着睡衣睡裤打开门。

“你咋这么早就睡了？”

“没睡觉，刚洗完头，躺床上玩手机，还没玩一会儿你就敲门。”

富晶垚看着她的穿着，问：“我进去合适不？”

“有啥影响的，这大院里这么多人，你还能把我怎么着！”

“怕你在乡上有影响，不好。”

“你第一次来，难不成不让你进门！”

富晶垚迈了两步进门里，说：“明天想请你吃饭，就这一句话，说完我就出去啊！”说完呵呵一笑。

“你想出去就出去。”

富晶垚尴尬地笑笑说：“六点半在蔡老板那里！”屋子里比较暗，但是从微光中他看到沈慧亚似乎只穿着睡衣。

“明天我看情况，你好走不送！”

“一定得去啊！”

沈慧亚也没有多说，关上门。

出了乡政府往下，过联合社，再走十来分钟，有一座桥，穿过桥分出去两条路，一条路通往半山的学校，一条路沿着河道通往乡卫生所，稀稀拉拉地住着几户人家。

富晶垚上斜坡走了十来分钟来到半山腰，旁边有一块铁牌“晶沟小学”，铁栏杆大门紧锁，旁边是个小卖部，富晶垚走过去，看门大爷看着巴掌大的一个黑白电视。

“我找一下柯携敏。”

看门大爷慢悠悠地站起来问：“你从哪儿来？见着面生。”

“对面联合社的，才来一个月。”

老头儿听后笑嘻嘻地说：“联合社，知道，知道，管老头儿那儿！”

“就是，管主任调走了，我替他！”

老头儿怔了一下，从口袋里摸出钥匙打开门，富晶垚礼貌地打着招呼进了学校。

下午放学以后，附近的学生都已被接回家，稍微远一些的寄宿在这里，整个操场上这会儿没有人。

和大门正对的是一幢三层教学楼，左边零零散散摆放着几组体育器材，有单杠、双杠和沙坑，右边是一丈多高的平台，平台往上是十几级的台阶通往食堂，那条路他走过。

他径直上了教学楼，一层全是教室，还有几个学生在闷热的教室里学习。他上了二层，教室里也有学生在学习。走到悬挂着教师办公室门牌的门口，他敲门，里面没有人应答，推开门进去，里面没有人。他上三楼，同样有一个教师办公室，里面也没有人，这间办公室两头各有一扇窗户，他走到最里面的窗户往外看，教学楼的后面尽收眼底。院墙内几排两层小楼，有几栋外面挂满了衣服被褥，应该是学生宿舍，还有一幢特别干净，他想那应该是老师宿舍。院墙顺着山势用水泥砌筑，三丈多高，超过了教学楼的高度，从这里看，煞是壮观。他感叹在这里建个学校真不容易！

下了教学楼，绕到教学楼后面那幢特别干净的小楼，有个房间里传来说笑声。循着声音过去，他掀开门帘，有两个人在下象棋，有两个人围观，还有两个正看电视剧，争论那段历史，还比较起劲。

柯携敏见他进来说：“什么风把晶沟的财神爷刮到咱们学校里来了？我们也没有钱存，也不贷款！”其他几个人也都不再说话，安静下来，只有电视的声音。

“我过来不是让你贷款，也不让你存钱，没事到你这谝（聊）两句。”

柯携敏继续下棋，也没有特别对待他，说：“欢迎欢迎，我们这下班也就下个象棋，你要不要来两盘？”

“会，但是不太精，勉强能玩。”

“这盘棋下完了你来？”

富晶垚推托着，站在旁边看起来，安静的气氛很快就被打破，大家又争论起下一步棋该怎么走。争论中把一盘棋下完，赢的人闷不作声，输的人在那儿埋怨着：你说马跳那儿，跳得好，错就错在那一步……

柯携敏扛了一下他的肩膀说：“财神爷，你上吧！”几个人也让他下一盘。

富晶垚被架住，坐下来说：“柯老师，千万不敢再叫我财神爷，叫我小富就行，我才分在这儿，肯定比你小。”

柯携敏说：“小是小，但是你看，我们工资、生活费都从你这儿发，谁要贷款不都经过你们那儿，给钱的人还不叫财神爷！”

“下次你见了谭会计这样叫，他肯定特别高兴！”

“你俩叫谁不都一样。”

两个人很快就把棋摆好，对方伸手示意让富晶垚先走，富晶垚客气地说：“哎，你先。”

柯携敏说：“这是袁老师，这里的顶梁柱，让你先你就先。”

富晶垚说：“袁老师先！”

袁老师觉得他太磨叽，说：“那我先了！”提起炮架在当头，富晶垚自然跳马，袁老师拱了一步卒，富晶垚飞了步象。大家都还是静悄悄地看，也没有人评论。

十来步以后，见招拆招的富晶垚处于下风，大家开始七嘴八舌地教富晶垚如何走下一步，无论他怎么样走都有人说好，也都有人说这步就不应该这样走。就在富晶垚还在琢磨如何将军的时候，他已经被先将了军。他觉得输得有些莫名其妙，而且后面基本上没什么章法，全被别人的嘴架着下。

他惭愧地笑笑说：“唉！我这水平不行，这才走了几步就被将军！”

柯携敏说：“这次没发挥好，再来一盘。”

富晶垚心里也觉得没发挥好，说：“那就再来一盘！”重新摆好棋。

袁老师说：“输的先。”

富晶垚架起了当头炮，袁老师也架起当头炮，富晶垚翻过去打了袁老师当头的卒，袁老师把炮往左移了一步，这次还没有到十步，围观的老师又开始说起来。

富晶垚“嗯，嗯”了几声，仰起身子笑着说：“观棋不语真君子啊！”

几个老师说："观棋不言棋才没意思！"

富晶垚无奈地继续下棋，暂时没有人再评论，没走几步又开始评论起来，富晶垚又出现举棋不定的情况，寻思着怎么进攻的同时还得盯着自己这一方，还是出乎他的意料被将军，他有些气馁地说："我和袁老师，他是老师我是学生，差距有点大！"但心里面还寻思着是哪一步棋走错了。

袁老师说："这话说得就过了，下棋就是娱乐，你的棋下得也挺好，尤其是换车那一步，打乱了我后面的布局！"

富晶垚被这么一说，有点想再下一盘："来来，再下一盘！"没等其他人架他，重新摆好棋。

这局袁老师明显让着富晶垚，每走一步重要的棋都会提醒他的目的，就这样，两个人把能拼的拼完，最后处于平手，富晶垚这才服气地说："袁老师承让，我的水平离袁老师实在有点远！"

袁老师说："哪里！我们放学后没啥事，也就下了十几年。"

柯携敏说："说下棋，方圆十几里没人能胜过袁老师，你今天找了个我们当中最厉害的对手。"

富晶垚心里平衡了许多，说："噢，今天算领教了，难怪说根本就不是对手。"

富晶垚起身换其他人，大家一起又说笑起来。这里没有年龄大小的区别，说得高兴的时候就双手搭背，一个比一个声音大，他们嘴里面说的李校长，富晶垚也没分清楚究竟是哪一个。

## 三十五

天完全黑下来，富晶垚想起今晚还得在金库值班，寻思着怎样和柯携敏说吃饭的事情，但是一屋子的老师也没有要散场的意思。在心里积攒了一阵，他拍拍柯携敏的肩膀说："柯老师，上次我把业务办错了，多亏你配合，明天放学后有事没有？"

柯携敏说："你这话说严重了，就算那天我从你那儿借钱没有打欠条，还是会还给你的，明天没啥事，咋了，请我吃饭？"

"是啊，明天晚上我在蔡老板那儿定好了。"

旁边就有人说："你看柯老师，取了个钱把人家绕晕了还绕来一顿饭！"

“倒也不完全是因为这事，明天晚上大家没事都去，人多热闹，反正你们下班又没有什么重要事需要值班。”富晶垚说。

“你请的是柯老师，又不是请我们，我们过去不好吧！”袁老师说。

“袁老师，今天向你学习，明天一定过去啊！”

“都是娱乐，但我没有柯老师那么多钱让你取错，我就不过去了！”袁老师说。

富晶垚感到非常尴尬，觉得刚才说错了话。最开始不应该提业务办错那档子事，直接问大家明天下午有没有空，一起吃饭，就不会出现现在这种情况。富晶垚开始给其他老师一个一个做工作，给这个说几句好话，那个说几句好话，最后总算都说：“明天没事了过去。”

等他出门，天已经完全黑下来，柯携敏送他出学校大门。不知哪里的狗不时狂叫几声，他有些胆怯，加快脚步。

突然从旁边的榆树丛中窜出来一只流浪狗，他和狗都吓了一跳。富晶垚做出招架的姿势跳到旁边，狗则加速往下跑。富晶垚魂都飞出去了，呆在那里，约莫那只狗跑了有段距离，他也小跑起来，心提得老高，三步并作两步地跑到小桥。依稀能看到有灯火，他心里稍微踏实了一些，心里不住地冒出来管老头儿的那几句话。

如果管老头儿最初不给他说那几句，说不定他会觉得农村的夜色纯净而静谧，且更有自然之美。但这会儿他仍然提心吊胆地往回跑，想尽快回联合社。

一路只盯着泛白的路面，忽略了两边吞人的黑漆漆的空旷，穿过小桥跑了十来分钟，终于到联合社的大门。院里的灯已经亮着，照着方寸小院。富晶垚推开门的时候段主任从房间出来，在走廊喊：“是小富吧？”

“是我！”他上气不接下气地回答。

“谭会计今天到县上送报表，你今天在金库值班，一会儿就去金库，里面有铺盖，不想用就把自己的抱下去。”

“好好，我现在就去金库。”

“也不用那么着急，一会儿没事过来坐。”

富晶垚答应着上楼。回到自己房间，心脏还是扑通扑通地跳，不觉全身已经湿透。妖魔鬼怪、魑魅魍魉在他脑子里过了一遍，平静一阵，他又在想何必自己吓唬自己！打了盆水擦洗了一下，拿了床单和毛毯下楼。

穿过营业室，打开金库的铁门，铺上自己的床单，他躺在床上，心想今天就要睡在这里。

他只穿着背心和裤头，看看两个保险柜，敲敲墙壁，来回踱步，拿起狼牙棒、盾牌挥舞两下，觉得着实没意思，躺在床上看着天花板，又看看那一线窗，再起来重复做着同样的事情。就这样倒腾了不知道多久，他觉得有点累。

金库常年不见阳光，也不透气，空气比较混浊，他开着灯睡着了。半夜马路上有车经过，发出轰隆隆的声音，还有人说话把他惊醒，他第一反应是爬起来拿起放在手边的狼牙棒和盾牌大吼一声："谁？"并没有人回答，他站了一会儿定睛看，噢，还在这个小房子里。

"小房子能承受五十公斤的炸药。"他不停地用这句话安慰自己，又起身检查铁门，然后用放衣裤的椅子抵住，拍拍两只手自言自语："这里是最容易突破的地方！"然后用狼牙棒狠狠地往一线窗的地方戳了几下，给自己增加信心。又拿着那两样东西在房间里转悠了几圈才躺下，仍然开着灯，睁着眼睛左思右想，也不知道想到哪件事情上，又睡着了。

睡梦中，又出现车的轰鸣声和人说话的声音，他又惊醒，如此反复了几次。等他从一线窗看到有亮光，一骨碌爬起来，搬开抵门的凳子，来到后院。天微亮，小门半掩着，楼上几个人都在睡觉，有一个房间里还传出电视的声音。他活动了一下身体，出门先往上跑步，几家门店也都关着。他跑到核桃树那儿不再往上，天还不是特别亮，路上也没人，他有点害怕，又折回来跑到桥这里。陆续有送孩子上学的村民，过桥又往学校那边跑了一小段，听到学校里面跑操的口号，他心里才踏实了很多。这是一个有生机的乡村！

他突然想到了鬼，又安慰自己还是别自己吓自己。再回来到院子，天已经大亮。他到后面柴棚劈柴，噼里啪啦的声音响彻整个院子。劈累了回二楼，躺在床上就睡着了。

一连串的叫喊声把他喊醒，柯礼朝喊他吃早饭，他爬起来，飞快地穿好衣服来到院子。段主任、景泽录、柯礼朝已经端着碗在外面的石桌上吃起来，看到他过来，柯礼朝略带嘲笑地说："年轻还是好，起得早，力气没处使，在柴棚劈柴，就是这柴火劈得差点技巧，一看就是只用了手上力气，腰上没用力！"

"年轻小伙子腰上的力气不应该使在柴棚里，你柯叔叔说你早晨那么早劈柴把大家都吵醒了，变着法说你呢小富！"景泽录说。

"昨天晚上第一次值班，在楼上睡觉也没有听到晚上有那么多的车和人走夜路。昨晚轰隆了一晚上，早晨起得早才劈柴！”说着话，富晶垚到灶房里盛饭。

“不劈柴你有啥好的事情做！要是我还在你这个年龄，起那么早，至少要劈两筐的柴。”柯礼朝指指柴棚里挂着的已经朽烂的竹筐。

段主任笑起来说：“小富昨天晚上在金库值班，应该是一夜没睡着，后面又到自己房间里睡了个囫囵觉。我们以前值班提心吊胆，现在有啥好害怕的，你看那墙，用挖掘机也得砸上半个小时才倒，我们几个人都在社里面，你有啥好怕的？”

“我们在那儿值班，一觉睡到天亮，哪有那么多事想，自己吓自己。今天晚上没事你从里面找找，有好东西噢！”柯礼朝说完邪恶地笑。

“啥好东西？”

“你这个年龄段最感兴趣的东西！”景泽录说。

段主任哈哈笑起来，三个人开始聊他们曾经值班时遇到的事情，从他们的谈话中富晶垚知道了那是什么东西。

中午上班，富晶垚不停地打盹，景泽录还是照样扒拉着手机。他办了几笔业务，都耗时特别久，来来回回算了几次才算清楚。

景泽录开口说话，问：“小富，谈对象没有？”

富晶垚慢吞吞地说：“要说女朋友也算，说不是女朋友也只是关系特别近，离得太远，后面啥情况还说不清楚。”

景泽录有点炫耀，说：“那边！”用手乱指一通，然后又指指前面说，“翻过那三省石。”然后又指指另外一边说，“那边，都有好玩的！”

富晶垚顺着他的手势看，除了背后的方向，其他地方全都有好玩的，说：“景叔叔真会玩，您除了东边，快把周边好玩的地方玩遍了！”

景泽录摸出一根烟叼在嘴上，深深地吸了一口气，似乎在回味什么，说：“小富，你这个娃不知道这儿好玩，等你找一个会玩的，玩得兴起了，你就觉得人生什么意思都没有，唯独这个有意思！”又深深吸了一口烟，带着吧嗒声，看着他，突然又觉得不太对，说，“这里面不能抽烟，不应该在这儿抽。”走近窗户，猛咂几口，把烟扔出去。

富晶垚犯迷糊的状态像被打了兴奋剂，顿时好了很多。

景泽录又坐回去，拿起杯子抿一口水说：“你是大学生，我咋就不信你说的话，大学生同居的不会少！”

富晶垚斩钉截铁地说：“没有，大学生里肯定有同居的，但是我没有！”

“你今年二十几了？”

“二十三！”

景泽录哈哈笑起来说：“好意思说出口。人生要有自己的爱好，啥都要会，有一样不会就白瞎你来这人间一遭。”

富晶垚没有接话，心里寻思着难不成景泽录整天在外面净弄这事。柯礼朝经常到晚上十一二点还在写报告，景泽录经常不在社里，而且也不见他写材料。

景泽录在那里回味了一会儿说：“我像你这个年龄时都有好几个女朋友，结婚的时候还有得选，小富啊！”把后几个字着重强调了一下。

“我可能没你这天分，就一个女朋友都哄得够艰难的，几天打一个电话，打电话过去就抛出来一大堆问题，剩下的更没办法说！”

景泽录嗤笑着说：“这就是你的问题，你没有引导她按照你设定的思路走，反而让她的思路带走了，车头车尾没有搞清楚！”

富晶垚若有所思地说：“我现在就是被她牵着鼻子走，我也是被分到这里的，好不好都得接受。”

话还没有说完，景泽录就打断他：“我就喜欢这里，这里哪儿都好，哪里不好？说这里不好的都是没有找到好的乐趣。这里不但好，而且天高皇帝远的，没有人注意，更没人在意！”

富晶垚被这个经常见不到人影的景泽录说得愣住了，心想，你喜欢的那口对我来说尝试都还没有尝试，说那么好就有点远！

断断续续有人来办业务，富晶垚不再那么迷糊，景泽录的那些话激起了他脑子的灵活度。连续办了几笔业务，又好一阵子没人来。

景泽录似乎想找一个倾听者，开始滔滔不绝地说起来，言语里更多的是炫耀他的既往史，数落起刚才所指的那些地方中让他记忆犹新的女人。富晶垚也不说特别感兴趣，也没有表现出特别排斥。景泽录那偶尔富有幽默感的说辞和一些直白的话让富晶垚大为惊叹。在他的世界里，他更像一个情圣，而不是只为终点那一刻的结果。富晶垚也喜欢听他讲他和花花之间的那些事。在景泽录的描述中，花花是一个什么都懂的女人，只是没人懂她，生活的强压也并没有磨掉那个女人身上的棱角。景泽录说这些只有他明白，其他人都是花花身上的过客，花花对男人和这个世界看得透彻而过于偏激，但是又没有办法摆脱那样的环境，这是她最大的悲哀。

景泽录还说起翻过昶河与河南交界的紫荆关是片乐土。

对于景泽录那个年纪的男人，最喜欢做的事情就是当年轻人的老师，斥责着养家糊口的工作带来的各种羁绊，同时诱导着刚入行的青年人学会享受，了解并打开享受的那扇大门。可能在景泽录的心里，一定认为他的那些话，打开了富晶垚通往人生享受的一条幽径。

吃过午饭，景泽录照例和富晶垚说晚点下来。

午休时富晶垚一个人值班，他思索着景泽录说的不要被女人牵着鼻子走的逻辑。第一天到晶沟喝醉的那个晚上，他做了个梦，梦见为了讨好徐馨璐，他拿出来许多东西，第一件是个漂亮的贝壳，徐馨璐觉得这些东西好看，但只是装饰物，不实用；他又拿出来一些玩具，徐馨璐说这些都是小孩子的玩具，也不喜欢；他又牵出来一只狗一只猫，徐馨璐很快就玩腻了，再次不喜欢；他牵出来一头大象，被徐馨璐狠狠地骂了一通，这玩意是能吃还是能过日子；到后面他激动得手舞足蹈，使劲挥动着手臂，竟然飞起来，他摘了一颗星星，徐馨璐竟然感动得稀里哗啦地哭了。富晶垚把那天晚上的梦说给徐馨璐，她淡淡地说了一句：“你还活在童话世界里！根本不懂我心里想要什么！”富晶垚好几次在房间里四处寻找那颗星星代表什么，总也找不到，也许徐馨璐想要的是他达不到的。

这样迷糊着，“咚”的一声，头重重地磕在了键盘上，他瞬间清醒，叹息道：“景泽录是景泽录，徐馨璐是徐馨璐，我还是我！”

下午景泽录下来得比昨天晚，午睡过后没有打理，卷曲的头发显得更凌乱，蓬松得像只泰迪，满脸泛黑，手里端着茶杯，里面泡着不知名的东西。哪个女人会觉得这样的男人英俊帅气？景泽录和他打了声招呼，开始扒拉手机。

这个长条形的营业室里，就他们两个人。谭会计在这里的时候忙得整天都不够用，拿着算盘噼里啪啦地算这算那，景泽录倒是清闲，干坐着。这么喜欢在外面胡晃悠的人让他这么坐着，真有些难为他！

四点多没什么人来办业务，景泽录扒拉手机也有些腻烦，开始找他聊天。但是两个人基本上不在一个频道，景泽录想把富晶垚带往他说的那个方向，但是富晶垚还不会走路，根本就没办法上道。景泽录一边说富晶垚白瞎活了这么大，一边谈着自己认为有意思的事情。在富晶垚内心，也不是强大到可以抵抗一个有切身经历的人说出来的那些诱惑。景泽录絮絮叨叨到下午下班。

富晶垚惦记着晚上请柯携敏吃饭的事情。收拾完就飞奔到小卖部，他在货架前犹豫了好久，选定了一款酒，提了四瓶飞奔到蔡老板店里，又加了几个充数的菜，在包厢里等着。

等了快一个小时，一个人影都不见，他寻思着是不是出了什么状况。蔡老板把凉菜一个一个地端上来，问他大概几点开始，他支支吾吾说不清楚。等凉菜上齐，还是没有人来，他有点焦急，点了这么多菜要是一个人都不来就太浪费了，得去找一下他们，先去找柯携敏。他一路小跑去学校，一路上期望着刚好在路上碰见，但是到了学校门口也没见一个老师，他气喘吁吁地喊小卖部大爷打开大门，径直跑到柯携敏房间，几个人没有下棋，都坐在房间里看电视，没有吵闹声，似乎就是等着他过来请。富晶垚气喘吁吁地说："凉菜都已经上齐了，没事就快点儿过去吧！"

几个老师说着不好意思推托着，没有动身。

"你们不会吃过了吧？"富晶垚说得有点结巴。

"还没有。"柯携敏说。

富晶垚又担心刘长江和小景他们这个时间到包间就不合适，拉起柯携敏激动地说："没吃饭就走，又不是特别远，看你们扭扭捏捏的样子，我还专门跑来请你们一趟！"

柯携敏这才关掉电视机，其他人慢腾腾地起身，一面说着不好意思，一面往外走。

"咱们晚上又没啥事，你们不着急，我先过去。"出门又叮嘱，"柯老师帮忙把人带过去！"

他一路小跑出学校，心想，吃个饭咋就这么扭捏，请来请去。

小跑到乡政府，他先去了刘长江办公室，刘长江伏在办公桌上写着什么。富晶垚扶在门框上喊了两声，刘长江点头合起书。富晶垚下楼挨个叫了沈慧亚和小景，然后急匆匆地到包间。柯携敏他们还没有到，这一圈跑下来他也累得够呛，靠着椅子歇息。

过了好一阵，外面有嘈杂的声音，富晶垚出去迎接，看到柯携敏带着几个老师进来，高兴地把他们迎进包间，几个人拉扯着谁坐上席。他也不清楚几个老师之间的关系，站在旁边看着。袁老师年龄大，李校长年龄小，就这样拉扯的时候小景和沈慧亚进来，那两个人看着有老师在，自觉地找了个座位坐下。

李校长拉不过其他人坐在上席。大家刚坐定，刘长江带着安红霞进来，所有人全站起来，座位又一次在拉扯中重新坐定。

还没开始动筷子吃菜，富晶垚已经觉得精疲力竭。请他们吃饭，提前已经商量好，当天还得专门再请一次，真是身心俱疲。

刘长江硬是被几个老师按在了主座。坐定以后就没有太多的礼节，富晶垚礼貌性地说："大家开始吧。"从进门到现在已经拉扯了半个多小时。

后面喝起酒来，他才觉得这里的人真是豪爽，不赖拳也不赖酒，越喝越显出真性情。小景有点放不开，又是倒水又是倒酒，忙前忙后，特别有眼色。沈慧亚就一个活脱脱的山里野丫头，豪爽而且干脆，自己喝酒不耍滑，还监督刘长江喝酒。老师们多少就有些世故，猜拳输得太惨也会五七喝，彼此都留有情面。

吃着喝着，也不知道是谁提到这山里面发展空间有限，在座的几个年轻人都需要有一个更宽的平台，别在这待得太久，打磨掉了锐气。这个话题引起了刘长江的兴趣，趁着酒兴说："在这里干工作得向安站长学习，名校毕业，一待就待了这么多年，最近我还在向她取经！"这话一出，大家都不怎么说话，可能大家心里各有各的意见，但是在今天这种场合，这就是最高论调。

说完这句话，刘长江心里或多或少也在反问，这究竟是和安红霞聊天后的自觉认识，是酒后的一时豪言，还是对现实状况无法改变的既定接受！他也不确定。虽然也在适应、在克服，但是对于内心真正的向往，才是他最难按捺下去的。

桌子上出现了暂时的冷场。富晶垚接过话说："安站长，您怎么带着热血在这里待这么久，领导还这样标榜你！"

安红霞往下沉了沉身子，抬起头来看着前方，眼睛里出现些许的迷离，说："我也经历过袁老师说的那种思想波动，但是像晶沟这种情况的乡镇，中国还有几千个，事情总得有人干吧，到县城里面就算不会面对这些情况，还会遇到其他的事情！县城工作和这里工作性质都一样，没啥好坏！"

柯携敏赞许地说："我知道安站长在这儿待的时间久，建这个学校前后吧，安站长跑遍了这里的山山水水，把这里摸得比较透。"

安红霞说："也没摸透，这上下也有难缠的人，就比如每年劁猪，你特意找过去，他们说猪还小，不到时候，等你走了，他们又让你过去，来回跑。但是乡里工作哪有那么多好坏，就像小富才来这里，多下去跑跑就看到了！"

富晶垚说："我第一次看到一条街才有几户人家，心里也有失落感，这一个月下来差不多也接受了吧！段主任和我说以后还要做外勤，你给刘乡长传授的经验给我们也讲讲。"

安红霞委婉一笑说："说不上给刘乡长传授，是给领导汇报工作！在这里生活的人，每个村，除了几个过得稍微好点，其他的都是为生存而活，可能一连几年都过不上他们嘴里面说的‘几天好日子’。但是现在比以前都好多了，不用交各种税费咯，大部分人吃穿都不再发愁，那些无儿无女、啥都没有的人，搁以前，照样得起早贪黑地劳作，该上缴的一分不少。现在还能国家养，他们自己糊个嘴就行了。”

“那统计说每年还有饿死的，这乡上还有没有？”富晶垚在这里急切地打断问。

安红霞笑笑说：“这是哪里统计的？哪有饿死的！这里早就没人饿死了，要是饿死个人，整个鹿鸣县就出名了。这边有病死的，有喝农药自杀的，饿死的事早就没有了，那统计的应该是其他地区！”

安红霞接着说：“现在有低保、五保，买盐买化肥不发愁。我在这儿看到有些人，以前会为来年干啥发愁，没有事情做！现在也有，但少很多了，不过每个村上真有几个老师说的那样的人！”

富晶垚饶有兴趣地听着。

袁老师说：“安站长这说对了，你知道上边村上有一个大学毕业生，还是早一批的本科毕业生，现在在家里面窝着，什么都不干，整天玩。”

富晶垚大为吃惊，怎么还有这样的人？问：“最早的一批本科毕业生！那个时间得多用功啊！毕业以后找工作，干什么都不用发愁，怎么还在家里面玩不出去工作，是不是受啥刺激了？”

还没有等袁老师开口，李校长说：“那是我的学生，确实非常聪明，回来后我见过几次，每次见他都叹气，也试着让他出去找工作，他的思维和常人不一样，老是说找工作干什么？我现在有吃有喝，想睡到几点就睡到几点，国家大事想怎么说就怎么说，多自由！”说到这儿重重地叹了一口气，说，“唉！你说他啥道理不懂？你和他谈国际形势，他比你讲得都有道理，你说他啥都懂，有手有脚地在家里面干玩，也都是山里的无知导致的！”然后夹了一口菜，喝了杯酒看看大家。

大家也饶有探索欲望地问：“那是咋回事？”

李校长说：“龚进这个学生我从小就看好，聪明好学。后来上学期间有次去县城吃饭没有注意，得了乙肝，这事也是后来他母亲说的。大学考得很好，是大学放开以后晶沟第一个考上一本的大学生，毕业后顺利签到一个国企。”在这里停顿了一会儿，继续说，“啥大学我有些记不得了。报到完让他体检，他死活不体检，都办理了入职手续，上了几个月班，后来同宿舍的看他偶尔吃小片剂的药，向公司反映了这件事。单位强制他体检，检测出来乙肝，在试用期以他有乙肝为由不予聘用，后来又找了一家公司，也是因为乙肝没有被录用。后面他就灰心丧气地回到家，啥也不干，都是小的时候造的孽！”

说完大家讨论起来，有的说社会的宽容度有待提高，有的说不能因为这种事情自暴自弃，人还是要有目标……

大家后面聊的话题有些沉重，探讨起人生，探讨起这里的机遇，探讨起个体在这个社会中的位置。到了十点多才结束。大家从蔡老板那里出来，刘长江带着沈慧亚和小景回乡政府，富晶垚回联合社，剩下几个老师晃晃悠悠地回学校。热闹的一群人宴席过后各去各的归处。

因为老师里有人说：“酒不染东”，晚上也就没人把富晶垚当作灌酒的对象，他喝得不是很多，还算清醒。

院子里亮着灯，他没有回二楼，直接去了金库。

刚才大家一起有说有笑，让他感到轻松愉悦，再加上酒壮人胆，今天晚上就没有昨晚那么害怕。但在这二十平方米的地方，没有任何事情可做，本身就是一件糟糕透顶的事情，他在房间里来回踱步。

沈慧亚那种乡村丫头的野性让他记忆犹新，但他觉得安红霞更有女人韵味。踱了一会儿，他想起柯礼朝早晨说的“这里面有好东西”，开始四处翻找。

人独处时，心也闲下来，思想就会被欲望支配，好奇心一点点驱使着他，很容易就因荷尔蒙的刺激暴露出本性。人一旦守不住萌发出来的杂念，在放纵与禁锢的矛盾中推开欲望之门，发现了更能愉悦自身的乐事，把这种念头当作私下里的感官享受，在没有被发现或吓止之前都把它作为一种娱乐的方式，就形成了特殊的癖好。

他翻找柜子和床底，细看每一处地方，最后只剩两个保险柜没有查看，然而并没有找到任何东西。他带着些许的失望睡下。

## 三十六

刘长江回到房间，躺下却睡不着，他今晚被当作重点照顾对象轮番敬酒，喝得晕晕乎乎，小景和沈慧亚搀扶着他回房间，小景问他需不需要烧水洗漱，他说不用，躺在沙发上，瞪着眼睛看天花板。

吃饭的时候大家都吹捧着他，当说起年轻人当早点想办法离开这里时，他说了那番话，究竟是因为真心，还是当时被捧起来说出了违心的话，他那会儿并没有在内心深处做过太多的探究。想着安红霞所说的这几年春季里在整个乡上到处跑着劁猪，秋季挨村挨组地查看有没有猪瘟，询问养殖户有没有畜牧上的需求……他瞪着眼睛想了许久，越想越清醒。自己怎么和晶沟结缘？这些问题不停地在他心里面萦绕。难不成这里真不是自己想来的地方？

他作诗一首：

**进酒**

朋邀酒酣脑不休，

孤野边乡志未筹。

离思静想前途事，

十里八乡未可谋。

早晨起床，脑子里一片惘然，有种恍惚而且内心又不愿意面对的失落感。

中午他拿了本书，胡乱地翻看，办公室王主任过来说灾后修路的问题。碳沟村的几个村民小组组织人员清理了很大一部分，剩下几处需要找挖掘机清理。那几处前不着村后不着店，村民人工清理耗时耗力，村小组出钱雇台挖掘机又不可能，需要乡上协调一辆挖掘机把石头捣碎。因为这次受灾的地区大部分是刘长江分管的碳沟，袁书记的意思是想让他去协调，把路先打通，具体费用后面再申请。虽说通村公路的公共路段应该由县里面拨款维护，但是每次报上去能不能拨，拨多少，大家心里都不清楚。刘长江问王主任以前的情况，王主任解释说以前塌方，王三豪的稀土矿比乡上着急，乡上不用安排，他们自己就能清理干净。

待王主任离开，他用座机打电话问龚自立剩余土方的情况。

道路通畅这个事情谁着急谁自然就会想办法解决。坍塌的路段挖了这么多天，基本上也清理完毕，剩下那些大石块，村民实在没办法。刘长江了解到石块不算小，没有机械还真没办法移开。

他在县政协的时候，认识交通局和建设局的几个人，打电话问了一圈，要了几个挖掘机师傅的电话，都因为路太远、费用太高而被排除。他最后打给王三豪。当他给王三豪说明意图，王三豪没有含糊就答应了下来。至于费用，王三豪也清楚，能给个来回跑路的油钱就不错了，但还是向他提了一下。刘长江说都记账上，后面县上拨多少都转给他。

沟通完，刘长江把这个情况告诉了龚自立，后面的由村上和王三豪联系。

当龚自立联系王三豪时，王三豪告诉龚自立他已经把这件事交代给矿上工程部部长，并且给了他一个号码。龚自立打电话说定了时间带他们去清理。

当刘长江迷惘的时候，一件小事的成功都能暂时消散他内心的压抑。

闲暇时间他开始静下心来看书学习，慢慢地能由心入书。

## 三十七

富晶垚后来会偶尔想起那天的热闹场景，心里乐滋滋的。那么大一堆年轻人少有机会在一起那样有说有笑地讨论人和事，他对这里开始有了新认识，对未来的工作也在规划中。

景泽录在营业室里偶尔和他说起那些事情，拉他入伙和他一起享受人生快事，富晶垚虽然蠢蠢欲动，但还是按捺住自己。他有点期望景泽录扒一些这方面的事情，但是又觉得他还需要与那些事情保持距离。

谭会计到县上去了四天，第五天下午上班好一阵才回来，径直走到窗前说："今天坐车还看了一场戏。"话锋一转喊道，"小富，你仔细看里面一个文件！"

富晶垚听到自己的名字，凑过去问："有什么好事？"

谭会计把一沓文件从提着的袋子里掏出来，扔在三斗桌上说："你找，就在里面。"转身回房间。

景泽录随口问了一句："你看啥好戏了？"

"晚点和你们说。"

富晶垚翻开那沓文件，找到了谭会计所说的那个文件，文件里注明：通过社会招考，录用富晶垚……为联合社的正式员工。他有些激动，虽然不知道他和阮宝山那种临时工有什么区别，但是他的名字能出现在文件上，也是身份得到正式认可的凭据。他的第一念头是把文件私藏起来，后面想看的时候拿出来看看，回味这一刻的喜悦。转脸看到景泽录，又想到社里面其他几个人都几十年了，还是复印一份留个底就可以。

文件里载明试用期为六个月。他听说试用期工资会低一些，不知是多少，他满怀信心地想，没有传说中的四五千，最起码也应该有三千块钱。他又暗自乐了一阵。

晚上大家在餐厅吃晚餐，气氛有些压抑，也没人说话。吃到一半，谭会计主动说起中午看到的好戏："中午到昶河镇和太阳花村那个分岔路口，从白鲁川镇到县城那趟班车的司机和我坐的那趟车的司机差点打起来，白鲁川的那个小伙嫌阮海涛他们在路上拉了他那条线上的几个人，为这，专门在那儿堵这趟车，跟他算账！"

景泽录问就不一样："就是班车上有个漂亮小媳妇那个？"

"就是！就因为从昶河镇拉几个人，那边司机冲过来要打架，要不是阮海涛媳妇拉着，就打起来了。你说拉几个人能挣几个钱，那些人都提着扳手，打起来都是要命的。"

段主任说："他们不是争拉几个人挣那点钱，是谁出钱承包了这条线，争的是线路使用权！"

"你说这些人，争啥不好，争这权利！"谭会计说。

几个人你一句我一句地评论着这件事，富晶垚心里倒也想着那个漂亮的售票员有没有出什么状况，他第一次被别人尊敬到脸红的就是那个售票员。听谭会计的意思是两个人没有打起来，他暗自庆幸着。段主任和谭会计说得都对，争线路使用权也好，争拉了几个人也好，都是为了争那几块钱。那么危险的道路，就为了那几块钱和另外一个同样处境的人针锋相对，真是同行是冤家！在这里，同行是仇家！

几个人一直说着其他事情，没有提录用文件，富晶垚心里忍不住地激动。快吃完饭还没有人提起来，他终于按捺不住，表现出不经意的样子说："段主任，我的定岗文件下来了，试用期是六个月，试用期好长啊！"虽然这么说，但略带着喜悦的口气。

"你们现在的试用期短了好多了，我们那个时候都是一年的试用期，还不说后面转正的事情，现在都下文件明确试用期和转正，你应该高兴才是！"段主任说。

"噢！"富晶垚问，"不知道试用期工资是多少？"

"我从县上把工资表也带回来了，你们新进来的几个人试用期都是九百多。"

富晶垚把碗放下"啊"了一声说："咋这么低！才九百多！"

这句话引起了其他几个人的质疑，九百多还少？我们才开始工作的时候一个月二十几块钱，你现在刚进来一个月就九百多，比我们那个时候一年加起来都多，知足吧！

听几个人都这么说，富晶垚跌落到谷底的心又平衡了一些。

"你看试用期才六个月，六个月过了就是正式工，那个时候工资就高了！"

“就是，你们六个月试用期，我这一辈子都是试用期，好好干吧！”阮宝山说。

“你看你们试用期过了比我工资都高，我为联合社干了快一辈子了，你才来没多久就能拿我这么高的工资，有啥说的！”柯礼朝说。

今天的晚饭，吃得格外久。

晚上，谭会计告诉富晶垚继续在金库值班，一晚还有几块钱，够他买个毛巾脸盆。

生活又归于平静。他就这样，在一楼上班，在金库住，在后面餐厅吃饭，所有的活动范围都在三分钟之内。还好这里街道小，又没有娱乐的地方，基本不用花钱。

几天过后，富晶垚正在营业室里上班，听到外面吵吵闹闹，还有大型机械的声音。谭会计没有拉开窗户看，说：“肯定是来拉那块石头！”富晶垚好奇地跑到院子里看，一台大挖掘机开进院子里，段主任站在台阶上和一个人说着话，声音太吵他听不太清楚。等挖掘机进了小院，两个人往他这边挪动，他听到段主任叫那个人王三豪，今天专门过来指挥挖掘机把大石头盘出去。

这个场景很少见，院子里的人都出来看。对于挖掘机来说，敲碎那一人多高的石头太轻松，三两下大石块就被砸成碎片。谭会计没有出去，在营业室里隔着窗户看。中间几次有村民过来办业务，富晶垚办完业务又出去看，好像这件事特别有意思。

一个小时不到，矗立在院子里快一个月的大石头就被全部移开，所有人饶有兴趣地看了一个小时，直到挖土机清理完最后一块碎石。富晶垚准备进营业室，段主任喊住他：“小富，你稍微等一下！”然后从窗户外面对着营业室喊谭会计：“这个是挖石头的费用，你给报出来，刚好王矿长还在这儿，就让他一次拿走，我让小富把单子捎进去！”说着把单子递给富晶垚。谭会计在里面轻声应了一下。

富晶垚拿着单子进营业室交给谭会计，谭会计看了一眼，把窗户拉开喊：“王矿长，你看你半个小时挣了我们联合社 1300 块，好家伙！你知道不，就石头占的那块菜地，每年春天、秋天请柯家老汉过来撅着屁股挖一天，中午只管顿饭也才给 60 块，你这半天就要 1300 块，你是觉得我们联合社的钱好挣吧！”

王三豪正准备和段主任上楼，听到谭会计这么说，三步并作两步地跑回来，把脸贴着窗户喊：“老谭，你这话说得就不对！我这挖掘机一个小时给挖机师傅是两百块钱，我一个小时的油钱在三百块钱，我还有来回，你们这点小活，我是真不想接，1300 块真不够我来回折腾的！”

谭会计嘿嘿一笑说：“就你王矿长会说话！哪有那么多，怕是都翻倍了吧！”

“得！你要是一会儿把钱报了，中午就到老蔡那儿把它吃了，赚你啥钱！”

王三豪一面说着一面气愤地转身上楼，谭会计一本正经地说：“你这个大矿长，和你说几句玩笑话，你看你还来了脾气，现在就给你支出来。”王三豪没有应，直接上二楼。

填好支款单，列好会计科目，谭会计教富晶垚把钱从晶沟联合社的账户上支出来，让富晶垚点好现金，说：“王矿长应该还在段主任那里，你拿给他，他说中午请吃饭，你看他说话算不算数！”

富晶垚拿着钱兴冲冲地跑上楼，段主任的房门没有关，他掀开门帘看王三豪在里面聊得正高兴，景泽录和柯礼朝也跷着二郎腿坐在旁边。他直接把钱伸到王三豪面前，王三豪没有接，瞟了他一眼。

景泽录见状说：“小富，你给错了，再想想先给谁？”

富晶垚反应过来，把钱递给段主任说：“段主任，钱报出来了，您看一下！”

段主任笑笑，把钱接过来说：“王矿长，你瞅瞅我这新来的大学生！”哈哈笑了一下。

柯礼朝跟着笑笑说：“小富下来这是要接副主任！”

这句话惹得大家一齐大笑。富晶垚脑子没有转过来这句话是什么意思，跟着勉强笑了一下。

段主任看了出账单，清点金额后说：“王矿长，你看吧，你说不挣钱，但是给你结钱快！”

王三豪接过钱说：“段主任这里我有啥不放心的，中午蔡老板那儿，我订一桌子！”段主任和王三豪签完字，富晶垚拿着单据回营业室，把刚才的事情说了一遍。

谭会计说：“你这个娃，一点没有交代到你就把事情做成这样。那都是在说你呢，你说这个院子谁做主？段主任在那儿，礼节性地都要让段主任清点一下，记住了噢！”

富晶垚点点头。他坐在那里，心里升起一股懊恼，思来想去觉得谭会计说得很对，自己竟然连这点礼节都没有注意到。

中午十一点多，厨师来问吃什么饭？楼上喊中午出去吃，不用做饭，厨师高兴地应着出了院子。

不一会儿，几个人晃悠着下来，柯礼朝拉开纱窗说："谭会计，你争取到的，中午去老蔡那儿，我们先过去，让小富在这里值会儿班，最近也没啥大事！"

谭会计说好，然后对富晶垚说："还有半小时不到，应该也没人办业务，到点了你过来！"

富晶垚点头说好。一个人在营业室盯着电脑显示屏上的时间，到点直奔蔡老板的饭店。进门还没打招呼，蔡老板就指向一个包间，进门只剩一个位置，他就坐下。除了社里面的几个人，还有乡上的袁书记和徐国平，唯一的女性就是王三豪旁边的郗媛。富晶垚有些兴奋，郗媛坐在王三豪下手，和他正对面。

菜还没有上齐，几个人围绕着袁书记和郗媛打趣，王三豪也并不是特别在意，偶尔讪讪地笑两句。因为两个人位置正对，富晶垚只要抬头，看到的就是郗媛。

等酒席正式开始，他发现这个女人确实不简单，思路清晰，说话得体，酒量也好。因为下午还要上班，富晶垚只顾着吃菜。

一点多，谭会计客套地说他要去营业室值班，王三豪呛他："你得好好待在这里，这顿饭，加上郗部长刚才送过来的酒，我可不止花了 1300 块，你不能不吃好、喝好就走！"

富晶垚反应过来说："我去，我去上班，这会儿没人，我一个人在营业室就行。"

谭会计招呼他吃了几块肉才让他值班去了，他临出门还不忘偷瞄郗媛一眼。

四点多，一群人才散场，经过营业室门前的马路时，柯礼朝进大厅说："办笔业务！"富晶垚正在打盹，听到声音立马站起来，发现是他，没好气地说："你们吃过了！"

柯礼朝笑出声说："几点了还没吃完！都以为提前让你走，你会赌气去睡觉！"说着出了营业室。

没过多久，谭会计浑身带着酒气地进了营业室，问："下午有没有人？"

"只有一两个人。"

谭会计没再搭话，坐下开始打算盘。

院子里几个人有说有笑地上楼。谭会计核算完，拿着算好的工资单让他转到个人账户。富晶垚按照谭会计的指导在电脑上操作，看着这张工资单，他心里面有憧憬也有失望。他想如果转正后和他们一样多也挺好。

所有人的工资分为两部分，每个月都发基础工资，另外一部分绩效工资统一挂到单位账户，下个季度初考核上一季度的任务总量和个人的任务量，按照相应的分值乘绩效，得出个人部分，打至个人账户。

虽然到目前为止，他还没有代发过乡政府的工资，但是从所有人调侃的情况看，转正后的工资应该是他们的两倍。富晶垚叹息道：行政工资可能真不咋地！联合社确实是个好地方，安心待着吧！相比于父辈做小生意朝不保夕，自己在家乡能有一份稳定的高收入工作是多么幸福的事情。中午做事的不成熟和第一个月买不起手机的懊恼也在慢慢淡化。

发完工资以后，富晶垚就在心里找平衡感，不怎么说话，呆呆地看着外面的营业厅，谭会计偶尔说两句，他也不搭话。

谭会计喝完酒以后就爱絮絮叨叨，这是他的风格。富晶垚恹恹地想着心事，他并没有察觉。

下班后富晶垚一个人收拾完毕，锁好门，也没有和谭会计打招呼就离开营业室，这引起了谭会计的疑惑。在富晶垚锁好外面的卷闸门回后院的时候，谭会计站在台阶上问："小富，中午没让你吃好，还生气了！"

"哪里有！"

"你看你，收拾完营业室，出去拉下卷闸门，我才知道下班了。"

"八成是你中午喝多了，上班时间缩短你没意识到，你们回来都四点多了！"

谭会计哈哈一笑说："你有时候找的借口还没办法说你，走，我带你去太阳花村看看，那里以后修成水库，你就再也看不到了！"

富晶垚疑惑地说："那有啥好看的，晶沟乡不都一个样嘛！都是山，就是大山和小山的区别！"

"这话等到太阳花村以后再说！"

富晶垚提起精神说："你说的还真把我吸引住了，咱们吃过饭再去？"

"现在还有太阳，等太阳落了就看不到，咱到那儿还没有吃饭的地方？"

富晶垚高兴地说："我还需要带啥吗？"

"带张嘴、带上眼睛就行了！"说着从后腰上摸了摸，取出一把钥匙从车棚把摩托车推出来。富晶垚打开大门，等谭会计骑着摩托车出门，他锁好门大声喊："我和谭会计晚上不回来吃饭！"没人回复。

谭会计猛加油门，载着他一骑扬尘奔向太阳花村。

下太阳花村的公路全是土路，上山下坡曲折拐弯，路况差，视线不好，路面也坑坑洼洼。谭会计带着酒劲，猛加油门，富晶垚坐在后面感到谭会计的车技确实了得，一路上被弹起来好几次，要不是双手用力抓着后面的货架，好几次都会被甩出去。谭会计一直都没有减速，用了四十多分钟到村口，这才减慢速度。

相比晶沟乡政府那条街道，这里的住家户就多一些，大概有三十多户，是一个村落，分布在两条街上，一些分布在通村公路两旁，另一些分布在后面一条街道。这会儿村民已经从田里回来，悠闲地在街口徜徉，遇见人都会和谭会计打招呼，富晶垚也乐滋滋地感受这种友好。

谭会计在一幢平房处停下来，指了指，告诉富晶垚这是他家的老宅。这幢房屋看着有些破旧，已经很久没有修缮。

“你看这里和其他地方哪里不一样？”谭会计强调说。

富晶垚放眼细看，几乎所有的地方都开有太阳花，各式各样，五颜六色煞是好看，茎叶都很茁壮，此时开得正艳。

“你知道为啥这里叫太阳花村了吧！”

“这些花都是有人故意撒种子长的吗？怎么到处都是！”富晶垚疑惑地问。

“你看是故意种的吗！庄稼都不够吃，种这干啥，都是自己生根发芽，自己开花结种，来年再开花。都说这里的地势比其他地方低，土里面含有一种特有元素，非常适合太阳花的生长，种子落地，只要见土，长势就很旺，你看这儿，菜地里都是，拔得都没它长得快！”

富晶垚应了一声，他被这种奇景所吸引，说：“我随处看看，这地方真少见，要是有相机照几张照片存着就好了！”

谭会计哈哈笑起来说：“我们这儿都当杂草拔，城里娃都没见过，你要觉得好看，每年这个时候都可以过来看，河边向阳处有绺水冲出来的平地，长得密密麻麻，那才叫好看！”

富晶垚好奇地四处看起来，谭会计喊：“别走太远，小心找不到回来的地方了！”他“嗯”了一声。

整条街道放眼望去，就像长了一层花色的绒毛，微风轻轻一吹，所有的绒毛背向风的一面，就是立体的画卷，人站在其中更能显现出意境与美感。

走过一条小路，两边是菜地，豇豆和西红柿已经罢园[①]，空出来的地方被太阳花霸占，就连房顶上堆出来的一坨泥也能长出一簇太阳花来，这儿散落几簇那儿散落几簇，向着夕阳，热情地开着花。走了没多远，一条不大的河，河岸有一条被水冲出来的地带，水落回去以后裸露的地方也没长树木，被太阳花占领，远远看起来，时而像一条碎花裙带，时而像一条绒毛围巾，让人大饱眼福。经过菜畦到河边那条路，他留意到沿路有几棵柳树上面挂了几只死猫，和这里的美景格格不入。在河边又看到一棵柳树，上面也挂有死猫，他数了一下，至少有五只，有两只只剩下骨架和零星的皮毛，有的只剩下半只，看着瘆人。看到这些他远远地离开。

饱了一阵眼福，折回去，回去的路上他观察其他树木，并没有猫挂在上面。来到谭会计家老宅，正门大开，窗户也已经打开，谭会计坐在一把靠凳上当起了沉思者，见他回来说："咋样，今天下午没白来吧！"

"嗯，这太阳花村真不是白叫的，到处都是太阳花。这种花一般地方还要细心照料才能养得这般茁壮，这么斑斓，这地方真不同，满眼皆是。那沟沟坎坎，有啥人管？长得浓密而且漂亮，我一会儿挖几棵拿回社里种！"

谭会计显出不屑地说："这花离开这里就难种，我以前种过，院墙旁边的渠坝上还有几棵，病恹恹的。"

"这还奇怪了！"富晶垚叹息了一声，没再多问。

对于柳树上挂的猫的尸体，他问谭会计："为啥我看到柳树上挂了好多死猫？"

"这个外人还真不懂，我们这儿认为猫和太阳花都是上天对这块土地的恩赐，猫死后也要沐浴着太阳，在太阳和风吹雨淋中成为自然的一部分，都不会把它埋在土里，而是挂在树上，而且挂上去之前还会放一挂鞭炮。"谭会计解释道。

"这样，我还以为是这边独有的一种仪式！"

"这里猫死后都挂在柳树上还有其他讲究。门前不栽柳，柳树好成活，就跟猫一样，给口吃的就能活，柳树基本上都种在河边，猫死后挂在柳树上都离住家户比较远，这样也不会有异味！"

富晶垚听后觉得村里人对生活都有自己的理解，更有对自然和生活规律的应变。农村人讲究多，是因为他们对山、对水的敬畏，对抬头不见低头见

① 罢园：指农作物种植季结束，瓜果蔬菜停止开花结果。

的乡里乡亲的礼让，以及与对方同理心的思考。

闲聊着这些奇特现象，时间已经不早，两个人关好门窗，谭会计带他来到一户人家。户主也姓谭，谭会计从进门开始就叫着二哥。堂屋已经摆好方桌，桌上几个家常菜。谭二哥拿出来一个塑料壶，说："这可是本地有名的白鲁川苞谷酒，度数很高。"谭二哥倒了几大杯放在几个人面前。

吃饭时富晶垚也喝起来，一杯酒入口，带着极强的辣感，从嘴巴到喉咙都火烧火燎，就像初吃生蒜带来的极致的感官刺激。烟熏腊肉让他吃得非常过瘾，谭二哥也不顾他们俩，自顾自地喝，谭会计的二嫂子也到桌子上喝了几杯。富晶垚觉得生活的美好也不外乎就是这样，景好、吃得好、人热情。

吃过晚饭已经九点多，天完全黑下来，谭会计也喝了几杯烈酒，但并不影响他骑摩托风驰电掣的速度。

富晶垚看着天空，看着黑漆漆的远方，觉得这里挺好，有受人尊敬而且稳定的工作。挣钱生活的心态压过了这里的孤独与寂寞，他的思想里已经烙上了年轻时需要吃苦，而吃苦的时候人的欲望被压制并不是什么坏事的印记。

## 三十八

富晶垚在压制式安慰自己的时候，刘长江却产生了截然相反的想法。自那天起他就在脑子里不停地思索去与留这件事，现在的境况和他的期望相差太远，基层的琐碎与他想要的有所作为相差甚远。在这里，就算再有想法，但是面对交通不便，无任何经济产物，没有任何集体经济发展的现状，想蹚出一条路来，实在是难如登天。

袁书记和徐乡长认为他更像是过来镀金的，说白了就是填个位置。对于袁书记和徐国平两个人认为他在这里镀完金就走的想法，他原以为有什么他不知道的风声，回县城开会和老领导刘主任的沟通中并没有任何人提过一年或者两年就会把他调走，更有甚者，有人认为这次提拔的最年轻的乡镇长就是他。各种说法对他都不利。

他拿着杯子在二楼的阳台上，看着院子，看着眼前的大山，看看隔壁的联合社……在这个狭小的地方，除了最初那股大干一番的想法之外，修心，让思想置身于躯体之外，超过富晶垚对生活的认知，更不屑与其他混混沌沌的人为伍，才是内心深处的想法。虽然大家都吃的五谷杂粮，别人安心做井底之蛙，他需要借井观天，待井水上浮，跳出井，实现自己的想法，这才是心之所向。

## 三十九

九月中旬，富晶垚第一次代发了乡政府的工资。下旬，又代发了学校的工资，这让他对转正以后的期待上升到了最高点。说是期望，更像是他给自己的一种精神药剂。

他慢慢发现在晶沟联合社，打发无聊的下班时间，所有人似乎都有一套自己的办法。谭会计喜欢看电视，无论什么时间，只要他在房间里，总是开着电视，他很少提及家里面的人和事，不光是他，社里面所有人都很少讨论对方的情况。很多时候，他知道的还没有小卖部余光亮和蔡老板知道得多。段主任喜欢喝酒，什么酒都喝，好酒坏酒，散装的还是整装酒都喝，一个星期七天，至少有五天都是晕晕乎乎的，经常吃早饭都带着酒话，他只有在喝到一定量以后才是最清醒的。柯礼朝负责的片区大，业务也确实多，本来工作量大，但他还有一个习惯，一会儿能办的事情一定得拖到三会儿四会儿，即使别人再怎么着急，他也总是不紧不慢，似乎这件事办完以后手上没点事就着急犯困，他经常能一个材料写到深夜。阮宝山和景泽录带着点神秘感，如果不是前几天和景泽录在营业室一起值了几天班，他会觉得景泽录是单位里养的一个闲人。现在知道了景泽录的爱好，更重要的是景泽录还在说服他，给他灌输走出第一步。阮宝山的神秘是很多时候没有太多的废话，和被柯礼朝有事没事戴顶高帽子、着急窘迫的样子惹得大家哈哈大笑的时候才反应过来他的不同，阮宝山更能知道事情的本质要害是什么样的。

隔壁乡政府也是各不相同。他偶尔去刘长江那里闲逛，看到刘长江多数时间都在喝水看文件，写汇报材料，愤青的锋芒已经被磨掉了一些，偶尔表现出来不甘与不平，富晶垚有时嗤之以鼻——他已经是全县最年轻的乡镇领导，还有什么不满足的，等着一步步地往上升就是了。对于刘长江和他说的，到了哪个年纪到不了哪个位置，仕途就会戛然而止等，他搞不清楚级别，也不明白限制。

他觉得“采菊东篱下，悠然见南山”的陶渊明也不过和他差不多，吃着三顿饭，上着这样的班，还受十里八乡的人尊敬。枯燥对于他来说只是另一种减少花费的方式，真是再适合不过。况且小景的工资还比不上他试用期的工资，还总是那么忙、笑得那么憨厚。

“十一”长假将至，法定七天假期。放假前一天，刘长江到联合社里来找他。他的房间和开始时没什么区别，一张床，一张三斗桌，两把凳子，刘长江有些疑惑地问：“这都过了两个月，你房间没有任何改变？也不给自己买个电视，也不买电脑？给自己买手机没有？”

富晶垚有些尴尬，说：“我们上班在营业室，下班到处窜，没想着置办这些。”

刘长江以一个过来人的口吻说：“在哪里工作，都要有生活过日子的样子。现在的年轻人，哪个不从外面了解一些信息，只干本行那点业务咋行！而且你这个房间是个档案库房，最好想办法换一间，这样可以放个电视，放上茶几沙发，进房间感觉就不一样。”

富晶垚还处于没有钱的节欲中，这些追求他想过，但是被压抑着，说：“这里还凑合吧，来个人能坐就行！”

刘长江摆摆头，没有说话，两个人冷坐了一会儿，刘长江问：“你们‘十一’放几天假？”

“我们没有放假这一说，一个月就四天假，我月初已经休过两天，最近也没啥事，有事了再休。”

刘长江嘿嘿一笑说：“工作当中要说能享受其中也好，你现在，要提升整个档次，思想不能还停留在这些层面！”

富晶垚觉得刘长江说的也对，其他几个人，哪个人的房间都收拾得整整齐齐，来了有沙发坐，即使安个电视也有地方。这档案室，柜子就摆满了几面墙。

富晶垚还是给自己找了个借口说：“我现在晚上都在金库值班，在这里待的时间少。”

听到这儿，刘长江对金库有些好奇，问了些情况，富晶垚照实说。刘长江仰头思考了一阵，觉得联合社里的内勤太捆人，说：“哎！这地方也真难为你，调外勤会不会好一些！”富晶垚觉得没啥，他对这个地方还不熟悉，还没有想过出外勤。

国庆假期，安排富晶垚和谭会计值班。期间第一天上班，花花拿着银行卡来查卡里面余额，这一次面带笑容进营业室，伏在柜台上说着联合社工作好，不用像矿上那些人还要下矿洞，乌漆麻黑的时候才出洞。进联合社的都是大学生，干干净净斯斯文文，不像那帮大老粗。夸奖完以后开始唠起来，这两天有人要带她去南方玩，带着炫耀的憧憬和富晶垚讲着南方好吃的好玩的。

“过节谁不愿意出去玩！还有人出钱带着玩，多好。”谭会计搭话。

富晶垚有些羡慕，七天假期，还能出去旅游，实在是太幸福了。查完卡里的金额，只有两百多块钱，花花没有暴躁也没有惊讶，笑着扭着屁股出了营业室。

等花花走远，谭会计叹了口气说：“花花这个女人没什么心机，保不准这次又被人骗，也是个可怜人！”

富晶垚本来还略羡慕，哪知会有后续的情况，心被提了起来。

每到别人放假联合社值班的时候，谭会计总会啰里啰唆地说东说西。管主任和他在营业室的时候，管主任抱怨得多，谭会计作为一个受众，抱怨得相对少一些。现在他属于小徒弟，作为一个新人也不敢说太多，谭会计的抱怨就多起来。

“小富，你大学毕业为什么不考公务员？你看乡上那些人多好，没有任务，节假日还正常放假，经常到你这儿的刘乡长，让人羡慕不？都说干一行爱一行，我在这一亩三分地干了一辈子，我是不希望我的孩子进联合社！”

富晶垚听着也不反驳：“我考了，没考上。”

“一次考不上可以再考，多考几次，考上你就有七天假期！”

“七天假期能干什么，还不如在社上待着，还省钱！”

“你就知道省钱，要提升一下自己的眼界，多出去看看，不然人这一辈子过得有啥意义！”

富晶垚没太在意地说：“你说的和刘乡长说的一样。”

“就是嘛，年轻人要提升生活品质，后面才能有更高追求。”

“你现在追求啥生活？”

谭会计咳了两声说：“我现在这个年纪就是为了娃、为了下一代奔波，你们年轻人一定不能只停留在这里，你们没经历过我们那个时代的变革，不用背负我们那个时代的压抑，大可为了自己的想法去活。”

富晶垚没有回答，思索了一会儿，重重地叹了口气说：“我现在连个手机都没有，想买还买不起，其他的就不用想太多。”

“你不是发钱了吗？发了多少？”

富晶垚脱口而出：“九百多，能买半个手机！”

“噢……也是，你现在还在试用期，工资低，慢慢就好了，转正就和我们拿的差不多。”

……

就这样，两个人唠唠叨叨地过完整个“十一”。

其间，富晶垚问起水晶石矿洞和鱼洞，谭会计没太多的心劲儿，说：“现在山上到处都是蛇，它们这个时候要储存过冬的能量，攻击性强。晶沟的大山里还有一种鸡冠蛇，碰到的花草树木全都会枯死，现在这个时节不能上山，等到腊月寒天的时候带你去。如今那些外地来的矿工为了钱，把山上的沟沟角角都寻摸遍了，已经没什么新奇的山洞。鱼洞还没到时间，要等到秋冬季节，那真是一舀就是一瓢鱼！”

谭会计所说的鸡冠蛇究竟是找借口吓唬他，还是真有？这个疑惑一直留存在他心里。慢慢地让他从心底对大山疏远了许多，只等到换季的时候看鱼洞的样子。

## 四十

“十一”假期，刘长江过得还不错，那次联系王三豪，用他的挖掘机修通碳沟的路以后，王三豪从刘长江的待人接物、说话处事的方式上看到刘长江是个有想法的人，就保持着他一贯的财疏情远、财密事近的行事风格，并且向刘长江表态，积极配合乡政府的工作。

节前，刘长江打电话给王三豪说了碳沟修路的费用，王三豪也顺带问他“十一”的打算。刘长江提了想带父母出去，但是没有车的窘境，王三豪没含糊，说矿上有一辆老式丰田车一直闲着，他可以开走。刘长江推托他的车技不好，没有信心把车顺利地开出晶沟，王三豪理解出几个意思，和刘长江说他还有一辆车在县城，是辆老式的桑塔纳，一直停放在县城也不怎么开，让他到县城取。刘长江见一个借口推不掉，又说按市场价付钱，王三豪也爽快地答应。刘长江被这句话堵住，也就答应了下来。

从富晶垚那儿出来以后他就回县城。鹿鸣县的县城也不大，从东头到西头骑摩托车也就二十来分钟。

长假第一天，刘长江按照王三豪说的地址去取车。他步行至木材厂小区，在门口给王三豪打电话，挂断电话以后在楼下等了二十来分钟，一个画着精致妆容、穿着睡衣的女人把钥匙交给他，女人凹凸有致，和郗媛有几分相似。刘长江跟着这个女人来到车前，是辆老款桑塔纳，女人交代了几句，也没说她叫啥，留了个电话，说有事打这个电话，就上楼去了。刘长江打开车门，里面收拾得挺干净，前面一个底座固定在垫子上的娃娃饰品来回晃悠，后面座椅上还有小孩的玩具。刘长江把这些简单收拾了一下放进后备箱。在院子里试驾了几圈，把各种开关操作都试了个遍，开回自己的小区。

后面几天他开着这辆车，带着付莹莹和父母去了趟西安，又在西安周边转转，加了几次油。

因为刘长江经常在乡下，照顾不了家里，他和付莹莹之间也出现了小摩擦，这次出去以后两个人的感情好了很多。

两个人都没有要孩子的计划，而且付莹莹也知道刘长江的事业心重，打算各方面都合适了再要孩子。最主要的问题是两个人分居两地。

放假的最后一天下午，刘长江给王三豪打电话还车，王三豪让他直接开进木材厂院子。他把车开过去，然后打那个女人的电话下来取钥匙，女人说她没在家，最近也不需要车，让他把车钥匙交给王三豪。刘长江准备走，又觉得不妥，犹豫中给王三豪打了个电话，王三豪特别肯定地说白玲玲在房间，把车钥匙交给她。刘长江又把电话打过去，白玲玲在电话那头支支吾吾，过了好久，才缓缓从楼上下来，对刘长江也不冷不热。

刘长江还了钥匙，并且掏了七百块钱，女人头也不抬一只手先拿走钱，又取走车钥匙，一句话也没说，上楼去了。

看着这个女人在昏暗楼道里的背影，他有股说不清的哀叹。

出了木材厂的大门，他给王三豪打电话说白玲玲把钥匙取走了，王三豪打马虎眼说女人最近不舒服，不想下楼，找了个借口说在外面。

回家的路上，他细算了这次的出行成本，一家人吃住、油费、过路费、门票，费用加起来超过了他两个月的工资。

走在鹿鸣的街道，身边熙熙攘攘的人擦肩而过。他抬头看看这片熟悉的星空，有太多的感慨。毕业已三年多，第一次这么舒心地带着父母出去旅游，也算是人生快事。

王三豪能租给他车在意料之外，陪父母出去玩却在安排之内。

# 四十一

“十一”过后的联合社迎来了第三季度考核，这和每个人的工资息息相关。大家都开始忙活起来。

和往常一样，大家都知道考核的路数，该补的补，该清收的清收。

外勤忙放款和贷款清收，内勤忙账务和档案。谭会计整天忙着核对账务，检查传票。富晶垚作为出纳倒不是特别的忙。但是对他来说最大一块是档案，出纳和档案本来是两个岗位，分开的两个人，在这里就变成一个人全揽。

他也没有搞明白档案如何取如何放最简便。每到下班，有人喊他取合同、查农户资料，他都当作打发无聊时间的方式，一笔一笔找出来送过去，柯礼朝甚至晚上十二点还喊他取档案，他得照样等着。弄了没两天他就觉得太麻烦。他问谭会计管主任在的时候如何管理这么多的档案，谭会计带着轻蔑的口气说：“管主任那就不叫管档案！他每次都积攒一大堆，只管往里塞，从来不抽销户资料，县上考核组说过他几次，因为年纪大，而且只塞不抽又不会缺失，也就睁一只眼闭一只眼适当扣点分过去。”富晶垚听完开动起脑筋，他觉得他取档案和外勤自己取结果都一样，谁还会把各自的档案整不清楚，也就把档案柜的钥匙放在会议室的三斗桌上，在旁边贴上便条“取回的档案放在这里”，还觉得他的方法有创新，就不再过问，自己耍自己的去了。

十月中旬，县考核组下来。

那天他正在营业室，听到后院里段主任在说话，夹杂着几个人的笑声。院子里很少出现这种场景，他想应该是考核组来了。富晶垚没见过县上的考核组，出营业室去院子看到段主任陪着三个人有说有笑，站在最前面的那个副主任看到他出来，说：“这是今年新分到这里的大学生吧，叫啥？”

富晶垚磕磕绊绊地做了自我介绍。

副主任笑呵呵地说：“年轻人就需要到乡下锻炼，乡下可发挥的空间广阔，县里面很重视你们这些新来的大学生！”

富晶垚听完高兴得直笑，问完他的情况以后，副主任把头扭向后山说：“听说上次暴雨从后山滚下来一块石头？”

段主任带着副主任去菜地。富晶垚觉得没其他事情，就回营业室了。

“谁来了？”

“有些瘦，个子高高的，四方脸！”

谭会计嘴角上扬说：“应该是漆主任，这次考核好！这个人是从乡下的基层社里面干起来的，我刚才听着声音就像，不太确定，你这么说就是他！”

富晶垚疑惑地说：“每个领导过来考核还不一样？可掌控的尺度还比较大？”

“这里面学问大，你待久了就知道！”谭会计冷笑着说。

富晶垚没再往下追问。

一群人看完那块遗迹，闹哄哄地上二楼。富晶垚坐在椅子上问：“县里考核组来进行季度考核，我需要做什么？和我以后转正有关系没有？”

谭会计伸出巴掌，弯下一根指头说：“你要保证你的现金和咱们账上的数字一分钱都不差，是一分钱都不能差！”弯下第二根手指准备说，富晶垚插嘴：“一分钱都不差，这怕是不行啊！我这儿有些转存款，几厘钱利息没办法付，有的时候差几分钱到一块钱，就给人一块钱，这样算下来都差了好几毛。”谭会计说：“那你得好好算一下，看是多了还是少了，多了拿出来，少了补进去。”然后用另一只手搭在弯下的第二根指头上说，“第二个就是重要空白凭证，存贷款的单据，你要数数数量和编号能不能和系统上对得上。”

富晶垚点头说：“这个都对。”

谭会计弯下第三根指头说：“你看你那些传票，上面要素齐不齐全，单据下面附的原始凭证对不对，有没有盖章，有没有按照时间顺序装订！”

富晶垚若有所触似的跺了一下脚说：“这个我学管主任以往的传票，不知道对不对！”

谭会计拖长了声音说：“怕是不规范！该补的你要加紧补。”又弯下一根指头说，“还有上面的档案，有没有少的，有没有没抽出来的！”

富晶垚站起来怯怯地说：“那么多档案！我后面都让他们自己抽！”

谭会计吓了一跳说：“你怎么能让他们自己抽！这个村放到那个村，贷款档案找不见，你能说得清楚？后面都是你的问题，为啥要让专人保管！你这下捅大娄子了！”

“我这就上去把纸条撕了。”富晶垚急匆匆地说。

“这会儿都在楼上，你长点眼色。”谭会计弯下最后一根指头说，“剩下的就是安全，守库值班情况，你一会儿看一下单子上有没有要签的字没有签，管主任交给你的狼牙棒还有盾牌还能不能用！”

富晶垚点头说好，没等谭会计回答和转正有没有关系，就急匆匆出了营业室。刚到二楼楼梯口就听到一群人说说笑笑。他悄悄地进会议室，撕掉纸条，把钥匙揣进口袋，锁好自己的房门，然后回营业室。整个过程像做贼一样。他没时间思索，开始查看自己办理的传票。谭会计拿着算盘噼里啪啦地核对各种报表。

一直忙到十二点，柯礼朝从窗户外面告诉谭会计中午去蔡老板那儿吃饭。

到了十二点多，一群人从楼上下来，漆主任经过窗户时扒开纱窗说：“谭会计，我们下来让你忙了一中午吧！”

“知道你们就这几天过来，我都准备好了！”

“你都是这里的老人手，在这儿坚守时间久，都没啥问题。走吧，一块儿吃饭去！”

“你们先去，我和小富把东西收拾一下就走！”

“有这点安全意识就好！”漆主任说着就走了。

过了一会儿谭会计说：“小富啊，你这次没必要那么忙啊！”

富晶垚被说得糊涂了，问：“我为什么不用忙？”

“你那几百块钱的工资扣啥？没得扣，不像我们，账上还有好几千。”

富晶垚顿时轻松很多，哈哈笑起来。谭会计让他把东西收好，两个人一起去老蔡那里。他收拾东西的时候还想，谭会计平时早早就过去，今天还特意等着他。

去饭店的路上，富晶垚问：“工作不应该就是按照工作要求来吗？为啥一说不扣钱，就说不用管了？”

“那你也可以啥都按照要求来，啥都按照规定做。”

富晶垚听着这句话有点像反话，说：“所有的都按照要求做会不会就不扣钱？”

谭会计喉咙里“嗯嗯”几声，压低声音说：“每次领导开会都说我们不是为了扣钱来考核，都说通过考核来提升业务水平，你做得再好都会在这扣几分、那扣些分，扣分就是扣钱，不扣钱咋显示出来领导的威风！”

对于一直经历着应试教育的富晶垚来说，谭会计这些说法都是新概念。应试教育就是平时努力，按照分数区分学习好坏，工作以后的考核却是个相反的方式。

包间里刚好留有两个座位，谭会计在上，富晶垚在下，依次坐下。

在路上，谭会计交代他快点吃完，两个人要在一点之前回营业室上班，不然安全上肯定会被扣分。

吃饭的时候，富晶垚没有顾及其他人，只要上菜就往盘子里夹菜。

漆主任吃到一半，开玩笑说：“你看这山里面，段主任亏待自己的职工！”

段主任也觉得富晶垚的做法不妥，赔笑说：“山里条件差，要给小富改善伙食！”

阮宝山说：“那也说明我们这儿没什么油水，看小富吃饭的样子，平时吃得好了就会见怪不怪。”

大家哄地一笑。

富晶垚只想着快快地吃些东西，不然还没吃饱就得回营业室。几个人说完他收敛了很多。

十二点五十，谭会计站起来拿了杯茶水对漆主任说：“我们这工作你也干过，到时间就要回营业室，营业室里没人不行。”

漆主任客套着说：“这地方不会出啥事，再吃一会儿。”

谭会计喝了口茶，寒暄了两句，喊富晶垚回营业室。

漆主任笑着目送他们出门。

回到营业室，富晶垚拍拍自己圆鼓鼓的肚皮，不再像早晨那样忙活，拿起一沓传票放在面前，打起了盹。

中午打过盹，下午的富晶垚精神许多，不紧不慢地按照要求补着各种空缺。谭会计还忙着算账，算盘的响声从刚来时的刺耳变成有节奏的调节器，富晶垚有时会沉浸其中。

## 四十二

突然，营业室外有人敲门，富晶垚也没有问是谁，像往常一样接人进营业室，出门看到是考核组的人，他有些激动，客气地迎着那个人进了营业室。这个人进营业室问了几个问题，把富晶垚问懵了。

“你到这里学习单位的制度手册没有？进营业室无论是熟悉的人还是陌生人需要拿哪两个证件？”

富晶垚待在那里说不出话。

谭会计过来训他说：“社里面的制度你学习过啊，县里面考核组进门要拿考核文件和工作证，你忘了！”

“中午一块吃饭，我看大家有说有笑，而且还是县上的领导，我就忘记向他们要工作证和考核文件，对对，您把这两样给我看看。”富晶垚呆呆地说。

“年轻娃，才来社上，平时都是我和他两个人，外勤办业务都是到前面柜台办理，第一次见面的人都不可能让他进来。”谭会计圆场说。

富晶垚立马跟着说："我确实有点激动才忘记要那两样东西，我们一直按照制度执行！"挤出个笑脸。

这个人不理会这些解释，问："刚才进门前为啥不向我要那两样东西？"

富晶垚笑着重复前面那句话，又加上："我看您特别和善，一时高兴忘记了。"

这个人似乎有所动，看了看他，富晶垚趁机说："刚才吃饭的时候大家都说您和漆主任人好，我真的不是不遵守制度，真是看见您太高兴。"

"小富干啥都特别认真仔细，也是个直性子，你这一次说他，他就记住了，以后咋都不会随便开门。"

"就是，就是，您这次说的我以后永远都记着！"

这个人这才拿出工作证和文件递给富晶垚说："这是我的工作证，还有县上考核文件，没有下次了啊！"

富晶垚连连点头道谢。

核对完工作证和文件，过了一遍程序，他把两样东西双手递回去说："欢迎刘副组长莅临考核！"

刚说完，谭会计大声纠正说："你说啥副组长，县里面稽核股经理，后面叫组长！"富晶垚连连说刘组长。

刘组长按照要求先检查了安全，又检查现金和重要空白凭证，然后随机抽取了几沓传票，谭会计按要求在本子上登记后让他拿走。整个过程谭会计在前面接待，富晶垚跟在后面打下手，需要做什么富晶垚都瞅一眼谭会计，看他的脸色和语气行事。

整个过程刘组长没有说好也没有说坏，等抱着几沓传票出了营业室，富晶垚才放松下来。

等刘组长上二楼，谭会计说："小富，你今天扒了个大豁子，还好你没钱扣，不然就今天开个门，少说值五百块钱！"

富晶垚刚松弛下来又被揪起来，开始想档案的事情。正想着，柯礼朝在窗户外喊他，漆主任想看一下整个档案的情况，这块是信贷工作的重点。富晶垚怀着忐忑的心上楼，漆主任还在段主任房间，见他上来，问他是哪个学校毕业，什么专业，对现在工作的认识等情况。然后有些不屑地说："这都是科班出身，干什么都认真仔细，没什么大问题，一个村抽几本看看就行了！"

漆主任越是这么说，富晶垚心里就越发慌，简直就像掉进了冰窟窿里。漆主任说完起身跟着去档案室，富晶垚感到每走一步都背着千斤的重担，特别艰难。

他打开档案室——也是他的房间，打开所有的柜子，站在旁边。漆主任随手从各个村组拿了几份贷款档案，又拿了几份农户档案，富晶垚在本子上做登记，登记的时候他留意了一下，所幸还好，大部分都是十坪村和八亩地沟的贷款资料，柯礼朝平时干什么都慢，但还比较仔细。登记完，他深深地松了一口气。

按照漆主任的要求，他把档案放在会议室，客气地说："有什么问题您随时叫我。"

回到营业室，他心里惴惴不安，不停地想去看抽查结果。

一直到下午下班时间，他的心都提得老高。

下午营业结束，他跟着谭会计彻彻底底地学了一遍如何才是按照规定下班。比如说现金，富晶垚清点，谭会计复核，一同入现金保险柜。重要空白凭证也是两个人共同清点，入空白凭证保险柜。所有的核对无误后两个人一人一把钥匙同时打开保险柜，把所有东西按照标记放进去。富晶垚这时才知道，大保险柜最下面的那个小铁皮柜是用来装营业额的钱箱。

关掉电源，摆放好器械，两个人一起出营业室。

谭会计一再交代他晚上九点之前回库房值班，明天早晨不能一个人出库，需要两个人一起把所有的事情反过来做一遍。

开门的事情让他仍然心有余悸，他只管说好。

晚上段主任让厨师多做了几个菜，把准备好的几瓶酒拿出来，考核组的三个人加上联合社几个人都很客气，气氛也很融洽。富晶垚被大家使来唤去，端茶倒水。景泽录提醒他好几次让他多点眼色，领导茶杯里没水要主动添上，酒杯空了立马倒上，要保持漆主任端起酒杯的时候酒杯里有酒，端起茶水杯的时候水杯里有水。富晶垚总是在提醒后才动起来，坐在那里看着其他人喝酒划拳，好不热闹。

大家都笑容可掬，他本来提着的心慢慢开始释怀。

晚餐在餐厅，厨师一直在后厨听段主任使唤。

到了八点多，桌子上杯盘狼藉。柯礼朝问还需要什么主食，漆主任点了豆腐条拌汤，富晶垚跑到厨房告诉厨师，厨师摊摊手说："没豆腐咋做豆腐条拌汤！"

富晶垚回到餐厅，正准备说没豆腐，能不能换一个，听到段主任说："我们这个厨师做的豆腐条拌汤特别好，纯农家口味，一般地方吃不到！"他张着的嘴又闭上，回到厨房，说："县上来的漆主任还指定要吃你做的豆腐条拌汤，没豆腐，这还把人难住了。"

厨师想了想说："你去老蔡那儿看看，他饭店里面有，要是没有，你就到学校厨房看看，学校里每次买得多，借一点回来。"

富晶垚听完，觉得厨师说得非常对，说："你先搅面絮，我去老蔡那儿借一些。"飞奔出去。

出了联合社大门，路上不时能听到阵阵狗吠，他飞速跑进蔡老板的饭店，还好这里还有，蔡老板去厨房拿了一大块，他觉得太多，要去掉了一些，蔡老板去厨房拿刀，嘟囔说："这大晚上吃豆腐，都给你你还说多！"

从包间里出来一个化着浓妆的女人，听到蔡老板嘟囔，说："这么晚吃豆腐，老蔡！人家说的是哪个豆腐，不是这个豆腐吧！"咯咯笑了几声。

"你又在胡说，吃我啥豆腐，人家是领导要吃豆腐！"蔡老板说。

女人笑得更起劲，说："他们更会吃豆腐，吃豆腐的花样还多！"

"你一天就这几句话！"

富晶垚听得脸红也不敢搭话。蔡老板从厨房拿来刀，富晶垚比画着切了一小部分下去，提着一大部分快步回联合社。

到厨房，厨师正等着豆腐，很快就洗好切好下锅。

豆腐条拌汤盛到桌子上的时候大家还在猜拳。富晶垚给每个人盛了一碗，他在外面的房檐下扒拉了一碗，不到九点就回金库值班去了。

第二天早晨，富晶垚早早地起床到院子，漆主任早已经从后排的客房出来站在院子里。十月的早秋在这里异常舒服。

富晶垚带着讨好，向几个人打了招呼。到后厨，厨师正在准备早饭，餐厅里昨天剩下的残羹冷炙还没有收拾。他满以为自己大老远买的豆腐做的青菜豆腐条拌汤会真如段主任说得那么好，然而每个人的碗里都剩下许多，其中一个碗里只动了一下，拌汤冷后形成的筷子挑起的形状还在。他把桌子上的餐具收拾到一个大盆里，把所有的剩菜剩饭倒进潲水桶，准备把潲水桶里的剩菜提到外面倒掉，厨师拦住他说自己家喂的有猪，刚好可以改善一下猪的伙食。这让富晶垚心里好受很多，人吃不了，至少还有猪可以吃。

收拾完，他把桌子擦擦抹抹。带着劳动的光荣感和喜悦感回到院子，刚才站在台阶上的漆主任已经不见人影，富晶垚料想他们散步去了，快步上二楼，蹑手蹑脚地来到会议室。昨天抽取的几十份档案摆放在会议桌上，只翻看了一小部分，还有一大部分原封不动地封在档案盒，他在会议室找了一圈漆主任昨天放在档案旁边的记录本，也没找到。他来到柯礼朝的房间，柯礼朝已经起床，房间整理得干干净净，泡了一杯浓茶，见他来说：“昨天晚上一直给大家服务，没吃好！”

“吃好了，我都没有停筷子。”富晶垚笑笑说，然后问，“这次季度考核写不写进个人档案？”

对于这个问题，柯礼朝撇着嘴笑起来说：“写，肯定写进个人档案，还和你转正定级挂钩！”

富晶垚心里颤巍巍的，极度紧张地问：“如果我的考核事项里有三项都有问题，是不是很严重？”

“哪三项？要是有三项肯定严重！”

富晶垚把昨天进营业室的事情，档案和传票的情况和盘托出。

柯礼朝哈哈笑起来说：“严重，特别严重，你这次转正麻烦了！”

富晶垚的心本就悬着，想找个人说几句话释怀，现在反而更紧张了。索性不再说话，闷在那里听柯礼朝诉说着往事，曾经有谁犯过那样低级的错误，后来有多么糟糕，唾沫横飞，富晶垚一句也听不进去，没多久起身下楼去菜地旁边站着，心事重重。

吃早饭的时候，富晶垚有些心神不宁。

吃过早饭，跟着谭会计完全按照流程把今天营业需要的办公用品准备到位。无人的时候，他把那个问题重新问了谭会计，谭会计说的和柯礼朝完全相反。这次考核就是正常的季度末考核，考核上个季度任务完成情况，对个人晋升和档案没有任何影响，只是会排名，这个影响领导年终考核，不影响个人。他的心仍然紧紧地揪成一团，放松不下来。

中午营业期间，段主任陪同漆主任进营业室取走部分会计档案，富晶垚在营业室外面向漆主任索要证件，任凭几个人怎么说，他就是不开门，谭会计在营业室听着外面的争吵一言不发。后来段主任上楼把两样证件取下来交给他，他才放几个人进营业室，弄得漆主任非常尴尬。

中午在餐厅里，谭会计以开玩笑的口吻把中午没有开门的事情在饭桌上说了一下。谭会计一方面担心中午的事情漆主任会耿耿于怀，另一方面是试探昨天没按照要求把刘组长放进去影响究竟有多大，说完带着批判的口吻责怪富晶垚不能太过于苛刻和死板。刘组长听后附和着说昨天把小富吓得待在那里好久没有说话。漆主任对中午的事情褒奖了几句，事情也就过去了。

晚上段主任又让厨师多做了几个菜。谭会计去余老板那里买的肉和鱼，富晶垚提醒他把蔡老板的豆腐记在账上，还得再买些豆腐。

晚上大家又吃到很晚，富晶垚提醒的豆腐条拌汤大家都没有要，要的酸菜面，又是谁也没有料到，他又到蔡老板那里借了些酸菜。

按照文件要求，考核时间是三到五天，考核组在这里已经待了三天。在营业室闲聊中谭会计告诉他下一家联合社的主任性格有点怪，每次县上领导下去考核，第一顿特别丰盛，后面就在食堂的灶上，而且伙食好坏也看管后厨人的心情，有时好有时坏。我们这里除了伙食好，对领导也尊敬，段主任又是一个爱喝酒的人，考核组一般都会待上四个满天才走。富晶垚听到这儿心里安稳一些，四天后这些人就会离开。

最后一天基本上也没有什么要检查，段主任带着漆主任去了几家贷款大户做实地考察。

早晨出去，下午才回来。漆主任带着考核组三个人去会议室商定最后的考核结果，晶沟联合社的人一个也不让进。

漆主任商量最后的考核结果时，段主任晕晕乎乎地进营业室和谭会计闲聊，说起中午的事情。段主任把漆主任随身带着的那个小本子里的东西打听得差不多，大部分都是沿用上一次检查的问题，唯一不同的是刘组长进门的时候富晶垚没有向他要两样证件写得模棱两可，算不算一个问题还待定。谭会计让富晶垚把心放进肚子里，肯定不会出现在最后的文件上。

段主任中午带漆主任去晶沟村买车的余景龙家，余景龙贷款四十万元买了辆卡车，也算是贷款大户中的一户。到余景龙家，余景龙的老婆不在家，让隔壁一个待嫁的姑娘帮忙做的饭，饭菜做得不咋地，但是余景龙特别活套，能说会道。村支书佘殿华和村主任阮国安都让他请过去陪漆主任。余景龙是个勤快人，买车以后在王三豪的矿上起早贪黑地跑车拉矿，跑了才一年，五十多万的本钱回了一半，现在跑顺了，打算明年再买一辆。赚钱后，余景龙的媳妇就不在家待，整天往县城跑。佘殿华中午喝多以后一直开邻家姑娘和余景龙的玩笑，虽然那个姑娘长得不漂亮，但是特别开朗，中午气氛很好，漆主任也高兴，余景龙的贷款是正儿八经在做事，所以这次考核应该没啥大问题。

等段主任出营业室，谭会计开始说余景龙家里的事情。提到余景龙的媳妇，谭会计说那是上下几里漂亮又会玩的媳妇，当时余景龙的父母死活不同意，害怕这么漂亮的媳妇余景龙守不住，余景龙铁了心要娶，娶是娶回来，还生了两个娃，现在整天打扮得时髦去县城玩，余景龙一天累死累活开大车挣钱，那个媳妇不管他也不管家，两个娃都是奶奶带着。说完对富晶垚说："山里面不要说什么爱情，踏实生活过日子才是正事，电视里面的爱情都是城里人糊弄人的鬼话。"

富晶垚反驳道："先有情后有爱，肯定会先有一个，等到两个都凑成了就是爱情，哪有没有爱也没有情就结婚的！"

"你们这些年轻人都是爱情爱情，余景龙那样的他觉得好，找到了爱情，一天累死累活，媳妇只管打扮自己，没钱就向他要，你看好不好？"

富晶垚思考了一会儿说："只要人家余景龙觉得好，那就值得！"

两个人就娶个踏实过日子的还是为了爱情结婚这个话题说了许久。

下午下班，段主任在二楼喊大家到会议室开会。富晶垚和谭会计收拾完才去会议室。两个人进会议室，刘组长主动打了声招呼让他们尽快就座，富晶垚忐忑的心变得喜悦。

会议开始，漆主任通报了这次考核结果，通报过程中一条一条地说，对挑出的问题和扣多少分都做了说明，档案这块还是沿用上次考核出来的问题一笔带过，没扣多少分，但是最后着重把富晶垚没要两个证件就开门的事情强调了一遍，批评他安全意识不强，太过于相信人而不是遵守制度。这让富晶垚难以接受，黑着脸坐在那里。上班后第一次考核硬生生地被当作典型批评。等到散会他的脸都绷着，气鼓鼓地出了会议室。

整体考核结果还不错，段主任联系学校食堂的厨师定了一桌饭菜给几个人送行。学校食堂里的厨师也是一把好手，以前在乡下包流水席，觉得有些累，就承包了学校食堂。因为学校食堂只能包住本钱，也做外面的包桌。每次联合社去吃饭，宋大厨都会说联合社的可以赊账，其他人要赊账他就不做。

天还没有黑一行人就过去，宋大厨早已做好菜，人上桌就可以开吃。这个食堂也有几个包房，一个大堂，大堂是学生吃饭的地方，包房是老师吃饭和对外营业的地方。几个人坐下吃了没多久，外面闹哄哄的。宋大厨进来说乡政府今天也有一桌，两桌同时备好，这边先来就先吃。

富晶垚心里憋着气，一直默不作声，也不主动添酒倒水。

吃到一半，乡政府的几个人过来敬酒，刘长江也在其中。富晶垚顿时高兴了许多，第一个站起来拿起酒杯碰酒，刘长江向他点点头示意，先去敬了漆主任。富晶垚一下有种被冷落的感觉，心里很不是滋味。等碰完一圈，轮到他，刘长江搭着他的肩膀说："前几天就看到县上领导去你们那边，这几天也就没到你那儿。"这句话瞬间拉近了距离，富晶垚带着激动说："明天我去找你！”刘长江点点头，两个人碰杯。

乡政府的人敬了一圈离开，漆主任提起酒杯墩墩桌子，要带着联合社的新生代力量富晶垚过去回敬一圈。富晶垚扭捏着说他不去，段主任看到漆主任已经端着酒杯过去，就不再强求富晶垚，端着酒杯，提着酒瓶出了包房。谭会计和柯礼朝一个劲儿地说：“小富，你这次是让段主任记住了，以后他喝酒都不会再带你！”富晶垚由开始的扭捏变得心虚起来，还是没有提着酒过去。

快到九点，富晶垚说要去金库值班，谭会计跟着一起回去。漆主任一直挽留谭会计，这里有谭会计才热闹，富晶垚只好一个人回联合社。

路上只有浅浅的月光陪伴着他，他第一次觉得这个地方冷漠而又凄凉。他顺着地势小跑下了那段陡坡，离桥还有十来米远时，几只狗从旁边的草丛钻出来，吓了他一大跳，那几只流浪狗遇见他也四散而跑。他奔跑着回到联合社，心里扑通扑通地跳个不停，回到小院，拉亮了所有的灯。他不停地想着怎么流浪狗越来越多！

其余的人几点回来，他一点也不清楚。

早晨漆主任仍然起得很早，和段主任围成一圈闲聊。富晶垚起床，侧着身子没有打招呼溜出门。在街道上遇见开门的余光亮和蔡老板，热情地和他打招呼，招呼他去家里面吃饭，他才感到乡村的烟火人情味。

刚上班不一会儿，刘组长拿着证件进营业室，按照考核的分数兑现绩效。谭会计在旁边指导，富晶垚在电脑上操作，看到每个人发放的考核工资，他羡慕得说不出话来，感到喉咙里好像有一口痰堵着。所有的不快都随着他双击执行把钱打进个人的账户而消失。

又过了一会儿，漆主任带着大家下楼，经过窗户对着营业室说：“在这儿惹你们嫌，我们走了。你们的工作干得非常好，还有你，叫富晶垚是吧，你的工作也很好，才进社没多久能干成这样很不错，后面再接再厉！”

谭会计用他那似笑非笑的表情说：“你们多督促改正，做得不好的还多担待！”

在众人的簇拥下漆主任上了车。

等漆主任他们的车走远，段主任进营业室，迈进第一步就哈哈大笑。

“小富，你听笑你的！”谭会计说。

“我就开个门，到最后挨了个批评！”富晶垚带着情绪说。

“县上来就是找工作问题的，工作当中有问题被找到也是一件好事。那你工作出了问题，不批评你那批评谁？下次来让他批评我得了！”谭会计说。

“小富啊，你呀你！一天八小时班上得倒是认认真真，联合社里不是好好上班就能把工作干好的，漆主任在写这个之前对我说，小富才进单位，考核不给他提点啥以后就吊儿郎当，这次给他提点问题，让他从这件事上触类旁通。这次虽然考核他，但是他就没有钱扣，说与不说关系不到他的实际利益，后来就写上去了。你看你，还把这当作心理负担。”

富晶垚疑惑地说：“这个会不会记入档案影响我转正？”

“你这个娃，这个是考核你个人的吗？不是考核你个人！不信你看，所有人都说你好。这是考核社上的经营情况，不是考核你个人的，那咋会有影响？”

“小富，你操心操多了，要想转正你得好好干工作，遵守规章制度，再有段主任的支持，你转正就百分之九十，剩下百分之十就是看什么时候转正了！”

“嗯，对对！”富晶垚露出笑容说。

“要是真的啥都不说你，你就真要好好操心！”段主任说着开门出去营业室。

没一会儿，院子里就响起摩托车的声音，谭会计没有抬头说：“这是景泽录！”紧接着又是摩托车声音，“这是阮宝山！”富晶垚好奇地伸出头看看，确实是。

下午吃饭，只剩下三个人。

段主任问起来伙食现在由谁负责。谭会计吃着饭要理不理地说：“正准备交给小富。”

富晶垚觉得这是抢了师傅的活，一直说谭会计管得好。

谭会计淡淡地说：“这事以前就是管老头儿管，应该由你来负责，我之前替你管了这么久！”富晶垚这才欣然接受。

## 四十三

吃过晚饭，他迫不及待地去乡政府找刘长江，敲了几下房门都没有人答应，天微黑，他来到一楼，看到小景的房门开着。

富晶垚来到晶沟，第一个认识的是刘长江，但相比而言，他和小景、沈慧亚在一起更轻松，尤其是小景，天生的乐天派，无论在房间里聊得多高兴，只要院子里有人喊他，他都会先回答“马上就来！”无论事大事小，总会笑嘻嘻地让富晶垚在这里等一下。这里还经常能清楚地听到殷所长说：“这乡政府大院里有没有袁裕苍不要紧，乡上最缺不了的就是小景，你看谁有事不是喊小景。”这个时候对于小景，是最得意的时候，这是他自以为的存在感。

富晶垚在小景房间里等了好一会儿也没见小景回来，便起身去沈慧亚房间。

外面已经黑漆漆的了，他敲敲门，没人答应，再敲门，还是没人答应。他下台阶到院子里，看到刘长江房间的灯亮着，沈慧亚房间的灯也亮着，又看到一楼最角落的一扇门半掩着，里面透着光。他以前听小景说过那里要改造成一个微机室，供大家上网接触外面的信息，难不成都在那里？

他小跑着上台阶，推开半掩的门，沈慧亚和刘长江面对面倚靠在电脑桌上，一个个儿高，一个个儿矮，刘长江弯着身子，从进门的方向看两人好像凑在一起。他的闯入也结束了两个人的谈话。沈慧亚忙说：“刘乡长，机器调试得差不多，我先出去！”瞟了富晶垚一眼，迈开步子转身离开，富晶垚有些不好意思地说：“我打扰你们俩！”沈慧亚走到门框，富晶垚侧身让出地方。这下把刘长江弄得非常尴尬，一只手插口袋，一只手拿着文件，半坐在桌子上斜着身子说：“小富，不打扰，我们俩正说电脑的事情，我还想忙完找你一趟。”

富晶垚解释说：“我去小景房间，小景不在，在院子里看到机房的灯还亮着，就过来了，没特意破坏你们俩的气氛。”

沈慧亚已经走到他跟前，听他这话，瞪着眼睛说：“你说啥！我和刘乡长在说电脑的事，你说这话啥意思！”

富晶垚听后便觉得有些误会，说：“就是打扰你们俩说电脑的事情，这种专业性强的事打断了很难再有以前的思路！”找借口向来都是他的强项。

沈慧亚在他面前用拳头比画了几下说：“刘乡长，我先回房间，有事你叫我。”

“今天应该没事，忙到现在，你也早点休息。”

沈慧亚转身离开。

富晶垚走近电脑，带着羡慕摸着大头电脑说：“你们这儿真好，还给配电脑机房，上网聊天方便许多。”

“我大学都不用这些电脑，不知道哪家淘汰下来的过剩产品，回流到我们乡下。”刘长江说。

富晶垚已经在电脑前坐下，说：“至少还有电脑，现在能用吗？我上一会儿网。”

“今天才开始装，线都还没有接，等接好了随时欢迎你过来，就是方便周边的村民上网！”

“还不能上网。”富晶垚带着些许的沉思，停了一会儿说：“这东西应该给碳沟乡放一些，我景叔叔考核得最差，那边太落后，用这也能看看外面咋挣钱的。”

刘长江被他这么一说，打开了思路，说：“这么说也是，乡上留两台，其余的每个村配一台，这东西有电话线就能上网，村民们没事多看看外面也是有好处的，这种大笨头电脑皮实、耐用。淘汰货，就算用坏了也没啥。再说这么多都放在乡上也不一定都用得上！”

富晶垚“嗯嗯”地点头。

刘长江关掉总电源，锁好门说：“走，出去转转！”

两个人谈笑着出了乡政府大门。

十月中旬，秋天的迹象开始显露出来，风从两山之间吹过，略带一丝寒意，没有了夏天那么多的虫叫声，远远地听到一阵阵狗叫。两个人有一句没一句地说着话，也是一种消遣的方式。

走到街头核桃树下折回来，转身的时候，刘长江指着山的一面问：“你去过上面那个矿没有？”

“没去过。但是他们的工资在这里发，经常有人来办业务，司机来得多，他们那个郗主管来得少。”富晶垚顺着他手指的方向看去。

刘长江“噢”了一声问：“那个郗媛负责哪一块？几次吃饭我都看到王三豪带着她。”

“负责财务，大的账务都是郗媛过来处理。”然后“啧”了一声。

“还是个要害部门，那种女人不适合做媳妇。”

“唉，小沈适合噢？”富晶垚说完往旁边跳了两步。

刘长江哈哈大笑，解释说：“我们俩刚才真在说电脑的事，我和你嫂子结婚都好几年了，这玩笑不能开！”

富晶垚听到刘长江这么说倒有些惭愧，不再说话了。

两个人路过余光亮的店，余光亮躺在靠椅上看电视，余丽娇也在旁边，余光亮喊两个人过去看电视，富晶垚伸手打了声招呼。

继续走了一段，刘长江开口问：“明后天你有没有空？咱们俩去矿上转转，我还没去过！”

“明天太急促，后天或者大后天咋样？”

刘长江拿出手机看了下日历，因为国庆节调假，这周只休一天，也就划不来回县城，算完说：“那就后天，你看成不，我这边最近空闲时间比较多。”

富晶垚想也没想说：“好！”

## 四十四

回到乡政府，刘长江站在院子里看着微机房，县上给乡里配的电脑都放在乡上确实也没太大用，一天能有几个人上网！这两天和袁书记提一下，乡上留两台，剩下的分到村里，分下去也是个问题，村里没几个人会上网，他思索了一阵才回房睡觉。

早晨早早地起床，刘长江就在走廊和院子里转悠。依他的了解，早晨碰见袁书记的可能性比较大，如果这个时候见不到，今天基本上就不会再碰见。等到吃饭时间也没有见到袁书记，他知道今天没希望了。

中午沈慧亚问他电脑安装的事情，刘长江让先装两台，其余的暂时不装。整整一中午他都看着沈慧亚和电工测试电脑，他在心里面盘算着如何让不懂的人能简易操作。

午休完，刘长江看了半个小时书，抄了几页笔记除去心中的浮躁。休息时侧耳细听楼上，袁书记房间没有任何声音。

等到晚上十点多，楼上传来脚步声和挪椅子的声音，他坦然地睡下。

早晨天刚亮，他一骨碌爬起来，洗漱完毕又在院子里转悠。

袁书记起得比较早，刘长江在院子里转了两圈就看到他下楼，在他的计算内刚好在一楼楼梯口碰面。

袁书记迎头碰见他先说：“起得早！”

“袁书记也起得早，到了秋天，这边天气还挺舒适！”

“晶沟的秋天里雨水少，也就这几天能过。”然后问刘长江，“乡上这几天没什么事情吧？”

“没啥大事，昨天把电脑装起来两台，测试完都还顺畅。”

袁书记略带喜悦地说：“机房装好了？现在能不能看？我去看一下。”

“昨天装完刚好拿着钥匙，走，您过去看看！”刘长江带着袁书记过去。进了门看到装好的电脑，袁书记说：“这房子算是咱们乡上最贵的了吧！”

“肯定是最贵的，这两台已经测试好，比较好用。”刘长江指着大笨头说，“这种样式都是些大城市快淘汰的产品。这次数量配得还多。”

袁书记走近拍了拍显示器说：“也是，你看后面这么大个疙瘩。现在都是液晶屏，这多占地方！”

刘长江应和完，和袁书记算起账来：“这些都装在咱们乡上，耗电、维修都是个麻烦事。这么多都装起来，附近的村民都过来上网，这里就成了一个网吧，乡上干部跟着一块玩，也难以管理。”“嗯”了一声，没等袁书记开口又说，“这次只是给乡上配？村上配了没有？”

“没给村上配！”袁书记走近那几台还没有拆封的电脑，上下打量一番说，“你这么说也是，放这儿多占地方，不如给每个村也配一台！”说完面带微笑地看着刘长江。

刘长江就等着这句话，从袁书记脸上扫过，把眼睛盯在那堆还没有拆封的电脑箱上，带着疑虑说：“袁书记提的主意好，这东西在城里是淘汰的产品，在村上还算稀罕玩意！”

“那就把这几台没有组装的每个村分一台，你给王主任说，让他通知各村来领。”

刘长江掩饰着内心的喜悦说：“就这样决定了？”

“就这样！”

袁书记从微机房出来就离开乡政府，没在灶上吃早饭。

饭堂里，刘长江凑到王主任那儿大致说了袁书记的意思。吃过饭，刘长江在机房里摸索如何能让电脑变成傻瓜系统，和几个人反复讨论过后，他给技术员交代，将每台电脑的浏览器主页设置为中国农村网，还把他了解的农产品交易网站都设置为快捷方式，只要鼠标双击就可以打开。

对于领东西这种事情，大家最积极，中午十一点多，几个村主任就陆陆续续来机房领电脑。刘长江让沈慧亚自制了一本操作手册，需要了解哪一方面的信息，点击桌面上对应的图标，之后将网线接到村部的电话线上。几个村领完，交代完，已经过了中午饭的饭点。下午王主任补了电脑分配到各个村的会议纪要让刘长江签字，他看了一下就把名字签上，心里有种说不出的喜悦，就像种下了一棵树，就等它成长。

# 四十五

星期天早晨，吃过早饭，富晶垚就把手续交接给柯礼朝，然后去找刘长江。刚进门，看到刘长江正专心地看书记笔记，惊讶地说："刘乡长工作这么多年还能静下心看书学习，真值得佩服！"

刘长江放下笔，哈哈一笑说："不是能静下心来看书学习，是看书学习能让我把心静下来！"

"您真会说，不静下来怎么看得进去书？"

刘长江起身翻了翻旁边的包说："你看，因为想做一件事而去做，还是因为被动去做这件事而觉得有意思，哪个更舒适？"

富晶垚略带沉思，一时找不到更好的说辞，岔开话题说："刘乡长说得对！我今天只带了水杯其他啥都没带。"提了提手里的背包。刘长江把包提起来说："我也只带了这个！"两个人启程出发。

一路走一路说，两个人行了半个小时到了简易石桥，过了石桥继续走是陡坡，路很宽，能并排通行三辆车，路面坑坑洼洼。又走了二十来分钟，一条大坝横在他们眼前。富晶垚第一次在半山上看到这么长的大坝，有些激动，问刘长江这大坝的作用，刘长江也不是特别了解。继续往上，路曲折回转。他们到了坝上，看到池子里面黑乎乎的，像沙土，更像淤泥，快到坝沿了。

顺着路走了没多久，来到一处聚集区，路旁竖立着几个巨大的铁桶，旁边搭建着简易的工棚。大桶后面有几排砖瓦盖成的二层平房。因为是周末，这个时间几乎见不到人，房子外面挂的各式衣服证明有人住在里面。

平房前面的低洼处有一座特大的简易厂房，厂房由几根铁柱支撑，屋顶用钢铁搭建，上面铺的是彩钢板，下面的空间分隔为两部分，较大的那边摆放着几台机器，另一半是活动场所，摆有几张水泥桌面的乒乓球案和许多废旧机械。两个人一边说着一边走，对这里都很好奇，仿佛是另外一个世界。

离开敞篷区，穿过那片二层小楼，后面有一幢三层小楼，挂有"豪晶禄昌矿业有限公司"的牌匾，旁边还有一个工会的牌匾，几块铜制奖状。

"这应该是王三豪办公的地方。"

富晶垚听后以为刘长江打算上楼找王三豪，径直往前走着说："给自己盖的办公楼真豪华！"刘长江一把抓住他说："咱们现在只看了这点地方，到这里来不进矿洞多没意思，一会儿回来找他！"

富晶垚点点头。两个人也没有向导，四处乱窜。

走着走着，到了一处标示“危险禁地，闲人莫入”的小院前。刘长江认为这应该是火药库，富晶垚认为这是王三豪的私人会馆，两个人抬着杠返回来，转了几圈才走出敞篷区来到大路。这会儿也没有卡车，两个人走得比较轻松。

约莫二十分钟，上了几级台阶，有一个洞口，洞口有一座简易房。刘长江对富晶垚挥挥手，富晶垚立马明白是让他上前看看有没有人，小跑到简易房跟前，往里瞧，里面没有人，他招招手，刘长江晃晃悠悠地过去。

两个人开始进洞，洞口很大，中间一条铁轨，上面还有缆绳，下陡坡路，越往里越黑，黑得快看不见的时候出现一盏微弱的灯，只照亮周围一小片地方，洞里面曲里拐弯。富晶垚胆子小，走了不到二十分钟，说：“咱们走一会儿就得了，里面黑漆漆的，差不多都一样！”

刘长江看看洞顶说：“咱们走得有多远？一里多路！再往里走走！”

两个人都没有预料到矿洞里的样子，都没有带手电，就这样深一脚浅一脚地往前走，坡势比较明显，路面有些潮湿，又走了半里路，出现几条分岔路。富晶垚站在那里犹豫着说：“再往前返回时会不会找不到出路？”

刘长江拿出手机，没有信号，靠着微弱的屏幕光亮看看洞壁，说：“走那个大一点的洞，如果再分小洞咱们就不再往前。”用手指指其中的一个洞口，分岔处那盏昏灯照着四周。洞口以前垮塌过，用木头和钢筋支撑起来，洞顶的木头杂七杂八地排列，只为撑起上面的落石。

洞里面传来呜呜的声音，呜咽声让人心里发怵，富晶垚跟在刘长江后面，刘长江侧耳细听，说：“你听，这一块还是安全的，风还能吹到这里发出声音，咱们离洞口不远，不用担心！”

“我不是害怕，就是担心迷路，出不去！”富晶垚声音有些沙哑。

“有啥好担心，就两条岔路，这条不对走另一条，还能迷路？”刘长江自信地说。

走了一会儿，有水滴往下滴，能听到清脆的声音，脚下开始略显泥泞。继续走没多远，又出现一盏灯，这处的灯就亮堂很多，照的面积也大，能看到洞里堆着一些破烂的手推车。富晶垚不好意思再说出去，站在那里。刘长江在洞里转了一圈说：“你看这儿，还有这儿，这里面应该都已经荒废很久，这条线不是采矿的路线！”

“你大学学的什么专业？不会是采矿吧！”

“这次你说错了！”刘长江这才停下来说，“不走了，出去吧，也没走到主道，再走真找不着回去的路了！”刘长江转了一圈以后，也有些迷糊，用手指着说，“刚才从这个洞进来的？”

富晶垚记着进来的洞口说：“是那边！”两个人开始往回走，远远地看到有灯就向那儿走。一边走一边分析是否是来时那条路。

进洞时两人都觉得轻松，往回走时就觉得很惊奇，走一盏灯，不是最初那个分岔路口，再走一盏灯，还不是那个分岔路口。刘长江不时打气说：“不要紧，就走了不到一个小时的路程，还能走多远！”两个人走着路，偶尔开一两句玩笑，甚至一起拿郗媛开玩笑。

刘长江时不时拿出手机，始终没有信号，往回走了一个多小时，还是没有找到最初那个分岔路口，富晶垚有些担心，刘长江却没有任何感觉，就像是没有逛够一样。终于远远地看到一盏灯，两个人朝着灯的方向走去。刘长江听到了风声，说：“这应该就是那个分岔路口！”

富晶垚重重地叹口气说：“终于到了！我撒泡尿做个留念！”说着开始撒尿。

刘长江也跟着撒尿，调侃道：“咋了，你还真担心出不去！”

“没有，只是肚子饿了想吃东西！”

“出去我给王矿长打电话，看过矿洞也得了解一下矿上的生活。”

……

两个人沿着陡坡往上走，走了半个多小时到洞口。守门的大爷这会儿正端着碗吃饭，看到他们俩从洞里出来，大声喊：“你俩啥时候进去的？”

“刚进去，里面太黑就出来了！”富晶垚顺口就说出来。

“你不就是联合社前台的那个人吗？”

“你认识我！以前没见过矿洞，就进去看看，太黑没办法认路就出来了！”富晶垚又重复说了这句话。

“还好你们进得不深，最深的地方有十几里路，出过几次事故，死过人咧！”

富晶垚头皮发麻说：“哪儿那么吓人！”

“从那个大口分出去几条小路，哪个口是通到最下面的？”刘长江问。

“最左边那条，还有中间那条！”

“噢！”

“大爷，我们走了啊！”富晶垚摆摆手。

大爷伸着头说：“这种地方以后少来，进去容易出来就难！”

富晶垚转过头招招手说：“好，好！”

两个人上了大路。刘长江拨通王三豪的号码。富晶垚还寻思着王三豪不一定在矿上，即使在，会不会随便找个借口就把刘长江打发了。他看着刘长江打电话，但是从打电话时的笑容来看，王三豪应该在。

挂了电话，刘长江说："在呢，说正吃饭，到挂有牌子的楼上。走吧！"

不到半个小时，两个人来到刚才挂有牌匾的那幢楼，上二楼来到董事长办公室，门敞开着，刘长江敲敲门，王三豪迎出来说："刘乡长！稀客稀客，今天怎么想着到我这儿来视察！"

"只是听说过这里，从来没见过，今天和小富一起过来转转！"

"就是，没见过，上来参观！"富晶垚说。

王三豪看了富晶垚一眼说："你是联合社新来的那个吧，县联合社好几个主任我都熟，你们段主任就不说了，那个老谭，打了几十年交道，从来都嘴上不饶人！"

"王矿长人缘广，谭会计就是那样。"富晶垚拍马屁说。

"你别跟他学，净学一些抠门的门道！"富晶垚尴尬地哈哈一笑，没有接话。

刘长江说："大中午过来打扰你不合适，但是觉得不给你打电话也不合适，既然过来了，就打扰王矿长！"

"哪有打扰这一说，你来我高兴还来不及。我给郗主管说了，让食堂炒几个菜，你打电话的时候我就吩咐下去了，一会儿食堂就把菜送到隔壁，咱们先喝茶。"

几个人坐下喝茶。一杯茶下肚，富晶垚觉得更饿，似乎整个肚子都空了。

二十多分钟，郗媛推开门说："今天乡里面两位青年才俊过来，真是蓬荜生辉，在隔壁略备薄酒。你们都饿了吧，现在就过去。"

王三豪起身，带着两个人到隔壁餐厅。郗媛的几句话说得他们俩特别高兴。

隔壁餐厅已准备好一大桌菜，有炸鱼、炒肉片、韭菜炒鸡蛋……富晶垚满脑子都是吃，没有注意旁边还坐了两个人。刘长江倒是和王三豪谦让了一下，王三豪坐主座，刘长江坐旁边，郗媛坐另一边。

因为郗媛在，气氛比较活跃。从聊天中刘长江才知道另外两个洞口特别深，还有几个掏空的大洞，下面四通八达，渗水也厉害，如果今天两个人走到另外一条路，估计整个矿上的人都得去矿井里找他们。

说起矿洞，王三豪随口说出了下面矿洞面临手续难批的问题。刘长江在政协的时候调研过相关产业，他可以以乡上的名义问问情况。王三豪大为高兴。

刘长江也比较能活跃气氛，夸起王三豪，夸到高兴处王三豪一手搂着刘长江的肩膀，一手拽着富晶垚出餐厅，指指前面和后面说：“看这里，这里，都是我的地盘。二十多年了，从最开始的三斗车加一辆东方大卡、几台机器、几十号人，到现在，你看看。再看看下面那个矿洞，规模不比这个小，咋样，两个年轻人！”

郗媛出来拉着王三豪说：“王矿长好长时间没这么高兴，看样子今天喝多了，见你们俩高兴，话多！”

“就这两年安生，郗主管有功！”王三豪说。

刘长江酒到酣处也有些感慨，信手拈来一首诗：

**绝句**

百折难达九重渊，蜿蜒曲折魍魉天，
青山瘦成黄金骨，换来人间多少钱。
八方聚人劳苦做，几人离家几多忧，
与仙对酒狂歌武，借来真情撒人间。

王三豪听后觉得这首诗提得甚妙，连赞不绝，说着说着就像搂刘长江一样把郗媛也搂住，郗媛并没有推托，搀扶着王三豪进餐厅。郗媛看到王三豪喝成这样，开始劝他少喝点，也没能劝住。

几个人一直喝到下午三点多，全都前仰后翻。刘长江的自制力比较强，忍着没有吐，富晶垚没有忍住，在餐厅角落里吐起来。

郗媛叫来司机送两人回去，刘长江到乡政府大门还有意识，迈着酒步踉踉跄跄回房间，进屋拿起盆子吐起来，躺在沙发上昏昏沉沉地睡去。

富晶垚已经完全记不清楚自己怎样回的房间。

## 四十六

十月过后，一天比一天寒。

这天富晶垚和谭会计在营业室，电话铃响起，富晶垚接的电话，通知他这个月二十号开始培训，为期十五天。他有些激动，心心念念要培训的事情终于落地，挂断电话，兴奋地告诉谭会计培训的事情，谭会计反而说我还以为要到明年开春，现在培训也正合适，会一部分基础，刚好季度考核也结束，市上真会选时间！他让富晶垚把这件事情告诉段主任，出去培训这么久谁替他。富晶垚高兴地去了段主任那里。

段主任听完严肃地说："你可少喝点酒，市上不比咱们这儿，要是丢人，那就丢大了，还丢的不是你富晶垚的脸，丢的是鹿鸣县的脸！"富晶垚满脸堆笑点头。

回到营业室，趁着谭会计上厕所的时间，他用座机给徐馨璐打了个电话，电话接通，但是没有人接听。

他惴惴不安，感觉总有件事急着涌出来，干啥都没心思。

拿起座机随手拨通刘长江的电话，说了要培训的事。刘长江问他培训多久，他说半个月。刘长江说他那段时间也有可能到市上开三天会，刚好有重叠的时间。上去了看情况能不能联系。

这对富晶垚来说是个难事，在联合社，还有营业室的座机和别人联系，出了晶沟他就像个原始人了，没办法联系。就算想买手机，也都没地方买。

挂了电话他有些懊恼，查了几次个人账户里面的余额，还是那九百多，离买手机还差一些。他叹了口气，发起愁来。

营业室办业务的人少，隔一会儿他就查一下自己的账户，查着查着心态也就定格在那儿，喃喃地说："过年买个手机吧！"

下午上班，谭会计坐在三斗桌旁边算账，富晶垚在柜台里迷糊，一阵恶臭传来，他第一反应是谁拉裤子了？但又反应过来营业室就他和谭会计两个人，怎么会有人拉裤子？这是啥味道？

他站起来，也不好意思问谭会计，先看营业室，又转身看营业室外面，太阳也有点恓惶（可怜兮兮的样子），从西边照进营业室，一人背着光进门，自带阴影，浑身发黑，裹着衣服和布片，这儿绑一块那儿系一条，絮絮拉拉，个头很低，慢腾腾地往里挪动，那股臭味应该是从那里传来的。那个人走近柜台，伏在柜台上，在窗口嘟囔了几句，富晶垚也没有听清楚他说什么，迎着那股味把耳朵凑过去，那个人嘴巴一张一翕，富晶垚透过玻璃看到那个人的头发已经结痂，黑乎乎的一坨，就像放大的牛粪，喊了一声："要办啥业务？"

谭会计也闻到这种气味，听富晶垚叫喊，站起来说："这就是老饼子，到这里来不是存钱，就是转存单，正常的业务，你给他办就是！"

富晶垚忍住恶臭，不停地点头。

老饼子略微抬了下头，继续趴在柜台上。富晶垚坐下来。过了五六分钟，老饼子的头凑到玻璃上，拿出两张存单、一沓钞票递进来，非常清晰地说："有一张已经到期好几天，一张今天到期，都转存，分两张，这些钱另外存一张！"

接过存单，富晶垚来回翻看，两张都很崭新，被叠成了细小的长条，他用手在正面捋了好几下，又在背面捋了好几下，勉强摊平。一张两千多，一张一千多，还有两千多的现金。富晶垚按照老饼子说的方式转存，凑近窗户问："利息取不取出来？"

"取出来我也没地方用，连本带利一块转存。"

富晶垚开始办理，把所有业务办理完毕，他把存单递出去，老饼子嘴里面嘟囔着，对柜台说："都对，都对！"然后一瘸一拐地出了营业室。

老饼子出了门，恶臭也渐渐消失，富晶垚看向谭会计说："这身装扮，在金庸小说里绝对是个丐帮长老级人物！"

"你别看不起啊，你界面退出来没有？没退出来你用6666菜单进去看一下，比段主任有钱！"谭会计哼了一声。

富晶垚带着疑问输入菜单码，愣住了，好几页的存单，他被惊得说不出话来，坐在那儿数着共有多少笔存单。

谭会计没有听到他发表评论，问："小富，看到了吧，看最开始那一张是几几年的，存了多久！"

富晶垚点开看，差点惊掉了下巴，数着后面几个零。

谭会计走过来说："你啊，没见过世面！"

"王三豪有没有这么有钱？"

谭会计哎了一声，说："你这个娃想法就有些不实际，王三豪和老饼子不一样，没办法比。老饼子的钱你知道咋来的不？"

"做乞丐要的呗！"

"他除了做乞丐还卖破烂。"谭会计冷笑了两声，"前几年还顺回来一个媳妇，疯疯傻傻的，后来跑了！"

富晶垚有些惊讶，但还在数那些存单。

"你刚才办业务的时候看他脑子灵不灵？转得比你还快！"

富晶垚小鸡啄米似的点头，眼睛不离电脑。

"以前只是个子矮，走路还正常，去年再过来，走路一瘸一拐！"

这时富晶垚数得差不多了，唏嘘地说不出话来。

谭会计转身回三斗桌，富晶垚拿起计算器算这些存单的总金额。计算器的声音在营业室回荡，报着这个人的财富。

最后计报出了总金额。

“你不用算，存款十大户里就有他。按说每年过年要提着米面油去看人家，以前管老头儿在的时候去看过，管老头儿硬是没说过老饼子！”

“管主任的嘴那么厉害，还能说不过一个乞丐？”

“看，这你就不知道了吧！”谭会计转身面向他说，“老饼子就靠他那身行头，每天躺在地上啥都不干，等人施舍，那他在想啥？你看他那眼神，每天想不少事情！你和他说道理、说人生，他能把你说得干什么都没有意思，做他的乞丐，跟着他流浪才是最有意思的事，钱也不少，偶尔还能牵回来一个女人……”

富晶垚听着谭会计说的这些，感觉在这个社会的鄙视链里，每个人都有自己人生哲学和鄙视的地方。

看着计算器上的数字，想想卡上余额连个手机都买不起，他心里面五味杂陈。

他默默地把存折上的九百多全取了出来。

天刚黑，他用营业室座机给徐馨璐打电话，徐馨璐在宿舍，知道他去市上培训，挺高兴，商洛市和西安不太远，如果能去西安看看她最好，富晶垚心里乐滋滋的，打算培训的后几天像大学那样，翘课去西安。

他带着说不尽的喜悦回房间，收拾了几件换洗的衣服装进背包，背在身上试了试，仍然像个学生。他又环顾整个房间，也就这点东西可以带上。他心里叹息着，工作快两个月了，加油！

早晨起床，他就感到变天了。

在餐厅吃饭时，段主任让他把工作交接给柯礼朝。

交接工作中柯礼朝用羡慕的口吻说他从来没有这样的待遇，去市上培训半个月，就连谭会计也跟着柯礼朝一起说。富晶垚心里乐开了花，真感觉自己赶上了好时候。

交接完毕，他在营业室门口等车，等了好一会儿班车才到，车上也没多少人。赵芳霞旁边有个座位，他就坐下。

车走了好一段距离也没见赵芳霞开口向他要车费。他主动付车费，来回拉扯了好一阵，他没能拉过赵芳霞，坐下看着她，心想有机会塞到她上衣口袋里，平白无故地坐车不给钱让他觉得很不好意思，更何况这条路这么危险，司机也确实辛苦。

他盯着赵芳霞，肉肉的，说话做事把握得很有分寸，别人讲价钱的时候她总是不紧不慢地笑着力争。

沿路有上有下，穿过半山腰那条路的时候，车来回地摇晃，赵芳霞两只手抓紧车上的扶手，富晶垚趁机把钱塞到她的上衣口袋。口袋随着身子来回晃，富晶垚把手伸进上衣口袋时感到有个洞，他摸到了赵芳霞的腰，光滑而又细腻，麻酥酥的，他有些不好意思，迅速把手抽回来。赵芳霞大大咧咧地客套着，从口袋里掏出钱，整理了一下衣服。

从昶河开始，从白鲁川镇上来的那趟班车和这趟班车一前一后跟得比较紧，这趟车不再拉客，一直到县城客运站。

赵芳霞似乎习惯了，有事没事和他攀谈。富晶垚下车看了一眼司机，个子和他差不多高，娶了一个这么漂亮贤惠的女人。赵芳霞正在整理钱包，没有留意他。

回到家，母亲正在看店，见他回来非常高兴。

富晶垚帮着看店，偶尔和母亲闲聊几句。对于看店，他记得父亲曾说过："赚自己该赚的钱！比如说一把锁进价三十块钱，别人都卖五十，自己也卖五十，赚二十块，这就是挣自己那一份。如果你卖一百，差价七十，那多出来的五十块钱就不应该是你挣的钱。挣钱就得本本分分。"他也一直记着，只拿自己应该的那份。母亲交代他好好做人，踏踏实实干工作。

吃过午饭，他到客运站坐去市上的车。人不是特别多，还有很多空位。

天气不太好，西北风刮起来。他心里满是半个月的培训，但他更期待见到徐馨璐。

到市上有些晚，他急匆匆地去找报到的宾馆。

虽然对这里很陌生，他印象中这里也不太大，走到宾馆省点打车钱。况且大学的时候就经常在外面做兼职，取货拿货，中间隔几站路都是靠双脚走。

沿路走沿路问，终于有一个人指着一幢楼。他小跑过去，推开门问："这是丹鹤宾馆吗？"

前台头也没抬说："这是吃饭的地方！"

他出来看看门头，确实写的丹鹤酒楼，他不好意思再问，怕被人说乡巴佬。虽然大学里曾经被人说过，但是工作以后被人这么说，总觉得很丢面子。

在那条街上来回找丹鹤宾馆都没有找到，他又问了一个人，还是指向刚才那幢楼。他又到那个地方仔细看，还是丹鹤酒楼。怎么都没有看到丹鹤宾馆几个字，看到时间不早，他心里想着丹鹤酒楼和丹鹤宾馆说不定真不是一个地方，就像泌阳和沁阳两个地方，相差十万八千里。

天色渐晚，报到的时间快过了，他招手打了辆出租车。当说去丹鹤宾馆的时候，司机让他先付四块钱，他掏出四块崭新的零钱，司机掉头，进宾馆旁边院子，指着酒楼后面那幢楼说："丹鹤宾馆。"用时总共不超过两分钟。这操作让他目瞪口呆。

司机笑着说："不好意思，一找就找着，到地方了！"

富晶垚也不知道说什么好，重重地说了句"噢"。回头看了一下，前面是餐馆，确实是吃饭的地方，后面是宾馆，住宿的地方，报道在后面那幢楼。

他拿着文件和身份证到指定的房间。市办有专人接待，比较热情，告诉他这次全市新招的八十多号人都在这里培训，他到得比较晚，鹿鸣县的人都已经安排完，他被安排和其他联合社的小伙同住。

领完房卡来到房间，他见到了那个小伙：一个高高壮壮的肌肉男，和他相比自己显得那么矮小。打了招呼，互相做了自我介绍，富晶垚知道他叫田鑫。

田鑫洗完澡就出去了，留他一个人在房间。他没有电话，也没带太多的钱，一个人在房间里看电视。在他记忆里还没有住过宾馆，尤其是这种高档的宾馆，从来没进过。新奇地这儿看看那儿看看，看完也洗了个澡，出来时室友还没有回来。

当天的晚餐自己解决，第二天起才管饭。

他出宾馆，没多远找了个街边的小摊，花了三块钱吃了份炒面，吃完也没地方去，径直回房间，室友还没有回来。他开着电视睡着了。

半夜里，室友的开门声把他吵醒，接着是木桌上放背包、钥匙、手机，一连串咚咚声。他起身看电视上的时间，凌晨一点多。他很好奇这个室友干什么去了，这么晚才回来。田鑫并没有因为床上躺着一个人轻手轻脚，又洗了澡，完全没在意卧室里的另外一个人。洗完澡出来找到遥控器，换到娱乐频道看起来。富晶垚彻底清醒，睁着眼睛躺在那儿数了无数个徐馨璐才睡着。

早晨田鑫的起床声把他吵醒，他浑浑噩噩脑袋胀疼，肚子里窝了一肚子气不敢撒出来。田鑫过来拍拍他的被子，喊他一起去吃早餐，他绷着脸起床。

收拾完毕，两个人一起穿过院子去前面餐厅。都不熟悉，一路无言。

餐厅里已经有很多人，富晶垚同批的鹿鸣县的几个人向他打招呼，他凑到那边去了。

这里的伙食特别丰富，他第一次吃高档宾馆的自助早餐，每样都拿了一小份，还是吃多了。

会议室在宾馆那幢楼，装修得非常考究。富晶垚和鹿鸣县的几个人坐在一起。几个人彼此认识，但还不是特别熟。

一天的课结束，晚上所有人都在酒楼聚餐，八十多个年轻人在一起，气氛很活跃。

酒宴开始，一个年轻帅气的小伙子通知各县推荐出几个人到领导那桌，并没有明说要找哪种类型的，但是大家都领会到领导的意图，各县均推选的本县的明星人物。其他人在外面大厅就餐，领导单独在里面包房。

晚餐也没有时间限制，所有的酒水菜品无限量供应，有些喝到很晚才离开。

第二天早晨，选出来了这期的班长，第一节上课时代表大家在讲台上发言。女孩刚下来，富晶垚就听到旁边有人形容里面那场宴会，并且对女孩品头论足。各个县的组长也都选出来。鹿鸣县的组长是宋姝玥，富晶垚和她也是进联合社之后才认识。

前几天的培训是各县区请来的业务能手，讲的都是实际操作。每天每节课都在本子上签到、签退，由各个县的组长统计完汇集到班长那里。

田鑫还是每天晚上回来得特别晚，毫不在意他睡没睡着。富晶垚有几次想起身说动作稍微轻一些，想到段主任说的话，安慰自己就这十五天，而且明天都是听课，不用费脑子，又躺下。田鑫每天早晨都正常起床吃饭，精神状态还比他好。

两个人熟了以后，从宾馆到餐馆的路上，田鑫给他普及停车场所停车辆的品牌和价钱，富晶垚知道了大众、丰田、宝马……但他只是在那里听着田鑫讲述各种车的性能和价钱，对于标牌代表着什么品牌，他仍然很混淆，因为他觉得车子离他很遥远，知道与不知道对他没任何影响，当一个听众就好。

一个星期以后，富晶垚观察到上课的人越来越少，就像大学里翘课一样，有人时来时不来，鹿鸣的几个人还都坚持上课，只有晚自习的时候翘课，偷偷约着出去。他心里急切地想去西安见徐馨璐，离得越近思念就越强。

十月底，天气一天比一天寒，天气变冷，他更觉得孤寂。

十一月初，富晶垚翻着房间里的日历，结束前有个周六周日，徐馨璐也应该休息，趁这个时间翘两天课和徐馨璐见个面，慰藉一下自己的思念之情。

他提前在课间和组长宋姝玥商量，没有说去西安见女朋友，找了个借口，打算周六早晨离开，周天晚自习回来。宋姝玥非常爽快地指着零零散散的人说："天气越来越冷，大家都为过冬储备点什么，你忙你的事情，这边签到由我来代签。"这让富晶垚觉得宋姝玥特别讲义气。

周六早晨，富晶垚签完到，猫着腰出教室，在宾馆前台给徐馨璐打了电话，放下电话又给谭会计打了个电话，硬着头皮借了一千块钱，谭会计没有问他借钱干什么，只问他一千块钱够不够？他连连说够了。打完这两个电话他步行去汽车站，汽车站坐落在繁华的丹江河畔，他沿路走沿路看有没有联合社的网点，他需要把谭会计打过来的一千块钱取出来。

还好走了没多远就有一个营业室，进营业室拿出存折取钱，前台告诉他里面没有钱。他快快地离开。

半个小时不到他就到了车站大门口，犹豫了好一阵，他觉得必须把一千块钱取出来，如果到西安取钱还得花十块钱的手续费。他在周边寻觅，终于找到一个网点，取出一千块钱以后有些兴奋，加起来有一千九百多块钱。他把整钱都放进内衣口袋，零钱放进裤兜，一直想着能带徐馨璐买点什么。

## 四十七

到西安已经快十二点，他又乘上熟悉的公交车来到大学城，下公交车已经一点多，在学校对面吃了碗面，然后找了个电信营业厅，用公用电话给徐馨璐打电话，告诉她已经在学校门口。

约莫徐馨璐需要半个多小时才能到大门口，他在学校周边的店铺闲逛，他想买个礼物。学校周边的礼品店琳琅满目，他寻思着梦里的动物，真大象买不起，买个玩具大象倒也不错！逛了几个店，终于在一家店里看见一个毛绒玩具，个头还挺大，身子是鲜艳的黄色，腿是褐色，毛茸茸的煞是好看。讲了十来分钟价钱，店主看他实心买，而且穿的西装革履，去了几块钱零头，咬定不再少，他狠心买下来，抱着玩具大象站在学校大门口。

还没有站稳，一个人从侧面过来拍拍他，喊他的名字，他转身看到那个他做梦都在期待的女孩——徐馨璐，和他差不多高，一头乌黑的长发，化了淡妆，裙子、打底裤，漂亮极了。

富晶垚有些激动，双手推出玩具大象说："送给你的！"徐馨璐接过玩具，一手抱着玩具，一手拥抱着他。

徐馨璐准备考研以后两个人就极少见面，研究生笔试结束以后就得准备复试，等徐馨璐复试结束，富晶垚开始了联合社的笔试，笔试结束提心吊胆地待了一个多月，紧接着就上班，两个人已经许久没有见面，有说不完的话。

徐馨璐抱着毛绒大象走了一小段路，富晶垚觉得她的手会冷，拿过来抱着。就像他们大学时看到两个恋人抱着大玩具一样，引来许多目光。

两个人漫无目的地走着，脚下延伸皆是路，不知不觉过了一个加油站走向了一条小路，越走越没人影。他们走了很远才注意到马路两旁是枯萎的树木和光秃秃的田地。两个人又返回来。下午五点多，两个人都有些累，富晶垚提议去学校对面的网吧，徐馨璐觉得哪里都可以，两个人朝网吧的方向走去。终于到网吧，富晶垚要了两杯热饮，办了两张上网卡，找了个偏僻的地方开始上网。

一杯热饮让两个人忍不住依偎在一起。

玩到晚上八点多，富晶垚跟着徐馨璐来到一家川菜馆，要了两个菜，两个人吃着饭也没闲着，有说不完的话。

吃完饭九点多，富晶垚央求着徐馨璐再陪他一会儿，十一点半学校大门关起来之前送她回宿舍，徐馨璐含蓄地点点头。走了不远徐馨璐喊腿疼，两个人在附近的公园里找了个木凳坐下。公园还没有建好，到处堆放着建筑废料，杂草丛生，除了偶尔几声虫叫，这里更像是个荒芜之地。富晶垚一只手抱着大象玩具，一只手牵着徐馨璐的手。两个人也有些累了，静静地坐着。他心里蠢蠢欲动，想亲徐馨璐。

冬天里，除了两个人的心，其他地方都冰冷的。刚坐下不久，徐馨璐就说凳子好凉，富晶垚趁机说坐我腿上吧，徐馨璐保持着矜持，没有坐上去，富晶垚揽住她的腰抱起来坐在自己腿上，一只手从后面搂住肚子，头贴在她后背，深深地吸了一口气，吐出来，又深深地吸了一口气，又吐出来。徐馨璐被他吐出来的热气挠得咯咯笑，不停地喊痒，她的笑声拍打着富晶垚的心，让他肆意起来，他不安分地动起来，徐馨璐猛地尖叫着跳起来喊："我回宿舍了！"也大口吸着气，撩撩头发，远处的灯光照在她的脸上，就像太阳照着月球，泛着昀光，迷离得让他心醉。富晶垚站起来说："我不敢了，你别走啊，走了我想你，一个人太孤单怎么办！"徐馨璐心软下来说："那我再陪你上一会儿网！"富晶垚闷着头说好。他的心仍然跳得特别快。

去网吧的路上，两个人都沉默着，富晶垚不时地斜眼瞟徐馨璐，她羞涩又动人。

在网吧里办了两张卡，找了个僻静的地方，徐馨璐坐在里面玩起了游戏，富晶垚坐在外面无心上网，呆呆地看着她，心里面有一万处和别人的对比，他觉得徐馨璐哪里都美，就连玩的飞车都如柳飞云飘，那么的自然。几局下来，她好像突然反应过来时间不早，看看时间，刚过十一点，虽然穿过巷子不到十分钟路程就是学校，徐馨璐还是说："这个点回去来不及，咱们俩办张通宵卡，今天就在网吧过夜。晚上这里可有村上的小混混，你要保护我！"

富晶垚兴奋地点头，去前台办了两张夜卡，又买了一大堆零食饮料，对富晶垚来说这次是最奢侈的一次，他提着吃的喝的过去，徐馨璐开心得不得了，一扫刚才唐突带来的不快。

喝着奶茶打着游戏，徐馨璐教他玩起游戏，他时不时侧身看着旁边这个心爱的女孩。

晚上一点多，徐馨璐有些困了，富晶垚把大象倒放，让她侧卧在玩具大象四条大腿中间，脱下衣服披在徐馨璐身上。很快就听到匀称的呼吸声，富晶垚静静地看着，忍不住在脸颊上亲了一口。他又把周围几把椅子拉过来围在徐馨璐周围，自己蜷缩在凳子上极力睁着眼睛看着对面的她，慢慢地也合上眼。

早晨六点多，富晶垚醒来，看看对面躺在大象身上的徐馨璐还在熟睡，他上了洗手间，回来看到徐馨璐睡得正香，他把衣服盖好，看看窗外，天阴沉沉的，像要下雪。他戴上耳机开始听歌、浏览网页。

也不知道过了多久，徐馨璐把衣服递给他让他穿上，他才反应过来徐馨璐早已睡醒。他摘下耳机，大大地拥抱了徐馨璐。两个人都有些饿，打算先去吃早饭。

富晶垚退了充值卡，提着毛绒玩具，牵着徐馨璐的手出了网吧，外面的风呼呼地吹，寒风刺骨。

两个人在周边找了家早餐店。吃过饭徐馨璐要回宿舍洗漱，富晶垚把她一直送到女生宿舍楼下。两个人约好一小时后在学校大门口见。富晶垚去教学楼简单清洗了一下，就站在学校大门外等着。风不停地刮，他处在极度的兴奋中，浑身热乎乎的。又等了好一会儿，徐馨璐缓缓地过来，手上攥着一条围巾，看到他说："本来打算过年再送给你，今天的天气刚好用得到，就提前给你！"

富晶垚兴奋地用力一拉，徐馨璐单薄的身子没有站稳，顺势倒在他怀里，他在学校大门口搂住了徐馨璐的腰，吻在了她的脸颊上。

两个人坐公交车来到小寨逛了一中午，他给徐馨璐买了个手环。两个人中午吃自助餐，一直吃到下午两点半，算来算去也没有吃回本。

富晶垚打算买个手机，徐馨璐也赞同，两个人坐公交到赛格电脑城，对比了好几款，看了一个多小时终于选定了一款诺基亚，一千两百多元，皮实而且耐用。选号的时候换了几个店面都没有找到和徐馨璐接近的手机号码，最终徐馨璐给他选了一个听起来比较顺溜的手机号。办完以后送徐馨璐回大学城。

公交车上，徐馨璐把头靠在他身上，两个人没有谁提未来会是怎样。

到大学城已经开始下小雪，他把徐馨璐送到女生楼下，站在那里盯着她进宿舍门，发了好一会儿呆，才转身去坐公交车。

雪开始下起来，今年的第一场雪。公交车是双层巴士，他坐在二层最前排，靠近窗户。雪开始覆盖整个大学城，素裹着眼前的一切，不舍和别离更让他揪心。车摇了一个多小时到汽车站，下车打了个冷战，他把围巾裹得更紧，他在车站旁边买了个肉夹馍胡乱吃了几口去车站买票。

秦岭里的雪犹如高中毕业时撕碎的书本从高楼上扔下一样，是雪的狂欢。对他来说却是离别的伤感，想着想着就睡着了。

商洛的雪也特别大，全部都是雪的世界。出了汽车站，他漫步回宾馆，世间的一切都被白色遮盖，不知从哪里传来“不是因为寂寞才想你，只是因为想你才寂寞，当爱落下的时候……”穿过了层层思维的格挡，直击他的内心。

回到宾馆已经十点多，晚自习早已结束，他还是去会议室看了一下，大门紧锁。他转身回房间，推房门，里面除了田鑫还有一个女孩，可能刚洗完澡，也可能是宾馆的空调开得比较足，女孩的外套放在富晶垚的床上，床上还放着啤酒、零食，女孩看他进来，站起来说：“不好意思，占用你的地方。”开始穿外套。

“你怎么回来了，也不提前打个电话？”田鑫昂着头瞥眼看他，停顿了一会说，“都这么晚了！”

富晶垚心情本就不好，“嗯”了一声，把包放下站在旁边。站了几分钟，三个人都觉得尴尬，女孩把东西从他床上收拾到茶几上，他面无表情地躺上去。女孩到田鑫那边悄悄地说了几句话。过了一会儿田鑫收拾起东西，没有打招呼出去了。他起来把床收拾了一下，他想换床单，又想这么晚还要叫保洁阿姨太过于麻烦，和着衣服睡下。

第二天早晨，外面一阵阵的尖叫声和吵闹声把他吵醒，他拉开窗帘，外面已经积起了厚厚的雪，好多人都在打雪仗，他拿出手机看看时间，马上就要上课，他快速起床，拿起笔和本子跑向会议室。会议室里稀稀拉拉地坐了一小部分人。他去宋姝玥那里说明昨天回来晚了，宋姝玥笑着说没事，都已经报到班长那里。

他抽空翻出电话本，给刘长江打了个电话。刘长江问他怎么是个西安的号码。刘长江这几天也在商洛开会，会议比较充实，没时间离开，而且要见的人也很多，问他什么时间回鹿鸣，他们这次是县上开车送过来，回去还有空位，可以等他一天，还说这几天坐班车特别受罪，班车上没有空调，特别冷。富晶垚听到可以等他一天，高兴得差点噎住，他从来没有享受过这么好的待遇。

下午他让保洁换了床单。看着保洁换床单，他又感到自己突然回来打扰到田鑫，应该给田鑫解释一下。

他一直看着电视等田鑫回来，解释说因为下雪，他是从车站走回来的，才这么晚。他向田鑫道歉，田鑫也没太在意，两个人释怀了昨晚的事情。

这几天格外的冷，有了手机以后，他感到心里像憋了一团火，抽空就给徐馨璐发信息，但徐馨璐回复得总是很慢。

还有一天培训就结束了，宋姝玥告诉大家晚上有个聚会，他已经向老师请过晚自习的假，大家一起出发，富晶垚对这种聚会很新奇。

下午下课，大家都不约而同地在楼下集合，和他们一起等待的还有两个陌生人，非常客气地向每一个人打招呼，宋姝玥落落大方地把大家做了介绍。一行十几人分乘四辆出租车来到一家 KTV，同行的人说道这是商洛最好的KTV。五色的彩灯照着穿着超短裙的女孩，看得他眼花缭乱，他第一次见到还有这样灯红酒绿的地方。大家一直唱到营业结束才回宾馆。

他和田鑫两个人前后脚进门，也可能是最后一天做室友，两个人洗完澡躺在床上，任凭电视里演着打打闹闹的都没有睡着。两个人一改平时冷漠的风格，聊起天来。

聊到中间，田鑫直白地说富晶垚胆子太小，胆小得让他觉得有些卑微，而且很寒酸，富晶垚只能呵呵笑着应对。田鑫说完这些以后并没有停下来，他告诉富晶垚院子里停的豪车都是这一批同事的车。工作只是个平台，要多接触人，遇到好项目也可以投资。要不真的连个手机都买不起。说的时候还故意举起手机和手表。田鑫说了很久很久，两个人都不知道什么时间睡着的。

中午退完房，交完手续，富晶垚和刘长江联系，刘长江让他在宾馆门口等着。

第一次住这么好的地方，他有点恋恋不舍，徘徊着来到院子门口，宋姝玥和张博宇也在这里等人，他打了声招呼，拿起新手机看起来，手冻得通红也没减少他的兴致，不时地搓搓手，也没有留意另外两个人在干什么。

等了半个多小时，宋姝玥的手机铃响起，富晶垚抬头看，她避开了他们接通电话。过了十来分钟，一辆车停在他们面前，刘长江从车上下来，三个人都聚过去，富晶垚这才明白三个人都在等刘长江，但是都没有好意思说出来。

刘长江下车说："这次县上派来开会，昨天就结束，今天专门等你们半天，就我们几个人，刚好坐下。"

富晶垚还没开口，宋姝玥先说："长江哥专门等我们，回去了请你吃好吃的！"他和张博宇跟着道谢，刘长江摆摆手，让他们上车。

宋姝玥坐副驾驶，富晶垚坐后排的中间，张博宇和刘长江分坐两边，稍微有些拥挤。富晶垚有些困倦，上车后摇着摇着就睡着了，一会儿偏向这边，一会儿偏向那边。一路上几个人调侃他是去西安太忙还是学习太累，困成了这样！

车开得飞快，一个多小时就到鹿鸣县城。刘长江要把几个人送回家，然后再去县政府，富晶垚推托他要走回家。

鹿鸣县的雪下得特别小，只在街角的树荫处才会见到曾经下过雪。下车后富晶垚长舒了一口气，摸摸口袋，还剩五百多块钱，他计划明天再去晶沟，回去给谭会计还五百。后面就不再回县城，待在社上还能省钱。

在宾馆培训那段时间，除了路上，房间、饭堂、会议室都有暖气。回到家感觉哪里都冰冷冰冷的。

母亲依然还是那么慈祥地对他，这是仅有的温度。

## 四十八

司机把宋姝玥和张博宇送到家门口。

刘长江出席的这次会议是关于落后贫穷地区的资源开发与保护。全市六县一区百十个乡镇，晶沟乡作为鹿鸣县的资源大乡被县上推荐参加会议，同去的还有青岭镇、牧牛镇等几个乡镇，那两个是旅游资源大镇。

去市上开会，刘长江还有一个想法，就是多认识些人，了解其他乡镇的致富经验。会议结束，他在和其他乡镇长聊天中了解到，牧牛镇的草药种植比较成功，黄姜、天麻种植都已初具规模，是带动当地农业发展的新路子，也是当地村民的普惠性产业。有几个乡长听到他在晶沟乡，羡慕不已，认为稀土矿会解决部分村民的就业增收问题。刘长江在心里苦笑，他没办法争辩。

这次开会他还带着老领导刘主任的嘱托和矿务局路局长见面。晶沟乡虽然是稀土资源大乡，王三豪对他提过开矿办手续的事情。这次到市上开会前去县政府办公室时，他去了刘主任办公室（这也是他的习惯，只要到县政府或者县委开会，他总会去刘主任办公室聊上两句），刘主任也说起开矿手续审批的事情，开矿手续不经过县里，直接由市上审批。

刘主任有意让他先见一下路占廷局长了解一下情况，刘长江没有推脱就答应下来。

那天，刘长江提前到约定的地点，一直等到深夜十一点才见到路局长，路局长先了解了刘长江的情况，知道他是稀土矿所在地的副乡长以后，向他说明了情况：手续合规，乡上助力，县上发力，他们助推，齐心协力，办实、办好。

回到鹿鸣县，刘长江把其他的事情都放下，去刘主任那里汇报见路局长的情况。

见完刘主任，他打算在家里待到下周一早晨再回晶沟。

## 四十九

富晶垚破例早早起床去市场买早餐，豆腐脑、菜盒子、包子、凉皮买了一大堆提回店里面。这也是他上班拿工资以后第一次请家里人吃饭，简单朴素，没有特别隆重的仪式感。

吃过早饭，他去车站坐班车，刚巧碰见赵芳霞，冬天的长袄包裹得她只剩个脑袋露在外面，一张乐呵呵的脸。车站里上车只能在售票窗口买票，他上车把车票递到赵芳霞面前，赵芳霞冲他撇撇嘴，他憨厚地笑笑，坐在她旁边。

他和赵芳霞之间没有那么多的话说，偶尔有一句，说一句，也都是谁的工资多少，谁干了什么，挣了多少钱，更多的是没有话找话说。

从昶河进入太阳花村以后，班车走走停停，赵芳霞和阮海涛时不时下车平整路面，有几次赵芳霞的衣服上糊了泥土，上车擦擦拍拍，笑着说下雪天就是这样，也不在意别人的眼光。富晶垚心想，也许正如内衣口袋里面的那个洞，自己心里面的感受只有自己才清楚。

到中午十二点才到联合社，他挨个儿打招呼，谭会计说还给他留了饭菜，他有些喜出望外，到灶房揭开锅盖，一盘菜下面，一大碗米饭坐在温水上，灶台里的余火持续加热，饭菜热乎乎的。吃完饭浑身也暖和起来。山里的雪特别大，也特别冷，他站在菜地边伸伸胳膊，看到柴棚里的斧头和柴，忍不住劈起来，噼里啪啦的声音很大。

柯礼朝在二楼说："你这是学了半个月，把脑子学好了，回到社上锻炼身体，最少要劈一方柴火才能把身体锻炼得跟得上！"

"这几天下雪，柴火烧得快，小富回来刚好劈柴，没事就多劈柴！"段主任说。

柯礼朝笑出声说："小富！你知道吗！冬天社上锻炼项目就是劈柴，不信你劈上一个月，身上啥毛病都没有了！"

段主任应和着说："小富现在劈柴越来越专业，从开始斧头都握不住，到现在，你们听这声音！"

谭会计也出来说："小富，劈柴要找有结疤的地方劈，一下能劈开才是本事！"

柯礼朝抢着说："你师傅算是说了句大实话，劈结疤的时候力道要大，找准点，一次劈不开后面连一块就难劈。你看看旁边剩下的，都是一次劈不开，扯筋拉绊，后面再劈就难劈开，都放那儿了。"

大家越这样说，富晶垚劈得越有劲，一斧头下去就把木柴劈成两半，别提多有成就感了，更有身体和精神上的释放。柯礼朝觉得嘴上说得不过瘾，从二楼下来站在旁边现场指导。富晶垚劈了一会儿放下斧头扭扭脖子，伸伸手，浑身发热，神清气爽。柯礼朝接过斧头，给他讲解如何劈柴疙瘩。

这种天气没有急事很少有人来办业务。几个人下午在院子里说笑好久，柯礼朝才把手续交给他。

等营业室还有两个人的时候，富晶垚给谭会计还了五百块钱，身上只剩十几块钱。他给谭会计讲他新买的手机，讲培训的事情，没有提和徐馨璐见面。谭会计倒是笑着问他："是不是方便给女朋友打电话？"他也没有吭声。

下班以后，大家各自在房间里烤火，也没人出来。富晶垚在街道上溜达了一圈，觉得太冷，在余光亮那里烤起火。余光亮的火盆是一个铁盆架在废旧轮胎上搭凑起来的临时烧火盆，里面烧的煤炭。小卖部直通起居生活的后院，风从门口吹进来，经过小卖部灌进后堂，烤火与不烤火都特别冷，他待了不到十分钟就离开了。

回到院子里，又冷又孤单，他先去了柯礼朝那里讲培训的趣事，柯礼朝不紧不慢地写着材料，不时搭一句话。他起身上厕所，又去了谭会计那里烤了一会儿火，寻思着自己也得有个火盆，这样才算有一个温暖的地方。

晶沟的雪几乎没有融化，映着惨白惨白的天空。他就着这点光去柴房翻出来一个废旧的脸盆，一个不知被遗弃了多久的轮胎，然后在灶房里填充了草木灰，做成了一个简易火盆。天特别冷，大家都窝在房间里没人在意他，等他在院子里把火生着烧成炭，已经十一点多，其他人都已躺下。他一个人兴冲冲地端着自制火盆到金库值班，因为天气冷，而且第一次费那么大劲生着一盆火，他特别激动，兴奋地把通往营业室的门也关上，暖和地躺下睡觉。

半夜十二点，一阵急促的电话铃声把他吵醒，他迷迷糊糊，觉得恶心，全身无力，头疼得像要炸裂，他想可能是白天坐车冻感冒了。躺了一会儿，伸手去拿手机，一点力气也没有，手没有抬起来，手机不停地响，停了两次都没力气拿手机，他的每一条神经都传递着爆痛，电话铃声还在继续，他用尽全力接通。电话那头是徐馨璐，第一句话："下雪天，特别冷，想你了！"他一激动清醒了许多，断断续续地说着自己的感受。说到天冷生了盆火的时候，徐馨璐提醒他是不是煤气中毒，他才反应过来自己煤气中毒。徐馨璐在电话那头使劲呼喊着他的名字，让他把窗户打开，他艰难地从床上滚下来，爬到铁门跟前，扶着门框站起来，用尽力气、手脚并用才把门拉开，顺势瘫下去靠在门框上大口大口吸气，外面的冷空气吹进来，让他清醒了很多。

电话被挂断，重新又打过来，响了一遍又挂断，又响起来，在第五次铃响的时候他勉强爬到床前接通。徐馨璐在那头带着哭腔问他怎么样？打开窗户没有？他努力张开嘴巴说已经打开门，现在好多了，安慰了几句挂断电话。

过了半个多小时，他恶心想吐的感觉减轻很多，头还是很疼，浑身没有力气，他挣扎着给徐馨璐发了信息说症状完全消失。徐馨璐很快又把电话打过来，他使出吃奶的劲儿一字一句地用力说，像是个正常人。安慰好徐馨璐，挂断电话，他觉得真的好很多了，但是头疼依然没有减轻。他穿好衣服，把火盆端到营业室，倒了杯水，打开院子里的窗户，迎着冷风呼吸。适应了一会儿，捧着水杯在院子里转悠。看着四周雪泛出的光，山美、雪美，心中的徐馨璐好美好美。

一直到四点多他才感到轻松一些，回金库躺在床上就开始打喷嚏流鼻涕，由炸裂的头疼变成前额疼痛。睡觉也睡得迷迷糊糊，浑身发冷。

早晨大家都开始吃饭，他还没有起床，谭会计进营业室看到火盆还说他挺灵性，这么早就把火盆放在营业室暖着。看到金库门没关，站在外面喊："小富，起床吃饭。"第一遍没人答应，又喊了两遍，富晶垚才应了一声。谭会计听到他应声，出了营业室。

此刻，富晶垚不想起床，更不想上班。

他的思想开始激烈地挣扎。他向谭会计借了一千块钱，昨天回来还了五百，还有五百块钱没有还；来时母亲一再交代他要好好工作，父母一辈子没有工作，过得多艰辛……

挣扎了很久，他决定起床，又挣扎了很久才穿好衣服。出门遇到寒风，他冻得直打哆嗦，鼻涕眼泪一样不落地往下流。挪动身子到厨房，其他人都已经吃过饭，他把手伸进灶膛取暖，但是闻到火的味道就恶心。他到餐厅扒拉几口饭，实在吃不下，来到谭会计的房间，只走了一小段路，浑身热量消失殆尽。他蹲在火盆上，燎起的火苗又让他恶心，稀软地躺在椅子上，把脚架在火盆上。

手机响了好几声，是徐馨璐发来的短信，他用几根不太听使唤的手指打下"我都好，没事"，发送过去。

谭会计看到他那样说："你不会是昨天坐车冻感冒了吧？学校那边有个卫生室，去那儿看看！"

富晶垚摸摸口袋，决定再撑一下，他认为自己还很年轻，缓缓就能扛过去。

早晨干什么都像拖了千斤的重担，提钱箱的时候打了个趔趄，差点一头栽下去。他把钱箱拖到凳子旁边，把火盆拖到另一边开起空调。空调开了没多久，段主任也不知是故意下来还是上厕所经过，拉开窗户说："这个空调是五匹的，营业室暖和了就不要再开空调，费电。"富晶垚有气无力地答应着，等他走远，谭会计就反驳："开个空调能费多少钱！"

中午十一点多，来了个人办业务，他站起来，头晕晕乎乎的，两眼发黑，摇摇晃晃地差点倒下去。他感到再不去看医生真的会晕倒，开口向谭会计借两百块钱去看医生，被谭会计说了一通："不舒服就应该去看看，你看你，好像还不是感冒。"他知道应该是煤气中毒加感冒。

那笔业务最终还是谭会计在系统上操作。办理完毕，他请假去村医务室。

一路上跌跌撞撞，深一脚浅一脚，出营业室后越走越轻松，比待在营业室好了很多。

医务室的方大夫和他见过几次面，也知道他在联合社上班，依据他的症状诊断后告诉他，必须打三天吊针，交完钱他兜里还剩几块钱。

惦记着营业室时不时有人要办业务，他问方大夫能不能到营业室里面打吊针。方大夫笑着说别的地方不可以，他们联合社可以，不然以后都取不出来钱。这让富晶垚再一次感受到特殊对待。

方大夫把药配好装进塑料袋，旁边一岁多正在玩耍的儿子看他出去，也要跟着一起，方大夫溺爱地答应下来。方大夫和他的媳妇交代完，一手提着药，一手抱着儿子去联合社。回来的路上，富晶垚觉得两眼发黑加重，头裂的感觉减轻。

营业室里面有几个办业务的人等着他。方大夫给他扎上针挂起了吊瓶。小家伙在方大夫扎针的时候四处看，对营业室里面所有的东西都充满了好奇，这儿看看那儿问问，富晶垚无心回答。挂上吊瓶就开始办理业务。

中午他就听从其他人的建议去余光亮那里买了暖水袋，本来想再买个电褥子，因为没钱只能作罢。

挂吊针的第二天，又到了谭会计去县上做财务报表。这次是段主任替谭会计上班，段主任也知道这种天气基本上没什么事情，大部分时间都不在营业室，偶尔过来也是问他身体状况怎么样。

就这样打了三天吊针，他的身体才逐渐恢复。他给自己制订了一个锻炼计划，每天早晨起床打扫整个院子，一天劈一筐木柴，晚上沿着街道来回跑十圈。

谭会计做完报表带回来工资表，他的工资还是那么多，发到卡上他就给谭会计转了七百。他都不忍心看存折上的余额，要坚持到十二月才能发下个月的工资！他多么期望早点转正拿到转正工资，这样就可以给自己买个电褥子了。

雪化得很慢，天依然很冷，来营业室办业务的人仍然很少。他向谭会计提起夏天的计划——找天然山洞、找鱼洞，谭会计“嗯嗯”地答应着，他慢慢才意识到这是推托的话。

有一天劈完柴，看到每天数钱的几根手指头皲裂得像小孩的嘴，抬眼看到厨房里的鸡蛋，他突发奇想，顺手拿了一个鸡蛋，打开后把蛋清和蛋黄倒在手心，两只手不停地搓，让皲裂的地方得到些许的营养，搓了一阵，伸着手迎着太阳，晾晒了十来分钟洗去手上黏糊糊的蛋液，手得到些许滋润，他觉得还有点用，但是看看那个让他浪费的鸡蛋又觉得可惜，想到母亲舍不得吃的东西让他糟践了，一阵惭愧。

他按照计划坚持锻炼了一个多星期，身体基本上完全恢复。

## 五十

十一月底，外地打工的人陆陆续续回到晶沟，联合社存取款和贷款收息的业务增多，富晶垚忙碌起来。

吃完晚饭天就完全黑下来。他想起好久没去刘长江那里，站在二楼看到那边的房间亮着灯，摸黑过去。出门没多远，蹿出来几条野狗，这里的狗都怕人，听到他过来，“嗖”地窜到路边。

富晶垚敲门进房间，电视开着，刘长江正在看书，见他进来招呼他坐下。房间里比较暖和，除了空调还开了一台电暖气。

“你最近咋不见到我那儿去？”富晶垚问。

“你那儿坐的地方都没有，要电视没电视，咋去？整个屋子都是档案，两个人干坐着！”

“噢，也是的！那个宋姝玥和你咋认识的？”

刘长江没有正面回答，说：“路上人家说你去西安见女朋友去了，真的假的？”

“也不是，主要是买手机！”

“那肯定见着女朋友了！”

“只见了个面！”

刘长江哈哈一笑说：“不用解释了，肯定不是见个面那样简单！”

富晶垚憋红了脸说：“真是只见了个面！”

“见面就见面，年轻人的事情就是见面的事情！”刘长江给他泡了杯茶说，“你看我们家，我在这里，你嫂子在县城，多麻烦的事。你们俩，一个在西安，一个在这儿，更麻烦，有一个人要妥协！”

富晶垚从来没想过这个问题，被这么一说思索起来，刘长江看他在沉思，把书合起来看电视。

过了好一阵，富晶垚说：“我说服她回鹿鸣县，没工作我养她！”

刘长江咂了几下嘴看看他，话语很坚定，富晶垚还处在谈恋爱期的思想麻痹状态，就算是他愿意，对方也不见得答应，真是没有结婚，有勇气说出来这话，但是又不好直接打击他，说：“你和你对象商量没有？她在西安已经上班了？”

对于这个问题富晶垚的内心是恐惧的，他转移话题说：“你们这儿用水用电咋算？跟不要钱似的，空调和电暖气全开？”

刘长江听出他转移话题，说：“我们这儿统一由乡财政出，不用自己掏钱，下派的干部也就这点好。”

富晶垚连连赞叹：“这样也太好了吧，我们那里的费用实行包干制，每个人每年的拨款是定额的，超出了从单位总账扣除，有结余看领导怎么分配。”

“谁让你们工资高！”

“我一个月九百多，一点不骗你！”

“不可能，那是临时工的工资！”

富晶垚听到这句话觉得不妥，大声说：“转正后四千多块钱吧！”

“看看，看看，说实话了，四千多，我才不到三千块钱，你们发工资都知道！”

富晶垚不再说话，转正后他确实比刘长江高两千块钱……

两个人聊了大学时期的事情，越聊相似处越多，只是那个时期谁也没有留意到对方。

晚上回到金库，富晶垚思索着刘长江的话。想着想着被惊醒，他选择忘却这个问题，不想去面对，想起来就隐隐有一种撕裂感，更甚于那晚煤气中毒后爆裂的疼痛。

## 五十一

十一月就这样过去了。

到了今年的最后一个月，各个单位都比较忙，乡上年底的考核直接关系到领导的升迁，所有人都忙着查漏补缺。每个人分管的领域都要做述职报告，汇报这一年工作情况。

袁书记在月初开了动员会，强调还有一个月这一年就过完了，要杜绝各种安全事故和突发事故；保和谐，化解摩擦，减少上访事件，促进乡村和谐；保过冬，排查各村的困难户，确保过个安稳的冬天；强调了要关心、解决困难群众的实际问题。

会后袁书记和刘长江在走廊上碰见，闲聊起这半年的工作，刘长江没有谈太多，也确实没有太多的事情可以用来交谈。

最初的三个月，处于适应期。不久突发自然灾害，救灾统计忙了一阵子。后面静下心来规划工作和未来。唯一欣慰的就是无论多么浮躁，无论看到现实与理想差距有多大，他都没有丢掉看书、创作、思考。主动和被动而来的事情都已经接受。

谈过以后，他和办公室王主任要来去年的考核文件，对照着分管的领域，逐项梳理并记录在工作本上。

乡上的工作汇报，实地考察得出来的结论少，靠层层汇报得出的多。比如村民的年收入和经济增长，都有一个具体的统计口径。他记得那次在富晶垚房间里看到的农户调查表和贷款情况，与各村汇报过来的数据就有不一致的地方。

这里的老大难是贫困户和上访户。虽说百分之八十是贫困户，但是一年下来总得有几户脱贫，脱贫和返贫已经成为常态化。村民种着几亩地，仅靠有体力而没有技术的种植与养殖，让村民收入一直沦陷在底层，很难有特别大的改观。

受灾过去了几个月，县交通局、民政局、财政局，还有移民搬迁办要了很多遍受灾资料，刘长江也问过相关部门，但是救灾资金迟迟没有拨下来。年底他打算再问一下情况，打感情牌把申请的资金拨下来，过了这个月还没下来就指望不上了。

动员会结束后龚自立又问过一次。他又和几个单位的分管领导沟通，交通局和民政局都说已经报到县财政局，财政局则找了一个最直白的借口——要看年底各项支出以后还有没有剩余。贫困县的尴尬就是这样。

## 五十二

要说乡上忙的是查漏补缺，联合社的忙就是实实在在地干事。一年中所有的任务量都要在这个时间汇总，这关系到本年的绩效奖励和来年的任务量。

月初，段主任召开了简会，把县上下达的总任务及每个人的任务完成量做了通报。对于个人的任务完成情况，除了富晶垚以外，其他人都很清楚。

营业室这段时间的业务量陡增，谭会计告诉富晶垚每年十二月十日以后就不准再休假。富晶垚心里盘算着——谭会计每个月十号前去县上报账，十号前基本上发不下来工资。现在兜里只剩十几块钱，就算休两天假也没地方去，不如待在社上，还省钱。

花花一如既往地月初来查银行卡的余额，进营业室不像往常那样欢实地扭屁股，有些怯生生地左看看右看看，营业室还有人办业务，她站在旁边等着，等营业室没人，她快速把银行卡递进来说："查一下余额。"然后踮着脚盯着银行卡。富晶垚刷完卡，提示她输密码，按完键盘后她迫不及待地问卡里有多少钱，还不停地左看右看，富晶垚看她比较谨慎，站起来对着玻璃小声说卡里的余额，花花听后有些气愤，骂道："男人都不是什么好东西！"富晶垚嘿嘿一笑，谭会计转过头说："你咋这样说话！"花花收起卡说："没有说你们！"倚靠在柜台旁边发呆。

营业室陆陆续续有人来办业务，她待了一会儿木然离开。

谭会计见她离开，问："花花上次走之后到现在我都没见她再来过，你见过没有？"

富晶垚不紧不慢地说："她身上的花露水味十里外都能闻到，来了我肯定记得，没来！"

"难不成我猜错了？'十一'真有人带她出去玩，这几天才回来？"

"刚查她卡里面才十几块钱，看她紧张的样子我还以为跟老饼子一样有钱！"富晶垚不屑地说。

"他们挣钱快花钱也快，要是能像老饼子那样存着，应该也不会少。"谭会计喃喃地说。

富晶垚咂咂嘴说："'一包方便面'和老饼子两个人算不算两种职业？这种职业真那么挣钱？"

"咋不算！现在是太平年，少而已！人家挣钱按天算，这上下谁能比得上！"

富晶垚长叹一口气说："哎，说得也对，我这一个月九百多的工资可能真抵不过人家一天！"

谭会计哈哈笑起来说："你咋不说别人见他叫老饼子，见你叫大学生！"

……

富晶垚为心里仅存的那点自尊心和自信心停止对比。

银行贷款和民间借款是社会中两个较大的融资渠道，在晶沟联合社待了几个月，富晶垚渐渐形成了一种思维，晶沟联合社就是这里的经济命脉，是这里主要的货币来源。

这个月的转贷款特别多，为了明年任务，还得控制贷款规模，需要收回部分贷款，这个月的利息收入占全年的一半，业务量自然不用说，成倍增长。

柯礼朝和阮宝山的房间里整天挤满了人，景泽录却不同，房间里只有零零散散几个办业务的村民，就好像考核对他来说也不是个啥大事。每每只有那两个人拿着资料到营业室办业务，富晶垚就出现一堆的疑惑。闲暇时间，他问谭会计："我整档案的时候看到景叔叔的业务也不少，咋就不见他那么忙？"谭会计不耐烦地说："自己的事情操心都操不过来，还操心人家！好好办业务，别出错，短库自己赔。"说完以后似乎觉得这话说得也不太对，又絮絮叨叨地说，"你记得管主任以前说的话没有，个人干工作有个人的办法，那两个是自己忙，另一个是让别人忙！"……

景泽录偶尔才拿过来一堆资料，富晶垚会盯着他看：白了一半的头发，几颗银制镶牙，一开口就是"你再好好想想你这个菜单对不对！"把别人思路带入他的说话方式，他都觉得景泽录是个不简单的人。

谭会计后面断断续续和富晶垚聊起来说："上学的时候，班里总有几个怪才，不是在某方面有特长，而是平时看着不努力，考试成绩却非常好。景泽录属不属于那一种？"

他们办理的一些业务流程和书本上相差比较大，他甚至说过："这样办理风险也太大！"但是谭会计倒是无所谓，说："你没来之前一直都是这样办理，不光你没来之前是这样办，我没来之前也是这样办。"

富晶垚的不安和焦虑积累得像深渊一样空洞。

花花连续几天都来查她卡里的余额，前两天还等到营业室没人的时候再来，后面也就无所谓，挤着往前，一次次地失望，最后当着很多人骂道："那几个畜生，说请我出去玩，花老娘的钱还让老娘陪了两个月，保证讨到账就打两万块钱过来，一毛钱都没打，电话也打不通，哼！真是一帮畜生！"

富晶垚还接话说："你给那边打电话问一下打哪个卡上，是不是这张卡！"

花花怒骂道："我总共就这几张卡，哪里还有其他卡？一帮畜生骗老娘！"

"小富，你别搭话！"富晶垚不再说话。谭会计又小声说："十月一看花花那高傲的样子，八成被人忽悠，如今看果真是被骗了。"

花花出门碰到郗媛进营业室，没好气地哼了一声，好像在说谁也没有比谁高一等，郗媛没有搭理她，更没有停留。富晶垚热情地站起来迎接。等把所有的账户核对完，盖好章，郗媛客气地离开。

谭会计调侃他在这个地方遇到郗媛这样漂亮的美女，也算过了眼瘾。他觉得郗媛虽然漂亮，身材、性格也好，但不是他喜欢的类型。

六号谭会计到县上报账，阮宝山接班。富晶垚到现在也没有搞明白替班究竟是轮着来还是抓住谁就让谁代班。谭会计和阮宝山做了简单的交接就走了。现在的业务，富晶垚基本上可以独当一面，也不用谭会计再交代。阮宝山话不是特别多，不太玩手机，端着杯子站在他旁边。偶尔像不知道业务一样向他请教，让他有自然的亲近感。作为一个初学者还有人请教，他口若悬河地讲解，阮宝山并没有表现出不耐烦和不屑，不住地“嗯”着，时不时还说“噢，原来是这样！”让他更有一种自豪感。

阮宝山也有外勤业务，时不时上楼办理几笔贷款，拿下来交给富晶垚做后续操作。

他代班的第三天，比前两天稍微忙一些。

中午十一点多，阮宝山到营业室办理一笔转贷手续，笑嘻嘻地对他说：“你猜猜这是谁？”

他把资料接过来翻看，“贷款人：胡大勇”，贷款金额也不小，他虽然不认识这个人，看到阮宝山能这么说，觉得也不是一般人，说：“这名字听着耳熟。”

“听着耳熟就对了，千坪村人！”

他“嗯嗯”地点头，又说不出来这个人的其他情况。

“这个人算是个多产业老板，好几个身份，在这里用的这个身份信息贷这点钱，完全是为了留住农户信息，大头贷款在农行和咱们县上！”

他听起来有些好奇，说：“合着贷款背着利息放在这儿，就为维护个人信息！真有钱。”

“你一会儿出去看看开的什么车！”

他边听边在系统上操作。

阮宝山继续说：“在西安他打算买几块地开发楼盘，还打算把千坪村几个山头削了建个停机坪。”

“千坪村的‘坪’和‘贫困’的‘贫’像不像，还能有这么有钱的人，看来名字和谐音相同，实际情况反而会相反。这个人我听隔壁刘乡长提过！”他有些吃惊，又看看这个人的年龄，对阮宝山说，“大不了我几岁！”

“是啊，年龄不大，看着老成！”

他拿出身份证复印件细看，复印得不太清楚，脸上黑乎乎的一坨。

阮宝山见他看身份证，说："人就在我楼上，你一会儿闲了过去谝（闲聊）两句！"他"嗯嗯"地点头。电脑上操作完毕，阮宝山拿着一堆盖完章的材料出去，富晶垚迅速把营业室外面几个人的业务办理完，锁好钱箱出了营业室。

在院子里看到门外停着一辆越野车，又高又大又气派，他绕着车身转了一圈，小心地摸了摸前面的车标，踮起脚透过车窗看车内饰，玻璃上贴着膜，看不清楚，他又看看车标，羡慕不已。看完车跑到阮宝山房间，几个人坐在沙发上闲聊。

阮宝山见他进来，笑着说："胡大老板，刚拿下去的资料都是我们这新来的大学生小富在电脑上操作的！"

富晶垚笑笑说："这是我应该做的！"

"这是真正的大老板，千坪村的！"阮宝山说。

"幸会，幸会！"富晶垚说着上前弯下腰伸出两只手，胡大勇站起来伸出一只手，说："大学生！噢！坐！"富晶垚握完手，站在旁边没什么事，找了个借口回营业室。

中午吃过饭他仍然不忘瞅两眼停在门外的那辆车。

段主任送走胡大勇，富晶垚听到声音飞快地跑出来，不顾其他人的眼光，绕着车看了几圈，一边看一边赞叹，惹得柯礼朝说："没事，你说上去试试，胡老板也绝对给你试！"

他摇摇头说："算了，不是我的车，驾照还没有考。"

等车开走，段主任说："小富，你好好干，以你转正后的工资，攒上几年，肯定能买一辆！"

他压抑着内心的兴奋说："真的吗？"

柯礼朝一本正经地说："你们这些大学生三五年还买不上它，那就太丢联合社的人了！"

这句话是激励富晶垚坚定地待在联合社的最有力的一句话。他心里暗暗高兴，时常独自幻想。

谭会计到县上待了四天才回来，拿回来一堆的文件和工资表。走完程序，富晶垚立马就把不考核的那部分工资转入个人账户，因为有值班守库的钱，这个月工资超过了一千，这是自上班以后工资发得最多的一次，他心里窃喜，高兴地给徐馨璐发短信说工资过千，徐馨璐则说他眼界太低，一个月才一千多就高兴成那样。

还完谭会计七百块钱，他又没剩多少。

十号以后就不能再休假。但是对他来说特别忙，白天在营业室办业务，晚上还有成堆的档案要整理，上次的侥幸让他庆幸，他没有认为自己还会出现这种侥幸的事。这个季度他让几个人按照村组整理好放在会议室，他按照编号一个一个归到档案里。这让他基本没时间闲逛，整天连轴转。但是他心里面很安生。

谭会计回来的时候从县上拿回来几张专款的拨款单，只注明了用途，没有说明申请单位，也没有人过问，就那样趴在账上没有处理。

到月中旬，所有的业务都进入关键期，大家忙得焦头烂额。小景和沈慧亚各拿几张转款单，盖有乡财政所的印鉴，过来取钱，富晶垚对这种临时性财政拨款账户的操作一窍不通，他问谭会计，谭会计也太久没操作这种账户，打电话问县财会部，县财会部噼里啪啦地说了一通，两个人也没有听明白，得慢慢摸索。富晶垚让小景和沈慧亚先回去，等掌握操作步骤后再给打电话让他们过来办理。

晶沟乡政府虽小，财政账户特别齐全，有的账户只进不出，有的账户只出不进，有的账户转账结束后账户不能留一分钱余额，有些账户只能转账不能取现，还有些账户只能取现不能转账，如果转错了，县财政监控系统就会提示，经办人扣钱是少不了的。谭会计只知道财政账户规矩多，具体哪个账户什么要求、怎么处理他也记不清楚。

按照备注用途，三张救灾款，两张补助款，拨款账户不同。谭会计打电话问县上时，富晶垚也打电话向宋姝玥请教，就这样在下午下班时才确定几个账户如何操作。富晶垚拿出手机翻小景和沈慧亚的手机号码的时候，他翻到了刘长江的手机号，通知完小景，他随手拨通了刘长江的电话。他在电话里一通抱怨最近的状况，刘长江说他的情况也好不到哪里去，最近也特别忙。富晶垚顺口说了那五笔拨款，刘长江问他拨款金额。

小景和沈慧亚再次拿着转账单来营业室，他和谭会计按照之前摸索出来的程序操作，双击执行键时富晶垚再次打电话向宋姝玥确认，核对了几遍没问题才按下执行键。就这几笔业务，两个人一直忙到天黑，柯礼朝、阮宝山轮番喊他们俩吃饭，两个人直到操作完才去餐厅吃晚饭。

## 五十三

刘长江在和富晶垚通过电话以后知道他一直向几个部门要的救灾款拨下来了，他挨个儿给拨款单位打电话表示衷心的感谢。打过电话后，他靠在椅子上，今年总算也做了些事情，但是这种事情没办法在述职报告中写上去——总不能写上通过不间断地沟通、催促，县上相关部门向晶沟乡夏季遭受灾害的群众发放了救灾补助。但是他心里面却有种说不出的喜悦。

他合起案头放置的几本书，无奈地看看已经补出来的一堆文案。出了房间站在走廊，看向对面黑漆漆的山坡，随手写下：

**贫乡遇**

试问鹿鸣哪里苦，晶沟的村民晶沟的土，碳沟村里几无树，看那山，看那路，更有村中那几户，二十四节忙里不辞劳碌，数得上几家和睦。一朝急雨山塌又掀屋，凄凄与自救，历历在目，且不管天不顾，且不管冬夏几分寒暑，此时到账温如故。

## 五十四

这段时间，富晶垚感到特别充实，和新来那段时间忙碌的心态差异较大，那个时期更多的是对新环境的不适应和焦虑，现在的想法更多的是把这份工作当成实现生活目标，忘却许多记挂。没有周六周日的盼头，只有几月几号该干什么。

月中旬过后，该到乡政府发工资的时间。吃过午饭没多久，沈慧亚把工资表拿过来，交代这个月的工资有今年补发的部分，还有部分人有调整，让他按照名册和工资拨款账户金额核对无误后再发放。富晶垚手上还有一堆的事情，低着头只管答应，随手把工资单放在旁边。

办的业务越多，他把这件事忘得越干净。下午下班，他顺手把桌面上办理完的资料放在一起，晚上在档案室整理档案，就彻底不记得这件事了。

一年当中也就这几天景泽录待的时间久。他分管的晶沟村也算是经济发展较好的村，总贷款余额大，贷款户数相对较少，但是相对他分管的碳沟来说，却是贷款笔数多，总余额少，相互拉通来看，景泽录的业务数量仍然最少，但是总余额还是最大的。碳沟农户贷款金额大部分都是几千块钱，甚至是几百块钱。村民走投无路才向联合社借款，联合社没有办法才放款，烂账的笔数也比较多。

景泽录拿着几个贷款大户的资料让富晶垚在系统上做后续手续，富晶垚有点心惊胆战，就那么几十页纸，在系统上操作成以后就从账户上转走几十万。富晶垚每次办完都要感慨几句，谭会计就说他操心太多，一再对他强调，如果是本社的信贷员拿过来的资料，放心操作不会出事情。抱怨归抱怨，这是富晶垚的工作，他还得做。

慢慢地，富晶垚发现找景泽录办业务很有效率是有原因的，他特别会利用驻村代办员的作用。但是富晶垚始终记得第一天来时的场景，他也不能理解余俊武很卖力地给景泽录帮忙怎么就那么不受管主任待见，谭会计也刻意保持距离，连他请吃饭都会拒绝。

这段时间，他才发现晶沟村的人还挺多。在给景泽录送材料的时候，他见到村主任阮国安和景泽录所说的有能耐的人，就比如漆主任入户检查的余景龙。在系统上做手续时他还特意把资料拿上去，看这个人的老婆究竟长什么样——会被谭会计说成不顾家的败家女。在景泽录房间里，他看到那个女人穿着带毛的皮夹克，紧身皮裤，尖尖的下巴，长得确实挺好看，整体穿着打扮不像乡下人，更不像两个孩子的妈，倒像是大都市的姑娘。

富晶垚回营业室对谭会计说："其实女人不在乎嫁到哪里，你们都说余景龙的媳妇败家，看那穿着打扮，人家是把自己过好就得了！"

谭会计不认同地说："农村的媳妇，就得踏踏实实过日子，一天到晚整那些花里胡哨的都没用，动不动去湖北、河南，也就余景龙能那样容得下自己媳妇。你看那下面不远的余栓子，媳妇回来就打，打跑了又哄回来，回来又打，那两个真是相反！"

"咋还打媳妇？有这样的男人！"

景泽录在窗户外面说："小富，我给你说，女人你要拿捏得住，拿捏不住后面背着你干些事你知道个屁！"

"我不认同，不认同！"

景泽录用手指指他，笑笑说："你还是个娃，经历过几个女娃，还不认同！"

谭会计扭过头悄声说："你问他敢不敢收拾媳妇！"

富晶垚也没变腔，直接问："你敢在嫂子那儿说这话不？"

"你嫂子就不敢在我这儿拧次（膨胀）！"

富晶垚嘿嘿一笑说："景叔叔厉害！"

谭会计吭吭了几声说："你就不教好！"

景泽录嘿嘿笑了几声上楼去了。

"你说景泽录上个厕所回来还给你说这个，年轻时糊弄没人管，现在也就嘴上厉害！"

这引起富晶垚的好奇："景叔叔一个月也就几天在社里面，其他时间都干啥去了？"

"这，你得问他喽……"过了一会儿补充道，"现在都强多了，主要是县上管得严了，考核跟工资挂钩，不然一个月你都见不上面，谁知道他干啥去了！"

下午，沈慧亚过来问："咋没见你发工资？账对不上？"

富晶垚这才想起来工资还没有发，忙着找工资单。找了好一阵，怎么也没有找到，他有些着急，对沈慧亚说："你那天给我以后看没看到我放哪儿了？"

"我咋记得你放哪儿了，那天周五，我有事，这次账又麻烦，就没催你，你自己想！"

富晶垚里里外外开始找，大厅不断有人办业务，他在找的同时还得办业务。

"你别着急找，先想想放哪儿了！"谭会计说。

沈慧亚没好气地说："反正我给你了，你自己找，乡上好多人都在问这个月工资咋还没有发，你找到了下午就把工资发了，不然殷所长明天就过来找你们段主任的事，你们后果自负！"说完头也不回地走了。

"这个野丫头，咋说话的！你好好想想，查一下工资账户上有没有钱！"

富晶垚查财政工资户头，账上不是零，还有很多钱，工资确实没有发。他开始毛躁起来，把营业室里能翻的地方全都翻了个遍，打着手电把保险库也翻了个遍，垃圾桶也没放过，把前几天的传票全都翻出来，一张一张看，也没找到。谭会计也帮忙找，能想到的地方全都找遍，也没有找着。

吃饭的时候富晶垚心不在焉，谭会计安慰说："找不到东西的时候多了，最后不都找到了！"

"那最后都是怎么找到的？"

"你好好想想当时的情况！"

富晶垚努力回想那天的经过，营业室里没有，会不会在柯礼朝、阮宝山或者景泽录那里，会不会他们办理转贷款业务的时候把那两页纸夹在资料里面拿走了。饭还没吃完，他就挨个儿到房间里翻找那几天的资料。终于不负大家的努力，柯礼朝在他的一堆资料里面找到了，柯礼朝干工作就是一个字——“慢”，按照他的进度，说不定明天也就整理出来，顺带再给富晶垚戴一顶高帽子，然后把工资册给他。

柯礼朝找到以后拿着工资册看起来，这个事情引起了全社轰动，工资花名册找到以后大家都凑到一起看起来。

大家一致认为安红霞站长发得太少，至少要比袁书记多一倍才行。大家把所有人的工资评论完才把工资册给富晶垚。富晶垚到营业室用夹子夹在电脑屏幕上，提醒自己明天上班第一件事就是发工资。但他心里还是不踏实，睡梦中还在操心这件事。

## 五十五

第二天早晨不到六点他就起床进营业室打开电脑，系统还处于关闭状态，他又回金库睡了个囫囵觉。大家吃早饭时没见他来才喊他，他没顾得上吃早饭，启动电脑录起来，录完又核对了一遍，双击执行，电脑上弹出来一个对话框“金额有误”，他开始发慌，心里有一大堆的疑问。他一个账户一个账户地核对录入金额，和工资花名册全部相同，电脑显示屏比较小，他感到眼睛酸痒难受。

正当他一筹莫展的时候，谭会计进了营业室。他怯生生地把这个问题告诉谭会计，谭会计随口说：“你把两个总额先核对一遍！”

富晶垚退出操作界面，查看账户余额，系统和花名册差一毛三分钱。富晶垚把这个问题告诉谭会计。谭会计自己在电脑上操作，打开工资账户明细，这一毛三分钱刚好是上一个结息期账户结转的利息。工资账户设置的是发放到个人账户后账户余额为零，对于这一毛三分钱，两个人都犯了难，不知道该咋办？

谭会计拿起座机和县财会部门沟通，沟通了半天只能转到财政临时账户，富晶垚按照要求把多出来的利息转到临时账户以后，总数字才对得上。他又饿又冷又激动，营业厅里面挤了一堆办业务的人，不停嚷嚷着里面在干什么，好在谭会计几句话吼完也就安静下来。核对几遍无误以后他才按下执行键，这次没有提示，系统非常流畅，一个一个的账户显示转账成功，他长长舒了口气。

谭会计黑着脸说：“小富啊！你心态有问题啊！太毛躁，沉不住气，这不就解决了，你看你刚才着急的样子，天塌不下来！”

富晶垚赔笑说是。他一直在担心沈慧亚那句话——“后果自负”。至于没有按时把工资发放到个人账户究竟要负什么责任，他也不清楚，反正是心里没底，这句话就像锅盖扣在他头上。

当乡政府还沉浸在即将到来的元旦假期时，联合社也到了一年当中最忙的阶段。最后几天，过多的转贷手续导致账面余额畸高，一笔一笔都要分毫不差地算清楚。每天都得加班到深夜，等理清楚营业室这一摊还得整理档案。涉及迁户、转村、销户、迁出等情况，还得具体问包村信贷员。他每次深夜经过阳台看到隔壁乡政府里零星的几盏灯火，都会思索那里面的人一天都在干什么，竟然有那么大一幢楼的人。

忙起来的时候，他和徐馨璐发信息的次数减少，更顾不得给家里面打电话。

年底最后一天，没有特殊情况就不再办理贷款业务，主要控制存款余额，为来年的任务做准备。

段主任吩咐他时刻关注联合社总账户余额，他也第一次知道联合社还有个法人账户，这个账户上的金额是考核本社最关键的数据，需要时刻关注它的变化。

谭会计不停地打报表、算总账，做各种统计。

下班后开始轧账，这一年所有的辛苦与付出都用数字体现出来。对于每个人完成的任务情况，谭会计就会和段主任两个人从报表上统计，在分配个人任务数字上，两个人还会对每个人平时工作中对社里面的帮衬做平衡。

最后一天晚上，谭会计和段主任一直忙到深夜十二点。

富晶垚和几个外勤倒是清闲下来，除了富晶垚会这儿串串那儿坐坐，其他几个人都比较安静，就连平时话比较多的柯礼朝也用嘴示意——段主任和谭会计在隔壁忙着呢，不要大声打扰到他们。也许更多的是不要引起隔壁的注意。大家都在静等最后的结果。

# 五十六

元旦，意味着新的一年开始，也意味着旧的一年结束。乡政府的人都已在休假的路上，联合社上一年的工作成绩单也出来了，这段时间没有新贷款也没有存款，是一年中最清闲的时间。

吃过早饭，大家都一改昨晚的谨慎，就连柯礼朝都会说：“咱们也难得可以抱着手等天黑，不用担心任务，好好玩两天！”

整天也没几笔业务，富晶垚有种空落落的感觉。下午下班他去隔壁乡政府，院子里静悄悄的，没有一点生机，只有殷所长叼着烟站在阳台上，看到他进来，打趣说：“今年能发多少钱，又是十几万吧！”

“我才来，没有那么多！”

“才来也不下十万吧！”

“哪有您说得这么夸张，没有没有！”富晶垚很多次都想问：“为什么每次过节都见您在这？”但是觉得殷所长年龄大，两个人之间代沟太深，见面除了说钱的事情，没其他说的，也就作罢。

联合社统计出来以后，紧接着县考核组就会过来。这几天难得大家都在，吃过饭就围在一起闲聊。

富晶垚说起了殷所长一年四季都在单位里。

“去，去，去，你知道个啥，人家家里面啥情况你知道？人家的喜好你知道？”

富晶垚不再说话。

段主任说：“小富，你不知道。你景叔叔和殷所长之间是啥关系，你知道？你今天这杠抬错了！”

其他人都笑起来，富晶垚只能蹭着脸笑。

他又开始了闲晃、劈柴，有人喊他他才进营业室办业务的悠闲时光，他觉得又闲又无聊。

这段时间在外打工的人回到村里，本来一天见不着几个人的街道能看到穿着时髦、一簇一簇的人。经常有提着大包小包来营业室办业务的人，富晶垚也计划着给家里买些什么，给徐馨璐买些什么。

这个地方就余光亮一家小卖部，他在小卖部看了好久，里面大部分都是城里过时没有销路才拉到这里出售，价钱还不便宜。还有很多临近过期的产品。

余光亮搬了个小板凳让他坐在火盆旁边，烤着火晒太阳，没有话说的时候就看来往的行人。偶尔有人来店里面买东西，余光亮的眼光都很独到，他能说出大部分人的名字和这些人的父母。余光亮的闺女余丽娇时不时地出来打个下手，富晶垚也会斜视两眼，他会将余丽娇和徐馨璐做对比，山里女孩也有山里女孩的美。

在余光亮店里面待腻了，他就走几步去蔡老板的饭店里聊上几句，他发现余老板和蔡老板家有个共性，都是家里女人干事麻利，善于精打细算，男人都老实干巴，听女人指挥。

一连聊了几个中午。

在富晶垚看来，来来往往的行人都是正常的赶路人，余光亮看的却不一样。有人走过他都会招呼一声“吃了！”“上哪儿去！”，等人走远，无论好坏，他都会唠叨几句，好像不说几句就缺点啥。

这天天气有些阴沉，余光亮看到富晶垚在外面抱着火盆就多加了几根木柴，火烧得更旺。不知道从哪儿冒出来几个老太太，买了坐垫和蜡烛，还有一些红白布，买这些东西也算稀松平常之事，在这种地方，乡政府都经常停电，更别说旮旯犄角的农户。老太太买东西的时候神秘兮兮的，付完钱匆匆离开。余光亮挨着他坐在火炉旁边，说：“富主任，刚才那几个老太太买的东西你知道干啥用？”

“不敢叫我主任，社上人听见了不好。你进这些东西不就是卖的？这里经常停电，为过年备些东西吧！”

“你还真说错了，这几个人是乡里有名的信神的教徒。”

富晶垚没有明白信耶稣是个什么事情，问：“什么是信神？”

“加入哪个党派没有？”

“没有，写过几次申请书，还不够格！”

“加入党派是你的信仰，信神是刚才那几个老太太的信仰，在这里特别普遍，但都偷偷摸摸。”

富晶垚若有所悟，说：“你说信神我还以为是说什么事情。还是这档子事，你说老太太信这个我还信。”

“看！看！你看见刚才买的蜡烛、红白布了吧，有人进入，有人离开，办这种仪式的时候，要把神的眼睛蒙上。上边有一家专门有个地方弄这个，有次我给人送袋面粉，过去看到过！”说完好像看了恐怖片一样，表现出一副复杂的表情。

富晶垚头皮就有些发麻，他在电视上看到过那种地方总是阴森瘆人，说：“这不就是迷信吗，怎么还有人信？”

“乡下就是这样，你传我，我传你，有病都不看，信这能除灾除病，死了以后还能升天，信徒多，这上下的老太太大都忙着信这！”

“这没人管吗？”

“有谁管，人多了管不过来！”

富晶垚有些茫然，说：“真怕走火入魔，那就乱套了！”

越这么说，余光亮说得越起劲，开始唠叨村里的怪人怪事。有一个人信这，想他出嫁的女儿，睡梦中一夜走了一百多里路，早晨就到女儿家；还有哪家信这，家里死的死、跑的跑。总之说得神乎其神，让富晶垚觉得是在听聊斋，他实在听不下去，起身回联合社，余光亮在后面“哎！哎！”地喊：“我还没说完……”他也不回头。

天阴沉沉的，回营业室的路上他不停地四处张望，余光亮那几句话让他心里有些害怕。回到营业室坐在电脑前也不怎么说话，谭会计偶尔唠叨两句，他也不接，谭会计也没有发现他有异样。

快下班他感到压抑，实在憋不住和谭会计说起了老太太买蜡烛信神的事情。谭会计倒是很不屑地一连说出来几个人的名字，并且说在这里很普遍，尤其是老头儿老太太，好几家都是一个人信神带着全家人信。说罢，谭会计反问：“你说他们不信这，一天那么多的时间怎么打发？”然后像余光亮一样絮絮叨叨地说起一些道听途说的事情，说这些人年纪大了，每天只吃两顿饭，身体还硬朗，一群人上上下下做祷告，这更像是他们的社交活动，而不是像余光亮说的那样是鬼怪志谈，举的事例也差不多，但谭会计觉得那是“扯鬼经”。

晚上他没敢四处走动，早早进金库值班，关灯以后他总觉得哪里有一双眼睛在盯着他，阴暗恐怖，害得他蒙着头睡。

## 五十七

元旦三天假，刘长江一直在家里面陪付莹莹，两个人也处于好久不见的甜蜜期。最后一天他去了刘主任家里，去的时候带了些水果。

刘主任也算是他去了晶沟以后了解县里情况最直接的人。在他眼里，刘主任做事情有些让人琢磨不透，就比如去市上开会见路占廷局长，当时他觉得是为他介绍关系搭桥，后来觉得更多的是投石问路。对于刘主任从教师转行到政界，从乡镇干到副县长，再到县政协主任，他内心还是非常敬佩的。刘主任的儿子刘琪琪是独子，在外地还没有回来。

刘主任最大的爱好就是养花、观奇石。县委分的老房子客厅都比较大，刘主任的半个客厅都摆满了奇花异石，刘长江也曾赋诗二首：

**半厅园**

半厅迎客半厅园，怡情享乐最当年。
高下错落总相宜，异花怪石妙可言。

不赞洛阳牡丹芳，不赞广西石琳琅。
苏州园林相见绌，春夏秋冬不二裳。

刘主任也觉得他这《半厅园》还不错，但是并没有写到他心坎上，在他看来更像是半心园。他自从退到二线，更多的是把以往搜罗来的石头和花草按照自己的意愿一点点装扮起来，醉心其中，成为闲暇的一部分。自夸在本市无出其二。

刘长江作为一个北方人，只在书本上看到过奇花异石的装扮，看到刘主任半厅园的点缀，真是觉得恰到好处。也就是刘长江这样夸的时候，刘主任才会显露出难得一见的满面春风。

两人聊了将近一小时，刘长江才从刘主任家离开。临走时，刘主任还特意叮嘱他，关心困难群众的时候也要适当关心在外工作的人，以及他们回乡的需求。

元旦假期结束，他回到晶沟等着县考核组下来考核，乡里最重要的年终考核关系到领导升迁。临近过节做好防火、防盗、防诈骗工作，后期的工作重点是让村民安全过春节。

元旦过后，袁书记要求召集几个村的村主任和支书开会。刘长江的讲话稿简而精，着重强调了自己分管领域需要防范的事项。但是无论他语言上多精彩，对于那些大老粗来说讲得都差不多。

会后龚自立和余西峰一起到刘长江办公室说起夏季灾害补发救灾款的事情，余西峰不是特别能说，笑着看他。龚自立滔滔不绝地说了其中的几个事情，他耐心地听着。

龚自立说救灾款发下来能让好几家过个好年，特别感激乡上那个年轻的乡长。他说完受补助的几家的情况以后，又谈起了受灾较轻的几户，借用别人的话说补助款不均衡，再用自己的话把这些人数落了一遍。

刘长江听了半天才反应过来。但是具体每一户怎么发，很大一部分由村里根据实际受灾情况决定，他没有做任何干预。他问了龚自立受灾农户家里面的状况，问起怎么个不均衡。龚自立又开始用村民的口气说不满，刘长江还想问就那么多救灾款和不均衡之间该如何平衡时，龚自立却把那几家人挨个儿说了个遍。说完以后提起过年慰问款和明年能不能把退耕还林款要下来。

龚自立说到间歇处，余西峰提到通村水泥路的事情。这个刘长江也比较关心，现场给县交通局的副局长打电话，副局长电话里说快了，至于什么时间也没说，只说这是发改委和他们一起承担的项目。

龚自立提的几个问题当中，刘长江除了慰问款能给个定数，其他的都由不得他。等龚自立把所有的事情问完、说完，刘长江问了村里面几个贫困户，又打听了刘主任交代的几个人。

## 五十八

元月六日下午快到下班时间，郝慕强主任带着两个其他部门的人来到晶沟考核。郝主任在县联合社里排第二，是常务副主任，主管除人事之外的所有工作。过来的时候带来了考核文件和工资表。几个人在院子里寒暄了一番，郝主任跟着段主任上楼。

柯礼朝经常说这个领导油盐不进，富晶垚也听说郝主任做事特别严格。看到郝主任过来，大家心里都有些慌，尤其是富晶垚，没了主见，大事小事先问谭会计，然后再做。下班后谭会计让他一个人收拾营业室，他觉得不妥，拉着谭会计一起，哪怕是他做谭会计在旁边看着都行，还不停唠叨着："万一被发现了怎么办！"谭会计也摸不清楚郝主任的套路，虽然嘴上说："你这个娃让你柯叔叔的几句话说上头了！"但终究还是跟着富晶垚走完所有的程序。

晚上照例出去吃饭，郝主任加上晶沟联合社几个人一起去了蔡老板那里。郝主任不喝酒，但是大家得用酒和他碰，他猜拳、打扑克牌，输了喝一杯茶，其他人喝一杯酒，他茶叶都换了好几遍，其他人酒也喝了好几瓶。

八点多，谭会计要回联合社值班。

郝主任伸出手示意说：“不要紧，离得近，有啥事大家都来得及反应，等会儿一起回！”

富晶垚担心郝主任会像漆主任那样，说得都好，但在考核报告里仍然被当作反面案例，站起来说：“上次考核就开了个门，后来被通报！”

一桌子人都嘿嘿笑起来。郝主任用手指指说：“上次什么证件都没有要就把人放进去的是你？到这儿上班多久了？”

富晶垚站起来说：“四个多月。”

“毕业就过来了？”

没等富晶垚开口，段主任说：“毕业就过来，娃不会说话！”

郝主任也就没再多问。

所有人一起吃到十点多才结束。回联合社那段路，经常乱窜的流浪狗一只都没出现。

七号早晨，按照程序需要首先检查内勤个人上年度的工作汇报、本社文件管理、出纳管理的传票和库存情况。富晶垚九点多把这些材料收集好交到会议室，中午下班就喊他拿下去。

中午富晶垚去蔡老板和余老板那里买了些菜，厨师在灶房里做。下午检查信贷档案，这次抽查比例较大，富晶垚按照郝主任随机抽点的结果拿了好几趟。

下午五点多，阮宝山告诉他档案已经检查完毕，让他把档案收起来，还让谭会计把所有的报表拿上去，然后笑着对富晶垚说：“看你一脸严肃的样子，没啥大问题！”富晶垚绷着的脸终于笑了一下。

他和谭会计每个人抱了一大摞报表到会议室，里面空调、电暖气、烤火盆都用上，窗子开着还特别暖和。富晶垚将档案抱进档案室，把地方腾出来，摆放好报表，向郝主任打了声招呼出门。

下班，他和谭会计把所有的办公物品按照程序入库，就一起在谭会计房间看电视。看了没多久，楼上有人喊谭会计到会议室拿报表，两个人一起上楼来到会议室，里面的人都已经撤走，几摞会计报表整齐地摆放在那儿。

已经这个点了还没有提晚饭的事情，富晶垚继续回谭会计房间看电视，等到快七点，楼上有人喊：到段主任房间开会。

郝主任做了开场白，然后笑呵呵地拿出几个信封发给大家表示慰问，本来紧张的气氛变得愉悦。下来通报考核结果，表扬了富晶垚按照程序索要了文件和工作证才开营业室的门，其余的问题还是沿用以往的表述，如对账单的公章折角验印问题，信贷档案中各项漏填不规范的情况，为了完成结息率部分利息象征性结几块钱，对下面代办员的管理疏于表面，等等。大多的共性问题都一带而过，总体分数比上次低不了多少，景泽录的考核分数最低，阮宝山的分数最高。大家悬着的心都落下了。

段主任已经在学校定了饭，会后大家一起过去，走路得二十多分钟。考核组的另一个人提议路程比较远，饿得受不了，开车过去。郝主任没有发声表示默许，段主任乘坐考核组那辆车先过去，社里的几个人步行。

考核结束大家都很放松，信步朝学校走去。路上讨论起这次考核扣分的事情，富晶垚没有钱扣，也就没有主见。阮宝山说考核得不错，他就跟着说不错；谭会计的分数比上次高一些，也说好，他跟着附和说考核得挺好；景泽录气愤地说考核得非常不好，柯礼朝也说考核有失公允，富晶垚也跟着说对。无论谁说啥都会问一句："小富，你说是不是？"他都说是。后来大家不再说考核情况，开始说他的定力有问题，同一件事，说好也是他，说坏也是他，大家都说他是墙头草两边倒，拿他开涮。富晶垚极力为自己争辩。

"县上领导都在那儿等我们，咱们还这么慢，脸真大！"谭会计咳咳说。其他人听到这话虽然有不屑，但都加快了脚步。

到学校餐厅就发现谭会计的话显然有些多余，提议开车的考核组成员在几个人进门时说："不好意思啊！我们没有等你们先开始了！"桌上已经留下两个炸萝卜丝饼空盘。

几个人按顺序坐下，郝主任还是没有端酒杯用茶水和大家碰酒。富晶垚观察，郝主任猜拳摇骰子一样也不落下，定好的规矩他都遵守，只是别人喝酒他喝水，不失为一个参与者来愉悦自己。富晶垚这次没有隐藏自己的酒量，放开了喝，由于喝得太急，有些头晕，趁着间隙到外面转悠。

学校已经放假，从后厨的高地看到柯携敏房间隐约还有灯光。他从宋大厨那里要了份萝卜丝饼，在厨房找了份报纸打包，一面吃一面往那个方向走。吃着东西让他忘记四周寂静给他带来的害怕，吃了一半留了一半。掀开柯携敏的门帘，另一个老师也在他房间里，正看着电视，屋子里的煤炉上炖的东西咕嘟咕嘟响特别香，他瞬间觉得刚吃的饼丝已经不香了。柯携敏见他过来招呼他坐下，他把饼丝递过去，两个人都已吃过饭，象征性地拿了点。

富晶垚打起炉子上的主意，确实太香，嘴里面饼丝留下的滑腻感带着唾液让他不停地吞咽，他忍不住问里面炖的什么。柯携敏说米酒、花生、甜肉，刚炖没多久，明天的早饭。他还是忍不住多看了几眼，心里面盘算着毕竟学校都已经放假，说不定厨师把他们这顿饭做完也就放假，柯携敏明早吃饭也是个麻烦事，就不要再打它的主意。

三个人看着电视闲聊了半个多小时阮宝山打过来电话，富晶垚这才道别，临出门时说："你们明天没人做饭到我们那儿去，我管饭！"

两个人打趣他那里是金融重地，闲人莫入！富晶垚摆摆手，表示欢迎他们过去。出门后他三步并作两步跑到食堂。刚进门段主任就举着酒杯说中途离场要喝酒，郝主任也赞同，说："还以为你回去值班，结果在闲逛。中途离桌要喝酒，不然就要当你没去值班，写在报告里。"富晶垚有些担心，一连喝了好几杯。

八号早晨吃过早饭，考核组成员到营业室把应扣的绩效划转完。段主任带着郝主任慰问村里的代办员去了。等一行人离开，院子里响起摩托车的声音。

富晶垚扭头看谭会计想要说点什么又没有说出口。

昨天晚上的红包里有一块纪念币和一千五百块钱，着实让他兴奋了好久，这个月已经存了两千块钱，可以买好多东西。

还剩二十多天就要过年，徐馨璐也快放假了。段主任出去慰问还不知道什么时间回来，休假和过年值班还得等他回来才能确定。富晶垚就这样在心里盘算了一中午。

## 五十九

每年年底，县委办公室和县政府办公室会对各个乡镇进行考核。虽然准备充分，但是这件事一直在刘长江心里面悬着没有落定。等了好几天也没见考核组下来。他打电话问其他乡镇，有些已经考核结束，情况各不相同。

这期间，余西峰打电话问了好几次慰问的事情。他心里寻思着应该不是余西峰的意思，而是龚自立让他问的。

考核组来的时间也不确定，维稳又是工作中的重点，他就顺着余西峰的话给龚自立打电话，商量着这几天去碳沟做年前慰问。乡上统购的米面油放在一楼库房，他叫来龚自立和余西峰，领出几份物资装在几个蛇皮袋中，拴在摩托车货架上，骑着摩托车去碳沟。

这里家家户户虽然都有地，平时也种小麦、玉米、花生，但是贫困户还都特别喜欢挂面和大米，不用再多费其他力气加工，做起饭来也方便。

慰问的第一家姓胡，是个独门独户的七十岁老人，佝偻着身子，满脸皱纹。家里三间土房，收拾得还算干净。龚自立带着刘长江提着米面进屋时，屋里还有个女孩，交谈中得知女孩叫胡娜，是老汉唯一的女儿，已经好多年没有回家，元旦的时候回来可把老汉高兴坏了。老汉说胡娜本来要把女婿带回来，因为女婿家临时有事就没来成。三个人坐在屋里喝茶，也不知道女孩是有意还是无意，把放在里屋的行李箱搬了出来，行李箱滚出来的时候拉链也散开，从箱子里面散出来几摞整捆的现金，这让几个人很意外。胡娜也没有解释，迅速收拾起行李箱拉回里屋。

离开的路上，龚自立说，几年没见胡娜，这次回来给胡老头子带了那么多“东西”。刘长江也有些诧异，一个女孩回来怎么能带那么多现金，外面世界的钱都这么好挣吗？！

第二家是一对六十多岁的夫妻，整年劳作，但是山神不佑、孩子不管，家里没什么起色，住在几间窝棚里。刘长江送慰问品的时候，老两口弯着腰向他絮叨了好半天，讲着一年如何辛苦，家里发生哪些遭灾的事情。刘长江有种说不出的滋味，虽然日子在变好，但是人一旦上了年纪，手脚就开始不利索，所有的事都会心有余而力不足，农村人信奉着“养儿防老”的老话，可是他们这个年龄，儿子也面临自己的事情，对老两口不管不顾，家里真是西荒（可怜）。几样东西让老两口夸了刘长江半个多小时。

剩下几家有好也有坏。刘长江挨家跟着去了一遍，也算是摸了个底。

最后一家去了佘三娃家。佘三娃时而清醒时而糊涂，那天慰问的时候还给他家单独多带了一箱方便面。老头儿也明白张口不骂送礼人，没有发脾气，拉着刘长江开始诉苦，诉了一阵苦以后拉着刘长江看瘫在床上的老太太，房间里的白炽灯照不到方寸的地方，只看到老太太一张黑漆漆的脸，阴森得可怕，老太太听着声音搜寻说话人的位置。佘三娃一直抓着刘长江的胳膊不松手，呜里哇啦说个不停。靠着刘长江宽慰的几句话老太太搜寻到位置，正脸看过来，从喉咙里发出一串声音，几个人都没听懂，龚自立也安慰：“现在大家都是这样，我们这里，好能好成什么样！”刘长江也宽慰道：“有什么需要你给我们说，能解决的我们尽力解决！”能听到老太太清楚地说了一个“谢”字，其他的还是那喉喽喽的声音，刘长江就这样被佘三娃用力地拽着站在床边，听两个可怜人诉说了一个多小时的苦难。三个人轮番宽慰，龚自立和佘西峰进出转了好几次，说了好多次时间不早了，你们先做饭吃，佘三娃才松开手。

出了佘三娃家，刘长江耳边除了嗡嗡的说话声，还有那扇破窗户上的塑料纸哗啦啦的声音。佘三娃进门时拉他有些急，加上房间实在太暗，他没有注意到房间的路面把脚崴了，他没有吭气，单脚站立，另一只脚不停活动来缓解。在摩托车旁边他大致看了脚脖子和被佘三娃用力抓着的胳膊，两个地方一样酸疼，就着手机屏幕的光能看到胳膊上留下了五根深深的指头印。

大半天时间，龚自立带着刘长江把需要慰问的人走访结束。此刻，弯月像是最懂刘长江的心，照着他孤独的回乡政府的路。

回房间暖和了一阵他站在走廊上看着对面的山，还有带着灰气的天空，思索着也许只有山里人才能懂得山里人的艰难。感到一阵寒气袭来，他回房间看书写作，王主任敲门告诉他这次晶沟的考核由县政府办公室主任刘胜利带队，从各个局抽调几个人后天过来，让他准备好自己分管的材料。

第二天下午上班，袁书记召集乡上所有人员在四楼会议室开了紧急会议。袁书记对每个人分管的人和事都做了强调。顶楼的会议室是个大会议室，两台空调开着都不起作用。袁书记讲了两个多小时才结束。

会后，刘长江对照年初工作计划和去年的考核文件逐项梳理了一遍。他分管的党建、计生、信访、宗教、碳沟等事项都比较稳定，一年中没有发生大的事情，唯一不确定的是佘三娃。他靠在椅子上回忆着那天的场景。能做的也就这么多，来不来生事也由不得自己。他长吁了一口气。

早晨十点多，两辆车停在乡政府大院，下来五个人。组长不是昨天通知的刘胜利主任，是县城建局抽调的梁副局长，袁书记把人迎到三楼，小景和沈慧亚已经泡好茶。闲聊期间，梁副局长让袁书记召集副股级以上的人开会，人数也不多，会议室特别冷，会议的时间也比较短，会后梁副局长依据考核文件做了分工。刘长江回到房间把他需要提交的资料拿上楼，他掂量了一下，还有些分量，到这里已经半年多。

刚出门就遇见殷所长抱了一大堆的账务资料，他那矮小的身材有些吃力。刘长江还想，财政所这一年竟然做了这么多的账。他把材料拿到袁书记办公室交给梁副局长，其他的人和部门的汇报材料交到会议室，会议室里由小景负责照看。

梁副局长和袁书记在办公室聊得正高兴，刘长江把东西放下打了声招呼，袁书记叮嘱："考核组一年都来不了一次，会议室冷，把后勤保障好！"刘长江应着准备出去，梁副局长说："你这儿也太冷了！把取暖的都用上，不要给袁书记省钱！”刘长江连连说好。

来到大会议室，安红霞站长、王刚股长也都在里面，刘长江感觉会议室里不是特别暖和，叮嘱小景把空调温度调高一些，寻思着自己房间还有个小太阳可以带上来。县上下来的几个人当中，有一个看着面熟，但是叫不上来名字，向他点头打招呼。民政部、武装部和社会事务部的事情也很多，但是王刚只准备了一小沓材料，他心里有些犯怵，又想这块不在他分管范围内，也没说什么，再看到安站长密密麻麻的手记台账，笑着说：“看安站长这一年多有分量！”

“那都是领导火车头带得好，我都是瞎忙！”安红霞说。

出了门看到殷所长一只手叉腰一只手叼着烟，昂着头，嘴唇微动，自言自语轻声重复说：“我们的账都没问题，全部的账都在这里，都有袁书记签字，一笔都没问题！”刘长江微笑着点点头。

小景跟着他下楼取小太阳。说：“你把你房间里面的电炉子拿走了，你取暖咋办？我记得库房里好像还有一个！”

刘长江听后看看小景说：“有最好！”

两个人来到一楼库房，在一堆杂物下面翻出来一个电暖气，小景拿着上楼。

下午五点多考核报告就出来了，袁书记让王主任通知大家六点半召开全乡考核通报大会。梁副局长坚持下午在食堂吃晚饭，开完会就回县城，袁书记交代徐国平把伙食弄好。

六点半刚好是晚饭时间，王主任通知所有人在大会议室开会。大会议室里两台空调都被打开，大家还是冻得直跺脚。会议内容很简单，通报完考核情况就结束了。

会后，梁副局长带着考核组在乡食堂先吃，其他人随后。一向喜欢在走廊上说三道四的殷所长这次也等到梁副局长吃过饭以后跟着其他人一起。在其他人在食堂狼吞虎咽的时候，梁副局长乘车离开，两辆车很快就消失在暮色中。

车一走，袁书记叼着烟对徐国平和刘长江说：“梁副局长工作效率高，一天检查了一年的工作！”

徐国平附和着说：“袁书记说的是，县上这些副局长比局长难打发！伺候好了、坏了都是个麻烦事，伺候好了体会不到咱们在这儿的艰难，还以为我们都在这儿享福！伺候得不如意在县上到处说人不是！咋都难办。”

袁书记转身说："王主任，通知大家吃完饭开会，你们先过去我一会儿就到！"

晚上的全体职工大会时间就比较久，袁书记滔滔不绝地讲了一个多小时，十一点多才结束。

乡上一年当中最大的政治任务已经完成，整体考核指标都还比较高。无论是什么原因待在晶沟乡政府，也不管用什么方式待在这里的工作岗位上，一年当中给出这样的考核结果也算是对坚守在大山里的他们最大的肯定，毕竟晶沟乡还有一千多人住在这里，总需要人管理，组织全乡正常运转。

年底杀猪，安站长忙着检疫还得忙着收印花税。殷所长也没太多事，以调侃小景为乐。忙的整天忙，闲的特别闲。

偶尔有人进乡政府，各找各的负责人，很少有人找刘长江。他一直惦记着刘主任说的要见的那几个人。

## 六十

自从富晶垚从学校回来以后，经常回味柯携敏煨的那缸子甜肉，实在是太香了。

他花了九十块钱从余光亮那里买了个烧煤球的火炉，从蔡老板那里买来了煤球。也算是强行从蔡老板那里买来，因为买的时候蔡老板不停地嚷嚷着他都不够烧，不卖，富晶垚还是找了纸箱，装了五十多块。分几次搬回联合社，堆在自己房门外的楼道上，占了一部分过道，惹得柯礼朝说了他几次，他又把煤球搬到了柴棚。

烧火的物件准备齐全，他又从灶房里找了个很久没用的洋瓷缸，也还算是个囫囵物件，只是外面掉了几块大漆。厨师说这个洋瓷缸以前用来装香油，有次掉进个老鼠淹死在里面，管主任就不让再用。他没管厨师说的真假，拿钢丝球、洗衣粉、洗洁精洗刷了好几遍。又利用他管伙这点便利，从蔡老板那里买了花生米和猪后腿肉，又从厨师家里讨了些醪糟，在自己房间里点着炉子炖起来。他试着炖了好几次，都没有那天那么香的味道，他每次只吃一点点，吃多了就会腻。他给刘长江打过电话一起过来吃甜肉，刘长江说正在考核，也就没能过来。他分给了柯礼朝和谭会计，几个人吃过以后都说好，也都说少点什么，富晶垚问他们具体少什么，他们又说不清楚。他想可能少的是学校里面沉淀下来文化气氛，也就懒得再炖，炉子也就扔在房间的拐角。

富晶垚有些泄气，下班后除了在谭会计和柯礼朝房间看电视着实没有新奇的想法干其他事情。

混沌中，有一天，柯礼朝告诉他下班后带他去个地方吃好吃的。富晶垚问他："啥好吃的？"柯礼朝神秘一笑说："大补的东西，冬天吃这个对男人来说特别好，去了就知道！"他一听略感激动和兴奋。下班后收拾完毕他就到柯礼朝房间，柯礼朝也在房间等着他，两个人晃悠悠出了大门。

路上柯礼朝不停用手指指河对面，说一些乡村里的野闻趣事。冬天的夜晚黑得早，对面隐约亮着几盏灯，他也没搞清楚柯礼朝究竟说的是哪家。

两个人沿着大路往下走了半个多小时到了那处十几户人家的聚集地，顺着羊肠小道往上，几户人家呈阶梯状，在中间一户人家道床上停下来。

"老二，老二！"

道床另一头的一个男人回喊："这边！"两个人走到那头，一股血腥味扑鼻而来，富晶垚用鼻子吸吸说："这杀的是啥？腥味这么大！"

"问那么多干啥！一会儿你吃就行了！"

富晶垚看到一个男人拿着刀正在剥一只比兔子大、比猪小的动物，剥皮的嘶嘶声有些刺耳。

"这货，冬天吃了大补，东西放对了没啥腥味，吃起来香！"老二说。

富晶垚有些好奇凑近看，原来是只土狗，他从来没吃过狗肉，更没见过杀狗。屋檐下的白炽灯照着板子上正被剥皮的死狗，升起了腾腾的雾气，两人用力撕扯着皮毛。

"你们离远一些，一会儿血溅到你们身上！"老二说。

"狗血还能辟邪，那有啥！"柯礼朝对正弯腰看的富晶垚说："小富，用指头蘸点血点在额头上，消灾避难，保你明年啥都顺利！"话里带着几分讪笑。

富晶垚听了有些心动，觉得柯礼朝说得对，伸手去蘸血水。

"你就听柯主任在那儿胡说，狗血辟邪都是电视上骗人的，你看到哪里有人为了辟邪杀狗将狗血点自己额头上的？"

富晶垚嘴里面嗯着，把蘸了血的手指头缩回去放在灯下看了看，从口袋里掏出纸擦擦说："狗血还是流动的，我以为会凝固！"

"狗血、鸡血都属于热血，猪血是温血，温血冷了会凝成块！"

富晶垚也不知道对错，"噢"了一声。

“你们俩先回屋里坐，外面冷，这里马上就收拾完！”

“收拾这些你在行！”柯礼朝应着和富晶垚晃悠着回堂屋。

堂屋正中生了一堆火，铁架子上面撑着一口大锅，里面的水已经咕嘟咕嘟冒着泡，屋里火比较旺，但并没有熏眼睛的感觉，特别暖和。火炉边围了一圈人，有三四岁的小孩还有七八十岁的老人，他瞅了一眼没有一个人认识。柯礼朝对着那群人招招手，和一个没有牙的老人聊起来。

作为一个合格的蹭饭人富晶垚基本上什么也不说，什么也不问，没事就往火堆上添根木柴，或者出去看看到了哪个步骤。

老二拿着一张冒着热气的皮进堂屋，在灯光下说：“这次剥得不好，有几处烂掉了！”伸出指头指着那几个洞。

柯礼朝贴近眯着眼看那张皮，老二指着肚子的地方，说：“这狗是老狗，特别肥，皮和肉粘在一起！”

“是的噢！”柯礼朝应着。

老二拿着皮出门，柯礼朝问：“这是哪儿的狗？”

老二回话的声音比较微弱，被噼里啪啦的火苗声盖住。不一会儿另一个人提着木桶进来，把锅里的滚水舀了半桶提着出去，富晶垚也跟出去看，那个人在桶里加了凉水把整只放在桶里来回摆，水溢出来溅得哪里都是，冲洗完剁成小块。那张皮挂在旁边的晾衣绳上，旁边还有三根树棍支起来的木架，上面的绳子上挂着一只狗头。

这个点已经到了富晶垚吃晚饭的时间，他肚子有些饿，外面待久了就有些冷，他回堂屋烤火。没多久老二提着桶回来，里面盛了半桶肉，提到柯礼朝面前，说：“看着不大，还有半桶肉！”揭开锅盖，全倒进去，加了些香料炖起来。富晶垚又添了几根粗木头，火烧得更旺。老二的媳妇也已经把萝卜白菜等配菜准备好，还拿出电饼铛烙起锅盔。炉子四周围了十几个人，眼巴巴地看着锅里炖的肉。

火噼里啪啦地响，慢慢地整个房子里都是肉味。

煮了一个小时，老二的媳妇把萝卜放进去，萝卜煮好以后把配菜再放进去。老二抬过来一张方桌。又炸了花生米，炒了几个菜，拿出来一壶散装白酒给几个大人每人倒了一满碗。等吃上肉已经快九点。

这里的待客之道是无论客人年长还是年幼，第一碗都盛给客人。当第二碗盛给富晶垚时，他看到围坐的人当中有一位年龄特别大的老爷子，拉扯着让老爷子先吃，柯礼朝示意——端给你你就吃吧。这个点他也饿得够呛，端起碗就啃起来，也不知道是太饿还是太香，他吃了两大搪瓷碗炖肉，一大碗烧酒。

老人和小孩每个人吃得嘴上都泛着油光，老头子嘴上已经没牙，慢慢地用上下颚磨着。

富晶垚站起来摸摸圆滚滚的肚子。

“咋样，说带你吃好吃的吃上了吧！”柯礼朝说。

富晶垚“嗯嗯”地点头，起身去院子里活动。月亮和星星正在当头，偶尔有附近的邻居传来一声闷叫，也听不清楚说的什么。

正在院子里转悠消食，柯礼朝来到他旁边，两人走到三根树搭起的木架前，柯礼朝看到挂着的狗头，揪起耳朵来回摆弄，狗的额头上还有一簇毛。他揪起耳朵向着灯，是一簇黄毛，柯礼朝用力喊：“老二，老二！”

老二端着碗出来问：“吃得咋样？”

柯礼朝没有搭话问：“这不是上边董家嫂子家的狗吗？”

“吃都吃了管他谁家狗？”

“这狗腿是不是还有点瘸？”

“没瘸腿，你看那皮，腿上都是完整的！”

柯礼朝感到气氛不对劲，笑笑说：“没有啥，我就问问！”

老二端着碗继续说：“你看上边那些老狗，冬天冻死的不少，冻死还不如让人吃了是不……”说起了吃的理论。

柯礼朝没有应他。

“外面冷，进屋坐。”

“好好，吃撑了，四处转转！”

老二没再说话回屋去了。

柯礼朝走了几圈，到门口说：“老二，时候不早了，我先走，你没事到我那儿坐！”

“你放心，这条狗不瘸，不是董家嫂子的！”

“你看你，我就问一下，走了，没事过去！”也没等老二再说什么就走了。

柯礼朝一直沉默着往回走，走了一段路，忽然听到一阵零星的狗叫声，他这才张口说：“董家嫂子那条狗特别通人性，很小的时候还经常带下来玩，老吃屎，哪儿的屎都会扒拉出来，后来突然就不吃了，特有灵性，我还抱过！”这话像是对富晶垚说，更像是自言自语。又走了一阵，说：“后来在路上被大车碾断了一条腿，成了个瘸子狗，还是很通人性，不再乱跑！”然后问富晶垚，“小富，你说这狗是咋通人性的？”

“养久了，能领会到人说话、做事的意图，还能闻到每个人的味道吧！”

柯礼朝“噢”了几声，若有所思。接着又说：“后来也不知道从哪里来了好多野狗，一群一群的，几十条，这条狗也跟那些野狗混，整天不着家。”说完叹了口气，“咋今天就变成碗里的肉了！”

“不会，老二都说不是那条狗！”

“你听老二的话年都过错了！他是个农村人，为了口吃的啥不会说！”

富晶垚不说话。又是零星几声狗吠。快到联合社的时候，柯礼朝说他有些恶心，富晶垚问他是不是酒喝多了，他摇摇头没说话。柯礼朝不停地打着嗝，富晶垚突然觉得自己也有些恶心。

已经到大门，院子里亮着灯。

“咱们俩沿着街道转转再回去！”柯礼朝说。

“好。”

不知是不是吃了狗肉，身上有股怪味，经过余光亮门前时，几只流浪狗从蔡老板家对面的草丛里窜出来，没有像往常那样吼叫，灰溜溜地走了，把两个人都吓一跳。余老板和余丽娇正把外面的东西往回搬，看到他们俩过来打了声招呼。

走到核桃树下两个人折回来，刚走过余光亮的小卖部，柯礼朝没有忍住吐在路边。富晶垚见状也想吐，忍着不停地拍着柯礼朝的后背，柯礼朝从口袋里拿出纸擦了擦嘴。

“吃个狗肉还吐成这样！”

柯礼朝摇头说：“喝多了，喝多了！”

回到联合社两个人各自回房。富晶垚睡到半夜觉得全身燥热，坐起来凉了一会儿才继续睡。后面睡得还比较安生。对于他来说也不知道谁是董家嫂子，也不知道这狗怎么灵性、有啥坏脾性。

年跟前的日子里大家都急匆匆的。在急切的盼望中段主任回到联合社，回来时醉醺醺的，说话时舌头都捋不直，进院子在窗户外喊谭会计上去。半个多小时后谭会计才下来。进营业室对富晶垚说：“过年不安排你值班，七天假，你可以一次休四天！”富晶垚高兴坏了，他急切地盼望见到徐馨璐，而且能在一起待四天。

他查看了银行卡余额，还有两千多，一时觉得有很多的东西可以买，但是具体买什么也不确定。

段主任给营业室还分配了一件事：年前要慰问几家信用好的特困户，营业室负责采购十五户慰问品。

谭会计让他买东西的时候他连连摆手说："我不知道老余家啥东西好，你去买吧！"

"这些以前都是管老头儿负责，管老头儿走了自然就应该你来办！"

对于这种采购，富晶垚觉得买的东西好了大家都高兴，买得不好就是个事，大家都是乡里乡亲，花了钱还被人在背地里说太不值当。谭会计这么说完，他硬着头皮应下来。十五份东西总共拨两千块钱。他和徐馨璐说起这件事，徐馨璐给他出了个主意。

这上下只有余光亮一家小卖部。这会儿办业务的人少，他按照徐馨璐的主意拿了纸和笔去余光亮那里把米、面、油的种类和价钱全记下来，这几样的差价也比较大，库存都充足。当说到准备十五户的时候余老板还说以前不到十户今年还多出来几户。

他把价钱分类记录后拿回营业室，和谭会计商量着怎么样组合比较好。谭会计拿着算盘噼里啪啦算起来，算完以后用笔圈起来，告诉他这样买，剩余几块钱还能给灶上买几袋盐。富晶垚照着单子在余光亮那里定好，他前脚进营业室，余光亮后脚就骑着摩托车拉了几袋面粉到院子里，他把面粉卸在台阶上，又回去拉油。不久，余丽娇坐在后座上扶着几箱油进了院子。富晶垚看到余丽娇在搬货，犹豫着要不要帮忙时，余丽娇已经把油全堆在面粉旁边。没到中午，采购的十五份物资全部到位，富晶垚当场把账结了。

要说周边的人愿意和联合社打交道也就因为结账快，不拖泥带水。余光亮从营业室拿到钱在手上啪啪拍了几下，说："那边啥时候结账能像你们这样利索，我这生意就好做了！"谭会计嘿嘿一笑，说："你要对那边那些人厉害些，他们结账肯定快！"余老板摇摇手出了营业室的门。

按照段主任的安排，所有人每个人两份，剩余三份分配给营业室慰问乡里信用好的困难户。

谭会计接到这个任务说："好事倒是好事，但也是个负担，你看还得我们送！"虽然这么说，但他还是用一张白纸写了三户的名单让富晶垚拿给段主任。

富晶垚接过名单问："那每个人那两份怎么办？"

谭会计哈哈一笑说："你想送给谁就送给谁，过年谁还没有个朋友要走！"

富晶垚听得也不是特别明白，"嗯"着上楼。

段主任看着名单，嘴里面咀嚼着东西，点了好一会儿头说好。富晶垚把名单拿下来说了段主任的态度，谭会计说："每年不都是这几户吗！"拿起名单看看又放下。

吃过午饭，大家都站在台阶上晒太阳。谭会计对富晶垚说："咱们俩中午不休息，我骑摩托带着你把附近两家东西送过去。"

段主任听完笑起来，说："小富，不知道有一家女娃回来没有！回来了还能让谭会计给你做个媒！"

谭会计跟着说："就是的噢，我都忘了，上边那个汪寡妇家有个漂亮女儿，大专毕业，好多年都没对象，小富这个子……"话说一半，然后好像第一次见他，上下打量，然后接着说，"怕是配不上人家！"说完哈哈笑起来。

柯礼朝听完也笑起来说："上头汪家那个女子，小富亲嘴怕是要带个小板凳！"几个人笑得更欢了。富晶垚有些扭捏地说："我有女朋友了！"

"有女朋友，没结婚都不算！"几个人附和着："就算是结了还有离的，你是没见过那个女孩。"

……

吃过饭，富晶垚把两桶油装在纸箱里，摞在米面上面捆在谭会计的摩托车货架上。

富晶垚背对着谭会计坐在摩托车上抱着后面的东西。出联合社，摩托车跑得飞快。谭会计骑了二十多分钟停下来，指着路边的一户人家说："就是这户！"富晶垚看这地方挺好，背靠缓坡，离乡路不远，四周没有遮挡，太阳从早晨晒到下午。

谭会计在路边喊："大嫂子，大嫂子！"里面传出来两个声音"哎""家里有人"。

"你听汪家女子回来了，拿上东西走吧！"

谭会计解开绳子，提起一袋米放在富晶垚肩膀上，从纸箱里提出来一壶油递给他，又把一小箱挂面放在他另一只手上，说："你要好好表现一下，成不成你得显出你身体好吧！"富晶垚没有反驳接过来。他肩膀上扛着米，左手提了一桶油，右胳膊夹着一箱挂面猴着腰往上走，样子相当滑稽。从乡道到汪家还有三层楼那么高的斜坡，他摇摇晃晃、走走歇歇。谭会计提着一袋面已经站在道床上，他还在路的半中间。他上到道床上的时候，谭会计正和母女俩说着话，年轻的女孩穿着长款羽绒服，个子比谭会计高半个头，旁边一个女人佝偻着身子，非常单薄。富晶垚走近，谭会计说："这是我们社新来的大学生，正式工噢！”

佝偻的女人说：“面生，以前没见过，第一次来吧，进屋坐！”

“你们先走，我俩把东西提进去！”谭会计说。

个子高的女孩说：“我提一样吧！”说着把油从地上提起来，富晶垚扛着米和一箱挂面进屋。女孩在前，他跟在后面，只能看到女孩的后背。

堂屋里一个火炉，旁边坐了个男人。

“呀，屋里还有个稀客，没打扰你们说事吧？”谭会计略带失望地说。

佝偻的女人说：“不打扰，我们没说什么！坐吧！”

几个人把东西放下围坐在炉子周围，大中午屋里开着灯，堂屋正中贴墙放着一个又高又宽的木质家什。

谭会计和年长的女人聊起家里的情况。富晶垚没有直面看那个年轻女孩，四处张望整个房间，斜眼在年轻女孩身上，那个女孩个子高不说还挺漂亮，旁边那个男人看着年龄比较大，脸上像月球表面一样坑坑洼洼，个子和谭会计差不多高，一直没有说话，面向火炉发呆。富晶垚听到谭会计和佝偻的女人说她的病情，情况不稳定，也没钱治疗，一直在家里面，女孩从南方回来，不打算在那边当幼师了。

聊了十来分钟，谭会计说还有一户要送，起身告别，佝偻的女人也没有挽留，不停道谢。

出门下陡坡，谭会计说：“你这娃，没那好福气啊，旁边坐的是人家女婿！”

“这个女孩个子是真高！”他赞叹道。至于长得漂亮不漂亮他自己是看到的，还不能在谭会计面前直白地评论。

“个子高咋的，又轮不到你！”谭会计嘿嘿笑起来。笑完转成阴郁的表情说：“男人姓汪，过世前还是村上的支书，前几年得癌症走了。女的姓董，前年底也查出来乳腺癌，做了切除手术，手术过后没钱住院，一直待在家里面，你说这一家，还非要把女儿拽回来！”

“怎么两个都得了癌症，要么是住的有问题，要么是吃的有问题！”

谭会计回头看了一眼，说：“这一块，太阳从早晨能晒到晚上，能有啥问题，就你一天鬼话多！这都是命啊！”

向山里又骑了不到二十分钟来到一户人家，房子比路面矮，是个一层砖房，大门敞开。谭会计站在路上喊：“袁老师，袁老师，我们来了！”一边喊着一边把米和面提到富晶垚肩膀上，自己提着油和挂面下坎，到了门前才从家里出来一个瘦小精干的老头儿，后面跟着一个拄着拐杖的小脚老太太。富晶垚把东西扛进堂屋。

谭会计扯着嗓子喊：“过年来看看你。”

袁老师半张的嘴开始上下翕动：“我都是快入土的老头子还劳你们惦记，年年都来！”嘴巴张到最大的时候能看到牙床，没有一颗牙，不说话的时候，嘴巴半张，深邃得像山洞。

老太太听到老头儿这么说跟在语气后面溜。

谭会计又喊：“最近身体咋样？”一连喊了好几遍。

老头儿笑着点头说：“劳你操心，都好！”老太太又跟着说。谭会计又扯着嗓子问了家里面还种地没有，生活上还有什么困难。就那么几句说了十来分钟，富晶垚开始还听，后面就在门前转悠。

终于，谭会计喊：“我们走了！”富晶垚跑过去笑着向袁老师挥手示意。

来到摩托车跟前，谭会计清了清嗓子说：“和年龄大的说话真费喉咙！”咳了几声。

刚来的时候富晶垚背对着风没觉得有多冷，回去的时候正面迎风，冻得他缩在谭会计身后。谭会计一路上像风一样飞驰，用了四十多分钟到联合社，他冻得满脸通红，鼻涕不停地往下流，下车就飞跑进营业室打开空调，跺了一阵脚才暖和些。

## 六十一

刘长江最近的主要任务是防火、防煤气中毒、防突发事故，以及化解基层矛盾。龚自立每天打电话汇报村里的情况，虽然没有什么大的情况，但是每天都需要填写好几页表格，占据了他工作的大部分时间。

晶沟稀土矿二十号放假，放假那天中午要结清工人的工资。

按照以往，王三豪前几天会给乡上报备这件事，顺带邀请袁书记、徐国平、刘长江等几个乡上主要领导前去监督。

矿上最后一次发工资对于乡上来说也是件大事，这一次的工人工资除了小部分人通过联合社发放以外，大部分人通过现金发放。富晶垚问过前来取钱的司机，司机说为了避税，另外就是新开的矿洞手续不全，避免被查出来。

发现金的这部分工人想法各异：一年就这一笊篱，来年还说不清楚来不来这儿干，矿上有矿上的记账方法，自己有自己的记账本，无论当时说的怎么样，年终发钱肯定不能吃亏，和自己记的账一致那便罢了，稍有问题就会大吵大闹。由于资金量大、偶有胡搅蛮缠的工人，王三豪都会邀请昶河派出所的人前来维持秩序，保证顺利进行，这个时候所长龚志刚都会来。顺利的话半上午就能结束。

这天上午十点半了王三豪那边都没有给乡上打电话，也就说明今年还比较顺利。

十一点多，王三豪派来两辆车，袁书记、徐国平、刘长江都在前车，等到三个人坐好也没等后车就启动。速度比较快，不到二十分钟来到矿区。在王三豪的办公楼前停下来，王三豪站在门口把几个人迎上楼。

二楼客厅摆放了两张大圆桌，其中一桌已经坐了几个人，刘长江一眼看到了派出所所长龚志刚，另外一桌有昶河供电所的所长王鹏，主座和旁边几个位置空着没人坐，王三豪把座位安排好，刘长江被安排在龚志刚旁边。刘长江穿着毛大衣，龚志刚穿着警服，他看看龚志刚，说："这两件衣服搭配在一起好，警民一家亲，小时候也想当警察，后来学着学着想法也就变了！"龚志刚不停地摆手说："有时候喘口气都难，早晨七点就过来，刚坐下！"……

聊天中刘长江看到王三豪在袁书记身边贴着耳朵说了什么，两个人一起出去。好一会儿，王三豪一个人进来招呼大家，餐桌上摆满了瓜子、酒、糖和凉菜，满满一大桌。大家聊到十二点多另一桌也已坐齐。

所有人都东张西望等着开席，袁书记和王三豪簇拥着一个人进来，刘长江这桌的人大半都站起来，另一桌只有零星几个人站起来。刘长江不认识这个人，跟着徐国平放下手中的瓜子站起来，徐国平远远地说："景司长回来了，难得回来一趟！"声音不大，但是刘长江已经听清楚。旁边的龚志刚听到，也站起来。景司长坐定主座，袁书记和王三豪分坐两边，景司长向大家招手，说："都是这儿的人，不分彼此，大家都坐！"刘长江看景司长，四十多岁的模样，戴着眼镜，头顶几根稀疏的头发遮不住那发光的头皮，一身锃亮的皮夹克，个头和自己差不多，中间隔了三个人，能看到炯炯有神的眼睛。

他前几天还给千坪村村长打电话问景司长回来没有，千坪村村长段先明说今年可能不回来了，没想到今天在这里碰见。

王三豪站起来举起酒杯说："难得景司长今天到我这粗鄙之地，我是个挖土的，也只为了那一口饭，景司长贵为京官，能到我这大老粗的地方来也是我王三豪这几年积下了福气，下面让景司长给咱们说两句！”

景司长站起来谦虚地说：“王矿长这话有抬高的成分，都是靠着这里的山、这里的水长大的，只是它养我前半生，养在座的后半生。我也是第一次来矿上，王矿长刚才带我大致看了下整个矿山，养活了不少人，还处在矿脉地段，你说挖土就不合适了，有如此规模的矿产资源，王矿长用‘攫’更合适。借王矿长的贵地，大家共饮这杯酒！”说着端起酒杯一饮而尽，大家也都站起来喝了杯中酒。刘长江听完觉得温如春风，润脑润心，距离拉近了很多，没有给人那种高高在上的压抑感。

大家刚喝完，王三豪站起来说：“景司长这么大的官，说话多谦虚，水平高，真高！”伸出一个大拇指在桌前晃了一圈。景司长摆摆手，笑笑说：“哪里，哪里！”伸出一只手抬起来说，“大家吃菜！”夹了面前的鱼肉。

这一桌子整个气氛都比较静，主座的几个人吃着说着，大家都侧着耳朵听那几个人聊着什么，偶尔夹菜。另外一桌倒是喝酒猜拳好不热闹。

吃了半个多小时，突然一个身材魁梧的妇女一把推开餐厅大门。站在门口，看到这么多人有些惊慌失措，一手扶着门一手搭在门框上略微压低着声音喊：“王三豪，王三豪！”邻桌的一个人迎上去喊：“嫂子来了！”王三豪挺着肚子站起来叹了口气走到门口，拉着女人出去。邻桌有人悄声说这是王三豪的媳妇，很少来矿上，今天怎么过来了。刘长江看看这个女人的背影，又看看郗媛，两人差别太大，一个婀娜多姿，一个壮硕矫健。邻桌的有人跟出去。景司长面部的笑容没有任何变化，和袁书记窃窃交谈。郗媛低着头没有任何反应，过了几分钟悄悄地离开宴席，出了餐厅。

大多都知道其中的原委，没有在意。

刘长江想找个机会在景司长面前介绍一下自己，一直等着。

过了半个多小时，邻桌有人先回来，王三豪也跟着回来，没有坐下，举起酒杯说：“不好意思，家里的事没处理好，我自罚一杯！”喝完又招呼大家，“在我这儿大家可别客气，放开了吃，放开了喝！”

矿上喝酒的规则是打通关，一次十二杯酒，从王三豪开始。他端起酒杯和景龙碰了一杯，说了些恭维话。两个人猜拳，景龙输了七杯酒，王三豪输了五杯酒，王三豪把五杯折在玻璃杯里，一饮而尽，景龙只喝了一杯，剩下的袁书记和其他几个人分着喝。刘长江一杯都没有轮上。

等王三豪一圈结束，大家开始分头敬酒。

不停地有人向景龙敬酒，刘长江插了个空到景龙跟前恭维几句以后做了自我介绍。景龙像其他人那样非常客气地站起来夸奖他是后起之秀，刘长江近距离凝视景龙，看到最开始那种炯炯有神的眼睛里充满了空洞，像包含了人世间的一切，也像空无一物。刘长江要了联系电话回到座位上。

刚才安静、略带压抑的气氛随着喝酒和矿上自有的那股野劲被带得活跃起来，每个人都在拼酒量。喧闹声响彻整个餐厅。

突然，门又被重重推开。一个瘦小佝偻的干巴老头儿站在门外，侧着身子拼命喊：“王三豪，王三豪，你个砍头的，在哪儿！给我出来！”喧闹声盖过了老头儿的嘶喊声，当再一次捶门，伴随着叫喊声时，餐厅才瞬时安静下来，大家都看向老头儿。王三豪有些愣住了，刘长江定睛看——这不是佘三娃吗？他怎么从那么远的地方过来！

邻桌几个人走过去把老头儿往外拽，老头儿异常倔强地抓着门把手，腿勾着门框，嘶喊：“王三豪！王三豪！我找王三豪，你给我出来！”

任凭几个人怎么用力，老头儿就是不松手。喊叫声和撞门声不断。几个人拉了十来分钟都没有把佘三娃拉出去，王三豪走过去说：“三大爷，吃了没有？没吃我让厨房给你做，想吃啥给你做啥！”这时坐在旁边的龚警官也起身走过去，对着佘三娃说：“有什么事你说，别大喊大叫！受什么委屈了你说，这么多人都在这儿，都会给你评理。”景龙身子往后，靠在椅子上，仰着头没有看那边，也没有说什么。

袁书记侧身说：“景司长，咱们吃！”景龙还是那种姿势，轻轻哼了一声。袁书记没再说话静坐在那里。

刘长江压低着声音说：“佘三娃的事情本来也不怪王三豪，他儿子出事都这么多年了，王矿长还有乡上都做了不少工作，他还是放不下！”景龙这才坐正，侧着耳朵听刘长江讲。

佘三娃看到王三豪过去松开门把手的同时用力拽住王三豪的手臂，使劲吼起来。

龚警官说：“你声音小一些，有事说事，别耍无赖！”

一个瘦小的老头儿面对五六个壮汉，仍然死死拽住王三豪不松手。但是气势上已经弱了很多。

邻桌有人说他今天来得正是时候，赶到乡上这么多有头有脸的人都在，好逞个威风，没有人敢动他。

佘三娃在一群人的拉扯吼叫声中出了餐厅。

被佘三娃这么一搅和，本来活跃的气氛再次降到冰点。邻桌仍然有人评论。徐国平侧着身子像看戏一样看着眼前发生的事情，不时地夹一口菜。

又过了半个多小时，王三豪进来，满脸通红，笑着说：“不好意思，出了点小状况影响大家兴致，我让厨房炒了几个菜，三大爷吃三大爷的，我们吃我们的！”说着举起酒杯说，“我自罚三杯！”

景龙站起来举起酒杯说：“中午我来矿区刚好看到三豪正在给工人发工资，几百号人！三豪也不简单，大家看着他表面风光，今天也看到了，家里面、矿上都要兼顾，我敬三豪一杯！”邻桌有人起哄说：“敬王矿长一杯！”

这个时候，作为晶沟灵魂人物的景龙对王三豪做出的评价起到了绝对作用，袁书记站起来，举起酒杯说：“来来，敬这个不简单的矿长一杯，所有人要喝起啊！”大家喝尽了杯中酒。气氛再也没能活跃起来。

景龙又吃了一会儿跟王三豪窃窃私语了几句，王三豪带着他出去，袁书记、徐国平，还有千坪村的村主任也跟着一起，刘长江料到景龙可能要离开，起身相送。刚到门口，王三豪让大家都回去，他和袁书记送景龙，大家都在门口止步。

等转身，刘长江看看剩下的人，如果一直在这儿，肯定会被灌醉，不如出去遛遛。他在门口停了一会儿出门站在阳台上，能俯瞰矿区绝大部分。他想看全部，又上了一层，在三楼阳台来回走动时，看到佘三娃在一个房间里吃着、喝着，面前摆了好几道菜。刘长江又到另外一边，这边刚好能看到体育器材的厂房。现在已经放假，整个矿区没有人，有个倩影在体育器材那儿。他定睛一看，这不是郗媛吗！

看了一会儿，他下楼到王三豪办公室，敲敲门，开门的是王三豪的老婆，刘长江叫了一声“嫂子”，王三豪的老婆说：“三豪没有在这里！”刘长江“噢”了一声笑着转身去餐厅。酒桌上已经七零八落，他找了个借口下楼，一直在矿区晃悠，心里有一种说不出来的感觉，念了他随手写的一首小诗：

**这一世**

如果几世之苦让我在这一世承受
如果几世之福让我在这一世享用
那么
在我这一世
不愿修化为人
我愿放弃超越万灵的躯干
我愿放弃七情六欲的思维

羽化成一棵
胆小的
生长在悬崖峭壁的小草
经风雨摧残
历阳光露雪侵蚀
恫恐高之畏惧
承受那极致的美景
承受那噬本之绝望
而无思无言
无被怜悯而被照顾之苦
经尽必须承受的一世
当一切归于无
愿来世的那一颗种子
长在那草原
长在那海底
长在平凡里

刘长江漫无目的地溜达了半个多小时，王三豪给打电话让他去办公室一趟，并没说有什么事情。

二楼办公室的门半掩着，他敲门，王三豪喊他进去，办公室里只有王三豪一个人。

王三豪说了几句招呼不周的客套话，拿出来一个红包递给他。

## 六十二

富晶垚去余光亮那里买厨房用的东西，酱油调料选了一大袋，装东西的时候余光亮随手抓起一把糖塞在他手里。富晶垚双手轮换推脱，余光亮那鹰爪一样的手不停地把他的手往开拨，他觉得实在是盛情难却，就把糖装进口袋。付完账，提着东西问余光亮年前什么时候打烊。刚说没两句，花花进商店买东西，和余光亮套起近乎，说起话来有些飘飘然。昨天清算完工资，有个矿工想带她回老家过年，那个矿工还是个单身，刚给了她五十块钱让她买些零食在路上吃，下午坐班车离开。话语里充满了期待与骄傲，余光亮问她是矿上哪个人，说不定还认识，花花思考了半天才说别人都叫他“老王”，至于全名她也不怎么记得。当余光亮问那个人是不是个子有些矮，还有些胖时，花花补充：“上次我看他身份证比我大，就一直叫老王，名字忽然想不起来！”余光亮听完哈哈笑起来。

富晶垚在旁边和花花打了声招呼：“你们都放假了！”

“我们昨天把钱清完就放假了，你们啥时候放假？我一会儿要去你们那取点钱！”

“我们不放假，你啥时候来都行！”

“你们不放假！那挣那么多钱有啥用？”话语中带着轻蔑。然后把挑选的一堆零食放在余光亮面前要结账。富晶垚没再说话，准备离开小卖部，过道很狭窄，他侧着身子从花花身边擦过，余光亮小卖部的调料味都遮不住她身上的花露水味。到门口，他转身对余光亮说：“我走了！”

“没事过来烤火！”

花花叮嘱：“我一会儿去取钱！”

“随时欢迎！”

回去的路上他心里有种说不出的感觉。花花个子和他差不多高，不用打扮都有三分姿色，就是辨识力不行，真的是谁的话都信，而且还敢信。

联合社一下午都没人来，也就没见花花过来。下班的时候他还和谭会计说起中午在余光亮那里看到了花花，花花还说下午过来取钱的事。谭会计说：“花花这样的女人，有些说不清楚！你觉得她可怜，人家一天比你玩得都潇洒；你说她不可怜，前后被多少个男人糊弄。她说取钱，你查过那么多次，她卡里面超过一千块钱？女人啊，也得有脑子。”富晶垚觉得谭会计说得对，这次会不会又被她说的那个“老王”给骗了。

下午吃饭，刘长江给他打电话让他晚上过去，他有些兴奋地答应着。

放下碗筷他就直奔乡政府找刘长江，谭会计调侃他：“你又去找乡上那个野丫头！你收拾不过！”

富晶垚已经出了院子，说：“不是。”

进刘长江房间，安红霞、沈慧亚都在，里面暖烘烘的，中间茶几上摆放了瓜子、苹果、锅巴等几盘小吃，还放了扑克牌。刘长江打招呼他说：“快过年了也没请大家一起吃个饭，昨天矿上放假，人家前天晚上还有加餐，咱们自己给自己加餐，邀你们过来打牌闲聊！”

“哎，早知道我就不吃饭了，在这儿把零食都吃饱，还能省一顿饭！”

“你们那儿吃饭还算钱？”安红霞问。

“算啊，我管伙，每个人都记账，月底清算。早晨记一，中午和晚上记二，一个月总共花多少钱按总数平摊，晚上省的几块钱还能买点啥！”

“你们工资高啊，还在乎这几块钱，就算请大家一起去你们那儿吃你也不在乎！”刘长江说。

“后面请你们去我们灶上吃，这里还需要啥我去买！”

“你看这上面摆的还缺啥？”

“又遇见个实诚人！”安红霞说。

“你看他算的账，联合社有实诚人？都贼精贼精！”沈慧亚说。

……

大家一边聊着天一边打扑克牌，一直玩到深夜。

第二天上班，谭会计说：“小富，昨天晚上你们玩到几点？这次回去是不是要带个两条腿的回去！”

富晶垚有些莫名其妙，说：“带两条腿的！是个啥？”他脑子里飞快地翻腾什么是两条腿的。

“沈慧亚和余丽娇不就是两条腿的吗！”谭会计说完哈哈笑起来。

富晶垚怔了一下说：“不可能不可能，谭会计，你看你误解多深，我怎么可能和她们俩，我去找刘长江。”

“你们咋还粘到一块了？我看他头里过来几次后面都没有再来过，变成你到他那儿去了！”

“是啊，我这儿没有电视，屋里还一屋子档案，人家来了连个坐的地方都没有，晚上还要到金库值班。他那儿用电不要钱，看电视什么的都方便，打电话叫我过去，我就去了，玩得还挺好！”

“你这样没给咱们联合社长脸，你应该给段主任说说这事！”

“就是的！”富晶垚带着情绪说。

两个人好一会儿不说话，过了一会儿富晶垚问：“有个叫龚进的你知道不！”

“忘记了，忘记了！”谭会计拍着桌子说。

“忘记什么了？”

“咱们还有一家慰问没有送就是龚进家！”

“我记得名单上没有写龚进，你是不是记错了？”

“名单上写的是他爸的名字，没有写龚进。这娃还是乡里最早一批本科毕业生，还是个好一本，得了个不好的病，签了几个单位都没有干成，回来就一直闲在家！”

“昨天晚上我们在一起又聊起了这个人，都说他是个神人。那咱们啥时候过去？”

“下午下班吃过饭我们俩就去，地方还比较远！”

“都毕业好几年还在家，真是浪费青春啊！”

“就是啊！”谭会计叹了口气说，“你看《西游记》，谁对山里山外的事情最了解？”

“那肯定是土地公公！”

“他吧，就像那土地公公，村里面啥都知道，村外面的大事也都知道，能说会道，就是不出去挣钱！”

富晶垚记得上次李校长也这样说过，继续听着谭会计说：“你说他一个本科，到哪儿找不到个事干，整天睡到十一二点起床……”

下午刚吃过饭谭会计就催促他，指挥他把米面油挂面绑在摩托车上。

摩托车飞快地行驶在乡间的小道上，富晶垚这次穿了件戴帽子的衣服，捂着头，背对着谭会计。天已泛黑，他也没看清楚谭会计骑着摩托怎么窜，也不知道拐到哪里才停下来，虽然背对着风，而且包裹得还算严实，但他还是冻得够呛。

一扇窗户透露出来的光掩映在四周。谭会计也没有叫喊让他提着东西推门进屋，里屋出来个矮墩的妇人。

“嫂子，过年了给你们带了米面慰问品！”谭会计说。

女人带着惊喜地说：“是你们来了啊！太感谢你们了，进来坐！”领着两个人进里屋。

富晶垚看到两个男人正在看电视。一个是老头儿坐在床上，另一个在躺椅上贴近电视，造型像个艺术家，更像邋里邋遢新入职的乞丐。妇人对屋里面两个人说有人过来看望，两个人都没有起身迎接。只是斜身看了一眼。

“龚木匠，这一时也没有出去？”

还没等坐在床上的龚木匠回答，龚进开口说：“去哪儿，这么冷！去了干啥？在家里不好吗？”

谭会计哈哈一笑说：“都在家，一家人吃啥？”

“吃啥！我们晚上吃的洋芋拌汤，挺好的，不像你们吃肉，肉有什么好吃的！”语速很快，斩钉截铁。

“你看你这个娃咋说的话！”龚木匠这才站起来说：“来，那儿有凳子，你们坐。”

谭会计点头说：“好。”并没有坐下，说，“这是我们新来的大学生，你们俩说！”

龚进侧着脸问：“你哪一年毕业的，学的啥专业？”

“去年毕业，学的经济学……”还没等富晶垚说完，龚进就打断说：“净学一些赚别人钱的专业，这些专业都是社会上的糟粕，我学的机械制造，啥是制造？都是些搭架子的事情。真正种粮食、种果树、养羊、养鸡才是社会发展的基础，那些花里胡哨的把戏都是变着法地折腾，都是些奇技淫巧，无用，无用！”

富晶垚没有接话，呵呵笑了一下。

龚进继续说：“用的凳子，砍一段木头就行了，耗费精力弄出四个脚，再弄个这样子，多出来的都是样子货……”谭会计听龚进开始高谈阔论，从摸黑处拉过来两个凳子坐在火盆边，烤着火听龚进一个人在那里说，声音盖过了电视里播音员的声音。妇人对着谭会计说：“你看我家这个！”这种口吻在电视忽明忽暗的灯光中映衬着妇人的表情，太过于复杂，也不知道是自豪还是贬损。

不一会儿龚进又对着电视说：“你看这美国！就不是个人性社会，全都是机械社会，变得多么贪婪，又是打伊拉克，还要跟俄罗斯打，到时候大家互放核弹啥都没了，都是机械制造惹的祸，没有这些东西，你看他能不能高高在上……”还是没人接话。

富晶垚看了一下四周，家里还是红砖砌成，在这里还算不错的家庭，怎么就造化弄人。龚进说的这些观点，如果是同学或者朋友之间讨论，他肯定会辩论几句，但这种场合他觉得没有必要，一直没有说话。过了一会儿两个人都烤暖和，谭会计站起来说要走，然后对龚进说：“你看你多会说，啥都让你说完了！”嘿嘿笑了一下。龚进说：“我的理论还没有说完，你哪次再过来，我给你们讲讲机械制造的坏处！”两个人“嗯嗯”地出门。

骑上摩托车又像风一样回到联合社。

富晶垚在摩托车后座上想，其实哪个学校都有这样的人。龚进那个时期能考上大学，学习能力和思维方式都不一般！只是他个人思考的事情过于偏激，出生在农村，又没有人做正确的引导，奋斗了那么多年考入大学，后来却成了大家嘴里的土地公公。他庆幸自己还有一份工作，如果真的像龚进那样得了乙肝，这个公司不要，那个单位不让进，说不定和他一样。

上天没有为龚进安排一扇属于他的门，难道是他没有找到？

## 六十三

联合社营业室休假，一直秉持着两个人当中留一个人。这一次因为年终决算，所有的财务报表由考核组的郝主任捎到县上去，谭会计四天的假就休在了年前四天，富晶垚紧接着过年休四天假。

年跟前营业室座机铃声不断，电话接通没说几句就有事要找段主任。电话那头操着天南地北各种口音，有些推销商品的人换了种说法，直接以领导的口气下命令，谭会计有的时候也摸不清究竟是上面查岗，还是推销产品，每次都把段主任叫下来。富晶垚问谭会计只要听到这种电话都是推销产品，为啥还要叫段主任下来？谭会计说："你不知道！有一年管主任在营业室接到一个电话，说话声音特别轻柔要找段主任，管主任让她打手机，就把电话挂了，没过多久，有自称市上领导把电话打过来问段主任在不在社里面！让他接电话，管主任也没搭理让打手机。后来县联合社的大主任直接把电话打过来让段主任接电话，段主任这才接电话，大主任直接把段主任训斥了一通，问他省上打电话查岗他为什么不接！为这还罚了一千块钱，让他当场转到县联合社罚没账户。后来约莫着像查岗的电话，段主任才下来接，这几年，你看段主任柜子里有多少纪念币，每年都这样推销！"

富晶垚觉得这种操作太让人意外，他心里不禁疑惑，这些人怎么知道晶沟联合社主任姓段？怎么知道这个号码？怎么就那么凑巧还出现各级查岗的事情？这山高皇帝远的地方也不是一方净土，仍然有人惦记着！知道得越多富晶垚对叫不叫段主任下来接电话就更拿捏不准，只要接到叫段主任下来接电话，带有关中口音，富晶垚就让谭会计接，谭会计拿捏不准就让段主任下来。年跟前，谁也保不准哪一个就是省上或者市上的查岗电话。

段主任在一天吃早饭的时候笑着对富晶垚说："小富，你知道不知道，我今年又买了三套纪念币，好几千块钱！"

"啥纪念币，好看不，还有纪念币买。"富晶垚说起来有些兴奋。他显然没有听出段主任的言外之意。

"这样，我这几套纪念币原来多少钱我不加一分钱地转给你咋样？"

当让富晶垚出钱的时候他的想法开始转变，说：“我多少钱你又不是不知道！买不起！”

谭会计接话说：“段主任，这几天的电话我和小富都给你过滤多少遍了才让你接，不然你接电话的次数会增加几倍！”

“就是的，一般听着像领导查岗我们才让您下来，三个里面才让您接一个！”

“你们后面接电话再精确把握一下，再甄别出来一些推销的人，我这奖金也经不起他们这样折腾！”

“那别人推销纪念币您不买不就行了，还非得买！”

段主任哈哈一笑说：“还真是娃说话！”

谭会计带着严厉地说：“你这个娃！段主任想买吗！想买他还说这话。”

富晶垚不说话，但是他确实想不通，买东西是自愿的，段主任为什么不拒绝？这和他父亲教给他的做买卖的道理完全相反啊！

富晶垚接电话开始用颐指气使的口气，终究也碰上县保卫股年底查安全保卫的事情，弄得他非常尴尬。

年前换新钱的人也比较多，富晶垚从县联合社申请调过来一批新钱，一般也很正常，押钞员过来也就多加几双筷子的事，这次段主任让他准备一桌子，说是押钞员也辛苦了一年，还特意给灶上拨了一百块钱。富晶垚兴冲冲地去买鸡鸭鱼肉，他先去蔡老板那里，那儿稍微远一点。

十一点多刚进门，他看到花花也在蔡老板饭店。富晶垚就有些好奇——她前几天不是买了零食要到一个姓王的矿工家去吗？怎么还在这儿吃饭？他给蔡老板列明购买的食材，蔡老板去后厨取菜品。富晶垚站在吧台对花花说：“不到十一点就来吃中午饭？”

“我吃的早饭！”

“放假后矿上没有灶？你过年不回去吗？待这地方多没意思！”

这句话不知道是挑起了她敏感的神经还是勾起了她的愤怒，花花把筷子重重拍在桌子上，愤怒地说：“老王就不是个东西，给老娘说二十一号下午，二十一号下午拖到二十二号早晨，就花了五十块钱买堆零食，拍拍屁股悄悄走了。他就是个变态，我从没见过他那种变态，真是不得好死。明年来了我非把他骗了，那个光棍汉，真是个死变态！”筷子弹了几下掉在地上。

富晶垚有些同情这个女人，更不能理解她为什么老是被骗，说：“你也别激动，在哪儿不都是过年，你看我们还有乡上不也有值班的！”

“你不知道！老王当时说得多好多好，就一张花言巧语的嘴，活该他下矿洞！”

这时蔡老板把东西拿出来让富晶垚核对签单，听到花花说的那些，说：“花花，你说我盖这个楼早还是你在这儿早？你摔了我多少东西！你摔多少东西都不长记性，那个老王比你大那么多，就是哄哄你，你就信了，矿上有几个实诚过日子的人你又看不上。”

“哼，啥娱乐活动都没有，一天到晚还说不了几句话，有啥用……”

富晶垚签完字对蔡老板说：“我就问了个过年在哪里过，就发这么大脾气！”

“你看你这话就不应该问，过年大家都回家，在这儿过年的都是没办法，不过财神爷问这是不是要给红包也不一定！”

富晶垚哈哈一笑说：“我这几天就把账全结了，你放心！”

“我不是这意思，你看你理解的！”蔡老板说完咧着嘴笑。富晶垚提着东西掂了掂说：“我走了！”又到老余那里买了些皮蛋、火腿肠。

十二点多押钞员过来，这次带来许多新钱。富晶垚打电话给刘长江问他需不需要，刘长江让他留一些十块钱新钱。他又盘了一遍现金，十块新钱只有两沓，大部分都是一块和五块的新钱。

谭会计打算下午坐押钞车回县城。

中午吃过饭景泽录回联合社，看到押钞车，到餐厅和押钞员打招呼。看到一桌子好吃的有些失望地说：“早知道有这么多好吃的中午就回来吃饭，以为段主任打电话说押钞的过来，中午有酒席是忽悠我早点回来。”

段主任顺着话茬说：“让你早点回来吃席你还是回来得晚。”

下午谭会计和景泽录做了交接，收拾了一箱子东西回县城。走的时候还不忘说：“小富！我回城住两天啊！”

等押钞员开着车离开，富晶垚用座机给刘长江打电话过来换新钱。刘长江过了半个多小时才来，换了一千块钱新一百，又换了一千块钱的新十块钱。刘长江问他什么时候放假，富晶垚说第一年不值班，放假前一天回县城。刘长江说他也那天回，刚好有顺风车，富晶垚满心欢喜。

下午，富晶垚和景泽录两个人在营业室，还有人打电话找段主任，富晶垚沿用以往的办法过滤。景泽录只管扒拉手机，没有搞清楚怎么回事。富晶垚接过几个电话后把最近的情况告诉了景泽录。景泽录放下手机思索了一阵说：“下次再有这种电话打过来你试着用请教的口气问一下他最近的业务情况或者放假时间，看他的回答合不合咱们的规定，基本上就能判断个七八！”富晶垚觉得这思路对，好多推销员不懂咱们内部的业务，向他用请教的口气问几个问题不就明朗了。下午再有人打电话过来他依法炮制，基本上全都挡在外面。

年前回乡的人多，为了安全，只要天黑联合社就把所有的灯亮起来，灯火通明。其实整个社里也就富晶垚一个人，其他人都已经出去。

他房间没有电视，就只能给徐馨璐打电话发信息，日子变得空虚寂寞，他偶尔会幻想一下和徐馨璐见面的激动场面。

和景泽录值班的第三天，因为前几天憋得太无聊，这天他不停地向景泽录唠叨着，聊着业务，说着乡里的事情。景泽录要么“嗯”一声，要么不吭气，他也没有觉得自己有多烦。下午说起花花的时候，景泽录来了兴趣，问他说的是不是矿上那个，富晶垚说：“是的！”

“那个女人有意思得很，她还有个别名叫‘一包方便面’。”

“知道！”

景泽录神秘兮兮地说：“晚上带你去玩好玩的！”

“去哪儿，花不花钱？”

“晚上你跟着我就行了，钱在你口袋里，你想花钱就花钱，不想花钱谁还抢你的，就看你跟不跟我！”

富晶垚也觉得太无聊，而且大家晚上都不在，就答应了。

景泽录打了几个电话，然后说晚上不在灶上吃饭，富晶垚问是不是有好吃的，景泽录说是。

下午下班，景泽录把摩托车推出来，提了一袋面和一壶油拴在摩托车货架上。

景泽录骑摩托车特别稳，速度比较适中。过了十来分钟，来到一处，有几户人家，有一个二层小楼特别显眼，应该是目前这里见过的最好的房子，平整的水泥道床，还有几个花坛。景泽录提着两样东西进门喊：“佘支书，在屋吧！好长时间不见你！”里屋出来几个人，看到景泽录手上还提着东西说：“你看你咋这么客气，过来吃个便饭还带东西！”

“好长时间你不叫我，我还以为上次赢你的钱你对我有意见，这开年的存款咋办？不得给你带点啥吗！”

佘殿华说：“存款都好说，你说多少，村上的存款都放你名下！”领着两个人进屋。里面已经坐了好几个人，景泽录说：“忘记给你介绍，这是我们新来的大学生小富，你们到营业室办业务都见过吧，这可是我们段主任的后备力量！”

富晶垚被这么介绍双手直摆说："景叔叔是后备，我不是。"

佘殿华说："这要是让你景泽录当主任了，这上下还不鸡飞狗跳！"

"你看你说的！"景泽录拍拍富晶垚肩膀说，"你别以为他是个好人，他说的话没几句真的！"坐着的几个人都哈哈大笑起来。

佘殿华对富晶垚说："小富，你也别介意，我还有乡上那个殷所长，我们之间都是老关系，我们说话就这样！"

几个人一起都打趣景泽录，在营业室不太爱说话的景泽录在他们面前损话不断，哪怕是哪天看见谁和哪个异性搭个腔都能在这里争论半天。其中说起了他和谭会计前几天看望的汪家的那个女孩，富晶垚知道这个女孩叫汪润好，名字也挺好听。

聊了一个多小时，厨房准备好饭菜，佘殿华翻腾出几瓶酒，收拾好桌子。也可能真是好久没见，气氛还算好，富晶垚跟着一起猜拳，一直喝到快十一点。晚饭结束陆陆续续有人离开。

满屋的热气夹杂着烟味，景泽录见人走得差不多了，感到还没过瘾，对佘殿华使了个眼色，头一摆说："走，把殷所长叫上，去小香港？"

佘殿华哈哈大笑把腿使劲拍了拍，说："你这个砍头的，这么晚了都去！"

"晚了才好玩。"景泽录又指指富晶垚说，"带你去个好玩的地方！"

富晶垚有些晕乎乎，心里面还操心联合社没有人值班，说："社里面没有人，还有新调过来的现金！"

"你这个娃，说这个干啥，你就说你去不去就行了，操那么多心给你发那么多工资吗！"

"下次再去吧，你们接殷所长的时候把我放下！"

佘殿华说："那里对你们年轻人来说可好玩了，你不让景主任带着肯定找不到！"

"不去了，社上真没人，年边上出个啥事就不得了！"富晶垚摇摇头说。

景泽录抬起手不停地拿一根指头指他，说："那一会儿就把你放在乡上你自己回！"

早晨手机的闹铃把他吵醒，酒也醒得差不多了。他来到院子看到景泽录已经在院子里晃悠，除了那一头黑中掺白的头发和发黑油腻的面庞，真没有觉得那是个叫叔叔的人，更没觉得自己的心态能有景泽录好。景泽录的生活不能说"说风就是雨"，但是他一直活得很有意思。见富晶垚也到院子里，景泽录从台阶上下来，用手指指他，说："你就会掉链子！"

富晶垚悄悄地指指段主任的房间，压低声音说：“我回来人家都回来了！”

景泽录对富晶垚又做出一个敲头的动作。

从早晨开始到两个人在营业室上班，只要说话，景泽录都会带上“小富真掉链子”。下午谭会计回来，景泽录和谭会计交接完出营业室，在门口说：“富晶垚就会掉链子！”

“小富又咋了？把你一个人放营业室自己去乡上玩去了！”谭会计问。

景泽录指指说：“你问他！”

富晶垚憨憨地笑着说：“没啥，没啥！”

景泽录出去不到五分钟就听见院子里摩托车声响起。谭会计特别好奇什么事情会让景泽录这么说富晶垚，问了几次。富晶垚没有忍住，还是把昨天晚上的事情讲了一遍。

“你景叔叔都没带我们去过，干啥带着你你就知足吧！十一点不是还有段主任在吗？景泽录说你没有错啊！好不容易带你出去一趟，你真给他掉链子！”谭会计狡黠一笑。

晚饭过后，富晶垚也没地方去，就在谭会计房间里看电视聊天。聊着聊着，聊起了明天下午放假，准备年货。富晶垚有些惘然，卡上还有两千多块钱是准备给徐馨璐买点啥，没想过给家里面买年货。继续看着电视也就淡化了对这件事的思考。

## 六十四

第二天早晨还在睡梦中，谭会计喊他起床，他迷迷糊糊地喊起床做什么，谭会计略带神秘地说带他去个地方，还让他从厨房找个空桶或者蛇皮袋，富晶垚就知道有好事，飞速地爬起来，在厨房找了个塑料袋。谭会计并没有说带他去哪儿，骑着摩托车载着他飞快往下。在一条通往半山腰的岔路口拐进一条小道，又骑行了半个多小时在一个农户家门前停下来。

“你不是一直想看鱼洞，今天带你来买些鱼好过年，顺便看看啥是鱼洞！”富晶垚高兴地点头，终于能看到期待的鱼洞了。

谭会计站在道床上喊：“老于在不在，我来了！”

富晶垚打量着周围的地形，这户人家处在两山之间，背靠山坳，门前很大一块平地，赞叹道：“这户人家选得美，有山还有平地！”

“你没看屋后，从两山之间流下来一条河从屋后一侧绕过去了，这个季节没啥水！”谭会计又喊了几声，屋里出来一个中年妇女。谭会计说：“嫂子在，于鼎源呢！他没有在？我来买些鱼。”

“谭主任来了，还买啥！给你们捞几条就行了，老于起得慢，一会儿就来！”女人说着冲屋里喊，“谭主任来了，你还不出来！”屋里一个人边整理衣服边出来，看到谭会计说：“谭主任来了！”

“还有没有鱼，我拿几条！”

于鼎源说：“有，有，来！”领着谭会计往屋后走，富晶垚也跟着。走过侧面那堵墙，屋后别有一番风景。山坳中间有涓涓的细流，为了防止冲到后面那堵墙，在水泥地面上砌了一块半人高的长条石块，水流沿着后屋渠流向远处。小溪的另一侧不远处被一扇用竹子编成的门遮住，于鼎源用钥匙打开锁，掀开竹门进去。

富晶垚走在后面，不知道里面究竟是什么样，探着头往里看，空间还挺大，一块用木板搭成的平台能站三个人，下面是明晃晃的水。他真担心木板不牢靠，几个人扑通全掉下去。于鼎源把旁边靠着的网子拿在手上问：“你们要大鱼还是小鱼？前几天有人买走了些大鱼，捞也还能捞出来几条，小鱼是年年都往出冒，特别多！”

“你看你多美！守住了一个金窝窝，吃穿不愁！”谭会计说。

于鼎源嘿嘿一笑说：“这鱼也是有下数（有限）的，全靠靠不住，一年卖的钱还不够你们一个月的工资。”

“能不能跟书上说的用盆舀鱼？”富晶垚说。

“这是我们新来的大学生小富。”

“富主任不知道，以前还是一个小水潭的时候拿水瓢能舀，后面我把它扩成这样，越往下越细。按照乡上一个老师的说法，深处跟地下暗流连在一起，这些鱼都是从地下暗流里面回流过来的，长不大。你别说这些小鱼收拾干净了好吃！”

谭会计喊伸着头观望的富晶垚：“你要啥鱼？大的还是小的？小的好吃难收拾！”

富晶垚这才谨慎地走进洞里面，脚下的水特别清澈，泛着粼粼波光，能看到长短不一的黑点在水里游动，他也不知道大鱼好还是小鱼好，说：“大的要一些，小的也要一些。”

“我这鱼没用过任何饲料，全天然的，吃起来有营养！”抡起渔网捞起来，网子比较大，一网下去潭子里面的鱼开始翻腾，溅起阵阵水花，富晶垚生怕自己掉下去，从里面出来。于鼎源用网兜在洞里面捞了一圈，示意谭会计合力拖上来，谭会计抓住把手往上提，一大网兜鱼被拖出洞口。于鼎源的老婆拿来水桶在外面等着，两个人合力把鱼倒在水桶里，活蹦乱跳，水溅了一地。网兜带出来的水冒着白气。

于鼎源伸手从桶里捞出来一条说："看，这条就不错！"

"给我捞个三四条这样的，再来一些小鱼！"

于鼎源高兴地说："好……"于鼎源的老婆从桶里捞出来几条大鱼，又挑了一些中等的鱼，剩下特别小的小鱼又倒进鱼洞。于鼎源又捞起一网兜，女人又挑了一些，捞了三网兜，捞出来七条大鱼，数不清的小鱼。虽然说听着鱼洞多有意思，多么奇妙，很好玩的样子，真捞鱼的时候却是个力气活，还要有节制，不能竭泽而渔。

这里面的大鱼大部分都是鳙鱼，只有一条草鱼，小鱼大部分都没有鳞片，富晶垚用手翻了一下。女人说："主任！水不冷，只有外面冷，要不你试试里面的水，还有些暖和！"说话的时候面带笑容，富晶垚也回了个笑，进洞站在木板上，弯腰把手伸进水里面，确实不冷，里面的鱼吓得四散开来，有两条鱼跳出水面落下去溅出来的水花飞到他脸上，吓得他差点一屁股坐下去。谭会计看到他那窘样哈哈笑起来说："你掉下去可就喂了鱼，里面深着呢！"

于鼎源也笑着说："下面有一人高，你掉下去可就淹住了啊！"

富晶垚出来说："这木板也太不牢靠，没人掉下去过？"

"从没人掉下去过，这么多板子还能掉下去！"

富晶垚拿的塑料袋装不下，谭会计从于鼎源家拿了个桶，盯着桶看了几遍问是不是装潲水的桶，女人说不是。

女人先把桶称重，然后把盆子里的鱼倒进去再称一遍，减去桶重，得出鱼是十六斤。女人又在桶里面加了些泉水。

"每斤九块钱，给你们每斤算八块钱，一共一百二十八！"

谭会计对富晶垚说："咱们俩都好说，我先把钱付了，回去咱们俩再算！"

"好，听您的！"

谭会计把钱数好付给于鼎源，于鼎源又拿出来五块钱递给谭会计说："给你们再少五块钱！"

谭会计笑着接过来说："这多不好意思！"转身对富晶垚说，"小富，总共是一百二十三块钱，你记一下啊！”富晶垚连连点头。
“你把鱼提过去绑在货架上！”谭会计指挥富晶垚。
于鼎源问谭会计：“听说乡上把退耕还林的钱都拨到你们账上了，大概啥时候发？”
谭会计昂起头看着天空说：“这是哪个人胡扯？还拨下来！”
“噢，我也是听别人说的，就随便问问，我不缺那点钱！”于鼎源说。
谭会计走了几步停下来说：“你要是这样说也有可能，这是专款专户，从上面直拨下来，要这样说明年差不多能下来！”
于鼎源紧接着问了句：“明年大概啥时候下来？”
“这说不好，谁能说得了？”
女人和富晶垚一起把桶绑在摩托车货架上。摩托车斜撑在那里，本就有些倾斜，桶里装有水倾斜得就更厉害，摇摇晃晃。谭会计也过来用力把桶勒紧，绑好后向夫妻俩打了声招呼骑上摩托车。富晶垚还是背着坐，准备离开的时候于鼎源喊：“你们等一下！”然后从旁边的菜地里揪了几片菜叶子撕碎放进桶里面说：“这样水就溅不起来！”
谭会计扭头对富晶垚说：“这方法对，不然回去你身上就全湿了！”
谭会计启动摩托车，没有因为后面带了个桶而减慢。一路比较平稳，没有水花溅到他脸上。
回到联合社，富晶垚从厨房拿出盆子把自己那份鱼拣出来放在盆子里，水已不像洞里面那样有温度，已经冰冷冰冷，鱼也死了一大半。
在富晶垚的期望里，鱼洞是件特别神秘的事情，看了以后觉得也就那样！
中午厨师像往常一样过来做饭。午饭，餐桌上有一道鱼，富晶垚看自己盆子里的鱼，果真少了两条，对刚走到院子的厨师说：“那个鱼是我自己的，你在这儿给炖了？”
厨师笑着说：“我哪知道！我以为放在那儿就是中午吃的，我想你们也吃不完，还只做了两条，要不是天冷，我把几条鱼都收拾完了！”
“小富，你看你不给人家说，人家做了你的鱼！”谭会计说。
“好吧，好吧，反正都是吃！”
厨师也笑着说：“就是，反正都是吃！”
餐桌上，段主任和谭会计都说这鱼好吃，富晶垚细品了一下，鱼肉确实鲜嫩。吃得只剩骨架，鱼肉一点没剩。
天气寒冷，盆子里的鱼全翻了白肚。他把剩下的鱼用塑料袋装好放在窗台外面。收拾完鱼他到二楼收拾衣物，又回营业室给自己换了些新钱，等着把工作交接给阮宝山。

放假前一天，几乎没有人来办业务。

下午上班没多久段主任到营业室和他商量，法定假期是七天，开始计划让他休息前四天，后三天上班，但是他还处于试用期，那三天即使上班也没有加班费，况且是他工作后的第一个春节，一次性给他放七天假好好在家陪陪父母。富晶垚听完觉得还有这样的好事，自然高兴得不得了。能和徐馨璐在一起这么多天，况且兜里还有两千多块钱，他越想越高兴，不停地感谢段主任。

他又重新写了张七天的假条，段主任当场就批了。

## 六十五

等段主任离开营业室，谭会计羡慕地说他工作之后的几十年里从来没享受过一次性休七天假，富晶垚更觉得沾沾自喜，别提有多高兴。

他给刘长江打电话，刘长江正在开会。下午刘长江自己开车，所以什么时间回去都不影响，走的时候叫他，富晶垚也就放心等着。

正在营业室里高兴地和谭会计聊天，蔡老板过来换一千块钱的新钱，换钱的时候问富晶垚："过年给家里面准备什么年货？"

"就从于鼎源家买了些山里的野鱼，其他的还没有准备！"

"你只准备鱼有啥用！前几天我从上面放羊的谢老汉家买了几只纯放养的野山羊，那肉吃起来味道极好。这东西不好找，你过年不走亲戚送人？鱼能拿得出手！"

富晶垚突然想起父亲托人让他进联合社的那个叔叔，过年是不是需要去一趟！但是送人东西这件事当着谭会计的面说就显得不合适，说："我又没人要送！等一会儿我过去看看你那儿的羊，要是真好我就要半只，过年家里面也要吃！"

"要就是一只，你问谭会计，这羊肉真不好搞，你这年轻人人情多还要往上走，还能把半只羊送出去？"

"那我先去看看你那羊咋样！"

"这个老蔡，真会做生意！你前几天来，说不定我还拿一只，我过年都在社上，拿了咋办！”谭会计说。

富晶垚扭头问：“那肉咋样？”

“要真是上面谢家放的羊也还好，不是饲料肉，放养的土山羊，吃起来很细腻，就是处理不好羊膻味大。”

富晶垚听后对蔡老板说：“那我现在到你那儿看看，多少钱一斤？”

“我买的毛羊是十三块钱，整只毛羊，我给你按照十四块钱一斤算，好歹你让我挣点！”

富晶垚没概念，究竟是便宜还是贵了，问谭会计：“羊肉这价咋样？”

谭会计嘴里面嘟囔了一会儿说：“要是十四也还好，我一会儿和你一块过去看看，你再问杀好的羊多少钱？”

“那杀好的多少钱？”

“十八块钱一斤，论斤称，市斤不是公斤！”

富晶垚应了一声。

谭会计放下手里的东西说：“走，我和你一块过去看看！”

富晶垚对蔡老板说：“你等一会儿我们俩一块过去！”

两个人收拾好东西出营业室，蔡老板在路边等着。路上蔡老板给两人讲谢老汉平时如何放羊，又是怎么样把羊赶过来的。

进了晶沟大饭店，蔡老板的女儿也回来了，穿着可爱的兔子大衣在大堂烤火，长得特别像蔡老板，娇小玲珑，向他们打了声招呼。穿过大堂到后厨，拐进右边，靠山用木头围起一排栅栏，里面还有七只羊，几只羊看到三个人进来吓得挤成一团，臭烘烘的。

“现在要，多久能杀好？”

“我杀羊快，不到一个小时就能杀完！”

两个人说话时谭会计先看中一只说：“那头，我要了！”

富晶垚看谭会计指的那头羊骨架大，有些瘦。

谭会计接着说：“现在不杀，一会给羊拴个绳子，多少钱我付给你，我牵回社上养两天，过完年，回去前拉过来你给杀了！”

“这咋不行，你放我这儿都行！”

“放你这儿搞不清楚哪一只，到时候你胡乱给我凑合一只咋办！”

蔡老板讪讪一笑说：“看谭主任说这话！”

谭会计也哈哈一笑。

富晶垚站在那里看来看去不知道选哪一只好，谭会计指着其中一只说好，蔡老板说另一只好。第一次买这么大的活物他既担心花的钱太多，又担心买来送出去别人不喜欢，犹豫着不知道选哪只好。

在两个人不停地替他选时，富晶垚打定主意只要半只，看起羊圈里面的羊来，最后选定了一只小而胖的山羊，说：“我只要半只，一小时以后我来取，取的时候给钱！”

蔡老板咂咂嘴说：“你还是只要一半！啥时候给钱都行，一小时以后你来拿羊！”

谭会计说：“你去拿根绳子把我那头羊拴起来称一下多重！”

蔡老板点着头出去。过了一会儿拿了一根红色长布条进来说：“谭主任，我专门给你找了根红布条，喜庆，明年家里肯定有喜事！”

谭会计如释重负地长叹一口气说：“蔡老板真会说话！”蔡老板拿了根长木棍把谭会计点的那头羊赶出羊群，趁机把刚才打活款的绳子套在羊头上，用力一拉，拴了上去，然后把一头递给谭会计，说：“你在前面拉，我在后面赶，出羊圈就好了！”

“小富，把绳子头捉住往外拉！”

富晶垚答应着。他没这样拉过羊，抓住绳子头兴奋地使劲往出拽，羊用尽力气摇头，就是不出去，跟他拔河。

蔡老板喊：“你小点劲儿，我在后面赶，你太用力，畜生才不会顺着你的劲儿来！”

富晶垚答应着，稍微减轻力道。蔡老板拿根竹棍敲着羊屁股，羊蹦跳起来顺着富晶垚牵引的方向出了羊圈，出了厨房，走过大堂的时候蔡老板的女儿咯咯笑起来，说：“不知道的以为你到我们家提亲，用红绳子牵羊！”

富晶垚被说得脸通红，有些不好意思。

谭会计说：“你看你这女娃咋说的！你家两个都嫁出去了还提亲！你是咒你自己呢！”

蔡老板带着严厉的表情说：“这女子不会说话！”

蔡老板的女儿伸伸舌头。

出了饭店到了开阔地，羊就顺从许多。蔡老板不再赶羊，谭会计从路边揪了根草在后面打着羊屁股，富晶垚牵着红绳，那画面很美。

经过余老板小卖部的时候余老板喊：“你们俩用红绳子牵羊是要到哪儿提亲？”富晶垚没有吭声，脸憋得通红。

“羊喂好了到你家提亲！”谭会计说。

余光亮跳起来说：“你说的是不是真话！”

谭会计连忙说：“假的，假的！”

原本不到十分钟的路两个人用了将近二十分钟才到。进了院子，谭会计让富晶垚把羊牵到柴棚，拴在旁边那棵树下，富晶垚牵着羊刚上台阶，段主任笑嘻嘻地出来说：“营业室没有人，我还以为你们俩去哪儿了，还是出去买羊去了，这羊多少钱一斤？”

富晶垚有些心虚地说：“我把羊绑好就回营业室！”

谭会计说：“明天都放假了没啥人，刚好老蔡过来说他有羊，小富要过去看，我跟着过去，这羊是上边谢家老汉的羊，我就拿了一只，净羊十八一斤！”

“噢，后面要留一个人在营业室，不然门叫人砸了都不知道！”

谭会计答应着进了营业室。

富晶垚把羊拴在柴棚旁边的树上，羊咩咩地叫着，他试着拽了几下觉得已经拴牢靠，羊不会再挣脱。离开的时候用鼻子嗅了嗅，还真臭。看看旁边劈柴的那一堆东西，不自觉地笑出来，心想如果羊绑在这里还有谁会劈柴？既臭又把羊给吓得乱跳。他在水龙头上洗净手，又拍拍身上散散味道才回营业室。

他刚进营业室谭会计就出门。没多久谭会计在窗户外面说：“小富，你在这儿，我拿镰刀割几把草喂羊，要不一会儿羊饿了不停地叫！”

约莫半个小时阮宝山骑着摩托车回来，拉开院子的窗户说：“小富，不好意思耽误你回家了吧！我也是紧赶慢赶，现在才到，我上去放个东西就下来！”

“没事，没事，我和隔壁刘乡长一块走，他还没下班。”

阮宝山很快就到营业室，两个人正交接，谭会计敲敲窗户让富晶垚去帮忙，他割了一堆草，先拿回来一些还剩一些。富晶垚心想这大冬天的他在哪儿能割这么多的草！

很快就交接完毕，他走出营业室，谭会计正在门口等着。谭会计带着他下了堤坝顺河往下，走了一段距离堆着一堆不知名的草，其中有不少像菜。富晶垚有些心虚，说：“谭会计，你是不是把人家菜割了！”

“这胡说呢，咋能是菜？亏你还是个大学生！草和菜都不分！”谭会计捡起来几根说：“你看这，是野芥菜，就是这个时候长，你这个娃真是个大学生！”

富晶垚嘿嘿一笑，两个人各抱一捆回联合社，中间还歇了一趟。

来到羊跟前，羊正美美地吃着面前的草，他们把草扔在旁边，羊又“咩咩”地叫起来，柴堆旁边拉了好多屎，一粒一粒的，富晶垚又想到有人劈柴的画面忍不住笑起来。

“你笑啥？”

“没啥，就笑这个红绳子！”

把草放下，他飞奔到蔡老板那里看他那只羊杀得怎么样。进大堂，蔡老板的女儿说：“我爸在那边。”

“你爸说你们姐妹俩，你是老大还是老二？”

“我是老二，我姐明天回来。”

“你爸真幸福，过年两个女儿都回来！”

“你一个没结婚的说这过早了吧！”

富晶垚嘿嘿一笑从厨房拐进另外一边。羊挂在桁架上，内脏已经掏干净，就剩剁成两半。老蔡穿着一身专用皮衣，杨丽花正用盆子接羊的内脏。

蔡老板见他进来说：“看，这肉，鲜红的，多细腻，血都放干净了，保你好吃！”

杨丽花说：“你在外面都买不到这么好的肉，不如两边都买下来！”

富晶垚用手戳了戳肉，看着还冒着热气的羊犹豫着，说：“这次吃起来味道好了，下次再买一整只！”

杨丽花见他这么坚持，说：“那可好！”

蔡老板把羊从中间劈开，每一刀下去都伴有咔嚓声，旁边的羊吓得咩咩叫。蔡老板看着矮小，力气倒不小，而且非常灵活。把羊劈成两半以后问他要哪一半，富晶垚说哪一半都行。蔡老板取下半边羊肉，提着称重，三十六斤多，对他说：“你看，你选的这头羊比较肥，一般羊只有三十斤左右，谭主任那头骨架大，杀出来也不一定有你这大，三十六斤多，算三十六斤吧！”富晶垚看看秤上的数字，算完价钱还想和蔡老板讲价，杨丽花接过话说：“你看我们都是出苦力的，挣的都是杀生的造孽钱，你们多享福，每天坐在办公室里，不用风吹雨淋日晒，冷了热了都吹空调，再讲价钱就不合适了吧！”富晶垚觉得杨丽花说得也对，没再多说话，付了几张崭新的一百元，蔡老板找来蛇皮袋装起来。

“袋子干净不干净？”

“干净，都是洗过的，你自己吃、送人都没什么问题！”

“你放心，干净，你看这肉多好，别处还真找不到这么好的肉！”杨丽花也说。

富晶垚也被说得高兴了，提起袋子，血水顺着袋子往下流。想着坐刘长江的顺车，把血水滴在车上就不好了，他让蔡老板又套上一层塑料袋。拎在手上掂了掂，还挺沉，猴着腰扛在肩膀上。

“年纪轻轻，出这点力气腰都弯成这样，真是坐办公室的人！”蔡老板说。

富晶垚觉得有些颜面扫地，直起腰，扛着蛇皮袋左摇右晃地出了大堂。蔡老板的女儿在外面咯咯地笑。

他把肉扛到联合社，挂在大门的门栓上，到水龙头下把手洗干净，回营业室等刘长江过来接他。

下午六点多刘长江打电话让他在联合社门口等着，富晶垚背着包扛着肉过去。

刘长江看他扛了个大袋子问：“袋子里面是啥？”

“刚杀的羊肉，这里的土羊肉，过年拿回家。”

“从哪里买的？多少钱一斤？前几天我看乡上有人买，不知道咋样！”

“谭会计在这里都待了这么多年，他买了一整只。我是不知道究竟好不好，买了半只，就在晶沟大饭店的蔡老板那里买的，我杀的那头羊还剩半只。”他没好意思说自己钱不够。

刘长江打开后备箱，两个纸箱占满了整个车厢，刘长江给富晶垚的袋子腾挪地方。

“纸箱里面装的什么？”

“书，两箱都是我这半年看的书，一点点拿过来，过年了全拿回去！”刘长江淡淡地说。

富晶垚赞叹不已。推来推去才腾出一个袋子放下的地方。

刘长江想着付莹莹爱喝羊肉汤，说：“你带我看看去！”

富晶垚略带兴奋地带着刘长江去蔡老板那里，进饭店大堂，蔡老板和女儿正围着火盆，见两个人进来问：“你还没走，这个点是吃点啥再走！”

“不是来吃东西的，你刚才杀的还有半只羊呢？”

“给你说那羊肉好让你拿整只你不拿，看到那羊肉好了吧！”

“刘乡长来看看剩下那半只！”

刘长江接过话说：“我来看的。”

“还放在那儿！”

蔡老板带着两个人到后院，半只羊还挂在架子上，杨丽花正在收拾羊下水。富晶垚当起讲解员说：“我看着蔡老板杀的，新鲜！”

“这是上边谢老汉散养的羊，都是吃的山上和河边的野草，不吃饲料！”蔡老板补充道：“他也没钱买饲料。”

刘长江“噢”了一声，说：“那我把这半只拿上吧！”

“就是，这羊旁人还吃不到……”

刘长江付过钱，两个人抬着出门。蔡老板的女儿看着两个人抬着羊肉走过，说：“那个矮的没那个高个子帅！”

富晶垚侧脸看了一眼没出声，刘长江腾出一只手摆摆说：“走了，年过得好啊！”

蔡老板一脸幸福地说：“你看我这女子，口无遮拦。”

抬到车跟前，富晶垚回社里拿了些废报纸铺在后座上，防止血水渗出来流到车里面。

## 六十六

收拾妥当，刘长江开着车，富晶垚坐在副驾驶座上往城里赶。

刘长江的车技不是特别好，开得比较慢。

富晶垚坐在车上四处看，问：“这车啥时候买的？得多少钱？……”

“这车现在降价了，就是省油……”刘长江像田鑫一样开始给富晶垚普及车的知识，富晶垚对车一窍不通，觉得那玩意完全超过他的经济承受能力，离他特别遥远，但是又特别期待，又做了回听众。

后面他实在插不上话问了句：“上次我看到我们门口停了辆车，特别漂亮！”

“啥车标？”

“车标？是不是前面那个图案？”

“就是车前面的标识。”

“怎么形容呢？一个椭圆，里面有两条分开的弧线！”

刘长江喃喃地说了几个，富晶垚都说形容得不是特别像。

“是不是有一人多高，样子像老式的北京吉普车？”

“就是，就是！”

“丰田霸道，对！就是丰田霸道，那辆车六十多万……”开始对这辆车做点评，富晶垚只记住了三点：车贵，油耗高，动力足。

不知不觉天黑下来。弯月出现在天边一隅，不是特别明亮，只能映出路边的轮廓。车行驶到盘山路，刘长江不再说话，聚精会神地看着前方。富晶垚对这个地方有些印象，也盯着前方。车摇摇晃晃，拐弯的地方能看到灯光直射入半空中。走过那段崎岖的山路就到了一段相对平坦的路面。

“刘乡长，你去过太阳花村没有？”

“我不分管那个村，还没有去过！”

“我九月份去了一趟。那儿的太阳花就像有人精心栽培，长势茁壮，而且到处都是，那段时间漫山遍野都是，特别漂亮，别的地方人工栽种的都不一定有那好看！”

“听倒是听过，还真没见过！我这一年也不知道在这儿干了啥！”然后叹了口气说，“就看了整整两箱书，这也算做了什么吧！”歇息片刻说，“上次我看到一个文件，这个村下游要建个水电站，规划环评都已通过，明年要动员拆迁！”

“谭会计老家就在那儿，他知道要拆迁，还不知道啥时候拆，明年？”

“明年应该能启动，那个项目拖了好久！”

“哎！是不是明年就看不到那么多的太阳花了！”富晶垚叹了口气。

“你有点说风就是雨，建一个水库快一点两三年，慢一些七八年，甚至十年。不过走过几次看那块还真是个好地方，从村口到半山腰，过半山腰往下到山脚刚好处于两山之间，从那儿截断，往后真是个大水库，以后那条半山路就变成湖边路了。”

“我的天，那以后翻车直接就掉进水里去了！”

“你看你会不会说话，正开车呢，说啥翻车！”

“呸呸呸！”

车辆驶过太阳花村那座桥到了昶河地界，上了省道，好开许多。刘长江紧绷的神经松弛下来，说：“在晶沟待了几个月感觉怎么样？”

富晶垚从后视镜上看看正在远离的影子，又看看路边，说：“待了四个多月，还蛮亲切。我们人少，大家相处得都还好，转正以后工资也还凑合，就是晶沟太小，像个原始村落！”

“你喜不喜欢在那里工作？”

“谈不上喜欢，也谈不上不喜欢，就是为了上班拿工资！”

“你在那里工作多久会变得不喜欢？”

富晶垚沉思了一会儿，如果徐馨璐也在晶沟上班的话不论多久他都会喜欢那里，但是他记得刘长江问过他徐馨璐的想法，徐馨璐怎么想的他没敢问，他们之间那层窗户纸没捅破过，“嗯”了一下以后陷入沉思。

好一会儿刘长江打破沉默说：“过年怎么过？女朋友回来吗？”

“已经和徐馨璐约好了见面。”富晶垚带着憧憬说，开始讲两个人之间的事，刘长江成了听众。

适应一段国道以后，刘长江开始加速。国道仍然还是九曲十八弯，富晶垚在副驾上来回晃悠，他的视线也跟着上坡下坡，像过山车一样刺激。

两个人之间的话越来越少。又行驶了一个多小时，远远看到一座山后射出万丈光芒。富晶垚说：“快到县城了！”

刘长江长舒一口气。

鹿鸣县不太大，到哪儿都是一脚油的事情。刘长江把富晶垚放在家门口然后才开车回家。

富晶垚敲了好久门都没人给他开门。他给父亲打了个电话，母亲出来开门，在门口就感受到暖暖的年味，家里面飘着香气，这是鹿鸣县过年的特色。

## 六十七

刘长江到小区楼下停好车，提着东西上楼，付莹莹已经做好饭，等他回来一起吃。两箱书加上半只羊他上下了三次。

吃饭时两个人说起过年。付莹莹想回她家过年，刘长江觉得不好，但又想到这半年一直在乡下工作，照顾不了家，更照顾不到父母，这种情况不知道还要持续多久，也就同意她的想法，过完年再回他父母家。

刘长江计划正月初三去刘主任那里拜年，剩下的时间就看父母想去哪里，带他们出去转转。最后一天安排他值班。

想起弟弟刘天佑，他摇了摇头。弟弟小他四岁，两个人从小就是鲜明的对比：一个学习最好，特别体谅父母；一个学习最差，调皮捣蛋。刘长江以全校第一的成绩考上高中的时候，刘天佑整天跟着几个社会大哥混迹于城里面的大街小巷，整条街的游戏厅、录像厅……都有过他的身影。刘天佑初中毕业没有考上高中，父母想办法让他上了技校，还没有毕业就因为谈女朋友、打架被退学。退学后还是胡混，中间一段时间借过别人的钱，刘长江的手机都被催债的人打过，父母的电话更是被打爆，还被人跟踪，最后掏尽了父母的老底才把债还上。经历了那次事情以后，刘天佑在家里安分了很多。后来他对父母说他对车感兴趣，父母觉得他整天游手好闲也不是办法，凑钱买了辆货车，这两年经常在外面跑车，风餐露宿，一年四季不着家。半年前向母亲诉苦说跑车太辛苦，不想再跑，那段时间刘长江正面临调整，整天也心烦气躁，就把弟弟说了一通，让他安心做一件事，弟弟就此再也不和他联系，刘长江打电话过去经常不接，接通也就两句话："有什么事情？""忙着呢！"就挂断了。过年回来他得找弟弟聊聊，解开心里的疙瘩。

吃过饭他先给父母打电话，把两个人过年的想法说了，父母问了几句家里面的情况，也没有说好和不好，只说他们两个人和睦就行。刘长江期望能得到他们的体谅。

挂断电话又打给刘天佑，第二个电话才接通，说正在开车，刘长江提醒他注意安全，那边"嗯"完就挂断了。刘长江怎么回忆那边都不像在开车，有重金属音乐声，他叹了口气。明天就过年了，自己陪不了父母，难不成刘天佑也不在家？

## 六十八

富晶垚家里面没有空调，更没有暖气，只有电炉子和烧炭的烤火盆。前面是门市，后面是起居生活的地方，只有半堵墙隔着。也许是在晶沟每天有空调，回到家反而觉得特别冷，起风的时候全身瑟瑟发抖。回来就抱着火炉，睡觉还要再装一个暖水袋。

晚上回家比较晚，他就没有给中国人民银行的叔叔打电话。

睡了一晚，即使有暖水袋还觉得冷飕飕。早晨起床他癔症了一会儿，脑子里也说不清楚在想什么，过了好一会儿说："噢，今天过年！"

参加工作后第一次过年，感到有责任，还有一种紧迫感，但更多的是懒洋洋地想着徐馨璐在干什么。

吃过中午饭，父亲催促他把羊肉给他叔叔尽快送过去，过完年这东西就不稀罕了，富晶垚满嘴答应着，既心疼钱，又觉得啥时候送也一样。拖到将近十一点才缓缓打电话，电话那头推脱了一番以后约在中国人民银行楼下见面。富晶垚立马提起东西出门，街道上行人匆匆，他舍不得打出租车，提着袋子左晃右晃。但是走了一段距离，算一算还有点距离，这样下去不知道什么时间才到，索性打了辆出租车，讲好价钱才上车。

东西送完已经十二点多。超市、饭店都已经结束营业，他没赶上买东西，也庆幸给自己省钱。回到家吃过饭，他抱着火盆边烤火边给徐馨璐发信息，商量着什么时候见面。徐馨璐回复他，父母看得比较严，今天出不来。富晶垚不免有些失落，抱着手机在火盆边打瞌睡。

家里面的店也已经打烊，父母辛苦了一年，该歇息一下了。

年夜饭和父亲喝了几口，父亲不停地唠叨他要好好干工作。吃过年夜饭，大家都有去处。他没有约谁，一个人去徐馨璐家外面的小巷转悠，他只知道徐馨璐家在那附近，不知道是哪个小区哪幢楼。他给徐馨璐发信息说他在楼下，徐馨璐说她爸爸要值班，她妈妈等一会儿要带她出去，明天中午可以出去一阵子。富晶垚还是不甘心，一直在楼下来回转悠，他已经很久没见她，特别期待一次偶遇。

路边不时有人放鞭炮，每次“砰”的一声都会让他心跳加速，有人放万花筒他会驻足远看，结束以后有一种失去了光明和未来的惆怅。他转啊转啊，转了好久。几个同学打电话约他打麻将，他觉得徐馨璐今晚也不太可能出来，就去同学那里，离开的时候不停地张望，在任何可能出现的空间搜寻，搜寻着那个身影。

到同学家，已经聚了几个人，有几个正在打麻将，他来得晚没有位置，看着电视闲聊。大家约好明天中午去附近的老君山上香。富晶垚立刻把这个计划发给了徐馨璐，过了好久，徐馨璐回复她也去，富晶垚高兴极了。大家都说他一会儿阴沉忧郁，一会儿莫名其妙地高兴，绝对在谈恋爱。他们还在青涩的恋爱阶段，没有向其他人提起。

如果说在学校里谈恋爱属于年轻人荷尔蒙本能的迸发，出社会以后谈恋爱的历史就会成为他人谈及这个人时必说的尘封不住的往事，无论当时是好还是坏。大家逼问他和谁，他嘿嘿地笑，打着马虎眼。

大年初一包饺子。富晶垚迫切地想见到徐馨璐，吃完头一锅饺子就着急出门。在街道上他想起了刘长江，给刘长江打了个电话，刘长江也想去，但是过年那天在付莹莹家，大年初一得陪父母，就不去了。

他先到徐馨璐家的那条街道，等了不到十分钟徐馨璐从一个小巷子里出来，穿的一身休闲的羽绒服，他激动得都能听到心跳。急切地跑上前，徐馨璐也小跑了几步，富晶垚一把抱住她。

徐馨璐挣脱说：“往前，一会儿我妈看见了！”

“看见了更好！”

“你上班了我还在上学呢！我妈知道了会说我，而且把我看得更紧了！”

富晶垚这才松开手。徐馨璐和他并排说：“往前！”富晶垚心里平衡很多，走在一个巷子口他把徐馨璐拉到一个角落里深深地吻起来。

他们俩来到大家约定的地方，已经到了几个人，大家见他们俩一起来都很意外，调侃他昨天晚上还装矜持，今天却一起来。两个人谁也没有正面回答，也许都想让另一个人在朋友之间说出他们的关系！也许都不想让对方在朋友之间挑明。

一行总共七个人，只开了一辆车，还得叫一辆出租车。老君山地方偏远，从这里要走一段国道，一段土路，十几公里到山脚，再爬两座大山才能到山顶。道观里还有几个道士。附近人都说那里问卦、求事都特别灵验，道观所在的山也是附近最高的山，风景优美，很多人爬山也是为了看风景。

今天除了冷以外什么都好，有阳光，没有风，天空湛蓝湛蓝的。在这个有暖阳的中午大家的热情都很高。富晶垚在他们这个小团体里属于可以被揉捏的对象。那一辆车可以坐四个人，剩下三个人需要坐出租车。他和徐馨璐坐在出租车的后排，两个人五指交叉牢牢地握在一起。

车开得飞快，出租车已经超过前面那辆车，在国道的一个分岔路口拐进山路，两边都有人家，来回只能通行一辆车，遇到对面来车得在宽阔的地方避让，过了居住区以后反而宽阔许多。索性一路过去。司机也可能从后视镜看到了两个人的动作，拐弯的地方加大幅度，惹得两个人一会儿你靠在我身上，一会儿我靠在你身上，富晶垚没有发声，徐馨璐连连尖叫。副驾驶的王永军说：“你们俩注意点噢，我还在车上！”

富晶垚还嘴说：“车来回摇晃，你多想了！”

“车摇晃是配合你们俩吧！”

又行驶了半个多小时，车已经不能再往前。司机说车只能到这里。富晶垚为了在徐馨璐面前表现，抢着用新钱付了车费。除去富晶垚和徐馨璐两个人属于若即若离的恋爱期外，只有王永军一个单身，其余两个已经谈婚论嫁。所有人不是小学同学就是初中同学，抑或是高中同学，毕竟县城就那么小，只有两所小学，两所中学，大家年龄也差不了几岁，彼此都相识。

周良和武虹明是一对，张立川和李琳是一对。唯有王永军大学时考的军校，去年第一年分配到部队，难得没有让他值班，过年休半个月探亲假。车是张立川开过来的，坐的他们两对。

七个人在山脚汇合，背着包开始爬山，一路说说笑笑。王永军不停地叹息自己不应该来。前面两对做什么都腻歪在一起，走在后面这一对含蓄扭捏，他走在哪儿都不合适。大家催促他也尽快找一个。

开始一段路顺着河道，被众多人踩踏，还有路的样子。冬天路面更容易分清楚。本来年轻人充满激情，起得比较早，但是沿路玩心重，走着说着，不知不觉已经有人追上来。张立川带了一个背包，让王永军背着，他受不了一群人的腻歪先走了。加上在部队里经常训练，体质好，一溜烟儿就不见了人，只剩下他们六个。

从山脚到山腰这段路几个人手脚并用往上爬，相当费力，特别陡的地方富晶垚在前面拉徐馨璐，或者在后面推，众人费力地爬到半山腰。

大家气喘吁吁地来到一块四五十平方米的平坦空地，背后是石块堆砌起来的几丈高的大坝，中间渗出来一条小溪，这会儿已经解冻，河边还有冰碴。空地中间立了一块平石，大家到这里的时候王永军盘坐在石头上，若无其事地说："几位施主是来求子的吗？"

周良说："呸，还没有到就装道士，给我下来！"

富晶垚倒是顺着话茬说："是的，求子，你看我们几个有没有成亲家的？"

李琳喊："看，王永军就会损我们，我们还用求子！真是狗嘴里吐不出象牙！"

王永军被说得哈哈笑，继续说："我看几位施主心不诚，后面得每个人轮流背包才能显出诚意！"

周良说："不背包你还能等我们？不知道早跑哪儿了！"因为他说大家心不诚，所以大家一致同意他继续背包。

走近这块石头，王永军说："你们看这块石头的位置，还有样式，以前应该是传道之人讲道的地方！"

张立川说："谁没事在这深山里讲道，没人听啊！"

王永军辩解道："你看李耳讲道在哪里？函谷关。你看华山论剑在哪里？华山山顶！这个地方讲道怎么没人听。"

周良争辩道："你说的都是个例，哪有人吃饱了没事爬这深山老林听人讲那玩意，古时候这里说不定还有猛兽！"

王永军说："你们不知道了吧，我们执勤的时候野外拉练，多深的地方都有人，有人就有信仰，就有人传道！"

富晶垚抢过来说："别说你拉练去过多远，我现在工作的晶沟就是个鸟不拉屎的地方，真的只有巴掌大，整个街道把乡政府加上也超不过十户！”

张立川惊讶地说：“天啊！那你上大学上了这么久干什么？又回到更偏远的深山！”

周良也跟着说：“你在那儿是去做皇帝去了？”

徐馨璐听完有些尴尬，以前富晶垚告诉她的时候她没什么概念，今天在这种环境下说的时候徐馨璐不由自主地说了句：“就是啊！你上大学是为了到更好的地方生活，反而去了更偏远的地方，那你上大学为了什么？”

其他几个人说富晶垚的时候他还打算拿刘长江作为一个信仰支撑，当徐馨璐说的时候他有些泄气，但还是以一种没有支撑的优越感说：“乡政府在我们隔壁，那儿的畜牧站站长，那可是老牌名牌大学毕业，在那儿工作十几年，用他们乡长的话说是带着情怀在那里，还有乡长刘长江，名校毕业，去年六月份分在那里！”

周良说：“人家过去都是镀金的！”

李琳说：“富主任！富主任也是过去镀金的！”

……

富晶垚在转移了话题的同时成功地把所有的话题都引向了自己。大家开始七嘴八舌地说他在晶沟的问题，都认为他应该想办法调往城边，不为他那张狡辩的嘴，至少也为了徐馨璐和以后着想。富晶垚被大家说得没了底气，晶沟联合社，晶沟的山山水水，开始依稀地在他心里恍惚。

从山腰开始大家你一言我一语地喘着气争论，说到动情处站在原地上气不接下气地争论。大家谁对谁错？只是身处这个社会当中都没有办法！唯一不怎么争辩的就是武虹明，她看待什么都很乐观，不期待，不奢求，随遇而安，还时不时让周良少说两句。

快到山顶出现了两条路，周良来的次数多，说：“一条绕了好长一段，相对比较平坦，还有一条大部分都是悬崖峭壁，特别刺激！”说完让大家决定怎么走，可以分开，也可以大家一起，大家一致决定试一下陡峭的那条路。王永军还是在最前面，这种山道对他来说毫无压力，把大家远远抛在身后，不断喊：“你们快点！”后面的人已经落下好长一段。

上到中间两个女孩有些害怕，不停地骂着周良是个坏人，这么险的路太轻描淡写，选这条路就是个错误；几个男生倒是很兴奋，虽然被骂着，周良心里面乐滋滋的。富晶垚牵着徐馨璐的手就没有松过。

爬过这段险路再往上就轻松很多。大家到了平坦的地方又开始互呛。

继续走了二十多分钟，来到一处菜地，陡峭的悬崖上面就是道观，几个人从侧面绕上去。

## 六十九

道观有一座正殿，两座偏殿，还有一个起居室。王永军早早地就到了那里，放下背包坐着歇息，其他几个人找地方坐下。周良进起居室要了盆水喊大家过来洗手，洗完手开始上香。

大家在道观里说话都轻声细语，生怕打扰到清修的居士。

大家跟着周良挨个儿进香，一圈下来用了快半个小时。

最后在大殿里进完香整个仪式就结束了。他们都想算一卦，大殿上供奉着太上老君，一边挂满了锦旗，一边立有一个牌位。第一个人跪在殿中算卦，两个挽着发髻的女道姑嘴里念念有词。每个人抽签之前还要交供奉，其中一个道姑说："多少不限看个人诚意！"大殿里除了道姑的声音就是摇木简的咣当声，每摇一下声音都特别清脆，等掉下来一只，求签人双手拾起，磕完头跟着道姑到旁边解卦，解完换下一个人，那支签重新放进去。

轮到徐馨璐的时候，富晶垚抢着投了十块新钱，道姑说："自己许愿要自己进香油钱，别人进的会不灵验！"徐馨璐笑着"嗯"了一声从口袋里掏出十块钱塞进功德箱，跪在垫子上闭着眼睛摇起竹筒。富晶垚看她闭眼后眼皮就没有动，圆圆的脸庞泛着红光，每用力往上提起往下停住，富晶垚都想穿透她的内心，想知道她究竟许的什么愿。一声清脆的木简落地的声音，她把竹筒放在案台，双手拾起木简递给道姑，道姑请她去旁边，富晶垚跟着，走了没两步，徐馨璐说："我去解签，你在这儿等一会儿！"他怏怏地站回原地，远远地看着道姑给她解签。徐馨璐问的时间有些久，过来的时候面带微笑，富晶垚有些捉摸不透。

轮到富晶垚，他掏出来一把新钱，抽出十块的时候犹豫了一下还是取出一张五块钱塞进功德箱。周良见状说："你太吝啬！"

富晶垚本已跪下，回过头说："我刚才塞了十块钱！"

徐馨璐说："你安心抽签，你管周大嘴说啥呢！"

周良说："提醒你，你们俩还不领情，懒得说你们俩。"富晶垚顺着内心，排了个序，心里面默念了一遍用力摇签筒，道姑好像读懂了他的心思说："只能许一个，如愿后明年过来还愿再许下一个，许多了就不灵验。”

富晶垚准备重新许愿的时候听到“嘭嘭”两声竹筒落地的声音，他听到道姑的话有些激动，用力过大，一下掉出来两根，他看着地上的两根竹签，说：“掉下来两根，不算，我重摇！”

道姑说：“第一次的最准，重抽就没有第一次的准！”

富晶垚一只手一根从地上拾起竹签说：“那究竟哪一根是最先掉在地上的？”

徐馨璐说：“你左手的那一支最先掉地上。”富晶垚把那支递给道姑，道姑让他跟着过去，徐馨璐站在那儿等着。

道姑两句话就把签解完，富晶垚坐在那里思考道姑所说的话，道姑已经给下一个人做抽签仪式。他缓缓起身走向徐馨璐，徐馨璐说：“走吧，他们都在那边喝水，我们俩也过去。”没有问他道姑如何解签。

两个人一起过去，富晶垚从茶盘里取出来两只洋瓷缸，用开水涮完倒了杯热水，几个人正喝水，来了一对中年夫妻，男人见他们问：“这个车钥匙是不是你们的？”

张立川摸摸口袋，说：“是我的车钥匙。”

男人说：“上来的时候路边捡到的，我想肯定是上来进香的人所丢，就问问你们。”

张立川不停地道谢，几个人也都向中年夫妻道谢，王永军给他们倒了两杯水，中年夫妻忙说进完香再喝。

喝过水，大家出了大殿看山上的风景。道观地处山顶分出来的两峘之间，这座山是远近最高的山，可以看到天际，有一种包容宇宙的收纳感，吼一嗓子可以声达八方。左右上下分成四条路，各通各的去处，几个人分散着走。

富晶垚和徐馨璐看风景的时候，大部分时间都是徐馨璐说着学校里的人和事，富晶垚作为听众。富晶垚本科毕业就工作，对研究生的事情也比较好奇，听得还算认真。两个人选的那条路没多远就到了一个山顶，有乒乓球台那么大，一边是万丈悬崖，悬崖边长有一棵大树，树干倾斜，上半部分悬空，树叶都已掉落，上面挂满了红布条，布条随风飞舞，呼啦啦地作响。根部镶嵌在石头缝隙里。

看到眼前的树，徐馨璐感叹树根需要用多大的意志才能扎稳！树枝用了多大的勇气和毅力才能长这么大！她指着最远的那根枝条说：“你看，谁的手那么长，还能把祈愿条挂那么远！”

富晶垚顺着她指的方向看去，果真有一块红布条系在最远的那根树干上，赞叹以后，说："我去问一下这些条幅从哪儿弄的！"

"那我在这儿等着！"

回到道观见到道姑，他虔诚地问有没有祈福的红布条，道姑给他指旁边桌子说："那边桌子上请的！"富晶垚在桌前的功德箱里投了钱，去旁边锦旗下拿了一条，用笔在上面写了两个人的名字画了个心圈起来，拿起来准备走，道姑要给它加持，富晶垚双手递过去，道姑做了个法再递回，他双手擎着飞奔出去。

爬了几级台阶，他看到徐馨璐仰着头看着天边，风吹过她那扬起的长发，犹如仙女下凡，远处的山就像她由远到近披上的一层婚纱，若隐若现，留下最显眼的山顶可见，她在众山顶的映衬下格外有致，让人依恋，那画面实在太美。富晶垚站在那儿看得发呆，徐馨璐喊他过去，看到他画的心咯咯笑，说他是抽象派画家。徐馨璐在后面拽着他的衣服，他站在悬崖旁边往树枝上系绳子，系完以后他还拽了两下，说："我系得非常牢靠，除非树枝断了它才会掉下去！"徐馨璐咯咯笑，说："你还认真得不行！"

徐馨璐默默地靠在他的肩膀上没有说话，许久两人才回道观。

王永军一个人坐在那儿喝水，不见其他人。富晶垚告诉他那边一条路是个山头，像进入仙境，王永军去了那里。

两个人又换了一条路，这条路绕到了侧房旁边，刚拐过院墙看到张立川和李琳正抱着，富晶垚推着徐馨璐说："走，走，打扰人家两个了！"徐馨璐害羞地低着头转身，那两个人听到有人说话也折回来。富晶垚和徐馨璐刚到道观，张立川和李琳两个人随后也到了，富晶垚指着他们俩说："噢，你们俩亵渎神灵！"

张立川说："李琳眼睛里进沙子了，我给她吹眼睛。"富晶垚"咦咦"地感叹。王永军嘿嘿笑起来说："年轻人，火气盛，你要理解……"大家等着周良也回道观，休息了片刻开始下山。

经过那条分岔路，大家一致认为不能再走那条陡峭的路，应该从另一条弯曲但是平坦的路下山。

下山就快了很多，陆陆续续有人上山。张立川这才想起来上到半山的时候他有些热，把上衣脱了挂在手上，车钥匙应该是那个时候掉在地上，上山来进香的人，心都比较诚，把钥匙还给了他。

到山脚，大家一起叹了口气，远看道观的山顶，富晶垚大喊："希望我明年再来！”

周良说：“你应该说明年必须来！”

“对，就是！我明年必须来！”

几个人来到停车的地方，四周围满了车，张立川来回移了好几次，终于把车移开。有人提议先载三个人到马路，然后再来接三个人，王永军不同意，一直说他不愿意再做电灯泡，第一趟车里面挤四个人，下一趟再过来接剩下两个。富晶垚和徐馨璐留下步行往前，王永军跟着那一趟车走了。

富晶垚期望张立川晚点来。这次分开就不知道徐馨璐什么时候再能出来。徐馨璐有些累了，走走停停，在没有人的地方富晶垚又一次抱住了她，亲吻起来。两个人走了半个多小时，张立川才开车过来接他们。

再次到马路上其他几个人已经搭出租车回家。张立川把两个人放在鹿鸣县城最繁华的街道。这时街道上的人也寥寥无几，商场还没有开，也没有吃饭的地方。走到一个偏僻的小巷子，富晶垚让徐馨璐闭上眼睛，从口袋里掏出准备好的红包攥在手里，徐馨璐闭上眼睛，静等着将要发生的事情。富晶垚双手托起红包说：“璐璐，这是新年礼物！”徐馨璐睁开眼睛，带有期望，看到是个红包笑容减了好几分说：“我们俩的事情我还没有告诉我父母，现在就拿你的红包肯定不行！”

富晶垚有些急了说：“我一直上到最后一天，我那个地方也没有商场，纵使我想了好多要买的东西，也没办法买到！”

徐馨璐把脸上的微笑完全收起来，淡淡地说：“那就留在你那儿，等后面看到喜欢的咱们再买！”

“我一个月只有四天假，说不定什么时间才能见面！”

徐馨璐面部没有变化说：“你那么忙都没有时间给我买东西，也没有时间陪我，那后面我们在一起怎么办！”

“我一定抽时间陪你，你相信我！”

徐馨璐把头扭向旁边没有再接他的话。

“璐璐，你放心，我一定会努力上进！”

徐馨璐突然一笑说：“我家就在不远处，街上也没有吃的，我们过两天再约！”

“那我送你到楼下好吗？”

徐馨璐斩钉截铁地说：“你就送到这儿吧！如果被我爸妈看到，后面我可能就真的出不来了！”

富晶垚处于极度的纠结中，说：“好吧，我就站在这里目送你！”

徐馨璐转身离开，头摆得是那么干脆，秀发还没有来得及跟着头摆动，甩出一个大大的弧线。等到徐馨璐消失在他的视野，他有些失落，在那里怔了好一会儿才缓缓回家。

一路上富晶垚发了几条思念的短信，徐馨璐都没有回。

## 七十

正月初二，富晶垚跟着父母回舅舅家，有些魂不守舍。

正月初三，这天他和徐馨璐联系晚上能不能出来放烟花，徐馨璐回复他晚上可以出来。两个人约到七点。

下午早早吃过晚饭，富晶垚在约好的地方等着，冬天的风呼呼地刮，他把徐馨璐送的那条围巾裹得紧紧的，不时嗅嗅，也都是自己身上的味道。等了一个多小时，已经七点了徐馨璐还没有到，他把电话号码拨出去立马被挂断，等到七点二十，天已经特别黑，亮起了路灯，昏暗得只能看清楚人的大概模样，更远处有人在后山放烟花，绚丽了半边天空。他正看着烟花听到旁边有人喊他，扭头看到了徐馨璐，接着一阵香气扑鼻而来。他准备给徐馨璐指那片绚丽的烟花时，天空又暗下去，再也没有耀眼的烟花。徐馨璐先开口说：“我刚准备出门，我爸巡逻回来，陪他聊了一会儿才出来！”

“没事，等多久我都愿意，你刚看到那边的烟花没有？真漂亮！”

“看到了，这一会儿又没有了！”徐馨璐淡淡地说。

“我刚才看到河边有好多卖烟花的，咱们俩买一些去后山放！”

徐馨璐伸手挽住他的胳膊说：“走吧！”一起走向河边。徐馨璐说着这几天的趣闻，富晶垚静静地听着。

河边的堤坝平时是人们休闲放松的地方，过年改成了集市，一长溜的烟花摊点。两个人看着烟花类型问着价钱，一直问到中间的摊位。富晶垚正在看台面上摆放的烟花，有人喊：“矮墩，你带的谁？”他循声望去，摊主的脸在万花筒发出的光面前若隐若现，这不是中学时的班长高亮吗！整个轮廓没有变化，只是苍老了许多。富晶垚喊：“高班长，这是你的摊？”

“是啊，这摊是我的，每年都在这儿摆摊！”

富晶垚有些诧异说：“好多年没见，也不知道你干什么，今天这么巧。”

“是啊，我看像你，喊了一声还真是你。你看桥头那个警察，是咱们班杨引耀，我给你喊。你在哪儿高就？”说着边使劲喊：“杨警官，杨警官过来！”边冲那边挥挥手。富晶垚看桥头有两个人影在晃动，一个人应了一声往这边走，高亮说：“我这儿烟花你随便看，都给你算最便宜。”

富晶垚对徐馨璐说：“这是我初中的班长，随便看这里的烟花。”杨引耀过来就搂着高亮的脖子说：“喊我干啥？”

高亮指指富晶垚说：“你看这是谁？”

富晶垚招招手说：“杨警官，我！”

杨引耀松开手斜着半边身子说：“这不是矮墩吗！”

“我都一米七，不矮了！”富晶垚垫垫脚。

徐馨璐哈哈地笑起来。

高亮说：“你看你，踮着脚才和你旁边的一样高，你们俩结婚没有？”

“我这矮都是你们叫矮墩叫的，还在叫！”富晶垚没有回答后面那个问题。

杨引耀说：“我们说你是富县长，你能不能是县长？自己矮还赖我头上。你现在在哪儿？”

“联合社，才毕业！”

高亮说：“这好单位，哪像我那个时候，没好好学习，只能在这儿摆摊！”

杨引耀直了直身子说：“拉倒吧你，你摆半个月的摊抵我半年的工资！”然后对富晶垚说，“你在县联合社，你们保卫股的那几个我都熟！”一连说出来几个人的名字。

“都是县里面的领导，没太接触过。”富晶垚笑笑说，在他记忆里杨引耀调皮捣蛋，富晶垚以前也被他欺负过，怎么转身就变成了警察？高亮以前是班长，学习不怎么好，但是和班主任还有学生都处得好，怎么在这里摆摊卖炮仗？

杨引耀接着说：“你们那儿有啥事你给我说，我都熟！”

“那好，那好！”

三个人彼此留了电话，杨引耀不免又在徐馨璐面前扒拉富晶垚初中的事情，徐馨璐和富晶垚不在同一个班，听完觉得富晶垚还是个特别有意思的人。谈话中富晶垚知道高亮初中毕业没考上高中进了县木材厂当工人，后来木材厂倒闭，他也跟着下岗，现在什么赚钱倒腾什么，有两个孩子，杨引耀也已经结婚，有一个女儿，性格和原来一样。徐馨璐选了万花筒和蝶舞，装了半袋子，选完后不停地拽富晶垚的胳膊催他快点走，高亮在杨引耀的说辞下便宜了十几块钱，两个人提着袋子去后山。

路上徐馨璐说："你以前咋在你们班里面那么不起眼，只记得矮墩这称号！"

富晶垚撇撇嘴，说："还能记得这么多就不错了，我以前在班上都不显眼，学习也是中不溜儿！"

徐馨璐长叹一口气说："真要是结婚了以后娃咋办！会不会也被叫成矮墩！"

"不会，咱们以后营养好，娃肯定个儿高，还有你吗！"富晶垚一本正经地说。

"我就说说，你还认真了，有我也不一定能好到哪里！"

富晶垚开始讲述那两个人初中在班里面的情况，徐馨璐并不是特别感兴趣，默不作声。他意识到自己一个人说了好久停下来不再说话。

冷场了一会儿徐馨璐给他普及如何辨别辅警和正式警察，富晶垚问："那我那个同学是正式的还是辅警？"

"你以后遇见了自己辨别。"

两个人不知不觉地穿过了火车道来到后山，县城里禁放鞭炮，后山放鞭炮的人特别多，地上留有很多的炮筒。不远处一大群人，当中有人扛了个大纸箱，叽叽喳喳地说着话。富晶垚和徐馨璐打开袋子拿出万花筒，放稳以后徐馨璐离得远远的，富晶垚上前点燃，"呲呲"的声音伴随着美丽的火光从炮筒喷射出来，让周围的一切都染上他们的光彩。两个人不满足只点燃一支，摆成一溜点燃，玩得不亦乐乎。

歇下来的时候天空中出现了大烟花，连续好多发，燃亮了整个头顶，烟花升起的时候有人大喊："×× 我爱你！"连续不断的喊声，富晶垚觉得好浪漫，一连点燃好几个蝶舞，烟花围着两个人乱窜，他站在徐馨璐的对面用尽力气喊："徐馨璐，我爱你！……"徐馨璐站在对面微笑地看着一切。

到了十点，徐馨璐接了个电话，挂断以后告诉富晶垚她爸催她回家，富晶垚紧紧地抱着她不想松手。

下山穿过小巷到路口。徐馨璐说："我到了！"富晶垚又一次抱着她。抱了一会儿徐馨璐说："一会儿我爸又要打电话了！"他这才松开手。徐馨璐往后退了两步，招招手转身离开。

富晶垚后面几天再联系徐馨璐，她需要走亲戚也就没时间再出来。

初五晚，富晶垚联系刘长江，问他什么时间回晶沟！刘长江说他已经回晶沟，乡里安排他最后一天值班，他昨天下午就已经到晶沟乡政府，走得匆忙，就没给富晶垚打电话。富晶垚的失落感更加强烈。

他开始担心明天回晶沟的班车，就像每年开学那样，车厢挤满了人，无处下脚。他把情况编了个信息发给徐馨璐，徐馨璐回复他明天尽量过来送他。

这个信息让他兴奋起来，晚上睡觉都感到甜蜜。

母亲早就给他准备了一大袋吃的东西，吃过早饭他无心在家，背着东西到商场里面想着给徐馨璐买点什么，大部分的商场都已经开业，熙熙攘攘的人群。他转了好久也不知道买什么好，最后选了一副乒乓球拍。

出了商场去售票大厅买好车票，上车打算用背包占个座，可车厢已经坐满了人，他找了一圈也没见赵芳霞。他想着反正也没有座位就出车站在车站口等徐馨璐，一直张望着几个路口，焦急得有些恍惚，直到他不停地擦眼泪，视线有些模糊了都没有见她过来。临近发车时间，徐馨璐还是没有到，他焦急得直跺脚，忍不住打了个电话。徐馨璐说马上到。他伸着头张望，在人群中远远看到那个身影徐徐走来，他跑上前一把抓住徐馨璐的手，他顾不上马路上人来人往，抱起她，徐馨璐小声嘟囔着："这么多人呢！"富晶垚松开手，把乒乓球拍递给他，凝噎地说了几句分离的话，匆匆往车站走，也就几十米的路，他一步三回头，不停地招手，差点撞着人。

他看到徐馨璐略带憔悴，双手拿着乒乓球拍，双脚并齐看着他。再上车，车厢里的人爆满。货架上塞满大包小包，他的背包比较大没地方放。虽然没什么贵重的东西，他还是侧背在肩上，特别碍事。

赵芳霞在后面喊："那个背背包的，下去把包放到车肚子里面的行李箱里。"

当富晶垚扭头，赵芳霞看到是他，挤过去从他身上卸下包，问他里面有没有电脑等贵重物品，然后提着包下车放到车肚子里面的行李箱中。赵芳霞再上车，从她座位下取出一个乳胶漆桶，在上面拍了两下递给他让他坐下。他心里面有太多的不舍，神情慌张，木讷地应着赵芳霞的话。

车缓缓出了车站，他伸头看窗外徐馨璐送别他的地方，她已经不在那里，只剩下来往的摩托车和行人。他落寞地坐下。车缓缓地出了县城。

沿路有人上车，富晶垚渐渐清醒过来，才发现车上人挤人，面前一个硕大的屁股对着他，只要他往旁边收缩一点，旁边的人马上就会占据那点空间。他侧着身子，这个人的屁股就差一点点坐在自己肩膀上，他受不了这样的情况站了起来，随着整辆车的颠簸而摇晃。

分离的压抑在这种摇晃下带来双倍的不快感，小脑处于醉酒的眩晕中。不一会儿就有人发现了那个小桶，问他坐不坐，富晶垚勉强又坐下，架着身子，把头歪向旁边。

出县城没多远上了国道，山里的冷风吹得窗户旁边的人恨不得把窗户闭得严丝合缝，车厢的空气夹杂着各种味道，只有上下人停车开门那短暂的时间和外界敞开，对流些许的新鲜空气。

走了很长一段国道到了昶河地界，经过一座大桥后，在一个大转弯处有几个分岔路口，有人喊下车。车刚停下，几个人正往车门处挤，突然冲出来一辆班车，车身端直抵在这趟车的车头。赵芳霞有些慌张，喊："别下了，等一会儿再送你们回来！"已经来不及，有人已经下车。对面车上下来个人提着一根铁棍大声地吼着："这次可让我逮着了，还拉我的人，老子今天不让你躺着走老子都不姓叶……"后面夹杂着一大串骂人的话。

车厢里的人都伸长脖子看外面，赵芳霞看到叶姓司机拿着钢管急得直跺脚，嘴里使劲嘟囔着。

司机阮海涛看到对面拿了根铁棍，也从座位下面抽出一个大扳手吼道："就拉了几个人，你还耍得大得不行，拿个铁棍就怕你了，谁躺下还说不准……"

赵芳霞看到阮海涛也提了扳手从司机室下去，急得哭起来。

车厢里的人都抱着看热闹的心态，看着即将发生的打斗，评价着如果真打起来无论是扳手还是铁棍，凭这两个二十多岁年轻小伙子的力道，只要一下子下去另一个人肯定就废了。富晶垚本来还昏昏沉沉的，听到大家看热闹也站起来看外面。两辆车紧贴着，对面姓叶的司机已经从另一侧绕到阮海涛这边。

赵芳霞还是直跺脚，已经花容失色。突然从售票的钱包里面掏出来几张钱，捏在手里冲向对面司机，对面司机显然没有防备另一面这个女人会手里捏着钱过来，把放在前面的铁棍拖在了后面。赵芳霞接近对面司机以后，一只手把钱塞进他的口袋，另一只手死死地抱着他，嘴里喊着："大兄弟！这大过年的你发这么大的脾气干啥！打着谁进医院都不好，姐错了，姐给你包了个红包，大过年的大家都喜庆！"

阮海涛提着扳手没有继续往前，指着对面的司机还在骂骂咧咧。

叶姓司机本来缓和的情绪被激起来，更为气愤，放在身后的铁棍又举起来，对着阮海涛说："再骂一句试试！"

阮海涛也不示弱地喊媳妇回来，大不了就有一个人躺下。

双方就这样僵持了一阵。

赵芳霞带着哭腔喊："你个不是人的东西少说两句……"

叶姓司机放下铁棍再次举起来时，可能铁棍太沉挨了赵芳霞一下，赵芳霞"啊"的一声顺势倒下去，阮海涛往前冲过去和对面拼命。

叶姓司机显然拿了钱，又不知道打赵芳霞这下是重还是轻，往后退着，嘴里喊："我不打女人！"

阮海涛在往前冲到赵芳霞的位置的时候，赵芳霞起身一把抓住他不让他再往前，刚才的情形瞬间反转，阮海涛在这边咒骂，叶姓司机在那边还嘴。

赵芳霞一边哎哟一边喊："小兄弟，你就先走吧，打起来了都不是好惹的……"

两边就那样又僵持了十几分钟，车厢里的人没有一个下去劝架，富晶垚反应过来比较晚，又听车厢里面的人这样那样议论，看到这个场景，从车厢里下来。

阮海涛和对面司机相隔三米，两人手上都有铁器，嘴上谁也不服谁，苦了中间那个女人使劲抱着像一头野兽一样的老公。富晶垚站在阮海涛后面也有些害怕，对阮海涛说："大过年的别打了！"

"你敢打我媳妇，今天非打死你！"

对面回应得更为激烈，赵芳霞见富晶垚下车喊："富主任，你给劝劝，让他们俩别打了！"

听到赵芳霞喊富主任，两边声音都低了很多。

山里人的官本位思想已经根植于内心，对领导所说的话句句认可，尤其是在这种调和矛盾的时候。

富晶垚说："你看你媳妇这么使劲抱着你，就是不让你打架，你还抢着要打架……"

没说完，阮海涛吼道："要是你媳妇被人打了你不还手，你还是不是个男人！"富晶垚被这一句话噎着了，往前走了两步对叶姓司机说："你媳妇肯定也不想你在外面打架吧！"

叶姓司机冲他吼道："老子还没媳妇，也没媳妇管！"

这句话说完，车里面的人都笑起来，气氛一下缓和了好多。

富晶垚接着说："没媳妇有爹妈吧！你爹妈更不希望你打架！"

叶姓司机喊："我爹早去世了，就我妈，打架怎么了，我妈都管不了我，你别多管闲事！"

车厢里又是叽叽喳喳的声音。富晶垚试着往前走到中间，看了看双方，感到阮海涛是真的会打，但是另外一个有些胆怯。他把叶姓司机的铁棍压下去说：“大过年的，对面的大姐一直道歉，说好话，听人劝吃饱饭，大正月的别打了，各走各的……”啰啰唆唆地说了好几分钟，叶姓司机开始软下来，富晶垚推着他离开。叶姓司机犟着脖子吼：“下次再让我看到你们拉我的人卸你半条腿……”富晶垚也不应话只管把他推着绕到车后，最后直接推上驾驶室把车门关好，赔笑了几句说了自己的工作单位。叶姓司机说：“我和那烂㞞货的事，没针对你，联合社的人还都是好人……”一连说了几遍才启动车。

等到对面的车启动，富晶垚看到赵芳霞还没有松开阮海涛。等车调转头，不见了踪影，赵芳霞这才松开手。阮海涛冲向前把扳手扔出去，狠狠地骂了几句，转身回来，觉得扳手扔了可惜又去捡起来，才关心起媳妇。赵芳霞踮着脚在阮海涛耳朵边说了几句话，阮海涛沉着头提着扳手回驾驶室。回到车上赵芳霞一直感谢他，他有些不好意思，其实整个局面早就被赵芳霞掌握住，他只是顺势推了一把。

富晶垚上车以后发现他的小桶已经在一个大肚子中年男人屁股下面，也不好意思说这个桶是他的，就站在车厢里。赵芳霞看他站着，拉他到售票的地方坐下，富晶垚拉扯着说：“刚才还伤着你了，你坐吧！”赵芳霞低着头在他耳朵边说了几句话，他侧着眼睛看，这个女人不简单。这个距离刚好能把赵芳霞看得特别清楚，她脸色红润，皮肤白皙，还带有淡淡的香味。他连连“噢噢”了几声坐下。

阮海涛上车以后就不再骂了，启动车驶往晶沟。车厢里的人似乎觉得刚才那场戏没看过瘾，开始讨论起来。几个年龄大的都说另外一个司机就是个不要命的二愣子，也不管年迈的母亲。有人说他年初的时候摆出个狠劲，让其他人都怕他，这条线上的人都由他来拉，一年下来也挣不少钱。更有人开始扒他家里面的事情，最后他被扒成了一个偏执狂和神经病。时不时有人大声说两句。

赵芳霞低着头把羽绒服裹得紧紧的，没有作声。

车驶过昶河镇，有几个人要下，赵芳霞让他们快一些，免得又惹出事情来。这里下了好几个人，车厢里空旷很多。

经过山腰那段路，富晶垚站起来让赵芳霞坐，他觉得已经坐了很久应该换一下，两个人在盘山路拉扯了一会儿，赵芳霞才坐下。他伸着头看窗外的悬崖，思索着这下面往后面都会蓄水，可能还会和这条路齐平，感叹人类利用、改造自然界的能力。

车在联合社的门口停下来，赵芳霞钻进货箱取出他的背包扶他背上。他背的时候感到特别像他小时候，书包太沉，母亲用力提着，他双手穿过背带背起来的情景。他回头漠然地看了一眼这个女人，既熟悉又陌生。

## 七十一

富晶垚还在院子外面就听到“咩咩”的羊叫声，经过营业室窗户时看到谭会计和阮宝山在里面。他打了声招呼，谭会计说：“我和你阮叔叔刚打赌说你坐这趟车下来，你阮叔叔还说你下午坐乡上车过来，正说着你来了！”

阮宝山笑眯眯地说：“我想第一年参加工作还不在家好好陪陪父母，中午就下来！”

“刘乡长昨天就下来值班了。没想到早晨那么多人，在路上差点还打了一架！”

“咋坐班车还能和人打架！”谭会计说。

“有啥事好好说，打架就过了！”阮宝山说。

“不是我打架，我把包先放下，一会儿再和你们说！”上二楼去了。

富晶垚回到房间，又是那股霉味，他把窗户打开，从背包里提出来一小袋砂糖橘，大致数了一下，每个人两个还不够分，一个又太小气，索性抓了五个下营业室。

和阮宝山交接完，正式开始上班。

刚交接完谭会计就让他去蔡老板和余老板那里把过年的账结一下。过年那天和正月初一、初二厨师都没有来，正月初三中午厨师过来做饭。这几天的饭钱和菜钱都是谭会计签字，免得时间久了两家加账，到时候说不清楚，富晶垚觉得他说得对。结账时顺带买一些这几天的菜。

出营业室，他先去柴棚看那只叫得欢实的羊，刚上台阶就闻到一股臭味，羊听到有人过来不停地“咩咩”叫。羊脖子上还拴着那根红绳，这几天在地上来回拖，已经由红色都变成了褐色。地上这儿一堆羊粪那儿一堆羊粪，也没人清理，那天割的草也剩不了多少，草上还有剩饭。再看看羊，骨架还是很大，似乎也没有瘦。他从旁边随手拽了几根草扔过去，羊嗅嗅吃起来。

看完羊，他去结账，一路上还有些兴奋，又来到了这里。他先到余老板那里，余老板美美地夸赞了他一番，这几天没多少钱，结完账寒暄几句出门，直奔蔡老板那里。以前从这条路走的时候总能听到几声狗吠，今天很奇怪，没有声音，尤其是蔡老板门口，平时几只躲在杂草丛里的狗也没有什么动静，仿佛不在那儿一样。

大堂里只有蔡老板和杨丽花两个人坐在火盆上烤火，两个人你一句我一句地说着什么。

见富晶垚来，蔡老板说："正月初六就见到财神爷，今年生意要好！"

杨丽花说："你们今天就开始正式上班了？"

"明天正式开始上班，今天刚下来，你两个女儿都走了？"

"昨天就走了，在我这儿待了七八天，吃喝拉撒都是我们伺候，还不走，我都烦了！"

"你还烦了，你后面想让人家回来人家还不回来，过年陪你你还不高兴！"富晶垚哈哈笑着说。

杨丽花说："你看你咋说话的，你身上穿的哪一件不是俩女子买的！老头子没良心！"

蔡老板合着嘴笑，把衣服来回翻了几下说："养女子就是这点好，穿的不用我操心！"

"这就是得了便宜还卖乖！"

蔡老板笑容满面地说："我一年四季伺候别人，那两个疯丫头过年回来了还要我伺候，要是不让我伺候就好了！"

"这话让你俩女儿听到了说不定明年就不回来了！"

蔡老板收起笑容说："你看你这话说的，不回来咋行，一年也就这个时候回来待的时间久！"

杨丽花问："富主任，您今天过来有什么事？"蔡老板也搭腔问，富晶垚让他把过年的账算出来结了。蔡老板到吧台翻出这两天的账，正算着花花进来，富晶垚瞟了一眼又看蔡老板算账。这几天零散吃饭的比较多，好多单子混在一起，蔡老板一张一张拿起来借着门口的光看一下，挑出来几张递给他说："这几张都是你们的。"富晶垚看上面全是单点的饭，有些疑惑，问："这几天值班的人都是在这儿吃？"

"是啊，一直都是这样，过年几天都在这儿吃，没买过菜！"

蔡老板把总金额算出来，四天的时间几个人吃了不到三百块钱，和一个月的菜钱差不多。富晶垚看了又看，上面要么是段主任的签字要么是谭会计的签字，谭会计的签字他还能辨别，段主任的签字就有些难，他要拿回去让谭会计看一下，反正一会儿报销也要拿走，他不会耍赖。蔡老板笑呵呵地让他尽管拿走。

拿着单子刚走到门口就听到花花说："还联合社的人，真抠门！就这点钱过年晚上都不够！还要去对一下！"

富晶垚憋红了脸说："过年我没有值班，要是都是我签字也就不问了。"

杨丽花说："人家富主任说的也是。"

花花说："哼！他们这些做金融的把一分钱账都算得特别细，只相信自己，从不相信别人。"

富晶垚本想争几句，脑子里串起她的各种事情，又有些同情她，没有再和她多说，对蔡老板说："我一会儿就来。"

回营业室和谭会计把账对完他又回到蔡老板那里。花花坐在餐桌前等餐。

账都没什么问题，富晶垚先用自己的钱垫上再回去报销。他又拿了几样菜。走的时候花花正拿着手机高兴地聊天。他本来想打个招呼，停顿了一下出了大堂。蔡老板笑盈盈地送他出门。

回到营业室，他和谭会计在营业室兴奋地说起过年发生的事情。后来谈起来附近的狗少了很多，连狗叫声都听不到，谭会计说过年那几天晚上听到狗的嘶叫，八成是被人做成狗肉火锅。富晶垚停下，看着谭会计，谭会计一愣说："我可没吃！你看那些流浪狗身上掉块皮瘸个腿的，吃了造孽，也有人打电话喊我去吃，我没去！"看看富晶垚又补充了一句，"你有点大惊小怪，每年不都是这样！要不然乡里到处都是狗！"他想起了年前吃狗肉后的场景，胃里面翻江倒海。

中午吃饭的时候厨师笑着说这羊不能这样养，都饿瘦了，还不如宰了，而且整个院子都是羊臭味。谭会计端着碗过去看，转了一圈说："好像就是有些瘦，这两天就杀！"羊本来还在安静地吃草，听到谭会计这么说前脚蹦起来扯着绳子，"咩咩"地叫。

阮宝山笑着说："这畜生还通人话！"

"通啥人话，给它吃得不好，小富一会儿再跟我割点草回来。"

吃过饭谭会计拿着镰刀，带着他走过街口的核桃树，又走了一段，有一大片野菜和野草，谭会计挥起镰刀割了不少，堆成两垛，两个人一人提着一垛回社里面。路过蔡老板那里，谭会计进大堂给蔡老板说这两天要把羊牵过来杀了，富晶垚在外面听到蔡老板问他羊瘦了还是胖了，谭会计含含糊糊没有说。

两个人把草扔在羊面前，羊吃得特别欢实，不时冲两个人咩咩叫。

下午下班，富晶垚用座机给刘长江打了个电话，到他那里去。刘长江说他在房间。

## 七十二

富晶垚七点多从背包里取出来一些糖果和水果，提着到刘长江那里，今晚大家基本上都在乡上，是乡政府人气最旺的时候。上二楼正准备拐向刘长江那边，他碰见了殷所长，殷所长还是手里举着烟，与嘴平齐，说："还没有上班就来送礼！你那边不管事，要送往楼上送，存款贷款一年都不熬煎。"

富晶垚嘿嘿一笑说："殷所长说的，哪有送礼，刘乡长是我大学隔壁校友，到他这儿坐坐，大过年的总不能空手吧！"

"难怪说你们俩还能拉扯到一块，你去！你去！一会儿过来喝水。"

富晶垚点着头到刘长江房间，刘长江看他进来说："遇见殷所长了？"

"是啊！"

"咱们俩的关系，过来就不用拿这拿那，你要是不说后面那句话，殷所长这张嘴能把一个橘子说成一块金元宝！"

富晶垚有些愧疚，说："就想着这不是刚过完年，空手过来不好。"

"要说不好意思是我，昨天下来有些仓促，还拉了昶河镇两个人，也想到你昨天不下来就没有给你打电话。"

富晶垚双手摆摆说："你说得过了，我蹭你车子，你还不好意思！"

刘长江起身从柜子里抓了一盘瓜子、一盘水果放在茶几上说："刚才殷所长那话应该整个乡上都听见了！"

"真没有想到这些。"

"咱们俩就是校友，他们说由他们说去吧，咱们做好自己就行了。"

两个人看着电视聊着天，整个晚上，富晶垚都有种做错事的感觉。

两个人聊的也比较多，作为经济学专业的富晶垚也比较佩服刘长江这个不是学经济的人的思维。尤其是刘长江在谈到印了那么多货币，通过各种金融媒介，用不同的方式传递给使用者，在传递过程中，底层和不善于和传递工具有来往的人所获得的货币就少，上层精英在设计这个传导机制的时候，只是机械地设计出了流程，而没有考虑到人类社会的弊端。这个传导机制从开始就应设计出一个解决弊端的渗漏机制。

他举了个例子，他的工资只是富晶垚的一半，因此从一开始设计这套制度的时候假设就是错误的，所以后期传导就有问题。富晶垚愣是听完了刘长江的这些理论。听完以后他问刘长江过年是不是受到了什么刺激，刘长江长长地舒一口气说："只是对晶沟的整体思考延伸到自己身上！"

富晶垚发现他开始抽烟。

两个人聊到深夜，大部分时间都是刘长江侃侃而谈，富晶垚是一个听众，时不时应和着拍一下大腿说："就是的，我咋没想到！"从乡政府出来，已经比较晚，没有了成群的狗吠声，这里更显寂寥和荒凉。冬天的风里已经带有春天的味道。

回到联合社院子里，段主任的房间亮着灯，院子里又有几声咩咩的羊叫声，他也冲着后面咩咩了几声，楼上有人喊："院子里一只羊已经够臭的，又来了一头羊！"

吃早饭时，谭会计就吆喝富晶垚吃完饭帮他把羊牵到蔡老板那里。

吃过饭，谭会计从扫帚上抽出来一根竹签，解下绑在树上的绳子，让富晶垚牵着，自己在后面拿竹签赶。

段主任和柯礼朝拿富晶垚开涮，段主任说："一头羊肯定换不了人家一个女儿！"

柯礼朝不认同说："那不一定，羊是四条腿的，要换小富也要把两个女儿都换过来，不然四条腿换两条腿不划算！"

段主任说："人家老大都结婚了，娃都有了，老小就看小富的本事！"

柯礼朝说："结婚咋了，小富还喜欢这种老嫂子！"……两个人一唱一和说着他，富晶垚说了句："不是我的羊，是谭会计的！"牵着羊走了。

出了联合社的门向蔡老板那个方向走的时候，羊似乎觉察到那里是它生命的终点，不停地回头拽富晶垚，谭会计拿竹签使劲在羊屁股上戳，两个人费了九牛二虎之力才把羊赶到蔡老板那里，富晶垚满头大汗。进大堂，富晶垚把绳子递给蔡老板让他在前面拉，蔡老板接绳子的时候羊噼里啪啦拉了一地的粪便，蔡老板抱怨起谭会计说："上一次让你放我这儿养你对我不放心，怕我把你的羊换了，现在又牵回来，多费力，你看这还拉了一地多难收拾！"

谭会计咳了几声说："你看羊拉的是一粒一粒的，像不像金豆豆，蔡老板，你怕是今年要发大财！"说得蔡老板咧开了嘴笑说："那可好！"

这几天羊吃得也好，拉出来不是黑色的粪便，而是黄色的，杨丽花也笑着说：“谭主任真会说话！”

绳子交到蔡老板手上以后羊顺从了很多，他把羊牵进了后院。

回到联合社，富晶垚倒了热水，用肥皂洗了手和衣服。嗅嗅总觉得还有臭味。

上班时间谭会计急匆匆地赶回来，拉开窗户说：“我把柴棚收拾一下！”

“要不要我帮忙！”

“前面没什么人你就过来帮忙！”

“好……”

谭会计去柴棚，富晶垚磨磨唧唧地不想去，刚才洗干净，收拾完怕又是一身臭味。磨叽了一会儿才起身去后面，谭会计已经把粪便扫成几小堆，富晶垚找了个袋子，两个人配合着把所有的粪便倒在袋子里，富晶垚提着出了院子，用力扔到路边的河里面。扔完嗅了嗅身上，又是满身臭味。

## 七十三

中午上班也没人，两个人正在营业室闲聊，段主任推开后院的窗户通知大家晚上开会。段主任走后，谭会计自言自语：“今年的任务量大呀！”

“那我们营业室有没有任务？”

“每个人都有，都不小！”

一旦说有任务富晶垚就有些不适应，问：“我有啥任务？”

“段主任晚上开会都会说！”

下午快下班的时候景泽录才回到社里，回院子里就进营业室和谭会计嘀咕了半天。富晶垚也想听，但怎么也听不清楚，索性不听了。

嘀咕完，景泽录走到富晶垚身后用力拍了一下他的肩膀笑着说：“过个年咋又弱了好多，肾都还好吧！”富晶垚被这冷不防的巴掌拍得身子一斜，起身斜着眼睛说：“景叔叔，我要是个子再变低就找你了！”

景泽录哈哈一笑说：“你看，好长时间不见和你开个玩笑，你还不识玩！”

富晶垚耸了耸肩膀说：“你让我也使劲拍一巴掌咱们俩再开玩笑！”

景泽录又指指他说：“你自己说说你自己，掉链子不说还不识玩！”

富晶垚有些生气准备争论，谭会计搭话说：“你说你这个老景，刚才拍的声音那么大，下手应该不轻，人家小富说两句你还厉害了！”

景泽录笑起来说：“我不是看小富好玩吗，来来，小富，你来拍我一下！”说着把肩膀伸过去。

富晶垚哼了一声说：“我就当你逗我玩儿的好吧！景叔叔！”然后气鼓鼓地坐下。

景泽录夸奖了他几句出了营业室。

等景泽录上楼，谭会计说：“今年给你景叔叔分的任务量比较大，他是转身拍到你肩膀上发个气，快五十的人了还跟小孩一样。小富，你景叔叔知道他拍得重，不然也不会让你还回去！”

富晶垚的肩膀还有些疼，也没听太全谭会计的话，说：“这个景叔叔，我又没惹他！”

“你没惹他，谁让你离他最近，还最好说话！”谭会计说完嘿嘿笑了几声。富晶垚也不说话生了一会儿闷气。

下午下班，富晶垚还在收拾，谭会计告诉他一会儿帮他把羊肉提回来，没等回话就开门出去。收拾完他去找谭会计，房子里开着电视，谭会计一只手拿了一张报表，另外一只手掐着指头，看他进来，放下报表。

两个人来到饭店大堂，还有矿工在吃饭，谭会计跟着蔡老板进厨房，羊肉已经装在蛇皮袋里面，羊杂也用塑料袋包好。谭会计还是重新看了一遍，寒暄了几句以后提着袋子头，富晶垚提着袋子屁股，两个人一前一后出了门。

到院子里，谭会计把蛇皮袋挂在菜地旁边的树枝上，为了防止其他动物偷食，又在上面套了几个塑料袋。

晚上难得大家都在，吃过饭大家陆陆续续到会议室，阮宝山早早就把会议室空调打开。段主任还处于晕乎状态，肯定完大家的工作以后由谭会计给大家分配任务。分配完任务以后，段主任着重说：“晶沟联合社为什么能留下来？就是因为晶沟矿的存在，不然已经变成一个代办点，只留两三个人，其余的人就要分流，所以晶沟村承担了全社大部分的业务。大家任务都重，所有的任务都是统一安排的，谁都不要抱怨，舍小家顾大家，保证完成各项任务！”

存贷款任务分配完，剩下就是老大难——陈年贷款清收。谭会计拿出来一张单子递给段主任，段主任从胃里翻出来东西，嚼嚼又咽下去，说：“这些陈年贷款有二三十年的，也有新列进去的，已经分下去的是必须完成的，剩下的这些你们再看看，有没有能拿得下来的自己把名字勾出来备注在后面，清收的政策大家也都清楚。陈年贷款里有几个人今年过年从外地回来，你们在乡下跑也应该知道，方法也不用给你们教。”然后递给谭会计，谭会计看了一眼递给柯礼朝，柯礼朝看了几分钟画了一笔，一直轮到最后递到了富晶垚的手上，密密麻麻两页，勾下去的不到五户，他拿在手上翻了一遍，段主任看他看得仔细，说：“小富，你可能还不知道我们的清收政策是什么，册子里面的任何一笔能收回来，联合社按照分类等级和难易程度给你奖励，不低于总金额的百分之三十！”富晶垚听完窃喜，拿着名单又看了一遍，排在前几位的都是公司贷款，时间都特别久远，第一笔七十多万，有整有零到分，他在心里面大概算了笔账，如果这笔贷款能要回来至少能分二十多万，再看看下面几个，也都是几十万，有两个公司名字还特别像，一个叫鹿鸣桐油加工厂，一个叫鹿鸣桐油制品厂，两个加起来超过一百万，他一激动，就在鹿鸣桐油制品厂上点了一下。本来大家都拿着本子等后面段主任再讲点什么，听到富晶垚划纸的声音，全都看向他。段主任把纸拿过来看看纸上的名单，来回翻看了几遍，笑着问：“小富，这是个什么厂子你知道吗？”

“人能跑，厂子还能跑了不成！”

这句话一出几个人全都放声笑起来。

柯礼朝说：“那几个厂子都跑不了，我看看小富勾的哪个。”段主任把单子递过去，柯礼朝看完以后笑得更厉害，说：“你要是真的勾这个，应该给你申请一个月假专门清收。”

谭会计问：“小富勾的哪个？”

柯礼朝说：“他还好，勾了个鹿鸣桐油制品厂，他咋不勾鹿鸣桐油加工厂呢，那跑不了，说不定那块还有几扇烂窗户，还能卖破烂！”

大家听完都笑得前俯后仰，谭会计直接指着他说：“好好，这个让小富去收，看他能收多少！”

阮宝山说：“小富，我们社上一年总共两万块钱的清收，我们三个人就能完成任务，你选一个这么大的，不要看他金额大，收回来给你的多，那你能不能收回来？真是才出学校啊！”

段主任也说：“小富，你可要考虑好，这个是要往县上报的，计入个人年终考核任务！”

谭会计说：“你看他逞能，这能报，说鬼话呢！”

富晶垚被笑得有些心虚，说：“我刚才没注意，手滑就勾上了！”

段主任说：“你这个娃，内勤还是要放到外勤锻炼锻炼，不然啥都不知道！”

景泽录冷笑着说：“应该和我换换，存款任务那么大！哎，是小富就算了，怕他顶不住这压力！”

段主任当作没听到，其他人也都不再笑。

“那个不算，我不选了！”

谭会计说：“就是，你啥都不知道就不要乱勾！”

“那就给你划掉啊！”

“好！”

段主任把几张表递给谭会计，谭会计统计后又确认了一遍。

后面是学习时间，段主任拿出来几个文件互相传阅，自己夹起笔记本离开。

富晶垚收拾完会议室也回房间。他心里一直疑惑这个公司是个什么情况，这么多钱咋就要不回来？厂子倒了还有机械、厂房、土地，难不成啥都没了！

这个疑问装在他脑子里怎么都忍不住去想。

第二天早晨吃早饭，柯礼朝首先提了昨晚富晶垚打算清收鹿鸣桐油制品厂欠款的事情，几个人你一句我一句，富晶垚憋红了脸一声不吭。从断断续续的谈话里，他听出这个厂发生了很多事情，那块地现在都不是这个厂的了。

谭会计早已请好假，吃过早饭让富晶垚帮忙把羊肉拴在摩托车货架上回县城去了。

阮宝山接替谭会计。两个人聊起鹿鸣桐油制品厂的事情。阮宝山告诉他这两个厂名字特别像，的确是有关系。加工厂是本厂，制品厂在加工厂旁边，储存成品。两个厂总共二十多号人，共同经营管理，加工厂有设备厂房。

二十世纪八十年代末，桐油是战略物资，袒河周围十里八乡盛产桐子，县政府委托袒河镇政府在袒河的一块空地上建了个桐油厂，收购四面八方的桐子，提炼成桐油。建厂初始桐油产量高，品质也好，效益也很可观，到了一九九二年，开始以经济建设为中心，桐油的价格开始下降，桐油厂的效益变差，但是靠着集体企业这棵大树，贷款也就开始往后利滚利，逐年增加。到了一九九五年一个节假日，所有人都放假，鹿鸣县桐油制品厂，也就是那个库房突然起火，放假也没人值班，一把火烧掉了整个库房，什么也没有剩。但是据后面清扫的人说如果是火烧的话应该还有装油的桶，但是连个铁渣都没有。里面当时还有快百万的存货也说不清楚，这笔贷款就成了死账。厂里面只有六个正式工，其余都请的临时工，六个人也都怕烧东西的事情扯到自己身上，对这件事一直讳莫如深，也都因为这场火下岗失业。阮宝山还告诉他，金额这么大的表外贷款，清收回来自己都能拿一半，能要回来早就收回来了。富晶垚这才明白大家笑啥，大家都啃不动，一个刚来半年的小伙子就想拿下来，有些自不量力。富晶垚心里冒了一阵冷汗，这下成了大家的笑柄。

中午快下班时，县联合社打电话下来让段主任接电话。段主任到营业室接完电话要富晶垚请大家吃饭，大家要集体投票表决个事情。富晶垚立马问是不是他转正了，段主任说是的。程序是个人写申请。基层联合社投票，通过以后把材料报到县里。大家怎么投票要看他的表现。富晶垚期盼这一天已经好久了。

等段主任上楼，阮宝山微笑着说："你在这里待人接物都没有问题，工作也没有问题。就看段主任的态度。"富晶垚也想提升他在段主任那儿的好感。

吃晚饭时富晶垚留意到段主任没有在灶上吃饭，心想八成又是晚上十点多回来。

他先去余光亮那里买了两提三鞭酒放在自己房间，也没有出去闲逛，躺在金库里侧耳听。谭会计休假，没有电视的杂音，他基本上可以通过骑摩托车的声音辨别谁回院子。

就这样和徐馨璐发着短信，再躺床上看看天花板。晚上十点多他开始昏昏欲睡，但是想想转正过后一个月工资是现在的好几倍，又激动起来。

终于等到十点多院子里有摩托车停车的声音，他细听是段主任。等了十来分钟，回二楼房间里提了一提酒来到段主任房间，段主任正在洗脸，看到他提着酒站在门口，让他进来。富晶垚把酒放下直着身子坐下。段主任洗完脸还是满脸通红，看了看他说："咋今天想着提酒到我这儿来？"

富晶垚说："我这个月……"刚说到这儿觉得直接说转正的事情不合适，改口说："这个月还没出正月，都是年嘛，和您喝两杯。"

"那你拿那么多咱们俩能喝完不？你不用那么拘谨。"

"我陪您喝，喝多少是多少！"

"你去看看他们几个谁还在叫过来一起喝。"

"我这就去。"

他到柯礼朝房间把柯礼朝拉过去，段主任喝了上一场酒还没有醒。富晶垚开了三瓶，给一人递了一瓶，三个人碰着喝，他仍然没有放松，听着他们俩聊天。偶尔说说他们那个年代为了转正献过的殷勤和受过的艰难。富晶垚从一个毛小伙变成一个低头哈腰的服务员，两个人说啥他都不再找借口，提着瓶子喝酒。三个人看着电视很快就喝完一提，他又回房间把第二提搬过来。

这场酒一直喝到快十二点才结束，两提酒全部喝完。柯礼朝没太大问题，踉踉跄跄地回房间，富晶垚开始说胡话，搂着段主任叫老表。段主任喝多以后还有意识，似生气非生气地说怎么能把我叫老表，我们俩是叔侄关系。两个人拉扯一阵，富晶垚才回金库睡觉。

到了凌晨两点多，富晶垚听到猛烈的砸门声，接着听到嘶吼声“你给我开门，开门！”他的头还很晕，几声吼叫吓得他酒醒了一大半，迅速起床拉灯拿起旁边的盾牌和狼牙棒，这些动作一气呵成，提着盾牌和狼牙棒四处张望，发现自己还在金库里，紧张的情绪缓解了很多，然后把耳朵贴在门上细听，砸门的声音还是很大，但不是砸营业室的门更不是砸金库的门。这大吼的声音他也听出来是段主任的声音，他穿好衣服，进营业室把营业室的灯打开。出院子把院子灯全打开，上楼梯也把楼梯灯打开，院子里灯火通明。在二楼楼梯口看到段主任正在砸会议室的大门，喊柯礼朝给他开门，出来喝酒。他有些摸不着头脑，这是哪门子事情！找柯礼朝喝酒也应该是砸柯礼朝的门，怎么在砸会议室的门。

他走过去轻轻扶着段主任说：“段主任，柯叔叔的门在那边，不是这个，这么晚都睡了，明天再喝酒！”

这时柯礼朝从房间里出来说：“你个小富可好，拿的酒把我和段主任都喝大了，你看段主任，穿个大裤衩，一双夏天凉拖鞋就出来，一会儿就冻着了！”

乡上的灯也亮了几个，有人喊：“大晚上的不让人好好睡觉！”

阮宝山也出来解围，段主任仍然执着地叫着柯礼朝，看到柯礼朝过来拉着他的胳膊说：“走，喝酒去！”柯礼朝有些不知所措，被段主任拉回房间。一进房间，段主任把他按在椅子上后从柜子里翻酒，三个人一起拉段主任。

“段主任，现在该睡觉了，咱们也睡觉吧，您这样一会儿冻着了！”富晶垚说。

“大侄子，你不知道，我没喝好，咱们继续喝酒！”

阮宝山轻声说：“酒咱们都还有，明天再喝好吧，明天我也陪你喝！”

柯礼朝也说：“老段啊，再喝一会儿我也和小富称兄道弟了，你看你，还穿着大裤衩，冻着了嫂子就要骂人咧，明天喝！”

段主任用力摆两只胳膊想挣脱，没有挣脱，说：“谁是主任？谁是叔叔？谁最大？你们放开手！”

“您是主任，是我叔，是老大，今天咱们不喝了，明天喝好吧！”

“不行，今天喝，谁都别走，我这儿有酒！”

阮宝山看大家一起劝都劝不住，索性说：“段主任，你等一下，我那儿还有点好酒，把那一点喝完咱们睡！”

段主任被大家拉着动弹不得，连连点头说：“好”。

阮宝山去房间拿了一个酒瓶，里面剩的不多。段主任也就那样秋衣加大裤衩，四个人一人倒了一小杯，给段主任倒得最少，四个人一口闷完。

“这酒好，这酒好！”段主任不停夸赞。

几个人合着劝，硬是把段主任拉上床，盖好被子，熄了灯才回房间。

“段主任应该就缺那一口酒！”阮宝山说。

吃早饭时，柯礼朝在院子里喊了几声段主任，段主任在房间说：“你们先吃别管我！”

“小富啊，你昨天晚上是把段主任喝伤了，你看你下个月咋转正！”

富晶垚有些心虚说：“柯叔叔，你看咋办，我是这个月转正，不是下个月，我想留个好印象，没想到把他喝成那样！”

“噢，说起来原来昨天晚上喝酒是因为你这个月转正，你都来半年了！半年你还没有摸清楚段主任的脾气？”

“你别听你柯叔叔的，他吓你呢！”阮宝山说。

“我不吓他，他昨天晚上可是扒豁子了，你这正转不了喽！”柯礼朝说完哈哈笑起来，他越是笑富晶垚越是心里没底气，笑着笑着富晶垚饭也吃不下。

阮宝山看他那样子也哈哈笑起来。

中午上班，阮宝山说：“你柯叔叔早晨那些话只有一句说对了，就是这么久你还不了解段主任的脾气？你只要让他把酒喝好了，多大事情都是小事情，有的时候你柯叔叔喜欢和人开玩笑，正话反着说，你要知道呢！”富晶垚轻松了许多，不停地“嗯”着。

快到十一点段主任上厕所，经过院子的窗户，说：“小富，你这个娃昨天让我喝多了，好长时间都没有喝这么多，你柯叔叔说我昨天晚上还穿着裤衩敲会议室的门，以前哪有过！”

富晶垚赶快跑到窗户跟前说：“段主任，昨天晚上真是我的错，喝酒喝得高兴，哪承想把您喝成那样，后面不敢了！”

阮宝山说：“小富还不是想到你喜欢喝酒才和你喝，你看他才开始来那喝酒的样子比喝药还难，昨天晚上喝好了吧！”

“就是，要说喝酒您也算我师傅，确实和您喝得高兴才喝多了！”

段主任笑笑说：“以后喝酒可不能喝那么多！”说完上楼去了。

快下班时，小景打电话来问他昨天晚上这里发生了什么事情，富晶垚在营业室里拿着手机把昨天晚上发生的事情说给小景。挂断电话，阮宝山告诉他，家丑不可外扬，单位里面的这种事情最好也不要告诉别人，如果有人问起来打个马虎就过去，说出去对单位影响不好，单位给人的印象不好，这个单位里面的人也会被冠上酗酒这些不好的名声。富晶垚听完越发觉得阮宝山做事贴切。

谭会计这次在家整整休了四天，按照富晶垚的休法都能算上五天。拿回来一堆的学习文件，还有工资和补贴名册，让富晶垚觉得不可思议的是段主任过年值了五天班，加班费将近五千块钱，合着一天九百块钱。富晶垚在电脑上转钱的时候嘟囔了好一阵，谭会计也拿了将近五千，只比段主任少一百来块钱，就连阮宝山也拿了三千多。这让他心里有一种患得患失的失去感。不停地说今年过年一定要值班，谭会计只是抿着嘴笑。

正月十五过后联合社里办贷款的人特别多，因为基本上全是新贷款，让富晶垚觉得又是一轮投资的高峰期。

整个贷款流程中，富晶垚只负责后面电脑操作、放款这个环节。无论是哪个外勤分管的业务，他都参与，比过年那段时间还热闹。

这几天让富晶垚记忆深刻的是三兄弟。按照片区划分他们的客户经理是柯礼朝，他做事向来比较磨叽，三个人的手续全部办完，钱打到卡上已经快晚上七点。三个人总共贷了三十万元。那天晚上，三兄弟抱了一箱白酒在蔡老板那里订了一桌。刚开始吃，三兄弟每人拿了个一次性杯子倒满杯，说了几句客套话，一饮而尽，喝白酒就像喝白开水，咕咚咕咚就没了，然后又倒上。段主任看完不停地伸大拇指说："这样的人贷款放心，根本不用担心收不回来！"柯礼朝也这样说。

富晶垚看三个人，个子比他高不了多少，有一个有他那么宽。其中一个喝完第一杯就把棉服脱掉，里面是半截袖，虽说屋子里面比较暖和，当露出半截袖的时候富晶垚还是有一阵寒意，他的胳膊有碗口那么粗。富晶垚禁不住问坐在旁边的阮宝山这几个人是做什么的，阮宝山悄声说："这几个人平时回来的次数少，听说在外面的金矿做事！"

几个人不但身体壮、特别能喝，而且特别能说，完全颠覆了富晶垚脑子里大块头、笨拙、脑筋不灵活的想法。其中老大说起笑话和讲起故事来活灵活现，惹得大家哈哈大笑。就如说到一个人挖到了一块鹌鹑蛋那么大的狗头金。他们每次出矿区都有检查，保安用仪器扫描全身。那个人考虑到狗头金比较大，吞下去会出现电视剧里吞金自杀的惨剧，硬是塞进肛门里逃避检查。

运出来以后过于紧张，加上长久地夹着屁股不放屁，导致几天没有拉下来，最后不得不用开塞露才排出来，笑得大家直不起腰。说起这边稀土矿，三个兄弟都不怎么看好，认为和金矿差远了，老大倒说得有些婉转——如果军工发展得好可能会有一些变化。

那天晚上喝得太猛把富晶垚中途喝跑了，出门在蔡老板家门前河边的菜地里吐起来，吐了好一阵，吐完扶着树吹冷风，有一只小东西过来吃他的呕吐物，吓了他一跳。

回包间，柯礼朝哈哈笑起来说："可让段主任把上次喝晕的事情给掰正了，不是段主任酒量不行，是小富的酒量不行！"大家也都起哄说就是。

# 七十四

每年一号文件都是关于农村改革、发展、建设的文件。刘长江正月十五过后在县上开了几天的会，各方面的会议都有，会议期间和刘主任碰了几次面，两个人也聊了一些，但都不怎么深入，大都是年过得怎么样，琪琪回来没有。

刘长江带回来一堆学习文件，还有几个优秀奖项。以前在政协上班每年获得的奖项少之又少，到晶沟以后各种评奖总会被挂上。他把三个铜质奖牌拿给袁书记。袁书记看后来回翻转了一下，叹口气说："每年都一样，没有重量级的奖牌！"看完以后喊小景把奖牌收起来。

前几天的会议里提到了几件事情：第一个是借鉴西安周边县区的经验，加快推进"一村一品"建设，培育社会主义新型农民；第二个就是国家加大了对偏远地区的投入，打造农村立体交通网，要达到户户通路；第三个是县里面重点引进的太阳花村水电站项目，由水电集团投资十几个亿，把昶河从太阳花那里截断，由县政府移民办牵头，县财政局、县公安局、县司法所、县人民法院、县房管局等单位协助，由晶沟乡政府具体组织实施，着手搬迁太阳花村上村的一百多户，一手建设一手组织搬迁，两不误。事情还比较多。刘长江把这次会议文件仔细看了好几遍，每一个文件都在笔记本上拟出了一套方案。

天气渐渐变暖，晶沟的春天更能显露出它青涩的美。

回来以后乡上连续开了几天的会。前两天是例行性会议，都是关于新农村建设的一些提法。

无论乡上如何开会宣传，这里依然是那样。变的还是那部分人，种药材的，倒腾的，前年赚了来年赔了。不变的那些人依然操持着那点薄地勉强度日，但又不失自娱自乐地过着每一天，大部分人都属于这种。没有什么能彻底改变他们的生活方式和观念。

第三天是关于晶沟水电站建设的专题会议，县上胡常务要过来。晶沟是乡的建制，县上所有的部门都类似于代办点。昶河是镇的建制，那边的镇长、司法所、派出所，还有法院派驻机构也都要过来参会。袁书记为此也做了准备。头天晚上还让刘长江一再确认会议的相关事宜。刘长江把会议的稿件和流程一项一项地过，看了好多遍，确定万无一失才踏实。

对于袁书记提到成立几个小组和县上相关部门对接，几个人也深入讨论过，和县财政局、水电集团对接的副组长不是熟悉财政业务的股所长，而是王刚股长，这块涉及的是整个事情的核心。

在非正式会议上袁书记说："王刚在这地方时间久，还是个股长，这次给他一个机会锻炼！"徐乡长没有说话，刘长江还在思索这种安排的深意，袁书记就把这事定下来了。

早晨十点多，胡常务带着县政府副秘书长和办公室几个人就下来了，乡政府院子里停了好几辆车。袁书记迎接，刘长江跟着接待、引导，一起来的还有昶河镇镇长郑少华等昶河镇一众人。

年前，水电集团在太阳花村的下村靠近昶河的地方租了户人家的房子。这户人家的房子好像专门为工程部建造，四层楼，呈"L"形，横着六间，竖着两间，总共三十多间房，顶层是职工宿舍，还加盖了一层彩钢板，做室外活动，前面一个小院，小院用围墙遮挡。前期只有几个筹建的人被安顿在那里，成立了临时指挥部。临时安排集团一个工程部部长伍行负责。公司配了一辆奥迪和好几辆皮卡车。刘长江没有见过伍行，只在电话里联系过几次，确定上午十点半到。

胡常务带着几个人到袁书记房间，刘长江统筹协调今天的会议。等到县里、昶河镇、乡里的人都已到齐，水电集团的人还没有到，刘长江打电话问临时负责人伍部长为什么还没有来，行程有没有变化。伍行说他们集团的一个副总在湖北，要从那边赶过来，因为等这个副总，所以会晚半个多小时。

提前来的人不知不觉聊到十点半，仍然没有见水电集团的人过来，胡常务看看手表已经十点半，问袁书记："水电集团那边出了啥状况？今天这个会议他们是主角，没他们我们还唱什么独角戏！”

“昨天就通知了，我刚才让刘乡长打电话再次确认了一下，他们集团一个副总要过来，现在正往这边赶！”

胡常务说：“投资十几个亿，赶得上咱们整个县三四年的GDP，虽说贡献大，架子也不能太大！”然后对秘书说，“你们再联系问一下，看是个什么情况？几点能到？这是给他们开协调会！”年轻的秘书刚出房间就听到院子里吵吵闹闹。刘长江进来说：“水电集团的人来了！”

胡常务起身说：“走，咱们下去迎一下这个贵宾！”

一辆奥迪加上两辆勘探越野车停在院子里，下来五个人。大家都是第一次见互不认识，刘长江也不认识联系人伍行，小跑两步上前说了声：“伍部长，我们胡常务下来了！”有一个人伸出手和他打了声招呼说：“这是我们李副经理，刚从湖北赶过来，没在指挥部停留直接就过来了。”站在伍行旁边的一个人向刘长江点点头，刘长江回笑以后说：“我们胡常务十点不到就在这边，会场都已经安排妥当！”刘长江伸出手说，“胡常务，这是水电集团的李经理，这位是他们这边的临时负责人伍部长！”

胡常务上前握手说：“我们大家都等你过来，没你们这会今天还真开不了！”

李经理说：“我从湖北赶过来，这边的路况也不太熟，刚才从指挥部过来的时候大致看了一下修建水库的好地方！”

胡常务听后说：“水电集团看上的都是好地方，你们这个项目也是市重点工程，我们一定做好地方支持。”说着领着大家上楼去会议室。

会议室已经安排好，临时又在中间加了一个位置。除了那个李副经理，水电集团其他几个人都皮肤黝黑。会议由刘长江主持，会议流程把伍行的讲话变成了李经理讲话。胡常务按照秘书提供的稿件洋洋洒洒地讲了半个多小时。李经理可能是临时过来，并没有带稿件，开头致感谢词，大致规划了水电站建成以后的美好前景和用途，又讲了建设过程中的诸多问题需要地方支持，全程脱稿。有一些专业术语也做了简单讲解，大家都有了直观感受。讲了不到二十分钟，在掌声中结束。下来袁书记和昶河的郑镇长也都做了表态发言，一致贯彻市县决定，全力支持工程建设。然后由胡常务宣布成立几个临时小组。最后由太阳花村村支书谭裕国发言。

晶沟太阳花水电项目总负责人袁裕苍，负责和水电集团对接、整体协调水电集团的政府需求、完成移民搬迁工作。昶河镇的郑少华，晶沟的徐国平、刘长江是副组长，郑少华负责协调昶河的职能部门，徐国平负责协调县直相关部门、搬迁户的搬迁和住房及补助，刘长江具体负责组织移民搬迁工作。

会议在十二点半才结束，大家都饿得肚子咕咕叫。胡常务平时没来过这里，袁书记中午安排在蔡老板那里，几个地方的主要参会人加起来共二十来人，蔡老板在大包厢摆了两张桌子，一桌坐十个人刚好。虽然这个事情和畜牧站一点关系都没有，两桌子的人就昶河司法所的所长是个女同志，剩下全是男的，袁书记特意把安红霞也叫上。

饭桌上，胡常务和李经理是主宾，其他人分开坐。伍行和刘长江离得不太远，两个人都想增进了解，聊天中刘长江知道伍行和他是校友，比他大了几届，不在一个学院，应该叫他伍行师哥。这个工程前期不是伍行参与，只是成立临时指挥部的时候他被任命为临时总指挥。

中午大家喝得比较适量。下午李经理邀大家一起去临时指挥部做客，胡常务推脱最近事情多，要回县里面。李经理也知道这是推诿搪塞的话，让伍行想办法挽留，也是给伍行后期工作铺路，移民、工程对接都离不开县政府支持。胡常务架不住伍行的说辞，加上刘长江在旁边搭了几句话，终于说动了胡常务过去。

吃完饭袁书记带着大家回乡政府，伍行提前去指挥部安排晚餐，虽然他已经提前打电话和厨师说了晚上有宴请。

在乡政府没待多久，李经理带着大家去工程指挥部。经过那条盘山路，李经理让司机停下车。虽然临近春天，半山腰的风还是呼呼响。胡常务紧随着停下来，两个人凑在一起。李经理指着远处说："你看那儿，大坝修在那里，中间像不像天门，大坝往那儿一架，截住流水，再看那半山腰！"他又用手指指，大家也都"嗯嗯"地点头。"大坝高一百三十多米，到那个位置，蓄水量接近一百亿立方米，到时候你们脚下不远的地方，可能再往下十米左右就是水面，这条路就在水上，这一年的发电量可以供整个商洛！"说完自豪地看着胡常务。胡常务把眼镜取下来，又戴上，四处看看，满意地点头说："建水库好，经济效益和防洪都能兼顾，你们有什么困难给袁书记提！"李经理点头说："虽说我们是央企，少不了后面给地方添麻烦的时候！"

两个人又讨论了十来分钟继续前行。下了盘山路，到太阳花村下村，李经理又带着大家去河边讲解水利工程。胡常务对建水电站一窍不通，但架不住李经理饱满的激情，带头做个表率跟着。大部分人也都是因为胡常务才跟着一起，也有人站在车旁边没有过来。刘长江倒是饶有兴趣地跟着听李经理讲工程上的事情。

打动人的要么是专业，要么是真诚。仔细听李经理讲的人越来越多，还有几个人指着规划问这问那，李经理也都一一解答。

这个地方临近李经理所说的天门口，徐国平开玩笑说：“这儿的风里还有中午吃饭的味道，它没有咱们车跑得快！”大家哄堂大笑。

离开河谷，车开进指挥部。伍行已经张罗得差不多，回来前还让司机开车去昶河镇采购了一些食材。两个厨师是从湖南请过来的，专门给指挥部的几个人做饭，临时增加二十多号人，就有些招架不住，伍行安排工程部的两个人打下手。

刘长江没什么事，在院子里闲晃悠，他觉得这里比乡政府小，但是整个环境比乡政府好很多，这里的生活气息比较浓，小院里有乒乓球台，还有一个花坛，花坛应该是凭自己爱好栽种的花草，才翻的新土，没有一株成型的花，杂乱无序，冬天更显零乱。他在花坛边抽了支烟，现在一旦闲下来他就想抽烟。

厨房在一楼厢房，外面几个大盆子，一个小伙洗菜，杀鱼。刘长江在那头远远地抽烟看着，感觉自己应该比那个人年龄还小。

伍行忙里忙外张罗着晚上的酒菜和吃饭的地方，刘长江抽着烟打了声招呼他都没有留意。等一支烟抽完，刘长江从花坛那边过去，伍行又从客厅里出来，看到他客气地说：“刘乡长进去坐，我刚把里面的桌子和凳子摆放好，指挥部成立到现在第一次这么多人，提前适应开工建设。”

刘长江递过去一支烟，说：“你们现在几个人？”

“差不多九个人，再加两个厨师，等过段时间开工，工人过来那就多了。这里主要是指挥部的人住，其他人在另外一处！”

“你也是随着项目跑？”

“是啊，我们是哪里有项目去哪里，一年四季都不着家，好几次回家女儿都不记得我长什么样。对了，你有孩子没有？”

“结婚了，还没孩子！”刘长江长长地吸了一口烟。

“你们公务员好啊。我们那个时候毕业没想着考公务员，那个时候能源短缺，就进了这里。工作快十年，钱挣得多也没啥用，还是觉得一家人在一起好。等到这个项目完工了就申请回总部，不在项目上待了，太累太辛苦。”

“我待这里工资不高不说家里也顾不上。好点的是，我们基本上都过周六周日，两个多小时就到家！”

“还是本地人好！”

两个人正说着，厨房喊："伍部长，伍部长！"

"这里啥都离不开我，我过去一下，你进去坐。"

"你先忙。"

太阳已经下山，指挥部在山的背阴处，渐渐凉起来。刘长江想起一句诗"相逢何必曾相识"，他从没想过和同是校友的伍行能在这里见面。当年进学校时满口豪言壮语的人，在这里也都成为大山里的普通奋斗者。

刘长江抽着烟看着眼前忙碌的人，再进客厅已经只剩下龚志刚等几个所长。客厅的空调开得很足，比外面暖和太多。几个人聊着聊着也觉得无聊，也不知道什么时间才能开饭。

电视里播放的农业节目，讲的湖南那边养鱼发家致富。刘长江以前偶尔看这类节目，今天大家一起看着聊着，时间过得飞快。

等一集节目播完，刘长江肚子饿得咕咕叫。他起身去院子，厨房里凉菜已经准备好，伍行和几个人一起端往餐厅里，看见刘长江出来，过来说："刘乡长，马上好！"从口袋里掏出烟盒，抽出来一根递给他，也抽了一根送到嘴上，外面的大灯能看清楚伍行油腻腻的手。

伍行说："厨师是我们从湖南请的，做得一手好湖南菜，特别地道，晚上你尝尝！"

"你们厨师也是固定的？跟着你们项目跑！"

"没有，我们好多项目都比较偏远，条件差。为了给项目上的人更多的人文关怀，留住人，也为了留住厨师，我们请的厨师给的工资高。但是再怎么高，好多厨师也都做一段时间就走了，这两个算是时间比较久的，从上一个项目结束到这边开始筹建。"

"你们厨师一个月开多少钱？"

"这个湖南老师傅上一个项目做完要走，嫌赚钱没地方花，假期还少，一个月加了五百块钱才同意过来，加起来一个月超过……"

正说着又有人喊："伍部长，伍部长！"

"你先在这儿，我去看看！"

刘长江笑着点头。

伍行不一会儿过来说："已经准备好，我去叫人！"

伍行在外面准备了两个新脸盆，里面盛了半盆温水供大家洗手。刘长江随着大家一起，洗完手进餐厅。胡常务和李经理拉扯了一会儿才坐定。

时间已经不早，胡常务寒暄了几句酒宴正式开始。菜准备得比较充足，两桌的人，每桌有十三个凉菜。伍行坐在李经理旁边，李经理向大家郑重地介绍完，伍行按照这边的规矩喝了三个酒。

等敬完一圈，伍行出去忙热菜和汤，就很少进来。

晚餐一直到晚上十一点多才结束。

李经理一再挽留大家在这里过夜。伍行也介绍说这里都是新准备的宿舍，还有单间的客房，空调家具一应俱全也全是新的。胡常务还是坚持回县城。司机载着胡常务和秘书长回县城。袁书记带着刘长江、徐国平回晶沟乡政府。昶河镇离得近，昶河镇的人和胡常务顺路，跟着胡县长走了。走的时候刘长江拉着伍行的手夸赞今天准备得非常好，让他没事到乡政府做客。刘长江觉得伍行这个师哥确实有能力，个子不高，所有的事情操持得稳重，而且很有节奏和方式。

刘长江回到晶沟乡政府已经是深夜。

## 七十五

晶沟的初春和其他地方的初春没什么不同。大山里只有风口刮起的风特别大，其余的地方都是微风，夹杂着树林里的山野气息，略带着暧昧。每个人的感受都不一样，刘长江第一年感受这里的春的味道，少了县城的浮躁，更有一种温润心肺的酥痒。

老一辈的晶沟人从春季的风里感受到今年是个多雨水的年份，空气里没有太多的干涩感。

复工后的晶沟乡，工人一堆一堆地过来。有人去年回家就不再来了，有人通过乡亲介绍又重新来到这里。他们的生活范围大部分在矿区，要走半个多小时才到这条不足十户的晶沟街道。

那次开过会不久，刘长江作为从县政协出来的笔杆子，在征求袁书记的意见后，拟了几个文件，全部整理好，等着袁书记审核完用印刊发。接下来就是召集太阳花村相关人员开会，着手实施。但是后面总找不到袁书记，偶尔深夜听到院子里的车声和楼上的脚步声，早晨起床又不见了人。他似乎有特别多的事情，大部分时间都不在乡上，偶尔在的时候围着一堆人，等到没人再过去袁书记已经离开。

春季里有动物防疫、森林防火、计划生育宣传等很多事情。

在安红霞按季节为畜牧上的事情在乡下四处奔走时，刘长江抽空去了碳沟和太阳花村实地了解情况。

有一次从太阳花村摸排完情况回到晶沟乡政府，稀土矿附近村里的几个群众——刘长江一个也不认识，不知怎的到他房间，怯生生又满腹牢骚地和他聊起来，在谈话里发泄着一些不满与浮躁。这些人认为矿上赚得盆满钵满，而作为世世代代生活在这里的人却没有从中获益，而且没有敞开获益的渠道，矿上的做法是逼着大家闹腾。刘长江对这些村民做了安抚，虽然从谈话里他已经问出来这些人是做什么的，大致住处，家里面的情况，但是等这些人走后，他并没有直接给村主任打电话反映这个情况。他分析，晶沟稀土矿和村民之间应该有一种可以兼顾的办法，村民来这里反映这些事情应是一股暗流，需要引导到表面上来，但是背后究竟有多复杂，他也没办法掂量。

二月下旬的一个周末，刘长江回县城，就像往常一样陪父母和爱人，在父母家吃过晚饭回自己的住处。

那天比较晚，进单元楼的时候出来一个身影，他和付莹莹都吓了一跳，仔细看是刘天佑。

刘长江没好气地说："过年都不见回来，你这突然干什么回来了，晚上咋不回去吃饭！"

刘天佑沉默着。

"你回来给爸妈说了没有？"

"爸妈！爸妈！你就会说爸妈，以前爸妈说什么都是我哥我哥！现在你说什么都是爸妈爸妈！你们觉得爸妈好，爸妈觉得你好，我就是别人家的！"

刘长江被顶撞得一时不知道说什么好。

付莹莹说："都是亲兄弟俩，回屋里说，让别人看见了笑话！"

刘长江上楼梯，走了几步回头看刘天佑没有动说："你晚上从哪儿回来？吃了没有，走，回家说。"

付莹莹也说："天佑，有啥事去家里说。"

楼道里的声控灯熄灭被说话声音震亮。刘天佑侧着身子，停顿了一会儿，说："你现在是晶沟乡乡长，那儿有个矿，我能不能在那儿承包一个车队拉矿？"

刘长江知道刘天佑没回父母家，直接过来找他肯定有事，除了借钱他还真没想到天佑会有这样的想法，说："回屋里说吧！"

“你就说行不行，也就是你给矿上的矿长打个招呼的事情。”

“不是你想得那么简单，走，回家里面说。”

“不行是吧，我朋友还在外面等我，我不去了。”说着转身离开。刘长江下楼想拉他回家，刘天佑径直离开，留下一句：“你那个乡镇长真是白当了！”

刘长江到刘天佑的位置时，刘天佑已经转过楼，消失在夜色里。他拿出电话拨通刘天佑的号码，没有人接，再拨通被挂断。他到小区外面四处看，没见刘天佑，这才回家，付莹莹还在楼梯口等着他。

回到家，他想了想，给母亲打了个电话说刚才见到刘天佑，没有说刘天佑想包车队的事情。母亲也说好久没见天佑，每次接通电话也只有两句话就挂断，甚至都不知道他现在在干什么。

挂断电话刘长江心里也不是滋味。过年的时候父亲唠叨说：“长江，你回来也三四年了，我们老两口都已经退休，这三四年里我和你爸都在想，当初拗着你的想法一门心思让你回来，就想着你后面当个什么领导帮衬着那个不成器的弟弟，一直不知道究竟对不对！但是从现在看来，亏欠你了，觉得对不住你。也许你在外面会更好！”

作为刘长江来说，当时家里面的情况他最清楚。他从来没有埋怨父母的想法，看着回家就忙碌的付莹莹，他甚至有些许的欣慰，付莹莹除了偶尔的任性，更多的是对他的理解和包容。

过完周末回乡政府。这天吃过晚饭，时间尚早，二月也快过完了。他也好久没见富晶垚，这天晚上他就想找个人说说话。天没有以前黑得早，在房间里看了一会儿书，太入迷，再看时间已经八点多，他收拾了一下出门，在院子里看到整个楼上的灯亮的还不少，微机室的灯也亮着。

他来到联合社的小院，喊了一声“小富”，富晶垚在二楼回：“我在这儿！”“噔噔噔”跑下来，两个人刚好在楼梯入口碰见，富晶垚带他回房间。刘长江看里面除了多出来一个煤炉子没有多出来其他的东西，还是那样简单。

“过年后咱们见过几次？”

“两次，还是三次？”富晶垚思索着说。

“噢，好像就是，是我到你这里少了，你这儿基本没什么变化，地方也没有变，布局也没有变，也没有安个电视，下班了干什么！”

富晶垚憨憨的，不好意思笑笑说：“到处蹭，今天去那个叔叔那儿看电视，明天去段主任那里喝喝酒，再不就是这儿逛逛那儿跑跑，我们忙的时间多。”

刘长江咂咂嘴说：“自己住的地方还是要有生活味道！”……

刘长江问富晶垚来了半年，现在感觉怎么样？

富晶垚满脸欢笑说：“半年了，就等这个月转正，转正后能拿几倍工资。”

“你在这里就想多赚钱？没想过调回去？”

“我家里情况你可能不太了解！”富晶垚说完略带停顿，说，“我和我爸提过，我爸都说了至少三五年再想这事。”

刘长江并没有太多的吃惊，重重地说：“三五年！”

富晶垚略带笑容说：“三五年就三五年，我爸说如果我能考公务员，那也好，就看我的造化！”

“你爸说得也是！”

“到哪儿都一样，都是挣钱，这里挣的钱还能省下来！”

“这话倒是真话！这里省钱。”

……

两个人聊了好久，本来只想找个人说说心里话，后来怎么也没有说出来他和刘天佑的事情。晚上回到房间，他做了一个梦，半夜突然惊醒，初春寒冷，但他仍然出了一身的汗。不觉写下：

**惊梦**

恍恍惚惚若离，似梦还语游离不醒，最累苦心。忽晴登顶脚悬空，怎能料，雾起云腾，将乘之，却又波诡云谲。眺苍穹浩渺，忽悬欲坠，那彩云，摇曳回旋飘来，托飞九万里。喜乐醒，奈不敌四壁无情。

他睁着眼睛看看窗外的山，也不知道在想什么一直到天亮。

## 七十六

星期三这天，县交通局临时通知各个乡镇派个人去开村村通会议，办公室王主任说袁书记通知让他去，刘长江骑着摩托车回到县城已经中午。进家门，付莹莹一边看电视剧一边吃饭，见他突然回来有些意外，重新做了碗面。

下午两点多正式开会，会议还是有比较实际的内容，村村通计划在今年中旬正式启动，国家财政和省财政都会拨一部分钱，剩下的县里自筹。主要公共道路全部由财政拨款支付，从公共道路通往每户这段路，财政资金补助一部分，剩下的受益人自掏腰包。刘长江觉得这是个再好不过的消息。

每个星期的星期三、星期四来县上开会是个很尴尬的事情，回乡政府，还得骑两个小时，不回去又担心乡上有什么事情要处理。开完会回到家，他不自觉抽起烟。付莹莹回家开门换鞋子，呛得不停地咳嗽，严肃地说他咋在下面学会了抽烟。刘长江悄悄地把烟灭了，赔笑了几句。

付莹莹去厨房做饭，刘长江打下手。刘主任打来电话，问他是不是来县上开会，明天陪他一起去一趟西安。刘主任在电话里说还有市矿务局路局长。他没做太多的思索就说好，事情他大概猜中了八九分。

约的是上午九点半，他步行来到鹿鸣县最好的鹿鸣宾馆，到宾馆院子刚好九点半。王三豪和郗媛从宾馆里出来，郗媛先看见他喊了一声刘乡长，刘长江走过去，王三豪拍了拍他的肩膀说："刘主任专门打电话说把你叫上！"

王三豪带他到停车场，里面停了好几辆车。其中一个车窗降下去，有个人向他打招呼，刘长江一看是袁书记，跑过去寒暄了几句。袁书记副驾驶上还有一个人，刘长江看着眼熟，但一时又记不起来是谁。他把手搭在袁书记车上和袁书记说起昨天交通局开会的事情。

刘长江和袁书记正说着话，王三豪过来把一把车钥匙递给他，告诉他他和刘主任安排在一辆车。

和袁书记聊了一会儿，他看王三豪和郗媛两个人乘坐的是一辆丰田霸道，车身既高又宽敞，他瞬间想起富晶垚形容了半天形容不出来的车型不就是这个，不过他眼光不赖，这辆车就是大气。袁书记的是一辆奥迪 A6，给他安排的也是辆奥迪 A6，挂的还是湖北的牌照。他又回头看那两辆车，都是陕西牌照。他上车试驾，觉得这车开起来挺顺手。

大家都在车里等刘主任。刘长江明白这趟去西安应该是跟刘主任一起去省厅办王三豪矿上的手续。他先打火起步倒车熟悉车的性能，又坐在车里研究起里面的功能。正研究得认真，王三豪敲玻璃说刘主任过来了。他从车上下来，袁书记也下来和刘主任打招呼，大家寒暄了几句，刘主任跟着他上了湖北牌照的车。上车就夸奖说："这个车牌就挺好！"

车启动以后，刘主任打了个电话说这边已经出发，大概两个小时左右到商洛。刘长江不紧不慢地启动，扶着方向盘，跟着前车，王三豪的越野车速度飞快，刘长江把这辆车的油门踩到底也没能追上。刘主任坐在后面喊他开慢一些，让那两个人浪去。他有些纳闷前车司机究竟是王三豪，还是郗媛。

速度开得这么快！等他把车速降下来，前车很快就消失在视线里。

车到了服务区，刘长江看到越野车停靠的位置，靠边停下来，刘主任下车活动筋骨。郗媛和王三豪从洗手间走过来，远远地打了声招呼。四个人走近，刘主任对王三豪说："还是越野车动力足，追着你们跑，还是让你们甩老远！"

"哪是我开的车，郗部长开的！"

郗媛笑笑说："你看你这个老王，刘县长夸奖你车开得好，你就说你开的不就得了，要是你开车，指不定现在都过丹凤了！"

"那你们俩要是开车出去不用发愁，天南地北可以到处跑！"

郗媛用手捶了一下王三豪说："那就看王矿长有没有时间，他一天心思都不在这上面。"

"我们先上车，咱们在哪儿等路局长？"王三豪笑笑没有接话。

"通江路的广场，说好了，你们先去了也在那儿等着。"郗媛坐驾驶室。王三豪上车半躺在副驾驶上。

刘长江觉得郗媛和他差不多大，叹道："一个狂野的女人！"

再次上路，刘主任开始说王三豪和郗媛的事情，虽然开着车，但刘长江还是津津有味地听着。郗媛比王三豪小很多，从湖北一个中专毕业。王三豪这两年给这个女人在湖北买了几套房。刘长江想起上次借给他车的那个女人，问："那个叫白玲玲的女人和王三豪什么关系？"刘主任问他怎么认识，刘长江说乡上有人提起过。刘主任说白玲玲的事情就更早了，那还是他在县委做办公室主任那时候的事情，王三豪那个时候管理着百十个人，神气十足，有次住院，遇见一个小护士，他不知道怎么骗到手，在城里给人租的房子。后来女孩有娃，他给人在城里买的房子，女人在城里养娃……

听完，刘长江说："听说王三豪有两个孩子，一个男孩一个女孩，应该也上大学了吧。"刘主任算了一会儿说："老大有可能才上大学……"

两个男人说着另一个男人的事情。

车继续行驶了一个小时到商洛，通江路的广场中央停着那辆越野车，刘长江把车开过去。

广场台阶上的道沿上站着两个人，其中一个人背着一个大斜挎包。刘主任下车，一只手抄在裤子口袋里，一只手向站着的两个人挥，喊："路局长！"台阶上的两个人走过来，越野车上的郗媛和王三豪也下来，刘主任挨个儿介绍了一下，路局长把旁边的人做了介绍。几个人站在外面聊了十来分钟，袁书记才开车到这里。刘主任把袁书记向路局长介绍完，安排路局长和他的朋友坐他那辆车，其他的人仍然开自己的车。三辆车又从商洛出发赶往西安。上车前刘主任告诉大家在长安堂宾馆会合。

西商高速才通车不久，一路有很多限速摄像头，几辆车都前后离得不太远，郗媛的车开得比较稳，刘长江跟在后面。

刘主任和路局长坐后排，他的那个朋友坐副驾驶。后排两个人小声地说着什么，也听不清楚。

坐在副驾驶的这个人，上车没多久就开始打盹。

下高速以后西安的路就不好开，特别拥挤。

西安虽然四方四正，但是从香王下高速就开始走得特别慢，三轮车和各种拉客的车和农用车来回窜，路边乱七八糟停放着各种客车货车，占用了很大一部分道路，刘长江很快就看不到越野车。刘长江虽然在西安上学，对这条路却不怎么熟，开始停下车用地图找线路。车刚靠边副驾驶的人就醒了，问他到哪儿，刘长江看着地图上的标记说在这里。副驾驶的人告诉他别看地图，沿着眼前的路直走，到拐弯的地方了他说怎么走。刘长江启动车，旁边那个操着一口地道商洛话的人指挥他怎么开车。路上差点碰着人，但还比较顺地到了长安堂。

外面的停车场特别考究，露天的车位上面都有一个船帆一样的遮阳棚。偌大的地方只有一幢三层小楼。刘主任最先到，停车以后打电话问了其他两辆车的情况，王三豪马上就到，袁书记有些迷路，黄检察长在电话里指挥他怎么走。路局长问了两个人的情况后吩咐去开房间，刘主任让刘长江去定房间，一并把午饭也安排好。

吃饭前郗媛把房卡和手牌发给大家。本来刘主任和黄检察长安排的单人房间，刘主任和路局长聊了一路，有些相见恨晚，他们两个人一个房间。刘长江和副驾的黄检察长单独住。

吃过午饭已经三点多，大家各自回房间。刘长江回房间后也没有其他活动，和留在西安的同学联系。刚好有两个有空，约好了晚上下班见面。

大学毕业已经四年，大家一直各忙各的，很少见面，这次刚好有时间，他也想听听留在这个城市里的同学的想法，了解一下这个变化中的城市。

正似睡非睡，隔壁咚咚咚有节奏地撞墙的声音让他心潮澎湃，时间持续了几分钟才结束。他的思绪停留在那个长发飘飘的郗媛身上。他打开电视，但是无心看，开了几百公里的车，伴着电视很快就睡着了。

再睁开眼睛，已经睡了一个多小时。他打开纸质地图，离同学那儿还有一段距离，他再次询问刘主任今晚有没有安排。刘主任告诉他手环有自动计费功能，这里的所有消费都可以刷手环，如果他不和大家一起，也可以单独去。刘长江这才放心去见同学。

他们约好在西门外见面，那里大家都比较熟。

刘长江到那里比其他人都早，定好餐以后一直等到七点多其他两个人才到，三个人一边吃着火锅一边聊着天。大家许久没有见，但是并没有聊得多么开心，吃得多么高兴！其中一个没有结婚，另一个孩子一岁多，为了赴约向家里面请假到九点，有孩子那个同学电话就没停过。耐不住这种情况大家就散了。

九点的西安到处都堵，吃饭的时间还没有回去路上的时间久。

进宾馆他先敲刘主任的房门，没有人应，一个人回房间睡觉去了。

早晨八点多洗漱完毕，刘长江打开电视，刘主任打电话让他去一趟。路过隔壁房间，他好奇地把头伸过去，房门紧闭，什么也看不到，但是依然减轻不了他对里面的好奇。进刘主任的房间，路局长也在。刘主任问他昨天晚上的情况，又大致说了今天的计划，路局长侧躺着看电视，没有任何反应。

说完几天的计划，刘主任喊路局长吃早饭。等路局长换好衣服，三个人一起出门。刘主任和路局长在前，刘主任个子比他矮不了多少，路局长矮很多，刘主任侧着头弯着腰和路局长说话，这一幕刘长江很少见。

他们在餐厅里碰见袁书记和王三豪坐一桌。

中午刘长江按照刘主任的安排，将路局长、王三豪还有袁书记等人送到省厅，然后在车里等着。过了十二点一行人满面春风地从省厅大门里出来。

几个人开车回到长安堂。

大家各自回房间收拾东西。郗媛把几个人的手环收集齐在前台结账，等到几个人下来穿过前台，郗媛还在和前台算账。刘主任带着路局长先出大堂，留郗媛一个人在前台，几个人等了好久也没见她出来。通过大门的玻璃看到郗媛情绪激动地和前台争论，王三豪见这情况也进了大堂，没走几步，刘主任对刘长江说：“你也去看一下啥情况！”刘长江小跑着跟上王三豪进大堂，就听见郗媛问：“那多出来的八千多块钱究竟是什么钱？问了你们这么长时间怎么就解释不清楚？”

前台一个高挑的女孩很有耐心地说：“女士，您好，这个费用就是洗浴的费用，这个您应该问一下同您一起的那几位男士。”

王三豪把单子拿过来看了一下，其中三个手环显示洗浴费用八千多，他把账单揉成团揣进内衣口袋。

“账还没有算清楚，你怎么就把账单揉了？”

“就是洗浴，八千多块钱，有什么好算的，你刷卡结账就行！”

“那一笔多出来的钱究竟是不是咱们消费的？还是他们算错了安在咱们这儿的？”郗媛有些不能理解王三豪的做法。

前台的女孩弯下腰伸出一只手说：“女士您好！这边刷卡！”

郗媛还想争论，王三豪催促着她结账，郗媛取出卡跟着前台刷卡。王三豪转身看到刘长江说：“没啥，洗浴多出来点钱不是很正常吗，女人知道个啥！”

郗媛结完账，几个人临时起意想去临潼。刘长江觉得他这个湖北牌照的奥迪车不被友好地对待，经常有车超车、加塞。

一行人晚上看了《长恨歌》，爬了骊山，深夜才找了一家酒店住下。吃过晚饭刘长江跟着大家一起泡温泉，在更衣室，脱下衣服的时候他被王三豪身上的各种伤疤惊住了，盯着看，王三豪不由自主地拿旁边的浴巾从腰间遮住，说：“在这儿我叫你长江，像你们这念书出来的没经历过我们这一代人的事情，哪个乡下人身上还没点伤疤！”

刘主任在旁边也拗着腰说：“王矿长说的是，你看我这儿，那年在乡镇当镇长，全乡出义务工上山修梯田，两个生产队的人打群架，我过去劝架挨了一下，还好有人挡，不然我估计就不在这儿了，你在乡镇，干啥别强出头！”

“就是，你别看晶沟现在风平浪静，出了事情，那可不是好对付的！”王三豪说。这话引起了其他几个人的共鸣，你一句我一句地说起来。刘长江瞟了一眼袁书记，他身上也有几道伤疤。

## 七十七

刘主任想去高新区看看，感受一下大城市的发展经验，赵局长想跟着一起去。袁书记和王三豪商量一起在城里转转，两个人前天没有玩好。刘长江又开着车带着刘主任和赵局长去高新区。

到了地图上规划的高新区，有些荒凉。在建的高楼中间夹杂着玉米地，刘主任和赵局长看到在建的高楼，下车四处看，好不容易找到售楼部，售楼部销售的热情让他们俩有些不适应。在赵局长的询问中，他们知道还有一处新规划的地方曲江。

对于两个外地人来说，对哪里都新奇，这里正在如火如荼地建设中，曲江又是个什么样？两个人都很好奇。一致认为需要到曲江看看。

从高新区到曲江的路上并不怎么顺利，在一处拥挤的路摊旁，刘长江的车不小心擦碰了一辆拉货的面包车，前车下来两个人和他们理论。刘长江下车查看，说着说着吵起来。刘主任见刘长江在争吵也下车，他本就年龄大，又有领导派头，冷眼环视有一种不怒自威的感觉。他让刘长江别争，他们的车有保险，而且擦碰得不严重，对面是个破旧的面包车，掉了一块，刘主任让刘长江给一百块钱了事，对面听是一百块钱不答应，扯着嗓子喊。刘主任就让刘长江报警走保险，刘长江拿出手机准备报警，对面的一个中年人过来拉住他要两百了事，刘主任撂下“只给一百”，上车不再说话，留下刘长江在外面。对面车上的中年男人看刘长江也做不了主，能做主的已经不和他们谈，快快地敲敲窗户说：“一百就一百。”刘长江从口袋掏出一百块钱给面包车司机。对面司机接过钱，拍了拍奥迪前盖没有多说话就走了。

刘长江回到车上一肚子的气，但是憋着没说。好长时间，赵局长打开话题说：“这些人听着也是外地口音，能搂一点是一点：这种人还没办法跟他们纠缠，就那辆破烂的面包车走保险他都不一定赔得起这车的剐蹭，给他们一百块钱少一件事。”过了好一会儿刘主任说：“这几个人你看像个啥！穿得邋里邋遢，说话冲得好像西安都是他的。长江，你现在就是秀才，那几个人就是痞子，秀才遇见兵都吵不赢，何况遇见的是几个痞子无赖！”

两个人这么一说，刘长江也不觉得那么气了。明明是那几个人加塞，刮擦到这辆车，张口就说他开车技术不行，简直就是强盗逻辑。想着那几个人凶神恶煞的样子，他越往下想越觉得一百块钱就把这件事搞定，是一件值得的事情。再吵下去那些人也不一定能给钱，还说不准会打起来，况且这辆车上已经有那么多的擦痕，多一道也不是多大事。想着想着，心里蹦出来一句，又不是我的车，管他那么多干什么，平和了许多。

刘主任和赵局长见刘长江不再说话，转移话题聊其他的，刘长江能搭上话的也插嘴说几句。

从聊天中他知道，刘主任的儿子琪琪过年从深圳回鹿鸣待了两天，本来准备待到初五再回深圳，过完年就被电话催回去上班，琪琪提了西安的高新区，依据琪琪在南方看到的情况，这个地方买房以后肯定会升值。刘主任就想着刚好有时间看看。

地图上显示已经到上高新区那个销售所说的曲江，三个人看到这里实在是太荒凉。西安初春的雾霾还有些严重，几处楼像是种在地里面，一条规划的泥路被铁皮围挡起来，周围全是田地。两个人这样说、那样说，搞得刘长江也有些无所适从，凭着感觉，左转右转，终于到了有人的地方。刘长江问清楚路线，这才开出那块田地。

出了曲江三个人在电视塔附近找到吃饭的地方，已经下午两点多。刘主任认为高新区的发展势头好房子适合买，赵局长也这么认为。两个人说好以后开始给刘长江做思想工作，刘长江觉得这件事太大，需要的资金也太多，没那么大的能力。

吃过饭也没什么事情，赵局长提议一起去三桥那边看车，刘主任也觉得好，刘长江开车去三桥车城。各式各样的车看了一下午。直到天黑了园区下班他们才离开。

回宾馆的路上刘主任给路局长打电话，路局长晚上有应酬，回去比较晚。他再给王三豪打电话，王三豪和袁书记已经在宾馆，正准备打电话问他们晚上如何安排。郗媛在电话里说带大家吃一家正宗的粤菜，并且告诉了他们地址。刘长江又重新规划路线。

一到天黑，西安的路就更不好走，犹豫中出了个小状况，他们的车跟着一队车进了一个小区院子，转了一圈又重新开出来。刘长江后面格外谨慎。

到二环那家餐厅，郗媛和王三豪早已在那里等着。郗媛介绍这家菜名气比较大，她在湖北就听说过，一直没时间过来，这次带大家主要吃海鲜，除了刘主任和王三豪没有表现出惊奇，其他三个人都觉得很稀奇，刘长江更觉得只在电视上看到过，还是第一次吃海鲜。郗媛把各式海鲜点了个遍，刘长江没吃过看着郗媛吃，有些吃法很讲究，用上几样工具。袁书记把海鲜直接敲开了吃，赵局长看着刘主任的吃法学着吃。

吃螃蟹的时候，刘主任掰下来一条腿，在嘴里面咬开，赵局长也掰下来咬开，刘主任咬开以后放在盘子上用手剥，赵局长如法炮制。刘长江只挑了一些自己喜欢吃的，郗媛偶尔给王三豪剔肉，王三豪低头吃的时候刘长江看到王三豪的头上也有一道伤疤，不太浓密的头发特意遮挡住那一块。赵局长开玩笑地说："这是南方人打鱼过后闲来无事消磨时间用的，咱们北方人吃东西还是大快朵颐好，这样精细的东西味道好是好，就是吃起来麻烦！"说完以后又夸奖起郗媛说，"郗主管吃起来既优雅，又能沉浸在美味中。"

吃完饭郗媛结账，刘长江在旁边翻看菜单，估摸着这一顿饭吃了他半年的工资。

回到宾馆，经过路局长的房间，刘主任敲敲门，屋里没有人应。

这次刘主任和刘长江住一个房间。以前在政协，两个人出差就住一起，刘主任睡觉时呼噜声音比较大。

刘长江开了一天的车有些困倦，躺在床上似睡又醒，开始想待在晶沟的目的：为了那点微薄的收入？为了乡长那个头衔？还是像安红霞一样为了实现自己的人生理想？还是为了信仰？如果真如王三豪开矿日进斗金，那么对人生会不会是另外一种思考！前天见面的一个同学毕业后进了一个航空研究所，家属院就在单位附近，工资没具体说，但是肯定比他高很多。以前在县上从来没想过这些问题，到了晶沟以后开始思考。从开始上下班的平淡到现在和付莹莹分居两地，卧于一隅偏远乡村，这半年的思想波动从来没有这么大。就像那个时候本可以留在西安，但是凑巧考上了政协。人生十字路口的去留是多么重要！也许从今天开始这种想要挣脱施加在他身上的桎梏的感觉会越来越强烈。他在呼噜声和万千思绪中睡着。

无论你起得多早，总会有人比你起得早。

清晨的一束阳光透过没有拉严实的窗帘照进来，刚好照在他脸上。他睁开眼睛，洗手间里传来哗啦啦的流水声，刘主任正在洗澡，这也是他的习惯。刘长江坐起来，算着今天已经是第四天，不知道今天怎么安排的。他打开电视，调低音量。又隐约听到有节奏的撞墙声，当他用耳朵滤去杂音，想分辨是从哪边传来的时候，这个声音又停止了，昨天晚上吃的海鲜，本就燥热，这一会儿涨红了脸。刘主任洗完澡从里面出来，看到他起床说："是不是洗澡吵着你了？"

"没有！"

等刘主任走近看他满面通红，指指墙上的中央空调说："嫌热就把它关了！"刘长江点头，起床把空调调低。

刘主任洗漱完毕他进洗手间洗了个澡。等他出来，刘主任已经不在房间。他看看时间该吃早饭了，穿好收拾妥当，刘主任才回房间。

在餐厅吃过早饭，大家收拾完回车里等郗媛。十几分钟后，郗媛穿着一件春天的长款风衣，迎着春风飘着飘着就过来。刘长江无法脑补那撞墙的声音究竟是怎么发出来的。旁边的黄检察长问："这个女的和王矿长是夫妻？两人也差太多了！"刘主任和刘长江都没有说话，路局长"啧啧"了两声。

路局长因为明天还有重要的会议，得提前回去写稿子，大家准备好出发回商洛。

回去的时候刘主任安排路局长乘坐王三豪的车。郗媛戴着一个大墨镜遮住半张脸看不出什么表情。

一路上黄检察长和刘主任两个人坐在后排聊着市上和区县的事情，刘长江才感觉到旁边这个黄检察长是个不简单的人。下了高速，刘主任和袁书记找了个行人少的地方停下来，刘主任安排刘长江送黄检察长，王三豪送路局长。

黄检察长开始和刘长江闲聊，问了他一些情况。当知道他在一个偏远的乡镇时，觉得在基层待过以后，可以再上一个台阶，毕竟平台不一样做的事情就不一样，个人选择空间就不一样，无论是从个人发展还是年轻人的政治抱负来说都需要展示自身的平台。刘长江听得入神，黄检察长说到地方了，刘长江匆匆留了手机号。

再回到分开的地方，只有一辆车停在那里。郗媛离得远远的打着电话。王三豪和袁书记还没有回来。

刘长江去过一次路局长家那个路口，这次见面路局长还提过去年冬天见面的事情，他估摸着越野车和他差不多一起到，但是又等了二十多分钟，和刘主任抽了几支烟，越野车才回来。越野车刚停下刘主任就撇下他上了车。

刘长江四处看，郗媛还在打电话。商洛的风比较大，那个场景就像给她特意安排的一样，一副墨镜，一袭长大衣，露出小腿跟的牛仔裤，踩着高跟鞋。

刘主任上越野车以后，车没有启动，外面也听不到任何杂音。十几分钟以后三个人从车上下来，每个人脸上都洋溢着春风般的笑容，在丹江河边的柳树下衬托得特别有活力。王三豪去越野车的副驾驶室，袁书记去了另一辆奥迪，刘主任上了湖北牌照车。很奇怪的是郗媛的电话这个时候挂断，回到越野车。

刘主任上车说：“走喽，回鹿鸣！”

## 七十八

刘长江本想回家住一晚再回乡政府，又想着开了一路的车，明天还得骑两个小时摩托车，决定今晚和王三豪一起回晶沟乡。

他回家简单收拾了一下，把这几天发生的事情告诉了付莹莹，给了她一个吻，然后匆匆去了王三豪那里。

一路上王三豪开着车，刘长江坐副驾驶，郗媛坐在后排。刘长江计划路上向王三豪提一下刘天佑打算承包几辆车给矿上拉矿石的事情，在心里翻转了几次，还是觉得现在说不合适，抽空专门去王三豪办公室说这件事。

这天晚上回晶沟的路又崎岖又漫长。到乡政府已经十点多，少了狗叫声，晶沟的街道寂静得有些可怕，这里好像没有任何生机。

进院子，殷所长房间的灯依然亮着，微机房里传出打闹声。他拖着疲惫的身子回到房间，里面冰冷冰冷的，他打开空调和电暖气，躺在老板椅上眯瞪。他不停地做梦，脑子一直翻腾。过了不知道多久，他醒了，屋里已经很暖和，脖子有些落枕。他试着动了一下，肌肉扯得疼。昨天从早晨开车开到下午，又赶着趟回晶沟，蜷缩在椅子上睡着了，头耷拉在一侧的靠椅上，确实落枕了。他歪着头找药膏，把几个抽屉翻了个遍也没有找到，看看手机已经一点多，这个点大家都睡了，也不可能让小景去卫生院买一剂贴药，只好忍着疼痛烧了壶开水，把热毛巾敷在脖子上。敷了两次才感到好很多，敷第二次的时候有些困倦，睡着了。

早晨天刚亮又醒了，湿毛巾把枕头和床单弄湿了一大片。他来回扭动脖子，还是不舒服。小景一般都起得早，他下楼去小景那里，小景没在房间，院子里也没有人，他想不如自己去卫生所。

方医生已经在屋前的道床上烧着铁桶，烟冒得老高。看到他过来迎上去说："刘乡长这么早就来视察工作？"顺手递了一根烟，刘长江接过来笑笑说："哪有视察，昨天晚上躺椅子上睡觉脖子落枕了，用热水敷过好一些，现在还有些疼，你帮我看看。"说着直着脖子转过去。

"落枕也不麻烦，你进来我给你按摩一下，再贴上膏药，这样好得快。"

他跟着方大夫进医务室最里面那个用于检查的房间。

对于这个卫生所，刘长江大概知道一些情况。方大夫比妻子大一届，都是医专的同学，毕业以后就回晶沟开了这家卫生所，附近的人都在这儿看病。医术也谈不上有多好，只看些简单病，开一些简单药。县上补助一部分，门诊有部分收入。卫生所就是两口子的家，三十好几才要上孩子。

进里间的检查室，方大夫让他趴在一个长凳上，取了红花油涂在脖子上，来回揉搓、按摩。方大夫的指法也比较柔，从后颈推到肩胛骨，来回用手掌刮擦，直到颈部发热，再用手内侧肉厚的地方轻轻拍打，再反复地捋和揉。

这样做了二十来分钟，刘长江觉得脖子轻松了许多。方大夫说再贴一剂膏药就好了，刘长江坐起来试了一下，脖子可以小幅度地转动，直夸方大夫手法好，把方大夫夸得笑得合不拢嘴，方大夫从药房里拿出一盒云南白药贴给刘长江。

“多少钱？”

方大夫笑着说：“哪还能收你的钱！”

刘长江过意不去，从钱包里拿出来二十块钱给方大夫，方大夫坚持不收。两个人你塞我推，正拉扯着，方大夫的儿子出来，看到这个场景，吓得哇哇大哭，两只手拖起旁边的扫帚，试着用双手举起来打刘长江，手扬起来，扫帚却掉在了地上。方大夫嘴里念叨着：“咱们俩不拉扯了，就十来块钱，还不够每年报销那一点。”

“诊所是你自己开的，这东西又不是你自己造的，不要成本。你拿着，看把娃都吓着了。”

方大夫推开刘长江的手说：“咱们俩在这拉扯娃还以为我们俩打架，就十几块钱，你们乡上每年都有好政策，我这个人木讷啥都不会，只有这。”

“我们能争取的肯定都争取到。”

孩子嘴里嘟囔着哭起来，方大夫过去把儿子抱起来说：“叔叔是好人，叔叔给爸爸钱钱不是打架。”

娃的哭声引来了方大夫的爱人，听到方大夫这么说接过话说：“这几年政策好，乡上给我们支持也大，就十几块钱，不要拉扯了！”

“十来块钱的事拉扯啥！”方大夫也跟着说。

刘长江走到孩子跟前说：“你爸爸不要，叔叔给你，你拿到小卖部买糖糖吃好不好！”

孩子本来挂着泪水的脸顿时平静下来，用手抓刘长江手上的钱，高兴地在方大夫面前晃。

方大夫咧着嘴说：“你看这个娃怎么得了，小小年纪这么会看钱！”

刘长江用手刮了一下孩子的脸说：“这娃养得真好，看这脸，红扑扑的！”方大夫的儿子冲他笑。

刘长江说：“和叔叔再见！”出了医务室。

方大夫的爱人追出来，拿着六块钱说：“收也收多了，就十四块钱，哪能有二十块钱！”

“多也就几块钱！”

方大夫的爱人把钱塞到他上衣口袋往后退了几步，刘长江也没有理口袋说：“脖子轻松多了，我先走了！”回乡政府。经过联合社的时候看到富晶垚出来拉营业室的卷闸门，停下来打了声招呼。

“二月都过完了也没见你几次！”富晶垚说。

刘长江摆摆手说：“你也知道，我们不像你们忙业务，我们就是会多，前几天还连续开了几天的会，回来还没有给村上传达！”然后指指脖子说，“落枕了，去卫生所刚回来，回头聊。”

“好，没事你过来！”

刘长江应着拐进乡政府。回到房间，把钱从上衣口袋掏出来，确实是六块钱，他心里这才踏实了许多。

这几天他把县里拿回来的文件都一一学习，每一个都写了心得体会，等袁书记回来以后传达给乡上和村上干部。

他觉得春天到了，树上开始冒小嫩芽，但是依然有些冷。

这个星期过了好几天，他正站在走廊看对面的山沉思，冷不防过来一个人。原来是徐国平，手里拿了一沓文件，穿了件灰色的夹克，里层套着一个皮马甲，问：“最近见袁书记了没有？”

“没见，前几天好像在县上开会，应该这几天回来吧！”

“噢，开春，我这儿还有几个文件要传达，等他回来不知道又到什么时候！”停顿了一会儿，他从最下面把一个文件放在最上面，说，“退耕还林的钱过段时间要下来了，前几天联合社的段主任过来找我说有好几个人有烂账，人都死了，地还在，补了一部分钱。他和我商量那些烂账要从这里面扣下来！”

“这事情恐怕不是联合社说怎么办就怎么办吧！退耕还林的钱是专项款，老百姓欠联合社的贷款是老百姓和联合社的事情，和退耕还林款有什么关系！这事袁书记咋说？”

徐国平显得有些尴尬说：“你不是和联合社新来的那个小伙关系还不错。而且有些老百姓欠钱不还，应该给他扣下来！”

“工作是工作，我和富晶垚大学是邻居，现在也是邻居，但这事群众知道了会不会闹？他联合社有没有办法？就这样强行地把钱扣下来？这事还得让他们把群众思想工作做通再说！”

“也是，要他们给群众做好解释，扣多少、怎么扣都得搞清楚，别稀里糊涂的！”

“这个思路我觉得比较可取，就你开始说的段主任直接把钱扣了太粗暴，作为邻居咱们配合他们，具体有些工作还得他们去做！”

“就是，等袁书记回来给他也说一下！”……

聊到已经三月份，徐国平说：“太阳花村拆迁的事情是不是也要开始了，咱们到时候别拖后腿！”

“这事恐怕得袁书记回来再定，你还是靠前的副组长，现在咱们之间的分工还都没有，等袁书记回来再说吧！”

徐国平咂砸嘴说：“这个老袁一天都不知道干啥，寻他的时候准不在！”

刘长江也做出无辜的样子说：“我那儿还有几个文件要签，也一直找不到人。”

徐国平把手上的文件拿起来摇摇说：“这个星期肯定要回来一天，见到他了再说！”上楼去了。

刘长江在走廊上站了一会儿，回房间打算给王三豪打个电话，去他那里问一下矿上的事情。如果刘天佑真想在他那里承包一个车队拉矿石，后面说起这件事也变得顺理成章。但是他对刘天佑还比较了解，做什么事情没有持之以恒的毅力，车买了才两年，前面还好，后面是个什么状态从没交流过。现在就做两手准备，如果刘天佑那天只是说说而已，他就当了解矿上的情况，顺带把村民的想法说一说，如果刘天佑真有想法，就当作个铺垫，下次刘天佑过来就带过去和王三豪说这件事。

这次和刘主任一起跟着王三豪去了趟西安，他觉得王三豪这个人挺豪爽，能屈能伸，有头脑，对人也不错。

他打电话过去，王三豪不在矿上，也没有说在哪里，得下周才回去。

快到午饭时间，付莹莹打电话说刘天佑中午过来了一趟，见他没在家就走了，过来的时候还带了个朋友。刘长江立马把电话打给刘天佑。刘天佑说他这几天想到晶沟看看晶沟的矿。刘长江让他等下周约好了王三豪再过来。刘天佑说下周他没空，计划这周周六或者周日到晶沟，让刘长江别回来，等着他。刘长江挂断电话深深地叹了口气，觉得无奈又没有办法，去年下半年一句话得罪了刘天佑，半年不接他电话，这次如果再不依着这个弟弟不知道是不是又会把人得罪了，而且刘天佑想做事情是件好事，由着他那性子指不定又捅出什么篓子。

挂了电话，他又给付莹莹打电话说明情况，这周不回县城。付莹莹倒也比较理解，刘天佑的情况她也是知道的。

## 七十九

三月初，晶沟的风出奇的大，但不是特别寒冷，带着暖暖的感觉。谭会计说："天气不寻常，准是矿上挖到山神，动了气，不然这天气不会这么反常，春天里刮这么大的风！"富晶垚只是听着。

二月份的假期他已经在过年的时候休过，阳历二月中旬刚好是阴历正月十五左右，徐馨璐已经回学校，他没能去送。徐馨璐上车以后给他发了很多信息，他最近没事就拿出来看看，经常看得一个人笑出声来，谭会计还笑话他得了相思病。

看了半个多月，他对短信里面的信息都能背下来。比如说第一句："我上大巴车了，本来我爸要送我，因为外县有个案子把他抽调走了，就没有送，烦死了，人与人之间那么多乱七八糟的事情，想你了！"还比如："一路上车厢里都有个人在那儿打着电话，声音特别细，有些话就像我要对你说的那些，我说不出口，但是那个女孩在车里说着！"……富晶垚也是满心的快乐。

春季了，确实比较躁动，处在荷尔蒙散发的季节，一切都是生机勃勃的。他算过，从过年来到现在，在蔡老板和学校吃饭的次数超过了大学四年在外面吃饭的总和。他在进联合社之前父亲的那些朋友就说等他进了联合社，以后有的是吃香的喝辣的的日子，那个时候只想着学校外面的塘坝鱼、干锅豆腐和水煮肉片，现在回想起来，真的是学生的想法。那时出去摆地摊挣到钱以后，终极选择也就是改善伙食。

谭会计说今年的情况和往年不一样，这么多人贷款，市场行情准是特别好，难不成外面的钱都这么好赚了？应酬多了，夜晚吃饭的时间占据了他大部分时间，他下班以后也没有电视、没有发展方向的迷茫。他觉得春天特别暖，只要不提到徐馨璐和未来，他觉得一切都是美好的。父亲的想法、吃香的喝辣的、别人的敬重，都在这里得到了充分体现。

富晶垚转正的事情在社里面进行得非常顺利。他应该是二月十七日转正，当天下班，段主任突然通知大家开会，让他准备一个转正发言稿。他当时有些兴奋，更有些不知所措。转正投票那天景泽录也特意从外面赶回来，大家一致同意他转为正式职工。所有的程序走完，散会的时候，段主任拍了一下桌子，他本来特别激动——工资能从九百多涨到四千块钱，这一巴掌又把他吓得一屁股坐在凳子上。段主任说："小富，以后喝酒可不能那么二球，你叔从当主任开始到现在，都没有出现过那种情况，什么时候能喝得穿个大裤衩到处跑！”柯礼朝当时也跟着说：“你看你，把段主任喝好了你转正的事情多简单，昨天到转正时间，今天就给你办！”那天晚上不知道谁又请客，但是天下总归没有无缘无故的宴席，只是富晶垚不知道而已。那天他实实在在喝多了，被人背回来放在金库，他晚上是被冻醒的。

月初的一天晚上，他去蔡老板和余老板那里把这个月饭钱和菜钱结了。两个人都特别喜欢他过去，每次结账的时候，蔡老板就会拿联合社和其他单位比，拿出来一大沓账单，每次都感叹这些单子不知道什么时间才能付。

回来路过谭会计房间，谭会计还是烤着火看着电视。看着电视里播放的节目，他知道今晚和谭会计看不到一个频道，到院子里看着天上的星星，想着心事，就那样来回在院子里转悠。段主任醉醺醺地从外面回来，看到他，招招手说：“小富，你过来一下！”他小跑过去。

“我今天从后山杀猪的那里买了半边熏猪肉，明天送过来，你把总重称一下，价钱我说过了！”

“有熏肉吃了，太好了！”

“那肉可是正儿八经用柏树熏出来，味道好得很，你从来都没吃过！”

“好好，明天我按您说的办！”

段主任突然用手拍了一下他说：“小富，去年院子有个石头，就没有挖地，这也不全怪你，今年这地是不是要挖了？还有灶房里面柴火还有没有？你都要操心呢！这都三月多了，我看你还没有找人挖地，咋回事？年跟前年轻的壮劳力回来还能买下柴，现在都出去打工，谁还上山砍柴？你再问问谁家还有木柴，别过几天没柴烧，饭都吃不上！”

富晶垚被这么说有些愣住了，忙点头说：“好好，我这几天就联系！”

“就这几天啊！柴火要尽快买！每年都是柯家老汉过来挖，今年你自己看着办！”说完摇摇晃晃地上楼去了。

本来美好的感觉又没有了。这两件事他全不知道，也没人告诉他。管主任在这里伙食管得怎么样他不知道，谭会计临时接管伙食那段时间只负责买菜。对于柴火和肉他从没听人说过，也没有人问过他，所有人都只管吃。管主任走后也就没人操心这事。

第二天上班他给管主任打了个电话，他以前从没给管主任打过电话，这还是管主任去昶河后的第一次。他总有些怯生生地怕这个老头儿。电话里嘟了两声管主任把电话接通，听到是个年轻人的声音，问：“是小富吧！”

“是我，我是富晶垚！”

“我过来这么久你都没打过电话，我那个时候走得着急，没给你教过啥，对我有意见？”

“哪有，晶沟就那点业务！您也知道，我接过来没啥磕绊，就直接上手了！昶河那边理顺没有？”

“像我这老头子学那些东西也才用了一个来月，我当时不会打字，五个手指头挨不到键盘，就一根手指，敲数字也慢。还有算账，我用算盘用了几十年也顺手，你们这些年轻娃都不会用算盘了吧！”管主任说话声音明显没有半年前那么急促、风风火火的感觉。

“我不会用算盘，上学的时候有这门课，我没怎么学，计算器用得还熟。您在那边这半年多也没再过来？”

“我还过去，过去干啥！”这句话听着有些急促。

富晶垚也不清楚怎么回答，就说：“那您在那边多保重，照顾好自己。还有个事情请教您。”

“你说，什么事？”

“年前我没有买柴火，开春菜园的地也没有挖，以前咋弄的还得向您请教。”

“我在一沓子纸上写了好多事情和联系电话，都在算盘下面压着。你找找，压了好多年，都是常用的联系电话，标记了每年到什么时候要干什么。”

“我、我来的时候把这些都收拾起来，装订在哪儿都忘了。”他没敢说把那沓纸扔掉了。

“也怪我，当时走得急，没给你交代清楚。找不到了我一会儿把手机上存的号码发给你，看我这脑子，现在啥都记不住。柴火还是后山那家的柴好，那家柴花栗树的多，耐烧，就是劈柴的时候不太好劈，你年轻有的是力气。我前年柴火没买成，好多洋槐树、泡桐树，哎！没买好！挖地一直找的柯家老汉，挖得深，石子还能捡出来，一天是多少钱？好像是七十块钱，都好多年了，他要涨价你就给他加个几块钱。肉是不是段主任自己都定好了？后山那家肉，他定的啥肉！每次都说是柏树熏出来的，吃起来一股松树焦味，外面九块钱，你看他给你说多少钱。……”

富晶垚一直听他说完。

正准备挂电话，管主任突然又说起来：“小富，我给你说，你在那边可要当心，你最小，别整天被这个、那个把你忽悠得团团转。他们拿来的贷款业务你要问清楚，像三五千那种都是应急的，都是些本分老实人。你看那贷款三万五万的，就要多留个心眼，我在那儿就把得严，谁管的代办员谁负责对接，我只办社上几个人的业务，代办员就不要到我这儿露面……”

富晶垚本就对这个有些担心，也提过几次，但是奈何自己过来的时间短，而且对外勤的业务一窍不通，只有学校学到的理论，就问：“那怎么看哪些是代办员的业务？”

“你看余俊武……”说了一串的名字，他只记得一个余俊武，其他人都没有记住。

管主任继续说：“你要把握好你自己，别沾染这、那的问题，你年纪轻，他们都是……”

这时有人过来办业务，富晶垚着急挂电话说：“好，来人办业务了，您一会儿把那两个手机号发给我，没事了再向您请教。”

“年轻娃可要学好啊……”管主任还想说，富晶垚挂断了电话。

他本来就问两个电话号码，没想到管主任说了那么多，而且管主任可能忘记了营业室座机还漏音。

刚挂断电话，谭会计带着嘲讽地说：“管主任这回当了次师傅吧！”

富晶垚走到电脑桌跟前，说：“是啊！管主任还是那样谨慎，啥事都说得特别细。”

“管主任按照要求是五十三退二线，提前了半年，他觉得那半年他应该还是主任。县上给他安排的出纳，他觉得大家谁都不听他的，对谁都没好气。给你说了不少吧！”

“没！没有！只说了一个余俊武。”

谭会计冷笑了几声。

过了半个小时，管主任把电话打过来，给他报了能联系上柯老汉的座机号，卖柴的给了三个号码让他自己问一下价钱，又把后面没有说的事情接着说了好长时间。富晶垚提醒了几次电话漏音也没有阻止他说完，说的内容也就是社里人和村民之间的事情，越说语速越快，绕过来绕过去。富晶垚总结：夜晚要注意所有人，平时和社里面其他人保持距离，别人说的话想着做。

挂完电话，免不了又被谭会计盘问一番，富晶垚打着马虎眼说：“管主任说肉不是柏树熏的，那肉是松树熏的，味道没柏树的好！”对于其他的事情他只字未提。

谭会计也喜欢吃腊肉，说：“那肉就是段主任的关系户，大家都知道！”

富晶垚觉得都是腊肉，吃不出那么细腻的差别。

正说着院子里有人喊段主任，楼上传来一个声音：“段主任不在。”

“我是送猪肉的，和段主任说过了。”

富晶垚听到“送猪肉”三个字，连连应着出去。

院子里一个人摩托车后架子上担着两个蛇皮袋，那人提下来说：“总共一百七十八斤，价钱和段主任说过了。”富晶垚用手提了提没提动。

这个人开始说他的猪肉有多好，就没有停过提“段主任”三个字。

要说富晶垚刚来晶沟时对工作充满好奇，不懂得规矩，他肯定会打断这个人的话。但现在已经过去大半年，考核、任务、转正、请假等一系列的事情让他知道段主任是老大，老大就是老大，这些事情都得老大同意才能比较顺当。他一直点头。

柯礼朝听到卖猪肉的人来了从楼上下来，谭会计也从营业室出来，都看到他用手颠了几下就打算按照那个人说的斤数付钱。

谭会计先说：“小富，你手上有刻度，用手一掂就知道多少斤！”

柯礼朝也打趣地说：“小富现在是拿钱拿得准，人家取钱要取一千，他随手一抓就是一千，他也把这个当成抓钱了，用手一提，哎，正好一百七十八斤，不多不少！”

那人有些尴尬，说：“我在家里面称好的这个数，段主任给说的，我哪能哄你们！”

“小富，听到没有，段主任说的，你还不赶快付钱。”谭会计说。

“小富，谭会计都说你手带刻度，又是段主任说的，你还不付钱！”柯礼朝也说。

两个人一块把富晶垚架住了。他在那里想了一下说：“哎，还是别这样颠，我这手拿钱可以，颠肉不行。这钱还不是我一个人出，大家都出钱，也一千多块钱，我还是到蔡老板那儿拿杆秤称一下，这样也合咱们联合社的要求。咱们就算彼此过个钱都要数，更别说肉了！”说完转身出去。

谭会计笑说：“这娃还挺能的！”

把秤借回来，柯礼朝和谭会计正在和那个人讨论这肉究竟是用柏树熏出来的还是用松树熏出来！富晶垚和那个人拿木棍穿过秤环，扛起来，谭会计拨弄着秤砣上的刻度，两袋加起来少了不到一斤。那个人说是舍货。谭会计嘟囔了几句说：“也是的，就按照一百七十八斤算吧！”

富晶垚和那个人把肉抬到餐厅，他给段主任打了个电话。段主任让他把钱直接付了，这部分钱需要他先垫上，后面从伙食里扣。他心里有些不舒服，一下子一个月的工资就垫没了，而且还得十二个月才能收回来，真是亏大了。

但是段主任都说现在付，他又没办法，但是身上的钱加起来也不够。他在营业室里面来回转悠了几圈，才开口向谭会计借钱说：“谭会计，这个月工资还没有发，我这钱不够垫肉钱，能不能先借我一千五，反正您也知道这钱肯定不会没有，迟早会收回来！”

谭会计嘿嘿一笑说：“一千五够不够，你想好了，还有柴火钱，锄地的钱，每年都是将近四千块！”

富晶垚吃了一惊，说：“柴火钱也要现在给吗？那肯定不够。这伙管的！出力还要垫钱。”

“管主任在的时候还特别喜欢管伙，想吃啥买啥，让厨师做，这个厨师会做得多。管伙也不只是垫钱！”

富晶垚心里只在乎钱，不在乎吃这吃那，况且有人请外勤吃饭都叫上他。他想了想还是坚持只借一千五，谭会计从存折上取出来一千五交给他，富晶垚又在钱包里翻出过年给徐馨璐的红包。数好以后交给卖肉的人，那人数完钱团成一团揣在口袋里，脸上的笑容让他羡慕。那个人打了个收条。富晶垚心里总觉得这钱垫得不舒服。

那人骑摩托走的时候高声说了句：“谢谢三位主任！”

富晶垚搭了个话说：“慢走！”

进营业室，已有人等着办业务，谭会计嘟囔着：“还三个主任！三个主任抵不过一个段主任……”

等闲下来他给柯家老汉打电话，是个座机号码，打了几次都没有人接，他寻思着应该是去干农活去了，没再继续打。

他犹豫着卖柴的三个人钱怎么付，就一直没有打电话。

越是快到下班，他心里越发慌，他怕听到段主任那声“嗨，小富，柴火咋样了！”

一直处于这种矛盾的心理中，下班以后他就在房间里没出门，这是工作以后第一次感到压力，既因为工作，又因为得自己垫钱，办不好还得挨领导的训。

晚上不知道谁请吃饭，他也就跟着一起，段主任没有提。一连几天在灶上吃饭，偶尔碰见段主任，虽然段主任没有说他，但在他心里面，这件事逐日累积的情绪在加重，越来越怕突然的那一声“嗨”。

突然有一天，厨师做完饭，走的时候说：“今年这个时候咋还没有买柴火？这柴火怕是用不到六月份吧！”富晶垚停下吃饭，立马和段主任说：“我向管主任要了几个卖柴火的号码，这几天联系！”

“这几天要联系了！”段主任肯定地说。

“那天就问你借的钱够不够。又要买柴火，你拿啥买？管老头在的时候，他工作时间长，人家一年伙食上能被亏？垫好几千块钱，后面慢慢往回收。小富才从学校出来，一个月一千块钱都不到。他还好意思从家里面要？”谭会计笑着把事情挑明了。

富晶垚没有说话，他没有太多的解决思路，除了拖还是往下拖。

段主任过了好一会儿才笑着说：“谭会计说的是，厨师也说柴火烧不了多久，柴火还是要买的！”

中午吃饭就他们三个人，段主任说完还是没有人说话。又停了一会儿，谭会计说：“这事吧，按照每个人都收不合适，你看你景叔叔，一个月在这儿的时间都不超过十天。还有那两个，多一点是柯礼朝，一个月也就二十来天。主要还是我和小富吃饭，最后大部分都摊到我们俩头上。”

“也是的，你说要是一千五，每个人收两百五十块钱，划到每个月，这样合适不？小富你算没算一个人一个月大概多少钱？”

“我和谭会计多一些，我最多一个月能吃七十块钱，谭会计少个五六块钱，景叔叔一个月就吃二十多块钱！”

等富晶垚说完，段主任说：“那就这样，这个月收伙食费的时候每个人先收四百块钱，大头也就是肉和柴火，挖地的钱是总的一年摊到每个人每天，米、面、油、酱油、菜这些是每个月买每个月摊，算到每个人头上，这样会不会好一些？”

“早上是算一，中午算二，晚上算二，按照段主任这样说也算合理是吧！”

富晶垚悬着的心放松下来。

“小富，你遇到啥事情要及时说，你看你，闷在那儿啥都不说，要是今天厨师不说这件事，你看等到柴火没有了，是个多麻烦的事！”段主任说。

“小富，那天我就想看你啥时候买柴，到底还是厨师今天说出来！”

富晶垚满脸通红地说：“我这几天还想找段主任说一下这事，忘记了！”

“还忘记了！你这个娃！这几天我在的时候多，咋能忘了？最近也没有见你早晨起来劈柴，现在春天火气旺，有劲没处使就去劈柴！”

“就是，你这年轻的小毛娃，正是要锻炼的时候，不然又让你景叔叔一说到河南、湖北，就忽悠走了！”

“你景叔叔上次说带你去矿上的小香港，你都掉链子……”

每次说到最后总说到这个上面。

段主任把这个方案说出来以后为富晶垚解决了一个大问题，他心里安生很多。这几天，他遇见一个人就收一个人的伙食费，最后一个收的段主任。

收这个钱并不是每个人都配合，比如说景泽录，富晶垚刚说完他就问：“我上个月餐费是多少？”

“三十七块五角！”

景泽录掐着指头算起来，一年的话四百五十块钱，上个月过年在这儿待的时候多，一年也就四百块钱。算完从口袋里面这摸摸那掏掏，凑出来四百块钱，摩挲了两下说：“我这一年的餐费都给你了啊！”

把钱全部收上来以后除去他要交的也就两千块钱，他立马还给谭会计一千五。谭会计夸赞他有钱了就想着先还钱，是个不错的小伙子。他觉得这句话很受用。

## 八十

这个月上旬柯携敏过来对账，两个人正说着事情，刘长江打电话过来。这周日他弟弟刘天佑要来晶沟，他和刘天佑也好久没见，他在蔡老板那里定了地方，让富晶垚一块过去喝酒。富晶垚欣然接受，甚至还有些小激动。

等把柯携敏的账对完，他和谭会计说了刘长江找他一起吃饭的事。谭会计让他把刘乡长扒紧，前几天段主任还说要发退耕还林补助，有些人还有十几年的烂贷款，要从退耕还林款上扣，刘长江没同意。如果他把刘乡长维护好了，这事情就没啥大问题，到时候段主任肯定要好好谢谢他。富晶垚听这话的重点并不是说让他巴结刘长江，而是刘长江在这件事上使坏，他心里有些不舒服。

上了这么久的班，他还是对周六周日没什么概念，顺手拿出日历，标出了后天。

钱收齐后，富晶垚给三个打柴人打电话，有两个电话接通，他询问了情况，没有明确定哪一家。了解情况以后他打算再问问其他人，比较完以后再定下来买哪家。

傍晚天刚黑，几个人吃完饭正在院子里闲聊，院子外传来嘟嘟的拖拉机声音，一个人进院子喊：“下午哪个主任给我打电话要柴火？我贪黑把柴拉过来，想着刚好你们这会儿吃过饭了。”

富晶垚听完说："我还没有说要买呀！你怎么就把柴拉过来了。"

"那是我搞错了？你看这电话声音听不清楚，那我把柴都拉到大门口，这一趟好几十公里啊！咋办！"

阮宝山笑眯眯地说："那你说怎么办？"

"下午主任打电话的时候也没有说清楚，要说清楚不要，我就不拉过来了！"然后又走近，笑着大声说，"你看我，下午主任打完电话就装车，用了两个多小时，路上遇到个坑，我吭哧了半天才把车推出来，几十公里山路，总不能让我再拉回去吧！你们买谁的不是买！"然后用手在头上一抹坐在地上，叹着气说，"这你说咋办！"

这个样子让富晶垚想起来他的父母，记得有一次来了个人给他爸说要一批长把的水龙头，这种水龙头除了办公的地方用，一般家里面很少用。他爸刚好要去进货，那个人就直接定了五十把，他爸高兴得不得了，进货的时候就进了一批，因为进了这款水龙头其他的货就进得少了很多。回来再和那个人联系，那个人死活说他没说过那话，那段时间他听到最多的就是他妈妈的嘟囔声，连续嘟囔了半年多。

富晶垚正准备说话，柯礼朝说："我们这儿管伙的主任就是这个小富主任，他管伙，他要说不要你就回去喽。一路上几十公里，一车的柴火，再遇见个坑耽误些时间，回去把柴火再卸下来晚上也就一点睡觉喽！"

富晶垚问："这柴多少钱一斤？"

柯礼朝说："你说的主任发话了，你可要抓住！"

段主任这时发话："你看这晚的，你把柴火都拉来了，价钱合适我们也就要了，我们柴房里面的柴也烧不了多久！"

卖柴人站起来面向几个人，阮宝山说："这不是胡全吗，这柴火得买啊，真是远啊，你说是不是段主任！"

"我这柴火好，都是放了几个月的干柴，都是好柴，没有泡桐树和细杨树，三毛六一斤！就这一车，多了我还没有。"

段主任说："这价钱也合适，小富，这晚了，你就买下来，都送到门口了！"

"好好，那把车开进来呗！"

胡全小跑出院子，富晶垚跟在后面把大门打开，几个人帮忙把柴卸下来。卸完，胡全说两千一百斤，谭会计还想过一下秤，阮宝山觉得不需要，富晶垚也觉得太晚，最后还是段主任说不用过秤，这才没有过秤。

刚好几个人都在，抬了一大部分到柴棚，富晶垚把钱付了。胡全再三地感谢几个人都是大善人。

等所有的事情忙完已经十一点多，富晶垚急切地回营业室给另一个人打电话说柴火已经买到，让他别送了。另外一个人还处于睡梦中，迷迷糊糊中说好，他又重复了一遍才挂了电话。

## 八十一

刘长江这个周日没有回县城，在乡上等刘天佑，他也料想刘天佑不会一个人过来，就叫了富晶垚一起，免得被逮着灌翻。他弟弟的酒量本来就很好，何况再加一个人。

刘天佑才上初中的时候，父亲把他从乡下转到县城上学，那时母亲还在乡村小学当校长，父亲还在县城代课，没有太多时间管他。有一次他偷偷地从家里拿了一瓶酒，约了几个同学旷课去了县河上游，从河里摸了鱼，抓了螃蟹，用其中一个同学从家拿的搪瓷碗和油，油炸后就着那瓶酒喝。放学后天快黑了刘天佑还没有回家，刘父四处寻找。先是找遍了网吧、游戏厅、录像厅，没有寻见。夏天天黑得比较晚，有人到河边纳凉看见这几个学生，一个个都醉倒在河边的阴凉地，呼呼大睡，其中有个人穿着校服，纳凉的人就联系了学校。学校派人过去查看，有老师知道刘父在找刘天佑，也通知了刘父，刘父骑着自行车过去的时候四个人已经被叫醒，但都还晕乎乎地杵在那里，旁边搪瓷碗里面还有没吃完的鱼和蟹，还有不知道从哪里弄来的野菜，满地狼藉。刘父顺手折了根柳树条，揪着刘天佑的耳朵就往他身上抽。那次几个同学在学校又是写检讨，又是开大会批评才没有被开除。但是这并不影响刘天佑后面喝酒。他还时不时地从家里带酒出去喝。

刘天佑这么久不理他，这次能来他很高兴，也想着已经都二十三四的人了，好好喝一场，况且他弟本来也有这爱好。

刘天佑到晶沟乡政府院子的时候已经中午。中间打过一次电话问路怎么走。到院子里刘天佑就扯着嗓子喊："刘长江，刘长江，你在哪个房间？"

刘长江在房间里听见后跑出来站在走廊上喊："天佑，我在这儿，二楼！"

和刘天佑一起的还有一个人。刘天佑穿了一件超短的皮夹克，牛仔裤加尖头皮鞋，另一个人穿着一件羽绒马甲，一条新潮的牛仔裤。

刘天佑还没有上楼就在院子里喊："我说刘长江，你从县上下来，咋就从鸡心调到鸡屁股？怎么就想着来这里！”一面说着一面对旁边的那个人说，“那个人是我哥，给你说过是这里的乡长！”

刘长江又往前走了几步，向刘天佑招手示意两个人上来。刘天佑把头发捋了捋上楼梯喊：“你们这儿总共几个人？”

所幸还好，今天星期天，整个乡上也没有几个人。刘长江虽然对刘天佑那样大喊大叫的样子感到不太舒服，但是也知道他弟就那样——一个中专都没有上完就出去浪荡的浪子。

刘长江迎上去说：“走，走，进屋说！”刘长江领着两个人进房间。

刘天佑刚进门就说：“你就住这种地方？还没宾馆方便，一个这么大乡的乡长就这烂屃地方！”

“这是办公的地方，后面是睡觉的地方，还算方便。”

“你们还办公，你们办公不就是有人陪着吃饭，有人陪着喝酒！”

刘长江有些无奈地说：“哪是你想的那样，你看，还有那么大一堆东西要学习！”指指房间里的沙发让两个人坐。刘天佑先看看外面，又进卧室看看，几瓶喝剩的酒，关上门出来说：“真没啥东西，我还以为这个房子里还有我能带走的，都是半瓶，你这乡长当的！”刘长江泡好茶，然后给富晶垚打电话。

刘天佑对他一起来的人说：“你看我哥这乡长当的，啥都没有！”

刘长江苦笑了一下说：“喝点水咱们就去吃饭，时间也不早了！”

“哥，你啥时候调下来的？”

“快一年了！”

“都快一年了，咋还是这个样子。忘了给你说，这是我的一个朋友，叫韩磊，这次来是想看看能不能从矿上承包点啥，就是这一路下来真难走。”

刘长江觉得他弟嘴里满满都是对自己的抱怨。没能在这里拿点什么总不合常理。

“这边的路就是不太好走，我每次骑摩托车也要两个多小时。”刘长江说。

“你们院子里都有人停车，你也不买一辆，而且你还是乡长，骑个摩托车像个啥！”

“我是副乡长，我楼上！”他用手指指楼顶继续说，“是书记，我们都是围绕着人家转呢。”

刘天佑有些吃惊和失望地说：“不是乡长最大吗，还有书记？”

“这一句两句又说不清楚，书记管着整个乡上，我分管。”

“矿你分管吗？”

“那个我不分管。”

刘天佑“噢”了一下，韩磊一直喝水没怎么说话。停了一会儿，富晶垚打电话说他到蔡老板那里没见到人。刘长江起身说：“走吧，我叫了隔壁联合社的一个小伙，比我小几岁，已经在饭店里等我们。”

三个人下楼到院子，韩磊开口说话：“矿离你们这儿有多远？一天能出多少车？这边车队是怎么承包的？”刘长江见到韩磊第一感觉就觉得这个人特别鸡贼，撅着屁股坐，头向前倾着，喝茶斜着嘴，他和刘天佑说话时这个人的眼睛咕噜噜地四处打转，脸有些胖，更像浮肿，头还有些尖。他一连串的问题刘长江有些回答不上来，说：“矿有两处，都在河对面，一个矿洞往上有个四五里路，过了河还有三四里路才能到采矿区，往下十几里路也有一个矿洞，那个矿洞比上面那个的矿石好，上面那个先开采，下面那个后开采。我前几天约了矿上的王矿长，但是矿长在外地有事没在矿上，要晚一些才回来，我和天佑也说了让他下周来，他非要这周来！”

“我这次来就是先看看这个地方能不能承包，不是就是来承包的！”刘天佑说。

刘长江顿了一下说：“你那卡车现在放在哪儿？”

“在……在……最近一个朋友开着，他每个月给我钱！”说得非常干脆。

刘长江听着就是在哄人，在他朋友面前不好拆穿，“噢”了一声。

快到蔡老板门口，刘长江说：“等于你承包给别人了？”

“是，是，承包给别人！”

韩磊站在门口念着：“晶沟大饭店！”然后拍拍刘天佑说，“这名字，起得大气不大气，要是能承包下来车队，咱们就叫晶沟大车队咋样！”

蔡老板在吧台招呼：“刘乡长来了，富主任已经在里面了，那个房间。”

领着他们来到包房，在包间门口蔡老板问：“他是你啥？你们俩有些像！”

“这是我弟！”

刘天佑也没有打招呼就坐下。蔡老板说：“噢，个子、长相都像，都像！”说着出去了。

富晶垚站起来向刘天佑、韩磊打了招呼。韩磊说：“这个老头真逗，都说是他弟还说像，肯定像啊，不像怎么是乡长他弟！”

“三包子说的就是，名字吹得叫大饭店，说是弟还说像，这个老头我一会儿要问问他啥意思！”刘天佑说。

富晶垚听了有些不舒服，他觉得这是蔡老板故意和刘长江套近乎，反而被别人这样想。

“你问啥，人家说我们俩像，又没有说其他的，天佑你要问人家啥！”刘长江说。

刘天佑不说话，韩磊坐在旁边，眼睛仍然咕噜噜地转。

蔡老板笑呵呵地端上凉菜，富晶垚起身点头说：“蔡老板辛苦！”

蔡老板说：“有啥你们招呼，我就在外面，这会儿厨房不忙！”刘长江点点头。

几个人开始吃菜。刘长江问富晶垚：“你们下午几点上班，耽误不耽误你？”

“我们一点半过去都可以，不耽误！”

韩磊开始和富晶垚套近乎说：“你是联合社的？你们联合社都有扶贫助农贷款，能弄不？给刘乡长他弟弄个最高额的！”

“是有扶贫助农贷款，这个政策我还不是特别了解，我现在在内勤，还没有做过贷款。”

“就是哦，联合社有扶贫贷款不要利息，咋弄的，给我办个五万十万，一年贷款利息也省上万！”刘天佑说。

富晶垚满脸通红地说：“刘乡长知道，我在柜台，不放贷款，真的不放贷款！”

“那你帮刘天佑留意着，都说熟人好办事，你在联合社里面，有啥好政策想着刘天佑！”韩磊说。

富晶垚憋着没有说话。

刘长江说：“都饿了，吃菜！”他从蔡老板那里拿了两瓶西凤酒，喝了不到一个小时就喝完了，把富晶垚喝得有些晃悠。他从蔡老板那又拿了两瓶酒，一瓶刚喝完，富晶垚的手机铃响，谭会计打电话让他回营业室，说有人要办业务。他喝了三杯离席酒回联合社，刘长江送到门外。刘长江回包间韩磊和刘天佑两个人碰着酒，听到韩磊对刘天佑说：“他们这个地方离县城远，扶贫贷款一年还没有利息，你算最高一年八万，按照年息七点九算，一年就省六千多块钱，多划算，你哥还在这儿当乡长，给他们打个招呼肯定可以批下来！”韩磊看刘长江进来，把酒喝下去。刘长江听到这些想着刘天佑好不容易过来一趟，好些话不方便说，坐下说：“喝酒！”

“哥，你和联合社的人挺熟，我买车，你和爸妈都出了一些，我还有贷款，要是你给他们打个招呼，用上扶贫贷款我一年不就省好多利息。”

韩磊这会儿不说话。

“富晶垚是去年才进去的，试用期都还没有过，而且一直在柜台，就算我张口给他说这事，他能办得了办不了还另说！”

刘天佑不说话。

三个人把那瓶喝完又喝了小半瓶才结束，刘长江喝得晕头转向。刘天佑和韩磊还有些清醒。

刘长江到吧台准备付钱，刘天佑乘着酒兴喊：“一个乡长在你这儿吃饭不能签字，还自己付钱！”

蔡老板看到刘天佑那声音和样式，知道是喝多了，说：“可以签字，刘乡长都没有签过字！”

韩磊也凑上去，小声说：“乡长都不能签字！”

这句话激起了刘天佑的自尊心，拍着桌子喊：“你这个老板还想不想在晶沟混了，还不能签字！把你们耍得还大的……”韩磊并没有拉刘天佑，而是不停地拱火。

刘长江有些晕乎乎地看着这场面说：“签字，签字，我弟来了我第一次签字。”对蔡老板说，“喝多了，第一次过来，我签字。”

蔡老板满脸挤出笑翻出账单，刘长江在上面签字。刘天佑指着吧台后面说：“把那个，还有那个给我拿一样。”用手指着一包芙蓉王烟，还有一瓶西凤酒。

蔡老板装着看东西的样子犹豫了好一阵说：“刘乡长这个是在签字里面还是另外付钱？”

韩磊摇晃着脑袋说：“你都说他们俩长得像是兄弟俩，签字签在一块。”说话声音有些大，蔡老板张开嘴，又闭上，看着面前的单子说：“刘乡长，这样加上去不行，下次到财政所报销，又是这问题又是那问题报销不了，你等一下，我重新写一张！”

“重新写，写啥写，加在后面就行了！”韩磊说。

“加在后面，我哥是乡长，这点事情还有啥问题！”刘天佑说。

韩磊也大声说：“就是这点事情，还得重写！”

刘天佑说：“就用那张！不重写！”

蔡老板说：“你看你们这两个年轻人，重写又不是个啥事！”

韩磊说：“年轻人怎么了……”已经快吵起来。

刘长江按捺不住说：“刘天佑，你带你朋友先出去，这边我来！”

说着把两个人推出门，刘天佑拿着烟，韩磊提着酒出了大堂。刘长江把两个人推到门外，又进来说："这两个都喝多了，你重写我签字！"

蔡老板重新写了一张，刘长江把字签好，出了大堂。听到两个人指着晶沟大饭店几个字议论着，刘长江推了他弟一把，回乡政府院子，韩磊把一只胳膊搂在刘天佑的脖子上，两个人跌跌撞撞地上了二楼。

正值殷所长从房间里出来，看到走在后面的刘天佑和韩磊说："这是哪儿的小伙？这么能喝！周日也不回去，在这里找谁？"

韩磊扭过头，看到是个矮瘦的苍毛老头，说："刘乡长的朋友，咋了，喝酒不能进这个院子！"

刘天佑听后也起哄说："中午喝酒没叫你吧！我到我哥这儿来碍你啥了没有？"

殷所长咂了一口烟说："你看你们俩，我问问你们俩找谁你这话说的！年轻小伙子不应该这样说话。"

韩磊借着酒劲说："乡政府这地方，不在这儿上班还不能跟着人过来！"

刘长江在前面听到后面在争吵打开门，然后赶快去拦刘天佑，在后面推了一把说："进去睡一会儿！"然后向殷所长招招手说，"我弟，喝多了。"

殷所长问："哪个是你弟？我问他们俩找谁，这小伙子以为我责怪他到楼上来，你听到刚才说的了吧？"

"喝多了，喝多了！"刘长江进房间就把门关起来。听到殷所长在走廊嘟囔："我们乡政府没有看大门的，你看县政府看大门的，他喝成那样还能不能让他进去！小伙子年龄不大火气还大，火气大去把那条路上的坑填了，有你泄火的，跑到这里来发火，喝了几两猫尿都成这样子了，把乡政府都当成你家了，还不经问……"

韩磊起身准备开门出去，刘长江跑过去拉住他，韩磊隔着门喊："你个老头子喊什么喊！"

刘长江大声喊："这是我们财政所所长，你先坐下！"

韩磊本还想喊，听到刘长江说这个邋里邋遢的人是财政所所长顺着刘长江拉的地方坐下，降低声音说："我们都进来了还在外面喊！"

殷所长听到里面有争吵声，但是听不清楚，听了一会儿，里面再没有什么声音，长长地叹了一口气说："现在的年轻人都咋了，问一句话脾气大，父母都这样教的！"然后是微弱的声音，再就是没有太多声音。

房间里韩磊和刘天佑两个人歪在双人沙发上，一边倒一个打起鼾。刘长江靠在老板椅上睡着了。

也不知道睡了多久，刘长江觉得腰有些不舒服才醒来，沙发上的两个人都已经不见了，天已微黑。他起身活动了一下筋骨，出门穿过走廊去殷所长那儿，殷所长还在看电视，打了个招呼说：“我弟中午喝多了，另外一个小伙子不喝酒还好，喝酒后乱说话，都是酒话，你多担待！”

殷所长没有看他，看着电视说：“中午你都听到了吧，现在的年轻人缺乏教养，他来了我问他找谁不是很正常，你弟还是别和那种人在一起，迟早被带坏！”

“就是，就是，他们后面没再过来吧？”

殷所长身子往后一趔趄说：“他们过来干啥，还想把我这个老头子咋了！”

“不是，没来就是了！”刘长江放下门帘走了。

“不坐下喝杯水？”

“不了！”刘长江下楼查看，院子里的摩托车也不见了。他给刘天佑打电话，刘天佑没有接，连续打了两个，韩磊接电话说：“刘乡长，刘天佑还在骑摩托车，我们已经走了，走的时候看你睡觉就没有叫醒你。”

“你和天佑说骑车慢一些，矿还没有看就回去！”

“我们出来天还没有黑，骑着摩托车看了一下下边那个矿洞。”

“噢，你让天佑到县城了给我回个电话。”韩磊应着。

刘长江去蔡老板那里结了账，取回签字单。

但是一直到晚上睡觉他也没有接到刘天佑的电话。

## 八十二

星期一早晨，乡政府的人基本上都回来了，但这一天也没见到袁书记，而且楼上一点动静也没有，应该是没有来。刘长江已经把前段时间开会的笔记和心得整理了一遍，他想在今年的“一村一品”中发展碳沟的黄姜种植，碳沟全是山地，向阳的地也多，黄姜更适合在这种地方生长。在这个纬度能种植的中药材当中，刘长江对比过几种，也咨询过几个专家，黄姜的经济价值相对比较高，而且和昶河镇紧挨的河南的几个县市，有好几个提取黄姜素的企业，每年都会从周边收购大量黄姜，鹿鸣县受益匪浅，像国道旁边的骑牛镇，最早开始种植，一年的收入比农作物强。这是他的想法，还得和袁书记商量。

一般情况下刘长江看完书、写完东西以后都比较晚。这晚他睡得正酣，被头顶拉凳子的声音吵醒，他知道这是袁书记回来了。

袁书记已经一个多星期没有在乡上，回来后事情自然特别多。

早晨起来他把几件重要的事情在本子上重复捋了一遍。早饭快结束的时候袁书记才下来。厨师问想吃点啥，袁书记让看着弄。进门的时候刘长江打了声招呼，刚坐下徐国平就凑过去说着什么，大家似乎都知道今天事情比较多，加快吃完早餐出了餐厅。

刘长江吃完饭在二楼走廊抽烟。殷所长也从房间里出来，他还是那种姿势，右手举着烟，左手抄在裤子口袋。刘长江见殷所长出来走过去发了根烟。

“吃偏锅饭的回来了。我还有几张报销的票要他签字，那几个人不停地催，蔡老板从年前说到年尾，这月初又过来催！”

“那是！你那儿没他签字啥都付不了。”

殷所长停了一会儿喊：“小景，你过来一趟，我这儿有几句话说！”小景在楼下答应着。

刘长江一根烟抽完回房间，回到房间他把需要商量的文件夹在笔记本里，又在封皮上别了一支笔，拿起一本书看起来。

没多久，办公室王主任打电话过来让他去一趟袁书记房间，他拿起笔记本到楼上。徐国平已经在办公室，满屋子烟味。

他把准备的几件事说完，徐国平没什么态度。袁书记说：“这个黄姜的事情你私下和村主任商量，这里人员比较分散，地虽然多但运输不方便，种了以后收成怎么样还不好说，又没有专项资金补贴，万一种不出来东西，这些人还不把乡上给染住了。你看佘三娃那个事情，现在都脱不离。木耳、香菇这些倒是可以发展一下，那需要技术和木头，碳沟现在没啥木头，发展难度大，你和其他村也说说让他们试试吧，就不要在会上提这个。”

刘长江用笔在笔记本上做了个记号。几个人商量完，袁书记让他把王主任叫过来，四个人一起把刚才需要开会的事情讨论了一遍，王主任做了记录。明天下午召开全体职工大会，各个村的村主任和支书也要到会。

下午刘长江写了一下午大会发言材料，他分管的美丽乡村建设、乡村生态文明建设也洋洋洒洒占了很大篇幅。

开会那天来了一大部分人，还有一部分人没有到，袁书记在会上发了通脾气。

会议结束，几个村的村主任过来找他问村村通的事情。他在会上提过这件事，但是具体延伸到哪个位置算公共道路，从哪里到哪里算通往住家户的私人道路，通往住家户的路一米补多少钱，文件里没有说明，他也没办法回答几个村主任。几个村主任和支书在他房间里争论起来，在和村主任支书之间的争论、辩解中问题也变得模棱两可。这里的住家户特别分散，原有一条通村大路，大路上有很多的分支通往各户，对于主路算到村部还是按照以往的路算，大家喋喋不休地讨论了一中午。

不过怎么来说都是件好事。中午讨论这件事情把他说得喉咙沙哑。

除了路以外大家还关心退耕还林什么时间到账，有些住户当时分的地多，这次退耕还林也多，一次能补不少钱，钱下来有人就想盖房子。刘长江把他了解的情况一一告诉了村主任，这笔钱今年就可以发。他问龚自立贫困户不良贷款的事情，龚自立说有些人确实应该扣下来，有些人家里条件太差不能扣，那些人本来过得就很艰难，这点钱还能改善一下他们的生活。

等这一拨人离开，太阳花村的支书袁裕国和村主任景民强过来了，他们俩也问了相同的问题。太阳花村分为上村和下村，水库如果修好，上村会被淹没，下村没什么影响。淹没也是两年以后的事情，那上村这次究竟修不修路？拆迁的事情已经说了两年，水电集团已经在太阳花下村建好了指挥部，都已经准备修堤坝，移民搬迁的事情还没有开始。

根据会议安排他负责实施移民搬迁，但是具体工作怎么开展他和徐国平还有一定的分歧。徐国平认为事情分给村里面，乡上就不用再管，至于村里采用哪种手段让村民搬走乡上也不用管，乡上要的结果是这些人按时搬走。刘长江不这么认为，当时胡常务开会的时候说得很明确，乡上具体负责，由村上配合，徐国平的提法完全打了个颠倒，既违背了文件精神和任务分工，也不符合实际情况。

刘长江思考，晶沟的村主任和支书能过来，应该是徐国平让他们俩过来探一下口气，让他交个底。刘长江一改刚才和几个村主任无话不说的口气，说这事情袁书记是总负责，要听从袁书记的安排，他也在会上提过，但是没有具体行动的措施。说完还把会议文件和笔记拿出来指给两个人看。

## 八十三

夜晚风高天黑的时候，富晶垚到刘长江这里来串门。刘长江扫却开了半天会、接待一拨又一拨人的疲惫和富晶垚聊起来。

富晶垚开门见山地说：“那天不好意思，我们中午还得上班，谭会计打电话说有人等着办业务，我就提前走了。我上个月才转正，要表现好一些！”

刘长江笑笑说：“没啥，你这么一说我还忘记了，一直说给天佑打电话还没打。”说着拿出手机拨通号码，对富晶垚说，“你喝水我打个电话。”

电话“嘟嘟”了几声才接通，信号断断续续。

“你那天几点回去的？”

“我们起来看你还在睡觉就走了，然后去矿上看了一圈。你打电话那会儿我们正在下边那个矿上，我不打算去那儿包车队，那是个啥地方？你看那几条盘山路，能走车？我和几个朋友商量好了到浙江上渔船，我已经坐上火车了。”刘天佑在电话里说。

刘长江吓了一大跳，从凳子上站起来说：“你出海和爸、妈商量没有？你那大车咋办？”

“和他们商量啥！我还是三岁小孩？不和他们商量！大车我借给朋友，你就别管了。”

刘长江有些不相信，看看手机，又问：“你不是在和我开玩笑吧？你那天带来的那个叫韩啥的，他几次吵架我不让他吵架，你骗我说出海吧！”

“你听，火车的声音，我骗你干啥，我那边都联系好了。”

刘长江听到那边哐当哐当的火车声音，刘天佑说：“你听到了吧，我到外省了，有漫游费，不和你说了。”电话被挂断。

刘长江放下电话，坐下来，面色凝重。

“你弟咋了？我听说是去哪儿了？”富晶垚问。

刘长江心不在焉地“噢”了一声，他心里在想刘天佑竟然没有和父母商量就做这个决定。现在他已经知道刘天佑出海，但是父母不知道，应该怎么对他们说这件事情呢？思考来思考去，他觉得还是等这周回县城见到父母再说，毕竟这也是大事。刘天佑还像个没头脑的愣头青，没结婚，对谁都没有牵挂，说走就走，上船出海这种工作对于一直生活在北方的父母来说始终是不可想象的。

富晶垚顿了一会儿没有说话。

“你们大学毕业回县城有多少人？外面的工资都还比较高？都喜欢往外面跑。晶沟乡也没几个人回来啊！”

“我们大学毕业只有一小部分进银行，一小部分进证券公司和保险公司，我们这专业就对口这些。像我一样到乡下的极少，我们专业到乡下也没用啊！”

“你说得也是，到乡下也没太大用，年轻人都回乡下那城市谁建设？你有没有想过怎么样才能让人回乡下？”

“你这个问题就有些难，现在不是都提倡城镇化，都往城里走。你看我们管主任，在这儿待了一辈子，想调到公路沿线都难。前几天我有事打电话，调过去后他说话明显没有以前那么急躁，不过他马上就退休了。”

“你们调动还这么麻烦！当时你也应该留在大城市。”

“也不是没有想，考公务员没有考上。回来也挺好的，在自己老家有份稳定的工作，不愁买房。”富晶垚说完嘿嘿一笑。

刘长江全身瘫坐在凳子上，说：“我毕业四年了，好多同学都留在西安，也有很多去南方，回县城的极少，像我这样到这里的更少。前段时间遇见太阳花水电站的部长是我师哥，他跟着项目到处跑，拿年薪。我们俩也不一样。我这样是半吊子，高不高低不低的！”

富晶垚咂了几下嘴说：“你是全县最年轻的乡镇长，还咋了！多少人羡慕得不行，你别说，我都羡慕。”

“你不知道，乡镇长又咋了，如果不到乡镇说不定今年就要娃了，后面也就只能再等等。”

“你都已经结婚，我还在谈女朋友，你比我快了好几步！”

刘长江摇摇头说：“不一样，你和你女朋友发展咋样？”

富晶垚不想继续聊这个话题，岔开了。两个人又聊毕业以后的工作去向，深夜才散场。刘长江把富晶垚送出房门，打了个寒战，回到房间里把空调温度又加了两度。

富晶垚下楼出院子，已经听不到成片的狗吠声，偶尔悠扬地传出来零星的狗吠，外面的暖风吹得他心里直痒痒。

谭会计这次到县上开会，把他的转正申请也拿上去了，回来就可以发正式工资，就可以去西安看徐馨璐。

路上黑漆漆的，他加快了脚步回联合社。

## 八十四

现在最让刘长江担心的是如何把刘天佑到浙江出海的事情告诉父母。

刘天佑在取名时，刘父拿着老皇历研究了半天，查出他五行犯水。从詹天佑里面摘录出后面两个字，这样一辈子坎坷虽多，但有上天保佑，都会逢凶化吉。他从小就是个不省心的主。

这次竟然上船出海！作为一个北方的旱鸭子，从小都没有熟悉水性的机会，想想都危险。以前开车偶尔打电话有些操心，现在更让人操心。

星期五下午，王三豪打电话从外地回来了，让刘长江没事了过去。刘长江本来还想带着刘天佑一起去问一下车队的事情，现在刘天佑认为这里山太大，沟太深，路太险，不愿意过来。但是他反过来又想，刘天佑现在觉得这里危险，说不定在船上待一段时间觉得也很辛苦还会回来，他的大车暂时借给别人，他还有开大车的技术，先在王三豪那里做个铺垫也好。

电话里刘长江说他有个亲戚开大卡车，全国到处拉货，嫌到处跑，吃不好，晚上还得提防油耗子，睡不好，太累了不想在外面跑车，想在门口找个营生，问到他这里。他想起了王矿长，想从王矿长那里打听一下矿上包车队的事情。王三豪大致介绍了一下：车队现在部分外包，什么都不管，一年不出事是肯定能挣到钱，如果要详细了解还得见面说。刘长江也只是为刘天佑回来做铺垫，也就说他再问问他亲戚的意见，王三豪表示随时欢迎他过去。

周五下午刘长江骑着摩托车回县城，到家比较晚，回到家里付莹莹已经吃过饭，给他留了一些。他犹豫着要不要和付莹莹商量一下怎么和爸妈说刘天佑出海的事情，付莹莹先抱怨起来：“你弟现在来往的都是啥人？那天带了两三个不三不四的人过来说找你，周中的时候明知道你不在家带一群人过来，问你能不能给他帮忙找个营生。我当时心里就犯嘀咕让不让他进家门，就借口马上要上班，那天中午害得我在办公室午休！”

“这个刘天佑，你当时不让他进门就对了。”他停了一会儿说，“后面好长一段时间他都不会再过来了！”

付莹莹把看着电视的头扭过去说：“咋了，他不会又欠别人钱让别人限制住了吧？我给你说，你弟是你弟，在外面不学好，你别和他有关联。你看看你爸妈生了两个孩子怎么差别那么大，你弟那个样子还得亏生在你们家，其他的家庭早就让他拖死了。”

刘长江嘿嘿一笑说：“不然我怎么会回鹿鸣，咱们俩怎么会结婚，不然不就遇不到这么好的媳妇了！”

付莹莹哈哈一笑，有些认真地说：“你当时回来真的是为啥？真是因为你弟弄了一堆的事情你才回来给你爸妈帮忙？你看这才消停几年！”

“我当时就是凑巧报名，没想着能考上。考上了就回来上班，没有因为我弟那摊子事情而怎么样。我那个时间大学毕业，除了找工作也没其他事情，有的是时间回来帮爸妈处理刘天佑的事情！”

“你就吹吧你，现在公务员那么难考，你考随便就能考上！”

刘长江知道自从调到晶沟以后父母一直自责当时不应该拉着他回来，帮衬刘天佑。他不想父母背负这么大的心理负担，每次别人问起来的时候只是说当时考着玩就考上了，其实他也真的没太用功去准备，就那样考上了。刘长江扒拉着面条看着电视。

过了一会儿，付莹莹忍不住问：“你弟究竟干什么去了？还好长时间不会来。”

刘长江放下筷子说：“到浙江上船出海去了！”

付莹莹愣了，看看他说：“出海！当船员！你弟一个北方人去沿海当船员，他怎么想的！船员他能受得了？从小就在你爸妈的宠溺下长大，车又不知道开了多久不开了，去当船员！”

“是啊，我也没想到！”

又过了好一阵两个人都不说话，刘长江吃完饭收拾锅碗，付莹莹在外面说：“这样也好，省得他突然过来，吓人一跳还以为他又出了什么事情！”

刘长江在里面听着没有接话，收拾完锅碗也坐在沙发上看电视。看着电视犯了烟瘾，又害怕付莹莹会说他，起身泡了壶茶，问付莹莹喝什么，付莹莹说：“白开水！”他泡好茶，给付莹莹倒了杯白开水。

付莹莹漫不经心地问：“你弟出海的事情你爸妈知道不知道？我估计他八成没和爸妈说。”

刘长江喝了一口水说：“肯定没有说，我还在想怎么和爸妈说这个事情，北方人又理解不了上船出海！”

付莹莹拿起遥控器，换了几个台又换到电视剧上说：“你们家的事情，真难说！”

刘长江赔着笑脸说：“我爸妈这段时间你照顾得比较多，也了解，明天我们俩过去吃饭，到时候慢慢和他们说，你看咋样！”

付莹莹哼了一声说：“我不去，你自己过去说，我不掺和你家的事情！”

“我不是怕我一个人搞不定那两个老古董，加上你，咱们俩啥事都能应付！”

付莹莹咯咯一笑说：“说得我好像很厉害一样，我不去，明天你一个人去和他们说！”

刘长江不再强求，转移话题聊起电视剧。

星期六中午走的时候付莹莹在镜子面前仔细照了又照，说："你们家的事情真难伺候！"

刘长江站在旁边提着她的包说："我们家的事情还有付老师摆不平的！"

付莹莹照完镜子挽着刘长江的手出门。

刘父爱吃香蕉，六十多岁的人了，牙口不好。刘长江买了一些。进门刘母拉着付莹莹说话去了。都是老师，不知道是刘母想教付莹莹还是付莹莹想学，两个人总有一大堆的事情说。

刘父说中午吃饺子，饺子馅和皮都已经备好，包饺子的时候刘父说："刘天佑前两天从家里拿了一大堆衣服说他的车接了个大活要出趟远门，问他去哪儿也没说，我和你妈想你弟现在想着接活挣钱是个好事就没有问太多。"

"他准备的衣服还比较多？除了衣服还带了什么？"刘长江问。

"家里面好些他用的都带上了，还有他平时玩的三节棍也带着。"

刘长江"噢"了一声。

刘父又说："这个娃开车出远门带了那么多东西，去黑龙江也才十天半个月就能回来，这次带的东西有些太多，我和你妈没敢多问，问了他就认为是不相信他。小的时候就是过问太多，啥都搞得清清楚楚，这样一点点一点点让刘天佑学会说谎！"

刘长江又"噢"了一声，不知道怎么才能把刘天佑出海的事情说出口。

刘父又继续说："你说他能有你一半就好了，生活得累的！"

刘长江这个时候说："现在干啥不累，都累啊，弟开始想着挣钱是多好的事情，只要不在外面浪荡学坏就好。"

"说的是，只要不在外面浪荡，自己找个事做，顾得了自己就行！"

刘长江也不再接话，等了一会儿淡淡地说："刘天佑出海去了！"没有停下来包饺子，斜眼看着他爸。

刘父也继续包饺子不说话，冷静了好一会儿。当刘长江不再看他爸时，刘父突然站起来说："我就知道这个刘天佑这次拿一大堆衣服出去就没好好开车，去干其他的，我要问，你妈不让，说刘天佑也二十好几的人了。他干啥去了！他干啥去了！"压抑不住的大声，然后来回在客厅餐厅打转。

刘母听到声音进餐厅问："你们俩咋了？包个饺子拌嘴了？"

刘长江刚准备开口，刘父抢先说："你知道刘天佑收拾那一大包衣服干什么去了！他上船出海去了，上船出海都是什么人干的！都是实在没办法生活下去的人讨生活去的。他一天净干些骗我们的事情，我当时要问，你就是不让问。要知道他出海，当时就拉着他让他做个保安也行！”

话还没有说完，刘母也暴躁起来，跳起来跺着脚说：“这个娃，他又开始骗我，还说去开车，出海去了！长江，你现在给他打电话，让他回来，北方人出什么海，他会游泳？他能受得了船来回颠簸？现在打电话让他回来！”

刘长江拿出手机拨通刘天佑的号码，手机处于无法接通状态。刘母顺手拿起餐厅里的一个竹制痒痒挠，指着一处空地，像是在训人一样说：“小的时候就骗我们，这次相信你，你又骗我们。我们造孽不生你也就罢了，生了你又整天提心吊胆。你干什么不好，还出海，出海一年死多少人？你开车还没有自己的一碗饭吃……”说着拿起那个痒痒挠做敲打的动作，他爸也急得在那里来回打转。

刘长江安慰说：“弟弟已经出海，现在说他、怪他也没有太大用，你们就别太操心。他名字里就有天佑，上天肯定会保佑他，开大车拉货和出海不都一样，都是拉货，他开车这两年不也没出什么事情，平平安安的。他给自己找点事情干也好，爸刚才都说省得在外面惹是生非。那几年咋过来的你们也知道，让他受受苦，后面心性也稳定下来，就会少生些事端，说不定在那边认识个姑娘带回来成个家也是好事！”

刘母把痒痒挠不再指着空地，指着他说：“你就不担心你弟弟的安全，他再不成器总比没有了这个弟弟好啊……”越说越像教训小孩子一样教训他，他不停地后退避让，也怕痒痒挠打着自己。

付莹莹上前拉住刘母说：“妈，长江不是那个意思。你看你带的班上，有些调皮捣蛋的学生出社会以后反而会过得比较好，他们咋过好的，都是历练过来的。天佑有他自己的想法，就让他自己闯吧，限制着他，他也不一定能随你们的意！”

刘父背着手转了几圈，嘴里面唠叨：“哎，不会游泳还上船，遭罪，不让人省心……”说了好一阵，坐下来继续包饺子，嘴里面嘟囔着，刘母见付莹莹过来拉着她，也放下痒痒挠，拉着付莹莹说：“你说这个娃，从三寸长长到现在，能让人省心吗……”带着哭腔跟着付莹莹去了客厅。

从那时开始，刘父下饺子、吃饭都没有再多说一句话。临走时候叮嘱刘长江经常给刘天佑打电话，有什么消息了及时给他们说。

# 八十五

谭会计回来的时候并没有给富晶垚带来什么好消息，他告诉富晶垚已经把社上同意转正的那套材料交给了人事股，至于后面还要办什么手续他也没问，这种事情也不太好问。这个月还是按照试用期的工资发，还是九百多，至于后面补不补他也说不清楚。但是谭会计记下了人事股的座机号码，让富晶垚有什么问题直接打电话问。

富晶垚干什么事情多少有些前怕狼后怕虎。县联合社管着晶沟联合社，就像老师管着学生！有时候办业务不知道如何操作，给县上打电话咨询都偷偷摸摸，更何况涉及转正的事情。他坐在营业室里思考了半天，想起一起到商洛培训的宋姝玥。他给宋姝玥打电话，宋姝玥告诉他从把资料报到县联合社到最后转正至少需要三个月时间，这里面的程序复杂着呢，而且省上要审批所有区县的人员统一批复，他们这一批总共招录了两千多人，肯定会比较慢，要有耐心，肯定都会批下来。虽然这么说，但是他的心还悬着。

天气渐暖，小树开始发芽，这里的山也绿起来。

春天里最先看到的那一抹春装是他午休时在这条街道上闲逛，花花光着腿，穿的超短花裙子。花花看到他还打了声招呼继续步行往下。富晶垚走了没多远转身看了一眼，这转身不要紧，刚好碰到花花也转身看身后。两个人眼睛刚好相遇，他迅速地回过头继续走。走了十来米远，不知什么心作祟，他又转身看，花花已经走到蔡老板饭店门口，也转身往后看，两个人的眼神又碰上了。他有一种偷看女人被发现的羞耻感，满脸通红往前小跑了几步，跑过了核桃树还没有停下来。他继续往上走了一段，心扑通扑通地跳，看到前面分岔的桥才转身往回走。

他想确实好久没见女人穿裙子了。不知道徐馨璐现在怎么样，这个点她应该在午休。他拿出手机看了看又揣回兜里面。本想着这个月转正能多发些钱，到西安去看望徐馨璐，但是这个月把很多开支算完以后没剩下多少。

三月中旬他休了四天假，没有去西安，在县城窝了几天。帮父母照看店面，他觉得更无聊，还不如在单位上班。他已经非常习惯晶沟的生活方式，住在楼上，吃在后厨，下楼就上班，是多么方便。

休假结束回到晶沟，下车的时候他觉得整个晶沟像变了个样子，到处都是青青的嫩芽，但是空气中却有种说不出来的味道，有股刺激鼻腔的味道，夹杂着淡淡的金属味。

回到社里面，还是那几个人。上楼下楼就是上班下班，他心里偶尔有一些不安定，偶尔有一些焦躁，他摸不清楚是什么原因。

休假之前柯老汉已经挖过菜地。今年柯老汉用他那只剩几颗牙的嘴露出来的笑容说他也给联合社挖不了几年地了，让多给三十块钱。富晶垚准备给的时候，谭会计在旁边说："你看你说的什么话，你还能活到一百岁，这点年纪就挖不了，明年还找你挖，明年再给你加三十。"富晶垚到底没有多给那三十块钱。谭会计让柯老汉第二天过来把厕所里面的大粪挑到菜园子浇地，柯老汉始终没有来。

这次回来他给柯老汉打电话，柯老汉还记着他那三十块钱说："我不是争究那三十块钱，我年年给你们挖地，那地你看我挖得深不深？叉锄两个齿，我每一锄头都挖得超过齿腰了吧，地里面有石头我都拣出来，挖地也是个良心活啊！富主任，你说我挖得好不好？"

富晶垚心里想挖地怎么也变成良心活，但他还是说："柯大叔，您说得对，三十块钱我给你。你再过来把厕所里面的大粪挑一下吧，这个你说多少钱？"

"不包括那三十块钱，清理你们那个厕所至少一百。"

"好，依你说的，你明天能不能过来清理！"

"我再想想，明天没什么事我就过去！"

挂了电话富晶垚觉得老头还有些拽。

早晨不到七点柯老汉挑着两只粪桶，手提一只粪舀子，"咚咚咚"敲门，进来后喊："富主任，我来了！"

富晶垚还在睡觉，听到有人砸门，喊声特别急，急忙穿好衣服出来，看是柯老汉。

"富主任，我们年龄大没瞌睡，早早就过来，没打扰到你吧！"

富晶垚说没打扰，他有些不明白柯老汉究竟想来还是不想来。

谭会计也从房间里出来说："老汉，你过来了，听小富说你还是要那三十块钱，你说你这个老汉，为了三十块钱不挣那一百块钱，你说你划不划算！"

"谭主任啊，不是这个理啊，我今年快八十了，你看我这牙口，还剩几颗，还能给你们挖几年地？"

谭会计笑笑说："就你会说，哪年不是你挖的！明年再给你涨三十！保准还让你过来。"

"明年让我过来！你说话算数不？"

"你问小富，算数不算数？"

富晶垚接过话说：“我们社上还有谭会计说话不算数的？算数，去年秋天地里面掉了块石头，就没有找你！没找别人挖地。”

“去年我忙，去女儿那儿了，你找我我也不在！”

谭会计说：“你看你柯老汉多会说话，没有骂我们都不错了！”柯老汉哈哈一笑露出两颗黑乎乎的牙。

富晶垚对厨房喊：“再加一个人的饭！”

柯老汉急忙摆摆手说：“我吃过饭过来的，不用管我的饭！”

“不让你出钱，我们社上出钱！”

柯老汉抹抹嘴说：“真不用做我的饭，你们吃。”

“你先找个地方坐一会儿！”

“好，好，富主任真是个好人！”富晶垚被说得笑起来。

早晨的糊汤给柯老汉盛了一碗，厨师走的时候说：“柯老汉，你多享福，来了就赶上吃饭！”

柯老汉腼腆地笑笑说：“托几个主任的福，公家单位就是好，每天都管饭，还不用自己做。”

谭会计说：“好吧！好吃锅里面还有噢，老头子，你说你到你女儿那儿有没有享受待遇？”

“享受，享受，那还不是要花女子的钱吗！”……两个人开始拌嘴。

富晶垚听得还挺逗，笑了好几次。

一碗饭吃完，柯老汉说：“富主任是才进来的吧！可要好好待在这个单位，这么个好单位，上下百里都找不到！”

“您说得对，就是，要好好干！”

柯老汉笑着去挑粪了。

中午富晶垚和谭会计在营业室上班，外面传来阵阵臭味，隔壁乡政府还有人喊：“联合社的人！你们不是在煮屎吧？这么臭！”没人回答。

富晶垚出去了一趟，七十多岁的柯老汉挑着和他个子差不多高的两个粪桶，走起路来颤颤悠悠，见到他还不住地点头。

“您慢一些，可要注意安全，辛苦啊！”富晶垚说。

柯老汉没有张口，鼓着嘴笑。

整整一中午，柯老汉只从营业室里讨了杯水，其他时间没有来喊过他们。

一阵阵臭味让富晶垚真的记在了脑子里面，还时不时听到隔壁在抱怨。

中午蒸米饭，富晶垚除了让厨师炒了腊肉还到蔡老板那里买了一条鱼。

柯老汉中午吃了两碗米饭，无论饭菜多香、多有味，但全都是臭味，到处都是臭味。

柯老汉吃得特别香。他中午也没有休息，继续挑粪，下午三点多的时候终于把粪坑里面的大粪挑完了。喊富晶垚出来看，粪坑里面的淤泥也被清理出来，富晶垚觉得不可思议的是，粪坑里被人扔了大块的石头、铁棍、木棍等好多杂物。

柯老汉指着这些东西说："要是让别人挑，才不会给你们清理！"富晶垚伸出一根大拇指说："您说得是，活干得好。你还是给我打个收条，我把钱给你。"柯老汉跟着他领了一百三十块钱，分两次打了两张收条。两张签字根本就看不出来那个"柯"字，更像画了一只小鸡。

这种臭味一直持续了一个星期才慢慢散去。那几天也就只有他和谭会计在联合社，其他人全下乡去了。两个人吃啥都是一股臭味。谭会计抱怨说真应该把那三十块钱提前给柯老汉，好在他休假的时候把粪坑清理完。

那段时间里，富晶垚也不敢见乡上其他人，下班就窝在房子里。他觉得奇怪的是，等臭味散完其他几个人全回来了。空气里的臭味已经不那么明显了。

春天已经到了它最艳的时候，白天变长，下班以后还有很长时间天才黑。季末其他人都忙得四脚朝天。富晶垚也忙，他忙着晚上整理档案。

这天下班，暖春让大家都站在院子里聊天。段主任说起菜地已经挖了，厕所也已经清理，又说起去年后山滚下来的石头，然后说这个春天少点什么。

柯礼朝接话说："还少了吃椿芽，去年说后山的石头如果再下大雨就会滚下来，小富还不信。刚好后山还有几棵椿苗树，下午吃过饭带小富去看看，顺带摘一些椿苗，包饺子、炒鸡蛋都是绝品。"

富晶垚乐呵呵地直说好。

吃过饭，他从厨房拿了一个竹筐，一把生锈的镰刀。柯礼朝在院子里指着后山规划线路。阮宝山看见了说："这是集体劳动，采回来的椿苗大家吃，我不去不合适！"

谭会计说："你看你阮叔叔都这么说了我也去吧！"

段主任似醒非醉地说："我还有几个报表要看一下，就不去了！"

富晶垚又找了几个塑料袋，一行四人出发。

草还没有长起来，走起路来不是特别难，太阳已经不见踪影，但是天空还比较明亮。

四个人沿着后山的小路一直往上，越走越陡峭。上至半山腰，有几棵香椿树，大家开始采摘，富晶垚觉得刚长出来的新芽捋起来麻烦，索性把树枝折下来，柯礼朝打趣说：“你怎么不把整棵树砍倒背回家！”

富晶垚看旁边有几棵矮树，叶子像香椿树，抡起斧头准备砍，谭会计制止他，告诉他那是臭椿树，有股怪味，而且叶子不能吃，他才作罢。

几棵香椿树低处能捋的都捋完，每个人袋子里都装了小半袋，只有富晶垚提的竹筐还是浅浅的几根树枝。

捋完这几棵香椿树，柯礼朝带他去看石头。几个人继续往上爬，离山顶还有四五丈高，山体呈九十度往上，已经不能继续往上爬。柯礼朝指着山顶的断崖处说：“小富，你看那块石头，和上次滚下来的石头是姊妹俩，现在看是不是马上就要滚下来。”

富晶垚仰着身子这边看看那边瞅瞅，那块石头被矮树和荆棘包围，应该掉不下来！摇摇头说：“我怕是这个山垮下来一半他都掉不下来。”

“这怕是不一定！”阮宝山说。

“要是能掉下来，上次那个石头掉下来它就掉下来了，该掉下来的时候咋都掉下来了！”谭会计说。

“你听其他人都说有可能掉下来，你找个石头打一下试试！”柯礼朝说。

“我不打，要是真打下来就麻烦了，咱们几个人一个都跑不掉！”

柯礼朝没有信他的话，从地上捡起几个石子朝上面扔过去，还喊出“嘭”的声音。富晶垚吓了一跳，惹得其他人哈哈大笑。柯礼朝又扔了几块石头上去，大部分都没有够着，打着的石头也没有任何反应又掉下来。

又站在那里议论了一会儿那块石头，几个人提着袋子下山。在路上富晶垚提起天坑和山洞。

“这附近就有一个啊！”谭会计说。

柯礼朝和阮宝山都有些吃惊，说：“我在这儿都没听说过，怎么会有！”

“看看！看看！你们还是不了解这里，我带你们过去。”说完指着一条小路说，“这边。”这条路通往乡政府的后山。

几个人横着走了一段，穿过乡政府山后的一片刺槐树林，然后往上。所有的路都不成形，深浅起伏，若有若无。初春的草还没有长起来，还能分辨出那是条路。几个人都好奇谭会计怎么知道这个地方。

往上爬了一小段以后，有一片乱石，这一处不是特别陡峭。谭会计指着乱石中间说：“那儿有个洞，以前还住过人，那年盖乡政府的大楼，我和一个风水先生过来看过。过了五六年，还记得这么个地方。”

柯礼朝说：“这事我都不知道，只知道上一任乡长汪礼仁盖乡政府那栋楼的时候找风水先生看过，真不知道还有个山洞！”

富晶垚没再听两个人唠叨以往的事情，急忙跑过去。这个山洞不是特别大，外面用碎石和大石块交替砌在洞口，里面也不是特别平展，能容纳十几个人，天已经有些黑，再往深处已经看不见。柯礼朝把手机的灯打开，四处照，这里曾经有人生活过，有一些破烂的陶罐碎片，所有人都有些好奇。

富晶垚走近说：“柯叔叔，你照一下这里。”

柯礼朝又照向陶罐碎片。

富晶垚捡起一块碎片说：“你看这儿，以前还有人住，这个好像是烧火做饭用的！”放下这一片，细看地上还有一些贝壳，有些纳闷地说，“咱们内陆山地怎么还有贝壳？”

富晶垚捡起一片贝壳靠近柯礼朝的手机，就着灯光看，其他人都凑过来。这片贝壳被打磨过，锋利的边角被磨得很光滑，边角还有残缺。

“上一次和风水先生过来，风水先生就说这些都是老东西，命不硬的人不要随便碰。我们只是看看，没看到这里还有贝壳，从哪儿来的？”谭会计说。

富晶垚把贝壳往旁边一扔说：“谭会计！你怎么不早说，我都捡起来了你才说！”

谭会计笑笑说：“你都是大学生，还相信命硬不硬！”

柯礼朝也哈哈笑起来，说：“现在不是都兴说大学生是天之骄子，你就是把这里的陶片和这些烂贝壳全背回家里去，还能对天之骄子有啥影响。”

阮宝山看了一会儿说：“这些都是人在那儿说，就看小富信不信。没有啥，风水先生那张嘴啥都能张口就来，有说这东西辟邪的，有说这东西带灾的，人家古人都用这个当钱使，碰了也就碰了。”

“给乡上看风水的那个人也是个二把刀，我记得那次跟着他上山下山来来回回跑了好几趟，楼盖起来了，结果差点把整个乡都撤了。风水先生倒是说因为盖了楼才没有撤的，反正上下两片都是嘴，由他说。”

“小富今天晚上算是睡不着了！”柯礼朝说。

几个人哈哈笑起来。

柯礼朝又过去用脚来回踢了几下，那些陶片下面还有不少的贝壳，引起了几个人更大的好奇。富晶垚最初的好奇心被几句话禁锢起来，只凑近看。谭会计用脚刨出来一片说：“这东西应该是人拿过来的，不应该是几万年前这块是海，后面变成山的！”

“嗯，这么多，还比较集中，都是一些小贝壳，没有大的，应该是。咱们哪一年上的货币经济学，贝壳以前当钱用，说明很早以前就有人在这儿住。只是这地方在半山腰，晶沟人又少，发现的人也少，现在这些贝壳又没啥用，就没人拿，都留在这儿！”柯礼朝说。

富晶垚这才意识到这个洞穴很早以前应该是个聚集区。也许三千年前，也许五千年前，这里本应该是有人生活，后来不知什么原因都迁走了，但是洞里面还保留着远古的模样。原来很早很早之前就有人在这个地方讨生活。

柯礼朝又用手机在洞里照了一圈，洞壁的泥土已经变酥，像起了卷的酥皮，用手一碰就往下掉。他叹口气说：“你看前人这洞修的，经过多少年还没有塌，门口那一堆石头起了不小的作用，洞口不塌，里面干燥，就能保持这么久。不过房子还得有人住，有人打扫，这墙壁，像豆腐渣！”

“就是嘛，要不然乡政府咋建在下面，学校建在对面半山腰，这都是有讲究的。这一块老早之前就有人住。乡政府当时有几个地方可选，最后定在这下面，从这洞看，人家盖得没错！”谭会计说。

“你们说得是，没有无缘无故的东西，下面就是乡政府不就最能说明吗！”阮宝山对这些不是特别感兴趣，走出洞口说，“时候不早了咱们走吧！”

柯礼朝说着走，但还是拿着手机四处照，有新奇的东西用脚踢踢，想发现点什么，这里似乎陌生又熟悉。

如果不是谭会计这次带他们过来，这个地方就尘封在这大深山里面，不被他们知道。更没有人知道很久很久之前，在没有王三豪，没有汪礼仁，没有很久之前的这个或那个人的时候，这里就曾经生活过一群人。他们没有用现在的货币交换，用贝壳作为交换的介质。

几个人从洞里出来，天色已经很暗。如果不是四个人一起，单独一个人走这条路肯定会提心吊胆。

从微微泛起的白光看那些依稀的轮廓，这里更像一座古堡，一座古墓。

柯礼朝走在最前面，领着大家深一脚浅一脚地下山。因为手里都提着东西，就选了相对平坦的小道。等到山脚的时候，已经到了那户坍塌的人家旁边。几个人都说走岔了，本可以从核桃树那边下山，但是不知怎么就到了这里。

# 八十六

联合社的厨师也是周边的农妇，身无长技，男人出门打工，她在家带孩子照顾公婆，在联合社只做个饭。对怎么样做椿芽颇有造诣。她将前晚打回来的椿芽又重新摘选了一遍，中午做了一个椿芽炒鸡蛋，一个椿芽炒腊肉，一个凉调的椿芽，还摊了椿芽饼。厨师做完饭临走的时候说由于人太多，如果要包饺子她一个人忙不过来，得大家一起。而且中午那顿饭基本上把昨天摘的椿芽吃完了，要想明天吃饺子得下午再去采摘一些。谭会计自告奋勇下午下班后带富晶垚去摘，他知道有个地方特别多。

中午一桌子椿芽盛宴，厨师做得比较好，那种特殊的味道清洗后没有那么浓郁。富晶垚倒不是特别适应这种口味，只挑着鸡蛋和肉吃。

柯礼朝见了说："椿芽这东西，一年四季也就现在能吃上，小富！你吃了以后也会像春天的树芽一样，说不定还能长高一大截。"

谭会计说："你多美，在这个地方还能吃上椿芽，要是在城里，都不知道这是啥味道，要多吃一些。"

柯礼朝夹了一大筷子送到嘴里面，咀嚼着说："这味道，多纯正，还没有打过农药的味道，好多城里人到乡下都吃不到这纯天然的东西。"

段主任也说："小富，你可要好好吃，昨天跟着上山采摘，不吃都对不住自己的劳动！"

阮宝山也跟着说："听见没，段主任让你多吃，这是命令。"

富晶垚夹起椿芽，拌着米饭吃起来，吃着吃着，口腔适应那种味道以后也还比较清爽，还有些脆脆的口感。景泽录看他大口吃起来说："年轻小伙子，要多吃肉！"说完夹起一大块腊肉吃完放下筷子，直了直身子说，"吃了肉才能干体力活！"富晶垚又夹起肉吃起来，大家又开始笑他，你景叔叔能干体力活，你一个都没结婚的毛孩干啥体力活。富晶垚胡乱扒拉起饭菜。

下午一下班，谭会计就喊他收拾得快一些，他去拿竹筐、推摩托车。

富晶垚锁好金库门，谭会计已经骑着摩托车等他，他兴冲冲地坐上去。谭会计骑得飞快，很快在一户农家门前停下来。三间瓦房比较破旧，屋里没人。屋后的山上有几棵椿树。谭会计领着他提着筐子带着镰刀过去。富晶垚有些担心地说："这是别人家屋后的椿芽，要是被人发现了怎么办？会不会有狗，放狗咬我们！"

谭会计回过头严肃地说："带你过来摘椿芽你有啥担心的，狗来了你手上不是还有镰刀！”

他怯懦地跟在谭会计的身后，一只手提着竹筐，一只手握着镰刀。

两个人到树下开始采摘，摘了好一会儿也没有狗吠也没人喊，把低处的都快摘完了富晶垚爬上高处的树枝，突然传来一声吼叫：“谁在我家椿芽树上偷椿芽？”

富晶垚听后不说话，静静地靠在枝丫上，那个人又喊起来：“把椿芽放下，不然打断你们的腿！”这声音刚落谭会计就喊起来：“喊啥啊喊！”

富晶垚也小声说：“就吃点椿芽，你说多少钱给你就是，你看你厉害的！”

那个人听到谭会计这么说，回话：“噢，是景主任还是段主任啊？我这儿还有长镰刀，你们用不用？”

“我姓谭，你那镰刀快不快，低处的椿芽我们已经捋完了，上面的够不着。”

“谭主任，你等一下，我把镰刀绑好给你们拿过去。”

富晶垚偷偷笑着说：“谭会计，你真厉害！都能报你大名了！”

“你看他们几个经常不在社上，都在乡下跑，跟他们都乡里乡亲的，熟络着呢。”

“谭会计说得是！”

等了十来分钟，一个老头儿拿着一根竹竿过来，上面绑了把镰刀。

“袁老汉，你一说话我就知道是你。”

“不知道是谭主任，这才喊叫的。这几年你们照顾我们好多，每年低保都从你们那儿领，去年还是这个小伙子给我取的，讲得特别细致。来！我给你们帮忙。”说着拿起镰刀够上面的枝丫。富晶垚从树上下来，捡起掉地上的枝丫捋起来。捋了大大一筐。

这个春天他们可把椿芽吃好了。

柯礼朝还给富晶垚说：“北京人都不一定能吃得上这个！”更让他沾沾自喜。

也就在吃椿芽的时候，花花又过来查银行卡里的余额。这次进门打扮得特别妖艳，还烫得卷发，下身穿着开衩的短裙，踩着高跟鞋，俨然已经进入夏天。进来后弓着身子趴在柜台上，两坨白乎乎的胸脯直接就搭在前面的柜台。富晶垚个子本就不是特别高，站起来取卡的时候扫了一眼面前的场景，有些脸红，低下头刷卡。

花花问：“哎！你结婚没有？”

富晶垚没有抬头说：“还没有结婚！”

“没有结婚，那春天和夏天对于你这样年轻气盛的小伙子可不是什么好季节，这个地方男的多女的少，不是哪个女的都是宝！”

富晶垚没有接她的话说：“输密码！”

花花抬起头想了一会儿输了几个数字说：“你看这个对不对？”富晶垚双击执行，显示密码错误，说：“你再想想，密码不对。”

“怎么可能不对，你把卡拿给我看看。”

富晶垚站起来不经意扫了一眼花花的胸脯。她倒是大大方方让人看的样子，看了一眼富晶垚手里的银行卡又从包里面掏出来一张，递进来说：“帅哥，应该是这张！”富晶垚接过在磁条机上刷卡。

花花问：“你谈过女朋友没有，有没有我这条件！”然后自信地耸耸肩膀。

富晶垚听到谭会计偷偷在笑，涨红了脸，心想自己那天真是犯贱，第一次回头也就罢了，怎么还回第二次头，难不成真为了看春天的一个光腿，还两次都被人回头看见。他冷冷地说：“再输入这张卡的密码！”

花花有些不高兴输入完刚想说话。

“卡里面就十几块钱。”富晶垚先说。

花花有些愤怒，说：“就说男人都不是什么好东西，看的时候啥都好，等说到钱的时候就是豆饼榨油，半滴不出。你没有结婚就对了，结啥婚，分在这个地方还想着结婚，我看也就这附近的野丫头能看上你！”

富晶垚觉得这个女人太善变，有些害怕，对谭会计说：“我上个厕所去。”

谭会计只管笑，也不搭话。

花花继续说：“能到晶沟这个鸟不拉屎的地方来，哪个不是为了一碗饭。为了那点破钱，老娘这姿色和你说几句话你还装高冷，你拿钱多！拿得高尚！见了老娘还不是多看几眼，男人都不是东西。”

谭会计忍不住笑出声来。富晶垚逃出营业室躲在院子里，直到没有骂声才进营业室，气呼呼地说：“这是个疯女人，好像天下男人把她多看一眼就要对她负责任一样，说话还难听，还善变！”

“人家今天穿得那么时尚，你是不是盯着人家不该看的地方看了人家才骂人的？”

“你说我站起来拿卡能不看她，她卡里面没有钱也能怪我，真是个疯子。”富晶垚坐了一会儿说，“不行，我还得去洗个手。”又出门洗手去了。

谭会计笑得更厉害了，说：“小富，什么叫占了便宜还卖乖。你看这条街有谁能让你那样看，看了还不让人家说两句。”

富晶垚争辩道：“她穿成那样我眼睛往哪儿放啊！”

花花的争吵引来楼上几个人在走廊侧听，富晶垚上台阶到水池洗手回头看到楼上四个人都侧着耳朵在听。看到他洗手几个人又都“哎”了一声各自回房间。

景泽录进房间还说了句：“小富是个不解风情的人，上个大学有什么用？”

柯礼朝接着说：“上大学可以叫我们这里唯一的大学生啊！”

后面不知道谁哈哈笑起来。

洗完手回营业室。谭会计说：“小富，这方面你应该向你景叔叔学啊！”

富晶垚本想说管主任还让我别学你们，但想着这句话太得罪人又咽了下去。

## 八十七

这次县联合社的考核来得比较晚，带队的是县联合社领导班子成员当中排行最后的副主任。富晶垚以前只听过名字，没见过人。

在内勤考核的时候这个副主任坚持让富晶垚也要参与到内勤考核当中，富晶垚也不敢争辩，装了一肚子的气。他认为自己还没有彻底转正，而且一个月才发几百块钱，参与考核就意味着开始扣钱。

这个副主任认为联合社就没有转不了正的职工，而且从二月十五日开始就应该按照一个正式职工严格要求自己。但这也是后来段主任告诉他的话。

这个副主任在这里考核的那几天，富晶垚有些气呼呼的，但是又不敢明着说，表面上对这些人特别冷淡，进门要手续，开完门就不再搭理。吃饭也躲得远远的。

对于县上这些领导，他越躲得远，人家越是不把他当一回事。无论工作干得怎么样，总是找出来一堆问题，尤其是档案，还是因为去年那段时间放任不管导致的问题，这次被查出来一些；还有几个对公账户转账取钱的支票，富晶垚每次核对完印鉴就转账付款，从来没有人教过他要把付款支票上所盖的公章和印鉴上的预留公章对折后比对，这次查出来所有支票上均没有折痕。反正扣的都是些莫名其妙的分。在还没有转正的考核期内给他评了个良心分。所谓的良心分就是管主任去年在这里的最低分。

富晶垚在营业室里面抱怨过一次。谭会计不停地咳嗽提醒他一个考核组的成员，也是县上的一个副经理，上完厕所以后站在院子里。富晶垚当时只想着表达内心的想法，长篇大论批判了一通。直到谭会计拿着一张传票过来说这个章没有盖，小声说外面有个考核组的成员时他才停下。

这次考核对富晶垚来说简直糟糕透顶，打的分很低，还给县里面的领导留下了不好的印象。

考核组走的时候没办法扣富晶垚的钱，那个副主任交代等他补发转正工资以后让段主任负责扣划，统一转到扣划绩效账号。

考核组走后段主任到营业室里说他不顾全大体。副主任考核时，把他当作正式职工考核也是人家的工作，富晶垚硬是给人家冷脸，藐视县上领导。富晶垚也终于爆发，和段主任争辩起来，在扣钱这件事情上他似乎很较真，他认为自己还没有转正，因此不应该按照正式工对待，这次不打分也算是一种能说得过去的理由，后面分数打得低也纯粹是对方在找事情。段主任摇摇头说这个娃会吃亏的，不再说他。

段主任走后谭会计也叹了口气。

过了好几天他都不搭理其他人，没事去乡政府里胡窜，在小景和沈慧亚那里找些存在感。乡上还有微机室，还能上网打游戏，浏览网站。

这天他终于忍不住打电话问宋姝玥关于转正的事情。宋姝玥说县上已经报到省上好久，省上给打回来了，说这一批人全都少一次理论考试，把这次考试的成绩加在考核资料里面再重新报到省上才能批下来。富晶垚问什么时候考试！宋姝玥说："你又不是不知道，县上干什么事情向来都磨叽，你不着急，还早着呢！"

他也就不再着急，对于这些理论考试，他向来不放在心上。

他给徐馨璐发信息说最近这段时间想去西安看她，徐馨璐回复也想见他。他一次请了四天假打算去西安。请假和交接都比较顺利。下午的班车，上车后赵芳霞热情地招呼他。车上人少，他满脑子都是徐馨璐，对于赵芳霞热情的聊天套近乎他也是有一句没一句地应付着。

到县城回家住了一晚。第二天一早跟母亲说有点急事要去西安，他母亲也很支持他忙工作，但是他并没有说到西安见徐馨璐。

鹿鸣县到西安的大巴车需要四个小时，他在大巴车上不停地给徐馨璐发信息，聊天中知道徐馨璐想唱歌、想爬翠华山。

对于富晶垚来说他待的地方是一座大山连着一座大山，他想看电子产品，但还是赞同徐馨璐的意见。

经过四个小时大巴车到达西安车站，出车站他找到公交站牌，坐上双层巴士。

这个城市陌生又熟悉，春天里灰蒙蒙的天气还是没有变，变了的是心情，土里土气的欣欣向荣。所有人都急急忙忙地赶路，他坐在巴士的上层看着这个城市，没有哪一个人吸引他的目光，忽视了在他眼前浮过的人和景，他此刻更多的是那份期盼。

又坐了一个半小时的公交，在大学城这一站停车。正值中午，来来往往都是学生，川流的一拨人散去以后，零星的几个人更衬托他的矮。

他急切地搜寻心目中的那个人。在不远处一棵海棠树下他看见了那个同样搜寻他的徐馨璐，他焦急的心安稳下来。人间四月百花天，也美不过海棠花下的她。

他小跑了几步，徐馨璐也看见了他，上前一把挽着他的胳膊。

“让你等久了吧！走，想吃啥，带你去吃好吃的。”

“好长时间没见你了，今天本来还有课，我给导师说我有个讲座要听，都没有去上课。”

富晶垚停下来捏了一把徐馨璐的脸说：“我上来待三天，三天都没有什么事情，陪你干什么都行。咱们俩把唱歌和爬山都安排上，其他的你想上课我也陪你去上课。”

“好耶，好耶，前面那个广场，那里开了一家 KTV，里面装修得特别豪华，我们宿舍有一个去过，咱们晚上去那里唱歌，明天爬山。”

“就按你的安排来，咱们现在吃饭去。”

“你想吃点什么，咱们这边吃的就对面那条巷子里比较多。”

“那我带你从巷子这头吃到那头，想吃什么就吃什么。”

徐馨璐嘿嘿一笑说：“不要那么奢侈吧！”

富晶垚拉着她说：“走！”

对面的巷子里全是小吃，钵钵鸡、铁板鱿鱼丝、臭豆腐……两个人走着吃着。从这头吃到那头，又吃回来，在街口买了两块菠萝才算把这条街吃完，一人手里提着块菠萝，回头看吃过的那条街，哈哈笑起来。

“过瘾！”富晶垚说。

“我也好久没吃得这么过瘾了。”徐馨璐说。

刚才两个人忙着吃，没怎么说话，现在挽着胳膊逆着人流到偏僻的地方。徐馨璐说着学校的事情、宿舍舍友的家长里短。说着专业课好难，老师好不好，富晶垚耐心地听着，偶尔似懂非懂地问几句，他是真心地融入她说的话里。

两个人走累了，坐下来休息。看看时间已经不早，徐馨璐想先去网吧玩一会儿，两个人又找了一家网吧。富晶垚浏览着网页，打着游戏，徐馨璐玩起卡丁车。不知不觉网吧广播需要订饭的可以到前台订饭，富晶垚觉得应该到吃饭的时间了，他决定晚上请徐馨璐吃个大餐。两个人打了辆出租车来到长安南路，这里火锅、炒菜、韩国料理没多远就有一家。两个人出现了选择难题，这个也觉得好那个也想吃。最后，徐馨璐选了自己最想吃的韩国料理，但是对于富晶垚来说那味道真不咋地，甚至还没有社上厨师做的盖饭好吃。

吃过饭出了餐厅，走了一段灯红酒绿的路，富晶垚停下来看着天空，徐馨璐以为他看到什么问："你看啥？"

"在想今天晚上怎么办！"

徐馨璐坏笑地捶了他一拳说："你想什么，不要想！"

富晶垚紧紧地抱着她，说："我好爱你……"徐馨璐双手下垂，半贴着他，没多久有人经过，徐馨璐摇了摇身子说："走吧，去唱歌！"

"好！"

两个人步行了半个多小时到了那家KTV，富晶垚开了一个小包间，特意选在偏僻的地方。包间里，五彩的射灯烘托着气氛，在徐馨璐点歌的时候他从后面抱着她，徐馨璐静静地没有动，抱了好一会儿，徐馨璐说："唱歌！不浪费时间，一个小时好几十块钱呢！"

"我更愿意就这样抱着你，一直抱着你！"

"那你十年二十年会不会烦？"

"不会，永远都不会！"

"那我就点一首《爱你一万年》，你唱我听！"

富晶垚正抱着她，歌声开始了。徐馨璐催促他唱，富晶垚拿起话筒唱起来："时间只转了只是一年……爱你一万年，爱你经得起考验……"

徐馨璐在旁边听得咯咯直笑说："本来好好的流行歌让你唱成了山歌！"

富晶垚也笑起来，连连说自己五音不全。徐馨璐又给自己点了一首《分开旅行》和《绿光》，唱得纯真又动情。富晶垚不停地鼓掌，唱着唱着，他忍不住上前抱起徐馨璐，推倒在沙发上，整个身子压在她身上，两个人就那样深情地吻起来。吻得两人都脑子空白，什么事都抛到脑后。包厢门"嘭"的一声被人推开，一个穿着KTV工作服的女服务员推着一个车子进来。富晶垚正压在徐馨璐身上，两个人眼睛齐刷刷地看着女服务员。女服务员起初没有看到他们，喊：“你们要的啤酒来了，两打！”徐馨璐推了推他，他弹起来说：“我们没要啤酒！”站起来的那一刹那，他感到自己一哆嗦。

女服务员看到躺着的徐馨璐说：“不好意思，我走错包间了！”说着把车子推出包间。

徐馨璐也闻到一股不寻常的味道，等到服务员离开捂着鼻子说：“怎么一股怪味！”

富晶垚支支吾吾地说：“我……你等一会儿，我去趟洗手间！”走进卫生间，在里面整理了好一会儿才出来。徐馨璐还坐在那里发呆，看到富晶垚出来也进了洗手间，把门反锁住。富晶垚听到里面不停地有水的声音。

等到徐馨璐从卫生间出来，两个人都无心唱歌，整理了一下东西出了KTV，向学校走去。

已经十点多，春娇百媚柔光倩影，在半月下衬托出朦胧的美，走过一个广场，已经没几个人。

在广场中央徐馨璐停下来，背对着富晶垚说：“去年我考上研究生的时候喜忧参半。我父母都在县城，工作上勤勉，生活上吵闹了一辈子，我爸的工作性质决定他经常出差，他们俩相聚分离的时间对半。在他们每次争吵中我还是认为如果两个人结婚以后就应该生活在一起。我们宿舍也有男朋友在外地的，但是都在南京、上海那样的大城市，毕业以后她们就会过去，分开也只有一年半的时间。我也还有一年半毕业，对于毕业我有很多憧憬，更有我父母的影子偶尔出现在我的梦里，出现在我生活中的某个场景里。我不愿意再步他们的后尘，更不愿意我的后半生只是为了生活而生活。在工作后的余生里我经不起爱情的折腾，有段时间我挺同情我自己。在去年的时候我们俩半年多没见面，我以为我们俩结束了，但总有那么一丝羁绊伴随着那半年当中我的考研和面试，在你为工作准备的过程中。我们两个对未来生活、对人和事物的感知，也都被只靠语言、文字联络起来的思念而忽视，生活中更多相处细节与摩擦都淹没在两个人见面带来的激动的兴奋里。如果我想回鹿鸣，我本科上完也就可以回去。我上完研究生以后也想同我们宿舍那些人一样，为了两个人的小家去南京、去上海，那些地方是有诱惑力的。而我难道又要回那个我奔着出来，又为了婚姻而回去的地方吗？”说这些话的时候她始终没有看富晶垚一眼，目光凝聚着远方。广场中央的雕塑是一个女性托着一个圆球，在月亮的照耀下泛着白光。

富晶垚一直看着徐馨璐静静地把这些话讲完，然后顺着她的目光看向那个雕塑。徐馨璐说的这些问题他在心里曾经自问过，也想过他到晶沟以后经常做的那个大象的梦。刘长江也曾经反问过他：“你想养徐馨璐，但是人家同意吗？”今天晚上，徐馨璐给出了很明确的答案，她是不想再回那个县城，不想步他爸妈的后尘——在那个县城里待一辈子。可是对于富晶垚来说，他一直生活在那个县城的最底层，父母做着小生意，他还没有享受那个县城里的美好，只是觉得什么都很艰难，哪怕是高中的学费，父母都是哩哩啦啦拿出来，更别说奢望像徐馨璐和他说的那样父母会带着他下馆子、吃好吃的、买好看的衣服、出去旅游……

富晶垚偶尔在想，也许他就是在补徐馨璐父母那一代的差距，他是他下一代往大城市的跳板。但是此刻徐馨璐说出了这些话，也说出了她的心声，是需要他给出一个答案的。

富晶垚沉默了一会儿说：“你说的事情我思考过，我们两个人在一起很长时间不见，但是我并不觉得你会离开我，也没有因此觉得生分，就像那次我买手机不久，生了盆火导致煤气中毒，那天你给我打电话，我从一氧化碳的窒息中活过来。我们俩有天然的吸引力。而且还有一年多的时间，也不急于后面一定要怎么样，上天都给了咱们俩那么多的时间，这后面的时间也会为我们俩铺好。”

这种飘在空中似有似无的话使徐馨璐对刚才的话产生些许的疑问。她侧过脸看看富晶垚，停了一会儿说：“你说的都是一种巧合而已，我们俩没有任何血缘的关系，怎么会有藕断丝连的关系？时间！我现在觉得我最缺的就是时间。晶沟那个地方我没有去过，但是我觉得你真是闲得竟然认为上天会把一切安排好！”

富晶垚嘿嘿一笑说：“也不是太闲，那地方挺好，暑假欢迎你去。”

徐馨璐冲他翻翻白眼，刚才那种凝重的气氛也不在，说：“你看你在那么大的山沟里挣钱也不容易，今天晚上你睡在我们班男生宿舍里面，我们班十几个男生，四人一个宿舍，有一半的人都没在宿舍里住，我给你找一个空床铺你过去住。”

“他们不住宿舍住哪里？难不成……”富晶垚嘿嘿地笑起来。

“就你想得多，人家住在哪儿你管呢！操心一下自己今天晚上怎么睡。”说着拿起手机打电话，富晶垚用手按住她的手机说：“我们也在外面住吧，我保证什么也不做。”徐馨璐用手推开他的手说：“在 KTV 里面都让你亲过了，而且我晚上问你的问题你也没回答，罚你睡男生宿舍，人家让不让你睡还不好说，我先打个电话。”

富晶垚呆呆地站在那里看着徐馨璐打电话。

过了几分钟，徐馨璐说：“联系好了，我带你去男生宿舍楼下，我师兄接你。你住他们宿舍，去了别乱说，和其他人友好一些！”富晶垚有些失落，更有些不甘心，跟在徐馨璐后面磨磨唧唧地往前走。徐馨璐说：“你快一些，十点半我们学校大门就关了，到时候我可不管你。”

富晶垚长长地叹了一口气，阴阳怪气地学唱戏里说了一句：“你一个好狠心的坏女人？”逗得徐馨璐哈哈笑起来，转身拉着他加快速度。徐馨璐在前面拉，富晶垚在后面扭捏着走，两个人就这样用了二十多分钟到了学校门口，富晶垚一直期盼着大门关门，可是到了门口依然有进进出出的学生。

他按照徐馨璐的安排住进了一个研究生宿舍，研究生宿舍比他上学时的宿舍好很多。此刻宿舍里只有一个人，他了解到这边是十一点才关门，徐馨璐还说是十点半。这一晚睡得也还算好。

当第二天说起学校关校门的时间，徐馨璐笑得直不起腰来。为了表示抱歉，徐馨璐带他去食堂吃早餐，富晶垚的气也减了一大半。他避开社里面经常吃的那些，要了一大堆小吃，一边吃着一边说昨天晚上没睡好，他那个师兄脚臭，呼噜声音大得像音响。徐馨璐说人家能收留他睡觉就不错了，还挑剔。

吃完饭按照计划两个人坐公交车去翠华山。在大兆那里换乘另一辆车，换乘的车是趟小巴，比较拥挤，富晶垚把徐馨璐揽在怀里。两个人个子差不多高，春季穿的也不是特别多，车摇摇晃晃，徐馨璐凹凸有致的身体不停地在他身上产生挤压和摩擦，让他产生了本能反应。他用鼻子嗅了嗅徐馨璐的头发。徐馨璐也感到了一个硬邦邦的东西抵着，狠狠地在他的胳膊上揪了两下，富晶垚咂着嘴没有出声，反而把徐馨璐搂得更紧，他看到她在坏笑。他更希望车能这样一直开下去。

车终于到大兆那一站，下车以后是个小镇子。两个人买了一堆零食装在富晶垚的学生包里面，手挽着手去售票厅。

沿路有好多自行车、自驾车从他们身边经过。富晶垚用他那半肚子所装的知识给徐馨璐讲解从他们身边经过的车辆，徐馨璐偶尔还替他补充一两句，富晶垚也不知道对错，不住地说：“就是，就是！”

在看到一辆霸道时，他有些兴奋，说：“这车，我们县上好几个人都开的这辆车，底盘高，空间大，动力足，油耗高，车非常好，我的目标。”对车行了一个注目礼。

“这车多少钱？”

“五六十万。放心，等你毕业，娶你的时候我就使劲攒钱把这辆车买下来。到时候开着它带你去世界上的任何地方。”

徐馨璐也瞄了一眼那辆车，并没有回答他。

富晶垚俏皮地说：“其实坐公交车也挺好，就像刚才那样。”

徐馨璐又没有手下留情，揪了他，然后说：“让你这个流氓占我的便宜！”

富晶垚没有表情地说：“看我，这就是男人。”等徐馨璐回头看他，他严肃的表情又嬉笑起来，惹得她拍起来，富晶垚绕过她往前奔。两个人打闹、嬉笑着来到售票厅。

买好门票进入景区，山脚有一种小型电车，富晶垚问了一下价钱，和门票差不多。他有些心疼钱，和徐馨璐说咱们俩找一条路爬山吧，徐馨璐也同意。

两个人没有顺着大路，找了条小路开始爬，中午爬到一处平台，把背包里的零食和水消了一大半，继续往上爬，来到天池——山顶的一个堰塞湖。

富晶垚煞是惊叹，说：“如果刘长江在的话，他肯定能写出来一首优美而有气势的诗来！”

“谁是刘长江？”

富晶垚把如何遇见刘长江，他的一些情况说了一遍。徐馨璐似听非听地看看湖面，摇头抖动自己的长发，仿佛一颗刚出土的新芽，感受天地的灵气。富晶垚也不再说话，和她并排看着湖面。

刚闭上眼睛，富晶垚的手机铃响起，他从口袋掏出来，显示的是宋姝玥。他心里很疑惑？难不成有好消息！接通后宋姝玥问他周一考试准备好没有？富晶垚倒吸了一口气说他还没有接到通知，宋姝玥说通知是前天下午通过电话通知到各乡镇，富晶垚不再争论说了几句感谢的话。挂断电话他打营业室座机，谭会计接的电话。他问谭会计，谭会计说好像听谁说过，以为他知道这次考试的事情提前请假回县里面准备考试去了，就没再给他打电话。富晶垚追问当时谁接的电话，谭会计说他也不清楚，只是吃饭的时候听谁说过。富晶垚又问听谁说的，是不是段主任值班？谭会计说忘记了，段主任中途有点事情换成景泽录值班，谁说的他是真的忘记了。

这一连串的马虎话让富晶垚窝了一肚子的火，转正考试这么大的事情竟然没有人通知他。他算了一下，如果是那天下午请假回县城的话是段主任或者谭会计接的电话。如果是昨天或者今天通知就是景泽录或者谭会计。但是无论怎么样谭会计都应该给他打个电话说一下这件事情。他的心焦躁起来，看着还在湖边闭眼沐浴湖面春风的徐馨璐，走过去，无神地看着泛着涟漪的湖面，心里咒骂着那个没有通知他的人。又在想后天考试的难度如何，会不会是一种筛掉一部分人的手段……

徐馨璐闭着眼睛在湖边站了一会儿说："走吧，咱们往前看看。"

富晶垚挤出笑容说："好！"

下山到山脚，天已经暗下来，公交站牌排了长长的队伍，两个人互相耷拉，跟着队伍往前挪动。等了一个多小时才坐上车，为了有座位他们特意等了下一趟公交车。坐在座位上两个人打起了瞌睡。徐馨璐倒在他怀里。

突然一个急刹车，富晶垚猛地醒来，看看窗外，拍拍徐馨璐说："我们到市区了！"徐馨璐拨拨头发看车窗外，说："咱们俩坐过站了！"

市区人多，有些杂乱，要不是刚才躲避行人猛地刹车他们可能会坐到终点站。

公交靠站停，两个人下车，在附近的地方找了一家火锅吃起来。

吃饭的时候富晶垚心里装着考试转正的事情，也无心拉徐馨璐在外面住。当徐馨璐说还和昨天晚上一样的安排时他就同意了，还不忘埋汰说："十点半和十一点能一样吗，差半个小时，对于年轻人来说，半个小时能干很多事情的！"

徐馨璐嘿嘿一笑说："我这个师兄就会出卖我，上课见他有他好看的！"富晶垚既有些酸酸的感觉，又有些后悔说这句话。

两个人搭了辆出租车回学校，徐馨璐把他送到男生宿舍楼下。

这次宿舍里多了一个人，两个人你一言我一语教唆富晶垚，认为他怎么样都不应该回宿舍睡觉。他和这两个人也不是特别熟，由着两个人说。洗漱完躺在床上听着他们你一句我一句，很快就睡着了。

爬山有些累，他睡得也不是特别踏实，晚上醒了几次，瞅瞅四周黑漆漆，还有两个人的鼾声，闭上眼睛又睡着。

还是徐馨璐的电话声把他吵醒，醒的时候宿舍里只剩下他一个人，其他两个人都不在宿舍。富晶垚收拾好自己的东西在校门口等着，他打算把早晨饭和中午饭一起吃，然后赶快回鹿鸣，最好还有时间再复习一下，准备明天的考试。

徐馨璐推荐了一家炒菜餐厅。两个人去得比较早，整个餐厅里只有他们俩，徐馨璐捶着腿扭着腰说全身都不舒服。富晶垚也有一些，但不是特别严重，加上心里装了件事有些心不在焉，附和着。

老板也很热情，看他们像周边的学生，上菜的时候特意问他们菜的口味怎么样，要多提意见促进他们改善。这家餐厅针对的就是周边的学生。富晶垚只顾着吃，都说好，徐馨璐和老板娘攀谈起来，像一个品鉴师说着菜的口味。肚子里垫了一些以后，富晶垚仔细听徐馨璐讲得还真就是那样。就像徐馨璐说这几道菜的分量，对于学生来说量有些薄，学生时期经济不是特别宽裕，单点土豆丝或者青菜的话把其中一样菜量稍微增大，还有回锅肉的肉片切得有些厚，正宗的回锅肉肉片要薄一些、焦一些……富晶垚饶有兴趣地听了好一会儿。

两个人吃完也才十一点多，富晶垚有些依依不舍，找了个没人的地方抱了好久。他答应徐馨璐有空就上来看她，徐馨璐说她也想看看富晶垚上班的地方究竟是什么样的。

徐馨璐把他送到公交站，等了没多久，公交车来了。富晶垚挤上公交车，回头已不见徐馨璐。急切回去的心和恋恋不舍的心在矛盾中挣扎，他不时地回望大学城，和一起消失在阳光明媚的春天里的她。

在汽车站坐上大巴车富晶垚心里才踏实些。考试的事情既突然也在意料之内，他对考试比较有信心，想着转正前与转正后工资的巨大差异，不免有一些慌张。

回到鹿鸣县已经是下午五点多，他给徐馨璐报了个平安。因为家里没有电脑，他下车没有回家直接去了网吧。鹿鸣的网吧很嘈杂，什么人都有。办完卡以后他找了个偏僻的地方打开电脑，搜了几套题看起来。旁边不时有人经过，他也没注意到。看了几套题觉得都还能应付才背起包出了网吧，出来的时候他发现背包被人拉开过，想着里面也没有重要的东西，他把拉链拉好回家。

吃过早饭早早地就去县联合社，一批进单位的几个人都已经到齐。考试安排在小会议室，单人单桌，由县联合社和市办派过来的领导监考。富晶垚见到上一次考核的副主任，他怯生生地打了声招呼，但是并没有得到他的反应。

考核考试前十道题是选择题，接下来五道判断题，这两项总共三十分，剩下七十分是简答和论述题。

答完卷子，富晶垚觉得除了那道论述题其他都比较有把握，论述题和实际操作结合得比较紧密，他还比较欠缺。

考试时间没有到大家都提前交卷。出来以后大家一致认为这只是个形式，不会让谁不过，几个人又约着一起在县城里吃了火锅，喝酒还把富晶垚喝大了，还好宋姝玥对他比较照顾。

当大家都散开，他有些失落。下午顶着醉醺醺的酒气，胡乱地在县城里转了一圈，感到县城和乡下差别太大，哪里都热闹非凡，哪里都生机勃勃。在西安的时候他的精神都集中在徐馨璐身上，在鹿鸣的县城里，他感受到城市的氛围，比乡村好太多。

徐馨璐的话不停地在他耳边响起。他不敢直视自己内心深处的畏惧，尤其是面对父母，他更不敢对晶沟有任何一丝的抱怨，工作、挣钱才是第一位，工作条件和自己内心的想法都应该，而且必须为这个第一位让道。

闲逛着鹿鸣县的街道，闲逛在鹿鸣县的春天里，压抑在生活里，遵从于生存的法则，继续回晶沟那个以前从来没有过联系，而又需要从头开始的地方。

临走时母亲还叮嘱他："好好上班，干工作一定要踏踏实实，不吃饭都要把工作干好！"他没有回头说："知道了，知道了。"背着包吃着早餐去车站。

买完车票上车，他见到了赵芳霞。这个时候的他觉得赵芳霞也就那样，除了红扑扑的脸蛋好看以外，没啥好的。

一路上富晶垚都在说他的徐馨璐，赵芳霞偶尔插两句话。经过太阳花下村的时候，赵芳霞给他指了水电工程的指挥部，还给他指了工人住宿的地方，两处相距不太远。赵芳霞所指的指挥部有院墙，外面什么都看不到，工人住的地方更像临时搭建起来的简易工棚，应该能住百十号人。

经过太阳花上村的时候，赵芳霞告诉他这个村子现在要拆迁，这里的人会得到一笔搬迁款，有些人会富起来。

富晶垚看看窗外的太阳花村，还是谭会计去年九月带他来看的太阳花，当所有的太阳花都盛开，实在是太美了。这些都将沉入水底。

到联合社刚好赶上午饭，吃饭的时候谭会计问："小富，昨天考试考得咋样？我那天听谁说起来，还想你回县上就是准备考试，考得不错吧，这种考试还有人能给你不过！"

"考试完大家都说只是履行个程序，应该没问题。而且我们这一批人当中只有我一个学金融的，这些题对我来说就是小菜一碟，不是个啥！"

谭会计笑起来说："咱们现在这些业务对于你们大学生来说都是淘汰的知识，小富肯定也没问题。"

带着这种自信富晶垚晚上去找了刘长江。殷所长站在走廊上说："刘乡长没有在，开会去了。"

"什么时间回来？"

"人家是领导，开会还给我说什么时间回来？你们俩关系好，你给他打个电话问问不就行了。"

"噢，噢。"富晶垚下楼出了乡政府的院子。

## 八十八

富晶垚接到他叔叔的电话是在他回晶沟后不久。这天晚上他正在谭会计房间里看电视，他叔叔给他打电话，他看到这个号码有些诧异，这个叔叔从来不会主动给他打电话，这个点打电话过来准是有什么事情，会是什么事？他三步并作两步地跑出谭会计的房间。

他叔叔开口就问："你现在在哪儿？旁边有人没有？说话方便不方便？"

"我在院子里，周围没有人，方便。"

"你找个偏僻的地方，我给你说个事。"

神秘的说法让他有些不知所措，心提得老高。

富晶垚走出大门，站在外面的马路上说："我出院子了，周围没人。"

"你这次考试觉得你考得怎么样？能考多少分？"

富晶垚脑子飞速地转动说："我觉得还好，六十分肯定没问题。"

那边没有说话，停了好一阵，富晶垚又补充说："只有一道论述题和实际操作比较近，可能低一些，其余的我都答了。"

"昨天下午你们郝主任给我打电话问你。我当时也不知道什么事情，就说我们有点关系。他和我说你这次考试考了五十九点五分，这次考试关系到你转正。他说他记得报到的时候大致看了每个人的介绍，就打电话问我什么情况。"

富晶垚惊得毛孔都炸开，没有接住下一口气，断断续续地说："怎么，怎么会……只有五十九点五分……不可能……肯定不可能！"

"你啊！分数都出来了，有什么不可能，你们郝主任还会给我说谎。"

富晶垚抢着说："那现在咋办，没过六十分还不能转正，那影响就大了。"

"你急啥，肯定影响大。县上还因为你一个人没有过再准备一次考试，都考过了才报送？肯定不可能！”

富晶垚急忙说：“就是啊，肯定不会！”

“你不要慌，听我说，你们郝主任当时和我说的时候我就问他咋会差那0.5分，他说这次考试一直是另一个副主任组织，后面监考、批卷子、统计成绩也都是那个副主任，最后汇总到他那儿。他看到这情况的时候想着给我打个电话，我说这个孩子学习一直很好，是不是哪里出了问题，他们查了一下卷子，确定少了1分，给市上人说当时这一分没有记录，这事情就算这么过去了我才给你打电话。”

富晶垚本来悬到半空的心落了一半，赶忙说：“谢谢叔，太感谢您了！”

“你以后在社里面干什么都要夹着尾巴，做任何事要有包容心，遇见人要有涵养，你也这么大了，我也不多说你，事情算过去了。你转正的材料今天跟着大家一块报到省上去了，也不要有心理负担，好好在下面干工作。这事情你知道，不要给其他任何人说，你听到了没有！”

富晶垚连连道谢，那边又嘱咐了几句挂断。

他在原地怔了十几分钟，心里有一种被人戏谑的羞辱感，满以为六十分就是信手拈来，那天在网吧还刷了几套题，成绩都不错，怎么就有一分没有加上去。叔叔后面的话说得更隐晦，对任何人要有涵养。他对任何人和事情都心存敬畏，涵养和敬畏有没有区别！

他转过身沿着路，漫无目的地走。

春风吹过来，他打了个寒战，才觉满身已经湿透。

漆黑的夜晚，他已走过核桃树，四周黑得可怕，比自己的心还空洞。继续往前走了一会儿，一辆拉矿车从他身边呼啸而过，在平时他也就漠视，这一次他转过身狠狠地骂了一通。他也不知道该骂谁，四周空旷无车也无人，骂了好一会儿他才转身回社里面。

走到余光亮的小卖部，他站在外面。一盏灯上面用一个圆盘遮盖着，照亮圆盘下方的那一小块地方，余光亮在那里守着那个小店喝茶看电视。他觉得这个场景太有治愈感，站在那儿看着他一口一口喝茶，不自觉地走了过去。余光亮向他打招呼，递给他一把凳子，问：“晚上能不能喝茶？”

“啥茶，给我倒一杯！”

余光亮起身找了个茶杯，像往常那样从暖壶倒了些开水，摇晃几下涮好，正准备倒茶，富晶垚说：“你那样摇两下杯子就能冲干净？”余光亮拿起杯子在灯光下看看，有些被问住了，说：“每次喝茶不都这样？我这杯子可比你们城里人用的杯子干净多了。我这儿人少，用的人就少，一天也没有啥灰落在里面，见到你我才涮一下，平常就直接倒了。”

“我还享受特殊待遇了，算了算了，不喝了！”说着起身离开，留下还没有搞明白怎么回事的余光亮，放下杯子跑出来说：“富主任，我给你拿一次性杯子泡杯茶。”

富晶垚也没有回头，说：“明天来喝！”

他并不想回社里面，在门口犹豫着，他打算去学校，这会儿柯携敏和那些老师应该都在。他觉得每次和他们在一起才感到真正意义上的泰然和与世无争。

走了二十多分钟来到学校大门口，他和门卫打了声招呼，门卫打开大铁链子。穿过操场，有几个学生还在跑步，他没有停留去了宿舍楼。柯携敏房间里还有另外一个老师，看他进来让他坐，富晶垚找了个凳子坐下。今天两个人都在看电视。

“喝不喝水？”柯携敏问。

“不喝了！”

“不喝那我就不倒了。”

富晶垚“嗯”了一声，三个人看起电视。

他找了个话题，说：“今天就你们俩？其他人呢？”

“李校长还有几个人在操场锻炼，我们俩在这儿看电视。”

电视里播放的《雍正王朝》，两个人一边看一边争论，仿佛富晶垚根本不在这里。

过了一会儿柯携敏好像记起了他，问：“你们今天还在食堂吃饭？”

“没有！”

柯携敏这才把头扭过来说：“这晚上，又没有月亮，咋想着到我们这儿来坐，稀客！”

“看你说的，就是过来坐坐。”

“我们这儿都是穷教书的，你们在那有钱的单位没事还能想起我们，明天太阳会不会从西边出来！”

富晶垚鼻子里“哼”了一声说：“啥有钱单位，都一样！”

柯携敏笑起来说：“是不是你们主任又训你了，工作吗，在哪儿都一样，你看我们几个人留在这儿这么多年，从来没被人想起来过，也没有人打扰、找我们的事，教好自己的学生，不出事。你看李校长在这儿都十几年，前两年检查出来个啥，开始锻炼身体。你才来，才参加工作，领导说你几句没有啥。你们单位有多少人想进还进不去，说你两句你从左边耳朵进右边耳朵出不就行了，他还能一直说你！”

富晶垚心里憋屈着，他亲戚叮嘱他不要对其他任何人讲，他也就听着柯携敏说。

柯携敏起身给他倒了杯水，说：“喝一杯，放点茶？”

“好！”

柯携敏把水泡好放在他面前，接着说：“你才参加工作，分到这里也算是个好地方，现在大学扩招好多毕业生出来都找不到工作，你有份工资不错的工作就已经非常好，不要想太多，苛求太多！”然后看看他说，“是吧？”

富晶垚点点头说：“柯老师说得对！”

“我比你长几岁，那个时候兴上中专，上完中专包分配。我当时初中考高中可是县上前几名，上完中专就回这里当老师。这么多年也没什么不好的啊，我那个年代饿过，就想着吃公家饭，现在吃上了。这个年龄，说辉煌，谁还没有别人比不了的时间，但是大多数都是这样平淡。你看他乡上袁书记，多风光，照样有县长骂他的时候，照样还有农民骂县长的，那些都是人上人。如果我们这个学校出个啥事，李校长照样挨骂。咱们离得有段距离，平时你也不怎么来，今天来了不对劲，准是挨骂了。年轻挨骂没事，等老了挨骂那才是丢人，脸上还能挂得住不！”

旁边的王老师跟着说：“乡上的学生哪一个没有挨过骂，我的那些学生作业写不好，我检查啊！有的时候当场就把作业撕了让他重写。这里的娃来上学，一个本子也都是抠掐着吃、抠掐着穿（省吃俭用）才买的，我能不知道！但是你不这样他不长记性，工作挨骂没有啥丢人的，脸晃晃就过去了。记着是啥事，下次别犯就行了！”

……

两个人你一句我一句地说了好长时间，富晶垚也喝了几杯水才道别。

下陡坡路没有狗叫声，只有和煦的春风。

这件事他反应过来也是很久以后了。那次他正在营业室办业务，有两个人在后院旁若无人地评论着晶沟几个人，谭会计拉开窗户喊：“你们说啥这么高兴！”富晶垚扭头听到有人在后院大声应着，他突然回想起来那天在营业室里面评论着考核的事情，被外面那个考核的副经理听到，准是那时被记了一笔黑账。自那以后他每次进联合社大门都有“社门深似海”的压迫感。进来了就得按照这里的规则行事，无论是行业的规则，还是为人处世的交际规则，都应该谨言慎行。因为在这里试错的机会成本沉重到让人无法负担。

联合社的工资也不是那么好拿的!

## 八十九

刘长江这段时间特别忙，县上乡上两头跑，太阳花村水电站项目也成为重中之重。对于他计划在碳沟尝试种植黄姜的事情，袁书记让他先摸排试点，等有一定成效后再推广。他联系了骑牛镇的魏镇长，魏镇长热情地让他抽空过去看一下。在种植考察黄姜的同时，对于香菇、木耳、天麻这些原来散落的种植户，他也想一并从外地请个专家过来普及其中的种植和病虫害防治知识，这点他不停地在向安红霞学习。

安红霞在每年春天动物防疫那段时间，会请县上安排技术员到晶沟。安红霞走村串户了解情况做汇总。有技术好的专家她也打听，也会请过来。晶沟这几年，农户散养猪大面积发猪瘟的情况基本上被遏制住。

去年冬天有几户香菇种植户的香菇产量却很差，龚自立和刘长江说过。种香菇既是个技术活也是个体力活，先得伐大量木头，然后打成树沫，再装袋做成菌棒，然后在菌棒上种菌，一连辛苦好多天，等进大棚，还要保持恒温。等到香菇木耳长出来收成不好，折了本，农户的积极性也降低了。

这些年总是时好时坏，县上技术员也觉得这地方太大，交通不便，来回太麻烦，现场教学更不方便，没有特殊邀请就不会来。加上每年的气候变化，种植户把收成的好坏归咎于运气，类似他们种地一样。

作为一个不懂也不会的外人看来，刘长江认为种植这些东西还是有诀窍的，就像种木耳香菇，用什么菌种、用哪种树打成的菌棒好、后面大棚里面的温度怎么控制等环节都有一个最合适的方式和区间。他通过私人关系联系到两个人，一个是经常跑乡串户的县农技站的技术员，还有一个是研究所的研究员，两个都已经谈好，会到晶沟乡来指导。

种黄姜这件事，对于农村人来说，底子薄，很难接受失败，一年的农忙时间和精力也相对有限，随着退耕还林实施耕地变少，再加上没有补助，大家的积极性都不怎么高，都死守着仅有的那点地，种点粮食。收成好不好不说，至少稳当。

刘长江把这些都准备妥当，让龚自立给村里几个能折腾的人做思想工作，改变一下他们老旧的种植方式。

四月是种黄姜的黄金时期，刘长江联系的技术员也过来，他领着技术员跟着龚自立进村入户，上山下田进行现场讲解。说起免费培训种植技术，大家兴致都很高，当真正干起来的时候却出现了诸多状况。农村留下来的大部分都是妇女和小孩，青壮年只有在农忙的时候才从城里回来。这个时间工厂也都不好请假，回来一趟还不够路费，因此只有几个土地大户，家里面有老人帮衬的才愿意。刘长江也跟着技术员往村里跑。他分析推广不开的最主要原因是试错风险大，劳动力不足，黄姜种植期太久。这不是他一己之力能解决的问题。

有几户打算种一部分试试，黄姜的种根是刘长江骑着摩托车去骑牛镇，下河南的批发市场现场考察出来的，价格一压再压，是他能谈下来的最低价。

这一期培训结束，乡上报完技术员的费用以后刘长江一再叮嘱技术员，后续问题也要一并解决。技术员很乐观，认为这里的地比较适合种植黄姜，这种藤蔓类作物也没有太多的病虫害，就是来一趟太不容易。

这一拨技术员走后，种植木耳香菇的技术员后脚也到。由于全乡很多人种植，就在乡会议室办了个培训班，各村来的人还挺多。课堂培训完以后技术员又去各乡做现场讲解，刘长江跟着一起去。现场需要视频教学，就在村部的电脑上完成，去年给村上配的电脑就起了作用。

对于配下去的电脑不是每个村都能合理利用，比如说碳沟村的电脑，基本没用过，屏幕和键盘上落了厚厚一层灰。龚自立说最近一次开机还是娃们放寒假回来上网时打开的。开机以后半个屏幕都是电脑游戏。但是也有正经用这些电脑的。十坪村的那台电脑就成了一个了解外面窗口的桥梁，有人知道了农产品报价，还有人了解到新兴的网络电商，在网上卖东西。还有两个村把电脑当成了娱乐工具，里面乱七八糟的东西存满了整个硬盘。教学的时候突然弹出来一段小视频，惹得满屋子人哈哈大笑。

菌类的技术指导员被几家以菌类为主要收入的种植户拉到自己家的大棚里现场讲解，好多人凑过去看热闹，也起到了宣传效果。刘长江那几天也忙得不亦乐乎。

等送走了这拨技术员，已到月底。他盘算着好久没有给刘天佑打电话，连续打了好多次始终处于关机中。他有些愧疚和自责，难道真是那天没有招待好他?

在晶沟乡政府，忙的时间还好点，闲下来的时候他除了看书真没有什么事情。

## 九十

“五一”前，袁书记又找徐国平、刘长江一起商讨太阳花上村移民安置和补偿问题。根据县上安排，“五一”过后就要召开动工奠基大会。省水利厅、市发展和改革委员会、县移民办公室来了好几个文件。县政府关于太阳花上村移民和后续问题先后出台了几个文件。

去年，刘长江还没到晶沟之前，太阳花村水电站项目已经从县上报到省上，等着审批，现已经一年有余。当时报送的《太阳花村移民专题报告》和县房管所出台的《关于我县保障性住房优先保证太阳花村移民安置需求》等文件，他看完后还去太阳花村调研拟订了方案。

他带着方案和文件来到会议室，会议室已经坐了几个人，太阳花村村主任和支书已经到场，等袁书记进会议室，会议就算正式开始。

袁书记做了开场白以后，说：“今天叫大家一块过来还是因为移民搬迁问题，自从上次县上把各项工作分工以后，也没有把所有人正儿八经叫一起碰这个事情，今天咱们详细地商量一下怎么移，把方案定下来。谭主任、景支书，你们现在把情况说一下。”

袁裕国是村主任，景民强是村主任。袁裕国拿出他的稿件读起来：“太阳花村是晶沟乡下辖的行政村，该村由一座大山分成上村和下村，全村 ××× 户，总计 ××× 人，除了两个大的聚集居住区以外，其余散居大山各处。这次需要搬迁的是居住在太阳花上村的村民，总计 108 户，379 人，前期我和村主任景民强在村里张贴过宣传单，深入 108 户家中做工作、摸排，村民的搬迁意愿不大，只有不到 20 户愿意搬迁。前期《移民计划安置书》中提到的安置补偿金有些低，我和村主任入户了解到村民对县上的房屋安置地点也不太满意，导致该工作后续推进比较困难。现在村民要求提高补偿标准，按照一户的宅基地不低于九万的标准，另外加上农田树木，以及地上青苗及临时补助等，一次性发放到位。”支书说完以后加上了一句，“我了解的情况就是这些。”

袁书记说：“景主任，你还有啥补充的没有？”

景民强拿起了稿件，前半部分关于村上的说明大都一致，然后合起稿子说：“太阳花上村有几家和我说，晶沟前两年矿上道路征地，给人家一户既批了宅基地，还给了六万块钱。再说昶河，要是拆迁，一户都不低于九万块钱。上村那个地方，就是一个窝窝塘的地方，种啥都长得好，说没有刁民也有几个，但是大部分都是安分守己的人。你要是只给他们在县上安置保障房，他们大部分人都没有手艺，就靠那一点拆迁款咋生活？像盲人‘柱子’，那也是快埋到土里的人，他到城里能干啥，买个菜都不会。另外就是一次性都给到这些人手上，有几个嗜赌成性，三两天就花完了，又开始找事。我的房子也要拆迁，拆迁了给我安到县上，算城里面人，成了城镇户口，有啥用呢？就这点钱能够我家生活几年，别说那些人发愁，有的时候我也发愁。这事要说比较积极的也就是那些在外打工的年轻娃，拿到钱在外面买房……”话说完，会议场上沉默了好长时间。

徐国平是排在第一的副组长，袁书记说：“徐乡长，村主任和支书也都说了实际情况，你是副组长你也说一下。”

徐国平把笔盖在桌子上墩了两下说：“我还是上次那样认为的，我们和县移民办、房管所、财政局联系，王股长和水电集团对接，具体哪户有什么要求村上打报告，按照当时的政策来。政策之外的要求村上另行打报告，具体能补偿到哪儿，谁也说不清楚是吧！”说完也就不再说话。

袁书记说：“刘乡长，你再说说你的意见！”

刘长江打开笔记本说：“市上、县上关于移民搬迁出台了几个文件，我这儿都有，我也仔细翻看过。文件很长，水库建设当中移民搬迁是次生灾害里面一个比较重要的突出问题，就像景村主任说的那些问题，都属于后期移民暴露出来的次生社会问题。这些问题解决需要多方面考虑，除了安置，货币补偿、就业指导也要跟上。移民这件事情应该还是县上牵头，乡上具体组织实施，分头协调推进。一百多户，三百多人，人数也不少。前面出台的相关补偿标准现在有些人觉得低了，有什么要求可以一并提出来。如果达不到，所有户都按照一个尺度量下去，尽可能公平。实在不行再和水电集团去谈，有些群众家里确实可怜……”

袁书记说：“你们说的都有道理，乡上也好，村上也好，但是这事情也是要解决的。”然后停在那里不说话。

王刚股长这时候说：“我的想法是一揽子解决，一次性解决到位，也不要扯后续那么多。徐乡长有这方面的顾虑，考虑到乡上对村组户不是特别了解，让村上按照前期规划解决一批，后期诉求再说，这是个办法。留下来的问题有些拖一拖也就没人再过问。刘乡长的这个想法也是个解决方法，有什么问题搬迁户都可以提，我们再和水电那边谈，向县上要支持。方案也是去年的方案，想法也是去年的想法，今年有变化咱们也得变通一下。”

袁书记说：“支书和村主任有什么要说的没有？”

景民强说：“徐乡长是去年做移民搬迁计划时候的组长，老早有勘测队过来的时候就有人说这里建水库，都是听说，觉得建水库是好事，利国利民，但是村民舍弃的就多了。那是我们祖祖辈辈生活的地方，再换到一个陌生的地方开始，就像刘乡长说的，对这些人来说次生的灾害大而且多，这次解决一部分，后期再加上就业指导，都是有必要的。过年回来一些年轻人在村上也煽火，认为沿海那边一拆迁拆出来一个百万富翁，我们这儿拆迁拆出来都只是万元户。只要有人出这个头后面人的想法就变了，现在是要求人家搬迁，不是人家主动搬迁，这个标准还得提高。村上大部分人应该都不同意，村民都只讲眼前的，哪管以后的。这次补偿不了，后期压根就都想不上了，肯定都这样想的。”

袁裕国斜着眼看了一下徐乡长，说：“这事还得乡上组织挂帅，靠我们村里几个去谈，组织力和说服力怕是大打折扣，乡里人服官不服管。”

徐国平说：“去年编制报告的时候去问了几户，不是说去县上好，这一年又都变了，这事情不管对乡上还是村上都是个棘手的事情。”叹了口气说，“你说这些人去年一个想法，今年一个想法，咋打交道！”

刘长江也笑了一下说：“徐乡长说的是，去年的时候想着能成为城里人，房子还是分的，还有钱，后面再想到去城里没个手艺哪能生活，再加上村主任说的年轻人过年打工回来带来的那些观念和思想，让一些人凭空把想法放大了好几十倍。还是不留问题，一次谈清楚，人在每一段时期想法也不一样，都是随着大环境变化而改变，人都是善变的。”

袁书记说：“徐乡长去年编制移民方案的时候辛苦，那段时间一直都在村上驻点。你们说的也都有道理，长江去年和我商量把给乡上配的电脑给每个村都分了一台，我听说上次有技术员用电脑讲课的时候弹出来别的内容，还有的村利用电脑网购，同村人之间的思想觉悟也不一样。太阳花村的移民搬迁也一样，后面辛苦一下国平、长江乡长。尤其是长江！你年轻，可是主力。村主任和支书配合好两个乡长，在高于原补偿方案百分之十之内，尽量让村民把搬迁协议都签了。王股长给你分的啥？你把你那一摊也和两个乡长的意见保持一致。搬迁和建设是这个项目的重中之重，项目建设是水电集团，搬迁可由咱们负责，咱们就要拿出主人翁的态度……”

五一前期需要安排的各项事情也通过会议传递到乡上各个部门，刘长江处于写材料、开会的循环当中。

吃过午饭，乡上的人基本上都离开了。

午休过后，刘长江端着水杯在走廊上来回转悠。看到安红霞，他问起安红霞什么时间回县城。安红霞说她儿子今年初中考高中，五一节补课不休假，她老公照顾孩子，所以不着急回去，今天班车人多，明天再坐班车回家。刘长江说他骑摩托车，下午就回县城，可以带着她，安红霞觉得这样也好，两个人商量好四点半左右走，免得天黑，路不好走。

回到房间他百无聊赖，拿起一本书看起来，看着看着心里翻起一堆的事情。翻了几页，觉得应该给刘天佑打个电话，他那边不知道休不休假！拨通电话，还是处于无法接通状态。他叹了口气，一个北方人，根本就不会水性，跑到南方出海，太让人操心。又拿起书看起来，聚精会神地看了半个多小时，渐渐地融入书中。

四点左右，整个乡政府大院已经非常安静，只能听到殷所长在说话。等院子里再次安静下来，刘长江从房间里出来，出门就看见殷所长手里夹着烟，看着院子。

“殷所长五一节不回家？”

“家里面那个婆娘，回去就头不是头，脸不是脸，回去干啥！刘乡长咋也没有回？你好过乡上一大半人，你看这才几点，乡上都没有人了，这风气都是谁带出来？……”

“殷所长是乡上的老人，你看人家安站长不也还没有走。”刘长江顿了一下说，“咱们在乡下待久了，照顾不到家里面，顾家的还好，提前回去接娃也算是个正事，要不然，哪有人受家里面待见。”又扭头对殷所长说，“再怎么样那还是个家，过节还得回去吧！”

“这话好多年前我给别人说过，也有人给我说过。过日子的道理谁又是个糊涂人呢，我这个年纪就图个安静舒心。受不了那张嘴就在这儿，看不惯的也就在这院子里说说，你说我这五十多岁的老头子，还能指望改变个啥？家里面变不了，这乡上的风气也改不了，你看谁还待见我？都不待见！”

对殷所长的话，刘长江略微赞同。他心里也知道说的是什么，但是又能怎么改变！但是在乡政府大院里，这样敞在夕阳下大肆讨论，他还是觉得有些不合适。如果按照殷所长说的他也在各个方面受大环境的影响，甚是惭愧。

殷所长继续说：“刘乡长，你才工作，到乡上时间短。乡上可是个牛鬼蛇神最多的地方……”

刘长江听着殷所长开始大放厥词，有些不想再往下听。他可能也会在别人面前说自己和富晶垚的关系，说刘天佑过来的事情。五一节是劳动节，也是上半年难得的长时间和家人团聚的时间。殷所长在这里说了那么多心里的不满，比以往更直接，没有任何顾忌。乡上静悄悄的，没有一个人出声，难不成人都走完了？刘长江没有搭话，殷所长正说得起劲，三楼和袁书记相隔的房间传来声音：“殷所长，还有没有烟，给我拿一根，我这儿没烟了。”是徐乡长的声音。

“有是有，就是我这烟不是啥好烟，徐乡长你看得上不！”

“抽烟的人烟瘾犯了管他好烟烂烟，有的抽就行了，顺便到我这儿喝茶，也不是啥好茶，你上来。”

殷所长哈哈一笑说：“你看你这徐乡长。”说着递给刘长江一根烟上楼去了。

刘长江回到房间，看看时间已经快五点，想着和安红霞约好的这个时间走，又想着殷所长那一张毒嘴。他用座机给安红霞打了个电话，安红霞接电话就问：“是在楼下让我下楼吗？我刚才听到你和殷所长在说话，以为还要一会儿，这么快就叫我下楼？”

刘长江本想说等到五点半再回家，被这么一问也觉得没有啥，五点半和五点差不了多少，何况晚了骑摩托车也不安全，就说：“那收拾收拾，我这儿准备好了，咱们走吧。”

“好的，我一会儿下楼。”

挂断电话刘长江又在房间里转了一圈看看还有啥需要带回城里，看了一圈也没有，然后背起斜挎包出了门，走到楼梯拐角看到殷所长黑着脸从楼上下来。他到车棚取出摩托车，在楼梯口等安红霞，约莫五分钟，安红霞背了一个斜挎的帆布包下来。

坐上车，安红霞把包放在两人中间。刘长江叮嘱她扶稳，骑着摩托车飞速出了乡政府院子。行驶在土路上，偶尔听到安红霞说话，但是他听得不是特别清楚，只“噢噢”地点头。

回到县城，他把安红霞送到小区门口才回家。

刚进家门，父母已经在他家里，见他的第一句话是：“天佑的电话打得通吗？我几乎每天都打电话，每天都打不通，你弟弟在那边不会出什么事情吧？一个人出海怎么能行！”说着捶胸顿足。

刘长江顾不得放下包和钥匙，说：“你们别着急，我现在联系一下他的那些朋友。”顾不上疲惫开始打电话，他先联系上那天去的韩磊，韩磊说刘天佑出海这个事情他不清楚，他现在在外面开大车。然后给了两个电话说有可能是这两个人介绍的。刘长江又打了那两个电话，其中一个就在浙江渔场。那个人告诉刘长江，刘天佑过去的时候和他联系过，刘天佑上的是一条大船，这条船正常情况下都在国际公海捕鱼，不在浙江沿海地区，公海上一般没有信号，只有两个月左右才会靠岸补给一次，上这种船的工资高，一般不会出事情。刘长江当着他的父母开了免提，刘父刘母听着不住地点头，像极了小鸡啄米。

晚上付莹莹向刘长江倒了一肚子的苦水。刘长江宽慰她说当时嫁过来的时候情况比这个还糟糕，刘天佑的那些债主每天打电话讨债。现在天佑不辞而别出海，父母操心也是正常的，而且父母都六十多了，年龄也大，如果觉得老两口老是过来纠结这件事，实在不想在家里待，可以回她父母家待一段时间。付莹莹听了也觉得是，那个时候都过来了，现在只是刘父刘母整天过来唠叨而已，后面不想听他父母唠叨可以到自己父母家待一段时间。

早晨刘母早早地过来，还在睡梦中的刘长江被客厅的走动声吵醒，付莹莹还在酣睡。他穿好睡衣到客厅，看到母亲正在厨房做饭，刘长江有些疑惑地问怎么不睡觉七点就过来做饭。刘母拉着他说早点做饭、早点吃饭，吃完饭让刘长江开着车去江浙沿海旅游。刘长江有些哭笑不得，他能理解母亲对刘天佑的思念和担心，旅游是假，想去那边看看刘天佑才是真。刘长江和母亲说车是别人的，这个五一别人也要用车，就没有开回来，而且天佑是大船，不会有事，这样说了好长时间，刘母才放心下来。看着母亲圆胖的身体不时回头骂刘天佑，刘长江瞬间觉得母亲这段时间苍老了太多太多，让人心疼。

付莹莹在房间里喊：“长江，你在和谁说话？”

“我妈准备做饭，问你想吃啥？”

“我啥都可以，那我再睡一会儿。”

这个五一他们哪里都没有去，刘长江把他父母，还有岳父岳母叫一起，付莹莹的弟弟上大学，五一也回来，七个人在一起吃了个饭。两对父母聊得还挺投缘。

刘父、刘母的心情也好了很多。

五一最后一天晚上，刘长江去了趟刘主任家。见他过来刘主任很热情，刘主任对晶沟那个地方充满了期望，认为那个地方稀土资源丰富，而且是矿脉，随着路修通，大规模开发建设，那里准能干很多事。

两个人看着电视聊着天，新闻里播放着美国房地产泡沫、次贷危机。

刘主任说："你看，金融还是不行，还得看实业。实业现在看什么，两种资源：一个是自然资源，还有一个是社会上的人脉资源。琪琪五一节从深圳回来，下午才走，在深圳特区那边工作，就是挣钱。当时我还让他回来，他没有回来，一心想去那边闯一闯。那边的思潮比我们内地要提前十五到二十年，就是琪琪一直在那边租房子不是个办法，唉！"

"刘主任说得是，你看当时你让琪琪回来，人家琪琪就有自己的主见，地方不一样，看问题见识也不一样，咱们想着怎么样从乡下回城里，他们想着如何赚大钱。"然后看着电视里播报美国次贷危机。

刘主任坐直身子，说："是啊！当时让琪琪去招商局，考试完就说深圳那边录用通知发了，不过还好，过了笔试！"说到这儿感觉说漏了嘴说，"长江你去那里快一年了吧？"

"去年六月中旬您带我去报到，快一年了。"

"那是个好地方啊，美国次贷危机，中国肯定会吸取教训做实业，你就看，都有大发展。我们是老了退二线，就看你们了！"

刘长江嘿嘿一笑说："您这话就说早了，从乡镇到县上你们也是一步步靠着实力走出来的，那些经验可是永不退休的。"

刘主任哈哈笑起来说："长江这话说得是。不过我们那个时候和你们现在不一样，我们那个时候自己努力干出政绩，那就提得快，你们这一代考虑的因素就多很多。好好干吧。"

刘长江心里反复琢磨着晶沟究竟怎么好。

后面刘主任谈得最多的是美国这次的次贷危机，刘长江也不太懂。

刘主任从教师到乡镇长、县政府办主任，再到副县长、政协，见过太多的人。刘长江此次来的用意他也清楚，他现在看刘长江就像上课的老师看下面的学生一样，刘长江有着自己的倔强。

五一过得简单但是不怎么轻松，收假的早晨他又骑了两个小时的摩托到晶沟乡政府。快一年了，就这样风里雨里地跑，似乎每一段路都在他前世的记忆里重现过，那么熟悉又那么遥远。

第一天回乡上班，他就听到村里汇报了几件事情。一件是一个独居的老太太不知道怎么回事把家烧了，村里去问的时候她也不说，当时有好几个人从这家里出来，慌里慌张。外面都流传他们在这家信耶稣时点着蜡烛，不小心引起火灾。还有一家因为盖新房，多占了另一家一公分的地，两家打起来，一家被打住院。总之都是些农村经常提到但是又不断发生的事情。

这里最大的企业晶沟稀土矿却没什么大事。不过听殷所长在院子里抽着烟说下面那个矿洞要转正，那里的手续已经批下来。除了殷所长这个大喇叭以外，乡上四十多号人还有小喇叭，什么风吹草动很快就广而告之。

他打电话问了龚自立碳沟在五一假期中的情况，龚自立说碳沟一切正常。

太阳花上村开搬迁动员大会是五一节过后。刘长江准备得比较充分，稿件写了好几页，更是畅想了一下太阳花水电站建成后碧波荡漾的场景，还规划了移民搬迁到城里的住房和生活。会场标语宣传单也都准备齐全，但是到场的人不多，开着开着不停地有人离开。会后村主任和支书带着他和徐国平去村民家了解情况，大都是进门很热情，说起事情来都不怎么开口，只是喊着口号——县上的重点项目肯定要支持，怎么能不支持；问有什么疑虑，都说赔偿太少；再问他们心里怎么想的又没人说出来个标准。而且刘长江注意到“肯定支持县上的搬迁工作”这句话出现的频率特别高，好像大家都已经对过口号。

晚上刘长江借口还有个文件得报送到县里面，骑着摩托车回乡政府，在灶上吃了一碗手工面，觉得甚是过瘾。

夜色降临以后，又是看书静心的时候。看着看着写下：

**月夜明**

尘心本在肉体中，思惧也是凡间事。

柔光抚志浑忘岁，形骸已在山峦驰。

吟完以后想着是不是还得给刘天佑打个电话，电话拨过去，刘天佑的手机竟然接通，他喜出望外，喊：“天佑，你现在在哪儿？那边咋样？”

刘天佑那边断断续续的杂音，只听到说在港口做补给，不在国内。

刘长江又问：“给父母打电话报平安没有？大概什么时候回来？”

那边依然很嘈杂，呲啦的声音大过说话的声音，说出远洋，只有把船上几个冰柜装满了才能回国，最早也要到十月份，然后说漫游费特别贵，就挂断电话了。

刘长江再拨过去就被挂断。他出奇地高兴。仰身坐在凳子上，总算知道刘天佑平安。

他又拨通了父母的电话，把刚才知道的情况告诉父母，刘母一边接着他的电话一边喊："老头子你现在给天佑打个电话，这个小东西，真不是个东西，能打电话都不给我们打电话。"停了一会儿就听见刘父说电话关机了。刘母又在电话里骂了几句才挂断。

不过他心里倒舒坦很多，可以睡个好觉了。

## 九十一

富晶垚这天中午正在田埂上看园子里的蔬菜，长势喜人，给他带来一种力量和期望。他又转到堤坝上，看着种的草莓，里面夹杂着几株太阳花，正看得入神，听到大门哐当一声被推开，谭会计大声喊："小富！这次可要请大家吃饭，你转正的文件都已经下来，你看多顺利，社里面的人给你打分打得高好吧，这才几个月就下文件。"

富晶垚没有沿着堤坝下坎，而是直接从上面跳下来，说："哪儿？我看看。"

"都在那一堆文件里面，你自己找，还有这些报表你也一块拿到营业室，今天这车坐的时间长，卖票的那个小婆娘和一个人为了几块钱杠上，停了半个多小时才走，就那几块钱，看耽误我多长时间！"说着拿出钥匙打开房门。

富晶垚顾不上其他的，从一堆文件里扒拉出《鹿鸣县联合社关于宋姝玥等九名同志转正批复的文件》。富晶垚继续看：

根据我联合社关于省联合社的要求，本着公开、公平、公正的原则，招录以下九人。

……

富晶垚继续找，他的名字在最后一个：富晶垚，男，汉族，无党派人士，本科学历，金融专业……后面还有：通过半年考核试用期，经所在乡、镇联合社，县联合社考核，业务和德、智、能全面考核，现已通过，从文件下发之日起成为鹿鸣县联合社晶沟联合社固定期限劳动合同工，工资按正式合同工统一考核。最后是日期和县联合社公章。

他把自己的名字反复看了几遍，眼泪忍不住地流下来。这后面还有哪些事情不能说，也说不出口的，此刻都化成了一股热流在他心里面打转。他再仔细看个人简介，只有他一个人是金融专业。

谭会计在房间梳洗完出来倒水问："小富，中午吃什么饭？我的伙报了没有？"

"刚拿东西进营业室，有个人来问个事没来得及报你的伙。"

"给你拿回来这么大的好消息，你还忘记给我报伙，中午我吃不上饭就到老蔡那点一盘回锅肉，你出钱！"

"不用到老蔡那儿吃回锅肉，我给厨师说让她给你单独炒一个回锅肉。"富晶垚说完，赶忙奔到灶房，厨师已经炒好菜准备走，他说谭会计回来了，再加一个回锅肉。厨师笑着说："你晚来一分钟我就走了，回锅肉要新鲜肉，没有肉也没有蒜苗、洋葱、青辣椒，咋做！"

"你稍微等一下，我去老蔡那儿买一些马上就回来。"话还留在灶房，人已经飞奔着出去。

到蔡老板那里他除了要了刚才的那些，又买了鱼和一只烤鸭，又飞奔回去。蔡老板站在门口问："是不是哪个领导来了！"富晶垚边跑边"嗯"。

好巧不巧刚到大门，柯礼朝也骑着摩托车回联合社，看到他手里提的东西说："今天是个啥节气？小富真会给自己过日子，鱼肉、鸭肉，看样子刚开始做饭，把我的伙也报上。"富晶垚答应着。

刚上瓦房的台阶，段主任从房间里出来说："小富，把我的饭也报上。"富晶垚连连说好，再加上替谭会计代班猫在自己房子里的阮宝山，整个联合社只有景泽录没有回来。

厨师还是那样笑眯眯地说："说加一个菜，你看你加了多少个菜，我还着急回去给娃做饭。"

"今天就辛苦你，突然又回来两个人，加两个人的饭，要不你去把娃接过来一块吃。"

厨师连连说这是公家饭吃不起。

富晶垚在灶房里打下手。厨师让他在另外一个灶洞里生火，清蒸鱼的时候把烤鸭也一起清蒸，原来的那口锅煮肉炒回锅肉，用了不到二十分钟就把三个菜做好，又下了一锅干面条。面条下锅，厨师就赶着回家去了，富晶垚连连说辛苦。

煮面条的时候他把餐厅收拾干净，把菜端上餐桌，面条、米饭也盛好。

出灶房，抬头看看天上的骄阳，五月的太阳火辣辣的。

富晶垚扯着嗓子喊："吃饭了，吃饭啦！"

谭会计最先从房间里出来，在院子里就喊："小富今天可高兴，吃饭都比别人积极。”

柯礼朝出门说：“小富今天干啥都风风火火，准是遇到啥好事，就冲刚才那喊的一声，不去唱个京剧都亏了！”

“小富真是遇到大好事，转正的文件我早晨从县上拿回来，看把他激动的，中午也不知道给厨师说了多少好话又多做了几个菜。”

阮宝山哈哈笑着说：“这对小富是个好事，多好的命，今天可要好好吃一下！”

柯礼朝听了说：“这么好的事情，我和段主任真是赶得好，不喝酒说不过去！”

“这要有酒！”段主任说。

“小富，你那儿有没有酒，拿两瓶酒来。”柯礼朝喊。

“我没存过酒啊！这么突然要喝酒，我和谭会计下午还要上班呢。”

“你们下午上班，我们喝。”段主任说。

“小富这个娃，学会喝酒了不存酒，我今天给你拿两瓶庆祝一下。”柯礼朝说。

“不用，不用，我现在去余老板那儿买两瓶，啤酒有没有人喝？我也买两瓶。”

“这好，这好，你去老余那儿买几瓶，我要个果啤。”谭会计说。

“白酒你就不要买了，我拿了两瓶。”柯礼朝说。

富晶垚说着跑出去，余光亮也问他是不是县上领导来了。

抱着两捆酒，其中一整捆是啤酒，剩下的一捆里面一半是啤酒一半是果啤，他看不清眼前的路，深一脚浅一脚地回到餐厅。几个人都坐好，在段主任旁边给他留了个位置，就像他去年来时那样，还是那些人。富晶垚也没有客气，打开啤酒，柯礼朝已经把白酒倒上。

段主任举起酒杯说：“恭喜小富转正！”

“小富多好的命，拿转正工资了，你本科比得上我们好几个人的工资。”谭会计说。

柯礼朝把酒在桌子上墩了两下说：“小富转正，不存酒，我拿了两瓶酒给他庆祝的啊！”

“你看你，拿酒了还说出来，小富就不记得了。”谭会计说。

……

吃饭的时候富晶垚问他什么时间开始发转正工资，谭会计说要到下个月，一次补好多。他期待着六月份。

吃过午饭，富晶垚和谭会计到营业室上班。

下班后他还处于兴奋状态，去隔壁乡政府找刘长江，想把这个消息告诉刘长江。富晶垚进乡政府，这边刚开始吃晚饭，他碰见小景拿着碗打饭，小景和他打了声招呼让他去微机房先玩一会儿，等他吃过饭再过去。

他坐下浏览网页，网站醒目的位置报道着美国次贷危机。浏览完网页，他玩起了小游戏。正玩儿得津津有味，小景进门喊："这么早就过来，咱们打几把游戏。"小景在他旁边打开电脑，两个人打起了游戏。也不知道玩了多久，他记起来是来找刘长江聊天的，怎么就玩起了游戏，不停地说最后一把。最终他连续输了几次以后才不再玩游戏。

走出微机房来到刘长江房间，刘长江伏在案头写东西，见他进来说："坐，我把这段写完，要不思路打断了续不上。"

"又没什么事情，你先忙。"富晶垚说完瘫坐在长沙发上，眼睛一会儿看天花板，一会儿看刘长江。他聚精会神地伏在桌上，笔速飞快。富晶垚这样不停地来回扭头。刘长江写完合起本子说："吃过了？"

"吃了，厨师晚饭做得还不错，但是都吃不下，中午吃太多了！"

"你们伙食自己管自己吃，想吃啥自己安排，伙食好。你最近咋样？"

富晶垚直起身子说："我转正了，今天从县上拿的文件。"说话的声音有些激动。

"这是个大好事，你们半年转正！"

"是啊，拿了半年九百多的实习工资，终于可以拿正常工资了。"

"转正后拿多少钱？"

富晶垚带着炫耀的口吻说："三四千吧！"

这句话说得刘长江心里有些不悦，但是并没有表现出来，缓了一会儿才说："挺好，晚上喝点啥茶？"

"随便，啥都行。"

刘长江给他泡了一杯招待茶，不再问他工资的事情。富晶垚把转正工资说了以后那种想要表现的欲望也随着这句话而消失殆尽，后面的话就完全没有思路和逻辑，到刘长江这里完全就是想说这么一个消息。但是他的好消息，对于刘长江来说也只是过耳的一句话。刘长江比他工作年限长，同是在晶沟这个山坳里工作，富晶垚的工资比他高出快一倍。如果笑了，替朋友高兴的成分占多少？违心赔笑的成分又占多少？

喝了一会儿茶，刘长江打开电视，富晶垚又换了一侧躺下看电视。

刘长江突然说："毕业以后大部分人第一份工作都是谋生，等后面能力和资本积累到一定高度，还会第二次择业，如果还是不称心会接着跳槽。小富，你有没有想过离开这里？"

富晶垚继续躺着，思考了一下说："离开这里！想过，但是我爸说这些都是不切实际的空想，谋生也好，再择业也好，我觉得也不一定会比我现在好。"

刘长江摇摇头说："小富啊，你还没有成家，体会不到肩膀上肩负的担子。"

富晶垚这次坐起来看着刘长江说："这个问题咱们俩经常讨论，我觉得吧，看个人怎么想，是什么心态。每个人看未来，总是这山没有那山高，其实就是老觉得自己现在的地方不好。我这个人是个比较容易满足的人，你看我女朋友有几次都说我是小人物心态，我自己也就慢慢地认为自己就是个小人物。在家乡有一份稳定的工作，拿着还不错的收入，这是我爸他们那一辈梦寐以求的想法，我现在实现了，如果说再奢求太多，捅破了天我的想法也还是这样。"

刘长江对富晶垚的这些思想有些难以接受，说："这样你也就是你爸期望的复制品，只是这个复制品比较符合他们的意愿，你难道没有一些自己的追求和想法？生活应该是什么样的？比如说下班逛个商场，喝个咖啡，打个篮球，这些是实实在在的，再说大一些，男人都有控制欲和家庭责任，没有想过当更大的领导？或者挣更多的钱？满足自己也好，满足家人也罢，至少也不至于辜负了自己的青春！"

富晶垚听完以后又躺下，停了一会儿说："刘乡长，我觉得在这个乡上，你也算数得上号的人吧！如果我能到你这个位置做梦都是高兴的。"

刘长江哈哈一笑，笑得有些苦涩。看来两个人的思想层次和所处的环境相差太大，而且富晶垚自身的心态还处于他父亲给他灌输的传统的思想里，也许富晶垚有了儿子，对他的儿子说刚才那些话还能在一个频道上。

"给你添点水。"

富晶垚喝了一口说："好，添一点。"

两个人看着电视剧，里面刚好有两个人热恋亲吻的镜头。

"你女朋友啥时候毕业？你们俩现在怎么样了？"

富晶垚有些不好意思地说："她还有一年半毕业，我们俩就那样，不好也不坏，她也是你这种思想，和我说过好几次了，让我考到西安或者在西安重新找一份工作，我觉得不实际，啥事都不是说的那样简单。"

刘长江哈哈笑起来，这种笑是对内心的宽慰，原来很多人都有这种想法，只是富晶垚受到各种枷锁的束缚，铸成了一只思想上的铁桶，让他只看到桶口那么大的一片天。

笑过以后刘长江问：“那你们俩以后咋打算的？”

这句话说出以后让本来还处于放松状态的富晶垚有些激动，长长地叹了一口气说：“能咋办啊！我们俩看谁能说服谁呗，我在这儿挺好，没什么不好的，就看她。”

刘长江听后也不再多问，再问下去也不会印证什么，只会带来不悦，拉开两个人的距离。

过了不久，电视剧结束，刘长江把频道换成新闻。正是美国次贷危机的报道，雷曼兄弟出现债务危机和中国应对危机的对策，对那些债务数字和运作的方式，两个人着实谈论了好一会儿。富晶垚在金融系统，他对用美元计数的债务数字更有直观的感受，他认为这件事对于银行来说是春天还是冬天尚不能判断。刘长江则从电视播报和富晶垚的讨论中，以及和刘主任那天的谈话中敏锐地认为国家会加大对农村的投入。

深夜富晶垚才离开刘长江的房间，他在走廊上看向星空，月光皎洁，如丝如幕。刘长江把他送到楼梯口。

穿过院子，他走在回联合社的路上，看着温柔的月光，微风暖面，叽叽吱吱的虫叫声停下来，出现一阵静谧，他反问内心，还有更多、更深的期望吗？对于刘长江来说，更迫切需要一个更大的平台去展示。而他没有那么大的野心。

短短五分钟的路程，富晶垚的脑海里闪现出许多幅画面：管主任对这里的邪恶描述，刘长江以这里为跳板跳到更高的平台，郗媛那样一位漂亮的美女在稀土矿管着财务，所有人都是外来人！他的工作起点怎么就在晶沟！进大门的那一刹那，他感到那扇门就像一张血盆大口，会把自己一口生吞进去，里面全是规则。

站在院子里，他看着月光，自言自语：“月亮啊月亮，你告诉我为什么？”念过以后又对着后山说，“山神啊山神，你告诉我为什么？”在他心里，为什么是什么东西，还是最后的结果是为什么，他也没有个答案，可能是那种无所适从的迷茫与彷徨。

好在富晶垚对于这种无所适从的心理黑洞摆脱得很快，就像在大学里，没有生活费就去摆个地摊赚上三五十块钱，解决眼前的棘手问题，就不再想以后会怎么样。

在晶沟的日子里，无论天空中有没有挂太阳，富晶垚总会看院子里茁壮成长的蔬菜。去年菜园荒了半年，加上今年的深耕、施肥，菜园里的西红柿、茄子、豆角长得特别旺，吃都吃不完，坝上的草莓还在陆续结出来少许果实。

无论什么时候看到这些都有一种分享的愿望。他也给大学同学、高中同学打过电话，但也就三两句说完。今年的草莓好、今年的蔬菜好，然而这些都会成为口中之食，转换为粪便排出，在粪池里发酵以后又重新浇到地里面，肥沃眼前这块土地。种子吸取土地里的养分再结出美味可口的果实，可是谁又在意转换的过程呢？都是奔着最后那一口美味去的。

各种蔬菜一天一个样，他沉浸其中，这是生命的力量。

偶尔回想起刘长江的话，他也理解刘长江和自己之间的差距，安逸的生活让他不愿意像刘长江那样思考未来，更不想逼自己静下来看书。

等到草莓成熟，富晶垚趁着营业室没人办业务，摘下来，在水龙头上清洗干净分享给大家。大家都夸赞这草莓味道好，很少夸赞那片土地为草莓付出了多少养分，富晶垚从中得到收获的喜悦。

只是在断电的夜晚，无所事事和被遗忘的孤独感会油然而生，整个乡里被黑暗笼罩，仿佛回到了原始社会。这个时候他才会有一种跳出去的想法。然而当短暂的停电时光过后，他又自我陶醉在被几个人的吹捧中和田园的安逸中。

## 九十二

在开完第一次搬迁动员会议以后，只有不到十户想搬离，这些人大都只有一座家徒四壁的老宅立在那里，盖完以后拆迁赔偿回不来本，放弃又觉得可惜，耗在那里不倒的几堵墙证明这曾经是他的老宅基地。村里人大多都比较抱团，认为补偿太低，还应该再加一些。

刘长江再次把相关的政策文件做了详细的研究，在如何做好群众工作上也总结出心得，还对太阳花上村每户的情况做了摸排。他那段时间驻扎在太阳花村部做动员工作。但是村主任景民强对他和龚自立完全不同，表面配合，但是去村民家就不见人影，而且把他和徐国平区别对待。在赔偿问题上，一些村民总会提出一些莫名其妙的要求，就像他们突然之间想到的一样。就比如院子里有一棵一百多年的树，也有新种的树，不能按照统一标准赔偿，村民对赔偿标准的理解也在不断变化，这让他有些一筹莫展。

有两次他还去了工程指挥部，和伍行彻夜长谈，谈得比较投机。

伍行在外干工程已经很久，也说不清楚究竟有没有适应这种哪里有工程就去哪里的生活。项目上他确实特别忙，忙得他经常忘记自己。工程上的方方面面都得考虑到，伍行也和刘长江说过，晶沟这种地方只适合待一两年，待久了会把人的思想禁锢住，这点刘长江也很认同。在家庭方面，两个人差异很大，伍行每个月上万块钱的工资，因为在家时间少，只要去县城，他都会给家里面打钱，平时也没有时间想娃，满脑子都是工程中的各种事情。刘长江有次开玩笑说："如果咱们俩把位置调换一下，肯定还会有彼此羡慕的地方，说不定再换回来，就会弥补对于生活的亏欠。"

第二次见面的时候伍行说筹建工作已经接近尾声，赶在夏季前正式动工，奠基仪式的时间还没有定，应该快了。对于他们来说，拖的时间越久也就意味着成本增加越大，伍行也表态对于搬迁工作，他肯定全力支持。刘长江这种紧迫感增强，他得加紧想办法。

这期间他去了一趟碳沟，向龚自立和余西峰了解黄姜种植情况，整体比最开始统计得要好。这个地方山地多，虽然退耕还林让很多偏远的山地撂荒，但是土地的基数大，还有很多可以开垦。有些人也了解到乡上把黄姜种苗的价钱做到了最低，虽然没有补助，但地里种些东西总比荒在那里好，而且还有专业的技术员指导，所以种植人数多了将近一倍，种植面积扩大了一倍多。

龚自立等人都说太阳花村占了个好位置，不但可以成为商品粮户口，还能赔偿不少钱。刘长江就顺便打听了一下太阳花村的情况。龚自立比较了解。说起搬迁赔偿问题，龚自立当时摸了摸头，又摸了摸嘴出谋划策似的说："太阳花上村确实有几个不好说话的人，农村都叫八愣子，这些人一般都怕媳妇。村主任景民强也住在那里，乡上给他说啥他就认为是啥，但是在村里就不一样，他说啥就是啥，这个人难缠一些，不过他和徐乡长关系好，只要让徐乡长把这个人说动，那就成功了百分之八十，剩下的人看别人搬迁，也会跟着搬走……"

那天中午龚自立生拉硬拽留他吃饭，刘长江推脱不过，也就在那儿吃了午饭，到底是一杯酒都没有喝。余西峰作陪，用他那自制的笛子吹了好几首民歌。如果只听笛声不看人，能让人沉浸在竹林七贤的诗画中。

回到乡上那几天，刘长江在心里酝酿出一个计划。他去殷所长那里了解移民拨款计划的时候在殷所长房间里抽烟闲聊。殷所长也和他说了一些太阳花村的情况，和龚自立讲得差不多。他更坚信把自己的想法推动下去。

徐国平在这个乡当副乡长有些年头，走了几任乡长也没有把他扶正。他一开始就主张全部交给村里实施，几个人都说他和景民强之间“特别”好的关系也就是整个主张的核心。

或许是袁书记听到了什么，上次开会把搬迁任务搁在他和徐国平身上。从这么多天的情况来看，他在这里有些多余，还有些碍事。

刘长江酝酿的计划是乡上的主导作用仍然不变，徐国平还是排名第一的副组长，他把自己从副组长的位置转变成督导组长的角色，殷所长在乡上待得时间久，对太阳花村的情况了解，由殷所长补上那个副组长的位置。

计划酝酿好以后如何实施还是个大问题。怎么样找一个合理的理由来转变角色，直接说自己能力有限，对村上的形势过于高估，现在无法胜任，还是因为其他的原因，都需要让人信服。而且他在驻村摸排中看到，这里面情况复杂。开始没了解情况，直接提出由乡上主导更显唐突，既然已经在五马架上，必须得细细地想办法。

## 九十三

“六一”过后，刘长江抽空又去了趟伍行那里，伍行趁着“六一”回了趟家。两个人见面说起了生活的艰辛。伍行六一儿童节回去给女儿买了一堆玩具和零食，但还是比不上他爱人的一句“宝儿”。两个男人又一次追忆着学校的青葱岁月，诉说衷肠。

后面说起太阳花水电站项目，伍行说他们的资金并不是直接打给村民，也不直接打到乡政府账户，而是打在县财政局移民搬迁账户上，这种账户一般都是个临时账户。他中途接手，至于省水利厅和市发展和改革委员会立项这些情况，如何商讨，他也没有参与过。

从伍行那儿回来没几天，他又到殷所长那里谈起具体搬迁和安置的资金问题。作为一个干了半辈子财政的人，殷所长在晶沟的财务几乎没出过问题，从县上到乡上可以说是得心应手，有些专项财政资金别人要不下来，他出马一定能到账。在和殷所长的聊天中刘长江才知道财政局支钱是预算审批制，也就是说如果年初你没有预算，这笔钱就会放在县财政局账户上不会下拨；即使年初报了预算，需要这笔钱的时候，这笔钱也不一定能拨下来，就比如财政局找个理由——最近财政吃紧账户没钱，这一句话就会挡掉很多事情。谁还能查财政账户有没有钱？财政拨款的手续多且烦琐。正如殷所长对刘长江所说：“那些大额的各种专项补贴，能发下来都是各有各的门道，蛇有蛇路，鼠有鼠路，窍门多着呢！”

刘长江寻思，对于移民搬迁款，徐国平也没有那么大的能耐把钱要下来，那就需要一个对这个门道特别熟悉的人把这笔钱要下来。了解到这些，这件事就顺畅了许多。

和殷所长这样一转换，既能解决搬迁过程中难以搬迁的棘手问题，还能解决搬迁户迟迟拿不到钱的问题。

也就在刘长江来这里整一年的时候，他把这件事办成了。前期他和徐国平不再说太阳花村上村村民因何不搬迁的问题，而是从资金方面引导——移民款这笔钱得有个懂程序的人去要，而且现在行政体制要求有监督机制，这个搬迁小组里面刚好缺一个督导组长。徐国平对于刘长江这种提议没有赞同也没有反对，刘长江知道他不在意这笔钱什么时候拨下来，但是有人在意，有人着急。

在向两个人透露出这个想法以后，他找袁书记说了自己的想法，而且表示这是工作要求，袁书记没有当场表态。

就在那个星期乡上出了一个文件，移民搬迁分工做了调整，殷所长成为排在徐国平之后的副组长，刘长江成了督导组长兼纪检组组长。对这种调整刘长江很高兴，殷所长也调到了合适的岗位，也很高兴。徐国平也高兴，好像没有人不高兴！

对于太阳花村上村的人来说，他们不知道调整的具体情况，也不清楚对他们的影响，他们只管自己的钱够不够。

虽然不在太阳花村上村驻村，对有些人一把鼻涕一把泪地诉说祖祖辈辈都生活在那里，不愿离开，刘长江挺同情，甚至还帮助他们向伍行争取一些其他的权益，如有人想去水电站项目下面的劳务公司做事，他也向伍行提过（伍行告诉他劳务公司有不成文的规定，很少招本地人做本地的项目，这事情也就作罢）。他能做的也就这些，他认为这不是逃避，这是对某些做法的一种补救。

文件出来以后他给伍行打了个电话说明情况，伍行听了挺高兴，觉得这里面事情多着呢，他又不是本地人，不蹚这趟浑水也罢。

天黑得晚，他独自一个人沿着街道往下走，走了一段距离在岔路口停下，诵出：

**终将去**

闲花不知落叶，离鸟不惊茂林，闲时廊前漫步里，凭心思量，尽是悲喜得失世间事！终将去，终将去，愁尽红尘万丈苦，青云宇宙，小河前川，藏尽玄机无数。今朝身居其中，明朝沦为看客，般般事不离六根生欲。其已去，其已去，熙熙攘攘皆为利，子不留兮利已往，子不祈兮利已往。

## 九十四

六月，富晶垚满怀期待地等待谭会计会拿回新的工资表，还时常站在大门口张望。谭会计在去县上第五天中午才回来。

整个县联合社的内勤，也就晶沟联合社的谭会计能这样。其他人最晚在第四天晚上就得回社里。内勤雷打不动就四天假，哪怕生病，只要还能动，就得到营业室里上班。

谭会计回来的时候直接把一沓资料从窗户外面扔进来说：“报我的伙了吧？”

富晶垚连忙拉开窗户喊：“厨师，加一个人的伙。”说着从一沓文件夹中开始扒拉，找到了工资册，里面的工资还是九百多，没有加一分。他有些失望，打电话问同批的其他人。宋姝玥说她也不清楚，而其他几个人家底殷实，说法各异，一致认为合同都签了，转正工资有啥好着急的。富晶垚再多问，其中一个推测因为每个人学历和工作年限不同，县上要进行等级认定，最快到下个月。富晶垚还有些不死心，一心想知道结果。

吃午饭的时候，他问谭会计转正工资的事情，谭会计说他也不清楚，所有文件一次拿回来。他的转正手续省上都已经批下来，文件也已经下发，转正工资迟早会兑现，都是篮篮里面的菜。

下午上班，富晶垚几次拿起座机想拨通县上的电话，最终还是忍住。这一波三折的转正让他开始知道赔笑与忍耐。虽然他很想买一台电视，还得再忍忍。迟早都是自己的。

就这样闷在心里好多天。

白天越来越长，下班后没有电视实在是太无聊，富晶垚没事除了在社里晃悠就是去乡政府，遇见小景和沈慧亚打球他也加入。沈慧亚偶尔会叫上余丽娇。沈慧亚确实是个野丫头，打起球来经常把他耍得团团转，余丽娇偶尔会替他解围。

这天吃过饭富晶垚到乡政府微机房和小景打游戏，两个人正在游戏里酣战，沈慧亚过来叫他们下河摸鱼，并且叫上了余丽娇。小景打着游戏说："不去，不去，游戏比摸鱼有意思。"富晶垚专心打着游戏就没有说话。沈慧亚站在富晶垚身后看他操作，看着看着开始指挥他走位的按键不对，同时按上和右两个键，这样走起来就是回旋式。富晶垚试了几次达不到效果，被沈慧亚拉起来。沈慧亚说的时候轻松，键盘上操作起来却并不那么简单，败给了小景。小景腼腆地笑着说："再来，再来！"富晶垚准备坐下，沈慧亚一把拉起他说："别玩了，摸鱼！"小景还沉浸在游戏的快感当中，不愿意走，也被沈慧亚拉起来。富晶垚觉得干啥都一样，就答应了。

他回到联合社换好短裤、凉鞋。他的凉鞋还是大二时买的，穿起来比较随脚，又没有闲钱，舍不得扔，也就一直穿着。

沈慧亚还交代他带一根长铁棍。换好衣服，他去柴棚找到半捆生锈的铁丝，拉出来一截，放在石头上，用斧头来回锤，砸出来一节，又用斧头轻锤把那段捋直，带着过去。

沈慧亚和小景已经在乡政府大门等着他，沈慧亚看他带过来的铁棍露出不屑的表情说："有些细，不一定好用。"

沈慧亚自己带了一个网兜，余丽娇提了一个小桶，几个人扛着家伙什往上走。按照沈慧亚所说，矿下游的水都被污染，有鱼也不能吃，会重金属中毒。鱼多而且能吃的都在矿往上二里地的几处深潭。

走在路上，小景还不停地聊着游戏。沈慧亚和余丽娇开始聊摸鱼的技巧。富晶垚问小景刘长江玩不玩游戏？小景倒也实在，说："他玩个辣子！他在房间里一待就是一天。"

沈慧亚嗤笑了一声说："他不玩游戏是真，你以为他开会讲的那些稿子是平白无故变出来的？你没有在他那个位置你咋知道人家不忙？真是开会不发言，带着两只耳朵听的人啥都不操心。"

"那些稿子不都是每次东拼西凑的吗？有那么难吗？你看袁书记开会，不拿草稿能讲两个小时。"

"那袁书记平常见你能说几句，刘乡长起码聊起天来没那么多套话。"

这里不像在乡政府大院，路上也没人，几个人你一句我一句说着乡里的八卦。

四个人走了半个多小时，来到那座简易桥，从桥上下水。能明显分辨出桥两边的差别，桥下游的河床是黄褐色，上游浅黄色直到不远处变成深墨绿色。沈慧亚指指那边撇撇嘴说："那边没鱼，开采出来矿石带出来的这些含有重金属的污水不处理。"

小景歪着头说："咋没有处理？那么大一座大坝修在那儿你没看见，这渗出来的水咋处理！想处理也不一定有这技术。"

"处理不了就让你喝了。"

小景又是腼腆地一笑说："我没那大的肚子，一年给我一百万看我喝一口！"

沈慧亚笑起来："你想得美，一年一百万，你看你现在一个月才多少钱！一百万够你十辈子。"

小景有些吃瘪，数落当初在南方电子厂一个月多少钱，怎么就回来了。沈慧亚在旁边添油加醋地说："谁让你回来，谁让你回来！"

小景有些生气，下了河随手抬起一块大石头砸向另外一块石头，两块石头的碰撞声在两山之间回荡。小景把被砸的那块石头翻开，漂出来几条鱼，又细又长。

"和你说了我们再往上一些再抓鱼，你现在砸晕的那些鱼你吃啊！"沈慧亚说。

小景有些气呼呼地说："这些鱼怎么不能吃！"说着抓起一条翻白肚子的鱼，拿给她看。

"这鱼身体里都不知道有多少重金属，小心把你吃成痴呆。"

"拿来我看看。"富晶垚说。

小景递给他，富晶垚拿起鱼，这种鱼特别瘦小，有些营养不良。

余丽娇说："我来的时候我爸也说这河里的鱼不能吃。"

富晶垚看完扔进河里说："你说得这么可怕，咱们再往上走走，这鱼我看不正常，去年我从鱼洞买的鱼和这差不多，但是胖乎乎的，吃起来味道好。"说着回味起来。

"哪个鱼洞？"沈慧亚问。

余丽娇抢着说："是不是往下半个小时路程，野生鱼洞现在被改造成自己的鱼洞，还拿东西锁着。"

"就是！"

“噢，你说的我知道，那家鱼还行。”

几个人沿着河道往上蹚，夏天的水还有些凉。富晶垚一直担心会不会有蛇，问了沈慧亚一句，结果就被掉回来：“你一个男人，蛇有啥好怕的，让你拿的铁棍干什么用，就是刷鱼打蛇。”把富晶垚说得哑口无言。

走了十来分钟，来到一个转弯处，水从上游流经这里冲到山上的岩石折返回来，形成一个大水潭，富晶垚估摸着水有齐腰那么深。小景逗沈慧亚说：“这个时候在这里洗个澡多舒服，水够深，而且清亮。”

富晶垚也跟着说：“就是，就是，来个野泳就美了。”说完哈哈笑起来。

“你俩敢脱了洗澡我就把你们俩衣服拿着扔在乡政府院子里，看你们俩丢不丢人。”沈慧亚说。

余丽娇在旁边扑哧一笑。

小景腼腆地说：“你厉害，你厉害。”富晶垚也吐吐舌头。

沈慧亚笑得直不起腰，说：“和我比狠，你们不行！”

水潭的水清澈见底，一群一群的大鱼游来游去，小景捡起石头扔进去，激起一个大浪花，等浪花平静下来，鱼又活跃起来，好像在向他们挑衅。

“如果能从矿上搞个炸药瓶扔进去，这些鱼一个都逃不掉。”小景说。

沈慧亚哼了一声说：“都是玩剩下的，那东西炸鱼好，玩不好缺个胳膊少个腿。”

富晶垚被这句话逗乐了，说：“炸鱼怎么会炸得缺个胳膊少个腿？”

“你问他。”

“没你说的那么危险，断手指倒是有可能！”小景说。

“可不是断个手指头那么简单，玩不好真的会像慧亚姐说的那样。下游也有好几个比这个还深的水潭，以前有人经常炸鱼卖给城里人，前几年太阳花村下村一个叫马梁的就被炸掉了一只胳膊加半只手臂。这东西危险。”余丽娇说。

小景听完叫道：“我知道，他的低保还是我经办的，他不穿衣服看着瘆人！”

……

扔石头、逗鱼玩了一会儿大家继续往上走，来到一处浅滩，石头比较多。沈慧亚和小景两个人把手伸进石头下面摸鱼，富晶垚不会，一直问怎么能判断哪块石头下面会有鱼，怎么样把鱼抓住，石头下面会不会有蚂蟥，沈慧亚说这里就没有蚂蟥，说他胆小。小景和余丽娇比画着如果有鱼如何抓住。富晶垚试着把手从石头缝隙伸进去，里面的鱼四散乱游，吓得他把手缩回来，又被沈慧亚嘲笑了一番。

小景除了摸鱼，还把富晶垚的铁棍握在另一只手上，见鱼游过，一铁棍抽过去，溅起一长条水花。无论是在石头里摸鱼，还是用铁棍抽鱼，小景都乐在其中，很快就用河边的柳树条串起长长一串鱼，个头有大有小。铁棍抽中的鱼样子就比较惨烈，不是断成两截就是连着一点点马上要断开，但是这些鱼个头都比较大。富晶垚看看沈慧亚，也用柳树条串起半串，衔在嘴上，简直就是一个活脱脱的山村野丫头。余丽娇腰间也挂了一串，唯独富晶垚一条也没抓到。

他俯下身子用心把手伸进石缝里试探。每个石头下面总藏有鱼，手刚进去，那些鱼不是从另外的石缝溜走就是从他的指缝间逃走，偶尔抓到鱼就特别兴奋，没有捏实，鱼太滑挣扎着游走，富晶垚不甘心，使出浑身解数，还是没有收获。

在一处静水的草丛处，小景说："你悄悄过去把那些草搂起来扔到岸边，里面肯定有鱼。"一面说着还悄悄地做着搂水草的动作。

沈慧亚把鱼从嘴上拿下来说："这么好的地方肯定有大鱼，你轻一些。"

富晶垚蹑手蹑脚地蹚过去，水没过了他的小腿肚，能看到有些机灵的鱼从草丛中飞速游出，有一寸长。靠近后，他迅速搂起那一堆水草，推到岸上，果真有好几条鱼，还有一只不知道发生了什么事情的青蛙。那只青蛙原地蹦跶了两下，然后用力一蹬跳进河里，剩下几条大鱼在岸上乱蹦，他上前按住，也拿一根水草从鱼的嘴里串出来，然后学着余丽娇的样子系在自己的短裤上。有了这次抓鱼的鼓励，他见石头就摸，偶尔也能从石头里摸出来。

富晶垚低头摸一块石头，这块石头后面有一棵断了的柳树，从上游漂下来一些垃圾挂在断树枝上。他在石头下面抓住了一条鱼，顺着石头的棱角把鱼按着拿出水面，鱼挺大，他起身喊："我又抓住一条！"

站起的那一刹那，他看到一条杯口粗、红黑相间的蛇在柳树挡住的垃圾堆上盘着，嘴里面吐着芯子。富晶垚吓得把手里的鱼扔出去，往后退了几步一屁股坐在水里。

沈慧亚看到他滚到水里哈哈笑起来，说："你摸了一条鱼激动成这样。"

富晶垚挣扎着从水里爬起来指着柳树说："蛇，好，好大一条蛇。"

此刻蛇已经受惊，半盘着身子，昂起头，三角形的头看着异常恐怖。

余丽娇没说话也没有问，从水里摸出两块石头，一手举一个，对着富晶垚指的地方就扔过去。第一块石头扔过去的时候蛇迎着石头咬上去，就被石头顺势砸下了柳树，第二块石头没有砸中。余丽娇俯身又从河里摸石头，沈慧亚也把手里的两块石头扔过去，小景捡起石头也扔过去。就这几下，蛇来不及逃跑就被砸得原地翻滚。余丽娇后面那块大石头下手太狠，直接把蛇砸进垃圾下面的泥土里。几个人又补了几下，蛇被埋在了石堆里，没有被压住的身体仍然在扭动。小景继续拿石头砸过去，蛇的身子被砸成了两段，即使这样露出来的身子仍然在不停地翻滚，富晶垚惊恐不定。

沈慧亚说："一看你就没见过世面，这才一条蛇，你见过鱼窝，还有蛇窝你知道不知道？几十上百条蛇在一起。"

富晶垚被惊得下巴都快掉了，说："蛇窝，咱们走吧，来的时候就怕遇见蛇，你说没有，结果遇见了，你还说有蛇窝，一会儿再遇见就更害怕。"他全身湿透，又受到惊吓，吹过一阵风，不自主地打了个寒战。

小景指向他，说："你看你，吓成这样！"

沈慧亚更是瞥了一眼说："你是刚才吓得坐在水里面还是吓得尿裤子了！哎！一个男人遇见蛇都能吓成这样。"

余丽娇抿着嘴在旁边笑。

沈慧亚从旁边捡起一根长木棍用力把几块压在蛇身上的石头刨开，蛇已经被砸成两截，只有皮连着。她用木棍挑起来说："还没有死彻底，你在头的位置它还会咬人，三角形头，有剧毒。"

小景凑过去看说："这蛇哪儿都是，有毒，毒性也不咋强，不管它，咱们继续摸鱼。"

富晶垚被刚才的情况吓得惊魂未定，跟在余丽娇身后。

走了没多远富晶垚说："你看天快黑了，咱们回去吧！"

"才这点鱼，还不够，不尽兴，再往前到那儿。"余丽娇用手指指一个拐弯处说，"就那儿，刚好那里能上路，我们到那儿上大路回去好吧！"

"可说好了到那儿就回去啊。"

"今天这鱼真的特别好抓，不信你试试。"小景说。

富晶垚假装手伸进水里，嘟嘟囔囔地说："天快黑了，我身上也湿完了，走吧！"

沈慧亚笑起来说："你那是吓尿了还是坐水里了真不好说！"

余丽娇和小景也笑起来，富晶垚的脸通红通红。

终于到了拐弯处，富晶垚看沈慧亚还想往前，三步并作两步地跑到岸边，纵身一跃跳到路面，站在大路上喊："走了，走了，后面再过来摸鱼。"

河里几个人说着什么他没听清楚，只听到哗啦啦的水声。

到马路上，小景抓的鱼最多，腰间别了三串。沈慧亚手里提了两串，余丽娇也是两串，只有富晶垚提了半串。四个人提着鱼，迎着晚霞往回走。

天暗下来，偶尔有摩托车经过。

四个人也没有来时的兴趣，都不说话。

经过那处坍塌的房子时，富晶垚好奇地问："这户房子倒了也没人修缮，让它倒着，啥原因！"

沈慧亚也有些好奇，说："我小时候来过，记得这家人还挺好，后来在外面上学就没再过来，这房子怎么倒的？"

小景顿了一会儿说："找到更好的地方去了呗！"

这地方离余丽娇近，余丽娇并没有显出对房子有多了解，没有开口说话。倒是富晶垚更好奇地问起来，小景慢吞吞地说起来：这户人家老大是个女儿，老二是个儿子，有农村人的老思想——养儿防老，就特别娇惯儿子。后来儿子犯事关起来，判了好多年。女儿也远嫁，老两口不在了，房子也没人住，就塌掉了。儿子还在监狱里服刑。

富晶垚感叹："一座房子见证一个家的兴衰！"

余丽娇先到家，沈慧亚把她的鱼分给余丽娇一串。到乡政府大门，小景把他的鱼分给富晶垚一部分。富晶垚推脱着，沈慧亚撺掇说："遇见一条蛇都吓成那样了总得有点收获吧！"富晶垚这才收下。

回到社里，他就把鱼放厨房的冰箱，换了一套干衣服。那晚他做梦，那条蛇张着血盆大口咬他，缠绕他，他进入梦魇，挣扎着醒不来，等醒了以后全身湿透，浑身酸痛无力。很久以后他才知道那条蛇的学名叫金环蛇，毒性特别强，如果那天被咬，离县城那么远，估计撑不到县城就一命呜呼了！

后来余光亮问过他是不是被一条蛇吓得尿了裤子，他硬是争论了好几句，余光亮本是开玩笑，没想到他当真，也就哈哈笑着过去。不过那条蛇的阴影在他心里挥之不去，余丽娇砸石头的动作更让他充满了感激。

## 九十五

根据前面的整改措施，富晶垚应该每天打对公业务的出账单，但是他们对公业务也没有几家，而且也比较固定，坚持了几天又松懈了。稀土矿账户汇款，司机什么时间来他什么时间打。学校里只要有拨款，柯携敏保准在两小时之内带着公章支票过来取。乡财政拨款虽多，但是拖拖拉拉，沈慧亚和小景也给他说过，只要没有殷所长的同意，就不用取对账单，因此他什么时间想起来什么时间打拨款单，打完放在钱箱里。

他又有好多天对账单没有打，小景过来催促他说殷所长让他来拿一笔一百多万的拨款单，他把拨款单打出来，其中一联给小景，拿着留存的那一联说："谭会计，你见过这么大金额的汇款单没有？"递给谭会计，谭会计眯着眼看，用手抖了抖问："你刚打出来的？这款都拨下来好几天了，前面段主任还问过我好多次这笔钱啥时候到账，要和他说。乡上来拿单子的时候有没有把花名册送过来？"

"小景刚才只拿了单子，没有送花名册，这是啥钱？这么大一笔，和咱们有啥关系？"

"第一次退耕还林款，应该是好几年的，按照亩数和人头来说应该没多少，我把这张票拿给段主任看看。"谭会计拿着票出了营业室。

富晶垚到电脑上又把那个账户打开，收款账户是财政专项账户，由县联合社统一分配，平时很少用，这笔钱系统上的备注是退耕还林。富晶垚感叹，现在不种地还有这么好的待遇。

正看着，谭会计下来说："这个段主任跑哪儿去了，人还没在。"

富晶垚又问了一句："这钱和咱们有啥关系？"

"和咱们俩内勤没关系，和外勤有关系。"

富晶垚更有些糊涂问："这么多钱为啥和咱们没关系，只和外勤有关系！"

"我和段主任打完电话再和你说。"谭会计拿起营业室的座机打起电话，富晶垚猫着耳朵听。谭会计说那笔退耕还林款到账了，让段主任回来看怎么办，说完把单子还给他，说："这钱没有段主任的同意，他们把花名册拿过来也不要付，不然其他几个外勤要把你骂死。"

"如果人家拿转账单强行要转咋办？"

"他们强行要转也不能转，而且这钱一时半会儿他们还发不下去。"

富晶垚点头。

过了一个小时多，段主任从外面赶回来，没有上楼直接进营业室，咧着嘴笑起来说："这笔钱从去年说到今年，这个时候才到，汇款单在哪儿，我看看。"

"小富，你把汇款单拿给段主任，是一百多少来着？"

富晶垚翻出刚才办理的那沓传票，抽出那张递给段主任。段主任从桌子上找了支笔记在一张白纸上，然后问：“小富，他们有没有说什么时间把花名册拿过来？”

“没有，小景只是过来拿拨款单，其他的啥都没说。”

“他们后面说这钱的任何事情你都要和我汇报，没有我的同意不要给任何人转账，听到没有！”声音比较严厉。

富晶垚连连说好。这事情就这样被他记在了心里，他猜测八成和那些没有清收的不良贷款有关系，但是没有多问。

## 九十六

自从把自己的角色从搬迁组副组长变成督导组组长以后，刘长江闲下来好多，有更多的时间看书、写作，了解种植户的情况。他开始写一些散文和诗歌并通过电子邮箱发送到各个编辑社，但都石沉大海，没有任何回应。他也并没有气馁。

碳沟村有人看清楚了黄姜的种植行情，增加了种植面积。刘长江偶尔下村了解情况。下碳沟村这条路他这一年走了很多趟，但是到了夏天还会担心路中间横着大蛇。每次去也匆匆回也匆匆。

除了下乡，他的生活非常单调。他经常思考自己究竟是享受着这种单调生活的舒适，还是承受着这种单调的生活带来的不适。

他最初以为和富晶垚是大学的邻居，而且是乡里为数不多的年轻人，交流过后会走得近，但是根植于富晶垚内心的原生家庭的惰性让他排斥。富晶垚太过于满足在家乡获得一份稳定工作，把努力在晶沟联合社工作当成谋生和父母对他的期望，他怕这种惰性会传染，让自己的思想松弛下来。

在这里闲下来的时间太多，他思考的时间更多，有几次经过那段半山腰，看着无际的山峰，看着脚下一百多米的深沟，他都有一种人生为什么需要承受，而不是随着思想恣意地驰骋的感受！

伍行已经提前和他说过太阳花水电站的奠基仪式会在六月底举行，到时候会修建一座临时大坝，拦截出一个水道，水流通过那个水道流向下游。

就在调整为移民搬迁督导组组长不久后的一个周五下午，他正式接到了伍行的邀请，奠基仪式还会邀请上次来的那位李总，县上的胡常务，乡里的袁书记、徐乡长也都在邀请之列。因为修水库排除属性为火的那一天，特意定在六月二十五，是个周一。

刘长江是一个坚定的唯物主义者，伍行和他说那些的时候他也只是听着，没有多问，也没有过多的了解，更没有做任何反驳。

就在伍行和他说完不久，办公室王主任通知他参加太阳花水电站项目的奠基仪式，虽然没有让他发言，但王主任让他准备一个备用的发言稿，以防到时候袁书记去不了，他替晶沟乡讲话。

那个星期天回家，他去了趟父母家，明显感到母亲比以前更唠叨，而且还说最近视力不太好，父亲倒是沉默了许多。

从父母家回来，付莹莹想去做头发，刘长江陪着一起。理发师给付莹莹推荐了几款，她都拿到刘长江面前让刘长江对比好看不好看，刘长江赔着笑脸说好看。付莹莹禁不住美发师的几句话，想做个烫染，让头发看起来更蓬松。刘长江惦记着明天奠基仪式的事情，问烫染需要多久，美发师说大概要三四个小时，达不到时长，要么会掉色，要么洗一次，头发就回到不曲也不直的样子。刘长江有些为难，如果对付莹莹说时间太久，她肯定会换一个简单些的造型，这样就扫了她的兴致；如果硬是陪着她几个小时做完头发，再骑着摩托车去晶沟也都到八九点。他处于一种矛盾和不安当中。付莹莹选定一款以后就和美发师商量着怎么样弄更适合，刘长江拿起旁边一本杂志看起来，随手翻了几页。当美发师给付莹莹披上塑料隔衣时，她好像记起来刘长江在旁边，说："长江，我做头发要到五六点，你有事情就先去单位吧！"平时陪得少，县城又这么小，一起逛街也少，但他明天的事情也比较要紧，放下杂志说："没事，等你头发染上了我再走。"付莹莹扭过头对他挤眼笑。刘长江有一种刺痛感，也笑了笑，出神地看着她。

过了半个多小时，付莹莹一直在和美发师沟通如何烫染，美发师把烫头的用品已经预热。付莹莹扭头看到他在那儿看书，说："我还要一会儿时间，没啥事你先回单位吧。"

美发师说："你们两口子真奇怪，这里大部分都是女人一个人来做头发，两个人来也是男的待不到十分钟就走，你家男人在这儿陪你你还催着走。"

付莹莹说："我今天突然想着做个烫染，他一天在乡里忙，过去还要一两个小时。这会儿没啥事，你就先走吧。"

刘长江露出一个微笑说："也好。"去吧台付了钱。

回到家骑上摩托车去乡政府。一路上热气不停地从耳边呼啸着吹过，心里却一阵冷一阵热。这让他想起冬天骑摩托车，冷风呼呼地从耳边刮过，四肢已经冻得僵硬，完全凭着意志，不停地给自己打气——再转过几道弯就到乡政府，再过几条街道就到家，就能见到那个偶尔任性的付莹莹。

他感到这一年里，付莹莹好像适应了一个人，后面那句话仿佛是不经意间看到他说出来的。

在水电集团的指挥部，他停下来，进院子找伍行。伍行正准备明天奠基仪式的彩带、铁锹，还在预演，特别忙，刘长江在旁边看了十来分钟，也没有打招呼骑着摩托车就走了。

路过半山腰的那段路，他再一次停下来看着远方，心里有说不出的迷茫和惆怅，更有回顾四看心茫然的无助，自叹路在何方，咏了一首：

**问路**

年少看《西游》，
敢问路在何方！
崎岖颠簸不平路，
康庄大道是坦途。
条条大道通罗马，
路路九曲十八弯。
二十年风雨逐梦路，
而今却在犯迷糊。
百米深渊以后是波澜，
经年之后我期在何方。
层峰还须矮树配，
青鸟尚向高处鸣。

他长长地对着山谷大喊了几声，回音持续了好一阵。天上太阳还是那么毒辣。他戴上头盔，骑上摩托车继续赶往乡政府。路上有一辆越野车超过他，他仔细一看是王三豪的车，飞奔着消失在前方。

到乡政府，他擦洗了一遍，时间尚早，拿起明天的预备稿仔细修改。

改得比较满意，放在案头，他拿起手机打给王三豪。王三豪说他已经回到矿上，让刘长江没事过去喝茶。刘长江心里的事情特别多，难以静下心来看书，就答应过去。

他骑摩托车到矿区，直接上二楼，敲门推开。王三豪穿了件衬衫，上面几粒扣子解开，露出大肚腩，从胸口到肚子满是毛，坐在乌木茶几旁边，主座坐着郗媛。王三豪指着旁边说：“坐，夏天这个时候也就适合喝个茶。”

郗媛倒是站起来说："今天怎么一个人过来了，联合社那个靓仔没和你一起来？"

"走的时候忘记叫他了，不过他最近应该比较忙。"

"喝什么茶？"

"绿茶、白茶都行。"

王三豪指指后面柜子里说："都在那儿。"

郗媛起身到柜子里拿茶叶。

"最近看见袁书记没有？"王三豪问。

"袁书记事情多，在乡上的时间少，前几天还见了。"

"噢，那也是，最近也没见他过来。不过我最近还有个事情，矿上的手续变更下来了，过段时间准备整一个大的彩排，邀请几个大腕儿给十里八乡添添人气。"

"王矿长现在干啥都想高调，你看刘乡长，年纪轻轻就是乡长，做什么事都低调得不行。"

王三豪拍拍肚子说："我就是一个矿长，顶破了天也就是个矿长。刘乡长不一样，人家有仕途奔，又年轻，现在是乡长，后面是书记、局长、县长，这山沟沟就是个跳板。"说完哈哈笑起来。

刘长江准备说话，郗媛也打趣说："我听说刘乡长是全县最年轻的乡长，只是到下面锻炼一下。你看晶沟这地方，不出名，路不好走，鸟也不爱待，但是官场上却出过几个大人物，去年回来的那个司长，还有市上几个局长，地方小庙灵验。"

刘长江笑笑摆摆手说："这都是你们抬爱，哪有跳板镀金这么一说。你们那个时代，靠着自己的想法，拼着力气，还能干成些事情。现在好地方也都有人谋划，不瞒你们说，我在这儿一年了，时常也彷徨，人总有七事八事的。"

王三豪说："哪个不是这样，我在你这么大的时候还开过三轮车，贩过木材，东奔西走过，年轻人都有一段这样的路要走。"

郗媛也说："刘乡长这话就有些妄自菲薄，你每次来我们这里都蓬荜生辉，你才华横溢又为人谦虚，没啥架子，在现在的年轻人中特别难得。"

郗媛把水泡好，拿起一个瓷杯来回烫，来回摇晃小茶壶里面的水，把瓷杯放在刘长江面前，倒了一杯水，动作如行云流水。

三个人又聊了矿上的事情，刘长江顺带提了刘天佑，但是并没有说是他的亲弟弟。王三豪给他介绍了矿上包车的概况，晚饭王三豪让厨房做了几个菜，三个人聊着吃着。

吃过饭，郗媛泡了三杯红茶，刘长江说起太阳花村明天举行奠基仪式的事情，王三豪就没有再强留。

骑摩托车回乡政府，他在想下面那个矿洞手续办下来的事情。郗媛说稀土矿的名字从原来的豪晶禄昌矿业有限公司变成万晶国际矿业有限公司，相关部门的人员和产能要扩大一倍，也打算像水电站那样，轰轰烈烈弄个剪彩。

刘长江感叹道："如陆局长所说，乡县市共同努力一定会有一个好的结果。"

回到乡政府大院，他把摩托车停在车棚，出来看到安红霞也刚回来。安红霞看他停车打了声招呼，闻到了他身上的酒气，笑着说："刘乡长，你这个兵刚从乡下回来，连饭还没有吃。你下次吃好吃的也把我也带上啊，我只吃饭，不喝你的酒。"

"这么久就吃了一次好吃的还被你发现了，怎么周末还忙？"

"还不是上面有个养鸡户，今年新出的几百只鸡这两天老是无缘无故地死亡，我过去看了几次，给他帮忙找原因，这周都没有回。"

"辛苦！辛苦！这么晚还没吃饭？"

"你是没看到那家的情况。"安红霞叹了口气说，"唉！贷款贷了一大堆，还从亲戚朋友家借钱。我和王师傅帮忙挖了个大坑，倒上石灰把病死鸡掩埋了，这要是流到市场上也都在晶沟范围内，吃坏了哪家多造孽。忙完，那一家人耷拉着脑袋。"说着笑起来。笑完，她又说："不和你说了，我去买包泡面。"

"唉！辛苦一天咋还吃泡面，走，去老蔡那儿。"刘长江上前两步拉住安红霞。

安红霞倒也没推辞，跟着他去蔡老板那里点了份肥肠盖饭。刘长江签单，这次单他签得特别踏实。

吃过饭已经快十点，两个人拉着家常，晃悠到乡政府院子里。进院子他看了眼袁书记的房门，没有灯光从门缝射出来，应该没有回来。

在楼梯口和安红霞分开，他回房间又把演讲稿细看了一遍。晚上睡得迷迷糊糊，听到楼上挪凳子、脚踢踏着走路的声音，刘长江知道袁书记回来了，翻身没有多想又睡着。

早晨，天空布满乌云，伴随着阵阵狂风，乌云被吹得翻滚变化，多半晚点会下雨。

吃过饭，袁书记打电话叫他和徐国平去房间说个事情，刘长江把写好的稿件夹在笔记本里上楼。

一段时间没见袁书记，这次见他魁梧的身材依旧，但是两个黑黑的眼圈非常明显。袁书记大概说了一下中午奠基的事情。还是那样，仿佛说了很多，又仿佛什么也没有说。

正说着办公室王主任推门提醒他时间不早了，应该出发了。刘长江回房间里照了照镜子，西装、领带、梳得油光的头发，再仔细看面部，脸竟然凹进去，瘦了许多，带有古铜色。这一年骑摩托车风吹日晒，从办公室小生变得沧桑。

他把笔记本和稿件装进常用的斜挎包里下楼。办公室王主任开车等着他们，徐国平早已坐在后排，他自然地坐在副驾驶。等了片刻，袁书记打着电话从楼上下来。

经常站在二楼的殷所长和忙里忙外的小景都在各自房间，院子里仿佛没什么人。

等袁书记上车，王主任一脚油门，再加一个漂亮的转弯，开出了乡政府的大院。

太阳花水电站指挥部的大门敞开着，王主任把车开进去，里面已经停了好几辆车。

奠基时间是十点半，他们进院子刚过十点。车停稳，伍行在外面摆手，招呼大家进屋。刘长江下车大致看了一下，有陕 A 车牌。客厅里已经有好几拨人，还请了策划公司的女孩端茶倒水。这群人里面只有黄县长他熟悉，黄县长旁边坐的一排人他一个也不认识。从那天发过来的邀请函提到的邀请对象来看要么是省水利厅的，要么是市发展和改革委员会的。伍行特意和刘长江打了声招呼，忙别的去了。

待了不到五分钟，大家陆续出了院子往河边走，一行二三十人。这个村从来没这么热闹过，从来没有来过这么多重要的人，惹得周边村民挤过来看热闹，人群中还夹杂着几只狗。

刘长江跟在队伍的最后面。走了十来分钟来到奠基的地方——临近昶河，在一处空旷的地方搭建起了临时舞台。舞台上站着九位穿着红色旗袍的礼仪小姐，在舞台旁边同样站着一队礼仪，也是九个。舞台东边的河床上停着一溜的推土机和拉土车，舞台西边一个大坑，立着一块没住一半的石碑。舞台对面已经坐了一部分人，留出来中间和前面的贵宾位空着。

伍行带领的那群人按照椅子上贴好的名字入座。刘长江被安排在贵宾位的倒数第二排。

今天的主持人是伍行。他上台后拿着话筒致一段感谢词，接下来按省水利厅、市发展和改革委员会、胡常务、袁书记的顺序逐个发言。袁书记拿出一页的稿件读起来，等袁书记发言完毕。正式剪彩，伴随着礼乐声，庄重的剪彩结束。伍行带着大家来到了奠基场。石碑旁边一个简易架子上靠着十几把系着大红花的铁锹，礼仪小姐给每个人分了一把，李经理带着其他人铲了半铁锹的土扔进奠基坑，其他人围成一圈，每个人铲起一铁锹土扔进坑里面。刘长江一直坐在那里。等到仪式的流程走完，伍行在话筒里喊大家一起合影。刘长江个子高，在这里面又不显眼，被大家推挤到最后一排靠角的位置。合影结束，伍行又带着大家来到工程规划图跟前，给大家做讲解，在规划图旁边给每个人发了一顶安全帽。走在最前面的那个人问了大坝承压防洪的等级，装几组发电机，如何解决淤泥沉积……乱哄哄的，刘长江想仔细听也没能听清楚。

从临时搭建的舞台回来，水电指挥部也做好了好几桌酒席等着大家。天比较暗，本来院子里也摆了两桌，最后都挪到了楼上。一楼一边厢房摆了三桌，里面还有单独一桌，刘长江被安排到了三桌那个房间。吃着吃着淅淅沥沥地下起雨来，当有人喊下雨了就有人离席开车出院子。吃不到一半，这三桌也没剩几个人，刘长江出门去院子，看到伍行打着伞把一位领导送上车。

送走那辆车，伍行看到身后的刘长江，笑嘻嘻地说："今天还比较顺利，饭吃到一半才开始下雨，有人担心昶河有几个地方可能塌方，早早地就走了。你进去吃菜，等闲了我们俩喝两盅，你们离得近，不用着急。"

刘长江看着满头湿漉漉的伍行笑笑说："今天人多，从开始到最后都非常好，就是天公不作美，下起雨，你先忙，闲了你过来。"

伍行应着进了厨房。刘长江看着院子里的花草被雨水冲刷着，一院子的小车还剩下几辆，抬头看看天，这雨一时半会儿停不了。

刘长江回桌上拿起馒头，掰了一半吃起来，旁边工程部的人走过来劝酒，他也没拒绝。

等外面的雨小一些，伍行也进来，已经换了一身衣服，和他打了声招呼，然后向其他人敬酒。

到刘长江这里，拍了拍他说："中午人多，照顾不周，咱们俩和前面一样？"

刘长江倒了杯酒端起来说：“咱们俩碰个双数，一杯祝贺今天的奠基仪式，特别成功！从头到尾一般人拿不下来，厉害！第二杯还是祝贺，奠基仪式结束，这项目部的经理名正言顺就是你，恭喜荣升！”

伍行一只手端起一杯酒说：“今天照顾不周你理解，我就是跑腿操心的命，第一个你过奖了，今天马马虎虎。这第二杯后面再给你说，这两天忙，过两天你过来和你聊。”

刘长江迟疑了一下问：“这还有啥变数？”

伍行把两杯酒倒入口中咽下说：“今天喝酒，后面聊。”刘长江也闷下两杯酒。

伍行又重复了一遍最近没事过来聊。

省上和市上的人已经走完，袁书记和昶河镇镇长在另外一个房间。

雨慢慢停下来。

王主任去那个房间，回来告诉刘长江和徐国平，时候不早了，袁书记要回去。徐国平又拿了一个馒头啃了一口放在桌子上说：“馒头下次再吃，酒下次再喝。”起身出去。

刘长江在院子里看见伍行满脸通红，打了个招呼，伍行没有看到他。

王主任今天没喝酒，还是他开车。

出了院子，袁书记对今天这气势赞不绝口，真是个大场面，至于省上和市上来的那些人袁书记没多说。

徐国平说了几句狂话，几个人哈哈笑起来。

袁书记拍拍徐国平说：“你比那王三豪还狂，王三豪不受那些人管，你可受着人家管！”

“这话说得假不假！就咱们四个人听，长江，你会不会说！你可能会说，太阳花村拆迁的事情我是一直跟着你推，推不动！你自己要求做的督导组组长。”

刘长江假笑了几声，拍拍座椅靠，面向袁书记说：“徐乡长这话说的，来的几个人我见过谁了？一个都不认识！我和谁说？移民搬迁这事是我主动提出来的，也是为了迎合县上要求，要有督导组长。组织决定！”

袁书记说：“你看现在四个人，徐乡长是喝多了，你是半醉，都是逗大家一乐，我还是觉得人家水电站的奠基仪式搞得好，咱们乡上就少这种仪式，王主任，你说是不？”

王主任开着车，说：“袁书记就是说得对！不行王三豪那矿手续办下来让他整个大的，要比这隆重，那是个喜欢大场面、爱热闹的人！”

徐国平靠在后背椅上说：“这个乡上我还真就服那货，会倒腾，还能倒腾出来东西！”

刘长江坐在那里不说话，听着其他人说，他脑海里浮现的是年初在商洛，郗媛那一袭风衣踩着高跟鞋打电话的场景，还有那隔壁似是而非的撞墙声。

## 九十七

七月份的晶沟，不是所有的人都期待，但是对于富晶垚来说，特别期待这个月——按照同一批人透漏的消息，他这个月会拿到转正工资。他在营业室和谭会计一起算过，从二月到六月的转正工资加起来应该超过一万两千块。他计划着这些钱的用处，他从来没有拥有过这么多的钱。

临近考核组来的前几天，他好几次都憋不住笑出声，想起来就有些小激动。让他有期待的同时还有一件事让他不是特别开心——徐馨璐七月份要实习，导师带她们去外地，要到月底才能回来。徐馨璐向他保证月底回鹿鸣县城的时候到晶沟来看他，这是他七月的第二个期待。

这个月许久不见的老饼子瘸着腿黑着脸，浑身漆黑地过来转存款，再存一笔钱。那满身漆黑掉渣的样子很难想象他是个百万富翁，而且还牵回来过几个女人。

夏天那种臭味更浓郁，更让人喘不过气，尤其是那脏兮兮的手在舌头上舔一下，然后再一张一张地数钱，更是让富晶垚头皮发麻。富晶垚一直遵循谭会计的耳提面命，钱过了机器以后还要再用手数一遍，在老饼子那里失效了，机器数了几遍就不再用手数。他一个人倒腾了几张存单，用了快一个小时。

好巧不巧那天还碰见花花过来查卡里面的金额，臭味和花露水的味道相互掺杂着，弥漫在整个营业室。谭会计不停地“哼”着，花花在外面捏着鼻子说了几次：“你个死老汉办完了没有，不知道臭死了！”老饼子仿佛听到了，没有听清楚一样“哼”了几声，继续不紧不慢地办着他的业务，一点都不含糊，也没有因为花花的辱骂、催促而加快速度。

等老饼子办完，花花查银行卡里的余额。又是几张卡，她自己都搞不清楚哪张卡的密码，骂着老饼子，又说着富晶垚怎么办的业务。查完以后卡里面依然没多少钱，最多的一张卡里面不超过五百块钱。她没取，从下沉的柜台凹槽里接过卡，看也没看往包里一塞转身出了营业室。他和老饼子几乎同时跨出大门，花花个子比老饼子高好大一截，背影光鲜艳丽，老饼子蓬头散发，大热天还披着几片布，矮小臃肿。花花加快步伐冲出去，嘴里面骂着“死老头子”。

办完业务，富晶垚回头，发现谭会计已经不在营业室。他也飞奔出去，在院子里大口吸着气。谭会计站在外面的屋檐下，摸着鼻子说：“小富，这次你没多看一会儿？”

富晶垚用手扇了扇鼻子说：“那味道，真够我记一辈子的了！”

谭会计哈哈笑起来。

月初没几天，郝主任就带着两个人过来做季度考核，一行三人从车上下来。富晶垚一改往日待在营业室的做法，双手交叉放在裤带前，满面笑容地等待。郝主任和段主任打过招呼，握过手以后转过身来对他说：“你叫富晶垚吧？咱们联合社唯一一位金融科班生！”说完伸出一只手在空中画了一道，停在他面前。富晶垚立马弓着腰双手握住郝主任的手说：“郝主任好！”

“上次来是啥时候！就记得有个小伙子个性比较强，现在看起来挺谦和的嘛！”

段主任接过话说：“小富在我们社可是个宝，十里八乡都说他对人谦恭。”

郝主任笑笑说：“从学校出来就是要这样，不然要吃亏哩。你问问谭会计，他们最开始看得上谁，尤其是景泽录，哎！景经理今天没来？说几句他的话，那才叫一个看谁都不顺眼的人，现在当然变成谁看了都不顺眼。”

段主任哈哈一笑说：“景经理这几天下乡，下午应该能回来。”

“我不是来查岗的。”然后对富晶垚说，“好好干，你看你每天出去回来那么多钱，最后都变成谁的了？年轻才是最大的财富。”说着上楼。

他目送着郝主任上楼，脸上红一阵白一阵。他在想需不需要给叔叔打个电话，说一下今天这事情。

回营业室有人要办业务，打了个岔，他心里记得有件事情，但是忘了什么事。

## 九十八

一般考核组都是十号左右才下来，郝主任这次提前了三四天来到晶沟联合社，谭会计一直说应该是给富晶垚带来一个几万块钱的大红包，他还真就信了。期待着早点考核结束，一次发一大笔钱。

考核组来并没有像往常那样，立马开会，立马要各项报表。一切平静如常。

下午考核组也没人进营业室。下午下班景泽录也回来了。晚上他们又在对面的学校里吃晚饭，吃到很晚才回联合社。

几个走路回来的人沿路也没有谈论异常的原因。快到联合社大门，景泽录出其不意地在富晶垚的肩膀上拍了一巴掌，说："哎！人家是为矿上的开业典礼才下来得早，矿上后天早晨剪彩，舞台搭在下面矿区，还请了明星。王矿长这次是打算要大弄一番，搞一个揭牌仪式……"随着景泽录那一巴掌，富晶垚"嗷"地大叫了一声，还没有等景泽录说完就拉着他的胳膊要还回去。景泽录仰着腰身子后倾做防御状和富晶垚讨价还价打轻一些。

谭会计在旁边说："你看你们俩又没大没小！"

柯礼朝也接过话说："一个大的爱惹事，一个小的是个犟牛，王三豪搭的台子应该让你们俩先唱一出。"

富晶垚听了松开抓住景泽录衣服的手，但还是象征性地在他身上拍了一巴掌。

"你可打过了，你打过了啊。"景泽录喊。

回到房间里，富晶垚拿着镜子看后背，一个巴掌印，一肚子的气。

隔天早晨他见了景泽录还气呼呼的。景泽录还是那句话——"你不识玩，和你玩你当真下死手。"把富晶垚的嘴先堵回去了。

中午段主任和郝主任他们外出，晚上很晚才回来。听段主任的话，景泽录应该说对了，下面的矿要换个名字，举行揭牌仪式。段主任用酒蒙子的只言片语说肯定要超过哪个哪个，用手指指郝主任，让富晶垚把他扶到客房里。富晶垚搀扶着郝主任去客房，郝主任摆摆手说："还不至于，不用！年轻人，好好干，哪里都还是需要年轻人的！"说得他心花怒放。

进客房，富晶垚打开空调，又找了半截蚊香点着拿夹子夹上，关上门出来。

早晨的太阳火辣辣地炙烤着大地。富晶垚先到柴棚劈柴，噼里啪啦，没一会儿全身已经湿透。然后他站在屋檐下看院子里的蔬菜长势喜人，进菜地摘了几个西红柿，一把豇豆，看到一个熟透的西红柿，摘下来用手擦擦吃起来，汁水顺着他的嘴角往下流。

突然一个声音说："你也不洗洗再吃，这能干净？"

他侧过身子看到说话的是郝主任，伸出吃剩的半个西红柿说："这西红柿啥化学药品都没用，用的农家肥，也没打过药，你看这，汁水饱满。"然后放下胳膊上夹的豇豆又找见一个红西红柿，摘下来小跑着递给郝主任说，"你也吃一个，真的特好吃！"

郝主任拿在手上来回看看，犹豫了一下还是拿到水龙头上冲洗干净，这才吃起来，咬了几口说："这乡下的西红柿味道就是好。"

"我没事就来看看，熟了的就吃掉，前几天最多的时候一次吃三个，又大又红，您再来一个？"

郝主任摆摆手说："一个就行了，吃多了肚子会不舒服。"吃完在水龙头下洗手。

富晶垚还站在那里，郝主任洗过手过来说："你分到这儿一直是内勤，没干过外勤？"

"是啊，过来就一直在营业室，没下过乡。"

"这哪儿行，老待在那儿可不行，巴掌大的地方把思想都待狭隘了。中午我带你出去，咱们整个县的金融科班生就少，不能委屈了人才。"

富晶垚站在那里不知所措，略带激动地说："我叔说您人特别好……"后面还没有说完郝主任打断他喊，"段主任，还不起来，太阳都晒到哪儿了？睡觉就那么好！"

段主任笑嘻嘻地从房间跑出来说："醒了醒了，准备出来呢。"

郝主任说："你中午安排个人替小富，一个金融科班的大学生老放在营业室咋行！一会儿吃过饭到下面去把他也带着。"

"好！好！"

富晶垚就站在那里听着，感到突然有一种光环围绕着他，就像第一次被叫财神爷，血脉瞬间升到了头顶，说："谢谢郝主任，谢谢郝主任……"

"谢啥！就是要出去看看，吃过饭收拾一下跟着我们。"

富晶垚连连点头。

吃过早饭，阮宝山就找他说："你看你多好，把工作交给我，中午跟领导吃席去啊！"

富晶垚猴着身子说："我都不知道去干啥，吃啥啊！"

谭会计说："景泽录不是说了今天王三豪的矿开张，还请了大明星，我都听别人说了好长时间。这个王三豪，才消停几年又张狂起来了。"

他这才明白，中午是带他去参加大场面。

交接完，他就站在院子里。太阳已经毒辣辣地烤着大地，等了一会儿全身就已经湿透。进营业室吹空调，他又担心起郝主任走的时候还得等他，就这样一会儿在院子里一会儿进营业室。

半个多小时后，郝主任和段主任从楼上下来。段主任喊他上车，考核组的一个副经理开车，郝主任坐副驾驶，他、段主任和另外一个副经理坐后排。车行驶了十来分钟就到下面矿区的大坝，几个人谈论着为什么要建这么大一个大坝。段主任说防山洪，一个副经理认为就是一个垃圾池，富晶垚说洗矿的水和矿洞里排出来的污水在这里沉淀。几个人也都是猜测，并没有人真正知道它的用途。

上到坝顶，里面也没有太多的垃圾，也没有太多的水。郝主任问“为什么要洗矿？”把富晶垚问住了，语塞了好久，还是冒出来一句洗矿用的。

到矿洞的生活区，前面是刚平整出来的空地，土是褐黄色的，还有一道道车辙印，新填出来的停车场已经停了很多车。

下车以后几个人跟在郝主任身后，全部是格子衬衣西裤，在这个地方格外显眼。

郝主任带着大家走向舞台，王三豪远远跑过来迎接。这场面确实大，舞台下面坐了好几群人。

观众席两边是穿着灰色制服的工人，中间留下来几行，稀稀拉拉地坐着几个人。郝主任跟着王三豪被安排到了舞台下面的讲话台，其余几个人被礼仪小姐安排在中间区域。找定位置坐下以后，富晶垚就站起来四处张望，他一眼看见了坐在讲话台最边上的刘长江，兴奋地喊着刘长江的名字。现场的人太多，嘈杂声太大，刘长江没有任何反应，旁边的人反而用怪异的眼神看他，他喊了几声也就不再喊。

他昂起头看舞台，真气派！硕大的背景墙为五彩色，有两层楼那么高，五六十米宽，上面写着“万晶国际矿业有限公司揭牌仪式暨文艺演出”，旁边拉了很多巨型红条幅。他看到了鹿鸣联合社那一条。

整个舞台非常宽敞，足足有篮球场那么大，正中央立着一个系着大红花，披着红色绸缎的木墩，两边各有一个一人多高的大音响。舞台右边有一个不大的简易蓝色小棚，应该是演员临时换衣服用，有几十人在那里等着，大部分人都站在阴凉处。舞台左边也有一个简易的蓝色帐篷。舞台四周插满了彩旗，摆满了花篮。

整个场地处在半山腰，太阳很烈，风也很大，吹起彩旗哗啦啦地响。

他看了一会儿坐下来。

旁边几竖行坐的是矿工，大声议论着这次演出。中午是揭牌仪式加一个小演出，晚上还有一场大的文艺晚会，主持人也是从电视台请来的当红主持人。富晶垚心想这场面真排场，得花多少钱！

太阳没有停止炙烤，工人的座位里少了很多人，最前排的讲话台上也没剩几个人。考核组的另外两个人也说场面弄得大，就是这会场没有弄好，没有搭遮阳棚。有一个解开了上面几粒扣子，敞开胸，拿着手上的纸不停地扇着。段主任也跟着抱怨，场面既然都撑起来，为啥不弄个遮阳棚。

约莫半个小时，大喇叭喊："请大家就座，典礼马上开始！"重复了好几遍，震得整个矿区都在颤抖。

前排讲话台上的人已经坐满，工人也都陆陆续续回座位，舞台上一男一女两个主持人，男主持人富晶垚没认出来，女主持人他一眼就认出来了。下面的工人开始沸腾起来，他们应该和富晶垚一样也是第一次近距离看到知名主持人。工人里传出口哨声和起哄的声音。

考核组一个人说："这个女的能请过来怕是得不少钱！"

另一个说："真人和电视上就是不一样，真人能看到腿长，个子高，名主持人的身段就在那儿摆着！"

段主任也应和着说："就是比电视里的好看，这大山里面还没来过名人！"

富晶垚伸着头看舞台，只能看个大概，脸也只能看到轮廓，不过身材是真好，女的穿着旗袍，踩着高跟鞋和男主持人差不多高。男主持人身材匀称，个子高，穿着西装，声音洪亮稳重："尊敬的各位领导，各位嘉宾，尊敬的矿工朋友和父老乡亲！"

女主持人也跟着说："尊敬的各位领导，各位嘉宾，尊敬的矿工朋友和父老乡亲！"声音响彻群山。

典礼仪式也算正式开始。几个人没有听主持人说什么，自个儿讨论着，旁边的矿工也没听主持人讲，私下里议论起来：这块地用了不到一个星期就从一个斜坡填成现在这样，还用压路机压了几遍；舞台前几天刚搭起来，花了好几十万块；主持人过来一趟十万块钱；前面那排领导每个人都有红包，头衔越大红包包得越厚。

段主任他们也没再说话，听着旁边的矿工在那里议论。听到这些，最开始说话的考核组成员抱怨起来："这帮人挣钱真容易，就这一个小山沟，出场费还要十万，十万块钱可以找一百个礼仪小姐从这头排到那头！”

另一个说：“是啊，没看就这一个矿，多厉害！一个揭牌的典礼就花百十万！”

“这个矿是不是在咱们县上有贷款？”

“嗯，有！好几个行都有，应该有个千把万！”

“有钱不还贷款，整这些没用的！”

段主任说：“这个矿效益时好时坏，不出事一年下来能挣几十个这种舞台，出事了停工又赔偿，那就落不了多少。以前在我们这儿也有贷款，后来金额大，都到县上去了。我们那个时候都是三十万三十万地贷，现在都变成几百万几百万地贷了，这矿长是个能人，会倒腾！”

旁边一个工人说：“下井的钱好几年没涨过了，这地方花钱倒是大方。”

大家都不再说话。富晶垚还想借着哪个话题炫耀和矿长一起吃过饭，听大家这么说也就作罢。

主持人讲完开场白，第一个请上台讲话的是省上的一位领导，富晶垚没听清楚职位和名字，只是听到说话很有气势。

一连串的人讲完话，开始了揭牌仪式。当说到“有请我们的王矿长和省厅领导为支撑地方发展的万晶国际举行揭牌仪式”的时候，王三豪和第一个讲话的领导、袁书记三个人同时上了台。本来只提到王三豪和省上领导两个人，结果上去了三个人，走到台中间袁书记看着不对，和省上领导握手，然后退到旁边站着鼓掌。男主持人解围说：“袁裕苍书记为这件事也是煞费苦心，要亲眼见证这一历史时刻！”

对于骄阳似火的天气，袁书记的尴尬难以言喻。

王三豪和省上领导扯下了大红花，露出一个金灿灿的牌匾。等省上领导和袁书记走下台阶，主持人问：“在这激动而振奋人心的时刻，作为这几百人的领头羊，作为这座山的主宰，您有什么话要说吗？”

王三豪拿起话筒吹了吹说：“感谢各位领导百忙之中能过来。”另一只手从下而上半握着拳头举起来说，“我宣布！给大家涨工资。”

这句话带来了极热烈的掌声。

揭牌仪式结束，接下来是一段腰鼓表演。

散会的时候主持人宣布晚上有演出，敬请父老乡亲光临。

仪式结束，富晶垚看看时间，刚好卡在十二点。中午稀土矿安排的宴席，部分人在设置的临时餐厅就餐，矿工还是大锅饭。

富晶垚他们被安排在简易的彩钢棚里就餐，几个风扇对着吹，依然特别热。整个场面乱糟糟的，他也没有见到刘长江，他想刘长江应该被安排到那栋小楼里了吧，那是王三豪在这边矿区办公的地方。

吃过饭县考核组的人觉得太热，没办法待，给郝主任打了个电话，请示完开着车拉着几个人回了联合社。一路上大家都被热得蔫蔫的，没人说话。

回到社里，富晶垚打开大门，铁门有些烫手。

谭会计和阮宝山已经在营业室上班。其余几个人下车就回房间午休，富晶垚回营业室。谭会计瞅了他们几眼："中午吃好了喝好了！美不美！还有现场晚会，我长这么大，还没看过！"

富晶垚瘫坐在椅子上摆摆手说："中午是揭牌仪式，晚上是晚会，太热，都快中暑了。"

阮宝山哈哈笑起来说："还中暑！这热闹真的像谭会计说的，十年半辈子遇不到一回，中暑也得打起精神看！"

富晶垚听着激动了一些，说："主持人都是从电视台请来的，那个女主持人个子真高，看不清脸。"

谭会计笑起来说："'一包方便面'都不够你看，还主持人，我看小富今天晚上又睡不着了！"

"小富不会，都是有文化的人！"阮宝山说。

富晶垚仍然瘫坐在椅子上没有反驳。谭会计调侃让阮宝山现在交班，阮宝山试探了几次还是没有把班交给他。

吃过晚饭，考核组的一个人说郝主任打电话过来，矿上有晚会，社里面留一个人值班，其他人没事了过去看晚会。富晶垚有些不想去，谭会计说："主任专门打电话过来让办的事情你还能不办！你这钱是想发得不利索吧！"富晶垚想也是这么个理，怎么都得过去，跟着大家到晚会现场。

舞台下面除了围满身穿矿工服的人以外，还有周边的老乡。对于这样一个小小的晶沟乡来说，是从来没有过的盛况。

晚会七点开始，大家各自找地方观看，旁边几棵树上还挂着几个人，和下面的人有说有笑。

最前排坐着几位领导。

富晶垚挤着挤着就和其他人挤散了。在人群中他看到了好多似生似熟的人向他打招呼，他想应该是平时过去办业务的时候见过他。他还看见了花花、蔡老板。蔡老板个子矮，在人群中太不显眼，两个人都因为个子不高被挤到后面，富晶垚打了声招呼，找地方去了。

七点，伴随着嘈杂的声音，两个主持人讲完话，晚会正式开始。富晶垚只听到一句“请省上领导讲话”。

他看到刘长江仍然坐在最旁边那个位置，他远远地给刘长江打电话，能看到刘长江拿起电话，声音太嘈杂，两个人都听不清楚，挂断电话。

富晶垚离得远，现场看晚会和电视里看晚会只差个气氛，甚至更没啥看头，一个多小时就结束了，对于他来说真是凑了个热闹。

晚会结束，周边的群众蜂拥骑摩托车回家。

段主任给他打电话问他在哪里，让他到停车场。由于过来的时候谭会计坐在车上，再加上郝主任跟着一起回就坐不下。他自告奋勇说饭店的蔡老板也过来了，坐他的摩托车回去，几个人等他和蔡老板联系好，才开车离开。

蔡老板看完演出并不着急回饭店，好奇地去舞台离场那边的简易棚看演员如何卸妆、收拾道具。富晶垚过去的时候看见他津津有味地看着一群人收拾着道具，还自言自语地说：“噢，原来是这样子的。”

富晶垚觉得没意思就在旁边晃悠，刘长江把电话打过来。他有些兴奋也有些失望，他真期望郝主任问他怎么回的时候刘长江把电话打过来。刘长江说刚才比较吵没听清楚，问他是不是也来看晚会。富晶垚说是，人比较多，现在还没有回去。刘长江问他怎么回，要不跟他一起。如果是郝主任在他面前他肯定会毫不犹豫地说一起回，现在他打算坐蔡老板的摩托车回去。

他觉得没意思的事情，蔡老板和几个人饶有兴趣地站在旁边看着。天气比较热，蓝棚子里站不下，有些演员站在外面换起衣服，似乎也习惯了被人围观，并没有赶他们走。看了好一会儿，蔡老板才说回。

路上风吹得人神清气爽，蔡老板感叹了几次：“还是矿上有钱啊，请这么大的主持人，办这么大的晚会。”又感叹以前老是上访的那些上访户怎么没过去闹腾一下。富晶垚坐在后座，听着蔡老板在那里断断续续地说着稀土矿的事情。

快到联合社，蔡老板大声地说了句：“不过还得感谢这个矿，矿上的那些工人经常在我这里吃饭，也算我半个主家。但是矿是村上的资源，有没有王三豪都会有人过来开采。那个王三豪这几年没有给村上人做好事，今晚这个晚会花了几百万，我一辈子都挣不了这么多钱，真是糟蹋钱，有这些钱我存在你们那儿，每天吃利息多好。”这是富晶垚一路上听到的最大声的话，他也跟着蔡老板的思路想起来：矿上的资源是村上的，迟早会被人开发，矿长是矿长，稀土矿是稀土矿，王三豪只是悟性比其他人高，动作比其他人快，占了先机。

蔡老板在联合社门口停下来，富晶垚打了声招呼回院子里。几个房间灯都没有亮，来回折腾了一天，大家也都累了，早早睡下。他在院子里转悠了一圈，看着菜园子里的菜。

后面开始季度考核，给他打的分数最高，把他激动坏了。

下午回营业室算完绩效，应扣的钱划转完，谭会计把考核文件找出来给他算考核工资。几个人的绩效全算出来，谭会计一直咂嘴说："小富啊！你一下成了万元户，你看你多少钱！"说着把绩效的单子递给他，他看到绩效数字上了头，拿着工资单在营业室来回地转，不自然地发出嘿嘿的笑声。谭会计说："别一会儿高兴过火，高兴傻了啊！"

谭会计让他按照绩效单发到每个人卡上。等钱到账，他拿出存折把钱打上去，然后拿着存折出营业室给徐馨璐打电话，激动地说自己一下子有了一万多块钱。徐馨璐也说挺好，两个人聊了十几分钟，他兴奋得觉得脑袋都变大了，走起路来都有些飘。

下午郝主任走的时候在院子里又重复了那天的话："小富是金融科班出身，娃也是个老实娃，分到这地方来，社虽小，但业务还要全面培养，老是待在那巴掌大的营业室不行，要多和群众打交道，放上几笔贷款，做几笔贷前审查报告，拉几次存款，再追几笔不良贷款，这才算业务全面，但是也只是入门！"又对其他人说，"你别看你们这儿就这几个人，啥都全着哩！"段主任不住地点头说好。

郝主任走后，社里其他人并没有像以前那样都走了，院子里没有摩托车的声音。谭会计按照他以往的习惯去请假，富晶垚在营业室里拿着存折不停翻看，一会儿在桌子上拍拍，一会儿在手上摩挲那串数字，心里面美滋滋的。

等谭会计下来，说："小富啊，你这下还有好事啊！"

他有些喜出望外，说："我还有好事，啥好事！"

谭会计抿着嘴悄悄地说："我刚上去，段主任正在说让你出去包村，和其他几个人商量包哪个村。"

他的脑袋被这句话重重一击，嗡得一下两眼发黑，过了好一会儿才反应过来说："让我包村？我连个摩托都没有，更不会骑，晶沟这地方山大沟深，我咋下乡？"

“这不是郝主任走的时候一再强调要让你出去锻炼，不要只待在营业室。你以为他们几个人想在这营业室待着，谁都不想，包村多舒服，时间自由，营业室一天把人捆得死死的，现在几个人谁都不想来营业室，正商量着怎么办。”

富晶垚生起了闷气，他没想到自己的悟性这么差，郝主任只是说了那几句话，段主任会把这些话当事情来办。在他看来这些话是抬高他，而不是一定要把他换到外勤，他坐在那里充满了不确定性的恐惧。

“我这次休四天假，可能晚一天回来，等一会儿我回太阳花村一趟，下午你一个人在营业室待一会儿，考核完也没啥事，我下午就走。”

富晶垚没有搭话，继续想着谭会计说的那些。

谭会计见他没有回话提高了音量说：“小富，让你下午一个人待一会儿咋了，我这次回去有事。”转身看他。

富晶垚坐在那里没理会。

谭会计拍拍他的肩膀说：“小富！这巴掌大的地方，有啥舍不得的。要是让我出去包村跑业务，还不把我高兴死了，你还成了心理负担。要是这样你和段主任说不出去包村，他就不会安排你出去。这地方有啥好待的，都是拿工资，哪里不一样。”

富晶垚抬起头看看谭会计说：“包村，你看我和这里谁都不熟咋包村？贷款也不知道这家人啥情况，存款人家都不认识，谁愿意把钱交给我！”

谭会计哈哈笑起来说：“你看你，就是说说而已。”他看看时间说，“小富，我一会儿先走，你一个人在这儿待一会儿，我可能晚回来半天。时间不早了，我去收拾一下，你不要想那么多，都好着哩，各有各的好。你年轻，到哪儿都是干工作，哪个岗位都得历练一下，有些人想干还不让他干。我把交接的东西放在桌子上，你景叔叔来接班你指给他。”开门出了营业室。

富晶垚一个人在营业室，从极度的高兴变成了极度的担忧。身上一阵阵冷汗。

晚餐只有他和景泽录在灶上。

“其他人呢？”富晶垚问，他没有太多的胃口，但还是到餐厅。

“都走了，留在这儿干什么？”景泽录端着碗慢慢靠近他。

富晶垚被他的巴掌拍怕了，连连后退说：“我要离你远一些，不然一会儿又是一巴掌。”

“我还算你叔叔嘞！你看你，每次和你玩，你都不识玩。晶沟好玩的地方多着呢，你不知道我带你啊。和湖北、河南交界的那几个乡镇，都有好玩的。你景叔叔的靠谱你还不知道。”

富晶垚因为刚才的那几句话也不能立马翻转态度，淡淡地说：“夏天我穿的衣服少，你再一巴掌下去我身上肯定肿起来，不是说和你这个人保持距离。”

“我就知道小富年轻，还是最懂的吗！哎，天亮得晚，其他人都走了，各玩各的不带你，我带你出去耍。”

富晶垚心里处于矛盾中，想跟着景泽录出去玩，但是又怕其他几个人说景泽录的那些话用到他身上，说：“我要到隔壁乡上，和他们约好打游戏。”

景泽录嘿嘿一笑说：“你是不是又看上人家乡上新来的小姑娘，看上的女人你不要经常去找她，你要是像个哈巴狗，她就不稀罕你了。”

“我可没看上谁！只是到那边打游戏！”

“你看你这个娃，我就是和你说说，你又争起来。我这些都是经验之谈，其他人我还不说这话……”

富晶垚有些纠结和懊恼，不再理景泽录说什么，快速扒拉完碗里的饭，把碗放锅里快速出院子到乡政府。

景泽录在后面说：“你这么大，正是玩的时候，年轻的时候要抓紧哩。”

太阳还没有完全落山，富晶垚走在路上感到今天经历了前所未有的过山车般感觉——下午发了人生中最多的钱，又被告知要做外勤包村。都是些什么事情！

拐进乡政府院子，他仍然处于发了一万多块钱和将被调到外勤的高兴与失落共存的纠结中。院子里没有一个人，他径直来到微机房，门虚掩着，推开门，里面也没有人，两台电脑都没有关。他没有顾忌，上网玩起游戏，微机房虽然没有外面那么热，但刚玩了一会儿满身是汗。

他撂下电脑出门站在台阶上想究竟去谁那里吹空调！站了一会儿上二楼来到刘长江的房间门口，他轻轻敲门，刘长江喊他进去，进门就喊：“外面太热了。”

刘长江招呼他坐，把看着的书倒扣在桌子上。

“大前天你去看晚会，最后咋回来的？”

“坐蔡老板的摩托车回来，我看见你在讲话台下面，太幸福了，我在后面中间位置，把我热死了。”说着半躺在沙发上。

刘长江给他泡好茶，放在茶几上，转身说：“晚会那天就是热，中间有好几个人中暑，还把卫生院方大夫请过去了。女主持人也有些中暑，晚上差点没主持成。”

“我第一次见真女主持人，身材真好，底下都说这次请女主持人花了十几万，而且你们前面那排人每个人都有钱拿。”

刘长江尴尬地笑笑说：“也就是个纪念品！其他的什么也没有。”

富晶垚摆摆手说：“请个主持人都舍得花十几万，请你们就给一个纪念品！真是差别对待，太抠门了。”

“干的事不一样，人家主持人能站在台上一连主持几个小时，咱们能行不？肯定不行啊，台上一分钟，台下十年功。咱们就没那样练过，肯定也就撑不起那个台面。不过真要给那么多钱也值得。”

富晶垚连连说是。

停了一会儿，刘长江说：“你还听到说什么？”

富晶垚也就口无遮拦地把在人群中听到的和蔡老板说的，全都说了一遍。

刘长江听完以后站起来说：“王矿长不愧叫三豪，但是把一些祸惹下了！”

“难不成他花了那么多钱请外来人，矿上工人不服气，给他罢工涨工资？揭牌仪式上他也说了涨工资啊！”

“你说的只是一方面，不过极小极小，最大的原因还是和村民的关系。他这样大摆阵势，虽然面子上和派头上，整个鹿鸣县没有比这再大的阵势，但是谁服他一个矿长。而且这几年，他都是一个人闷头发财，周边的乡亲没怎么受益，看他在其他地方大手大脚地花钱，自然觉得不是那么回事。”

刘长江说完起身把电视打开，他一个人在办公室的时候很少开电视，都是看书。几个台正播放新闻联播。

看着新闻联播两个人都没有说话。

终于，富晶垚按捺不住提了这个月发了一万多块钱，声音里带有激动。

“请客，这得请客啊！”

“请客，这次回县城找个地方请大家！”

……

富晶垚始终没能说出他将被调到外勤包村的事情。他觉得羞愧。

正和刘长江看着电视聊着天，他的电话响起来，是徐馨璐打过来的。他很高兴，但是那头的声音有些哀伤说：“我肚子疼，疼得站都站不起来，宿舍里面又没有热水，想喝杯温水都没有！”富晶垚赶忙安慰，让她去医院看是不是吃坏了肚子，他干着急没办法，只能说些安慰的话。徐馨璐在电话那头哼哼唧唧。在他印象里，徐馨璐没有几次像今天这样说肚子疼，挂完电话他又给徐馨璐发了一条信息，说他发了好多钱，她想要什么先看着，后面一起买，徐馨璐没有回他。

刘长江对富晶垚说："当两个人不在一起时，男人遇见事情扛一下就过去了，女人本来体质弱、事情多，身体不舒服时对方除了安慰几句，想喝杯热水都得自己动手。"

## 九十九

景泽录这次在营业室里代班，一改以往只顾扒拉手机的状态，站在富晶垚的身后聊起来："小富，你来晶沟也快一年了，感觉晶沟怎么样？"

富晶垚本能地避让说："这地方就是山大沟深，没啥好的，回个县城还得凑时间，坐班车都得两个多小时。"

"这你可说对了！你还只在营业室，没见识过碳沟、十坪那些地方，山更大，沟更深，夏天骑摩托车经常会碰见蛇，这山里以前还有狼。"说完笑起来。

富晶垚也没有顺着说："你说蛇我信，你说的狼怕是狗吧！"

景泽录伸出手又缩回去说："你这个娃咋不信呢！你知道狼和狗啥区别！"

"狼吃肉狗吃屎！"说完他都觉得好笑，禁不住笑起来。

他这么一笑，景泽录也跟着笑了一下，还是用手轻轻拍了一下他的肩膀，说："你遇见了还能脱裤子拉一泡屎看他吃不吃，是狼早就把你吃了。分辨狼和狗要看神态，眼露凶光，尾巴翘着的是狼，耷拉着的是狗。"

"还有这说法！"

"你才知道，狼有啥可怕的，你了解这边的人不！"

"我了解这边的人干啥！"

"你看你，你在这儿工作你不了解这里的人！我和你说几个这边的事情。你知道碳沟吧，那里穷，九几年的时候大部分男青年都打光棍。有一家弟兄三个娶了一个媳妇，过着过着兄弟几个就过成了仇人。三兄弟后来只剩兄弟两个，村上有人问另一个人呢？两个兄弟和这个媳妇都说去外地打工了！已经好多年都没有回来。"

"怕不是被这三个人给害了吧！"

"你不了解，你都能想到的事情别人能想不到？还有一个我和你说啊，从这儿往上四十里路有一个女人，以前用铁链子捆着，一口黄牙，爱抽烟，说话叽里呱啦，谁都听不懂。这几年通车了大家才知道有这么个人，现在年纪都大了，五十多岁。这家人都说她是外面捡来的，但是怎么看都不像是中国人，皮肤也比我们黑，关了好久了。”

富晶垚有些愣住了说：“现在都文明社会了还有这事！”

“你当啥呢！这才是啥事，上面有一户养了一只狗，头上一撮黄毛。这附近有个盲人，有一次附近的人经过那户人家，听到有人惨叫，过去查看，盲人的脚都被狗啃去了一小半。”

富晶垚听了直打哆嗦说：“谁家的狗不看紧，出来害人！”

“这里养狗的人多。大山里面，狗能看家护院，对村里不熟悉的人谁知道哪家养狗！我记得我以前下乡，有一次催收贷款，这家以前都没养狗，后面还不起贷款，不知道从哪儿抱回来一只狗，那次去没注意，让狗把裤子都扯烂了。”

富晶垚对景泽录今天一反常态地说这些有些意外，想着会不会是因为拍了他几次，他特意躲避，景泽录和他套近乎，顺着他的意思说话。景泽录又给他讲了晶沟乡好多稀奇古怪的事情，有些事情让他听得心惊胆战，感叹怎么都这个社会了还有这样的事情发生！

中午吃饭也只有他们两个人。景泽录吃过饭就回房间睡觉，下午只到过营业室一次，问了营业情况，还带着诡异的微笑，笑得富晶垚心里毛毛的。

整个下午来营业室办业务的人也不多，他对景泽录中午说的那些事犯怵，感到整个营业室都笼罩着不安的氛围。

天黑得晚，他在这条街道上来回转悠了几圈，又在余光亮那里坐了一会儿。天刚黑下来就回金库，百无聊赖地开始整理金库，里面的灰尘扬得到处都是。他把铁门打开，又把营业室对着院子的窗户打开，把营业室空调调成换气，做这些的时候都小心翼翼，四处张望。

金库里的床下面垫的稻草，很久没有人整理，有些地方稻草积成疙瘩，有些地方薄得凹下去。这段时间都是他一个人睡，他觉得不太舒服。铺平稻草的时候，在草堆里找到了几本连环画和一本故事书，这也是谭会计最开始给他说的“金库里有好看的”，他试着找了很久没有找见的书。

他索性把金库翻了一遍，已经很久没有像这样收拾，清扫的时候还清扫出来好多已经不再流通的旧版本纸币，他全都收了起来。

他坐在营业室发了好一会儿呆，等灰尘都散去，才回金库，躺在床上看起了那两本书，一本志怪故事，看第一章就不敢往下看，再看另外一本书，让他躁动了整晚。这本书究竟是谁放的？管主任！谭会计！或者谁！

等他睡着，满脑子各种画面，就像过电影一样，翻腾了一夜，早晨起床特别累。

中午上班景泽录看到他有些萎靡不振，打趣地问他昨天晚上干啥去了。富晶垚也没怎么搭理。

等到办了几笔业务，富晶垚才活泛些。

“小富，在营业室好还是外勤好？”景泽录问。

“各有各的好呗，你这话就像问小孩，爸爸好还是妈妈好一样！”

“看样子小的时候没少被问过，你看现在这太阳，毒辣辣的，在外面骑摩托车也感受不到凉风，要是去哪个贷款户家催收贷款，骑到半路下暴雨都没地方躲雨。”说完唉地叹了一口气。

“包村的时候不是和大家都熟悉吗！找户人家躲雨啊，实在不行骑快一些，找地方躲雨。”

景泽录又伸出手，吓得他往后一闪说：“别又来拍我啊！”

“我是想搭在你肩膀上和你说些知心话。你来了就在营业室，冬天不冷夏天不热，感受不到在外面风吹雨淋、风餐露宿的样子。我记得我骑摩托车去碳沟催贷款，这户人家也没个电话，还赖皮，贷款到期也不管，只能上门。我走到一处岩边，刚过去，岩上石头掉下来，整个地方塌方，把我吓了一跳，你说晚一点是不是就埋下面了。还有一次晚上跑存款回来，骑摩托车在晶沟村那儿，有一根树藤悬在半空中。我当时没有看见，还好那是上坡路，速度慢，树藤一下绊到我胸口上，我从摩托车上滚下来，那次速度快了我肯定被那条线勒成两截。路上骑摩托车遇见蛇的次数多得数不清，我那摩托车都不知道压死多少条。”

“景叔叔，你那工资！这么多年可以攒起来买一辆汽车啊，哪怕是二手的也好，这样管它刮风下雨，坐在里面怕啥！”

“你别看门前的路能通汽车，你再看看往上能通到多少住家户门口？三分之一都不到。开车根本就到不了贷款户家里面，只能停在路边，还要走几里路，你开车干啥！这山路就骑摩托车方便。你还是没有出去跑过，应该让你出去收贷款、跑存款。”然后看着他。

富晶垚连连摆手说：“不要！不要！这个地方我还是不要跑外勤，我又没有摩托车，对这里的人也不熟，哪户啥情况压根就摸不清楚，我还是不要跑外勤！”

景泽录靠在后面的椅子上，笑嘻嘻地说：“哎！空调吹着，茶水泡着，这班上得才叫滋润。到营业室里面来存的钱都算自己的存款，也没有清收任务，多好！一个月工资不少拿。你看看我们外勤，不管春秋冬夏，有任务就得在外面跑，完不成任务就得扣工资。我在外面跑得多，碳沟那是啥地方！分给我！大部分贷款都只有几千块钱，有多少不良在那儿？你们内勤每次分数都不低，拿比外勤多的工资为啥不选择安逸一些！尤其是你这年轻娃，还要在城里买房娶媳妇，都要钱。”

富晶垚听后想了半天说：“谭会计说要给我调到外勤，不会是真的吧？你是不是听段主任说啥了？”

“人家段主任对整个社有人家的安排，人家会和我们说，如果谭会计说了那就有可能。”叹口气说，“按说外勤就应该年轻人跑！我们都老了不中用了。”

富晶垚有些紧张，站起来走到景泽录跟前说：“我要是不想跑外勤咋办？”

景泽录略显吃惊的样子说：“不想跑外勤！那你看你能咋办！你能不能说得动段主任！”

“去找段主任说就行了？”

“我可没这么说啊！”他站起来表示要和富晶垚保持距离。

富晶垚坐回去，看着柜台外面，用手轻轻敲打着柜台。

景泽录不再说话，在营业室转了一圈，出门前说：“他们几个人都出去好几天了，也快回来了吧！”

“嗯！”富晶垚满脑子都想着怎么和段主任说这事，没听清楚，应了一声。

后面两天再和景泽录在营业室上班，景泽录时而拨弄手机，时而出去打电话，对于富晶垚一些零星的提问也是特别不在意的回答。

谭会计还是按照他说的时间回来，晚了一天。段主任则好多天都没有回来。

他一直焦急地等着段主任回来说两件事情：一个是他这个月的休假；另一个就是他得向段主任说明自己连摩托车都不会骑，而且也不清楚村里的情况，不能跑外勤。

谭会计回来以后富晶垚向他求证景泽录那些话的真假。对于盲人的脚被吃掉有几种说法，盲人摸到一个嫂子家里面，家里的狗冲出来，确实吃了盲人半只脚，这事情很少有人提。谭会计说当时去救盲人的人看到盲人的断脚都吐了。还有景泽录也确实被一条绳子绊过一次，还在家里歇息了好长时间。

他问完这些以后寻思着原来真是这样，再回想起柯礼朝那次吐的场景，那只狗头上也有一撮黄毛。他越想心里越发怵，狗吃了活人的脚，然后狗还被他吃了，顿时心头加上了万重压力。

偶尔有个人和他说话他都会吓一大跳，谭会计还说他发了一大笔钱怎么就有些神经了。

## 一百

一直到这个月十五号段主任都没有回社上。他和徐馨璐打电话聊天，徐馨璐告诉了他一个好消息，她们导师因为有些事情需要处理，批准她们可以提前回家，趁着这个时间她想到晶沟看看。富晶垚高兴极了，但是又觉得他这个地方太寒碜，连个电视都没有，而且房间里摆满了档案柜。虽然对他来说整天睡在金库里没什么影响，但是如果徐馨璐来这里，他觉得不合适。又想到自己面临着被调岗，越想越觉得有压力。他抽空把房间收拾了几次，还是觉得不整齐，像个临时的住所，而不像其他人那样温馨、舒适。

又过了几天，吃过晚饭，他在院子里转悠，看着满园子的蔬菜，已经很久没下雨，加上这段时间他心事重重没有浇水，本来长势喜人的豆角、西红柿，都已经枯萎。他深深地叹了口气。

晚上他就那样劈了一会儿柴，转悠了几圈。九点多，段主任骑着摩托车回来，看到他先问："这几天社上没啥事吧？"

他小跑过去说："没啥事，都好。"

段主任没有特意停留，端直上楼说："好就好！"

他站在那里心提得老高，侧耳听段主任上楼烧水，开电视。寻思着应该收拾完毕了，上二楼掀开门帘。段主任看到他说："来，坐，好几天没在这儿，水正烧，开了给你泡茶。"

"我楼下有水，给您先倒上！"富晶垚有些拘谨。

"不用，马上好！"段主任换好衣服坐下问，"小富，你来已经快一年了吧？我看内勤的各项业务你也学得差不多了。"

"是啊段主任，我来还想和您说一件事。"

"你说，什么事！"

富晶垚倒吸一口气说："我！我不是本地人，对这里的人也不熟悉，在这儿干不了外勤。”说完前倾着身子看着段主任。他在段主任的房间里从来没有如此的拘谨、卑微过。

段主任没有搭理他的话，起身把烧开的水倒进暖水壶。富晶垚的眼睛始终没有离开过段主任。段主任把水倒好，泡了杯茶，坐下以后看了看他，他也盯着段主任，对方满脸都是还没有散尽的酒红色。

沉默了好一会儿，段主任回味着，在嘴里面咀嚼了一下，问了一些富晶垚的个人情况。

富晶垚没有想到段主任没有正面回答他的问题，问起了他爸，说："我爸在县城开店，真不是咱们系统的。"

"噢，这样，郝主任对你很赞赏，一直说让你不要待在营业室那个巴掌大的地方，你有亲戚和郝主任认识？"

富晶垚觉得再隐瞒有些事情也没什么必要，一五一十地说了自己进联合社的过程。

段主任耐心地听完，说："这件事情你还得和你叔说好，这次郝主任说了好几次要把你调外勤锻炼，你看县上几个领导，哪个没有外勤锻炼的经历？咱们社小位置也偏僻，更能磨炼人，最远的地方骑摩托车得两个多小时。主要是人也不是特别复杂，没有以打家劫舍、坑蒙拐骗为业的村子，就是有一些泼皮无赖，贷款的时候说得好，等到催息的时候难，这些人要是想想办法也都能要回来。你看我从来没有把人起诉到法院，都是乡里乡亲，本人不还贷款做他亲戚的工作，这些都是工作方法和人情世故，都得锻炼。我说的你再想想，如果还是不想跑外勤，你和你亲戚沟通，给郝主任打个招呼，我这儿都好说。"

富晶垚听后不住地点头说好。

段主任又从柜子里拿出来一瓶酒说："来，陪你叔喝两杯。"一人倒了一满杯，两个人玩老虎、虫子、杠子，也没有菜，干喝，把一瓶酒喝完。段主任觉得还是不过瘾，富晶垚则一直摆手说喝不下，这才罢休。

富晶垚说他喝不下也是真话，这几天听说要把他调到外勤，心理压力特别大。晚上和段主任聊了这么多，他觉得这里面的事情还比较复杂，心情不好酒量自然就差。

从段主任房间出来已经十一点多，有些晕晕乎乎的，他站在走廊上看着刘长江的房间，门缝里透着光。他有些羡慕刘长江！

富晶垚给他爸打电话说了这个情况，他爸倒是很赞同他出来当外勤。他就在电话里和他爸吵起来，说他爸不了解这边的情况。他本来是想让他爸想办法和他叔叔说这个事情，反而变成了让他接受去做外勤，富晶垚气得差点把手机摔在地上。他不再和他爸说这些，直接给他叔叔打电话，他叔叔倒是比较开明，认为这件事是郝主任特意照顾他，而且事实上做外勤就是特别锻炼人，比内勤好，但还是尊重他的选择。当富晶垚一口气把自己的想法说完，他叔叔只说："知道了！"并没有给他一个明确的态度。这让他心里一直很忐忑。

就在富晶垚还处于不安中时，景泽录在一个下午回来，先到营业室，见到谭会计抱怨起来："这大热天的，让我骑摩托车回来，你看我，全身湿透了，外勤不好干啊！碳沟姓常的那户我至少跑了五趟！八千多的贷款一分利息都没结过，家里面的女人还病着躺床上，一直在吃药，我就提了一下，女人就开始流眼泪，说家里面这困难那不顺，你说我还能要不？这大夏天让我回来！"

谭会计说："你要说碳沟姓常那户可还真不好要。家里面有一个病人，几个人挣钱都不够往里面塞，他贷款的利息一年多都没结过，已经划到不良。"

"这怕是不结点利息下次考核难过，还得去，应该让小富过去跑跑才对！"景泽录把脸对着富晶垚。

"我不去，我才不去呢。"富晶垚连连摆手。

"你都要不来利息你让小富去要，这户以后怕要走清收的路噢，小富过去和人家说不好人家给他跪下来你看他咋办。"谭会计说。

富晶垚赶紧说："就是！就是！反正我不去！"然后靠在凳子上看着外面。

冷不丁又挨了景泽录一巴掌，富晶垚本就压抑着，这次毫不客气地在景泽录肩膀上打回去。景泽录倒没有像以往那样生气，伸出一根手指头指着他说："你不尊重老同事，还打老同事，我要告诉段主任。"

谭会计在一旁哈哈笑起来说："你看你们俩，一会儿就打起来，一个手贱，一个不饶人。"

"是他先动的手。"富晶垚垂着头。

景泽录笑着走出营业室。

约莫半个小时，景泽录下来对富晶垚说："段主任找你上去。"

富晶垚憋了一肚子的话，心想如果段主任说他打老同事他就说是景泽录先动手拍他，这句话不停地在他嘴边来回翻转。

到了段主任办公室，段主任先关心地问："在这快一年了还有没有什么困难？"

一下把他说得有些懵，不知道怎么回答，支吾了一会儿说："没，没有！"

“你在内勤干得挺好！管主任没带你一天，全是谭会计带着你，谭会计在全县都是业务能手，你继续在营业室好好干，后面能想办法调到县城周边跑外勤也挺好。”

这句话让他悬着的心定了下来，他觉得景泽录那一巴掌和这几天压在心里的石头瞬间都化成云气飘走了，他不住地感谢段主任。

下楼到院子，他仰望天空，骄阳似火，已经一个月没下雨，太燥热！

还没等他坐稳，景泽录进营业室说：“小富，你命好啊！又能在营业室里面吹空调。”

谭会计听了哈哈大笑，富晶垚把脸扭向一边不搭理。

## 一百零一

按照学校安排，徐馨璐这几天就可以过来，但是导师临时要出一个报告，也就晚了两天。富晶垚想等她在这里待几天以后再请假和她一起回县城。

又过了不到一个星期，徐馨璐打电话说已经把报告交给导师，也没管导师的态度，就提着行李去车站，打算回家待一天，第二天再坐车到晶沟。这件事她没有给父母说，只说到同学那里玩。富晶垚有些意外，更多的是兴奋。

等到徐馨璐说的那天，他时刻盯着手机，看徐馨璐的短信上说到了哪里。

按照时间推算，他不停地在营业室和大门口之间徘徊，谭会计说他就像打了鸡血，除了办业务，一刻不停。

这期间他到蔡老板和余光亮那里买了鸡和鱼，蔡老板还特意给他推荐了几个特别贵的土货，他没有犹豫全买了个遍。

中午就四个人，他细数了一下，加起来有十个菜。他管着伙食，这一顿怎么样都不能亏待徐馨璐。

十一点多，班车远远地从下面过来。他激动得快跳起来。等到靠近，他不住地招手。车停住，徐馨璐背着一个斜挎包下来。赵芳霞拉开玻璃伸出头笑着问：“你女朋友？”

他笑着说：“嗯，嗯！”

“真漂亮，好福气！”赵芳霞向他招招手。

徐馨璐一下车就弓着腰不停地作呕，嘴里还吐着酸水。他掏出纸给她擦嘴，又是几口酸水，徐馨璐在马路旁边蹲下去。

“晕车了！这地方第一次坐车就是这样，我当时也晕车了，不过没你这么厉害。”

徐馨璐摆摆手又干呕了几下。

“我扶你回院子里，这里太阳大，还在路边，不安全。”

徐馨璐点点头。

富晶垚接过包，搀扶着徐馨璐进院子。

进门踩到门框，哐当一声响，谭会计从窗户上探出头说：“今天是个好日子，应该把大门打开迎接贵客。”

“我女朋友，徐馨璐。”然后对徐馨璐说，“这是我们会计，也是我师傅，我一直叫他谭会计。”

“谭会计好！”

谭会计点点头说：“好，好，小富，你上去招呼小徐，营业室有啥事情我叫你。”

富晶垚高兴地说：“哎！”扶着徐馨璐到自己房间。

在楼梯口，徐馨璐说她从来没到过这么大的深山。

他的房间在徐馨璐来之前又重新做了布局，他把所有的柜子贴着后面那堵墙，仅留窗户没有遮挡，又从客房抬来几把椅子。

徐馨璐进门打量了一番说：“这就是个档案室吗！你怎么住这里。”

“下面还有金库，下班以后现金和重要空白凭证放在那里，我晚上睡那儿。”

徐馨璐点头说：“这样。”

“喝白开水还是红糖水？”

“倒杯白开水吧！”

富晶垚下楼取暖水壶，刚进营业室，谭会计抿着嘴笑，说：“小富，你看你的嘴咋了，年轻人，不要太疯狂了，都是从你那么大过来的。”

“不是你想的那样。”富晶垚提着暖壶到二楼房间。徐馨璐有些好奇，问：“你们那金库是啥样子的？我能不能进去看看！”

富晶垚倒着水说：“等晚上下班他们都不在营业室我带你进去。”

徐馨璐接过水杯笑了一下，说道：“昨天晚上回家，我一换床就睡得不踏实，刚才坐车又来回摇，把我摇晕了。”看着徐馨璐缓过来，富晶垚抱起她吻起来，正吻着，楼下喊：“小富，有人来办业务！”他没有搭理，接着又是一声，他不情愿地下楼，留徐馨璐一个人在房间里。

刚进营业室，除了谭会计还有柯礼朝。谭会计背对着门敲着算盘，柯礼朝笑得前仰后翻，两个人都不说话。富晶垚看柜台外面并没有人，知道自己被戏弄了，也不说话，把凳子推开坐下来看柜台外面。

两个人见富晶垚没反应，停了一会儿，柯礼朝说：“刚才真有人，在柜台上等了一会儿说有个急事，一会儿再来。”

富晶垚也没搭理，有些生气地双手扶在桌子上。

“刚才真有人，到隔壁买东西一会儿就过来。”谭会计说。

富晶垚还是没有搭理。

“小富现在就像烧着的火，刚浇了一瓢油，又来一瓢水，火气正旺。”柯礼朝说。

“人家大老远到这山沟里来看小富，两个人还没待一会儿你就打扰人家，还火上浇油，你看小富都气成啥样。”谭会计说。

柯礼朝走近他哈哈笑起来说：“小富多好的福气，大家经常问你有没有女朋友，以后不用问了，直接都给大家展示出来了。”

富晶垚还是没有接话。

“人家小富的女朋友还挺漂亮，刚来的时候我看见了。”

“热恋时期的小青年被咱俩打断，人家现在生咱俩的闷气喽，中午可要做几个菜，好好招待一下未来的家属。”柯礼朝说。

“菜都买过了。”富晶垚没好气地说。

三个人正说着，一个人来办业务。柯礼朝说：“来了，刚就是他。”谭会计没有说话。

等把这个人的业务办完，柯礼朝在院子里说：“我刚和厨师说了，今天我们来了一位贵客，比县上的领导还大，要把菜味做好一些。”

富晶垚回过头笑了一下，谭会计说：“你柯叔叔多会办事！”

富晶垚也没有再上二楼，在营业室等到十二点，下班了才回房间。

徐馨璐和着衣服躺在床上休息，肚子上盖了一条薄毛毯，穿着一条薄裤子，肉色的薄袜子，露出脚踝。

富晶垚看得心动，亲了一下脚，见她没有抽走，又亲了一下搭在床上的手，还是没有动静，他开始放肆地亲徐馨璐的脸，徐馨璐推了推他说：“亲我脚的嘴，臭死了，臭死了。”

“不臭，你的啥都不臭。”

“你再给我倒杯水，我想喝水。刚不太舒服，你没来我都睡着了，让我再休息一会儿。”

富晶垚倒了杯水递给她，徐馨璐没有起身，让他放在床头。

富晶垚放下水，坐在床头，盯着徐馨璐红扑扑的脸，他用手试了一下她的额头，徐馨璐没有睁开眼睛，他觉得徐馨璐真的不太舒服，就那样静静地看着她。

也不知道等了多久，外面有人喊："吃饭了。"富晶垚把她摇醒说："吃饭了。"徐馨璐惺忪着眼睛问："什么饭？"

"你起来就知道了，特意为你准备的。"

徐馨璐这才缓缓起床。两人一前一后下了楼。下到院子，又上后面台阶。

"这些菜都是你们种的？"徐馨璐问。

"是啊，中午你就吃到了，那边的西红柿，熟一个我吃一个，特别好吃。"

谭会计和柯礼朝站在餐厅外面的屋檐下看着他们俩。

柯礼朝说："今天有稀客到，你看做了多少个菜，比过年还多！"

"这是柯叔叔！"

徐馨璐道了一声："柯叔叔好！"

等到徐馨璐上后面台阶，他们俩先进餐厅。等徐馨璐进去，看见圆桌子上摆了一桌子的菜，正中间的位置空着没人坐。

"今天有贵客，可要上座。"柯礼朝说。

"这不应该，谭会计上座。"富晶垚说着把谭会计往上座拉，谭会计双手把凳子使劲压在屁股下，说："我不坐，我不坐，要拉你拉小徐。"

富晶垚拉了几下拉不动说："谭会计不坐那柯叔叔坐。"

"我不坐，得让领导坐。"

徐馨璐说："我最小，最不应该坐的就是我。"

富晶垚拉柯礼朝，柯礼朝不停地把他的手推开，富晶垚见谁也拉不动，说："你们俩都不坐那就空着得了。"

两个人都说："贵客不坐那就空着！"

富晶垚看满桌菜，除了他让做的那几个菜之外，冰箱里面的香椿、冻竹笋还有春季的野菜也都有，这一桌子总共加起来十三道菜，确实比县上的领导来了还丰盛。谭会计让徐馨璐先开始，徐馨璐推辞让两位叔叔先，就这样拉扯了一会儿谭会计夹起菜，徐馨璐也夹了春笋吃起来。

饭菜虽然多，徐馨璐中午并没有吃多少，吃了些素菜、腊肉、鱼和一个蔡老板说的不知名的肉。

吃完饭徐馨璐回楼上休息。

餐厅的菜剩了很多，富晶垚收拾到厨房，把碗放进锅里面回房间，徐馨璐已经睡下。他觉得心里痒痒的，盯着她看，呼吸匀称，应该睡着了。想着她中午没怎么吃东西，富晶垚觉得她真的不舒服，轻轻地关上门下楼到营业室，在金库里睡午觉。

一下午的时间，艳阳高照。富晶垚去了一次二楼，看到徐馨璐换了个姿势还在睡觉，他咽了一口口水，轻轻地关上门。

离下班还有点时间，富晶垚听到窗户外有人喊他，原来是徐馨璐上厕所经过后院的窗户，看到他在里面办公。他出营业室，徐馨璐和他嘀咕着想进去看看他上班的环境，富晶垚转身开门，一想又觉得不对，隔着窗户笑嘻嘻地问谭会计："能不能让她进去看看里面是什么样的？"

"这事你自己看着办。"

富晶垚有些为难地站着，谭会计低着头停了一会儿说："钥匙在你手里，那有啥不能！"

"现在县上肯定不会查岗。"

徐馨璐本来以为就是个上班的地方，可以随便进去，听谭会计这样说，就说："你现在还上班，等晚点了我再下来。"上二楼去了。

富晶垚跟在后面说："可以进去，可以进去。"徐馨璐也并没有生气，而是觉得没必要给他带来一些不必要的麻烦，说："我再去眯一会儿，中午觉得不舒服，没吃多少，肚子现在有些饿了，你们晚上几点吃饭？"

"差不多到六点多，你要是饿了我带你去这边的饭店吃点啥，不太远！"

徐馨璐并没有停下来，说："你们这儿还有饭店？"

"有，我带你去。"两个人进了房间。

"你这里连个电视、电脑都没有。唉！这地方真不能长待，待久了都会和社会脱节。"

富晶垚嘿嘿一笑，拿出自己的存折说："看，这是什么！你说买啥，就买啥！"

徐馨璐接过看了一眼，撇在床上说："都是一串数字，在这地方啥都买不到。"

"去县城就能买到了，想买啥就能买啥！"

徐馨璐抬起头看着富晶垚说："那我现在想看电视你能买到吗！"

"不能，你下次再来肯定就有了。"富晶垚有些尴尬。

徐馨璐不再说话，等了一会儿说："你先去上班，要不一会儿又有人喊，等一会儿我饿了你带我去吃东西，在这里有钱也就这点好处吧！”

“好，好，我先下楼，你一会儿来叫我。”

徐馨璐躺下“嗯”了一声。

## 一百零二

晴了很久，一直没下过雨，富晶垚下到院子里，天空飘着几朵大云，刚好遮住这一块的天空，院子里阴下来，其他地方还是艳阳高照。

他站了一会儿回到营业室。刚坐下没多久，徐馨璐在窗户外喊他，他立马奔出营业室，徐馨璐说肚子特别饿，想让他带着去吃东西，富晶垚向谭会计请假。谭会计告诉他现在一会儿晴一会儿阴，要下大雨，应该没人过来，让他放心过去。富晶垚高兴地领着徐馨璐去蔡老板那里。

天气阴下来，徐馨璐还打着伞，来到马路上，那层云还没有散开，远处金光四射，他头顶上却阴沉沉的。

经过乡政府，他向徐馨璐介绍起来。经过余光亮的门市部，余光亮喊他过去坐，他摆摆手。到了蔡老板那里，徐馨璐看到门头大牌匾写着“晶沟大饭店”，扑哧一下笑出声来。

“这可是个老牌的地方，好多年了。”

蔡老板见他这个时候来说：“过来订饭？”

“没有，现在能做啥吃的？”

“今天还不一样，带的女朋友还是媳妇？”

“媳妇！”然后笑盈盈地看着徐馨璐。

徐馨璐没有搭理，说：“老板，有没有菜单拿来给我看看！”

“你这里哪几个是特色菜介绍一下。”

蔡老板介绍着店里的特色菜，徐馨璐要了一个肚丝汤和酸辣魔芋，然后找了个地方坐下。

刚坐下没多久，听到外面吵吵闹闹。一群人进来，花花也在其中，花花也往他这边瞟了一眼，没说话。

两个人坐在那里说着话等着上菜，等了十来分钟，蔡老板把酸辣魔芋端上来。

那群人闹哄哄地进了一个包间。

蔡老板说："前一段时间就这样，像打架又打不起来，吃个饭又好了，消停了一段时间，这两天又这样。你们俩吃你们的，别管他们。"

包间的门半掩着，除了花花一个女人外还有另一个，其余五六个男人一直争吵。

徐馨璐就着米饭吃着点的菜，富晶垚在旁边静静地看着。

吃完饭富晶垚把账结了，两个人回联合社。徐馨璐上二楼，他回营业室。

刚坐下，一个人进营业厅取钱，富晶垚留意到这个人就是刚才和花花一起去蔡老板那里的其中一个，那个人取了五千块钱现金，匆匆离开，对于这种小地方，一次取五千块钱确实少见，富晶垚有些诧异，但是也没有说什么。

临近下班，天空乌云密布，段主任和景泽录前后脚回院子。

富晶垚收拾完上楼，两个人在房间来了热烈的拥吻，但是始终没有逾矩。徐馨璐抱怨这里什么玩的都没有，就像进入了原始社会。富晶垚有些懊悔，应该在徐馨璐来之前请假把电视买回来。

两个人正说着话，门突然被推开，景泽录像吃惊似的说："我进来查一个材料，不知道弟妹过来了。打扰你们俩的好事了。"也没有退出去，径直往后面的柜子走，吓得徐馨璐整理好衣衫。

富晶垚有些气愤，说："景叔叔，你好歹敲一下门，问问里面有没有人。"

"好的领导，下次一定敲门。"景泽录走到柜子前，打开，并没有取东西就走了。

富晶垚有些莫名其妙，对徐馨璐说："后面你一个人在的时候把门反锁起来，这个景泽录，肯定是听其他人说什么了，不怀好意。"

徐馨璐抱怨说："我明天不回去后天回，也待不了几天。你老说你这儿好，我就是来看看这里怎么好，又不是在这里常住，而且我还没和我爸妈说我到这里来。"扭头不搭理他，富晶垚对景泽录一肚子气，特别想像他那样在他身上拍几巴掌。

两个人好一会儿没说话，富晶垚打破沉默连连说会和景泽录说让他注意点，也说这里确实还有好多值得玩的地方。徐馨璐也没有搭理，就这样一直到院子里有人喊吃饭。徐馨璐不打算去餐厅，富晶垚央求着她一起去，哪怕吃一口也行，她这才下楼。

天已经非常阴，徐馨璐到院子的时候几个人在台阶上站成一排。

段主任说："我们来稀客了，小富的女朋友吧？"

景泽录说："女朋友，应该是媳妇。"

柯礼朝打断说："你能不抢人家小富的话吗，听小富说是啥！"

徐馨璐羞红了脸说："一直听他说这里环境特别好，我就是来看看。"

富晶垚顺着话音说："女朋友，就是来看看这里的好山好水！"

段主任说："小富是我们引进的大学生，在这里业务能力强，干事用心，特别好的年轻小伙子。这地方比不得你们城里面方便，但是看山看水是没什么说的，可有些好地方，没事你让小富带你去看看。在这儿多待几天，吃住就像在自己家一样。"

徐馨璐点头。

景泽录说："我们这个社，好长时间都没来过这么漂亮的女孩，要说最漂亮肯定是小富的媳妇是不是！"

话刚说完，几个人一起笑起来。

柯礼朝说："小富啊，你说你追到她烧了多少高香！"

谭会计说："烧高香，现在都实际得很，就问小富给人家买金手镯没有？这次一下发一万多。"

段主任接过话说："就是！定情的东西买了没有就把人家哄过来？做叔叔的可不允许你这样，要对人家好呢啊！"

富晶垚被他们说得只能点头。

晚餐大部分都是剩菜。徐馨璐只吃了几口。饭罢，富晶垚带着她往下参观，像个导游一样讲解起来。由于天有些黑，徐馨璐想下河蹚水，富晶垚没有让她下水。

走近一片竹林，里面有鸟咕噜噜地叫，声音清脆悦耳，徐馨璐故意说："这是什么鸟？这么好听，你要是能抓住……"话还没说完，富晶垚纵身一跃跳进竹林，蹑手蹑脚地寻找，侧耳听从哪里传出来的声音。正搜寻着，前方扑通扑通飞起一只大鸟，把他吓得连连后退，一只手抓住旁边的竹子才没有摔倒，但是脚却被半只竹签刺着。他一瘸一拐地从竹林里出来，到马路上，才看到脚踝被割破了。徐馨璐问他出了什么状况，他说差点抓住那只鸟，太心急把脚崴了，还被竹子扎破。徐馨璐看已经流血，心疼地用纸巾擦拭。富晶垚没有太在意自己的伤，而是亲了她低垂的颈部，徐馨璐一把推开他说："讨厌！"

徐馨璐扶着他一瘸一拐地回社里面。

进大门，景泽录在二楼走廊上看到他们俩，笑着说："年轻人干什么不要太激烈！"

徐馨璐狠狠地在他身上拍了几下，富晶垚本来对景泽录就一肚子的火，吼道：“你闭嘴，走路竹子扎着了！”

景泽录笑声更大了，说：“钻小树林，睡天地，都是我们年轻时玩剩的。”

两个人不再搭理他，上了二楼。

回到房间借着灯光才看到富晶垚的脚上拉了一道口子，血已经结痂，房间里还没有清理伤口的用品。他给谭会计打电话，谭会计送来棉签和酒精。清理完以后也没啥太大的问题，只是划了一道口子。

休息了一个多小时，富晶垚瘸着脚下楼到金库值班，临出门，他再三叮嘱徐馨璐要把门反锁起来，再用凳子抵上。

刚关门，就听到里面挪桌子的声音，富晶垚对着门喊：“小心点，别把自己磕着了。”徐馨璐也没有回答，他觉得甚是好笑。

晚上，富晶垚翻来覆去睡不着，半夜外面狂风肆虐，似乎有微微的雨声，再细听更像是风声。他拉开灯，发了一会儿呆又躺下，他又做了那个同样的梦，那个让他百思不得其解的梦。这次他梦到抓住了那只鸟，送给徐馨璐，但徐馨璐说这也不是她想要的。究竟她想要什么？梦里那些车子、大象、老虎等，都像一个个格子一样在他脑海里旋转着掠过，那个排在最后面的是什么，模模糊糊够不着。就这样朦胧中睡到天亮。

清晨起床，脚上的伤口已经结痂，疼痛感减轻很多。他瘸着腿上二楼，轻轻地推门，门被抵得特别牢，纹丝不动。他又下楼到菜园旁，坐在石凳上。

昨天晚上下了一阵雨，现在又停了，湿了一浅层。其他人陆续起床，不停地有人调侃他昨晚在哪里睡，他回答在金库。景泽录站在走廊问是不是没有把女朋友哄好，早早地被赶出来，他也没有搭理，任景泽录说了一会儿觉得没意思才停住。

该吃早饭了，他又上楼敲门，徐馨璐问：“谁呀？”他应着。里面传出来慢腾腾的起床声，桌子被推开了一角刚好够一个人进出。他侧着身子进房间，看到里面除了顶了三斗桌，还顶了一把椅子，他有些哭笑不得，把桌椅重新摆好。徐馨璐慢慢收拾着起床。

早饭还比较适合徐馨璐的口味。吃完饭徐馨璐上二楼，富晶垚回营业室上班，富晶垚隔一会儿就上二楼看看。

雨下了一阵又停下来，天气闷热。

吃过午饭，徐馨璐想让他带着下河，富晶垚就带着她从蔡老板那个地方下水。徐馨璐对水特别亲，在水里面撒欢。富晶垚给她讲着上次遇见蛇的事情，她也没在意，两个人肆意地嬉闹着，走了一段。突然不远处的马路上一个人冲他们喊：“这天气，马上要下大雨，这个地方没下雨，上游有可能下雨，下游的人感受不到，水冲下来速度特别快，人来不及反应会被水冲走。”还不停地做着让他们上岸的手势。

富晶垚催促着她上马路，说不定上边真的会下雨，徐馨璐有些扫兴。两个人找了个路边上到马路上。经过那条街道的时候富晶垚又神气十足地和蔡老板、余光亮打招呼。回到院子，徐馨璐上二楼，已经到富晶垚上班的时间。

几声轰隆隆的雷震彻整个晶沟，连带着回声更让人振聋发聩，刹那间就是噼里啪啦豆大的雨点。

富晶垚出营业室站在屋檐下，大雨如注，顷刻间院子里积起了水，徐馨璐从楼上下来，看到他说：“这雷声就像在你房间的屋顶。”

富晶垚走近说：“你在营业室里面待着。”说着拉她进营业室，刚开第一道门，准备开第二道门的时候停电了，两个人一起被锁在了两道门的夹层里，进也进不来出也出不去。天特别黑，里面黑漆漆一片。

富晶垚搂着徐馨璐喊：“谭会计，帮我把门开一下。”

“这门关的是时候，刚好把你们俩都关进去了。”

“这门怎么了？从里面打不开吗？”徐馨璐问，然后把头靠向富晶垚。

“没事，谭会计能用钥匙从外面打开。”

很快就听到谭会计拿钥匙开门，出了夹层，营业室里面也一片漆黑。

谭会计说：“这雨从来没有下得这么厉害，才几分钟就好像把一整年的雨下下来。”

“这种雨会不会下一会儿就停了！”

“应该会停！”

营业室里什么也看不清，富晶垚拿出手机，用微弱的光照着。徐馨璐找了个凳子坐下。谭会计也回到他的位置。三个人都不说话，听着外面的风和雨!

坐了十来分钟，不知道是不是有人放了个屁，传出阵阵臭味，谭会计觉得有些尴尬，哼了一声说：“你们俩在这儿看着，这么大雨肯定没人来办业务，我回房，有啥事情喊我。”

富晶垚应了一声，谭会计开门出去，两扇门都被打开，风灌着雨吹进营业室。

“这下的啥雨？出个门身上都快湿透了！”谭会计喊着迅速拐进房间。

雨不停地往里潲，富晶垚把里面那扇门关起来。在营业室这个密闭的地方，只剩他们两个人。富晶垚摸索着靠近徐馨璐，摸到以后，把头往那里凑，徐馨璐多少有些害怕，也往一起凑，挨到一起两个人就吻起来，吻着吻着站了起来。富晶垚面朝营业室，徐馨璐脸朝院子。猛地一道闪电划过，漆黑的营业室玻璃外面竟然还有一个人头在晃动。富晶垚吓得差点后退，他把徐馨璐的头按到肩膀上喊："谁在外面？"外面没有人搭话。富晶垚让徐馨璐站在身后，打开手机的手电筒照外面，来回晃了几次才看清楚是老饼子。他不知道什么时候在营业室里面躲雨，因为个子不高，也不出声，一直都没有被发现。

确定是老饼子以后，富晶垚扯着嗓子喊："停电了什么业务也办不了。"

老饼子这才嗯了几声，嘟囔着："我就躲一会儿雨，一会儿就走……"

富晶垚喊："没事，可以躲到下班。"

他这会儿才反应过来，臭味是从外面传出来的。

原本私密的环境被另一个人打扰，虽然隔着玻璃，两个人都觉得有些膈应。富晶垚把钱箱搬进金库，把徐馨璐也带到金库里。

也许热恋期的情侣都是那样，只要在封闭的环境里，接吻就是他们最多的交流。

外面还在打雷闪电。除了闪电，偶尔那一刹那的亮光，两个人急促的呼吸声夹杂在风雨声里。他们俩已经忘记了这是哪里，忘记了外面的雨，忘记了外面还有一个黑漆漆的人影。

正吻着段主任在外面喊："小富，你在营业室没有？营业室没什么问题吧！"

富晶垚赶快停止说："我在营业室，刚把钱箱搬到金库，没什么问题。"

"那就好！放警醒一些，雨下得这么大，又停电，一会儿雨小一些你去把前面的卷闸门拉下来，停电也没办法营业，门关起来，注意安全。"

"好，好！"

等段主任走开，两个人的激情释放了很多，雨没有停下来的意思。富晶垚让徐馨璐一个人在金库里待着，他出去拉卷闸门，徐馨璐有些害怕。富晶垚安慰说这个金库没有任何漏洞，关了铁门，真的连只苍蝇都飞不进来，而且还扛二十公斤的炸药。就这样安慰了好一会儿她才同意一个人在里面。富晶垚在床头找到值班用的手电筒，把狼牙棒和头盔放她旁边，这才安心出去。

出门就被雨淋了半身湿，他想到一个人去面对老饼子有些害怕，进谭会计房间，硬是拉着谭会计一起打着伞到前面拉卷闸门。谭会计从房间找了个大手电筒，特别亮，两个人打着伞来到营业室。

说也奇怪，谭会计用手电筒在营业室照了几个来回，就那么大点地方，两个人查看了柜台的每一个角落，包括天花板都照了，也没见到老饼子，富晶垚都觉得是不是自己犯迷糊。两个人又照屋檐外，也没有看到，谭会计说他是不是眼花了。富晶垚接过手电筒照着营业室的地板，地上一大摊水渍，他指给谭会计，谭会计笑笑也没说话。

拉下卷闸门，两个人打着伞回院子，门前河里的碎石砸着木头，轰轰隆隆的咆哮声让人胆战。

两个人进院子，全身已经湿透。富晶垚上二楼找了件干衣服换上，房间特别黑，河里的咆哮声就像灌进来一样。

换好衣服，出门下楼的时候他看了一下柯礼朝和景泽录的房间，两个人都敞开门，一个躺在椅子上，一个坐着扒拉手机。

雨渐渐变小，天也真正黑起来。

营业室通往金库那扇门关着，富晶垚拍门大喊，徐馨璐从里面打开，她还是有些害怕。富晶垚进门就抱着她。徐馨璐担心地问外面的人走了没有？富晶垚说已经走了她才放心。

徐馨璐叹了口气说：“要是一个人真能被吓死！黑漆漆的，从里面看只有一个脑袋在晃悠，也不吭气。”

富晶垚被几句话逗乐了说：“那是因为他矮！”

徐馨璐“切”了一声不说话，富晶垚立刻明白什么意思——其实他也没有多高。

雨小了以后厨师赶过来，在院子里喊：“今天雨太大只做简单的臊子面。”

大家都说好！

吃饭的时候雨又变大，富晶垚让厨师也在这里吃，厨师死活不愿意，要早点回家，她娃还在家。

这天晚上徐馨璐没有在二楼睡觉，和富晶垚一起挤在金库里，但是富晶垚并没有得逞。他也没有搞清楚怎么回事，吻得时间太久，激情都被释放掉了。

为了掩饰徐馨璐和他一起睡在金库，他早早地起床到院子里。雨还在淅淅沥沥地下着，他站在后面的柴房，视察完沟渠排水情况，又劈两下柴。但是他的这些伎俩没有逃脱景泽录的眼睛，指着天空说：“小富，你知道天为什么下雨吗？”

“都一个多月没下雨了，云总是要变成雨下下来。”

“错，那是因为你伤害了一个女孩，天空替你流泪！”富晶垚被说得语塞，他觉得一个经常胡子拉碴还吊儿郎当的山村匹夫能说出来这样的话，但又说出他极力想掩盖的东西。

富晶垚大吼：“你是你，我是我，别把我想得和你一样！”

景泽录被这吼声惊住了，说：“这娃不识玩，又被逗气了。”

厨师来做饭，人未到声先到：“为了给你们做饭你看我这裤腿都湿了半截，河里水特别大，有些路都被冲垮，上下都没有电，你们也不用上班，要是我后面过不来你们自己看怎么吃。”

富晶垚答应了一声，出院子站在河边看河水，水浪翻滚，水底碎石互相撞击咚咚响。他看到乡政府几个人沿路查看灾情。逆水往上的时候他遇见了刘长江，刘长江和他打招呼：“有几个村的路已经被冲垮，太阳花村联系不上，你没事别乱跑。县防汛办打电话说还有雨，矿上打电话说他们那条大坝的水已经溢出来，如果下午再下雨就麻烦了。”

富晶垚说：“雨就是挺大，我都没见过河里有这么大的水，你们也小心一点。”

“我还要沿河查看，离堤坝远一些，小心塌方。”

“好嘞！”

刘长江加快往下，披着雨衣。

富晶垚继续往上走了一段，河里的水夹杂着树枝和庄稼不断地被冲下去，沿路都有冲出来的沟槽和坑。路上没几个人。

回来的时候路过蔡老板的饭店，蔡老板和余光亮都站在马路边看河水。余光亮手里还端着碗，对富晶垚说：“我见过这么大的水还是九八年那次，水都到马路上，就我踩的这儿，快十年了，这次要小一些，要是晚上再下就说不准了。”

蔡老板说：“乡上不是通知还有雨吗！要是再像昨天晚上那样，我怕是这条街都保不住了。”

余光亮说：“乡政府就在旁边，有啥好害怕的，住进去就得了。”

富晶垚跟着应和说：“就是，那么大的地方还住不下一两个人。”

……

回联合社，徐馨璐也已经起床，也到了吃饭时间。

整个乡上全部停电。无法上班，富晶垚也联系不上县联合社，大家都在院子里闲聊。徐馨璐拉着他要看洪水，对她来说也是个难见的壮景。两个人牵着手往下，步行至通往学校那座桥。上游冲下来的木头把桥洞堵塞，水从桥面漫过，溢到河两岸，河对岸的人冲着他们大喊，但是一个字都听不清楚。

蹚过溢出来的浅水两个人继续往下，徐馨璐使劲攥着他的手。又行了一段，山体塌方，阻挡了往下的路。

回来的路上，徐馨璐问："我回家怎么办？我走的时候和我爸妈说只玩两天就回家，现在发大水路都不通，我怎么回家？"

富晶垚哈哈大笑说："这场雨就是为了让你多留几天，在这里吃穿不愁，我养你！"

这句话刚说完徐馨璐甩开他的手，厉声说："和你说过，我上研究生为什么！就是为了让你养吗！我们俩在一起这么久，你了解我多少！我不回去我爸妈有多担心！你站在我的角度考虑了没有？你的控制欲越来越强，什么都是你以为的！"

富晶垚着急说："我只是宽慰你才这么说！"

徐馨璐并没有搭理他，转身往上，两个人一前一后隔着一段距离回到院子。

徐馨璐回到二楼房间，富晶垚在营业室待了一会儿，去前面把营业室的卷闸门打开。他又仔细看了一遍，地板上有些地方还没有干，像有人在那里打过滚，里面没人，但还是有股淡淡的臭味。他出门四处找，也没见老饼子，富晶垚感叹，都那么大的年纪，什么恶劣的天气都能忍受，真是想怎么样就怎么样。

一直到中午，厨师都没有来。景泽录看到正在柴棚里劈柴的富晶垚说："小富，该做饭了，你女朋友手艺咋样？"

他没有好气地说："景叔叔，你咋不做饭呢，都没吃过你做的饭！"

"我们这里都是女人做饭，哪有男人做饭，不信你问问其他人。"

富晶垚憋着没吭声，进厨房生火，他只会煮面条。好不容易点着火，谭会计进来，拉开冰箱，让他去蔡老板那里买几样菜，他来主厨。富晶垚到蔡老板那里多买了几样，午饭炒菜米饭也还算凑合。

饭吃到一半雨又大起来。吃过饭以后要到前楼，雨太大，大家都站在屋檐下等小一些再过去。景泽录等了一会儿不见雨小奔跑到前楼，到前楼台阶，大声喊："没事，雨也不是那么大，你们待在那儿干啥，到这边来呗。"

柯礼朝和段主任听了也奔过去，段主任差点摔了一跤。

谭会计随后小跑到前楼，骂着景泽录说："你这个老不正经的，都淋湿完了还没事！"

徐馨璐说：“这么大雨，要下到啥时候？我咋回县城！”说着一个人走进雨里。富晶垚二话没说脱下短袖挡在她的头上，两个人缓缓地从后排瓦房走进雨里，下台阶，到前楼台阶。富晶垚全身湿透了，徐馨璐身上也湿了很多，她没有理富晶垚，一个人上楼，进房就躺床上。富晶垚无趣地开始换衣服，徐馨璐把脸朝向另一边。富晶垚换完衣服，喊了她一声她也没有搭理。

雨下得特别大，没有停下来的意思。闪电和雷声时不时警醒着众人。

富晶垚在营业室把两扇门敞开看着外面发呆，小景披着雨衣，一只手拿一根木棍一只手拿一块铜牌，敲了一声大喊：“你们这儿有哪些人？尽量转移到靠山的房间。”连续重复了几遍。

富晶垚出来说：“有那么严重吗？”

“我也是听乡上安排，现在只有一部救灾的卫星电话还能打，其他的都打不了。县上说还有一场大暴雨，让大家转移到地势高的地方，你们后面还有一排房，好转移。”

段主任在楼上喊：“喊我们往后面转移，是出啥事故了吗？”

“没出啥事故，就是以防万一，安全一些。”

段主任“噢”了一声，小景敲着铜牌子出了院子。

小景走后没多久，刘长江进来，头戴雨帽，身披雨衣，裤子卷到了大腿根，看见富晶垚拉着他说：“你们赶快转移到后面那排房子，矿上那个大坝，你见过吧，快要撑不住了，里面积攒的矿砂要是冲下来，咱们这一块可能啥都不剩。你记得给你们段主任说一下，赶快转移到后面去。”

富晶垚听完害怕起来，不住地说好、谢谢。刘长江叮嘱了几遍才离开。

富晶垚立马上楼去段主任那里，谭会计、柯礼朝正在他房间里说着这场大雨。富晶垚把刘长江的话说了一遍，几个人都没有说话。

谭会计慢腾腾地站起来说：“这两个地方都是先生看过的，不会被淹。”

段主任难得清醒，说：“你们几个开始收拾东西。谭会计，你负责收拾营业室和金库，我们几个负责收拾外勤的资料，只捡重要资料打包，全部收拾到后面那两间客房。”然后让柯礼朝通知一下景泽录。

富晶垚跑回房间对徐馨璐说了这个情况，徐馨璐有些着急，说：“有那么严重吗？会不会后面也不把稳！”富晶垚说完就有些后悔，觉得不应该全说出来，又开始不住地安慰说：“没问题，没问题……”

谭会计进营业室把重要的会计资料全取出来，摆在三斗桌上，富晶垚摸黑在金库里装箱，他把铁皮柜里的钱和重空全都收拾到两个钱箱，没有装下，启用了那个锈迹斑斑，已经很久没用的钱箱，满满三大箱。锁好以后帮谭会计把会计室里面的会计档案挑选出来，堆在三斗桌上。

雨时大时小，趁着雨小的时候几个人抬着箱子到后面瓦房。

段主任安排徐馨璐和富晶垚一个房间，他们四个人一个房间，刚好那些箱子和档案支起来还能当一张床。富晶垚有些不好意思，几个人都觉得只能这么分配。

天黑的时候雨开始减小，富晶垚安慰了徐馨璐几句到乡政府打探情况。乡上大部分人都已经出去，殷所长叼着烟在一楼的台阶上来回转悠，看到他进大门，说："还说人手不够，你看，应该把隔壁的人也征用过来，他们在那边有啥事？啥事都没有吗！"

"刚说前楼危险，我们把东西都搬到后面瓦房，我过来看看有啥新情况！"

"你们把那几个铁疙瘩也搬后面去了？"

"那太重没搬过去，只留空壳子在那儿，里面东西装在钱箱里搬后面去了。"

"那你们得留一些人看着，现在乡上能派出去的人都派出去了，你来找刘乡长？他这会儿还不知道在哪儿，现在矿上已经准备好炸药包，要是雨下得还像前面那样，大坝扛不住就要炸大坝，这会儿也没人说啥情况。"

"有那么严重吗！还要炸大坝，这要是真的炸了，整个下游全都没了，那里面沉积了那么多年的细矿砂。"

殷所长有些不屑，说："我一个老头子倒觉得没啥，你们年轻人还没有享受够啊。"他停下来抽起烟。

富晶垚看刘长江和小景的房门都锁着。来到街道上，余光亮一家三口正把东西往后屋盘，见他过来说："上面要真垮塌，我这些货啊！"重重叹了一口气。

"有那么严重吗？应该不至于吧！"

"我这么多年都没见过这么大的雨，乡上都通知了几次，能搬多少是多少吧！"余光亮说。

富晶垚买了几根蜡烛，临走说："您慢一些，说不定一会儿雨停了！"又到蔡老板饭店里，蔡老板安静地坐在吧台，台面点了一根蜡烛，见他进来说："咋一个人出来？没有带女朋友一起！"

"在社上。"

"你们联合社的人都有钱，惜命，这个时候都猫在社上，你还出来！"

"哪有你说的。我刚看到余老板把他的东西都往后屋搬，你咋没有动静！"

“我全部家当都在这儿，我往哪儿搬？要是上面真的垮了，把我也一块带走算了！”

杨丽花在旁边说：“看我家老头子不会说话！这么多年都没出问题，这次咋会！你说是不是？富主任！”

富晶垚嘿嘿一笑说：“不会，那不得再下个三四天！我看晚上就晴！”

“这事情由不得我，想也没用！”

“你喝水吗？我给你倒。”杨丽花说。

“不喝，雨这样子应该快停了！”

“但愿快点停。”

转了一圈回社里面，前楼没人，全站在后屋的屋檐下。富晶垚来到瓦房，徐馨璐站在菜园旁边，瓦房两间卧室一间点着蜡烛，他们那间黑乎乎的。

晚上大家点着蜡烛做饭，也没有搞清楚菜洗干净没洗干净，也没有弄明白肉怎么割下来的，这顿饭特别难忘。

吃完饭也没人出去，都在院子里晃悠。柯礼朝在手上吐了口吐沫，劈起柴，几个人把劈柴当成了乐趣。徐馨璐站在旁边观看，这下勾起了富晶垚的表现欲，抡起斧头劈起来。徐馨璐看着他劈得高兴试了试斧头，只能刚刚提起来。

雨歇了那么一会儿又下起来，哗啦啦地越下越大，柴棚里也飘进雨，大家各自回房间。没有人说话的时候能听到咯哩叭喳的雨打山林的声音和轰隆隆的咆哮的水声。

富晶垚从最初希望下雨把徐馨璐留在这里，到现在祈祷着不要再下雨。雨再这么下，安全没办法保证，路再不通，徐馨璐真的会十天半个月回不了家，她父母担心还不把他怨死。

房间里三张单人床，富晶垚睡一张，徐馨璐没有脱，和衣睡另一张。两个人各想各的心事。

慢慢地，富晶垚打破沉默说：“我没有站在你的角度考虑，等雨停了，乡上有个卫星电话，我和刘乡长说，让你给家里打个电话报平安，晚点回去。”

徐馨璐沉默着不说话，停了好一会儿说：“下这么大雨也不是你能预料的，要是能打电话，明天我和我妈说一声，只能说临时去学校一趟，晚几天回家。”

富晶垚连连点头说：“好”。

又沉默了好一会儿，徐馨璐说：“现在这个地方和旧社会有什么区别？有啥好的？停电以后啥都干不了，出去还担心被洪水冲走，晚上睡觉还担心山上掉下来石头。现在考试特别多，你也准备准备，考出去，别在这里。如果考不出去，在外面随便找一份工作都比这儿好。你又不是没有学历，也不是没有能力，你说是吧！”

富晶垚本来在对面的床上看着徐馨璐，站起来走近她，用手抱着她的头贴近自己说：“好，听你的，我加油看书，努力。”

雷声和闪电交替着在他们头顶，两个人分床睡。半夜徐馨璐被雷声惊醒，特别害怕，使劲摇醒富晶垚，富晶垚挪到她那张床上，搂着她睡觉。一道闪电划过，富晶垚看到窗子外面摇曳着的树叶似鬼兽似魍魉。

雷声一声接着一声，震彻山谷。再有闪电划过时，富晶垚看窗户外面没了魅影，他紧紧地搂着徐馨璐睡下。那个梦又在脑子里不停地翻转。

窗外的鸟叫声和外面轰隆的水流声把富晶垚吵醒，他穿好衣服看着躺在身旁的徐馨璐，心里面有说不出的疼惜与爱怜。

他把门反锁上，悄悄出门。

出了院子，水流的声音更大，站在对面都得靠吼才能听清楚。乡政府好几个人站在河边看滔滔的河水。

太阳出来，天气总算放晴了。

富晶垚看到小景，走过去吼着问刘长江在哪里？小景指指楼上，吼着说昨天晚上一宿没睡。他走进乡政府，站在二楼的走廊犹豫了一下，还是用手敲门，第一下没人答应，连续敲了几下才听到断断续续地问：“谁啊？”

“是我！”

“等一下，我马上出来。”

过了五六分钟，刘长江打开门，头发苍乱，眼睛像加了千斤坠耷拉着。富晶垚在门口把想借用卫星电话的事情说了，刘长江向他保证没问题。富晶垚没有进屋，说完就离开了。

## 一百零三

刘长江昨天晚上两点多都没睡。稀土矿启用了发电机，带动了一个通信基站。给手机充电打电话，昨天晚上每隔半个小时报告一次洗矿池的情况。一直等到雨停，所有的情况都平稳，他才睡觉。

这次雨下得实在太大，水电工程指挥部也给他们打电话求救。县应急办让乡里成立临时救灾小组，徐国平和刘长江任副组长，统筹全乡的救灾工作。刘长江把乡上所有的人划分为三组，刘长江还负责和县防汛办沟通，已经连续熬了两个晚上。早晨睡了不到两个小时就听到敲门声。

对于现在这种情况，整个乡上就这一部卫星电话能和外界联系。

等富晶垚出门，他回卧室躺下就睡着了。

昨天晚上如果再下两三个小时雨，县防汛办极有可能指示乡政府通知稀土矿将大坝炸个缺口，让矿渣缓慢泄出来。还好后面雨渐渐变小，雨停以后王三豪汇报水虽然已经漫过大坝，但是情况尚能控制，而且水流速度在变缓，大家才松了一口气。

这次炸药包已经准备好，就等一声令下，如果真炸了大坝，积攒了几十年的流沙俱下，不知道会覆盖到哪里！

乡政府的厨师吃住都在乡上。和联合社的相比，两个的性质完全不一样。因此，当遇到大灾大害，隔壁联合社开始自己烧火做饭的时候，乡政府的厨师给大家蒸了馒头，大锅菜配着稀饭。乡政府几十号人吃上了现成饭。

小景在楼下喊了好几遍“刘乡长吃饭喽”，刘长江终于在睡梦中听到，晕乎乎地起床。前段时间看书、写东西、投稿，轻松了一段时间。突如其来的暴雨让他一下紧张了好几天。

下暴雨那几天，他挨家挨户提醒注意房前屋后，设置路障，注意道路冲毁垮塌，在保护周边村民生命财产安全的同时，还得时刻关注着稀土矿那颗定时炸弹，他彻底明白了那个大坝的用处和潜在的危险。

他到饭堂扒拉了几口饭，袁书记在三楼走廊喊他去办公室开个短会。袁书记回晶沟乡政府是在第一天下暴雨的中午，雨正大的时候袁书记开着他那辆桑塔纳进了院子。

简会分析了目前的形势，把工作做了分工，刘长江还是和昨天那样没有变。

太阳出来，天空完全放晴，完全没有任何下雨的痕迹，蓝得更令人心醉，蓝得更彻底。但是对于晶沟来说，出乡的路，电线和电话线都在这次事故中损坏。整个乡政府和村上在大雨后的第二天就失去了联系，具体灾情谁都不清楚。

出了袁书记的门，刘长江刚好碰见王主任在走廊上，他和王主任说了富晶垚需要借用卫星电话的事情。

回到房间，他把晶沟乡的地图从文件柜里面拿出来。这个地图是1∶1000的比例尺，还算比较清晰。他先标注出各个路段和路口，又标注出去年碳沟塌方的点，把他那个小组的人喊进房间，他这一组分了六个人，除了小景能随叫随到以外，其他几个人年龄偏大。刘长江在会前强调：无论平时工作状态如何，积了多少心结，在这种大灾面前不管什么状况，上也得上不想上也得上。

在地图上标注好具体的区域，分配好负责人的范围，他要求这组的每个人，在组织救灾的同时统计人、畜、农作物、房屋、道路等的受灾情况，同村组长沟通协调，积极开展自救，恢复道路，修缮房屋。刘长江还负责协调电力和通信，他已经向县防汛办汇报了这些情况，但还是不能坐以待毙，他吩咐小景联系相关部门在乡镇的驻点，督促他们尽快通电、通电话。

洪水过后是个艳阳天，按照县防汛办做好大水之后防大疫的要求，乡上临时把方大夫两口子抽调到救灾组。方大夫倒是大大咧咧地说那有啥不行，但是他爱人较真，得有补助。刘长江也不清楚后期的具体情况，只说肯定不会亏待她们。

在乡上开展统筹自救的同时，县上也发过来各种需要填报的表格，刘长江分到每个人名下。

暴雨加断路，稀土矿损失也比较大，矿洞里面灌满了水，抽水耗电耗时间，修路也需要时间。王三豪在剪彩那次风光过后出去待了几天，大雨前两天才回矿区，刚好遇见了这次大雨。他那几天的心情随着雨的大小而变化，他真担心洞里灌水，洗矿池决堤，整个矿区沉陷。

县政府也派相关部门支援各个乡镇，经过四天的努力，电话和电力通到了乡政府，受益于和乡政府是邻居，联合社也通了电，但道路还是不通。

各个村的灾情不同，碳沟的灾情还是最大，吃了山上没有林木防护的亏，护不住土，一下雨不是塌方就是泥石流。

伍行那边的灾情更严重。下雨那几天刚开工一个多月，大家士气正高，干劲正足。铲车、挖土机、大卡车没有停歇，基本全在堤坝上作业。雨下大的时候，一部分车开出来，有几辆车当时陷进泥地里，伍行指挥推土机推出来几辆。随着雨越下越大，上游的洪水挟带着泥沙，河水开始暴涨，卡车师傅和挖机师傅都不敢待在车上，洪水漫过挖掘机履带的时候，伍行没再强求师傅们继续抢救，全部撤离。大家相互搀扶着上岸，伍行也在最后上岸的那几个人当中，留下几辆车和两台挖土机在洪水中。后来河水涨得太大，留在河里的卡车和挖土机全部被水淹没，大家只能站在旁边干看，毫无办法。就那样下了几天，河里的水犹如滔滔的江水，漫到路边。工人宿舍离河相对较近，宿舍也进水，大家不再在意那几辆车，转而开始担心自身的安危。伍行统筹安排，把指挥部二楼以上全腾出来，指挥工人收拾好东西住了进去。

大家全部安顿好，看着不停地侵占陆地的洪水，大家开始讨论起那几辆车和挖土机的结局。

通往晶沟的乡道损毁了好几处，损毁最为严重的要数昶河通往太阳花村的那座大桥，雨下第二天就垮塌了一大半，剩下的桥墩也成了残柱立在那里。昶河大桥垮塌的那一刻昶河镇的人好像被大自然的魔力所召唤，不约而同地前往河边观望。洪水没过桥墩从桥面往下流，没有支撑太久，桥面从昶河那一岸被掀翻，巨大的轰隆声掩盖了看热闹那群人的尖叫。再大的雨也没能阻止这些人看洪水泛滥的样子，每个人都想看雨和它造就的江河湖海所具有的无穷的威力，不在乎那会儿会不会被吞没。就像大雨肆意地下，不管人们的死活一样，大家看着洪水的热闹，阴雨看着大家的悲情。

人群中有眼睛特别尖的人指着水面，让大家看洪水里究竟是一件衣服在浪涛中翻滚还是一个人在那里翻滚，但很快消失在大家的视野里。

昶河上游的几个县受灾也特别严重。整个鹿鸣县受灾最为严重的是晶沟乡。

洪水慢慢退去，伍行的施工队一个月填充起来的引流坝几天时间被洪水移为河床，全部堆满了乱石，压路机已经成了一堆废铁，拉土车被冲往下游好几里，车斗已不见踪影，只有车头埋在不远处半河床里，露出来的部分也被砸得稀巴烂。搜寻队员搜寻车身的时候，意外地在一个草丛里发现一件衣服，大家扒拉开却是一具面目全非的人的尸体，所有的石头和水流造成的冲击在这具尸体上表现出来，头部已经变形，脚和手也残缺不全，大家看到的时候尸体已经被水浸泡得腐烂，带有臭味。搜寻队派了个人回指挥部通知派出所。

这场洪水过后延绵几十千米，陆陆续续都出现残缺不全的人的肢体。后来的新闻报道中报道，昶河上游有一个村，在洪水来临时，整个村子几十户、上百人在睡梦中被洪水冲走。电视里通报的死亡人数是一百多人。

刘长江骑着他的摩托车下乡摸排走访了一个多星期，这一个星期用了他平时一个月的汽油。

摸排时摸排出一起死亡事件。这里好多都是独门独户，刘长江负责的村组要求村组长一户一户排查。因为大雨，再加上土房年久失修，入户时才发现，房屋倒塌，老两口被埋在屋下，乡上通知了老两口的几个子女。

处理后事时，村主任何兴村给刘长江打电话，刘长江带着主管民政的王刚一起过去。村民告诉刘长江，老两口平时就有些神叨，最近的邻居离得有两座山之外，平时来往得也特别少，反而经常有一些外地年龄较大的人结队至此，至于做什么谁也不知道。有人从山脚经过偶尔会听到诵经声，周边没人敢靠近。经过这场雨才真相大白。

这次因为房屋倒塌砸死人，派出所只做了记录。几个子女对此讳莫如深，不愿意多说一个字。

这事对刘长江有些触动，八十多岁的老人，一年累死累活，为了一口吃的下地干活，怎么还有精力信神。农村的精神生活非常贫乏，子女离开以后，这里变成了一个没有信仰，也没有感情寄托的地方，不管是什么样的思想，都能在这里生根发芽。

各村组统计，因为雨灾致死的人数为三人，属于重大自然灾害。刘长江按照实数向袁书记做了汇报。

## 一百零四

雨灾过后，王三豪派推土车、挖掘机清理路面，填平坑洼。太阳花上村和下村之间的半山路损毁不是特别严重，那处垮塌半边路的地方王三豪和徐国平联系，用水泥灌浆砌起了石墩。

通往昶河镇唯一没有打通的就是连接两个乡镇、横跨昶河的那座大桥，修好那座桥需要一年左右的时间。为了解决村民出行问题，经晶沟乡政府、昶河镇政府、县交通局、政府办等单位的协助，临时架起一条绳索，搭了一座浮桥，由晶沟的班车把人送到浮桥，村民通过浮桥到达河对岸，和赵芳霞争客打架的叶师傅开车拉着渡河的人去县城，赵芳霞也知道对岸是叶司机，对岸的司机也知道是赵芳霞把人送到对岸。两个人也从对立关系变成了相互配合的合作关系。

路通以后，刘长江就给富晶垚打电话说了这个情况。富晶垚虽然依依不舍，但是还是耐不住徐馨璐的脾气，送她上了赵芳霞的通村车。徐馨璐这一辈子从来也没有遇见过这样的情况，她这一趟晶沟行让她认识到了晶沟的大山大河！

在这里也只是为了生活，社会的发展对这里来说只能算得上是花边。

付莹莹连续几天给刘长江打电话，担心他的安全，刘父刘母却一个电话都没主动给他打过。他给父母打电话询问县城的情况，父母关心最多的却是刘天佑的情况怎么样，对他的处境只字没问。他给刘天佑打了几个电话，一直都没有打通。这也是从小到大一贯的方式，出现任何事情，父母都认为他能应付，并且能妥善解决。而对他来说，以前会认为这是一种向父母示好、表现自己长大了的最有力的证明，但是现在，他觉得这已经成为一种孤独的负担。父母经常太过于急切关心、知道那个让他们不省心的刘天佑的情况，忽视了他打电话问候的意义，让刘长江有一种空寂感，好在付莹莹填补了这块空缺。

灾情过后，缺钱的人变多，退耕还林的钱一直有人问。这段时间到刘长江那里问的人就更多了。他忙着下村组摸排统计，向县上汇报，沟通协调村组疏通道路，也无暇顾及。

到了八月中旬，学生快开学了。因为灾情，很多村民的庄稼没来得及收，已有的收成也没能及时卖出去，导致有些村民没钱交学费。好多人也知道这笔钱已经拨到联合社的户头，没有往下发。开始时村组长见到乡上领导会侧面说，后来直接就说因为乡上和联合社没有谈拢导致钱没有发下来。找刘长江说这个情况的人多了，他找徐国平说起这件事。

刘长江没来之前，乡政府和联合社都是徐国平联系。上次徐国平借刘长江的话向段主任做了转述。刘长江当时就分析如果联合社私下把钱扣了，那些欠联合社贷款久拖不还的村民不会去和联合社的人掰扯，都会找乡上说事。哪怕是十块钱，对于那些好多年都还不起几千块钱的贷款户来说，也是一年的盐钱，或者一个月的烟钱，用着钱赖着贷款是他们最理想的方式。

这次徐国平倒也爽快，当着刘长江的面给段主任打电话："段主任，你们那儿现在所有的业务都正常了吧！"

"业务都已经正常，领导要办啥业务！"

"我不办啥业务，我没钱存，也不贷款。就是前几个月你说的退耕还林款的事情，我上次给你说，让你们信贷员下乡给村民解释清楚，有人不发这笔钱是因为你们要扣人家贷款，你们解释了没有？"

"这事请领导放心，我和我们的信贷员说过，跑村的时候和有些人都讲清楚我们的政策了，他们有退耕还林，因为以往的贷款没有还，扣下来。现在的情况就是你们的册子没有给我们，我们发不了，这段时间小富说每天到营业室问这笔钱的人都有十来个。”

“我们的花名册早就制好了，我看现在是你们不急。”

“我们也着急，也不着急。那些多年不还的贷款，已经划到不良资产清收范围。我们今年的任务已经完成了一大半，清收这些人，我们任务就超了，这样明年县上分的任务量就会增大。我们的任务你也知道，下一年按照上一年的完成情况来定，如果能挨到年底我们还好控制，现在发了控制不住。”

“这次恐怕挨不到年底。这次受灾，救济款还不知道什么时候下来，刘乡长最近在村里面跑的时候好多家里要上学的需要这笔钱，说多也不多，给他们应个急还可以。”

“这！你在乡上吗？我过去看一下花名册，咱们商量一下怎么办！”

“你来，我和刘乡长都在。”

十多分钟后，段主任带着谭会计来到徐国平的房间。谭会计手里拿了一份花名册，段主任接过来对徐国平说：“这是我们按村统计出来的不良贷款，你看这儿，还有这儿，都十几年了，也不知道有钱没有，一直不还。”段主任指指花名册上的几个人。

徐国平瞥了一眼，说：“你上次和我说过，这事情要是没有这个灾情，我也就不提，但是现在每天问的人多，实际情况是好多家里真没钱，娃马上开学，刘乡长过来问这个事。”

“这次下乡统计，受灾严重的户特别多。你们比我们知道得多，这边没啥产业，都靠种地为生，是老天爷赏饭吃。好多娃九月上学要用钱，这笔钱刚好能用上，而且这几天问的人明显增多，这时候发下去刚好给村民应个急。”刘长江说。

“这笔钱发下去取得特别快，我们这个季度的存款就难完成了。”谭会计说。

徐国平面露难色地看看刘长江说：“我先说这里面没有我的钱，这钱按说到他们账上，我们出花名册就可以发，这也是两个单位合作的事情。”

刘长江思考了一会儿说：“你们那边怎么发这笔钱？我们报账户打到村民已有的个人账户？还是重新开卡打到新账户？”

“重新开卡好控制，就是工作量太大，你看花名册有多少？二三十页，每个人开一张卡，再发到个人账户，我和小富光开卡都得一个来月，这可不是个小活。”谭会计说。

“如果是这样，我把殷所长叫上来，今天能商量出一个方案就定下来，两个单位的人都凑到一起说这个事的机会也难。”说完出门在楼道喊，“殷所长！把退耕还林的花名册拿上来。”

楼下应了一声。

殷所长进门第一句话说：“直接从大账上扣不就行了！钱在你们联合社存着，你们怎么发都行。”语气特别生硬，明显说的是反话。

谭会计把脚一跺说：“你看你说的啥话，我们怎么能从大账上扣，是发到个人名下以后再扣不良贷款。”

“你这和从大账上扣有啥区别！”

“你一个内行人怎么说外行的话！从大账上扣和发到个人名下再扣贷款，走的账不一样啊！”

段主任说：“我们一年就是存贷款任务，徐乡长、刘乡长你们看这怎么办好？”

刘长江和徐国平都不说话。过了一会儿刘长江把殷所长手上的花名册拿过来看了一下说：“我们这花名册是按照村来的，你们的不良贷款也是按照村来的吧？一个村一个村来发，存款任务你们就吃点亏，要扣贷款你们就正常扣，殷所长你看这样好吧，毕竟是两个单位配合的事情，还都是邻居。”

“领导说得都行！”殷所长说。

几个人商量了好一阵，按照刘长江的提法定了个方案。殷所长始终站着抽烟没有坐，不停地重复：“你们看！我咋都行，就这百十万，一张单子，也翻不出来啥新花样。”

按照最终商议结果，九月一日之前受灾最严重的碳沟村村民应该就可以领到这笔钱。

## 一百零五

用了一个多月浮桥加绳索的渡河方式以后，王三豪的稀土矿每天损失几十万元，实在扛不住。

袁书记协调县交通局，在昶河河谷平坦的地方用水泥筑成的六个两米高的水泥圆柱并排排成一列，在上面填上沙石，做成一条简易桥，大桥暂时搁置在一旁。

在协调中袁书记了解到因为这次灾情，市上向省上申请加快“村村通”建设，路面硬化的资金也已经拨付，招投标工作已经完成，确定了施工方。

对于大山深处的人来说，除了劳作、吃饭，便利的通行就是最贴切的民生。晶沟的村民期盼了很久。

自从河上架起简易桥以后，刘长江就发现回晶沟的人越来越多。无论是乡政府门前的那条路，还是下乡到村民家中，头上染着花花绿绿，身上穿着新潮的年轻人多了很多。

乡政府门前的马路上出现了一个骑着新潮的摩托，装着一个高音炮，走一路震一路的潮人，几里外都能听到“你是电，你是光，你是唯一的神话……”，起初大家觉得很新鲜，后来听着听着都认为是噪声。余光亮说这是晶沟村人，以前在广州打工，因为经济危机，外贸出口不行，带着儿子回乡下，整天没啥事，骑着摩托车带着儿子窜上窜下。大家都说他在寻找回乡的存在感。

九月中旬，伍行给刘长江打电话说爱人和娃知道他负责这边，本想暑假过来待几天，遇到发洪水就没有来，打算“十一”的时候过来玩几天。刘长江表示欢迎，他打算“十一”窝家里休息，刚好可以带着他们一起在鹿鸣县城周边转转。

从灾情开始到现在，刘长江已经连续两个月没回过家，他确实有些想付莹莹。虽然电话里隔两天就报平安，但是每当闲下来的时候他就会拿起一本书看起来，沉浸在书里面，不让自己思考得太深。在这里，忙过以后就是漫漫的长夜，只有沉浸在书中才能让他完全摆脱那种孤单的困扰。

放假前，刘长江把假期需要上报的报表和王主任交代清楚。

灾情最严重那段时间，因为徐国平年龄大，加上垮塌等次生灾害时有发生，徐国平一直负责协调乡政府内部的事情（乡上人都说他怕死，有人也在刘长江面前说过）。这次“十一”值班他没有含糊，只给刘长江安排了最后一天。

“十一”前一天，刘长江骑摩托车回县城，经过伍行的指挥部，顺道进去了一趟。这是灾情过后他第一次到水电指挥部，指挥部的人都没有出工，在院子里。有人告诉他伍行不在，和他攀谈起来：大水让工程队损失了一辆铲车、两辆挖土机和两辆卡车，还有一个月筑起来的引流坝也被冲毁，损失超过两百万。伍行也因为没有未雨绸缪，指挥不当，背了个处分，从这边的总指挥变成了代管，后面怎么安排还不清楚。

回到家时间尚早，付莹莹还没有放学，放假前一天她一般会晚一些下班。

刘长江在家里面转悠一圈，看看冰箱，去菜市场买了菜，顺路买了个礼品，他错过了付莹莹的生日，这算是补偿。回家做了可口的饭菜，等着她回家。晚上付莹莹诉说着两个月的焦虑和辛苦，刘长江听得心里很不是滋味。说到最后付莹莹竟然忍不住哭起来。刘长江哄了好久。

国庆节第一天假，刘长江领着付莹莹去他父母家吃午饭，刘长江吃得很不开心，母亲还是唠叨刘天佑，刘父只问了一下晶沟的水灾，也只是了解一下情况。

付莹莹出来的时候说刘父刘母根本就不担心他，认为他什么事情都可以应付。刘长江也苦笑了一下，这和他的感觉完全相同，从小到大都是这样，父母都那个年纪，也改变不了。

下午伍行打电话说已经接到了爱人和女儿，在鹿鸣县城住下。他女儿想看一下他工作的地方，但是他觉得那个地方不久前发过水灾，满目疮痍，不宜让她看，就没有带她去。他开着指挥部的那辆越野车。刘长江和他约好明天十点在县政府门前的广场见。

对于“十一”接待伍行一家人，刘长江在放假前和付莹莹说过，但是没想到会是假期的第二天。付莹莹更喜欢享受二人世界，有些不高兴，发起了牢骚——每次回来总是去你父母家，已经很久没有探望她父母。刘长江赔笑了好一会儿，下午带着付莹莹回娘家。付莹莹的弟弟也回来了，几个人喝得酩酊大醉，岳父喝醉后不住地夸赞刘长江有出息，是个好女婿。付莹莹深夜搀扶着刘长江回家。

按照刘长江的计划，第一天去鹿鸣县唯一的一个国家级景区。早晨起床时他还晕乎乎的，付莹莹抱怨他昨天晚上喝太多，把他爸和弟弟都喝醉了。刘长江嬉皮笑脸地说只要岳父高兴，他喝多少都行，付莹莹听这话也受用，两个人温存了一番。快十点钟刘长江的电话一直响，他们俩都没有停下来的意思。等两个人结束，手机也不再响铃。刘长江拿起手机，已经十点多。他回了个电话，急匆匆地和付莹莹起床。

在街边吃了早餐，两个人信步来到约定的地点。伍行的车比较显眼，停在路边，他站在广场上，刘长江走过去招招手，伍行把家里人做了介绍。刘长江看到伍行的爱人特别苍老，东奔西走的伍行反而并没有显现出苍老的迹象。付莹莹在街边的超市里买了些牛奶和零食。一行人上车后，伍行做司机，驾车驶往景区。

从县城到景区只有半个多小时车程，刘长江坐副驾驶和伍行聊着家常。后座的三个女人聊得更欢实。付莹莹是老师，很会和孩子沟通，女孩嘴巴也比较甜，两个人很快就聊得火热，倒是把伍行的爱人冷落在一旁。快到景区，伍行的爱人问付莹莹怎么不生一个？这句话让车里沉默了一会儿，付莹莹指了指副驾驶的刘长江。伍行的爱人凑过去和付莹莹说了几句耳语，说完哈哈大笑。

景区在暴雨那几天也有损毁，为了迎接“十一”，已经恢复。国庆节前刘长江和这边的镇长联系过，这边的镇长还邀请他值班的时候过来。刘长江因为朋友过来旅行，就没有特意去打扰。

车停在镇上，前来旅游的人还比较多，几个人找了个农家乐吃的午饭，补充了一些零食，不到十一点就来到景区门口。

刘长江介绍着景区，他第一次来的时候还是在高中，那一次来了好多人，本镇的同学带路，一群人爬进了深山里面。当时的山山水水，除了住在山里的村民为了进出方便修凿的道路，其他地方没有人为修饰过。现在景区还修建了大门，进山还得买门票。买票的时候伍行抢着付钱，刘长江没能拉扯过。

进入景区，里面也大变样。刘长江指着一棵长在石头上的树说上次来还像只猴子一样在树上来回荡，自从变成景区，树的待遇都不一样，四周架起了围栏。那个时候他还是个青葱少年，现在已经步入青年的尾巴，要不是前段时间常下乡瘦了一些，真可以算是大腹便便的中年大叔了。

大家继续往上。伍行经常在山里穿梭，对高山秀水已经见怪不怪，母女俩倒觉得特别新奇。

登上山顶，刘长江忍不住赋诗道：

**峡行**

慧眼识仙境，雾露饰远途。
怪树石上生，轻瀑山涧出。
山开缝隙间，峰腰没入云。
崎路涤心程，身疲心已舒。

下山的时候伍行的女儿不住地撒娇累了走不动，伍行也不含糊，背一段闹一段，好不热闹。刘长江拉拉付莹莹，让她看两个人嬉闹的样子，付莹莹白了他几眼。刘长江说嫂子和娃好不容易来一趟，请他们在县城吃顿饭，伍行的女儿也嚷着去县城吃。

回县城的路上，刘长江是司机，他觉得这车真好，驾驭的时候就像骑上一匹汗血宝马，淋漓畅快。很快就到了县城。

女孩喜欢吃火锅，其他人也就跟着一起。

孩子的精力是无穷的，吃过饭，想看看这里的商场，几个人虽然有些累又一起逛了商场。

伍行的爱人认为这里的东西比他们那儿便宜很多，而且还能跟得上时尚，开启了大采购，大包小包买起来，只要是想买的东西，毫不犹豫就付钱。但是对于付莹莹和刘长江来说，没有他们那样大的手笔，只挑中意的看。伍行的爱人还说鹿鸣县城虽然是个小县城，但这里的人活跃，跟得上大城市的节奏。

几个人分开的时候，伍行一家三口每个人都提的衣服鞋子，大包小包一大堆。而付莹莹只提了一双鞋子，这也是她看了好几次，这次跟着伍行他们一起折扣多了才买下来。

两个人跑了一天，回到家，付莹莹洗洗躺下就睡了。刘长江虽然也比较累，但是翻来覆去睡不着，看着身边的爱人有种说不出的滋味。

假期后几天两家人一起开车到了湖北的市县转了一圈。伍行的大方和豪气让刘长江颇为感叹，他知道两个人之间收入是有差距的，等一起出行才真真切切地感受到这种冲击力。

假期结束前，伍行把母女俩送到十堰的汽车站。看着母女俩进站，伍行才开车前往鹿鸣县。刘长江觉得这车开起来非常舒适，一路开得比较多。

伍行把刘长江送到县城，刘长江要收拾一下自己的东西才能跟着伍行回晶沟。他要拉伍行一起上楼，伍行调侃说这几天都和他们家在一起，给他们俩留的单独时间少，他在楼下等着，叮嘱刘长江不着急。

付莹莹先上楼，刘长江在二楼就听到付莹莹在家发出一声长长的叹息。他进门问："这几天逛得不舒服？在楼下都听得到叹息！"

"是太累了，舒展舒展。唉！你说咱们和伍行差距咋那么大？人家是想买什么就买什么，想去哪里就去哪里，想生孩子就生孩子，咱们是什么也不用想！"

刘长江在房间里收拾衣物说："看你说得委屈巴巴，你想要什么就去看，达不到他们那样随心所欲，但是也不能委屈了自己。"

付莹莹轻声说："还是等你调回来再要孩子吧！"

刘长江没有接话。

收拾完东西，他拥抱着付莹莹，说："伍行还在楼下等着。"

付莹莹向他摆摆手让他下楼。

伍行在车里抽着烟，刘长江打开车门，满车的烟味。伍行递给他一支，刘长江也点着，两个人你一句我一句地聊起来。

到伍行的指挥部，已经过了晚餐的饭点，伍行吩咐厨房做了两个菜，让刘长江吃完饭再走。刘长江想着已经到这里，也不着急，就留下来吃饭。

指挥部里面，以前大家都围着伍行，这次相反，大家各忙各的，厨师炒了两个菜，下了点面条，就算是他们的晚饭。伍行自己到厨房取了咸菜和辣椒，也算是四个盘子拼在一起，指着咸菜说："到新地方开荒的时候，没厨师，馒头就着这个，下饭，一次能吃五六个馒头。"刘长江笑笑扒拉一些到自己碗里面，和着面下肚，不住地说好吃。

等把刘长江送到乡政府，已经是深夜，伍行又开着车回指挥部。

## 一百零六

任何一个时代，都会有暴发户，再贫穷的地方也会出富人，穷人变成富人以后可能做出让其他穷人觉得不可思议的事情。

年前胡大勇回晶沟提过要建飞机场，他把大致的想法和袁书记交流过。袁书记没听过这玩意，刘长江听着也认为他在夸夸其谈，谁也不相信大山沟里能建飞机场，只当是他在那里说笑。

"十一"那几天，从外地来了一个工程队，还是正规公司，有一套人员、设备。没有给乡政府打招呼，就开始施工，工程队起初对部分路面进行了扩充，然后在通往胡大勇老宅那条岔路上建起了营地。

没几天，把路修到胡大勇家小山坡。工程队开始对山头进行爆破，村民这才反应过来怕不是胡大勇真的要修飞机场，村主任给乡上打电话询问情况，乡上也不清楚没有答复。

轮到刘长江值班那天，有村民把电话打到值班室说村民和施工队起冲突。原因是施工队挖的那个山头，村民说是自己家的山，施工队拿出规划图说按照卫星地图的标注，这一片都是胡大勇的林地。

刘长江给十坪村的村主任段先明打电话，让他把施工队和村民先稳住，他现在就了解情况。他先给袁书记汇报，袁书记也有些摸不着头脑，认为胡大勇之前只是说说，没想到动起真格的，袁书记说他和胡大勇沟通一下什么情况。

过了不久，袁书记给他打电话，让他去调解一下两边的矛盾。胡大勇确实和工程队之间签了修建停机坪的协议，工程分为几期。因为他忙就没有跟工程队一起回去，只是根据工程队给出的卫星地图标注出大致方位，并且明确地标明了停机坪离他老家的位置。工程分期付款，第一批资金已付，等把两座山头削平，再付第二笔。他本想着这么大利好的事情，而且都由他私人投资，不用其他人出钱，不会有人反对，占别人的那点山头也值不了几个钱，没想到邻居这么较真。袁书记让刘长江去给村民做做思想工作，把事情压下来，能让胡大勇施工尽量施工，毕竟晶沟的路通不通是看老天爷的脸色，那么多退耕还林留下的荒山，修一个停机坪也不是个什么事情，而且修了停机坪对于整个市来说还能提高知名度。刘长江认为胡大勇还是个暴发户的头脑，想一出做一出，停机坪没有任何手续，就像修自家花园一样，说开始就真干起来。他感叹还有没有比这个更像暴发户干的事情！

刘长江在乡政府转了一圈，除了殷所长在院子里，没有其他人。他和殷所长商量后骑着殷所长的摩托车，载着殷所长一同赶过去。殷所长负责指路，他负责驾驶。约莫骑了四十分钟，路越走越新、越宽阔，到地方，只见十几个村民和一群穿着工人服装的人僵持着，工人那边倒并不激动，只见村民当中有几个妇女指着工人激动地叫骂。

两个人下了摩托车，刚站稳，村主任段先明不知道从哪里蹿出来，对刘长江说："刘乡长过来了，你看这两边已经僵持几个小时了。"和段先明一起的还有村支书王昌德，也跟着说。

几个人往前走，正骂上头的村民看见刘长江和殷所长走在村主任和支书的前面，把年龄大的殷所长拉住说："你说这群人缺德不缺德，开始以为他们是来修路的，大家都满心高兴，以为他胡大勇有出息，从我们这里开始修，修到那儿开始挖山，大家就觉得不对劲，他胡大勇多能，一个吃百家饭长大的人，现在出息了，周围的婶婶叔叔招呼都不打就要建飞机场。一听建飞机场，谁能不炸了，你说他挖他一家山头大家也就不说了，你看他们是要把这几座山头都削平，再把这几条沟填上，这几座山不是他胡大勇一家的。"说着指指那几座山。

殷所长倒不是特别慌，从口袋里摸出烟慢慢地点上，任凭几个人在那里吼叫。刘长江见几个人不拉他，拉着殷所长，看着不说话。殷所长把烟点上，吐了一口烟圈顺着村妇指的地方说："那山是你家山？"

中年妇女说：“那边，那座山都是我家的，那个山才是他家的。”

殷所长慢腾腾地说：“噢，那，那山是胡大勇家的？”

另一个人说：“那座山是胡大勇家的。”指着几座山当中最矮的那座。

“他家就那矮一座山？他胡大勇这财大气粗的，都要修飞机场的怎么就分那一座矮山！”

段先明说：“村上分得早，分的时候他家里面应该没啥人了吧，才分得小。”

殷所长说：“噢，他这不对，他那么小一座山，怎么能把人家两座大山削了，这不对，他人呢！没给你们说过这件事！”

中年妇女和几个人抢着说：“他有钱把我们这些婶婶嫂子都不当啥了，要是当啥，还会做这事情？”

殷所长还是不紧不慢地抽起烟，吐着烟圈说：“你们现在也没人给他打电话说这事情。”

“没人说！这事情应该是他找大家说才对。”

殷所长说：“村主任和王支书也没给他打电话说这事？”

两个人都说打了。村主任说：“我打电话的时候人家还接，说这事情又不让婶婶和伯伯出钱，他一个人出钱，已经付了几百万，第一步只把山头消了，地填平整，他们有啥不愿意的，建好以后就算是下雨把整个乡冲了，他都能回家。”

殷所长把烟从嘴上夹下来说：“人家说得也对啊，你看不用你们出钱，下大雨路不通，他有飞机，你们还能沾光。唉！我听说这次水灾他还给县上捐钱了……”话还没说完几个人就像热油里倒水一样，拉着殷所长说：“这不是你家山吧！他胡大勇不是你家亲戚吧！不说不问，径直就把施工队叫过来，他把我们当什么。”

殷所长还是没有太多的表情，抽着烟说：“按说他开始应该和你们商量好了再叫施工队，现在施工队都来了，他弄的啥事，这不是他家的菜园子啊。”

几个人拉着他，又把刚才的话数落了一遍，殷所长又抽起一根烟，听着几个人的争吵，不断地说：“这个胡大勇做得不对，钱赔多赔少是一回事，对婶婶们尊重又是一回事。”

有几个村民向殷所长提条件，听殷所长的口气支持他们，跑到施工队那边开始赶人。本就停留在双方还在说理的场面突然要赶这一群施工的人离开，工人倒是全不在意，坐在阴凉地里全都站起来，对着地面骂骂咧咧地说不让干就不干了。领队的在旁边不答应，呛起来：“我们合同可是签好的，一期的定金都收了，误了时间我们可是要赔违约金，你说这山是你们的就是你们的，刚才胡总的司机还打电话过来说不要理你们，你们那是红眼病，农村人的通病。”

几个村民吼道：“刚才听到乡上领导怎么说了没有？你们赶快走，不然我们砸东西了，还敢说我们农村人红眼病。”说着准备动手。

还在和殷所长讲情况的人拉着殷所长到施工队队长这里，殷所长个子矮小，硬是被村民拖了过去。刘长江看到这情况怕有人动手打起来，那就变成混战。队长也急起来，嚷嚷着：“开挖掘机的，谁去开挖掘机，压死人我负责，压死一个十万块钱，现把付。”旁边的工人跃跃欲试，不再抱怨开始上挖掘机。

刘长江冲上前一只手把村民拨开，一只手指着领队喊：“谁敢开车压人，都给我住手，都停下来。”

村主任和支书跟着吼：“都停下来，听我们乡长怎么说。”

殷所长从几个村妇的手上挣脱，喃喃地说：“这群老妇女，真动手！”

刘长江大喊：“胡大勇今天没在这里，后面再找他的事！这不单单是挖山建飞机场的事情，这个机场有没有审批手续？你们就凭着地图上圈的几个点开始建！”

“我们只是把几个山头削平，不是建飞机场。”领队说。

刘长江厉声说：“你们削山头为啥？不是为建飞机场做准备？他现在什么手续都没有。你们现在挖，明天公安、国土部门过来查这个工程，你看你们还能不能拿到钱。”

领队的听了以后蔫了很多。

刘长江又对村民说：“你们也不要再闹了，你看他们！啥干仗的大家伙都在人家那边，压路机推土车真的动起手来谁吃亏？你们要相信我能处理好这件事情，胡大勇今天不在，但是这件事情他不可能不给你们一个交代，这不是他说想建飞机场就建飞机场的事情，后面肯定给大家解释明白，不会让你们吃亏。”

大家也都不再闹，停下来听刘长江说，刘长江继续说：“现在大家都分开，你们几个，都从机械上下来。”指指在挖土机和铲车上的人，然后指指村民说：“你们也把东西放下，两边人各站一边。”

两拨人自觉分开，停了十几分钟刘长江没有说话，用眼睛盯着两边。村主任和支书也跟在刘长江身后。殷所长这个时候远远地看着不说话，也不抽烟。

过了一会儿刘长江拿起手机给袁书记汇报，刚才差点打起来，现在基本得到控制，也只是暂时控制住，这个事还得胡大勇和施工队打招呼，暂停施工。如果施工队再偷摸着施工，两边可能真的会打起来，搞不好会闹出人命。袁书记让他不要着急，稳住两边，他来和胡大勇沟通。

刘长江挂了电话，交代村主任和支书去稳住村民，他去施工队那边了解情况。村主任和支书到村民那边，他去施工队那边。

施工队的领队正在打电话，看到刘长江过来热情地发了根烟说："领导，你看这事情怎么搞成这样子！现在的工程不都是先建，建得差不多了再申报，等到建成，申报的手续差不多也批下来，就算有点小的磕磕绊绊，已经建成了，不批也得批下来，总不至于拆了吧！"

刘长江把烟推开说："你还是没有意识到问题的严重性！"指指山头说，"刚才他们也说得很清楚，只有那个小山是胡大勇家的，其他几个山都不是他家的，你们也没有搞清楚就开始施工？"

施工队长又赔笑道："这大山一年能有多少产出，这几座山加起来不超过五万块钱就能把后面全买断吧，等我把山头都削平，把钱付给他们，这有啥说的！"

刘长江听了以后说："你们还真打算继续削山头？"

"公司和人家胡总签了合同，总金额几百万，定金几十万都已经打到我们公司账户，就因为几个人闹腾，不让施工，我们就停住？不施工，这损失多大！"

刘长江停下来看了一下施工队长说："那现在怎么样做你们才能停下来不施工？"

施工队长拉着刘长江到一旁避开其他人说："这个工程，成本最多不超过一百五十万就能全部拿下来，对半赚我还有多的。停下来，我还有一帮人咋办？这工程不能停！"

刘长江有些着急，说："这账不是你这样算的。你把所有的想法都押在这个工程后期手续能批下来，可是你现在都知道这个工程从开始到最后就是你说的——啥手续都没有，没备案，没有审批，你现在停下来等于是及时止损。"

"领导，你不会来真的吧！账我可是明打明地和你算过的，你就说你想怎么样吧？"

刘长江指指那边的村民说："刚才那情况你也是看到了，今天你们先停下来，我们再问问他胡大勇究竟想干啥。"

领队的也没什么好气地说："停下来就是损失，我这工程机械都得出钱……"

刘长江又重复了一遍："今天别施工！"

这边村主任和村支书暂时把村民安抚得差不多，殷所长还和几个老太太攀谈起来。

刘长江迟迟没见袁书记回电话，又打过去汇报情况，把刚才领队的话重复了一遍。袁书记只是说他知道了。

这样僵持到下午吃饭时间，施工队留人看守，其他的都去吃饭，村民也一样。只留下刘长江和殷所长。

袁书记电话就再没有打过来。

殷所长抱怨起来，说不如先回乡政府明天再说，今天这样子应该就这样，打不起来。刘长江不太放心，问了看工地的工人，顺着他指的方向找到领队，一再叮嘱他今天别施工，领队没有抬头答应着。

刘长江出来给村主任段先明打电话，让他尽量安抚好村民，别破坏施工队的东西。然后和袁书记打电话汇报完情况，骑着摩托车载着殷所长回乡政府。一路上他心里都不踏实，他不确定领队会不会信守承诺。

一直到晚上睡觉，村主任和支书也没有打电话过来。

深夜，刘长江听到楼上有声音，袁书记应该回来了。他心里一阵高兴继续睡下。

天刚亮，一阵阵电话声把他吵醒，是段先明打过来的。刘长江本能反应是肯定又出了什么事情，又想到袁书记已经回来，接还是不接？犹豫中电话挂断又打过来，刘长江接通电话，段先明说施工队昨天晚上后半夜开始偷偷施工，又往山脚推进了好大一截。村民早晨醒来才发现，现在两边又杠上了。刘长江让他给袁书记也做汇报，稳住两边，他们现在就往那边赶。

他躺在床上，心想这事情还是个麻烦事，建飞机场可不是修路，胡大勇说建就建，包工头算的利润那么大，要是说不动胡大勇，这事情又不知道要僵持多久。正想着，他手机铃响起，是袁书记，问了他一些情况，让他收拾一下，一会儿到十坪村看看究竟是个什么情况。

很快楼上传来咚咚的起床声，刘长江也迅速洗漱完毕，在走廊上等袁书记。一起去的还有徐乡长和办公室王主任。几个人用了半个多小时来到工地。有几个村民已经坐在挖掘机的车顶，领队显然已经料到他们过来，先走过来说：“昨天我们没施工，看你们没动静，天亮才开始，施工人都赚的辛苦钱。”

袁书记一只手背后，一只手指着领队说：“你们把你们的机器都停下来，开出工地，在晶沟这个地方你们还有没有王法，有手续没有？啥都没有你们想干啥？还想建飞机场，怎么不建个乡政府，都下去。”

领队的见刘长江还跟在今天这个人后面，应该是乡上主要领导，赔笑说：“领导这又当真了！好好，依你的，就是工程晚一点交，那有啥。”

袁书记指着坐在挖掘机头上的几个人喊道：“你以为你们命很值钱，都下来。”

几个人也从车头上下来，袁书记转了一圈，领队的也没有示意其他人把挖土机和铲土车开出工地。

袁书记喊起来：“胡大勇啊胡大勇！这么大的工程你也不露个面说一下，就这样开工，真当自己建菜园子，就算农村建菜园子还放挂炮，你这叫啥？啥都不是！也不亏你婶婶伯伯找你事情。”指着领队和几个村民说，“你过来，还有你们，找个说事的到我这儿来。”领队的小跑过去，村民那边倒因为谁去说事争起来，大家都不愿意过去谈，怕谈少了吃亏，谈多了被笑话，不停地推着一个中年妇女，村主任也跟着一起过去。

这场谈判不太成功。村民代表提出了赔偿，村主任不但提出要给村里面赔偿一笔钱还提到了手续问题，袁书记也头疼起来，不停地骂着胡大勇。

其实昨天刘长江给袁书记打电话汇报情况以后，袁书记就给几个人打电话问了胡大勇的情况，也打听了一下这个飞机场的情况，了解过后认为这完全是胡大勇的个人想法，更有可能是完成他儿时的一个梦，或者是他在心里琢磨着这件事，突然钱太多觉得烫手修这么个飞机场。没有申请立项，简直和三无产品差不多。

把各方面的想法都了解清楚以后，袁书记让村主任拨通胡大勇的电话，那头还睡意朦胧地问什么事情，村主任寒暄了几句，把刚才的情况说完。袁书记示意把电话给他，他来说，胡大勇在电话那头再三向袁书记保证手续的事情他打过招呼，也不清楚省上为什么没有给市上和县上交代，他再问问。至于工程上的事情全部包给施工方，具体怎么赔偿都是施工方去谈。袁书记训斥胡大勇连基本的规矩都不懂，才说出来几个字那边就挂断，再打就打不通了。

袁书记有些气愤，让刘长江给昶河镇镇长打电话，让郑少华派几个派出所的人过来。刘长江给郑少华拨了几次终于拨通，郑少华非常意外怎么还有这种事情出现，现在就派派出所的人上去。

村主任带着领队和几个村民指着山上的山头讨价还价。拖了将近两个小时，龚所长开着一辆警用桑塔纳和一辆警用面包车带着两个民警过来，派出所的人一来，领队的气势降低了一大截。

龚所长质问领队施工的依据是什么，领队向龚所长解释他们有正规的手续，而且还拿出他们和胡大勇签的工程合同。

袁书记、刘长江、龚所长把两边叫在一起协商。村民那边嚷嚷着要让施工队离开工地，等到所有的赔偿到位以后才能继续施工。村民的赔偿款也是凭着两片嘴漫天要价。施工队长不同意，要求等施工完以后再谈赔偿，而且认为即使现在付清了村民提出的赔偿，保不准后面的施工过程中村民会不会使坏，还认为村主任提出来的对村里面的十几万赔偿更是无稽之谈，这和村里没有任何关系，而且他和胡大勇签订的合同当中没有提到村民赔偿问题。

几方僵持不下，时不时争吵几句，就这样磨了一个多小时，一个中年妇女吐了一口唾沫指着施工的工人喊："你们不要脸，真是把你先人都丢尽了！……"

施工队长从昨天听到现在觉得倒是没什么，有一个愣头愣脑的年轻小伙没忍住，冲过来和中年妇女撕扯起来，喊："我们就是来施工的，你骂了这么久，我忍你这么长时间。"然后冲领队的喊，"领队的，你昨天说压死一个人十万块钱还算不算？"叫骂着，去开挖土机。旁边的一群人就开始惊慌，冲上去拉那个年轻人，施工队的这一群人本就是大老粗，在大山里施工，压抑了这么久，厮打起来。

袁书记离得远远地喊："你们还无法无天，派出所的人都在还打架，都不要再打了，听到没有！"他的声音也淹没在人群的吵闹声中。刘长江上前帮龚所长扭住施工队队长，用手铐铐住领队、那个年轻小伙和另一个动手的工人，把村民当中两个打得正欢的也铐起来。控制住五个人以后整个局面才趋于稳定，才能听到袁书记的声音："晶沟这个地方还没王法了，你们两边一边不要命，一边拿命拼，胡大勇又是缩头乌龟，你们在这里就算打死也白死……"

刘长江跟着喊："不要打了，再打都铐起来。"

两边挑头的都被铐起来押到警车里，大家也都安静下来，等全部控制住，袁书记让龚所长把五个人带到派出所里关几天，这样都老实了。龚所长带人回昶河派出所，两辆警车先离开，留了一个警察在这里协助。袁书记把剩下的人召集起来开了个简会，要求两边继续克制，肯定会有一个好的解决方法。

等到场面平息，刘长江才感到刚才帮龚所长控制施工队队长的时候腿上擦伤了好大一块。

把所有的事情调和好，袁书记安排刘长江和王主任留在那里防止出现其他状况，他、徐国平和昶河派出所的民警先回乡政府。

刘长江和王主任待到下午天黑，施工队剩下的人和其余的村民都处于游离状态，都没有继续争论的意思。两人才回乡政府。

被关的村民到天黑就放回来，回去的时候还和刘长江打了个照面。刘长江打电话问龚所长情况。龚所长说这两个村民已经保证不再闹事，至于施工队的三个人。后来听袁书记说施工队队长在关到第五天就扛不住，依法已经被治安拘留，交了罚款才放出来。

这个时候县里的“村村通”工程正式启动，施工队和道路硬化材质招投标结束，已经和各个乡镇对接，具体施工。

晶沟的这项工程由徐国平负责。

## 一百零七

嗞嗞的打印机声这段时间已经成为营业室里的标配。打完最后一本存折，富晶垚叹了口气。这段时间因为发退耕还林款已经从县联合社调了三次重要空白凭证，左右手已经形成了流水线的操作。从开始一天只能开十几户，打十几本存折，到比较稳定的一天三十本。

他核对着编号。

九月一日之前已经把碳沟那一批发下去，这笔钱确实解决了一部分人的燃眉之急。有几个面色黝黑、个头高、看起来老实巴交的村民取到钱后露出笑容，从营业室大门射进来的光照在他们脸上，富晶垚看得真真切切，他能切身感受到没钱时几百块钱所带来的极大快乐。

富晶垚经常想，既然几百块钱能带来这么大的快乐，他们为什么不出去打工挣钱！可真不比这个少。在看到余光亮每天闲来无事，只会看电视，看店卖小商品，他意识到，这些人在农村待久了，除了农村的生存能力，他们想学其他的也学不会了，城市里各种规则和人际规则也不一定能掌握。

九月富晶垚忙碌得不可开交，开了将近一千户，打印了将近一千本存折。

“十一”前，他明显感到晶沟街道的人多了很多，而且县上给乡政府拨的款也比往常多很多，各种名目都有，有医疗的，有农村高龄老人的，有涉农的，还有一些基础设施建设的。沈慧亚和小景过来的次数也增多。三个人在一起的时候经常调侃，小景和沈慧亚一个是大宝一个是二宝，几乎是天天见。

那对出门自带音响效果的父子，来去还是犹如一阵风，放着时下流行的摇滚音乐，每当他们经过联合社门口，富晶垚总会忍不住站起来看外面。渐渐地也听腻烦了，有的时候半夜的声音吵得他睡不着，也会忍不住骂上两句。

自从那次在蔡老板的饭店里遇到花花以后，他就再也没看到过她。虽然他不是特别关心，但还是时不时听余老板和别人说花花已经嫁人了，也有说花花彻底退出了她以前的那个行当到别的地方去了。

徐馨璐回去以后和他聊的频率明显少了很多。他有时发好几条短信，徐馨璐只回一条。但是他心里依然乐滋滋地认为现在的徐馨璐属于他，而且他离开她肯定会发疯，整个世界都会塌陷。他慢慢地对这种很久才回一条信息的状态习以为常。

那个月他抽空休了两天假，回县城买了一台电视机，和他爸一起顺带给家里面也置办了一台空调，那个时候的他，内心极度满足。两天的休假并没有缓解他的疲劳。

国庆前谭会计带他去了一趟年前慰问的大嫂家。两个人是下午下班的时候去的，太阳还没有落山，买了两样东西，一袋挂面，一袋米，富晶垚照例一手提一袋上斜坡。大嫂一个人坐在屋檐下，背靠着一把陈年的藤条椅，旁边放着一根拐杖，看到他们上来，颤颤巍巍地拄着拐杖站起来，说："两位主任来了！我现在这样子你们还惦记着，劳烦你们。"

"有啥劳烦的，好长时间没过来看你，大哥在的时候不也给我们帮了好多的忙。最近身体咋样？咋又瘦了！"谭会计说。

富晶垚的印象里女人比上次瘦了很多，佝偻了很多，整个身子已经弯曲。

她慢慢地挪腾几步走近谭会计，说："我这坏病能撑一阵子是一阵子，你们俩自己找地方坐。"

谭会计站在大树下的阴凉里说："不忙，就是来看看你，送点东西。"他指挥富晶垚把两袋东西放进灶房。

"我这里一段时间都来不了啥人，你们来看看就行了，还带啥东西！"大嫂有气无力地说。

"这就说得远了！"谭会计摆摆手，然后指指屋顶说，"你这房子这半边还能住？下雨都漏雨吧，那几片瓦都快掉下来，也没有人收拾。"

“村上前段时间过来统计了一下。”

谭会计站在那儿抱怨没有派人修缮。

大嫂子有些过意不去地说：“别说了，现在比以前好多了，我是得了这病，拖累了。”这时她想起来什么，和谭会计交代几件事情。

她家窗户没有玻璃用塑料纸蒙着，有些已经破损，需要重新收拾。她这个样子估计撑不了多久，收拾屋顶也就算了，但是要把那间被雨刮漏的屋子里的东西搬到另一个房间。

两个人进那间房，因为屋顶垮塌一个大洞，屋里比较亮堂，房间里面有几个大的家具都被挪动了一段距离，远离漏处。富晶垚站在下面有些担心上面的瓦和泥土掉下来砸到她。谭会计说：“这样不行，要修一下，不然再下雨怎么住！”

富晶垚也跟着说：“真怕屋塌下来。”

“我都是按天算的人了，有啥不能过的！”

富晶垚心里酸极了，感到特别憋屈，觉得生活怎么能这么没有盼头，忍不住说：“你这一个月是怎么生活的？这地方还能住！不是也有农村合作医疗吗？你住进医院，治疗总比在这儿等着强啊！”

大嫂子没说话。

谭会计接过话说：“你这个娃真是活在书本里，你以为农村合作医疗所有的都报销？在医院里吃、住，谁照顾？到县城坐车还得费精力、花钱。”说到这儿，谭会计说，“我还忘了件事，你们村上的退耕还林到账了，过几天你们村发下来我给你拿过来。”

大嫂子不住地感谢。

两个人把东西搬到另一个房间。另一个房间除了一张床，堆满了杂七杂八的东西。

大嫂子嘴里絮叨着：“这些都是些有年头的物件，过日子都有用……”

谭会计跟着说：“就是！”

等到把那间漏雨的房子腾空，富晶垚再进去，透过那一隅的空洞，看到外面灰蓝灰蓝的天空。

两个人从家里搜寻透明塑料纸，找了好几张都不行，不是太小了就是太薄。谭会计说过几天把她家的退耕还林补助拿过来的时候顺带捎些厚的塑料纸把窗户装订好。大嫂子不住地道谢，夸赞谭会计和富晶垚都是大善人。谭会计不住地埋怨，大哥在世的时候给村上和乡上干了好多事，现在家里都成这样也没人过来帮忙收拾收拾。

天快黑的时候谭会计让大嫂子自己做饭，他们先回去，大嫂子拄着拐杖把两个人送到台阶下面。

路上富晶垚有些纳闷，问：“她家老汉怎么不在？那个高个子女孩怎么不在家照看她母亲？”

谭会计在摩托上沉重地叹了口气，说：“老汉在前几年修梯田的时候，大坝塌了，人给塌没了。女儿也长了一张嘴，就农村那点地谁也养不活，大嫂子的病能活到现在全靠女儿打工挣钱，但是那种病都知道没得救，只是在等时间。”

富晶垚心里面咯噔一下。唉！真是她说的，按天来算，等着死的那天到来。但是她依然把所有的东西看得特别紧，对生活也有美好的期望，就像用厚塑料纸蒙起的那几扇窗户。

人终究敌不过生老病死的规律。

## 一百零八

那对从沿海回来的潮人还是起劲地放着新潮的歌，为整个村庄带来一丝丝活力，但是对于那些骑摩托车和开车的人来说却极其讨厌。

农村的路大部分都曲溜拐弯，在拐弯的地方两车交会时，两边都在视线之外，速度再快一些，来不及避让就会相撞。

“十一”假期过后，联合社才逐渐摆脱每天早晨开门就乌泱乌泱一堆人的场面。这期间谭会计完全树立起个人的威信，任何时候只要有人起哄捣乱，他都能及时制止，和群众的配合变得非常有序。

富晶垚已经完全适应了联合社的工作，也适应了这里的生活。有了电视，化解了他下班以后的无聊。在街道上晃悠晃悠，再回房间里看看电视，偶尔去学校聊天或者去乡政府的微机房玩电脑，虽然无聊且没有生机，但是也没有太多的压力和琐事。

在街道上晃悠的时候，余光亮好几次说你看那两个潮人，后面肯定会出事。包括经常开飞车的谭会计都说再这样下去潮人肯定会出事。

也就在大家这样那样说的时候潮人真的出事了。

通村公路分成了几段动工，通往上面几个村的公路分为一段，路面正用水泥硬化，那段路也就不能继续往上，潮人的活动地盘受到限制。

那天在一个“S”形的拐弯处，潮人和一辆矿上拉矿石的卡车相撞，据当时看到现场的人说这次事故责任主要在潮人。潮人骑摩托车载着儿子放着震天响往下，矿上一辆空车往上，大中午双方都着急赶路，潮人拐弯也没靠右，骑在了路中间，大卡车虽然靠着路边，但是车还是太大，占据了大部分路面，没能及时刹住，把摩托车撞翻，潮人的儿子当场从车上摔下去，滚到了路边的石沟里，潮人因为车把抓得紧，摔在了路旁边，路人给潮人的父亲打电话，也给乡卫生所打电话。潮人的父亲阮经天几乎和方大夫一起到达事故现场，老汉的孙子翻在沟里，血水顺着身子流了很远。有人下坝去救孩子，看到那样子没人敢动，潮人伤得也比较严重，身边流了一大摊血。阮经天来了以后当场就瘫坐在那里，方大夫下去看了一下孩子，孩子还在抽搐，情况非常不好，对于躺在地上的潮人，他一时也没有好的办法，就给昶河卫生院打电话，派救护车过来，他在那里做了一些基础的施救。

救护车也在一个小时后才到，把三个人一起拉到昶河卫生院。小孩在车上就已经不行了，潮人保住了命。

发生了伤亡事故，交警就去做了勘验，出了鉴定结果，阮经天很不满意。阮姓是晶沟村的一个大户，纠集了二十个多个男女老少一起找矿上理论，遇见这种事情，王三豪首先就跑路了。一群人围着矿厂叫嚣着，王三豪在这里开矿本村人没占着便宜，反而还出了这么大的事，无论如何都得给个说法。虽然交警队出具的鉴定结果，潮人负百分之三十的责任，但是他们认为矿上的司机撞人以后不想着救人却跑了，责任完全在矿上。一群人堵在矿上好几天，王三豪也遥控指挥过一个部长去谈判，但是阮经天的胃口实在是太大，没能谈拢。稀土矿打电话报警，派出所也派人去了，调解中充满了火药味，稍微说不好，那群人就嚷嚷着回家拿锄头铁锹砸东西，而且警察也认为这就是赔钱的事情。

阮经天的要求一直得不到满足，王三豪又不停敷衍，阮姓几十人彻底爆发，一伙人带着家伙什来到了乡政府大院，要求乡政府主持公道。

在农村，几乎所有人都认为乡政府是万能的，有事把他们带上准不会吃亏，而且比走司法快很多。

袁书记将这项工作交给了刘长江。刘长江整天被村民围着，他给王三豪打过好多次电话。

电话那头的王三豪也有些无奈，村民的要求有些离谱，而且已经把他们的人打了，现在在昶河卫生院住院。潮人的儿子当场就不行了，大人虽然活下来但是要价比小孩还高，两个人加起来一百多万。袁书记这几天打了好几个电话问情况。王三豪说再等等，他们处理这种事情有经验。如果现在立马答应，保不准后面还会提出其他要求，暂时拖着不解决，虽然对大家都没好处，但在不停地降低阮经天的心理预期，这样后面谈的时候就好谈，让两个人暂时委屈一下。

那以后，晶沟街道再也没有响起让人着魔的流行音乐。

好多人把摩托车的喇叭由原来的小鸡叫声改成了闷声的卡车喇叭声。

这几天富晶垚打起了精神打算学习，但是他心里装着徐馨璐，以及在乡下有份体面的工作又受人尊敬的自豪感，加上每次发工资，看到刘长江的工资只有他基础工资那么多，对比后的优越感也变成一种心理羁绊，所有的书只看两三页就作罢。总是觉得看书没有看电视舒服。他也只是从行动上开始准备各项考试，下不了决心。这也是他多年以后反思当时为什么一直在联合社的重要原因。他已经完全适应了那种工作，有压力，但也在承受范围之内，所有的事情都按部就班，也适应了这种运行了几十年的体系。

## 一百零九

虽然晶沟灾后重建还有很多事情，刘长江也只能等潮人的事情解决完才能回去。付莹莹和他提出了调回县城或者县城周边的想法，让他带点东西去刘主任家谈谈，刘长江在内心挣扎着。工作这么久，事情怎么运作他也都清楚，但是他不愿意随波逐流。但是付莹莹给他算了一笔账，如果调到县城或者县城周边，这样就省下来一笔交通费，而且两个人在一起就可以要小孩，很多问题都因此得到解决。

耐不住付莹莹软磨硬泡，他到刘主任那里去了一趟，东西是付莹莹从她爸家拿回来的。

在犹豫去不去的时候，还发生了一件事情。那天付莹莹想吃回锅肉，刘长江下楼去买肉，他平常都在固定的一家摊贩买肉，也不知道是不是秋冬交替季节容易发猪瘟，农户提前杀猪，小区门口有好几个推着三轮车卖猪肉的肉贩，使劲吆喝着“农家土猪肉，正宗的粮食猪”。刘长江在乡下待过以后知道这种肉做回锅肉比饲料猪吃起来香，也就没有去经常买肉的肉摊，在摊贩那里买了三斤，想着这次吃不完下次再吃。他买的时候猪肉还剩很多，也就没多想提着回家。

回锅肉的做法是先把肉切成小段煮到半熟再干煸。他把肉切好下锅，盖上锅盖煮起来。煮着煮着就闻着家里味道不对，一股腥臭味从厨房冒出来。他掀开锅盖，大块的猪肉并没有像往常一样呈油亮紧致的团状，而成稀散的絮状，锅边漂满了黑色的泡沫。刘长江一阵呕吐感，他用筷子夹起来细看，觉得这肉有问题，打电话问安红霞。安红霞告诉他这有可能是病死猪，不能吃，还给他普及了一下换季猪瘟。

他心里有些憋屈，本是冲着在农村工作，相信这些猪肉小贩，反而有种被骗的感觉。他用笊篱捞起锅里的肉，全部倒在塑料袋，把剩余的肉用筷子夹起来也放进去，提着袋子下楼来到摊贩前，把肉放在肉案上，刨开塑料袋说："你看这肉，煮完成絮状，又腥又臭，这猪肉有问题吧！"

旁边买肉的人听到以后不再买，站在旁边看起热闹。摊主正拿刀切肉，听完放下肉，提着刀走近塑料袋，刀尖正对着他，他本能地往后退了几步。

摊主叫嚷着："你说我这肉有问题？我这肉卖了好几天，从来没人这么说，就你喊肉有问题。"

刘长江间隔着一段距离喊："哪有猪肉煮了以后成这样，你自己看！"

摊主把刀又往前伸了伸说："有问题？你从那个小区出来的吧，那个小区好几个人买过我的肉，都没人说有问题，就你说有问题。"

刘长江心里一惊。他在农村待过，知道这些人特别野蛮，而且还不经意说出他住的小区，平时他都不在，只有付莹莹一个人在家，如果去晶沟留付莹莹一个人在家，岂不是很危险。

摊主不停地往前逼近，刀也离得越来越近。刘长江不再说话，让自己平静下来，避免太过激动引起对方亢奋，真把刀捅过来吃亏的是自己。

他伸出一根大拇指说："你厉害，你牛！"那个人依然不依不饶地喊："我告诉你，我朱老大卖肉从来就不卖病死猪肉，你还叫喊我卖的肉有问题，你想怎么了。"

刘长江说了几句你厉害以后不住地往后退，放在摊贩那里的肉也没要，转身去经常买肉的摊贩那里买了两斤，回来时那个摊贩已经不在那里，旁边散落着几块肉。

他提着肉在附近转了一圈，确信那个摊贩离开才回家，上楼前看了一下四周，没有人跟着才安心上楼。

付莹莹下班回家，他也没有和付莹莹说买肉的事，只提了一下以前刘天佑借钱被人追债的事情。付莹莹也有些后知后觉，当时并没有多问。等反应过来问他是不是有事，刘长江用其他事情搪塞过去。

当天晚上，刘长江硬着头皮去了刘主任家，对于刘长江提着东西过来刘主任表现得非常惊讶。

两个人又欣赏了刘主任客厅里的假山奇石、奇花异草。有一些死掉，新换了一批，风格和以往也不相同。

两个人赏完花草在沙发上坐下，刘长江提起了付莹莹的想法。刘主任不置可否地停顿了很久，才对刘长江说了几件事情：晶沟是个大有可为的好地方，那里有其他乡镇都没有的稀土矿石，条件虽然艰苦一些，但是想做出政绩会方便很多；刘主任的儿子琪琪因为金融危机打算从深圳回来，这孩子也是个不安分的家伙，喜欢倒腾，在外听到鹿鸣最多的就是晶沟稀土矿。

聊天当中，刘主任还说了一个似乎有又似乎没有的事情。因为晶沟的稀土矿是战略资源，而且探明储量特别大，北京的一家企业看中了那里，打算收购王三豪的矿，然后扩大再生产。但是在具体收购方案上没有谈拢，这件事情知道的人极少。收购的人也特别神秘，政府和商界通吃，一次注资超过百亿，如果收购的时候阻力特别大，有可能会把袁书记从那里调回移民办当主任，那里就会空出来一个书记的位置。

说完以后刘主任并没有明示或者暗示刘长江会顶替。长长地，带有感叹又带有不平地说："城市现在不好发展，都开始盯着农村的资源。"

刘长江嘿嘿一笑，听后也没有太多的心动与期待，袁书记在那里能玩得风生水起，如果真让他接替，也不一定能接得安稳。

## 一百一十

刘长江那天回县城办事，徐国平突然打电话让他去县发展和改革委员会取一个文件。当刘长江向徐国平提起阮经天的事情时，徐国平一本正经地说他一直负责"村村通"，在外面跑得就没停过，不知道发生了这么大的事情，还问了事情的经过。

但是刘长江不太相信徐国平所说的话，简单地说了几句。

鹿鸣县委和县政府在同一个院子，分在两边。他对县发展和改革委员会也比较熟，很快就找到了地方，让他没有想到的是这次他碰见了好久没见的一个朋友。

他在政协上班的时候罗荔在他们旁边的发展和改革委员会那层，比他晚来一年，人如其名，在政府大院里经常穿着一身萝莉装，梳着两个发辫，走起路来蹦蹦跳跳，非常活跃。由于都是年轻人，偶有业务往来，见面还特别客气，经常长江哥长、长江哥短地叫，刘长江也很喜欢和她聊天，见面总会聊两句。

刘长江这次来拿文件碰见荔荔，见面刘长江还热情地喊了声："荔荔，你也过来拿文件？"

罗荔不冷不热地说："刘乡长，你过来办什么事情！"

刘长江就有些意外，说："我来取一个文件。"

罗荔喊了声："小贾，你接待一下刘乡长！"指了指办公室，冷冷地进里面办公室。刘长江跟着接待他的小贾取了文件，全是和"村村通"有关，都是些账务和工程质量标准的文件。

刘长江就和小贾聊起来。

说是小贾，看着比罗荔大很多，刘长江寻思着小贾的身份有可能像小景，但还是很客气地问了罗荔现在的情况。小贾说罗荔现在提到县发展和改革委员会下面项目科做了股长，现在是领导，已经有半年多了。

和小贾聊了几句他打算和罗荔聊聊有没有涉及晶沟的项目。

他敲了敲罗荔的门，里面没有声音，他刚才看着罗荔进去没有出过门，又敲了敲。等了好一会儿，里面喊："请进！"刘长江推门进去，罗荔说："刘乡长坐，还有什么事吗？"

刘长江双手搭在办公桌上说："没啥事，听说你提了给你道贺！"

罗荔也没有笑，似是非是地说："道贺咋还空手过来，太没诚意了！"

刘长江尴尬地一笑，气氛停留在那一刻。站了一会儿，他觉得站着也不合适，就坐在她面前的凳子上，套近乎地问："对于那些搞农业种植和从外地打工回来想做点事的人，有没有晶沟的项目？"

罗荔从旁边一摞文件夹里翻出来一个文件，拿着看了看说："晶沟没什么好的项目，这几年的项目都在这里。"刘长江开始看上面的名单，有城关镇的移民搬迁，有几个乡镇的养殖和茶园，还有生态餐厅和果蔬基地。晶沟确实什么都没有。

刘长江把文件合上，放在桌子上说："晶沟地方最偏僻，一个项目都没有，我前几天下乡看好多沿海打工的人因为金融危机回乡下，那样游手好闲也不是个事情，有项目可以给晶沟匀几个，好鼓励那些人干！”

罗荔面无表情地说：“金融危机回乡下？以前连这一半的项目都没有，金融危机才增加了这么多。你刚看到那上面的，省市都有拨款。你看到因为金融危机回来的人，那是被城市淘汰挤回来的人，就算有项目这种人也不一定能干。还有你那边有那么大一个矿，比其他任何项目都厉害，你在那儿主管，你还不清楚！”说完停顿了一下，说，“听说有人看上那里，想收购。”

刘长江顿了顿，说：“你没有在那儿你不知道，矿上以前因为出过事情，对本地人比较排斥……”

罗荔听到这儿表现出不耐烦说：“那是矿上和村民的事情，还有村主任，是不是？”

这句话把刘长江噎得说不出话来，坐在那里走也不是不走也不是。

停了一会儿，罗荔说：“刘乡长还有什么事情吗？”

刘长江舒了一口气说：“没啥事，后面过来了再到你这儿来！”

罗荔只是抬起头看看他说：“没事欢迎刘乡长过来。”刘长江点了点头出门。

## 一百一十一

在阮经天和王三豪的拉锯中双方都做了妥协，这件事就那样得到解决。

回晶沟的路上，“村村通”已经开始分段大面积施工，有几段留有一半供人车通行，他比平时花了更长的时间到乡政府。路上刘长江问工人什么时间能修好，有说三个月的，有说半年的。如果一直是这种路，从县城到晶沟打个来回就更难了。

好不容易到乡政府，他身上溅了些水泥，还被路边的树剐了衣服。

这次乡政府的人比较齐全，院子里的人几乎都在，袁书记也在。

乡上似乎非常平静，好像前几天什么事情都没有发生，后面也没有什么大事情要发生。大家都谈论着修路的事。

这次的经济危机影响确实比较大，村民到乡政府问回乡创业相关政策的人增多。

## 一百一十二

上次发的那笔钱富晶垚置办了好几样东西，把电视机搬回来看了一个多月，营业室门前的马路上就有人喊："家电下乡补贴。"他也第一次听到买东西还有补贴，打听问了一下，他买的那些东西按照补贴以后的标准，便宜了一千多块钱，这把他心疼了好长一段时间。他和谭会计说起这件事，谭会计倒是冷冷地说："你看你一次发了一万多块钱，在以前都是万元户，不从你那儿薅钱从谁那儿薅？你就是典型的暴发户。"但是谭会计也同样和他说，"这件事别给家里面的老头子说，老头子说了一生气跑卖东西的那里吵起来，钱要不回来，反而惹出来一堆的麻烦，还让老头子生闷气。"说完，小声自言自语，"不过一千多块钱确实有些心疼，谁让你们对政策把握得不准，忍也就忍这两个月的事情！"

在和刘长江聊起这件事的时候，刘长江告诉他是因为美国金融危机，这是政府刺激经济的一种手段，乡村仍然是经济的最后一块阵地。

富晶垚心疼了一阵也就过去了。

他这段时间比较舒适，不是特别忙，也不是特别清闲。他和谭会计说起太阳花村漫山遍野太阳花灿烂的景象。谭会计告诉他因为大水冲掉了几处堤坝，为了增加收成，地里的太阳花当成杂草都被锄掉，没有像以前那样成片成片的太阳花。谭会计还说因为那片要移民搬迁，他的房子好长时间没人住，也懒得回去收拾。富晶垚就打消了去太阳花村的念头。

经过一年多的沉淀和磨合，他已经开始喜欢上这里，翻书也不忘开着电视，虽然对着书两三个小时，但是始终还停留在那一页。他好几次仰着头看天花板想，如果真的离开这里，会不会留恋。

他脑海里还经常出现大学时，周边那些衣衫褴褛的人。他们并不是所有的人都在乞讨，那些被生活逼迫得没有依靠的人，总不会像农村人一样还能回家种点地。那些生活在城市底层的人比现在的农村人更艰难。

富晶垚从小什么都缺，虽然父母也在不停地满足他的需求，但对于同龄人中父母有着正式工作的人，依然是遥不可及的。外面多么风光都抵不上在家乡有一份正式工作更让人踏实。

报考公务员是徐馨璐打电话催促他，他才报名。西安那边的招聘他也看了，看到那儿的薪资待遇，再问问大学同学，都没有现在好，尤其是大学里一个关系还凑合的同学说："你见过蜗居吗？就是一个屋子被分隔成很多豆腐块状的小房间，每个房间里面只能放下一张床，房租、水电、生活费、交通费，都压得让人喘不过气，把这些交完以后也没有余下来的，想想未来都迷茫！”

富晶垚站在阳台上看看自己的工作环境，除了在大山沟里面，其他的没什么不好，这种心态让他不能一门心思地扑在考试上。

徐馨璐的研二就特别忙，导师有课题，经常带着她们几个研究生四处调研，基本上不在学校，也很难和她约好见一次面。经济危机对她们来说已经不再那么遥远。

对于两个人之间的感情，他很看好，但是对于两个人的未来他更期望徐馨璐能妥协，甚至带有一种祈求。虽然他没有信仰，偶尔想起来这件事，胡乱想到哪位神仙，就在心里呼唤着这位神仙的保佑，他在心里重复着他的想法。偶尔想起马克思，又坚定地在心里默念：“我是马克思忠实的信仰者，让马克思感化徐馨璐，让她也成为一个乡村的支持者。”这件事上他没有其他更好的办法。

好不容易有四天的休假，但是没有办法和徐馨璐凑在一起。

他对工作很有信心，他也把握住了考核时的心态，这儿不扣分那儿就扣分，总之考核组会找出来原因。分数不会太高也不会太低。

在一个寒风交加的夜晚，富晶垚像平时打发无聊的时光一样，脚下烤着电炉子，趴在三斗桌上打着瞌睡，眼前的电视播放着电视剧，偶尔瞟两眼下巴下面的书，书停留在二十三页已经很久，他也并不着急还有一个多月的公务员考试。

谭会计急匆匆地没有敲门，一把推开，说：“刚才村部打电话过来说大嫂子不在了，我们俩是帮扶人，是不是要过去一趟？她老汉生前是个好人，死后留她一个人也没有给我们社找过麻烦！”

富晶垚立马清醒起来不住地点头说：“听您的，咋都行！”

“那你穿厚一点，鞋也穿棉鞋，那地方在山峘上，风又大，上次我们俩送退耕还林款时过去修的窗户也不知道能不能顶得住这么大的风！”

“好好，我现在就换。”

谭会计没有关门下楼去了，在院子里喊：“我在楼下等你，要去就快一点！”

他在房间里换了厚棉服，换上冬靴，围上徐馨璐织的围巾，关掉电源下楼。谭会计就有些夸张，棉服外面套了件夹克，看着圆滚滚的。

外面的风呼呼地刮，谭会计骑着摩托车还像往常那样，速度飞快，但是车喇叭已经换成了一种闷声、能穿透黑夜的大喇叭，按一下远远都能听到。漆黑的夜里刮着冷风，富晶垚在车上并不是特别冷。他在想大嫂子究竟经历了一个怎样的初冬。

远远地看到山峘那个地方亮着灯，越来越近。在台阶下听到嘈杂的声音，两个人上陡坡来到屋前，有几个人正在那里忙活，见谭会计过来打了声招呼，带着两个人进房间。风从山峘上吹过，从屋顶漏风的地方灌进来，从大堂的缝隙四散出去，整个房间像个大的风洞交换室。

一个头缠白布的人给谭会计比画着当时看到大嫂子的样子："她应该感到今天晚上过不去了。我们进来的时候人侧躺在这儿，怀里面抱着大哥的遗像，旁边还有几张照片。"指指旁边一大堆的东西说，"这儿！我过来的时候翻倒在地上，乱七八糟，也没啥值钱的东西。就这几个箱子翻得乱，有可能是找那几张照片。"

头缠白布的那个人和大嫂子的丈夫是兄弟俩，叫汪道斌。

两个人走近床边，大嫂子已经瘦得只剩下皮包骨头，一只手抱着一张照片，旁边还散放着几张照片，有单独的照片也有一家三口的合照。

"女子什么时候回来？"谭会计问。

"汪润好下午打电话打不通，让人过来看什么情况，这才发现人不在了，润好下午买的票，明天应该能到。"汪道斌说。

谭会计撇了撇嘴说："这两口子一辈子都是好人，你说，到最后落了个啥？你看这地方，外面刮大风里面刮小风，这地方能住吗！哎，人都是命，好人坏人都是一辈子。"说完四处看，然后又说，"那女子不在，你现在当家，查日子没有？"

"查日子了，女子回来能赶上。唉！我大哥大嫂子一辈子是好人，也贤惠，你看两个人！"

谭会计吱了一声。

床上的大嫂子佝偻着抱着遗像，像一具干尸，抱着相片的手在昏暗的灯光下有些发亮。富晶垚站在旁边觉得有些瘮人，他看了一眼大嫂子后，又看看旁边散落的照片，从地上捡起来一张，照片上一个女人穿着长裙，背后是上海的东方明珠。照片里的女人既漂亮又阳光。他不知道这张照片是在什么情况下拍的！那个时候她有多艳丽，多么高兴！现在一个人孤零零地躺在床上，身边没有爱人，也没有子女。

富晶垚心里一阵凄凉，他把照片放在大嫂子旁边。大嫂子的正面是一张全家福，里面一家三口喜气洋洋。也许这张照片是她最后的精神寄托。

谭会计看了一圈，说：“你看这地方就这一条道，把这些东西搬到另外一个房间，把这间房腾出来，有人来了也有地方待是吧！”

“也是，应该把地方腾出来，来来，我们几个把东西搬到那边。”汪道斌说。

“丧事的东西买了没有？白布、蜡烛、棺材这些，还有招待人的东西都准备了没有？主事的安排了没有？”谭会计问。

“主事的还没有定哪一个，那些东西我刚让老三去置办了。”

因为要搬东西，戴着围巾不方便，富晶垚把围巾取下来，下陡坡来到谭会计的摩托车旁，把围巾系在车把上。又小跑着到房间和大家一起把卧室里的东西搬到另一个房间。

这些家具都有些年头，有些已经破损，从没人修理，有些已经生蛀虫，抬着抬着都会散架，全都没什么用处，但是主人舍不得扔。

大家合伙把东西搬到另一个房间，怎么方便怎么放。那个房间腾得只剩下一张床。几个人累得满身大汗。

外面已经有人升起了篝火，搬完东西谭会计先到篝火旁边，留富晶垚一个人在堂屋，他有些害怕。他觉得这个时候还是夹在人堆里最好，避免对人生的思索带来无限的恐惧。

他也围在篝火旁。几个人说和汪润好通话时汪润好说她母亲很早之前就准备好了自己的寿衣。几个人又从屋里的大衣柜里面翻出来，但是换寿衣也只得女人来，大家又商量着叫谁家里的女人过来。

在这个寒风凛冽的夜晚，能有人来真是万幸。

这一会儿他没什么事情，站在火堆旁边看着谭会计进进出出指挥人怎么安置灵堂，怎么安排仪式。虽然站在火堆旁边，而且不停地有人加木头，但还是敌不过那刺骨的寒风。

不断有人冲富晶垚点头，给他发烟，虽然他也不认识，但都回以微笑。

站了一个多小时他感到冷，下陡坡去谭会计的摩托车上取围巾，到摩托车旁边，刚才系围巾的车把上空荡荡，什么都没有了。他心里一揪，突然涌出一股失落感，比寒风还要冷。他把手机的手电筒打开，顺着风势的方向寻找，搜寻了好一段距离，从路上找到路下，找到田地里，找到河岸边，把四周找了个遍。他忘却了害怕，忘却了寒冷，焦急地搜寻着每一个地方，还是没有找到那条围巾。

他又回到摩托车旁边，站在那里，仰望着天空，感到无尽的黑暗正在吞噬自己。站了好一会儿他打了个寒战，深深地叹了一口气，快快地上去。

买东西的人已经回来，一张四方桌上放满了袋子，几个人围在一起。谭会计也在里面，他看到那样子猜测，今晚回社里应该很晚很晚。

富晶垚站在火堆旁边，看着黑乎乎的人影来来往往，恍若不在人间。

一直等到晚上三点多，谭会计走到火堆旁，靠近火堆搓了搓手说："小富，今天晚上让你来挨冻了吧！"

"冻倒不是特别冻，但是我的围巾系在你的摩托上不见了。"

谭会计有些惊讶，说："怎么会，这里人没人有那毛病，是不是风吹哪儿去了，你找了没有？"

"找了，刚才把那边都找了，没有找到。"伸伸脖子继续说，"出来的时候你说冷我就把围巾围上，刚才搬东西我担心放在那儿和她家东西搅在一起，就系在你摩托车上，你看。"

谭会计嘿嘿一笑说："这弄的是个啥！过来让你帮忙还把东西丢了，在哪儿？我过去看看！"

两个人下陡坡，在附近找了一圈也没有找到，谭会计觉得又冷又困，喊他明天再过来找。

回到联合社的院子里已经四点多，两个人只睡了三个多小时就得起床上班。

中午在营业室上班，富晶垚重复了几次那条围巾是徐馨璐送给他的，开始谭会计还安慰他说肯定能找到，到后面就不再接话了。

吃过午饭。谭会计没有午休喊他去找围巾。出门经过乡政府院子的时候，富晶垚看到乡政府的院子里停了好多车。谭会计说八成乡上又出了什么事情。

路上，风呼呼地吹。到地方两个人没有去灵堂，在下面找了好大一片地方，直到谭会计打电话说他没有找到，还得上灵堂看看，两个人才没有继续找。

上陡坡，灵堂已经支好，几个人向谭会计打招呼。两个人按照指引上了炷香，谭会计和别人聊起来，富晶垚走出灵堂站在外面。等谭会计聊天结束，两个人在旁边账房搭了礼金，富晶垚又站回原地。谭会计仿佛并没有走的意思，和几个人一直聊到快两点。刚打过招呼准备离开，一个女孩穿着秋天的单衣提着行李箱哭着上来。富晶垚看那个女孩，应该是汪润好，刚上道床，她就把行李箱撇下奔到灵堂前跪下大哭起来，不停地喊着："妈，你也不等我看一眼再走！”这哭声感动了在场的所有人，旁边的喇叭唢呐带动着现场的气氛，好几个人也跟着抽泣起来。谭会计又折回去站了一会儿，等有人把汪润好扶起来，又交代了几句话才走。

富晶垚下台阶的时候回头看了一眼，一座破旧的房子，几个花圈，稀稀拉拉的十几个人。一个女主人曾经生活在这里，若干年之后谁也不会再记得女主人的任何事情。

谭会计骑着摩托车，断断续续地提起汪润好的事情，带有调侃的口气说：“你看人家汪润好长得多排场，而且也是大专毕业，要是我儿子和她差不多大，给我做儿媳妇我都愿意。”

富晶垚听着，心里面还是在想着他的围巾和他的徐馨璐。

## 一百一十三

在富晶垚经历了一场老人去世的凄凉时，刘长江也经历了同样的事情。

天阴沉沉的，像要下雪，刘长江还在碳沟下乡。冬天的寒风里他还在看村里面的情况，已经发下来好几批的灾后补助，他还得到碳沟村看看。

当他正在种植户家里询问明年需要乡上做些什么时，接到办公室王主任打来的电话。王主任说一位乡贤——市人社局徐局长的母亲去世，袁书记正在往过赶，徐国平已经过去，乡里面安排了几个人过去帮忙治丧，看刘长江什么时候能到。刘长江放下电话把剩余几家查看了一遍，记录了需要乡上协调的一些事项，叮嘱冬季的时候烤火注意预防煤气中毒，这才骑着摩托车回乡政府。

路上风冷飕飕地吹着脸颊。

回到乡政府，院子里停了好几辆车，车上都没人，阴冷的天空更显得寂寥。

他烧了壶热水洗了把脸，用毛巾掸去身上的灰尘，泡了杯茶水，呷了几口，才起身下楼，骑着摩托车过去。

去世的那个老太太，刘长江是知道的，平时都是老太太一个人独居，房子离这里不是特别远，在通往学校那个分叉路口的下面那条路，也就是去卫生所那条路的最后一户人家。他来晶沟乡政府不久就知道老太太是个不一般的人物。老人平时基本上都在家里待着，偶尔拄着龙头拐杖在街上晃悠。

骑着摩托车到岔路口，路两边停满了小汽车。刘长江有些奇怪，从昶河村到这里的那段路一直在修，有好几处还不平，这么多的车是怎么开进来的。

来到方大夫的卫生所，门前的道床上也停满了车，他把车停在方大夫的屋檐下。方大夫在卫生室里面烤着火，见到刘长江把摩托车停在这儿，出来打招呼："刘乡长过来了！平时过节都没这么多人，你看这车，多得都看不到头！"

刘长江回头看了一眼说："是啊！从分岔路那块，摩托车就没办法正常骑，我沿着路沿骑过来。"

"我刚还听小景说下面有几处水泥路面没有修好，徐乡长叫铲车临时填的沙，我看到好几个领导都过去了！"方大夫用头示意。

刘长江点着头说："噢，这样，那你先忙，我去看看！"

"好好，一会儿过来烤火、喝茶！"

从方大夫那里到老人家还有两公里多的土路，走了十多分钟远远地就听到喇叭唢呐声，再走近，一层层的花圈，小景和另一个人站在风中迎人。小景见他过来，跑过来说："刘乡长来了，袁书记也刚到不久，徐乡长在里面。"

另外一个人看小景迎上去，冲刘长江点点头。

走进院子，响起了鞭炮声。小景指着其中的几个人说那几个人是主事的，又指着一个秃头、胖乎乎的人说那个人就是本乡的乡贤——徐局长，刘长江都记着。进灵堂，左右两边七八个人跪在地上，徐局长在最前面。刘长江上香，鞠了三个躬，把香插在香炉上，扶起徐局长。徐局长和刘长江客套了几句，刘长江找到账房搭礼，记账的人问清楚他的身份，开始往晶沟乡政府那页翻。

记完礼金出了账房。

外面临时搭起了几个简易帐篷。虽然是白天，天还是很阴沉，院子里拉了几盏探照灯，把四周照得雪亮。

徐局长的父亲去世得早，当时匆匆下葬，后来徐局长找了几个风水先生看穴位，把父亲的坟墓迁在一个有山有水的地方，迁的时候在旁边也给老太太定了一个位置。前几年又把墓地重新修葺了一番。

土葬需要石灰和石头，徐国平忙前忙后找人运过去，从马路到墓地，有一段全靠人肩扛背驮。

他已经很久没有见王三豪，在天将要黑的时候，王三豪带着几个人过来。上完香刘长江把他带进旁边厢房，里面有昶河镇的几个所长。

走的人很多，留下来的人也很多，晚上开了好几桌。

今晚，徐局长需要守夜，请来的还有风水先生，按照传统要做一些仪式，不是特殊关系的人吃完饭就走了，对于关系特别好的人，讲究的是要把老太太送到墓地下葬后才走。

刘长江送走了几拨人。晚饭吃过以后胡常务和几个人在房间里闲聊了好长时间，最后跟着袁书记到乡上住去了。走的时候袁书记给他交代，辛苦他在这里守着。

刘长江送完他们以后来到帐篷，里面也没有剩几个人。

深夜人都散得差不多，这也是乡上十里八村平时难得见上面的人的一场聚会，也是他们凑在一起的绝好时机。早早就有人在院子的大灯下支起桌子，一群人在冷风中打着扑克牌，每个人把自己裹得严严实实，把牌也握得紧紧的。这些人大概率要连打几个通宵。

夜深人静，从灵堂传来喃喃地做法事的声音，再有就是打牌人的喊叫声。刘长江看时间已经是深夜，寻了一圈也没有能合身睡下的地方。

院子里堆满了花圈，风吹得呼啦啦地响，比哭声还阴森可怕。院子外面黑漆漆的，作为一个无神论者，他并没有太多的胆怯。一直坚持到深夜，实在是太困了，在帐篷里窝着睡下。

天微亮他自然醒了，小景在他旁边的凳子上睡得正熟，他没有叫醒小景，起身出帐篷，在院子里面和外面转了一圈。

那几个赌徒还炸着金花，每个人说话的声音都带着嘶哑，每个人旁边都放有一大沓现金，看不出谁赢谁输。

刘长江进了灵堂，局长和几个人都斜躺在棺材旁边。也许是感到有人进来，局长先醒了，抬眼看看进来的刘长江点了点头继续眯着。刘长江看没什么事情又出去。

下午徐局长的同学从四面八方赶过来，对这里的环境压抑不住地表现出惊讶，也许是看到刘长江跑前跑后，猜测他和徐局长有什么关系，有人竟然拉着他攀谈起来，说起了局长以往在学校里面的事迹。徐局长上学的时候特别要强，从来没说过自己家竟然住在这么大的深山里，要不是这次母亲过世，他们也不会见识到路修在半山腰，有几处拐弯的地方，车的方向没有掌握好，还倒了几次车。

说起局长当年在学校，那真叫一个刻苦，经常咸菜就着白馒头当饭，每天最早去教室最晚从教室里走。学习在前，班级活动也在前面，还说起了局长的二三事，本来只有刘长江一个听众，因为太励志、反差太大，围了一圈的听众。

听众当中有一个拄着拐杖的老人听得投入，插了几次话都没有插上，终于在说到徐局长获得奖状的时候被其他人注意到，大家开始听拄拐杖的老人说。老人在村里当民办教师当了一辈子，他最引以为豪的几个学生当中就有徐局长。老汉讲徐局长当时家里面姊妹多，徐局长上学特别能吃苦，他也特别看好这个学生。以前晶沟小学比现在的学校小，但是比现在的人多，几个年级加起来四五百人。有一次徐局长为了买一本习题书，在下面一个淘沙户家淘了半个多月沙，拿到工钱，在家里面烙了几张饼，靠这几张饼，早晨走，下午进城把书买到，晚上才回到家。那本书他那一届用完，后面几届还在用。

这也引起了大家的赞叹，几个人都在感叹现在政策好，只有公平的考试才是大山里孩子走出去的捷径。

刘长江在那儿待了三天。等到入土把旧东西全部烧掉，其他人才回去。刘长江在那儿等着，八仙开始倒石灰，填土，砌墓地。后面只剩八仙的事情，他才跟着徐局长回家。

陪徐局长送走最后一拨人，刘长江再回到院子里，只有跑厨的收拾着自己的用具，院子里已没什么人。徐局长夸赞了他这几天忙里忙外比较辛苦。

在徐局长的印象里好像也留下了他的名字。

刘长江到方大夫屋檐下取车，方大夫刚好站在屋檐下，看见他说："这几天可把你们忙坏了！"

刘长江附和着说："是啊！从前天开始一直到现在，两个晚上加起来只睡了一个晚上的觉。"两个人站在那里谈起来，刘长江感到头重脚轻。天气寒冷，为了预防感冒，他从方大夫那里拿了一些治疗伤风的感冒药。

聊天过程中，他从方大夫那里了解到老太太应该去世了两天才被发现。前几年徐局长一直让老太太回市上住，老太太住了一段时间不习惯，后来徐局长联系住进昶河养老院，那里的环境和老太太格格不入，出现了很多矛盾，老太太就搬回家一个人住。平时偶尔从他门前经过。老太太家下面还有一户，说是两天了都只看到老太太家大门半掩着，那天进去看看，看到老太太倒在灶房里的凳子旁边，手上死死地抓住一根木柴。邻居赶快下来叫方大夫，方大夫上去摸的时候老太太已经冻得僵硬，人已经死了，至少有一天。邻居就给徐局长打电话，公安局的也过来了，认定是自然死亡。

方大夫感叹道："老太太吃了一辈子苦，终于子女都有出息，该享福的时候自己老了，在大山里待惯了，不习惯城市的生活，只能在这山沟沟里！”

刘长江听着方大夫把这前前后后讲完。

方大夫的儿子这几天也特别好奇怎么会有那么多的车，走一辆就“嗖”一声，这一会儿车也走完了，回来给方大夫指外面。刘长江看着这么乖巧的孩子心生欢喜。

徐局长的母亲不能说大富大贵，但是想要在城里过上很好的生活也不是多么难的事，但是竟然是去世了两天才被发现。大山里待久了已经习惯了山里的生活，适应不了城市化的进程。

回到晶沟乡政府里，还没有吃中午饭，他累得躺下睡觉。不知道睡了多久，在一声声咳嗽中惊醒，他是真的感冒了。

## 一百一十四

刘天佑人还没有回来托运的一大堆海鲜就到了县城唯一的火车站。天气寒冷，刘父骑着摩托车过去拉回来，因为太多，在车站找了一个人帮忙才把海鲜搬到摩托车上。作为老父亲，他既高兴又觉得不能理解，何必从几千里远托运这么多海产品回来，但是这也是刘天佑第一次给家里面带东西，他自然特别高兴，他给刘天佑打电话没有打通。

把东西载回家，刘父腌了一些鱼干，给付莹莹拿了一些。也就是这个时候，付莹莹给刘长江打电话，刘长江才知道刘天佑要回来。刘父、刘母一扫往常的忧愁，但是唠叨的习惯没有变，内容从抱怨变成夸赞。但是刘天佑始终联系不上。

也许在所有刘天佑认识的人当中，刘父、刘母和刘长江是最后见到他回来的人。

在付莹莹打电话过后两个多星期，刘长江的感冒已经完全好了。他回县城带着付莹莹在父母家吃饭。他母亲絮絮叨叨地说着刘天佑这次给他们长脸了，以前都说他不成器，让两个老人操心，但是这次不一样，给家里面整了这么多新奇的鱼。

刘父正在厨房炒菜，刘长江在客厅看电视，付莹莹和刘母聊天，外面一阵急促的敲门声。刘母第一遍说，这是谁啊？敲这么大声音，第二遍敲门声响的时候，刘母就有些兴奋，喊：“是天佑！是天佑！”起身去开门。果真是刘天佑，他不是一个人回来，身边还带着一个身材娇小的女孩，带着浓重的江浙口音，说了声“伯母好！”刘母有些惊讶，回了句“你好！”然后伸出二拇指在刘天佑面前来捣，说：“你回来了也不给家里面打个电话，我好让你哥去接你！”

刘天佑避让着母亲的手指头说：“接啥接！这不是能回来吗！”

“你哥接你方便些吗！”

“晓雅，进去啊，待在外面干什么。”刘天佑说完拉着身边的女孩，背着包，绕过刘母进房间。

女孩在旁边笑着不住地冲刘母点头，刘母只是笑着说了声：“你也过来了！”

刘天佑进门看到他哥站在母亲身后，说了句：“你们来了！”

刘长江最初站在门后，一直被挡着，看到刘天佑拉着一个女孩进门也有些惊讶，女孩看着年龄还比较小。没有多问，点了点头说：“来了！”

刘父在厨房听到外面有人，出来看是谁，见刘天佑带着一个女孩进来，热情地说：“来，来，这边坐。”付莹莹也凑过去打招呼，刘天佑旁边的高晓雅都只回以微笑。

刘天佑撇下高晓雅提着包回房间，放下包又出来。他的房间，刘母在几天前已经收拾过，就等他回来。

客厅里，刘母拉着高晓雅的手说：“闺女，你叫啥？哪里人？父母是做什么的？”

付莹莹给高晓雅倒了杯水放在面前。高晓雅显得有些害羞，说：“我叫高晓雅，祖籍是浙江，从小也在那边长大。”女孩还准备往下说，刘天佑喊：“中午做的啥饭？上次那鱼是晓雅她爸邮寄过来的，今天中午做几条，他们那边都爱吃。还有咱们这边的猪蹄和腊肉炒一盘。”然后对着刘母说，“问那么多干啥？问了你能改变啥，晓雅，我妈以前可是老师，别啥都说！”

刘母站起来笑着说：“你出去待了几天，现在还看不上你爸妈了！这个娃咋说话的！”

刘天佑有些不屑地说：“咋看不上，我进门才说了几句话，看你们问了多少？”

刘长江说：“天佑，你也到那儿坐一会儿，你看你都多久没有回来了，回来了还带了这么大一个惊喜，妈不是高兴，多问几句！”

刘天佑不说话，找了个凳子坐下。

短暂的一阵都没人说话，刘父让刘长江出去再买几样菜。

刘母拉着刘天佑的手说：“你这说走就走，一走就是大半年，电话又打不通，你不知道你爸和我这半年咋过来的！只要打雷下雨就睡不着，不只是这边打雷下雨睡不着，每天都看天气预报，看浙江那边的天气，要是下雨刮风更睡不着。这么久你知道我们过的啥日子！真的过得人不人鬼不鬼的。”说着说着哭了起来。

付莹莹在旁边安慰说：“你看天佑不是好好地在这儿吗，而且还带了个女朋友回来！这不是意外惊喜。”

刘父也说：“你这个娃出去也要和我们商量，一下还跑到一千多公里出海，出海那是北方人讨生活的方式？”说完欲言又止，说，“这次回家好好在家待一段时间，你妈真是刮风下雨都哭，你真是她身上掉下来的肉，你要体谅一下你妈。”

高晓雅这时候接过话说：“伯父伯母，其实刘天佑在外面出海也还好，现在的渔船都有卫星定位系统，出现极端恶劣天气海事局都会通知，让渔船回港躲避。船上的冷冻仓装满了就回来一趟，隔一两个月还能上一次岸补充淡水和食物，还算好。远洋的渔船都是大船，那个要辛苦一些。”

刘父说：“他妈生气是他走的时候没有给我们说，上岸也不打个电话报平安！他要说他在那边还好，就给我们说一下，我们也就不那么操心。我们这边都是旱鸭子，没多少人会游泳，他出去跑船……并不是说跑船不好，只是北方人对这种情况一点都不了解。”

高晓雅嘿嘿一笑。

刘天佑把身子靠在沙发上，轻蔑地说：“你们是担心？你们是管得太多吧！这次出去没有让你们整天监视着你们不习惯吧！”

付莹莹说：“爸妈是真操心你的安全！”

刘天佑不说话，扭着头。

刘母叹气道：“安全就好，安全就好……”

刘天佑在那里好一会儿不说话，突然站起来回房间，提着一个塑料袋出来重重地摔在桌子上，发出“咚”的一声。刘父在厨房说：“外面在干啥？”

“你自己打开看呗！”刘天佑显出一副不屑的样子。

几个人都没有去看里面装的什么。停了好一会儿，刘母用手扒拉开袋子，一大袋钱，一沓一沓一百元大钞，足足有十几万。

刘母并没有高兴和夸奖，猛地站起来，手有些发抖，指着刘天佑说：“你去出海！你究竟是不是出海！你拿那些鱼骗我们吧！这么多钱你怎么挣的！你出海都不到一年能挣这么多钱？你说这些钱怎么来的！”

刘天佑看到母亲这样的表情反而有些兴奋，脸上微微一笑更显得意。刘父从厨房出来，看到桌子上敞开的塑料袋里一堆钱，也有些发慌，拉着刘天佑说："天佑啊！你给我们好好说这些钱从哪里来的？"

刘天佑还是一副不屑的样子说："我出海挣的啊！"

刘母走近，拉着刘天佑的手说："你要说实话，从小你就让我们操心。家里面的酒你拿出去和朋友喝，家里面吃的你拿出去，玩的你也拿出去。我们俩都是老师，一直告诉你要做好人，做个不偷、不抢、不坑蒙拐骗、自力更生的人，你就那么短的时间挣这么多钱，你这钱的来路怎么能正啊！"说着捶胸顿足，要拉刘天佑到派出所自首。

刘天佑本来还压抑着得意，被父母这么一说有些生气，使劲甩开刘母的手大声吼道："我出海挣钱怎么了，挣这么多钱都是靠我自己，你们怎么能怀疑我这钱来路不正，你们一个月挣两千多块钱就不允许我一年挣二十万！我告诉你们吧，我和晓雅从南一路玩到北，花了几万块钱，要不然还不止这么多，真是小家子气。"

刘母更激动，开始四处找东西要打刘天佑，这时高晓雅缓缓地说："伯母，这些钱真是天佑出海挣的，我能作证。我不知道你们这里对这些钱有啥概念，就这点钱在我们那里算不了多少！我爸手上有几个海鲜摊子，两条船，一个月的收入都不止这么多！"

刘母不听，找到了痒痒挠过来要打，刘天佑往后退，声色俱厉地说："妈！我出海大风大浪在海上漂，你看这儿，你看这儿！"说着掀开衣服露出胳膊说，"这是缆绳擦的，还差点掉进海里，我以前怎么样那是以前，你们从小说到大，今天晓雅在这儿，你还在说，真是没个头了！"

刘母气得有些喘不过气，用痒痒挠指着他说："你这个小子，真是要气死我！"

刘父在旁边听着，走过来说："老婆子，你这么激动干啥，你先听天佑怎么说，还没说几句你又开始拿东西打人！"

刘母上气不接下气，浑身颤抖，坚持要让刘天佑到派出所，让派出所查查。

付莹莹和高晓雅都让她听刘天佑再说说，刘母坐在沙发上，手里的痒痒挠是放下了，但是嘴里还是不停地说着："你是要气死我呀！"

刘天佑也有些气呼呼的，但还是拿着手机给母亲展示一些短信和电话。

大家正在你一句我一句地安慰着刘母，刘长江把门推开，看到这场景担忧地说："妈不太舒服？"

付莹莹给他使了个眼色，刘长江先进厨房放下东西，出来问刘天佑说：“天佑，这是咋了？”然后环视了一眼，看到桌子上一袋子现金。

没等刘天佑开口，刘母先说：“你看看你弟，这次不知道又闯了多大的祸，他说他出海不到一年赚了二十多万，他这钱怎么来的！”

刘天佑跟着说：“哥，我小的时候是没有你听话，也不至于我拿回来的钱就来路不正是不是？我出海多辛苦！最长时间将近两个月都漂在海上，每天都是撒网，收网，吃鱼。那边比咱们这边赚钱容易得多，一年挣十几万是很稀松平常的事情。我们今年出海比以往是多挣了一些，主要是有一次捞到了一个神秘的东西！”然后略有隐晦地“唉”了一声。

刘母听到这儿又站起来说：“你们听听，就是来路不正！”

刘长江又看了一眼刘天佑，经过海上的风吹日晒，他脸上的棱角比以前更分明，皮肤也变黑，体格还像往常一样健硕，双眼之间透露着一股冷冷的气息。刘天佑又看了看桌子上的现金，贴近刘母说：“妈！你先消消气，刘天佑要是真在海上辛苦一年你这样说不就太伤天佑的心了！你看天佑今天才回来，怎么扯上这个事情！”然后对付莹莹说，“莹莹，我买的几样蔬菜你跟爸一块去收拾一下，都快过饭点了，天佑还把晓雅带过来，都饿了，我和妈说。”

刘父说：“你们好好说啊，别再吵架了！”进厨房收拾，付莹莹也跟着进去。

刘长江拉着母亲坐下，让刘天佑也坐下。刘长江对刘母说：“妈！你担心刘天佑这钱来路不正拉他去派出所，你就凭以往刘天佑的样子怀疑？那你拉他去派出所，派出所管不管？那些人一天到晚忙得跟啥一样，还有精力管这些事。”

刘母说：“我现在是高级教师退休，一年不超过四万块钱，你问问莹莹一年多少钱？一年有三万块钱？他出海有没有十个月？拿回来二十多万，他是造钱的吗！”叹一口气说，“真是要把我气死啊！”

刘长江心里也有些发毛，点着头。

刘天佑叹了一口气说：“唉！你们没在那边待过，你知道那边一个海鲜小店一年能挣多少吗？你听晓雅说说，真是天上地下！”

高晓雅还是不急不躁，说：“我有个姑在我们那边当老师，工资是你们这儿的几倍。我爸其中的一个海鲜店，做批发也散卖，一天的流水都在好几万，这点钱真不多！”说完停顿了一会儿，继续说，“我听说他们出海捞出来个东西，还给他们单独的奖励。这些钱是天佑辛苦出海赚的。”

刘长江安慰母亲道：“妈！你听，你觉得弟弟骗你了，晓雅总不会来骗你吧！”

刘母还是不相信，说：“我从小就和你们俩说，做什么都要踏踏实实，你想想你弟弟前几年的事情，都是借钱，突然有这么多的钱让我怎么能不担心？”依然不完全相信。

刘长江当着母亲的面给昶河派出所的龚所长打了个电话。电话里很隐晦地说有个亲戚家的孩子带回来几十万，家里不放心，害怕他干啥坏事得的，问有啥问题没有？龚所长问了好几种情况：有没有去边境？有没有晚出早归？有没有几个人成群结队？有没有出现管制物品？……刘长江都说没有，龚所长让刘长江给他的亲戚说不用担心，说不定就是人家孩子辛苦挣的，而且派出所根本就不管这些事。

这个电话打完刘母才将信将疑地坐在那里思索。好一会儿她拉着刘天佑的手说：“儿子啊！你这几个月真辛苦，难为你了，一个北方人连个游泳都不会就出海！”

刘天佑说：“我会游泳啊！怎么不会，好早就会！”

刘母听完慢慢地哭起来，叹自己对刘天佑太不放心！强加在他身上的桎梏太多。

中午吃饭，刘母不停地夸着刘天佑，对旁边的高晓雅冷落不少。好在付莹莹和刘父不停地夹菜，女孩倒也比较随和，性子慢，干什么也不恼。

刘长江走的时候对母亲说上次天佑去晶沟带了个不三不四的朋友，后面多管着刘天佑，那点钱不经他造。

付莹莹和刘长江漫步回家，刘长江说：“也许，不管外面的世界变成什么样子，但是对于这里的人来说，思想还是停留在原来的状态。”

付莹莹噘着嘴说：“你那老封建的思想首先得改改，上次让你去刘主任那里，你看你还拗了好长时间，现在说这话，你那小山沟真是圆圈里面的圆点——丁点大。再待待，真和外面的世界脱节了。”

刘长江闷着头不说话。

## 一百一十五

老饼子还是偶尔到联合社存钱、转存单，对于最近一两年所有的存单，他记得很好，什么时间存的，什么时间到期，都能清楚地说出来，但是对于更早的几笔，他似乎忘记了。富晶垚在他每次存钱的时候，能看到有几张存单特别早，中间隔了将近两年都没有新增和转存存单，不知道这一年多出现了什么？老饼子把手里的存单转存完，拖着大包小包离开。

这几天他去蔡老板那儿买菜，有一个年轻小伙子穿着打扮不像是矿上的工人，打听一个女人在没在这里，开始听到名字，富晶垚觉得有些耳熟，但是一时记不起来是谁。后来在回联合社的路上他才想起来这不就是花花的大名吗！好几个矿工说花花跟一个矿工走了。

这个小伙是谁？怎么会过来找花花？

那个小伙子在蔡老板二楼住下，吃也在那里。听蔡老板说小伙子大学刚毕业，已经参加工作，好长时间没有听到花花的消息。以前听花花说过在这里，但是从来没有来过，这次专门来找她。至于他和花花的关系，小伙子一开始并没有直说，但是随着“花花”“一包方便面”的绰号被大家开玩笑似的说出来，小伙子就再也不提他和花花之间的关系了。

小伙子在这里待了三天就走了。等小伙子走了以后蔡老板和富晶垚闲聊说起来，小伙子是花花的儿子，大学毕业找了个正式单位。花花已经很久没有给他打电话，而且也没有花花的任何消息。花花以前和他说在晶沟的矿上开了一个小商店，平时还给矿上的食堂帮忙。有时生气的时候给他打电话发脾气说他是她的累赘，为了供他读大学真的都快卖血了，有的时候给他说他是她唯一的亲人和依靠。对于这次离开，小伙子说花花生气的时候打电话，说得最多的一句话是“等你大学毕业就再也不想和你联系！”今年小伙子大学毕业，花花真的没有再和他联系，三个多月没有任何消息。他担心花花是不是出了什么事情，过来找她，听矿上的工人和蔡老板都说花花已经出嫁，其他的又问不出来什么，自己喝得酩酊大醉以后离开了这里。

富晶垚听完心惊肉跳，他想到了花花的艰难。他觉得世界太残忍，直打哆嗦。

他又想想营业室里的工作环境，想想银行卡上的数字，工作一年多，置办了电视、空调这些东西，心里面飘摇的压抑感顿时减轻很多。

回到联合社的院子，他在菜园旁边来回踱步。初秋请柯老汉把地重新翻了一遍，种上了萝卜青菜，现在一行行，长势格外喜人。他又在柴棚里劈了一会柴，浑身暖和。他耸了耸身子，肉体和精神同样放松下来。其实现在挺好，还有什么不好吗！

回到房间，他打开电烤炉，开始整理档案。他漫不经心地把过期的档案抽出来，再把新签的合同放到农户档案里。心里想着家里面的事情。

在他五六岁的时候，他家处于动荡期。家里面的门店到期，房东又要涨价，而且对门店整体不满意，这引得父亲和房东争论了好几次。后来在没有找到新店面的情况下父亲把门店里的东西搬到了一个临时歇脚处——一户人家的简易屋棚。那里吃和住都相当不方便，他整天都处于担惊受怕的状态，时不时不知道从哪里跑出来一只流浪狗钻进屋棚里。过了好久，父亲在一个朋友的帮助下找到一个转角的地方，租下了现在这个住处，生意也有了些起色。由于这间房子的主人急着到沿海发展，需要一笔钱，就把这间房子卖给了父亲，才有了住处。他父亲经常提起“做什么都不如有个安稳的工作踏实，旱涝保收”。那段漂荡不定的日子在他心里埋下了深深的印记，这是他希望安定的主要原因。

整理完档案。他回桌前把书翻到那一页（用会计基础知识的书皮包着），一边看着书一边看着电视。桌角的日历上，其中的几天画有一个圆圈。

就这样打着瞌睡，柯礼朝敲他的门进来，他无精打采地看了一眼说：“柯叔叔！”

柯礼朝没看他，拿起他的书看了一眼说：“前几天在这一页，现在还在这一页，你这叫看啥书！走，到段主任房间喝酒去！”说完把书放下，转身离开，出门的时候说，“快点啊！我们俩在他房间等你。”

“我快要考试了，再看几页书！”

柯礼朝头也不回地说：“你都说过多少次这种话了，喝完酒脑子更清醒，记东西更快。”

他不再懒洋洋，站起来说：“好嘞！还要带啥吗？”

“有好酒带好酒，没有好酒带张嘴就行了。”

富晶垚关掉电源，随着柯礼朝一块到段主任房间。柯礼朝刚坐下，他也坐下。

柯礼朝嘿嘿笑起来说：“还说看书！以你刚才的速度比我跑得快多了！”

富晶垚也笑起来说：“喝酒喝酒！”和以往那些无聊寂寞的夜晚一样，三个人又喝起酒来，酒还是三鞭酒，三个人喝酒的方式也没有新方式。但是这次聊天的话题有些变。

段主任通红的脸上泛着血丝，敲着桌子说：“这酒每次喝，味道都不一样，今天这酒放的时间有些久，准是余老头从自己库房里翻出来几瓶放在那儿卖。”

柯礼朝抿了一口，咂了咂嘴说：“嗯，有点老酒的味道，里面泡的那几样东西都淡了，都是酒味！”递给富晶垚说，“你也尝尝！”

富晶垚喝了一口，学着柯礼朝的样子咂咂嘴巴，“嗯”了几声。

“上次去徐局长家喝的啥酒！”段主任突然想起什么问。

“啥酒没尝出来！”柯礼朝说。

段主任“噢”了一声，又拿起酒瓶倒了一口，在嘴里翻腾了几下咽下说：“小富！旁边那个刘乡长和你关系好？我那几天咋见他在那儿帮忙，他和徐局长还有啥关系？”

柯礼朝接过话说：“下面太阳花村拆迁！”用嘴示意一楼的谭会计，说，“那儿，没有让你给那儿说说多赔一些？”

富晶垚摆摆手说：“我跟那儿关系算一般，没有达到你们说得那么好。我以前还经常去他那儿，两个人也没啥事，就是看个电视聊个天。不过他比较自律，屋里面书多，整天看书。唉！说不上来，有的时候觉得关系还行，有的时候觉得我和他思想差距有些大。”

“朋友的关系就分好和不好，你说这些话就是不好，年轻人没有我和你柯叔叔这样了！不喝酒啥都说，喝了酒更是啥都说！”

柯礼朝说：“你是喝酒没有把他灌翻，喝倒几次你们关系就深了。”

富晶垚没有说话。

“也都退休了，他可真不能窝在这里！”

段主任把拿起的酒瓶子放下说：“我上次到县上开会，听咱们一个主任说上面那个矿要被收购了，不知道北京哪个人投资十几个亿。你说王三豪从开始那点家当发展到现在，有了这点家当，又要被收购，这个王三豪啊！真是心里面凉死喽。”

“其实王三豪这个人还是不错的，管主任在的时候还有些联系，管主任调走了基本上就不和我们联系，他这一辈子不白活！”说到这儿段主任嘿嘿一笑。

富晶垚听得哈哈大笑，段主任严肃地说：“笑啥！你们年轻人可要学好。”富晶垚用手指指旁边，然后偷偷笑，说：“隔壁的景叔叔，我和他值班他可不少说这些事！”又嘿嘿地笑了一下。

两个人都叹了几声说：“不一样！不一样！你景叔叔那叫会玩，这个玩和那个玩不一样。”

富晶垚不再说话，几个人又喝起酒，没一会儿把几瓶全喝完。段主任还觉得不过瘾，对富晶垚说：“你到老余那儿再买几瓶。”说着从口袋里掏钱。

富晶垚把他的手推回去说：“我出去买！”

穿过走廊，他看了一眼乡政府大楼，刘长江的房间透着灯光，他感觉到自己和刘长江拉开了一大截差距。

他到余光亮的小卖部，小卖部的门半掩着，他从来没有遇见过这样的情况。推开进去，小卖部里没有人，等了好一会儿仍然没人来。他喊了一声“余老板！”余光亮没有出来。余光亮的老婆出来，看到是他，说：“家里面来人了，老余还在里面，你要不要进去喝一杯！”

富晶垚晕乎乎地说：“下次，下次，段主任还在社上等着喝酒。”他照例付完钱搬着酒出来。余光亮很少这么晚还在喝酒，他心里充满了好奇。

回到联合社，三个人又喝到深夜才散，一个个都晕晕乎乎的。

过了几天他去余老板那里买东西，余老板高兴地说他的闺女出嫁了。富晶垚有些吃惊，说：“以前都没有听你说过，怎么突然就出嫁了！”

余光亮说：“电视上经常说美国出现一个什么金融危机，上头有个男娃，厂里面没活就回来了，在我这儿买了几次东西。本来我和他爸妈就认识，他爸妈就说起这件事。一问两个年轻人，两个人也都同意，前几天就把这件事定下来了。你那天晚上过来的时候我们正在说事。”

富晶垚“噢”了一声。

余光亮说：“唉！这事情总算定下来了，余丽娇这么大了还整天在家晃悠，这事情说快也快！”

富晶垚附和着说：“后面也就不用太操心，也算了了一件事，那后面咋打算的！”

余光亮似乎并没有听明白是问他怎么办，还是问余丽娇怎么办，说：“还能咋办！嫁出去以后就和人家过日子，那男娃要出去打工就跟着人家出去打工，还能在乡里种地不成！”

“那店里面就剩你们俩了！”

余光亮深深地叹了口气说：“不就剩我们俩！我们这一辈子也就在这乡下守着这个店喽！”

富晶垚也被这气氛感染，沉默着没有说话。把需要的东西买完回头看了一眼里面的堂屋。他第一次来买东西，余光亮的爱人还问起他的婚姻，女孩还很羞涩地在营业室进进出出好多次，现在已经嫁人，跟着他的男人成为新一代的打工人。

这事情在富晶垚心里像疙瘩一样纠缠了好一阵。

# 一百一十六

美国次贷危机发生后，对新发展的深圳影响特别大，刘主任的儿子琪琪也从深圳回来。对于琪琪的回来刘主任非常高兴，琪琪毕业时县里事业单位招考，虽然琪琪不愿意回鹿鸣县，好在刘主任连吓带哄地让琪琪回来完成了笔试、面试、体检、政审，入编了商贸局。因为琪琪压根就没想着回来上班，刘主任强按着上了一段时间班，后来按不住，依据政策办理了停薪留职。

琪琪这次回来和刘主任说得很明确，他并不打算到商贸局上班，只是临时回家歇歇脚，如果硬让他去，按照他的性格闹出些事情他可不管。刘主任思来想去，考虑到琪琪真的过去受不了谁的几句气话，弄一摊子事情，再拍拍屁股走人，那不就弄巧成拙了，也就没有让他再去。

琪琪一直在家待着，回来没几天就把刘主任客厅里的奇花弄死了几盆，刘主任心疼不已。因为整天不用上班，也没其他事情，加上刘主任的爱人退休后忙着跳广场舞，还是个领队，也没太多时间管他，琪琪基本上都是点完饭打包回家吃，吃完就放在客厅不收拾。

琪琪时不时还冒出来些赚钱的想法。刘主任偶尔也会思考琪琪的想法是否正确，因为琪琪从小就有自己的主张。别人都想当领导、当医生，对于琪琪来说，他的想法就比较实际，想多赚钱，什么赚钱干什么，生活怎么舒适怎么过，养成了一切都以自己为中心的生活理念。

对于琪琪的婚事，刘主任也问过，琪琪也很坦诚地说谈过女朋友，是个三线的模特，两个人大学在校外同居过。后来刘主任问了刘长江才知道，刘长江那个时候的大学生活费每月才五百块钱，琪琪每个月就没低过一千五。据琪琪说女孩大三就去上海发展，分手后就没再找女朋友，用琪琪的话说其他女孩要么没前女友漂亮，要么就是没前女友有思想。琪琪那个时候和他前女友学会了吃外卖不收拾，什么赚钱干什么，哪怕像前女友那样三更半夜跑夜场。只要下决心干，就能赚到钱，就能买自己想要的东西，去自己想去的地方，过自己想过的生活。

回鹿鸣以后，琪琪各方面都不是特别适应，经常对刘主任说的话就是：“一套别墅和一套三十平米的房子，那设施和住起来的感觉能一样吗！”

在把刘主任那几盆花摆弄死，刘主任说了他几句以后，他就和刘主任大吵了一架。琪琪在平时的闲聊中听别人说过晶沟的稀土矿将被收购，而且投资特别大，就奔着刘长江这里来了。

琪琪和刘长江如果强要往一起凑，有什么交集，也只能算是高中校友，而且是差好几级的校友。

他是开着从深圳赚钱买的丰田车去的晶沟。

对于刘长江来说，在政协工作的时候，刘主任偶尔提起琪琪，每次说起来有些头疼又带有赞许，两种矛盾夹杂在一起。琪琪去大楼里找过几次刘主任，非常客气地叫他长江哥。他仔细看过琪琪，清眉方脸，面容俊秀，身材高大，阳光还有礼貌。

琪琪打电话说他到晶沟的时候，刘长江以为是在开玩笑，那个富家子弟怎么可能过来？琪琪开着车出现在乡政府大院，刘长江非常意外，接着电话出门，看到一辆白色丰田车停在院子里，旁边一个人向他招手，并且大声喊："长江哥……"

刘长江穿过走廊下楼梯的第一反应是应不应该给刘主任打个电话？楼梯上他翻开手机通讯录找刘主任的号码，琪琪正在上楼，在楼道碰面。琪琪似乎也知道刘长江会给他爸打电话，见到刘长江就说："我背着我爸过来的，长江哥，你先别和我爸说好吗？后面我自己来说。"刘长江把手机放回口袋，答应说好，然后问他吃饭了没有？琪琪说还没有，不用他管，只用和他说一下哪里有饭馆，他一个人过去，如果饭馆下班了他就吃泡面。刘长江拍了拍琪琪的肩膀说第一次到这里来怎么能吃泡面，带他出院子到蔡老板这里。

琪琪说话做事非常客气，问刘长江在这里待得怎么样，当问起工资的时候刘长江叹了好大一口气，也没有说多少。

在蔡老板那里，琪琪给自己点了两个菜一个汤，刘长江虽然觉得有些多，但还是问了一句够不够。琪琪拿起菜单看起来，看的时候说过来打扰长江哥不能再让他请客，这顿饭他出钱。刘长江也不知道这句话是客套话还是真心话，连连说这顿饭得我请。琪琪看了一下菜单，把开始点的鸡块换成了鱼，这才说："好了！"

琪琪晚上一个人要了一份羊肉汤，一个干煸野味，一个鱼。

蔡老板听到一个人吃，不停地说肯定够了。等蔡老板去做菜，琪琪和刘长江聊起来，聊着聊着琪琪问起了晶沟稀土矿的事情。刘长江把矿的情况做了介绍。琪琪说他听说这个地方有人要投资一百多亿等信息，刘长江停顿了好一会儿说："是啊！"这话他是从刘主任那里第一次知道，后面陆陆续续有人说过，但说法都不一样，具体什么样、具体什么情况估计大家都不清楚。琪琪这次到晶沟来八成和这有关。他告诉琪琪，具体是投资还是兼并，总金额是多少，乡上可能是最后知道的。

琪琪倒没有太多的顾虑，把他知道的和刘长江讲起来，显然他比刘长江了解得更多一些。

蔡老板把干煸野味和羊肉汤上到桌上，客套了几句，回吧台看电视。刘长江晚饭在食堂吃得还算饱，看到这几样也有些馋，拿起筷子时不时夹一口，两个人吃着聊着。

刘长江的烟瘾不是特别大，抽完烟也不再想抽。琪琪从烟盒倒烟，一根也没有剩，起身要去吧台拿一盒烟，刘长江本就烟瘾不是特别大，就点点头。

刘长江坐在那里想着琪琪为什么会到他这里来。琪琪取完烟继续聊矿上的事，包房里还有些矿工在里面喝酒，声音比较吵。

这顿饭吃了将近两个小时。吃完刘长江去吧台结账，蔡老板说琪琪买烟的时候把账结过了。刘长江觉得很不好意思。琪琪还是客气地说到这里来打扰长江哥，就不用他破费。

两个人出饭店后沿着街道往上遛弯儿，一直往上，刘长江给他讲矿上的情况。正说着电话铃响起，他掏出手机，是刘主任打来的电话，后面还有备注政协副主席，琪琪看到后拍拍刘长江的肩膀说："别和我爸说我到这里来！"

刘长江点头。

接通电话，刘主任先寒暄了几句，问他最近怎么样？刘长江也问了袁书记最近的情况。刘长江一五一十地说了。接着刘主任的话锋开始转变，先说了琪琪前段时间回来，这段时间还挺听话，然后问琪琪和他联系没有？刘长江也如实地说前几天联系了一次，最近没有联系。琪琪在旁边不停地摆手。刘主任在电话里又夸奖了几句琪琪挂断电话。这时琪琪才松了一口气。

刚才的电话琪琪也听到一些，刘长江顺着刘主任的口气说："你刚也听到了吧，你爸还是很赞赏你的，电话里不停地夸你。"

琪琪说："我听到了，我爸夸我那都成了口头禅！我心里面觉得我爸是我的榜样，但是我并不想按照他的想法来，像他那样上班、领工资，一辈子最多也就到他那样，做个县长了不起了！年轻的时候几乎每天加班到深夜，现在不到六十岁过着退休的生活。我不愿意，他给我灌输的观念里，"赚钱最重要"这点我最受益，但是他们那样有钱舍不得吃、舍不得穿我是一点都看不上！"

刘长江听后对琪琪也大加赞赏，觉得琪琪是个很有想法的年轻人。

天又冷又黑，两个人往回走，回来的路上还是琪琪说得多，他对矿上有好几个赚钱的想法：在外面开一个销售代理点，给稀土矿做供应商；在里面入股分红；给矿上供应采矿设备……刘长江觉得琪琪的脑子里装满了各种想法。

回到乡政府院子，琪琪从车里提出来一个背包。

回到房间，琪琪打开背包，里面一个洗漱的袋子，还有几件换洗的衣服，刘长江看到这架势觉得琪琪是真要在这里长待。刘长江打开空调和电视，烧开水，带琪琪到卧室，告诉琪琪晚上得两个人一起睡。琪琪也不介意，而且说，比他想象得好。

琪琪先洗漱，躺床上听着歌睡觉。刘长江看了一会儿书才躺下睡觉，已经快十二点。

刚睡下没多久，刘主任的电话又打过来，这次有些焦急地问琪琪到他那儿没有？今天他们俩拌了两句嘴，到现在打所有人的电话，都说没见到，把夫妻俩急得不行。刘长江有些于心不忍，但是又答应过琪琪不说。正为难的时候，琪琪的鼾声响起。刘主任在那头也觉得太晚去晶沟的可能性低，把电话挂断。刘长江听着电话里的嘟嘟声，心里也不是滋味，躺下后久久不能入睡。除了刘主任是琪琪父母之外，刘主任也是他以前的领导。他思前想后不知道怎么办好，就那样睡着了。

早晨刘长江起得早，给灶上的厨师说他这里加一个人。

回房间收拾完开始看书，整个乡政府的人开始吃饭琪琪还没有起床。他回房间喊琪琪起床吃早饭，琪琪没有停顿“噢”了一声就起床。刘长江问他睡得怎么样，琪琪连连说好。起床后洗漱刷牙，刘长江一直等着他，看着早饭都快结束了，他才结束。

两个人到餐厅，还剩下一些残羹冷炙，琪琪只吃了两口。

吃过早饭回房间，聊了一会儿乡上的情况。琪琪对刘长江说想让他打听一下王三豪在不在矿上，他想去那里了解一下情况。刘长江觉得这也不是什么特别的事，拿起办公桌上的电话打给王三豪，他有意问王三豪听说的那些事情，王三豪倒也确认，确实有人给他说过想入股的事情，谈了几次他也没有摸清楚对方的来头……在确定他在矿上以后，刘长江脑子里闪现一个念头。他着重说了琪琪到他这里，而且是刘主任的儿子，今天想去他那里聊聊，而且把琪琪过来没有和刘主任说加重了语气。王三豪在电话里问：“瞒着刘主任不说？”刘长江没有正面回答，而是说：“你看呗！”

琪琪在旁边，听到刘长江打过电话，感谢了几句，打算现在就开车过去。

刘长江怕他找不着地方，要跟着一起，琪琪推脱说他一个人去就可以。

刘长江把琪琪送到院子。琪琪的车刚走，刘主任的电话就打过来，电话里没有责备的口气，说了几句客套话，问他什么时间回县城，让他回去了到他家做客。刘长江知道王三豪给刘主任打电话说琪琪要去他那里。

后面一连几天，刘长江要去碳沟下乡，回来都比较晚。琪琪回来得也晚，两个人都没有太多交流。

周五下午刘长江要回县城，琪琪倒也无所谓，说他一个人在这里也好。刘长江把钥匙留给他，自己骑摩托车回县城。

晚上刚进门，付莹莹就说最近他妈心情可好了，刘天佑带回来的女孩特别能哄他妈开心，没事两个人还挽着手逛街。刘长江听了不住地赞叹说这样挺好。

星期六中午刘父打电话过来让他们一块过去吃饭，两个人买了些水果提过去。刚进门，就看到刘天佑跷着腿在电视上打游戏，高晓雅也在旁边，两个人打着游戏高喊着。见到刘长江过来，刘天佑说了句："哥，你来了！"高晓雅放下游戏机手柄客气地招呼两个人，她那南方口音听起来特别顺耳。

刘母在厨房指挥，刘父是主厨，刘长江进厨房打了声招呼，刘父就让他出去买瓶醋，唠叨着："家里的醋好长时间都没有了！"刘长江应着出去。

再回来电视已经不再是打游戏，调成直播，刘母也坐在沙发上看起来，只留他爸一个人在厨房里。刘长江进厨房打下手，没事就出来站旁边看一会儿电视。

刘天佑把高晓雅指挥得特别溜，一会儿倒水，一会儿洗水果，要不就说哪里酸了给捏捏，高晓雅也不嫌烦，由着他指挥。

中午吃饭一大家子聚齐了，刘父难得这么高兴，从家里翻出来珍藏的白酒，还开了一瓶红酒。饭前，刘父让大家把酒先倒上，举起酒杯，有些泪目，说："我在你们俩很小的时候藏了一箱这个酒，咱们这边正宗的玉米粮食酒。天佑以前捣蛋，给我糟蹋了几瓶，剩下的几瓶我放在床头下面的暗盒里。今天我们一家人在一起，难得的平静。天佑现在有了晓雅，晓雅在这里待了这么一段时间，我和你妈都特别喜欢，南方姑娘真是既贤惠又懂事，你们俩早点把婚事办了。毛毛（刘长江的小名）和莹莹这几年也辛苦，在一起没要孩子，现在乡下县城两头扯，我尊重你们俩的意见，如果再有个小的，也算是天伦之乐。"

刘母在旁边也说："天佑和毛毛两个人难得都这么好，我们做父母的是真心高兴，就你爸说的，趁着我们还能带娃，两个人都早早要孩子，我们老两口就更高兴了。”

刘天佑在旁边摸了摸高晓雅的头说：“我们俩还说不清楚呢！”咧嘴一笑，高晓雅倒没有特别反应，把身子夹在一起有些不好意思。

说完刘父一饮而尽，刘天佑也端起酒杯嚷：“喝起，喝起！”还监督着高晓雅说，“你也喝起啊！”

高晓雅说：“我不能喝酒的！”用南方口音说出来，嗲嗲的，听起来发酥。

……

这顿饭难得看到刘父喝醉了，刘长江和付莹莹也喝了一些，在刘父频频举杯的时候，刘长江看到父亲满头白发，心里一刹那涌起太多太多的事情。

父母两个人在他很小的时候在一个学校，后来调到不同的学校。那个时候的交通工具是自行车，他跟着父亲，刘天佑跟着母亲。父亲就是一个教书先生，除了教书就是辅导他。就这样过了几年。他觉得父亲、母亲都非常辛苦，特别能体谅父亲的不易。现在看到父亲满头白发，更有一种涌上心头的爱与怜悯，都被堵塞在现实中。

## 一百一十七

每到周日下午刘长江就得回晶沟乡政府，对于付莹莹来说已经是常态。刘长江刚准备出门，刘天佑打电话，说找他有事情。刘长江又在家里等着，付莹莹问他在不在家吃饭，刘长江还想着回乡政府吃饭，就没有让付莹莹做饭，两个人坐在沙发上，好一会儿没说话。付莹莹提起了调动的事情，刘长江听了以后把头靠在沙发上，长长地叹了口气。付莹莹说她准备向生活妥协，已经结婚几年了，学校里的同事问得也多，年龄也在不断增大，明年无论他能不能调回县城都想要个孩子。刘长江还是沉默着不说话！

两个人正沉默着，有人敲门，喊：“哥，是我！”刘长江去开门，付莹莹坐在沙发上没动，刘天佑探进来半个身子说：“我听爸说你平时都是这个时间走，我和你一块下去！”

“你和爸妈出啥事？吵架了！”

“我们能吵什么，就是烦高晓雅！”

“你这样不行，晓雅从那么远的地方过来陪你，你不在家里陪人家，到我那儿去干什么！”

刘天佑还有一丝笑容的脸瞬间变黑：“你就说让不让去！”

“你这话说的！我那儿你啥时候过去都行，只是你这么样不合适，对不住晓雅！”

“啥叫对得住对不住！她陪我的时候我没有陪她啊，整天把我管着，你不让我去你那儿，我去我朋友那儿。”说完准备转身。

刘长江一听这话就想起来那个不停撺掇他吵架的韩磊，还有那些带坏他的狐朋狗友，连连说：“好好，你跟着我到我那儿待几天，那你给爸妈说了没有！”

“说了，说了，走吧！”

这时付莹莹在房间里说：“你们把饭吃了再走吧！”

“是啊！”刘长江说。

“吃啥，不吃了，到哥那儿吃！”

刘长江无奈地说：“你和爸妈打个电话说一下！”

刘天佑扭身出门说：“走了，路上打也一样！”

刘长江把包挎上准备出门，付莹莹站起来走近他，轻声说：“路上小心！”刘长江回过身子，在付莹莹脸上贴了一下，下楼去了。

刘天佑把摩托车已经发动正等着，看他下来说：“你那地方我知道，我先上前！”骑着摩托车先出发，两个人骑着摩托车一前一后出城，上了国道，很快就见不到刘天佑的人影。刘长江也加速，根本连刘天佑摩托车的轰鸣声都听不见。风吹得他从脖子到脚跟都是冷的。

到乡政府的院子，天已经黑下来。刘天佑和琪琪两个人正在琪琪的丰田车旁边抽烟，小景也在。殷所长在二楼的阳台上昂着头抽烟。

刘长江看两个人聊得还挺投机，把摩托车停在车棚走过去。琪琪很客气地递给刘长江一支烟，小景见他过来没说两句就走了。刘天佑喊着肚子饿了要吃饭，刘长江没有上楼带着两个人去蔡老板那里。蔡老板已经不太记得上次争吵的刘天佑，招呼三个人进了一个包间，琪琪还是一副见谁都很客气的样子，刘天佑就是那种大大咧咧，什么东西少了都把门打开喊“老板，啤酒没有了”“老板，拿一盒烟”“老板，纸巾拿一盒”“老板，菜不够，菜单拿一下”……三个人喝了三箱啤酒，一瓶白酒，刘长江明天还要上班，觉得喝得差不多了，刘天佑仍然觉得不过瘾，拉着琪琪还要喝。他们两个人还有许多共同话题，能说在一起。

把叫的酒全部喝完，刘天佑还带有遗憾和琪琪搀扶着回乡政府大院。虽然走起路来摇摇晃晃，两个人还能把路走直。

刘长江打开门，准备扶两个人进屋。刘天佑摆摆手嘟囔着不用，两个人互相搀扶着进门直接躺在沙发上，一头一个，倒也没睡，你一言我一语地聊起来，交流还比较顺畅。房间里特别暖和，空调和电暖气一直开着，应该很久没关。

等把水烧好，刘长江到沙发先拍拍刘天佑让他去里面的房间睡觉，刘天佑摆着手说不去，他只好拍拍琪琪让琪琪去里屋睡觉，这还比较管用，琪琪起身进里面的卧室，刘天佑看琪琪起身，也起身跟进去。两个人没有洗漱，更没有脱衣服直接躺下，一头一个。仍然说着话！刘长江拉开被子帮两个人盖上，自己洗漱完躺沙发上睡了。

早晨起床刘长江去里屋，两个人鼾声正浓，他悄悄地把门关上，吃饭的时候也没喊他们俩。

这段时间袁书记一直在乡政府，乡政府里面的各种传言也很多，但是对于身处其中的袁书记好像啥事没有。与以往他不在院子相比，吃过早饭以后的乡政府大院更安静，平时还有人在走廊闲聊，这几天都乖乖地在自己房间，除了一些到乡政府办事的人，院子里的人都很少出门。

## 一百一十八

吃过饭，刘长江拿起日历看起来，每年秋冬季节的这个时候，都要在村上宣传防火防灾，化解纠纷矛盾，做好和谐社会宣传，还要提醒村民防止一氧化碳中毒。但是总会隔几年就出个事情。他拿上笔记本去袁书记那里。

进房间，袁书记比以往稍微客气那么一点点喊："刘乡长过来了，坐！"

刘长江对这种方式还有些不适应，就近坐下。

"最近你回县城有没有听到关于咱们乡的事情！"

刘长江略有疑惑，说："听是听到一些，不过我听到的肯定大家都知道！"

大致说了一下。

汇报完分管的事情，他从袁书记房间里出来。

在乡政府的院子里，多一个人最显眼，大家都私下议论刘长江房间里那个开车的年轻小伙是谁，刘长江也知道，但是没有人当着他面说。但是这两个人就是两座尊神，还没办法请走。

进房间，琪琪已经起床，正在梳洗，看到刘长江进来叫了声：“长江哥！”

刘长江答应着说：“灶上已经没有饭，要吃得到蔡老板那里。”

琪琪要等刘天佑醒了一块过去。

刘长江开始忙自己的事情，琪琪梳洗完拿着手动游戏机在茶几边玩起来。

十一点多刘天佑才起床，出卧室就说没有喝好。琪琪昨晚喝得差不多，说不能喝太多，差不多就行。刘天佑洗漱完和刘长江打了招呼跟着琪琪出门。

星期一一般都比较忙，一直到天黑都没有见到两个人回来。

吃过晚饭刘长江也没有出去，窝在房间里看书。

正沉浸在思索中，门被重重地推开，刘天佑和琪琪两个人进屋。刘天佑进门就喊：“哥，你现在还看啥书！走喝酒！”

琪琪走近看稿纸，一张纸写了一半，说：“长江哥，你现在还在看书写东西！真用功，值得学习。”

刘长江笑笑说：“哎！这里没事的时间居多，看书和写东西都是打发时间！”

琪琪笑笑，说：“长江哥，出去喝酒呗！”

刘长江把稿纸合起来说：“走，喝酒！”

走到院子，刘长江觉得有些扛不住这两个人，说：“我打个电话，叫隔壁那个小伙一起，大学在我隔壁，工作又和我是邻居，我们差不多大。”

“好，叫一起还热闹。”琪琪说。

“那个联合社的吧！酒量不行，还喜欢提前跑！”刘天佑说。

刘长江给富晶垚打电话，富晶垚说一会儿就到。

三个人出了乡政府，刚过余老板的小卖部，富晶垚像风一样追上来。

“咱们俩也好长时间没见了吧，这是琪琪，这是我弟刘天佑，你见过。”

“见过！见过！我在隔壁联合社上班！”富晶垚说，话语中带有一丝优越感。

“噢，初次见面，幸会！”琪琪说。

刘天佑瞥了一眼没说话。

四个人到蔡老板的饭店，富晶垚喊：“蔡老板，四个人，找个包间！”

蔡老板招呼着四个人到旁边的包间，本来是刘长江叫富晶垚过来一起喝酒，现在反倒变成富晶垚是主场，他跑前跑后拿酒、泡茶、点菜。琪琪和刘天佑两个人聊着如何赚大钱。

晚上四个人一共喝了四瓶白酒，刘长江还算比较清醒，刘天佑和琪琪两个人喝得刚刚好，富晶垚喝完有些膨胀，总觉得那两个喝高了，说这样赚钱那样赚钱都不怎么靠谱。刘天佑有点看不起富晶垚的酒量，就直接说他这大半年赚了二十多万，琪琪趁着酒劲说他在外面一年也挣了快一百万，富晶垚听完，酒劲硬是被憋回去一大截，倒吸了几口气。刘长江的清醒反而让他在思想上翻江倒海，一刻也不能平息，难道外面的钱都这么好赚吗？喝完酒，刘天佑和琪琪两个人勾搭着肩膀回乡政府。富晶垚原本跟着，觉得刚才说话有些失口，走到乡政府院子又找了个借口回联合社。

回到房间，刘天佑和琪琪似乎没有说过瘾，歪在沙发上说着话。

在两个人的对话里，刘长江听到琪琪确实在深圳赚了将近一百万，原因也是这次金融危机。琪琪到深圳后入职一家金融公司，金融公司的总部在美国，深圳是刚成立不久的分公司。琪琪在外面跑业务，那时的深圳处于快速发展阶段，金融业务中不管是个人还是公司，都非常好做，做了一段时间业务，提成有好几十万。深圳的分公司处于快速发展阶段，这次的金融危机使身在美国的母公司破产清算，母公司破产旗下的子公司也难保。深圳分公司就几十号人，母公司派过来的老板被解聘，老板索性就把分公司的盈利当作补偿金发给了几十个人，每个人又分了几十万，和工资差不多。琪琪还是认为哪里赚钱去哪里，什么行业赚钱干什么。这是他的人生信仰。

两个人就这样躺在沙发上说着话睡着了。刘长江回卧室把被子拿出来给两个人盖好，自己回卧室睡觉。晚上他的脑袋天旋地转，不知道是听到两个人的话，受到了思想冲击，还是在思考未来，处于睡着和清醒之间。琪琪说的那段经历也让他想起了中法战争，中国虽然是个战胜国，但是后来却割地赔款。

一连好几天，刘母打了几个电话，让刘长江催促刘天佑尽快回县城，把高晓雅一个人留在家里也不是个事。但是刘天佑不怎么听他的话，还没等他说，反问道：“你赶我走？你要觉得我在这儿碍着你了我现在就走！”惹得刘长江没话说。

虽然他也听到殷所长问别人那两个年轻人是谁，但是想想这两个在这儿待这么久，也许过几天待腻了也就走了。

刘天佑整天在房间里打游戏。琪琪把自己安排得比较充实，早晨打完电话和他打个招呼就开车出去，有的时候下午回来，有的时候晚上回来，具体干什么也不说。刘长江这段时间没事就下乡，他能想到村上的事情，都会去看看。

碳沟的冬天也呈几种模样，有些人偷摸着砍伐山上的林木，以备冬天里有充足的木柴烧，也有条件好一些的，从城里买无烟煤。他去了几次佘三娃家，每次去都被抓着手拉住不放，诉说着他们心里的苦。佘三娃的屋子，外面刮大风里面刮小风，每次去都是冰锅冷灶。老太太依偎在床上，下不了床，就连拉屎撒尿也都是佘三娃在床上解决，佘三娃还动不动发泄似的训斥着老太太，老太太什么也看不见，耳朵倒很灵。作为鳏寡孤独，佘三娃已经享受了五保，对于这样的家庭，能享受到的政策刘长江也都考虑遍了。

他下乡最不愿意去的还是这家，除了活着，没有任何希望。

那天还在碳沟下乡，一户农家因为儿子要结婚建新房，女孩要来“看家”，男方着急把房子盖好。刘长江停下摩托车闲聊，他知道这几天将要下雪。

回到乡政府，琪琪和刘天佑都在，刘长江说起后面可能要下雪，琪琪问晶沟下雪会是什么情况？刘长江说如果这边下雪，大概率会停电封路，两个人听完，都沉默了好一会儿。琪琪先说在这儿待了十几天，事情办得差不多了，打算回县城，刘天佑听完也跟着说一起回。刘长江还带诧异地反问说：“不在这儿多待几天？这边下雪非常漂亮！”两个人一致回答“不待了”，开始收拾各自的东西。

收拾完，琪琪问刘天佑：“走吗！”

刘天佑坚定地回答：“走啊！”给了一个眼神。

琪琪客气地走到刘长江跟前，说：“长江哥，在这里打扰您一个多星期，给您添麻烦，回县城我请您吃大餐。”刘天佑已经出门，喊：“走了，还说啥，快点！下雪就麻烦了！”

刘长江客套着挽留，送到楼下。

琪琪把车开出乡政府大院还把车窗摇下来和刘长江重复：“回县城了联系，打扰您了长江哥！”刘天佑已经发动摩托车。

刘长江向车挥挥手。这两个人说来也快，说走也很突然。

等琪琪的车消失在视线中，他拿起电话先给母亲打过去，听到刘天佑要回去，刘母高兴得不行，不住地骂着刘天佑干什么事情还是小孩思维。依他对母亲的了解，刘母并不是想骂刘天佑，那口气里更多的是高兴，他在想这几天高晓雅和他母亲应该处得还不错。挂断电话又给刘主任打了个电话。

那天晚上就开始下大雪，整整下了两天，晶沟的这种天气，哪里也去不了，更别说回县城，刘长江趁这个时候把家里重新收拾了一番。收拾出来几只袜子，一大堆烟头和几个酒瓶。房间里又恢复他平时保持的那种整洁。没事的时候他继续看书写文章，不知是不是太过于狭隘与愤俗，他的文章寄出去以后一直没有后文！

# 一百一十九

徐馨璐这个学期主要是实习和做毕业设计，富晶垚每次打电话她都说她特别忙，不是跟着导师忙项目，就是在办公室做课题。

公务员考试临近，两个人的交流经常止步于徐馨璐督促他有没有好好看书。他虽然很思念徐馨璐，但是他梦里从来没梦见过她。有时在心里刻画她的模样，也只能依稀地画出她的眉毛和鼻子。

晶沟冬季的雪天又不期而至，他过得还算比较安稳。在晶沟联合社做内勤，不用大冷天在外面跑业务，他在晶沟的那条街道上看到过几次汪润好，也打过招呼。汪润好似乎不太认识他，只礼貌性地点头。

汪润好的母亲下葬那天他跟着谭会计一起去，风呼呼地刮。汪润好看着特别漠然，富晶垚心里的凄凉比那风还有穿透力，冷到了骨髓。他甚至有恻隐之心，想保护那个女人。他心里有疑问，去年慰问那次，炉子旁边，那个满脸长痘痘的男人怎么始终没有看到？完全是汪道斌和谭会计张罗后事。

在雪天里见到汪润好，他心里有一种说不出来的感受，那房子现在修好了没有？她身边那个男的还在不在？她靠什么生活？汪润好只是礼貌地抿嘴笑，买完东西从他身边掠过，他深深地吸一口气。他分辨不出来这是女人的味道还是汪润好的味道，还是对徐馨璐的思念也包含在这一口气里。等汪润好出门，他站在门口四处张望，而眼睛的余光却停留在汪润好回去那条路上。

雪天里，一袭长羽绒服，一头长发，一个背影。

余光亮出来说："你说这个女孩，真是苦命的娃，上高中父亲去世，母亲供她读完高中和大学，以前她家条件在这里是数一数二的好。自从父亲去世，家里面少了一个顶梁柱，母亲供她大学毕业，没享几天福，查出来乳腺癌！人这一辈子有个啥好坏！"

富晶垚也跟着叹了口气说："余老板说的是！"他没在听余老板唠叨什么。

从余光亮的小卖部回来，他想着去年下雪天见徐馨璐的模样。

联合社最后一个月是全年当中最忙的月份。十二月初，段主任就和大家开会强调，过了十号以后就不能再请假。

会议结束回到营业室，谭会计拿出任务表和财务报表说："今年最好完成的是清收任务，不但能完成，而且还要超出来好多，看段主任到时候怎么统筹。明年的任务就大喽！这个退耕还林你说好吧把清收的问题解决，但是这存款任务就麻烦了，你看这报表上的数字，从开始发退耕还林款到现在，持续下降。这咋行！”他和谭会计在一起一年多，也摸清楚了，这个时候并不是在征求他的意见，只是笑着说：“就是，就是，这退耕还林款发得也好也不好。”

谭会计继续说：“贷款这一块，今年的任务有些超了。你看这报表，十月份以后贷款量增加得有些厉害，你看这十月、十一月，县上增加了百万的信贷额度，咱们也增加了一两百万。不过奇怪的是你景叔叔没有增加，反而保持不变！”他把手上的报表来回摇了摇说，“这个景经理，他还有额度咋就没有用！整天也不落实，段主任也由着他？”说完把嘴咂了几下。

这个月的电话依然很多，不停地以各种口吻找段主任的电话。富晶垚有几次直接撑了回去让他们打段主任的手机。他也不清楚哪一次段主任骑着摩托车风风火火回来，进营业室把他狠狠地批评了一顿，说他不分人、不分时间就让人直接打电话，市上还以为他不在岗。谭会计赔着脸笑着解释。他忍住不笑，硬是让段主任在那里说了半个多小时。这个老头说得激动的时候伸出食指指着上面，嘴里唾沫星直飞，富晶垚心里却在想着这个老头今天不知道又在哪里和谁聊得正高兴，更不知道谁的电话把他忽悠回来。唉！在这里当个领导都不容易。

等他刚离开营业室，两个人忍不住笑出声来。

段主任后面去外面的次数少了，但是来营业室的次数增多。这让两个人都不习惯。他没有摸清楚那些营销的套路，还是买了几套纪念币，等到纪念币邮寄过来，他拿给两个人看，还乐滋滋地说他前几年买的几套纪念币已经增值了好几倍。

富晶垚知道景泽录没办法和段主任融在一起，但是景泽录还能和谭会计说到一块。那次开完会出去不久，他似乎也察觉到谭会计说他任务完成的情况，主动到营业室找到谭会计，两个人凑在一起说了好长时间私密话。富晶垚侧着耳朵听，也都是如何分配任务和考核的事。走的时候他摸了一下富晶垚的头，这次没有表现出以往那种痞里痞气的样子，蔫蔫地叹口气说：“还是年轻好，年轻能玩得动，而且不怕事！”

富晶垚摆了摆头，没有顺着他的话说，而是骂了一句：“手贱！”

这句话并没有激起景泽录的不爽，反而惹得他哈哈大笑，说着：“你这个娃！你这个娃！”

景泽录确实遇到了一大堆的麻烦事，县上增加晶沟的信贷计划，景泽录没怎么放款有几个原因，谭会计应该知道其中的情况，但并没有和任何人说。

这事情在雪停后，一个小伙子和他的争吵让景泽录不放贷款的行为更有了说头。

这个小伙子户口在碳沟村，要贷款，按照正常的程序找景泽录，景泽录也接待了，但是这个小伙家里面的情况特别简单，就一个字“穷”。小伙子家里面只有一个老父亲，据景泽录说村上几个有名的特困户就有这个小伙子的老父亲，是个确确实实能享受低保的人。其他能享受低保户的人，即使还不了钱还可以用低保扣，但是对于这个小伙子的父亲，如果还不起贷款，拿他的低保抵扣，这个人就没办法生活。

这个小伙子在外打工，很久都没有回过乡，农户档案里压根没有任何的信息。景泽录对这个小伙子也一无所知，看着小伙子的父亲这个样子，景泽录也犯愁，如果真的把钱放出去，人再不见了踪影，贷款就烂在自己手上了。小伙子第一次找他的时候，他也没给好脸，直接拒绝了。小伙子几乎每天给景泽录发信息、打电话邀请他到蔡老板那里吃饭，景泽录没回信息也没不去。等了几天景泽录收到一条信息：“潘晓强的贷款如果你不放，出门小心一点！”这下把景泽录惹毛了，他思前想后，觉得段主任老觉得他在外面不好好干，就把短信拿给了段主任。段主任看了信息以后也笑笑，问了小伙子的年龄，告诉景泽录让他别太当真，就一个毛小伙子冲动时说出来的话，但是段主任也说从他工作开始到现在还没遇到过这种情况。景泽录把这件事讲给了谭会计。谭会计觉得段主任都这样说了让他也别太在意，毛小伙子只是着急说出来的话，他也干过信贷，过来贷款的人都客客气气的，没有谁用这种威胁的方式。

大雪刚晴那天，那个小伙子骑着摩托车到联合社，景泽录被堵在了房间里。这么寒冷的天气小伙子穿着一身西服，里面是件单衣，西服上还泛着陈年的油光。堵着景泽录就喊：“我今天必须贷款！”

“小伙子，你是叫潘晓强吧！”

“我叫潘晓强，我今天要用钱，要贷款！”

景泽录拿出手机翻到那条短信说：“这条短信是你发的吧！有啥你不能好好说，你还威胁我，要是威胁管用我们这工作还怎么开展！”

“我也是被逼急了，我必须要这笔钱，我请你吃饭你不去，你不给我贷款。”

“你看你第一次见我那样子！我说你家里面情况不行，你还贷四万，肯定贷不了！”

“我现在就需要这四万块钱，我要贷款！”

……

两个人的争吵声把段主任和楼下都吵到了。谭会计先去看，在院子里喊：“你说你这个小伙子，过来办事就客客气气，吼啥吼！我们可是正规国家单位，不是你吼两句就依着你的！”

“我要贷款你们不给我贷款，我怎么能好好和你们说！”

“你家里面那条件，我怎么贷给你，我贷了还担心你还不了。”

“就是啊，我们这边贷款，谁放出去的谁要负责收回来，不然自己就要承担责任，你好多年不回来，家里还是那情况，谁敢贷给你！”谭会计说。

潘晓强增加了说话的分贝，吼起来：“我急需要这四万块钱，我肯定能还！”

景泽录摆摆手唉声叹气地说：“你拿啥还！”

“你好好和景经理说！别耍你那脾气！”

潘晓强有些崩溃，吼道：“我就是要贷款，现在就需要这钱，没有这钱我就活不了！”

“我刚给你说好好说你又吼起来！”谭会计喊。

潘晓强不再说话，靠在门框上，谭会计又交代“好好说！”回了营业室。

等谭会计回营业室，潘晓强又吼起来：“我要贷款！”

景泽录在房间里坐下，烧了壶水、沏上茶，任潘晓强在门口喊。

潘晓强见景泽录没搭理，进房间站在景泽录面前喊起来。景泽录出门站在走廊，两个人这样几个来回，段主任从房间里出来，见到潘晓强喊：“你要干啥在这儿吼！”

“我现在需要四万块钱，要在你们这儿贷款！”

景泽录到段主任那里把潘晓强家里的情况说了一遍，并且把担心潘晓强还不了贷款的事也说了，潘晓强在旁边也不说话。

段主任听完说：“你这个情况不符合我们这里的贷款要求啊！”话刚说完潘晓强就像发疯似的吼起来：“我需要这四万块钱，我要贷款，谁不给我贷款我就弄谁！”

段主任本来板着的脸堆起了笑说：“你看你这小伙子，都在这儿喊了半个多小时，一直都没有说你贷款干啥，而且你家里面的情况我们也怕把钱贷给你，你不还咋办？找你爸吧！你爸连自己都顾不上，更不知道在哪儿找你，你说我们咋办！”

“我肯定会还给你们的！”

“我们好多不良贷款都是你这样，开始的时候说得好，后面还不了都是信贷员的事情，又是通报又是扣钱，你问景经理，我现在还背着不良贷款！”段主任说。

“就是啊，你看我们社里哪个没有经历过这种情况，你都不说你贷款干啥！”

段主任看到潘晓强接近崩溃说：“来，跟我进这儿！”说着进景泽录的房间喊，“来，进来。”

景泽录跟着进门，潘晓强跟在后面。房间里开着电炉子，比较暖和。景泽录随手把凳子拉到茶几旁边，他和段主任坐在沙发上，潘晓强没有犹豫就坐在凳子上。

“小潘，按说你都要叫我们叔叔，你看你给我们景经理发的啥信息！还要弄景经理，你说的是个啥话！你都那样激动了谁敢跟你见面，别说景经理害怕见你的时候你打他，我也害怕景经理过去的时候你打他！”

潘晓强不说话。

“小潘，你喝水还是喝茶？”

潘晓强没有搭话。

景泽录拿出一次性杯子，加了一撮茶叶，倒好水放在潘晓强面前，三个人沉默了好一会儿不说话。

谭会计从楼下上来进景泽录的房间把段主任叫出来，悄悄地和段主任说了一些情况。刚才谭会计给碳沟村潘晓强隔壁的邻居打电话，邻居问了一下潘晓强的父亲，才把潘晓强的情况说了一遍。潘晓强在外面谈了个女朋友，因为沿海好多工厂停工，工人回家，他就和女朋友一起回家。到女朋友那里发现女朋友已经怀孕两个多月，虽然潘晓强有些呆愣，但是女朋友就想嫁给他。女孩家里拗不过，给潘晓强提了一个条件，如果潘晓强能在女孩肚子里的孩子三个月之前拿出四万块钱彩礼，女孩家里就让她嫁给潘晓强，拿不出来，女孩家里就强行让女孩堕胎。潘晓强这几天疯了似的到处借钱，也才借了不超过两千块钱，离女孩肚子里的孩子三个月还有十来天，这几天潘晓强在家里也像疯了一样，和老汉吵了好几架，雪刚晴就过来。

段主任了解到这些情况以后进房间，景泽录坐在那里喝着茶看电视。

段主任问潘晓强：“小潘，你说说你为什么贷款？”

潘晓强始终不说原因，重复而坚定地说：“我就要四万块钱。”

景泽录说：“我也想贷给你，那你拿啥还啊！”

“我肯定能还给你。”

段主任又哈哈笑了一下说："你这个娃咋那么犟，问你啥你回答就是了，谁不缺钱，到我们这儿来的都是来贷款的，我们肯定得问你贷款干啥！"

潘晓强愣了好一会儿还是没有说。

段主任坐下也喝起茶，潘晓强重复着刚才的话，好一会儿见两个人都没搭理使劲拍了一巴掌茶几，吼起来："我要贷四万块钱，着急要！"

段主任还是笑嘻嘻地说："你别激动，先喝点水，你首先必须和我们说你贷款干啥？你要是贷款贩毒，那我们也违法了。你现在都不告诉我们你贷款干啥，我们咋敢贷给你！"

"不是你说的那些，我贷款做点小生意！"

段主任还是哈哈笑了一下说："那你早点说吗，那你有啥保证没有？"

景泽录看着电视附和着说："就是啊，你有啥保证？"

"我爹有低保，拿低保抵在你们这儿！"

景泽录看着电视说："你把你爹低保放在这儿抵押，你爹靠啥活？他吃饭怕都是个问题！"

段主任说："就是，你做生意也不考虑一下你爹咋生活！"

"我现在也管不了那么多，我急需要四万块钱！"

"你啥生意这么着急要这四万块钱！我们景经理要做贷前审查，也要写调查报告！"

景泽录喝着茶说："就是啊，你做啥生意，别生意没做成反而被骗了！"

潘晓强停在那儿不说话。

景泽录说："你这四万块钱我们要抵押，而且还要到你家里了解你的经营情况！"

"就是，我们还要上你家门！"段主任说。

潘晓强这次沉默了好一阵，终于把谭会计了解的那些情况说了出来，说完以后痛苦地说："你们不给我贷款我媳妇肚子里的孩子就保不住，我们也结不了婚。你说我一个二十多岁的男人，真要是这样，我活得有啥意思，阻挡我结婚的人我一个都不放过！"

景泽录喝着茶说："你又威胁我！你结不结婚和我们有啥关系，你一个快三十的人了，连结婚的四万块钱都没有，等到和你媳妇结婚你拿啥养他？就算我们把钱借给你，你拿啥还！"

"你要是这次能贷给我，我后面肯定能还得起！"

"你这是人生大事，向亲戚、朋友借借凑凑，四万块钱！亲戚朋友借一圈都借到了。”段主任说。

“借了一些，还差四万块钱！”

景泽录不紧不慢地继续看着电视喝着茶，段主任和小伙子攀谈起来，问：“女孩哪里的？多大？”

“广西的，比我大两岁。”

“比你还大，三十了！哪里没有好女孩，不信你看，只要女孩不想打掉娃，女孩他爸肯定不会把娃打掉！”景泽录说。

潘晓强又有些激动，吼起来说：“你们不知道情况，她爸肯定会逼她把孩子打掉！她爸已经把她关在家里半个月不让出门。”

景泽录没好气地说：“那你把钱拿过去也不一定能把人娶回来！”

“她爸肯定会的，我和她爸都说好了，只要拿四万块钱就把女孩嫁给我！”

“景经理说的你也得好好考虑一下，真把钱拿过去人家不同意嫁女子咋办！”

“不会，她爸肯定不会，我现在就需要这四万块钱！”

三个人在景泽录的房间里你一句我一句说了好久，陆陆续续来了几个人找段主任也都在走廊等着，景泽录房间里也来了办事的人。等了一会儿段主任看潘晓强一个人低垂着头闷着不说话，也就回了自己房间。

当景泽录和另一个人说起贷款的事情时，潘晓强突然站起来一把抓住景泽录的胳膊说：“我要贷款，我需要四万块钱。”

景泽录本以为已经说动潘晓强不再贷款，但是这个突然的动作让景泽录有些不知所措。他隐约意识到潘晓强不拿到这笔钱是不会罢手，他并没有急着推开潘晓强的手，而是勉强地笑了笑说：“刚说的那些你再和你老丈人商量一下，我们再看咋办好吧！你确定了我再和刚来的主任商量上门的事情。”

潘晓强松开手说：“那要是我确定好了你就给我贷款！”

景泽录并没有直接回答，用他一贯的笑容和点头，说：“你先问，你先问！”

潘晓强出门在走廊打起电话，声音同样比较大，屋里面听得一清二楚，先问了女孩怎么样，又把钱的金额确定，拿过去的时间和娶女孩的事情确定以后进了景泽录的房间，很确定地对景泽录说：“只要四万块钱拿过去，他爸就不让她打掉孩子，而且让她嫁给我！”

景泽录还是那副漫不经心地说：“确定了！”

“确定了！”

“那你在那儿等一下，我把这个事情说完！”

他和另外一个人有说有笑，好像潘晓强不存在一样，等到把这个人送出门，冲潘晓强招招手说：“你跟着我过来！”带着潘晓强到段主任房间。

段主任房间里同样有人，看到潘晓强过来，笑着说：“咋了？”

“这娃确定要贷款，那边也说好！只是这款好放难收啊！”

“小潘，你那边是确定了，但是我们这边的担心你还没有解决呀，你咋还钱？都快三十的人，急着娶媳妇四万块钱都拿不出来，后面你跑了，谁找得到你还钱，你把这个问题好好想想！”

“我家里一说你们都知道啥情况，还有啥办法没有？”

“办法倒不是没有，你有没有上班的亲戚？有一个人给你担保，或者有三个没工作的亲戚给你担保也行！你看你能不能凑到！”景泽录说。

潘晓强毫不犹豫地说：“能，肯定能！”

段主任笑笑说：“这样也好！”

“小潘，你先到我房间等一会儿，我和段主任商量一下啥时候去你家。”

“今天就可以去。”

景泽录显出不屑，说：“不是你说啥时候就啥时候，你先回我房间里。”

潘晓强低着头回景泽录房间。

景泽录和段主任商量过去的事情，他同样也担心过去以后潘晓强找不到三个人给他担保，和他反目打起来怎么办，得有一个人跟着。段主任也觉得有必要找个人一起去，让他把谭会计喊上来，景泽录在走廊上喊谭会计，谭会计不一会儿进房间，段主任说了情况，谭会计说这件事本来是件好事，对他来说去也好，但是最近报表太多，根本就没有时间。没有等段主任同意出房间下楼去了。段主任犹豫了一段时间，对景泽录说：“你不要征求小富同意，直接告诉他说我让他和你一起出去做个农户调查。”

“这事情小富不行，那个子真要是打起来我还得保护他。”虽然这样说，还是笑着出了段主任房间。

景泽录先回房间，掀开门帘，看到潘晓强垂头坐在凳子上。潘晓强看看他，目光中带有惊恐和慌张，景泽录没有进去，只是把门帘掀开说：“你这贷款我是真不愿意放，没办法，你又是要结婚又是媳妇肚子里的娃，看你也可怜，不容易，但是我们正规程序还是要走的，就是刚才说的要么找一个有正式工作的人担保，要么找三个其他人担保，我们上门还得有一个人一块去。我下去和我们一个内勤说一下让他跟着过去，你现在联系人，别我们下午过去办手续，担保人不给你担保。”潘晓强听完以后不住地点头道谢，景泽录没搭理他下楼。

来到营业室，谭会计正和富晶垚说得高兴，见景泽录进来说：“看样子那个毛娃能娶媳妇了！”

景泽录进门拍了拍桌子说：“这事情你说能咋办？好家伙，这毛小伙子抓着我的手，你说还能不办？娶个媳妇，媳妇肚子里还有个崽，这也是给自己积德的好事，你说是不是小富！”

富晶垚咧着身子说：“就是！就是！景叔叔干了一件好事！”

谭会计在那里干笑不说话。

“娶媳妇四万块钱都拿不出来！还在外面打了这么多年工，真是在外面白待了！”富晶垚说。

“可不是吗！都快三十的小伙子了，初中毕业就出门打工，打了十几年工，小富，一会儿带你去他家看看啊！”景泽录说。

“这有啥好看的，不去不去！”

“段主任安排我们俩下午去他家里看看，你看你，平时都是去别人家吃喝，这次让你去看看真正的贫困户你不愿意，你这不符合联合社的要求啊！”

“这！真是段主任安排的？”

景泽录略作吃惊状说：“这还有假，我还能拿段主任来唬你吗！真的，只有这种积德的好事才会叫你！”

富晶垚坐在凳子上好长时间不说话。

谭会计说：“小富，你去看看在外面打了十几年工的人家里面啥情况，小伙子愣愣的，这次真是给自己积福！你在办公室待的时间太久，出去转转也好。”

景泽录没有给富晶垚太多的时间，撂下一句话：“我上去准备资料，走的时候叫你！”出了门。

上二楼的时候，景泽录哼着小曲，到房间掀开门帘，猫起来身子，显得非常惊讶地说：“咦！你咋还不走呢？”

潘晓强站起来说：“我在这儿等着你们一块过去！”

“你还不相信我们？都说了只要你条件够肯定会给你放贷款，你知道我们的名字叫啥？信用联合社，这点信用我们还是算数的！”

潘晓强这才站起来说：“现在的路不好走，我在前面，你们跟着！”

景泽录显出轻蔑的样子说：“不用不用，你联系好担保人没有？”

“已经说好，就等你们过去！”

景泽录听着不说话，坐下拿起茶杯吹着茶喝起来，也没有看潘晓强说：

“可要确定，我们只去这一次，办不成可不要再怪我们了！”止住不再说话。

潘晓强也怔在那里好一会儿说：“肯定不会的。”

景泽录不再搭理，喝着水看着电视，忽视了他的存在。潘晓强就那样站在那里好一会儿，对景泽录说：“我在外面等你们！”

景泽录没有正眼看，轻声回答：“嗯！”

潘晓强这才离开景泽录的房间。

中午吃饭，富晶垚出营业室，外面一阵寒气，太阳出来了，中午的冷是渗到骨子里的冷，他打了个寒战喊：“谭会计，外面出太阳了，真冷！”在院子里来回溜达，捏了几个雪球。他看到大门口站着一个小伙子，头发爆炸得像鸡窝，胡子拉碴，穿着一件泛着光的西服，一只手抄在一边的裤兜里，鼻子和嘴里呼着微弱的白气，在大门口转悠。富晶垚心想这个人难不成就是那个小伙子，这天气穿这样不冷吗！

吃饭的时候景泽录在段主任面前还提醒了一下这件事，段主任说：“下午就让谭会计一个人在营业室待一会儿，这下雪天也没啥业务，小富和你去办。这娃也是个可怜娃！”

景泽录对富晶垚说：“小富，听到了吧，一块去，吃完饭咱们俩休息一会儿，那地方远，要去早一些，晚上摸黑回来就麻烦。”

富晶垚还有些兴奋地点头说：“好，好！”

吃过饭，大家从后面瓦房回前屋，到院子，景泽录瞅瞅大门说：“你说碳沟怎么出那么多的愣子，给他说了我们会过去，这还在门口等着，他中午不吃饭？”

“你说人家为了媳妇和儿子在这儿守着那有啥！你包了这么久碳沟，不知道碳沟啥情况！”谭会计说。

柯礼朝嘿嘿一笑，拿富晶垚开涮说：“小富，你看那就是在外面打工的，都打了十几年，娶媳妇四万块钱都拿不出来，你家那个叫啥来着？都生米煮成熟饭，倒贴了吧！”

富晶垚被说得满脸通红，反驳：“哪有！哪有！人家还在上学，说得早了！”

段主任也跟着附和：“小富比那小子有福气多了，有工作，房子自然就不愁。还愁没媳妇？你看他才来那段时间有多少人给他介绍！比不成，比不成！”

……

也许景泽录想早早地把这件事了结，也许是景泽录真的同情潘晓强，在富晶垚刚回房间，景泽录就夹着包推开他的房门喊现在就走。富晶垚起身关掉前一秒打开的电暖气，跟着景泽录出来。

下楼，景泽录还是那样大摇大摆嘴里面哼着歌，哼的啥富晶垚一句都听不懂。

经过谭会计房门，富晶垚打了声招呼。

景泽录把摩托车从车棚里推出来，富晶垚打开大门，潘晓强还在门口徘徊，看到富晶垚推开大门，景泽录骑着摩托车出来，也没有太多的高兴，只是略显卑微地说："景经理，我们现在走！"

"不走还干啥，你还打算就这么冻着等！"

"我骑摩托车在前面！"

景泽录没有搭理用手示意，交代富晶垚："你把我抓好了啊！这种天气我也骑得少，摔下去算工伤可不要赖上我！"

富晶垚穿着圆滚滚的羽绒服，戴着手套，在后面紧紧抓住景泽录的衣服说："不会的，你骑慢一些就行！"

潘晓强骑着摩托车在前，景泽录跟在后面。还好"村村通"已经修了一大部分，路也还算宽敞。潘晓强那辆破旧的摩托车时不时冒出一股黑烟，富晶垚对这种味道还比较喜欢，不太抗拒。景泽录时不时地说两句："在外面混成这样有啥用！真不如回来种地，最起码还有吃的，你看他那样子，在外面也住不到啥好房子，大冬天穿个西服，真是嫌自己年轻！"

富晶垚伸出头看，潘晓强像一个雪地骑士，凌乱的头发，伸长的脖子，泛光的西服，破旧的摩托车，迎着寒风徐徐前进。

骑过一段"村村通"，变成了"之"字形山道。陡坡处，潘晓强的车轱辘在雪地打滑，行进得很慢。景泽录的摩托车动力足，刹车也灵，两个人压在车上也重，还算比较稳。潘晓强的车在一处下坡路路段没控制好，直接开进了沟里，好在穿得少，摩托车飞进沟里，他灵活地倒在路边。

景泽录的车跟上来，看他倒在路边问："你咋样？要不要扶一把？"

潘晓强爬起来拍了拍身上，看了一下手说："没事，不要紧！"试着把沟里的摩托车拖出来，试了几次都没有成功。

"你一个人行不行啊！要不要帮忙！"

潘晓强没有回答，还是试着一个人把摩托车往出拉，景泽录对富晶垚说："你去给他帮一把，都不知道他早晨咋过来的！"

富晶垚下车踩在雪地上吱吱嘎嘎作响，小跑两步到潘晓强摩托车后面。

潘晓强提车头，他提车屁股，两个人试了几次把车从山沟里推出来。潘晓强骑上去试着打火，打了几次才打着，冲景泽录喊：“好了，走吧！”

这次翻沟以后，潘晓强骑摩托就更慢了，有急拐弯他两脚着地，撑着往前，没过脚踝的雪地只有一串辙印。

漫山遍野覆盖的白雪，阳光下泛出的白光刺得人眼睛疼，富晶垚偶尔揉揉眼睛。摩托车坐久了屁股也疼，来回地换位置，景泽录调侃他是不是有痔疮。

## 一百二十

这里的住家户隔着好远才有一户，在一个山脚的拐弯处，潘晓强停下车，冲他们招招手。景泽录把车停在旁边，从车筐里取出资料夹在胳膊下，对富晶垚说：“看，就这儿！”

富晶垚看看路边的房子，是座最简易的土房，房屋的各处都往外冒着白烟，窗户以上都笼罩在白烟中。两个人进门，潘晓强正在和一个老人说话，对于这个老人，富晶垚有印象，每次过去到联合社取低保都得特别大声地喊他才能听见。灶台旁边横着两块长土砖，里面烧着柴火，两块砖上面架着一个漆黑的铝壶。灶台里面那堵墙的屋梁处开了一扇小窗，没有玻璃，空荡荡地用几根竹棍挡着，屋里面只要漏风的地方都往外冒烟。

两个人进门有些不适应，眼睛被熏得不停地流泪。潘晓强和他爸说了几句话从家里翻出一些花生和晒干的红薯吃起来。景泽录、富晶垚和老头打了声招呼，老头的耳朵有些背听不清楚，只顾着点头，和老头打完招呼，景泽录出门在屋檐下取资料。富晶垚觉得好奇在房间里转悠，里面是一个通间，中间一堵墙分隔成两个房间，每个房间都不大，非常暗，外面雪泛出来的光映进来还是看不清楚。里面那间房床上的被子叠得整整齐齐，除了一张床一个木柜，别无他物。外面房间也有一张木床，凌乱不堪，除了那张床，房间里摆满杂物只剩下走路的地方。

转了一圈出来，富晶垚说：“这家用家徒四壁来形容真是一点都不为过！”潘晓强正在外面吃东西，听到有些不高兴，手上拿着红薯干，嘴里面咀嚼着说：“这房子、地都是我家的。”又指指外面说，“那些山和田，都是我们家的，咋说我家没啥东西！”

富晶垚被一句话噎住，“噢噢”地点点头。回头看老头，老头则冲他点着头笑。

景泽录把需要填写的资料拿出来，说：“你找的担保人在哪儿！咋没有见！”

“你等一下，我给他们打电话！”潘晓强一边吃着东西一边掏出手机打起来。

景泽录和富晶垚两个人站在门外。

“家里面你也看到了，你说这情况能贷多少钱！”

富晶垚刚才憋着气说：“我看也就只能贷两三千，贷出去咋收回来！”

景泽录叹了口气说：“这钱贷出去我咋收回来！你说把老头的低保扣下，老头这样子靠啥活，不扣他低保又不知道后面咋办！”老头似乎听到说他，满脸堆着笑，嘴里叽里咕噜说着啥，两个人回头冲他点点头。

潘晓强打完电话出来，指着山后的地说：“四万块钱，我在南方打几个月工就赚到了，还有那边的地，那几座山，从你们那儿贷四万块钱，咋不够了！”

富晶垚听了，心想口气这么大！现在这么重要的事情你还缺四万？景泽录在那里笑着说：“晓强厉害，在外面工资高，那我问你一下，你在外面打了那么长时间工，怎么四万块钱都没有攒下来！”

潘晓强憋得满脸通红，说：“我在外面见识到的你都没听过！我玩的你都没见过！”

富晶垚忍不住哈哈笑起来。

景泽录伸出手在潘晓强身上重重地拍了两下说：“你厉害，你牛，你见识多！”伸出大拇指在潘晓强面前晃了晃。

潘晓强觉得很自豪，说：“我在广州那边的电子厂上班，伙食好，每个月按时把钱打到卡上，想吃啥吃啥，那边啥玩的地方没去过！这大山沟里面啥都没有……”

景泽录不想再往下听，说：“你叫的人呢！咋没有过来！快点噢，过来的时候可给你说好的！”

潘晓强觉得扫了他的兴，没有说过瘾，嘟囔着：“着啥急，这大雪天人家过来也要一会儿！”继续吃他手里的东西！

两个人觉得站在外面冷，回屋子烤手，家里烟熏得实在难受又出来。只要看到老头的时候老头总是笑着点头，让富晶垚不可思议的是屋里烟熏得他眼睛疼，但老头的眼睛丝毫没有受到影响。

景泽录看着手机里的时间不停地催促潘晓强，潘晓强有些急躁，说：“着啥急！这么大的雪，人家过来也要时间吧！”景泽录有些无奈地再一次伸出大拇指说：“对，你说得对！”

又等了半个多小时，一个穿着大棉袄、抄着手的人过来。潘晓强脸上出现难得的笑容喊：“二叔来了！”景泽录也认识，打了声招呼。对潘晓强景泽录说不得，但是对于这个人景泽录还是说了几句：“老二，你这架子大得只剩用八抬大轿去抬你，娃结婚这大的事情你做担保人要跑得快，沾到头喜，你看你磨磨唧唧，这都啥时候了？差点就让别人沾到！”

来的人点点头说：“这不是没办法，晓强这么多年都不见，又是这事，和媳妇在家说了好半天才让过来，我可说好了，晓强这贷款我只是担保，我家里你也知道，拿不出来啥钱！”

“担保可就是他还不了钱你要还！”景泽录说。

来的人有些发怵说：“这还真让媳妇说中了！”

潘晓强扯着嗓子喊：“放心！就这点钱肯定用不了你们还！我几个月也就挣到了！”

来的人这才说：“晓强，我们可是只是过来签个字，这是人家联合社的要求，不负责还款啊！”

潘晓强连连点头说：“就是叔……”

第一个担保人来了以后，景泽录把合同拿出来开始签字，担保人按照景泽录说的把字签好，按上指印，然后在指头上吐着口水，抬起脚，擦在脚后跟说：“晓强，不是叔说你，你看你在外面这么多年，结婚这么大的事情四万块钱都拿不出来，后面可不要把我们装进去了，后面打工不要只想着自己花钱舒服，要攒一些钱！”

“叔，您放心，后面肯定攒钱！”

来的人摇着头走了，潘晓强也没有多留。

富晶垚这一会儿闲着给徐馨璐发信息说了下午的事情，对于说起房子里面烧火，烟从家里面的窗户飘出去这件事，徐馨璐用不屑的口气回复：“那种地方你还愿意待！”

富晶垚有一种茫然的失落感，走出屋子，站在屋檐下。天空的圆日，漫山的雪，冰冷的空气，回头再看潘晓强的父亲，还是一副笑脸，似乎无论什么时间，潘晓强的父亲都会注意到有人看他，用那副不知所措的笑容予以回答，这可能是冬天里唯一的暖。

几个人又等了好一会儿，其余两个担保人也不见人影。富晶垚有些着急，不停地催问，这一下把潘晓强催得有些上火，从家里面到外面来回走。景泽录也催着不能回去晚了，回去晚了路不好走。潘晓强这才打电话催起来。

第二个人过来，景泽录不是特别熟，只知道村上有这么个人，因为从来没在联合社贷过款，景泽录觉得这家还算过得去。按照景泽录的要求，第二个人在合同担保人上签好字，说了潘晓强几句，擦了擦手走了。

第三个担保人的电话开始还能打通，后来怎么都打不通，眼看着天黑下来，富晶垚有些着急，不停地催，潘晓强硬着口气说："我爸和我都是独立户头，我爸也可以给我担保吗？"

"那你爸给你担保你就不怕你还不了钱把你爸的低保给扣了！"

老汉似乎听懂了这边说的话，一直坐在火堆边烤火的他突然起身回里屋，不一会儿手里攥着一个存折出来，嘴里不停地咿咿呀呀，声音嘶哑。

景泽录没有接存折，潘晓强拿过来说："我爹说他用这个担保！"

富晶垚侧着身子听老头说的话，只能听到"给你们！"但是似乎又不是。景泽录听到潘晓强说这话，接过来大声说："这可说好了，要是你儿子不还款就扣你这里面的钱！"

老汉嘴里换了几个字，重复地说。富晶垚怎么也听不清楚说的是什么。景泽录又重复说了几遍，潘晓强说："你别问了，我爹脑子清醒着呢！他说行！"景泽录让老汉在几个地方签字画押，又核对了一遍说："手续办完，今天是来不及放款，回去系统也关闭，明天你过来让我们小富在系统上操作，把钱放给你，你到时候拿现金还是放在卡上都行！"

潘晓强这才硬硬地说了声"谢谢！"

景泽录没有搭理，临出门，说："贷款从来没这样放过！"

"你放心，这钱我用不了多久就还给你们！"

景泽录没搭理，富晶垚在旁边看到手续办完就已经在景泽录的摩托车旁边等着。景泽录调转车头，富晶垚骑上去，迅速消失在雪地里。

回去的路上，厚厚的雪面留下的还是那两道痕迹，在拐弯处景泽录放慢速度，在一处平路，摩托车打滑倒向了一边，两个人从摩托上摔下来，还好穿得厚，雪积得也厚。两个人起来拍拍身上的雪，景泽录带着自嘲说："哪笔贷款不都是别人求着我，哪有像这次贷款，真是窝囊，大雪天跑这么远，人还是个愣头青，水不倒也就罢了，这还摔了一跤！"

富晶垚也有些生气，想着摔得腿疼，更是骂了两句。两个人合力把摩托车扶起来，后面速度就更慢。

回联合社，其他几个人已经吃过晚饭，柯礼朝为了撇清没做两个人的饭，说：“大家都以为你给那愣娃办了那么大的好事，他会请你俩吃饭，咋连饭都没吃！”

景泽录嘴上说：“那娃是说了晚上在他那儿吃饭，过去看娃家里面也困难，小富着急回来，我们俩就回来了！”

富晶垚本来还想骂潘晓强的话也被堵住。两个人又累又饥，景泽录对富晶垚说：“走，咱们俩下馆子，去老蔡那儿！”

段主任也说：“就是，办了一件这么好的事情，犒劳一下自己！”

富晶垚跟着段主任说：“就是！”

两个人到蔡老板那里要了两份炒拉条子，又要了一个菜和两瓶啤酒。景泽录吃得快，吃完先回社里，富晶垚吃完打着饱嗝出门，蔡老板喊：“还是记账？”富晶垚这才发现景泽录没结账，出门对景泽录又一肚子气，本来下午可以安安生生地在营业室吹着空调，和谭会计聊天，结果冻了一下午，还摔了一跤，晚饭还得自己出钱，肚子里的气上下蹿。

早晨厨师来做饭，刚上台阶，看到正在劈柴的富晶垚说：“昨天中午穿西服的那个小伙子背着一个大背包在大门外等着！”富晶垚“噢”了一声，心里面嘀咕着：“来这么早，昨天那么晚回来，又来这么早，真是个难缠的鬼！”

吃饭的时候富晶垚并没有见景泽录，这家伙经常神出鬼没。

富晶垚出去拉卷闸门经过大门口看到潘晓强还是穿着那身西服，那双皮鞋。今天背了一个大包。他扫过一眼就把脸扭向旁边，打开卷闸门回来也没有正眼看。

潘晓强看他进院子问：“你们上班了吧！”

富晶垚没有正面看他说：“上了！”

潘晓强背着背包进了院子。

富晶垚进营业室看到谭会计，偷偷笑着说：“这下有的看了！”

谭会计好奇地问：“你有啥好笑的！”

富晶垚把潘晓强来找景泽录，但是景泽录不在这件事说给了谭会计，还忍不住笑出声来！谭会计正色道：“你看你这个娃，人家都说送佛送到西，你们手续都办好了，就差放款这一步不给人家办，这样就不合适！”

富晶垚把昨天的事情绘声绘色地正说着，段主任领着潘晓强下来在窗户跟前说：“小富，昨天你和景经理把这娃的手续都办好了吧！”

富晶垚走近窗户说：“已经办好了，景叔叔把手续放在他包里了！”

“你给景经理打个电话让他回来把娃款放了，对娃来说是好事也是大事，你现在就打。”说完，段主任对潘晓强说，“你在这儿等一会儿，让小富联系，景经理应该就在附近。”

“我东西都准备好了，说好今天来拿钱！”潘晓强大声喊。

段主任在楼梯上说：“让小富给你联系！”

潘晓强站在窗户外面喊：“富经理，昨天你一块过去，手续都办完了，我钱啥时候能拿到！”

富晶垚给潘晓强解释贷款的流程，用营业室电话给景泽录打电话，景泽录说他知道了挂断电话。富晶垚让潘晓强在景泽录办公室外面等一下。潘晓强还算比较相信他，听说景泽录一会儿就回来上楼去了。

刚上楼，谭会计就对富晶垚说：“这雪下的，你景叔叔一会儿能回来才怪！他说等到中午能回来就不错，你还是去给段主任说一下，让他再打个电话！”

富晶垚还纠结昨天的事情说：“管它呢！景泽录不回来又不是我能管得了的事情！”嘟囔起昨天摔跤的事情。

谭会计走近他说：“你要把这个事情分开，娃归娃，事归事，潘晓强虽然愣，脑子还有问题，但这事情却是个好事情，你想着你做的事情是好事就行了，你要是还苛求娃是好娃，事情还是好事情，那就难噢！”

富晶垚听谭会计说得对，又打了一遍电话，景泽录在那头还是说马上就到。富晶垚听口气不太靠谱，上楼去给段主任说这个情况。

刚到二楼楼梯口，潘晓强大声问：“景经理什么时间回来？昨天手续都办好了，应该也没那么难，我来拿钱就行了！”

富晶垚那一刻真想转身回营业室，停顿了半分钟说：“你等一下，我刚打电话，他说一会儿回来，我再让段主任打个电话！”

潘晓强又补充了一句：“你们快点啊！”

富晶垚没搭理他，去段主任房间，把情况给段主任做了汇报。刚才潘晓强那大包小包的样子段主任也看到了，咂了咂嘴说：“娃也可怜，也在关键的时候，我给景泽录打个电话让他快点吧！那背着包是准备拿到钱就过去，也不能误了娃的事情！”

富晶垚笑着说：“就是！”

回营业室经过潘晓强身后，富晶垚说：“段主任刚给景经理打电话了，你再稍微等一下！”然后屏蔽潘晓强说的话，没有应声下了楼。

真如谭会计所说，过了十来分钟景泽录的摩托车声音出现在院子里，随着摩托车声还有喊声：“小富，你催！催命呢催，我125的摩托车油门都加到底了，路上还好没出啥事，出了事我和你说，你算是跑不了！”

富晶垚在营业室回：“和我有啥关系，楼上找你！”

“你打的电话，不是你找我还有谁找！”哼着小曲上二楼。看到潘晓强背着大包小包，往后退了一步说：“我们联合社的人可不接受你这些啊！我们可不兴这些。你的手续昨天都办好了，只要下面放款就行了！”

“这是我去老丈人家拿的东西，不是给你的。”

景泽录略显惊慌的样子说：“哎！那就好，给老丈人拿才对！”继续哼着小曲，打开房门，慢悠悠地说，“你叫啥来着？”

“潘晓强，我早晨四点多就到这儿，在这儿等了两三个小时！”

景泽录没有接话，从桌子上胡乱找了一圈，然后在桌角拿起潘晓强的资料说：“你还在这儿，我可逮住你了！”对潘晓强说，“走吧，跟我下楼，你去前面营业室，我在营业室和你说咋办！这个还得下面那个小富操作！”

潘晓强应了一声，没等景泽录后面说什么就背着行李下楼。景泽录看着潘晓强下楼，又不紧不慢地先洗了把脸，然后烧了壶水，把茶泡上，约莫差不多时间才慢悠悠下楼，敲门进营业室。富晶垚把门打开，景泽录进门拍拍手里的资料说：“这笔贷款！谭会计你见过贷款有这样放的没有！”

谭会计笑笑说：“四万块钱，还是社上借给娃的，娃的媳妇娶了，儿子保住了，多好的事情！”

景泽录显出吃惊的样子说：“咦，你这么一说还真对！”走到柜台翻了翻资料对柜台外面的潘晓强说：“我这手续办完，下面小富给你操作就能拿到钱，他这办完，整个手续就完了，记得按时还利息！”

潘晓强应了一声。

景泽录冷不丁地在富晶垚肩膀上又拍了一下，拍第二下的时候富晶垚错开了身子说：“要不是衣服厚我就还你了！”

景泽录嘿嘿一笑说：“谭会计都说办了这么大的好事，你该高兴才是，还怕啥！”和谭会计打声招呼出去了。

电脑操作还算比较顺利，潘晓强单身，所有的信息只需要录一个，不需要关联人，担保人信息录起来简单，很快就把钱放出来。潘晓强取了现金，拿在手上问：“办完了吧！”

“记得按时还利息！”

潘晓强走出营业室，在台阶上说："噢！"

"这笔贷款后面有景经理受的！"富晶垚对谭会计说。

"你以为景经理的事情还少！哼！"谭会计小声说。

富晶垚继续追问，谭会计也不再多说。

## 一百二十一

一年一度的公务员考试拉开序幕，富晶垚平时也没有用心准备，实在是因为报了名，也只能硬着头皮去考，也是他大学时期经常的操作——"裸考"。他主要也是给徐馨璐一个交代，对于他来说考上、考不上都有利有弊，况且还有退路。

因为最后一个月十号以后不能再休假，四天假期也是他软磨硬泡了好久，也就在雪化得差不多，临近考试前一天才批下来。那天坐上赵芳霞的班车，两个人有一句没一句地聊着他在晶沟的事情，对于一些人和事，他竟然能和赵芳霞聊得很投入。下车后他都觉得自己能算半个晶沟人。

本想着赶着最后一趟车去西安，由于通村路不怎么好走，到县城已经很晚，他没有赶上。

回到家，他有些不适应这么冷的天住在家里，虽然置办了一些电器，但是免不了洗碗、上厕所，都是一个字——"冷"。在家睡了一晚，空调也开了一晚，父母心疼钱，早晨念叨了好几遍。他心里清楚父母说话的意思，但还是犟嘴说："那挣钱不就是花的！"

第二天早晨他给母亲打了声招呼提着包去车站，赶得比较早，还没有到班车发车时间，在冰冷的车厢里待了半个多小时，车走起来总算好一些，有了暖气，身子暖和，但是脚冻得直跺。这辆老式的班车不知道开了多少年，四处漏风。他的心也处于茫然中。

一路上停了好几次，四个多小时才到西安。没有到西安汽车站就让大家下车，他对这个城市还算熟悉，在附近的公交站找明天的考点。

上来的时候他和徐馨璐联系过，徐馨璐要做毕业实践，没时间见他。他多说了几句话，电话那头就沉默起来，他也就不再说话。

到了考点，他在附近找了个宾馆，虽然口袋里揣了一万多块钱，但是还是在一个小巷子里定了一间不到一百块钱的私人宾馆。

所有的事情安顿好，他给徐馨璐打电话，徐馨璐让他安心再复习一下书本里的内容，后天考试结束可以到学校找她。富晶垚知道再多说，电话那头又会是沉默。挂断电话，打开书看起来。

在晶沟，大部分时间都特别安静，现在外面人头攒动，熙熙攘攘，这种环境里他无心看书，打开房间里仅有的窗户看着外面，他已经很久没有看到现实中这样川流不息的人群，越看越浮躁，尤其是看到三三两两手牵手的情侣从窗前走过，他再也无法抑制对徐馨璐的思念。

当再次把电话打过去的时候，徐馨璐没有接，发信息，徐馨璐还是让他好好复习。他心里重复着徐馨璐的名字，关好窗户，锁好门。在公交站牌找到去大学城的公交车，一路上期望着哪怕是偶遇，只要能见一面就行。

西安的公交车只要能上人就不停地往里面塞，他也随着人群而动。在人群的拥挤和售票员的吆喝声中他反而心里开阔了一些，但是还是想着能见到她。

挤了一个多小时公交车，终于来到大学城，他先去了一起去过的网吧，又沿着两个人曾经走过的路走了一遍，然后进了学校，在女生楼下来回转悠，时不时坐在冰冷的台阶上看着眼前一对对亲密的情侣在楼下分开。在那里等了三个多小时，他始终没有偶遇到徐馨璐。最后带着失落和彷徨坐上公交车回宾馆。

在宾馆周边，他找了个吃饭的地方，顺带把准考证和考试用品买了，也没有检查就回了房间。这种小宾馆他还是第一次住，拿了把椅子把门抵住，夜晚的偏街更是热闹。透过小窗户能看到外面缤纷的霓虹灯。

晚上他和着衣服拿着书睡下，半夜楼道里男女的争吵声和若隐若现的叫声把他吵醒。他心烦意乱好一阵，声音似有似无，更像是他内心的渴望。

第一门考试对他来说还能靠平时的积累，第二门考试基本上就全靠瞎蒙。

考试结束他就对自己不抱太大希望。出了考场给徐馨璐打电话，那边很快就接通。他说了一下自己的考试情况，打算把宾馆退了去大学城，徐馨璐也让他过去。这一刻释放了他内心所有的思念与压抑。他回宾馆立马退房间，打了辆出租车去了大学城。

车停在大学门口，富晶垚下车就直奔徐馨璐的宿舍楼，边走边打电话。徐馨璐说她还在科研楼，让他去那里，他又赶往科研楼，这个楼需要学生证才能进出，他进不去，只能在楼下来回转悠。

等了十来分钟徐馨璐从正门出来，满面的笑容，富晶垚也被感染得兴奋起来，上前要搂她，徐馨璐身子一转悄声说：“这里这么多人，我们俩先出去！”

正走着徐馨璐不经意地问了句：“这么冷的天没围围巾！”

富晶垚心里一沉，结巴着说：“前……前天走得急，落家里了。”

徐馨璐没有接话，他心里有些忐忑。

两个人冒着寒风出学校，在学校外面搭了一辆出租车，上车就依偎着，头凑在一起，徐馨璐的长发遮挡着两个人的脸庞，司机咳嗽了好几声。快到目的地徐馨璐先下车，富晶垚迅速付钱，下车。

已经有好一段时间没见面，两个人牵着手走着看着，在城市最繁华的中心街道找吃的，在一家火锅店停下来，徐馨璐和大多数的女孩一样喜欢吃火锅。富晶垚不是特别擅长吃辣，徐馨璐特别爱吃辣，吃火锅的时候富晶垚辣得眼泪和鼻涕俱下，硬是用了一盒纸巾。徐馨璐的手机不停地响，终于当着富晶垚的面，徐馨璐接通电话，她不停地解释说：“在外面吃饭，一会儿回科研室！”

富晶垚很不高兴，问：“上学怎么比上班还忙，吃完饭就得回学校？”

徐馨璐笑着解释：“课题特别忙，今天还有实验没有结束，最近已经加了好久班，一会儿还得回实验室。”

富晶垚憋了一肚子委屈，没有多说话。

徐馨璐又解释已经开始写毕业论文，整天都得做实验写论文，然后用手捋了捋头发说：“看，我头发都是一缕一缕地掉！”

富晶垚有些心疼，更多的是不悦，闷声吃东西。徐馨璐匆匆吃完，催他快一些。富晶垚慢腾腾地起身结账。

两个人搭出租车回学校，在学校门口，徐馨璐说：“你晚上住男生宿舍还是在外面！”

富晶垚抢着说：“在外面。”

徐馨璐转身说：“那你自己住我不管你了！”说完头也没回进了学校，留下富晶垚一个人站在寒风中，他目送着徐馨璐的背影。他心里那点小九九对于徐馨璐来说太清楚，徐馨璐也没有给他太多的机会。

愣着站在原地好一会儿他才缓过来，风依旧呼呼地吹，西安冬天的风吹得更起劲。虽然背着包，他还是佝偻着身子一步步沿街找住宿的地方。

学校对面的小巷子宾馆林立，不时地有成对的情侣挽着手进出。他走到巷子尽头，已经是城中村的住家户，有几只狗不停狂吠，这才引起他的注意，又折回来随便找了一家宾馆，登记完，把包放下，去了网吧。

也不知道在网吧玩了多久他才出来，路上只有零星的人，临近住处，几个妖娆的女子拉住他，只有广告牌透出来的霓虹灯光能依稀地看到女人的模样。

那一刻他想起了花花，想起了找花花的那个小伙子，他并没有立刻甩开那几个女人，女人们趁机贴在他身上扭动着身子。他挣脱开，苦笑说："加班，楼上有女朋友等着！"

女人稍微松开。他挣脱后头也不回地上楼。楼道里能听到鼾声和压抑着的矜持声。这些在他心里都是一种挖苦。

睡觉前，他用手机给徐馨璐发了几个长长的信息，把心里的思念和压抑都说了出来，没有得到任何回复。他就那样蒙眬地睡着。

早晨徐馨璐的电话声把他吵醒，徐馨璐的声音有些疲惫，第一句说："你发的我都看了，你不知道研究生毕业有多忙！我论文的题目才定，接下来要搭建数理模型，做实验，整天都在实验室，而且导师还有项目，昨天给你看过，我的头发随便一捋都是整把整把往下掉，你没有经历过，你不知道。算了！不和你说，到学校食堂来，我请你在食堂吃早饭。"

如果是昨天晚上听到这些，他的心里肯定会有一种抵触，但是这会儿他有些心疼她，说："出来我请你吃，你想吃啥咱们点啥，我这还有将近两万块钱呢！"

"不是想不想吃的问题，在学校里面吃完我还得去实验室，你请了几天假？"

"今天假期到期！"

"那你现在过来，嗯……"停顿了一会儿说，"吃完饭我可能送不了你去车站，一会儿送你到公交站牌，你自己回去！"

富晶垚带着乞求，说："好！好！能见到你我就很高兴了。"

退完房，用最快的速度奔到学校食堂，徐馨璐已经在那里等着，满脸憔悴。看到徐馨璐那沧桑的笑容，他真的心疼。他想拥抱她，徐馨璐只是贴了一下，推开他说："这里这么多人！"

食堂里，富晶垚漫不经心地吃着早饭，徐馨璐很快就吃完，不停地催促他。富晶垚也有些疲惫，虽然吃得快一些，但在徐馨璐眼里，仍然不够快，徐馨璐不再说话，面无表情地看着他吃完。

出食堂的路上，徐馨璐向他倾诉巨大的压力和不快的事情，富晶垚无心听，他心里更多的是离别的失落。

送到公交站牌，徐馨璐亲吻了他，这一吻让他抛开了所有的不高兴，乐得一直叮嘱徐馨璐多注意些身体，徐馨璐答应他下次来再好好陪他，就匆匆离开。

富晶垚看着徐馨璐急急忙忙回学校的身影，心里既残留着吻别的激动，更多的是失魂落魄。那褶皱裙、披肩发的倩影慢慢消失在视线中，眼前人头攒动。

回晶沟的路上并不怎么顺利。

去火车站的公交车特别拥挤，他的背包也随着车来回晃悠，他个子本就不高，在拥挤的人群中他的脚被人踩了一下，还特别疼，他弯腰看脚的时候感到有人在扯他的背包，扭头看，背包的一个口袋已经被人拉开了一半。他喊了一句："谁在干什么！"虽然声音特别大，根本没人理他，所有人只是瞥了他一眼，然后就像什么也没有发生。他把背包拉链拉好，重新背在前面。公交车摇晃得厉害，加上昨晚没有睡好，他有些头晕恶心。

到火车站对面的汽车站买票就更离谱，这些人好像能准确捕捉到他的职业。以前上学回家乘车，也没有那么多的人拉着他说哪里有车，哪里能拼车，这个时候就像苍蝇见了一坨屎一样，全围过来，向他兜售车票。富晶垚硬是向前挤着到售票厅。

售票厅的人也特别多，排了好几个长队，一眼望不到头。这让他在晶沟的优越感荡然无存。他抱怨："咋那么多人！"

旁边有人凑过来靠近他，说："我这可以带你上车，不用排队！"

"不用排队？"

"不用，到车上买票。"

富晶垚警惕地问："车票多少钱？"

"这儿卖多少钱车上就卖多少钱！"

他不相信，继续排着队，那个人又说："看你就像挣大钱的，再排队，车一会儿就满了，你想去哪儿都去不了！"

他掏出手机看看时间，觉得这个人说得也对，问："现在就可以过去？"

"现在跟着我走吧！"

富晶垚跟着那个人进车站。碰见车站里面穿制服的人，那个人拿出一个证件在他们面前一晃，这让富晶垚感到这个人和这里的人都很熟，放松了警惕。

找到鹿鸣的班车，富晶垚找了一个座位坐下，那个人在他旁边坐下，手里掏出一把修指甲的剪刀剪起了手指甲，虽然已经没有指甲可以剪，指甲刀旁边一把小刀不停晃悠，那个人低着头说：“你不用排队，我带你走这么远，怎么也得给点辛苦费吧！”

富晶垚争辩说：“你开始没说辛苦费啊！”

“怎么着带你进来和车站走路不需要力气？我中午还没吃饭，就算请我吃个中午饭也是应该的吧！”然后把手里那一串铁摇晃的声音更大。富晶垚有些气愤，喊：“乘务员，司机，这人收服务费是个什么费用！”司机和乘务员也没人搭理他。

“我去问一下司机。”

“那你把包放在这儿！”

富晶垚站起来想了想又坐下说：“服务费多少钱？”

“一碗面也就二十五块钱，你给个二十吧！”

富晶垚又想了一会儿说：“你最开始怎么不说，现在要二十块钱，就这一点路，你抢劫呢！”

“以前抢劫过，现在做服务。看你西装革履，又不是缺那二十块钱的人。”

司机听到了他们的争吵过来说：“你们别在我这里打架，要打架下去打！”

富晶垚被两个人说得不再争辩，他觉得这样下去更被动，从口袋里掏出了二十块钱，那个人一把抓过去站起来斜着身子说：“谢谢啊！”下了车。他越想越气，到前面的司机驾驶室说：“这是不是你们的人？咋还有这样的人在车站！”

司机用关中话说：“这就是车站里的一个痞子，你搭理他干啥，搭上了给个十块钱了事就得了，出门破小财消大灾，本来就不应该理他。”

他觉得司机说得对，回座位坐下。

一路上四个小时。下车后他感觉天旋地转。

## 一百二十二

晶沟的雪没有化的仍然很多，这种天气里无论是谁都不愿意出门。路上除了慢腾腾的矿石车，很少有车。

对于富晶垚来说，冬天在联合社比其他地方好太多，这里吃饭不用自己动手，办公室和房间里还有空调和电暖气。人一旦适应了舒适的环境以后再换一个严酷的环境，就显得尤为不适，更会为自己找无数个理由躲避。

这个时候唯一能做的就是思念徐馨璐，有的时候面对黑夜他会自言自语："我亲爱的露露，你在学校会像我一样思念你吗！"

如果说平常上班有忙的人，还有闲的人，但是这段时间，都算大忙人，每个人忙得不一样。

他已经不太记得去年那个时候是怎么过来的。

景泽录也忙起来，他好像积攒了一年的业务要在这几天里完成。他开始表露出他的脾气，但是这个时候如果富晶垚配合他，他也就不再拍富晶垚的肩膀，时不时拍拍桌子，拍完以后又像个小孩子一样吹着自己的手，"呦呦"地叫两声，富晶垚看他那样子特别滑稽。虽然景泽录每天早晨就提着鼓鼓的公文包下乡深夜才回来，但是元旦前几天，谭会计拿着每天的报表还是不住地叹气，嘟囔着："这次你景叔叔可搞砸了，你看这么多的贷款手续还没有办！"富晶垚心里却想，看你手还贱不贱！老拍我，老损我，有点幸灾乐祸。听谭会计说多了，再看到景泽录那卷发加胡子拉碴的样子，也有些担心他的元旦考核。

年终如果在学校的食堂吃饭，他还是会去找几个老师，他也吃上了心心念念想了一年的甜肉。老师们还是欢乐地在一起吃，在一起乐，一起看电视，一起下象棋，一起锻炼。

谭会计和段主任时不时地沟通整个联合社的任务进度，都担心起景泽录来。谭会计把景泽录的任务单独列出来，在景泽录回营业室办业务的时候和他谈了一次，隐约中，谭会计了解到有一个代办员最近老找不着人，那些需要办理的业务当中很大一部分都是那个代办员的业务。景泽录只知道其中的一小部分原委，剩余一大部分的贷款人和贷款用途都在几个人之间来回拉扯，谁都站在自己的角度说理。谭会计给景泽录出了一个主意，虽然转贷这一部分的分值比较大，但是可以从清收不良贷款中弥补这部分的分值，整体加起来也就还凑合。景泽录觉得可行，这一年的退耕还林款他还收了一部分，他把留存的那部分找着，把第二年准备清收的不良贷款一并收了一部分。

元旦三天假，社里面没有一个人歇息，所有的账务都得扎住。谭会计最忙，打印一年的会计报表。富晶垚把所有的档案都挨个儿整理了一遍。大家就等着今年最后一次的考核。

# 一百二十三

元旦三天假，没有给刘长江安排值班，他在回县城前去了一趟富晶垚那里。富晶垚当时在房间里整理档案，这次见面也是琪琪和刘天佑走后第一次见，富晶垚打开电视，泡上水开始忙自己的。

刘长江看了一会儿电视，问："小富，你在金融系统工作，你说琪琪——就是那个见人特别客气的小伙子，他一年在外面能挣将近一百万，咱们在这个山沟里是不是太落伍了！"

富晶垚"哼"了一声说："你看王矿长，一年别说一百万，五百万都有！从事的行业不一样！"

刘长江喝了口茶，说："我最近经常思考为什么在这里，这个问题困扰了我很久很久，以前和你聊过。我思考后得出，我的思想和你不一样，现在我觉得，我有一颗不安分的心，你有一颗安于平淡的心。我不停地看书学习，努力提升自己。对我负责的那一摊事情也兢兢业业。在乡上，我不敢说我有多拼，但是相比于其他人，我下乡次数最多，是最想改变这里的人，虽然很多问题我解决不了，比如说不能把路通到人家家门口，解决部分上访户的问题，但是我比其他人都努力！"叹了口气，停了一会儿，他接着说，"也不能说没有什么功劳，这一年，我从县上争取了很多补助，也争取了几个种植项目，虽然补助低微，也算帮了村民一些小忙，组织了几次专家过来讲解农技知识，但是所有的这些离我的想法都还特别远！"

富晶垚整理着档案，听着刘长江诉说着这一年，他本想说点什么，但是刚想插话刘长江又说起来，好像根本就没有注意到他想说。他也就不再开口说话，听着刘长江说。

刘长江继续说："你们最开始的管主任，快退休了才从晶沟联合社到昶河联合社，我开始认为这只是个别的情况，后来我到其他乡镇学习，再看看殷所长和我们父辈那一代人，其实这类人占大多数。他们虽然说是城里人，也属于国家工作人员，可能一辈子都在村上工作，吃着山里的饭，为村民干着事情，最后都成了其他人嘴里的老油条。这些人最开始不都带着一片梦想，后来都被磨灭，能像安站长那样的能有几个！"

富晶垚有些茫然地看着刘长江，没有说出话来。

刘长江看着电视，问："你元旦回不回？"

"每年元旦都是我们最忙的时候，联合社扎账，所有的业务都在这个时候办完，回不去。”

“你们辛苦！”

房间里只剩下电视声音和富晶垚整理档案的纸张声，两个人各自沉默着。

富晶垚先打破这种沉寂说：“我学的金融专业，知道对于现在正在发生的金融危机，大家都不好过。我在这里还算好的，吃住都在单位。我有同学毕业去沿海，不是每个人都像琪琪那样幸运。我现在这样不是特别好，也不是特别坏。”然后指指床头用会计书皮包着的行测和申论说，“徐馨璐，我女朋友一直让我考，这次考试也不咋的，看到你们行政工资，我也没多大的动力去学，现在好多人还都想进我们单位。”停了好一会儿，叹了口气说，“上一次算是盲考了！”

刘长江瞥了一眼说：“公务员！哈哈，我们啥都让你看到了，这比较还能做？”

“就是啊，徐馨璐固然重要，但是要是没这份工作我可能真的什么都不是！”

“是啊！你想的也是这么个道理！”

……

离开富晶垚的房间，刘长江确定富晶垚元旦不回家。

元旦刘长江回到家里付莹莹很高兴，两个人温存过后就没有太多的共同话题。

照例，第一天中午去他父母家，刘长江提着奶和水果进客厅，就听见母亲和刘天佑在里屋唠叨着。父亲说刘天佑和高晓雅两个人在这儿也住了一段时间，两个人说好了元旦回浙江，刘母正在房间里收拾东西，两人乘坐明天的火车离开。刘长江放下水果进房间，高晓雅正在打包自己的东西，母亲在给刘天佑叠衣服，装行李箱，不住地说：“晓雅是个好女孩，要给天佑叮嘱到，尽量不要出远海。”刘天佑觉得母亲给他装的东西都用不上，从里面挑了几件又拿出来。

刘长江问刘天佑：“车票买了？”

刘天佑还没说话，刘母说：“让他们提前订票，两个人都说去车站了临时买票。”

“现在都是外面打工的往回赶，我们出门，好买票，就是多操心。”

高晓雅也说：“现在好买票，不用到火车站订。”

“也是，你过去待多久？”

“那还不得看晓雅家里，我在哪儿都成！”

高晓雅笑着说："我爸打电话过来让伯父伯母也跟着一起过去，我也说了好几天。但他们俩都不去，怕水土不服，住不习惯。我想也是，后面过去的机会也多。"

刘长江说："也是，也是！"看着几个人收拾东西又帮不上什么忙，回客厅的沙发上坐着。

等饭菜做好，刘长江和付莹莹端到餐桌上，高晓雅从房间里出来，刘母和刘天佑两个人还在房间。刘父回房间喊了一遍两个人才出来。

吃饭的时候，在刘母和刘天佑的唠叨中，刘长江了解到刘天佑这次去高晓雅家还有一件重要的事情，商量两个人的婚事，在唠叨中刘母说漏了嘴，这次过去刘父备了四样礼，刘天佑觉得不够。刘长江偷偷看了一眼付莹莹，付莹莹表面上没什么太大的反应夹着菜。

吃过饭回家的路上，刘长江就感到气氛有些不太对劲，付莹莹一直没怎么说话。刘长江终于用他惯用的方法把付莹莹逗笑，付莹莹才说了句："当初学校里的老师介绍我们认识，都说我们俩郎才女貌，你第一次到我家拿了几样东西？不是我计较，你妈有的时候对你弟太宽容，就像对班上的差生一样，老是付出特别多的心血在这个差生身上，而你就是学校里什么都不用操心的好学生，结果呢！你看你在你爸妈眼里的地位？连刘天佑的一半都没有！你看他们对我家，连对刘天佑的一半都没有！"

这些刘长江从小就切身地感受到，就像小时候，同样端上来两碗饭，他自己埋头很快就吃完，刘天佑却在那里吃着玩着，无论爸妈用尽什么样的办法，甚至是威逼打骂，效果仍然不好，刘天佑仍旧是刘母形容的"木囊蛋子！"在父母的心力耗尽以后，他们就把刘天佑当作差生对待，用去了大部分的精力。

他从小就习惯了，付莹莹这个时候说他，更多的是因为他去她家商量婚事的时候只提了两瓶酒两条烟，虽然总数是四样，但是实际上还是两样东西。在这几年的拌嘴中经常被付莹莹诟病，因为鹿鸣这里讲究的都是烟、酒、茶和这边的腊猪肉条。

付莹莹接着说："你说你究竟是不是你爸妈亲生的？"说完难得冲他一笑。

刘长江黑着脸，说："你这话说的，咋不是！"

"那你看你和刘天佑两个人差别多大！以前出了事情给他擦屁股，现在结婚操多少心？哎！哪像你，我不是挑拨你们家的关系，只是你是我老公，我心疼你而已！"

刘长江满脸高兴，说：“嗯，我理解，我理解！”

快到小区，付莹莹停下来看着刘长江说：“我还是给你说的，明年我要孩子，我年龄也大了，学校里好几个老师都问我怎么回事，不给别人解释还以为咱俩谁有问题！”

刘长江沉默着低头看地上。这些话从付莹莹那里说出来应该是印证了一些传言，学校里面的老师接触的家长多，最能了解整个县城的风吹草动。

这样站了好一会儿，付莹莹又像训学生一样，说：“刘乡长！你的想法我理解，但是不能因为你的想法把你的目标背离。”

刘长江像犯了错的小孩挨训以后奖励了一颗糖一样，长长地舒了一口气，他没有正面看付莹莹，他更没办法用妻子刚才说的那些话直视自己的内心！

吃过晚饭，付莹莹催着他出去走动。

上次琪琪和刘天佑在晶沟待了一个多星期的情况刘长江和她提过，这更成为付莹莹催他的一个理由。刘长江在抗拒中说服了自己。

在刘主任楼下，他抽了根烟，他平时和刘主任接触都是一种轻松的心态，现在变成了一种压力，抽烟的时候有个黑影走过来，他没看清楚究竟是谁，转身背对着，他怕遇见一个不怎么熟的县委大院里的人。

抽完烟上楼，敲门，刘主任把门打开。他的家里还像往常一样，只有他一个人在家。刘主任寒暄了几句，没有提琪琪在他那儿的事情。刘长江进房间，看到喷壶还放在那一堆花草旁边，刘主任正在倒腾他的那些花。

两个人聊了十来分钟，刘主任提起琪琪去晶沟回来向他要了十几万，加上琪琪在深圳攒下的五十多万出去了，说是矿上有一套采矿设备他可以想办法给王三豪提供。这个娃一天想法还多，这次一次拿出去好几十万，不知道后面能成啥样。刘主任的语气里并没有太多的不安和叹息，也没有太多的骄傲，只是很平和地把这件事说出来。刘长江倒是吃了一惊，琪琪在他那里的时候倒是把这种想法和他说了，没有想到他还真去做，不过这代价怕是有些大。

出来，凛冽的寒风吹着，虽然他相信刘主任会向关键人提这件事情，但是后面的结果谁都不清楚。他叹了一声“这鬼天气！”

回到家里，付莹莹拿着被子偎在沙发上看电视，刘长江洗完手坐下并没有直接说事，拿起杯子喝水，对着电炉子烤起手来。付莹莹问了几遍“情况怎么样”，刘长江开始没回答，后面忍不住叹了口气，把刘主任的话重复了一遍，付莹莹听后咯咯笑了一阵。刘长江听到付莹莹笑心里平和了很多。

元旦假期第二天，刘天佑和高晓雅要去浙江，刘母早早地就给刘长江打电话让他把刘天佑送到火车站。

收拾好东西出门，刘母也要跟着一起去火车站。火车站在鹿鸣县城的山脚下，一家人搭了两辆出租车才到火车站，刘天佑扛着大包小包进站，刘父刘母并没有不舍，反而特别高兴。高晓雅拉着刘母，邀请他们下次一起过去，刘母目送着刘天佑提着行李进车站，笑着舒了一口气。

## 一百二十四

元旦过后回晶沟没多久，又是乡政府一年一度的考核时间。对于晶沟来说每年年终考核都差不多，考核组来的那天早晨，县委办公室通知刘长江到市上开一个年轻干部交流会，去之前他在乡政府的二楼徘徊了好一阵，他在思考要不要去徐局长那里拜访一趟。他听说徐局长元旦带着家人回来祭祖。

刘长江思量了好久，觉得还是带一些本地的土特产过去。他抽空骑着摩托车去香菇、木耳、天麻种植户家了解情况，去年雨水充足，天麻、木耳的产量还可以，这个时候还是香菇的生产期，他买了一些头茬的新鲜香菇，还有干木耳和天麻。种植户和他推脱了好一阵才把钱收下。

这次去市上开会县上没有派车，至于没有派车的原因，县委办公室的人说所有车都派出去了，让刘长江自己想办法。他提着四袋子特产坐上了去商洛的班车。下车找到宾馆安顿好，他犹豫着如何联系徐局长。

他翻到徐局长的电话号码，先客气地发了一条短信：“徐局长，您好！我是晶沟乡政府副乡长刘长江，伯母去世在贵府帮忙，不知道您是否还记得，我今天来市政府开会，给您带了一些晶沟自产的干货，方便了给您送过去！”

发过去以后他看起电视。他心里很泰然，毕竟只和徐局长见过一次面，徐局长记不记得他还都不确定。

正看得入迷，徐局长打电话过来，他看到徐局长的号码有些不知所措，等了几秒以后接通电话。

“小刘啊！你是不是参加年轻干部交流会？”

“徐局长您好！是参加这个会议，以前只是听别人说起您，上次见面觉得您特别亲切，这次上来给您带了晶沟特产，您什么时间有空给您送过去。”

“晶沟可是产宝的地方，小刘拿的特产肯定也是晶沟最好的特产，这样！你说你住在哪儿，我让司机去一趟。明天会议结束后你到我办公室聊。”

“好！好！我在丹江宾馆住，就在这儿等着。”

“好，好！”

等了半个小时，刘长江手机出现一个陌生人电话，电话那头说他是徐局长的司机，司机报了车牌号码让他把东西送到楼下。

在宾馆旁边停着一辆轿车，司机不是别人，正是那天和小景在门口迎人的小伙子。两人寒暄了几句，司机打开后备箱，刘长江把东西放进去，和司机深入聊起来。聊天中他知道司机姓张比他小几岁，当过兵，复转以后就给徐局长开车，父母是土生土长的晶沟人，觉得那里太辛苦，很早就在商洛做生意，现在全家都是商洛人。两个人说起在徐局长母亲的葬礼上还互相递过几次烟，只是没有多聊。

凭着开会的文件，刘长江顺利地进入市政府。不大的会议场坐满了人，主讲台上，刘长江看到了徐局长的座位牌，还在正中间。

会议开始前几分钟，主讲台上的几个人全部到齐。徐局长比上次精神很多。

整个会议持续了两个多小时，会议结束已经快到午饭时间，他正犹豫着现在过去还是下午再联系，他的手机铃声响起，徐局长让他去他的办公室。刘长江这次有些激动，小跑着过去。在门口他没有犹豫就敲门，徐局长在里面喊：“请进。”刘长江推开门，屋里只有徐局长一个人，见到他进门，徐局长起身招呼他坐，刘长江斜身坐下。

“这次年轻干部交流会，鹿鸣县推荐了几个人，刘乡长也算是年轻有为，表现得好。拿到名单的时候我就注意到你，晶沟那个地方在整个商洛都算是穷乡僻壤，你在那儿待了几年？”

“谢谢徐局长关注，我在那儿待了一年多，还不到两年！”

“你和丁虎一批的吧！”

刘长江脑子里迅速地翻开他的记忆，丁虎、丁虎，说：“是啊，我和丁虎一批，我分在晶沟，他好像留在哪个局！”

徐局长笑了笑说：“是啊，你们不到两年的时间，在晶沟怎么样！”

刘长江感到这句话具有极大的分量，他脑子又一次转动起来说：“晶沟整体上就您说的，穷乡僻壤，我才去的时候刮风就断电，下雨就断路，不过在那里待待也觉得有一种亲切感，就像见您第一面一样，有一种自然的亲切。那边除了有个矿以外没有其他大的产业，那个矿，您或多或少也听过一些，解决不了太多本地人就业，我在那儿就尝试着搞了一些种植，我还试着种植黄姜，但是没有补助，扩大不了规模，不过经过几次培训比最开始预期大很多，后面路修通就好很多，前年配的电脑，十坪村有些人都会用网络卖东西。”

徐局长听了以后笑笑说：“那个地方能做出这些来确实不容易，矿上的情况复杂，不是一句两句说得清楚。晶沟人朴实，干啥就不存在辛苦这一说，主要是没个好路子，你提倡的种植确实还是个好办法。昨天司机带回来的几样东西我看了，没包装，如果再有包装，档次就提起来了。这也是咱们农村人的通病，只注意把东西做好，不在意外在包装宣传，我大致看了一下，品质上还有改良空间。”

刘长江连连点头说：“徐局长提的是，我这都是野路子，在晶沟边摸索边看怎么办！”

徐局长点头说：“就是要摸索，不摸索哪能创新？守旧，那里还会是穷乡僻壤！”

刘长江不住地点头，在他心里，根本就不值得一提，但是对于徐局长来说，这些才是真正的务实，才是基层干部应该做的。徐局长又和他谈了晶沟大雨和“村村通”的事情，刘长江也一五一十地说了现在的情况和不足，但是对于具体标准，徐局长也似懂非懂，路边硬化、路面材质等刘长江说了几句也就没再往下说。

中午在机关食堂里吃饭，吃完饭徐局长也没有留他。

后面两天里刘长江作为这一批年轻干部代表作了发言。

**作为晶沟人的岁月里**

在地图上你可能只知道一个点夹在群山之间。它只存在世世辈辈生活在那里的人的奋斗里，那里更在贫困县、贫困区的帽子里。那里的人朴实憨厚，那里的人更是在与自然的斗争中过着鹿鸣县最远离城市的生活，那里依然生活着 ××× 人，他们还在以山为基础，以原始劳作为手段。在城市处在翻天覆地的变化之中，那里却还只追求着生存；在城市“套路多”的缭乱复杂当中，那里还是保持着勤劳、倔强与朴实。世界局地出现金融危机，波及城市的方方面面。只能靠体力劳动在城市拼搏的农村打工人，被城市的结构性调整降低到无法生活之际，晶沟乡也作为千万个农村当中，这些农民工最后的落脚点，担负起他们生存的责任。

这也是晶沟的伟大，也是晶沟乡的打工人在不稳定时期最心安理得的归宿。

我也是在毕业三年、在县城里工作三年以后分配到晶沟，做了一名普普通通的副乡长。

刚去的时候我有不适，更有来自作为城里人的不安和优越感，还要面对来自家庭和工作中的方方面面。我向同事学习，试着沉下心做点事情，我仍然坚持着以往的习惯，下乡、看书、写作。

我了解到在座的同人都在乡下，都会面临着自身难以解决的物质贫困和精神匮乏，更有无法解决的上访、群众性事件，只是每个乡镇面临这些情况的多少和难易程度不同。大家的境况都大同小异。

我刚去晶沟乡政府，坐上颠簸的汽车，经历了山路九曲十八弯，回头看到“之”字形道路从山顶到山脚，越往前走心里越凄凉，还好有我的老领导陪着，让我对那里既不孤单也不畏惧。在往后的日子里，我骑着摩托穿梭于晶沟和县城，一趟两个多小时，一年四季不知道多少个来回。

下乡走村串户只能骑着摩托车，严冬酷暑都没有让我停下脚步。有空我都会去村民家串串，生活在晶沟的人不易。他们是真的不容易。

那是个远离公路沿线的乡镇，因为有一座矿而没有被撤销乡的建制，整个街道包括乡政府在内加起来不超过五户。只用五分钟就能打个来回。

乡政府里面三十多人，大都年龄偏大。

两年了我也还处于适应当中，应该是基本上适应了很大一部分。

在晶沟乡，我负责的很多，从宣传到包村，样样都有。才去没多久遇到一个老上访户。他的诉求一变再变，我最开始接待他是以一种排斥的心理。没见到他之前我首先遇到了他的上访对象。他儿子在上访对象的企业里因公死亡，这个儿子是他唯一的儿子，是他家香火的继承人，出现了这种情况意味着这一家在他那一代就结束了，这件事成了他不可磨灭的噩耗。他家离事发地的企业有五十多里，每到他儿子去世那几天，他肯定会出现在事发企业，已经好多年。从他儿子出事起，他妻子也因此病倒，当时在乡政府的调解下，出现事故的好几个人当中因为只有他一个本地人，给予的赔偿最多。但是对于这样的老两口来说，再也不用给儿子在城里买房，再也不用给儿子结婚花钱，对于一辈子生活在农村的老两口来说那么多钱又有什么用处！补偿金也在后面陆陆续续地被人以给他儿子配阴婚，给他儿子打官司，为他儿子讨回公道等各种方式骗走。他从最开始坚持要让企业负责人坐牢，到后面让乡政府主持公道，到后面需要乡上各种保障。年龄大了脑子也糊涂，经常变换着想法。我记得有一次我到他家，他拉着我，嘴挨着我的脸说了两个多小时，这种执着的样子让我既同情又佩服。作为现实当中的人，更能体会他做父亲的不易。

可能每个乡上都有类似这样的事情，有的是因为打架，有的是因为宅基地纠纷，有的是因为斗气的几句话……

……

在这个以城市发展为中心的时代里，我们这些在城市接受过教育又回到农村的这一批人，无论是哪一种想法、哪一种目的，大家无不面对着所服务的乡村历史传下来的问题，又面临着城市化给村民带来的思想冲击和出现的新问题，这些问题归结到点上，还是让他们有更好的物质生活，更多的生活选择。

……

最后致和我一起奋斗在农村的青年，大家的工作被别人看到或者看不到，都将是这个时代最坚实的挑梁者，承载着的和启迪着的，都将在我们这里绽放出最绚丽的时代之花。

刘长江读完之后下面爆发出热烈的掌声。

## 一百二十五

联合社的考核结束，优秀员工需要在考核组走之前申报，这个优秀员工含金量很大，不但意味着多发一千块钱，还有来年的全国不定点旅游。除去阮宝山不参与考核以外，其他几个人都是按照顺序轮着来，去年评定时富晶垚处在试用期，没有参与也轮不到，但是今年就有个麻烦的事情。

按照以往的排序，今年应该轮到管主任，富晶垚接替了管主任，如果按照以往的规则就应该是富晶垚，但是他到单位的时间短，再加上他是本科，一年以后自动聘为初级经济师，年终发完所有的工资和工作很多年的谭会计差不多。尤其是比工作快一辈子的景泽录和柯礼朝还要高很多。这些话几个人都带着腔调在县考核组的副主任面前说过。

考核结束，开始评先进，段主任召集大家投票。投票前，谭会计就在段主任面前掐着手指说："我今年拿了九万七千多，小富拿了八万七，除去一月试用期，比景泽录还多千把块钱，如果评上先进，多出来的奖金和年度旅游费，折算一下和我差不多高，这算个啥事情！我干了一辈子工作还抵不上一个工作不到两年的大学生，这社会变化实在太快，快得我这老头子用三十年也追不上！"

这话也是当着大家面说的，富晶垚听着有些沾沾自喜，但是对于景泽录和柯礼朝来说难以接受。

"照谭会计这样说，我要坐上火车躺在棺材里才能赶上小富的工资，我还赶个啥！"柯礼朝说。

景泽录说得更过分："干工作干啥！学习算了，学习比干工作加的工资高，从明天开始我打算只学习，不干工作，这有啥好干的，干一行爱一行，我是干够了，要不我和小富换一下，县上领导也说让小富不要在那巴掌大的地方，下乡包村锻炼，这刚好！"

段主任听完这些话也觉得不太合适，他考虑的因素就比较多。因为段主任不参与投票，他笑嘻嘻地安慰大家说："县上开会有些社也反映了这个问题，因为很多接班的只有小学文凭，干了一辈子工作，工资抵不上一个刚毕业的大学生。主任在大会上讲过，这话放在我们那个年代适用，单位讲究的是吃大锅饭，大家工作平等，收入均分，现在提倡的是收入按照多要素综合评判，不能再以单一的年龄划分，要体现知识就是力量，要提升联合社整体业务水平，提高整体人员的综合素质，所以收入分配也要多元组合！对于一些老同志提出来的这个问题，县上会综合考虑。不止你们有意见，是好多老人都有意见！"说完把考核打分表发给了大家。

每个人把优秀的人名写在上面，段主任从大家手上收完回自己办公室，连谭会计也没有商量。等到考核组兑现所有的年终奖时，宣布富晶垚是先进。问大家有没有意见，大家都憋红了脸不说话。慰问金全部发完，几个人都没有吭声，闷着头离开段主任房间。

考核组走的时候副主任还特意和联合社每个人客气地握手打招呼，单独夸奖了谭会计几句，说他工作干得好，徒弟也带得好！谭会计黑着脸应着。

等考核组的车出发，段主任来到营业室和谭会计攀谈起来："谭会计，如果管主任还在应该轮到管主任了吧！”

谭会计哼了一声，说：“应该是管老头！那管主任走了应该往下，这好家伙！让小富插队了！”

富晶垚斜着身子坐在凳子上，嘿嘿笑。

“让给年轻人也好，咱们都老胳膊老腿，要不了几年就退了，后面都是年轻人的天下，你看这一次商洛几个区县的领导对调，又提了一批干部，年轻人占好大一部分，年轻人要多给荣誉、多给机会是吧！小富是我们这儿最年轻的，你看他给你们‘叔’叫过来叫过去，大家多考虑一下娃！”

谭会计又“嗯”了一声说：“你说的怎么不是，我们这都一把年纪快退休的，要那些干啥。只是小富这样一算比我们工资还多，我们干了几十年，他才工作几年？转正还不到一年！”

段主任笑了笑高声喊：“小富！”

富晶垚从凳子上站起来说：“到！”

“个人先进的荣誉你得了，但是这是因为有晶沟联合社才有你这个荣誉，你最小，有些时候大家都让着你，你知道吗！后面奖励那一千块钱，还有旅游的机会你说咋办！”

富晶垚有些激动又有些不知所措，语无伦次地说：“这……大家都努力了！谭会计让我听段主任的安排！”

段主任嗨了一声说：“给你发的钱我怎么安排！”

“你这娃说话就不对，给你发的钱怎么能让段主任安排！”

“你自己说怎么办！”

富晶垚结结巴巴了一会儿，说：“给社上买个啥！”

“社上都有公费，要你买啥！”

富晶垚又想了想说：“那，这样，请大家吃个饭，随便点，这样可以吧。”

段主任哈哈笑起来没有说话。

“吃饭能吃多少？就按照老蔡那儿最高的标准也不超过八百块钱！”

“你可是奖金加旅游！再想！”

富晶垚顿在那里好一会儿也想不出来，说：“要不请吃两顿饭吧！老蔡那儿一顿，还有学校那儿吃一顿！这个地方就那么大，我这眼光也就在这晶沟乡！”

段主任又笑起来，谭会计也笑起来。这笑声让富晶垚有些莫名其妙。

段主任笑完说：“小富在这儿待傻了，眼光只停留在晶沟这么大的地方，这地方吃遍也就老蔡、食堂。唉！你说一个大学生，在城市里待了几年，在乡下待了一年，怎么说话也就这水准了！”

“就是的啊！发了那么多钱，拿着钱不知道干啥了！”

富晶垚满脸通红地站在那里说：“要不我再从余老板那儿看看有啥好东西给大家一人买一份！”

“他那儿有啥好买的？要买我们自己不会去买！要你买！”

富晶垚听完有些泄气，说：“那就先吃一顿饭，后面看大家想干啥了再说！”

谭会计和段主任一齐说：“记着还欠大家一个啥！”

富晶垚满口答应。

谭会计休假前，段主任安排他和富晶垚把今年的慰问金及时发放给几个困难户。

今年慰问的三户富晶垚或多或少都知道一些情况，其中两户家里面的壮丁常年在外打工，不知在外面混得好不好，反正家里过得都不怎么好。还有一户因为男人家暴，女人逃到外面打工，只留男人和两个娃在家。男人喝完酒以后就打孩子。有一次，如果不是因为另一个孩子到邻居家求救，估计那个孩子就已经被打没了。求救的孩子带着邻居到他家时被打的男孩已经倒地昏迷，男人还在打，送到昶河卫生院检查，孩子断了几根肋骨。

在去那家的路上谭会计说起去年洪水过后，开学前，有一个女人半夜在乡政府门口声嘶力竭地尖叫，喊着救命的就是那一家。女人从电视上看到晶沟遭水灾，回来看孩子，结果男人喝完酒以后又逮着女人打，女人就往乡政府边跑边喊救命，要不是乡上几个人出来拉架，女人被打残甚至打死都有可能。乡上的安红霞拿出她的衣服给女人穿上，女人走后又留两个孩子在家。

富晶垚听后觉得这家里有些瘆得慌。但在谭会计的谈话里，这样的事情在农村还比较普遍。

到那户人家，因为是晚上，富晶垚只看到个大概，整个房子还算过得去，进门以后家里横七竖八地摆放着凳子等家具，地上堆满了花生壳、木屑和一些塑料瓶罐，显然很久没有人清扫。两个孩子惊恐不安的眼神把富晶垚带入恐怖片的气氛里。

男人见谭会计提着东西过去特别热情，倒了两杯水，搪瓷的茶缸里茶垢堆了厚厚一层，富晶垚始终下不去嘴。谭会计反而还抿了一口。

送完东西以后谭会计就休假回县城，联合社只剩富晶垚和柯礼朝两个人。

开始用手拍营业室的门，富晶垚没有出营业室，说：“刚才给你解释了，有你的我们都给你，今年也是三户，都发完了！”

“哪三户，你说说，怕不是你们自己把东西拿回家不给我们吧！”

富晶垚听这话不知道怎么接，停在那儿没有搭理，柯礼朝从楼上下来，说：“你是不是听谁说啥了才说这话，我们叫信用联合社，这点东西我们还看不上，不过你这话说得就不像个大学生说的话。”

龚进站在那儿说：“我想你们应该也不会，都说你们工资高，这点东西算个啥！应该不会拿。”当他转身准备走的时候又回过头说，“我跑这老远到你们这儿来，你们总不能让我空手回去吧！”

“那你想拿个啥？”柯礼朝说。

富晶垚在营业室说：“我们这儿还有一些对联和日历，给你拿一副得了。”

“这也是，过年都用得上。”

柯礼朝嘿嘿笑起来说：“我们这些都是送给存钱超过一万块钱的储户，今天看到你是大学生才送给你啊！”

富晶垚把对联和日历从窗户递出来，龚进接过以后说：“钱这东西是现代人发明的，就像机械一样，迟早要玩完！”把对联和日历打开又评论了一番，这才离开。

段主任在谭会计休假的时候回来了一趟，在营业室提到去年过年没有安排富晶垚值班，今年要把他安排上，富晶垚心里面想着徐馨璐，没有直接答应，只问值班的天数，能拿多少钱！

等段主任离开营业室，他给宋姝玥打了个电话。宋姝玥给他分析：作为年轻人，过年过节最应该值班，这样能加深在大家心目中的印象，领导会认为这小伙子有担当，而且过节的值班费特别高。不值班回家，家里面一大堆的事情，洗洗擦擦不说，还得劳动、买东西，不做就等着挨骂。在单位里多好，啥都不用操心。这些话说到了富晶垚的心坎上，尤其是还有不菲的值班费。

挂了宋姝玥的电话，他就到段主任那里软磨硬泡要值班，把宋姝玥说的话拣对自己有利的因素说了一遍。段主任也答应他的请求，过年七天假期，他值五天，后两天休假，然后再休三天当月的假，好好在家里待几天。这可把富晶垚高兴坏了。

谭会计回来以后，富晶垚特意去了刘长江那里一趟。

临近过年，刘长江事情也多，下乡维稳、化解矛盾、做好宣传等一样都不能少。

# 一百二十六

一天早晨，一个头发毛躁，浑身穿着包浆衣服的男人走进联合社，在院子里大声喊叫：“有没有哪个主任在？”一连喊了几遍。

富晶垚走出营业室问：“你找谁？”眼前的这个人他似乎有些印象，但是又不记得在哪里见过。

“我是龚进，你记得不！”

富晶垚立刻反应过来那个让全乡人说起来都为之叹息的大学生。

“你找谁？有啥事情？”

“我听说你们把今年的慰问金都发了，为啥没有我家的？”龚进昂着头，眯着眼睛斜视着富晶垚，让富晶垚心里很不舒服。但是出于职业特性，他和龚进解释说：“我们慰问是每年都会变的，不是固定每年都是那几个人。”

龚进理直气壮地大声喊：“你们变是你们变，为啥没有我的！”

“每年变就是每年人都不一样，所以今年没有你！”

“你说我家不符合你们今年的慰问政策，你是今年没看过我家吧，我爸出去做活，摔了一跤，在家里面待了几个月不能下地。我家里还等着你拿着这些东西过个好年！”他还是那种表情。

“你家去年慰问的，全乡那么大，我们也是给一些困难户慰问，还有比你家更困难的！”富晶垚本想说：“你有手有脚，干个啥不行！”到嘴边又咽了下去。

柯礼朝在二楼喊：“你说你这个人还是大学生，全乡你问问哪个人不知道你龚进，我们慰问有你家，肯定会给你家送过去，你想也不能年年都慰问你家吧！我们名额有限，慰问你家别人家就没有了。”

龚进摆摆手说：“我就是来问问！”转身走的时候不停地说，“你们这制度不合理，怎么能没有我家……”

等龚进走出院子，柯礼朝说了富晶垚心里想说的话：“你说这个娃，前面是受到打击回家待着，现在在家也玩了好几年，有手有脚，脑子里装的东西也多，你要是说还不一定能说得过，就是不想找事情做！”

“这是玩得习以为常，不愿意再出去做事情了！”

当两个人以为事情都已经过去，过了没半个小时，龚进又在院子里喊：“你们再看看名单，真的没有我们家？”

两个人开始都没搭理，想着他喊几句就走了。龚进喊了几声没见回应，富晶垚八点多到乡政府，刘长江刚下乡回来，正准备烧水梳洗，富晶垚敲门进房间，说起过年休假的事情。刘长江拍拍脑门说：“你不说我都忘记快过年了，去年那羊肉不错，老丈人家分了半边，我和我妈家分了剩下一半，老丈人说山里的羊味道好，羊膻味比较正，你嫂子也说好。”

“我今年想弄个一头！”富晶垚说。

……

刘长江洗涮完毕，两个人去蔡老板那里，富晶垚问起羊的事情，蔡老板有些为难，今年回来的人多，羊肉比较紧俏，他这儿也没有多余的羊。富晶垚不答应，要蔡老板想办法。

## 一百二十七

今年矿上受到金融危机和不稳定因素的影响，放假比较晚，都临近过年了才大批量地结清工人的工资。

王三豪在乡上只邀请了三个乡长和办公室王主任。

那天徐国平没有等他们俩先过去，王主任开着车载着袁书记和他过去。袁书记一路没怎么说话。王主任问了几个问题，这几个问题也在刘长江心里产生过疑问。

“王三豪夏天办了场晚会，风光过了头，这下好，有人盯着他的矿，如果他的矿被收购，他和他那个财务到时候会被咋安排！”

刘长江没有搭话，沉寂了好一会儿，袁书记侧侧身子说：“那能咋安排！给两个人发个结婚证！”

刘长江和王主任哈哈大笑。

上矿山那段陡坡，王主任又问了一句：“听说这次投资人一投就是几百亿，啥来头？”

袁书记没接话，又侧侧身子。

刘长江说：“这谁能说得清楚！几百个亿，这矿能挣多少钱！”

“谁知道那些人咋想的！”袁书记冷冷地说。

王三豪这次确实叫不到二十个人。

酒过三巡，大家吃得差不多的时候，胡大勇夹着个包进来。“三哥，三哥！”从进门开始一直叫到桌子跟前。袁书记没有起身只是看了一眼。王三豪见胡大勇过来，让郗媛在他旁边加了个凳子。胡大勇也没客气，凳子刚加上，就坐在了王三豪和郗媛中间，坐下的时候把包重重地扔在餐桌上，发出“啪”的一声，拉链被摔开，滑出来几沓钱。

王三豪有些不高兴，起身说：“大勇，你这是干什么！”

没等胡大勇说话，郗媛抢先说：“胡总！好长时间不见，发财就像我们王总发福一样，一眼就能让人看出来！”

这话惹得大家哄笑起来。袁书记和胡大勇打了一声招呼：“回来了！”

胡大勇瞟了一眼，像是话已经在嘴边，马上要说出来，但是没有说，歪着头咧着嘴，像是打招呼也不像是打招呼。刘长江心想，好家伙，你去年修飞机场惹了那么大的事情，但还是礼貌地冲他点点头，并没有说话。

胡大勇又把整个桌子环视了一圈说：“这都是晶沟有头有脸的人，我一个从外面回来的啥也不说，先喝一个！”说着拿起一瓶酒倒了一满盅，一饮而尽。

“好，好，在外面混得赚大钱的人就是不一样。”王三豪喊。

“在外面也就赚点小钱，大钱还是王矿长赚了。”说着把桌子上的钱包拉开，几沓百元现钞从里面滚出来，从钱包里掏出一盒烟抽起来。

其他人也不知道他过来的用意是啥，都静静地看着。

“胡老板入席酒也喝了，咱们继续，一会儿我们俩好好搞两下。”王三豪说。

郗媛在旁边搭话说：“就是，到我们这儿，我们招待好，想吃啥再加。”

胡大勇摆摆手说：“不用！不用！你们弄你们的。”

大家觉得这个胡大勇像在找碴。猜拳到他那里都只碰一杯，也不多说话。只有王三豪调侃：“你这钱这么多，也不怕路上让野狗叼走了。”

吃着吃着，袁书记和王三豪两个人到旁边的办公室说事情，留下刘长江在这里。胡大勇端起酒杯走过去说：“刘乡长！十月份我修飞机场是你让停工的吧！”

刘长江听后心里大致有数，举起酒杯说：“这事情我觉得做得也好，也不好。第一天我要是不去两边就打起来，那事情就闹大了。第二天我和袁书记一起过去，你找的那个包工头不咋地，喊着压死一个人十万块钱，我们打电话报警，龚所长带的人才把包工头收拾住。”

“那你的意思是我建飞机场不对！”

刘长江把酒杯主动碰了一下说：“这话也不能这么说，我还没坐过飞机，你修个飞机场，我还能近水楼台，先坐上私人飞机。”他准备说手续的事情还是没有说。

胡大勇结巴了一下说：“那你们乡上还把我项目停了，还让派出所把人抓了。”

刘长江停了一下，笑笑说：“是，是！你说停项目的是我们，但是抓人的可不是我们，你知道我们乡就没有派出所，当时什么状况我一时想不起来，但是抓人以后就是派出所的事情，刚才龚所长在你应该问问他。”

胡大勇没有再说话，转身离开，又扭头说：“要是我明年再找人修机场你们还抓不抓人？”

刘长江再一次举起杯子说：“你这是为晶沟办好事，我们肯定支持，但是你看你那些叔叔婶婶怎么说。还有按照规章制度把手续办好，我肯定做我力所能及的事，在乡上为你协调！”

胡大勇瞥了一眼坐在旁边的徐国平，拍拍他的肩膀说：“徐乡长，这可是你乡上人说的话啊！”

徐国平笑了笑没有搭话。

刘长江坐了一会儿起身离开。

偌大一个矿区没几个人，尽显荒凉。

## 一百二十八

晶沟人对祭祖这件事特别上心。每年过年前，在外工作的人都会回乡祭祖。

徐局长的司机打过来电话的时候，刘长江正在房间里看书，拿起手机看到是徐局长的司机，他思索着：如果是公事的话到不了他这一层面，如果是私事的话倒是有可能。等到三十秒他接通电话。

“刘乡长，我是徐局长的司机小张，上次和你在宾馆见过面。”

“您好！最近你和徐局长没回晶沟？”

“最近没回，这不是要给你说吗，徐局长这周周六或者周日想回晶沟拜祭，我没啥意思，就是提前给你说一声。”

“好，好，一起回来了到我这儿来坐，非常欢迎。”

“刘乡长这就见外了，我们已经在商洛安家好多年，那边也没啥事情要麻烦，领导这次回家祭祖，我想着以前都是一个人悄悄地回，到家就在家里待着。这不领导母亲过世以后家里也没有人收拾，我就想着……”

“对，你这说得是。”

“刘乡长就是哥，啥都考虑得周全，还有这事情可千万别让领导知道，领导对这比较反感，咱们俩打电话的事别给其他人说。”

“明白，明白。”

挂断了电话，刘长江想了想这件事。他向来都用一种平和的心态来看待。徐局长回乡祭祖，司机打电话告诉他也属好意，毕竟知道局长去哪里的人也没多少。

对于没有小孩，一年中大部分时间都不在家的刘长江来说，过年也就过个老人，年前这个星期回不回去都不影响，也没有太多的事情要他去做。他给付莹莹打电话说这个星期有事情不回去。付莹莹也习惯了这种情况。

星期六早晨刚吃过饭，刘长江给徐局长的司机打了个电话，司机没有直说今天回不回，等他的电话，没有给刘长江太多说话的机会，匆忙挂断。

他闲来无事在走廊上来回转悠，殷所长站在走廊上抽着烟，仰望天空，刘长江客套地说：“这周没有回？”

殷所长咂了几口烟说：“小刘啊，你把我支上了一个架子烤啊！”

“出了啥情况？”刘长江笑了一下。

“太阳花村搬迁小组副组长本来是你，你把挑子撂给我，我接下来半年多，你不知道有人在后面骂我！”

刘长江明白什么事，说：“这事情我和徐乡长意见也不太合，这是其中一个方面。还有我对太阳花村人生地不熟，我一家跑三四次，不如殷所长给人家说一句话，那段时间你也看到了。”

殷所长抽了几口烟笑笑说：“你说得也是，这里的人讲的不是道理，也不是你是乡长就听你的，大部分都是大老粗，认准乡里乡亲的感情，攀比心还重，你说厚了这家薄了那家，暂时能把人哄过去，后面的时间还久，谁还不说出来，难办！”

“殷所长这话说得对，要不然咋说让你当副组长，这也是乡上班子一块研究出的文件，你就受累！”

殷所长难得开怀大笑，说：“去年那场雨你说下得巧不巧，这一下好多人也觉得在那儿住得不安全，不如拿一些补偿款，钱到手到哪儿不能安家。”

“这话说得是，现在应该大部分人都把拆迁合同签了吧！”

“合同签了，徐乡长和我说了几次，让我去问补偿款什么时间下来。”

刘长江给殷所长递了一根烟，自己也抽起来，说：“这事你擅长。”

殷所长露出狡黠的笑容说：“这是，这是！我问水库那几个人，他们说早就把钱打到县财政账户。”

刘长江抽了口烟没有接话，殷所长又嘟囔说：“现在乡上人心惶惶，听说上面那个矿又要被收购。”

“现在不是都不确定吗！这地方我也待了快两年啦！”

殷所长把烟抽完，又把刘长江递的那根烟放在走廊的台子上墩了两下，点着说：“你在这个乡上把乡上一半的事情都干完了，剩下一半的事情安站长干，这乡上裁得只剩下你们两个人都能正常运转。”

“你这夸大了，我在这儿想办啥都难办成，毕竟一个外来的乡长，还是个副职。”刘长江叹了一口气！

殷所长慢慢地说：“你说今年哪件大事不是你冲在前面，发洪水那几天，谁不怕！就你带着人走村串户，那次撞死人，那帮村民在乡上闹，把你也围了。你不简单啊！”

刘长江听完心里面有些酸酸的，叹了口气说：“遇见了，又在这个位置，这不是没办法吗！”

“你看安站长，我干工作这么久，没见过一个女的像她那么拼，我是见她从带着娃到现在娃上高中，一年四季，这么大一个乡到处跑，我看到你现在在走她的路啊！”

刘长江也抽了一口烟，在这个寒冷的冬天没有哪句话比这一句更具有穿透力，直刺他的心脏，就连那刚过头的阳光也没有一丝丝温暖。他没有说话，低着头，沉思了一下转过脸再准备和殷所长说话，殷所长已经不在走廊，留下那扇门帘在冷风中飘动。

冬天艳阳高照的天气里，晶沟乡政府这一块的风也没消停。殷所长中午的话让他灰心了一会儿，午休过后就被他的意志战胜。他下午在房间里写了一篇散文，正构思得入神，徐局长司机突然打电话过来，告诉他徐局长一会儿从县城出发，大概两个小时能到学校那座桥。刘长江叮嘱冬天开慢一些。

一个小时后他的那篇散文已经写了一大部分，只剩结尾，他看看时间，差不多了，提着背包下楼。

过桥没多远，就看到那里炊烟袅袅。到医务室门前，方大夫正在烧火，刚把柴火放在火盆上，要着还没有完全烧着，熏得方大夫围着火盆来回转圈。方大夫的儿子兴奋地围着火盆，手里拿着一根木棍，不时地杵着火堆。

方大夫喊：“小孩儿玩火晚上尿床，你妈可要收拾你！”小孩离得远远的，仍然不死心，拿着木棍试着靠近火盆。

刘长江走过去把手伸到火上烤起来，也被烟熏得来回摆头。方大夫看到旁边过来一个人眨着眼睛，眼泪顺着鼻梁流下来，擦擦眼睛说："刘乡长今儿过来了，来来，坐。"他从屋里拿出来一把靠椅放在火盆旁边。

刘长江客气地说："今天这天气，看着太阳出来还是冷！"

"我这背山，太阳落得早，有娃，怕冷，火烧得就早，就这小东西，拿着棍子来回捣蛋！"小家伙听到他爸爸说他，更起劲，拿着棍子又试探性地往火盆上杵，方大夫把手扬起来，做出打的动作，小家伙嘿嘿笑着也不避让，方大夫也笑起来。

柴火炬了一会儿燎起来，一盆熊熊大火，小家伙更激动，围着火蹦来跳去。

方大夫回医务室里泡了两杯茶端出来，一杯递给刘长江说："刘乡长怎么想着今天到我这儿来？"

"见你这儿烟火气重，一会儿还在这等个人。"

方大夫立马反应过来，用嘴指向徐局长家那个方向，刘长江哈哈一笑说："是！"

方大夫呷了一口茶说："我们在这山沟沟里，就在学校里学了点医术，也求不到他，每年能见到他在门前走过几次。后面再回来跟的人越来越少，现在都是只带司机悄悄回来。"

刘长江差不多能判断出徐局长司机打过来的电话确实是司机的想法，并不是徐局长的意思。那徐局长司机打这个电话究竟是因为什么。这时方大夫的爱人在医务室里喊："你在和谁说话？回来给我帮个忙！"

"刘乡长来了，我和他说话！"方大夫说完对刘长江说，"医务室里面还有几个人打吊瓶，我进去搭把手，你先喝茶！"

刘长江应着："你先忙！"拿起方大夫泡的茶喝起来，茶放得比较多，闻起来清香浓郁，喝起来苦涩味偏重。他心里不停地反问自己在徐局长那里究竟有没有期待，问了很多遍，他内心仍然没有一个准确的答案。

他不时看看路口，方大夫进去好长时间没有出来，他儿子顽皮地不停地试探能不能把木棍的一头放在火上烧，刘长江重复着方大夫的话："小孩儿玩火晚上尿床，小心你妈妈让你把被子顶着晒太阳！"小家伙还是有些怕，不敢靠近。

没过多久小家伙又开始试探，刘长江觉得吓唬也起不了太大作用，对小家伙喊："过来叔叔抱抱。"在他心里还是挺喜欢小孩。小家伙走过去在他腿上蹭，正在和小家伙逗得高兴，路口有个人喊："刘乡长！"刘长江循声望去，徐局长和爱人、孩子，还有司机正在往这边走，喊他的是徐局长的司机。

刘长江把小家伙抱在怀里走过去。徐局长说："这是你的娃，这么大，真可爱！"

"这是方大夫的儿子，他在医务室里忙，我过来和方大夫说个事，刚好逗逗他。"

"噢，刘乡长过来说事还帮忙带娃，有爱心。"

"我是凑巧，碰到了。您是年前回来祭祖？应该提前说一声，刚好我在这乡上，也都熟络，需要跑个腿干个啥都还方便。"

徐局长嘿嘿一笑说："以前也喜欢一大群人一块回来，现在不习惯了，也不喜欢那样，应该是年龄大了，更喜欢一家人一起。"

这时候方大夫从医务室里出来，看到一群人，腼腆地说："局长一家子回来了，我约莫着你们就是这个时候回来，进屋我给你们泡杯水！"

徐局长没有接话说："你这儿子看着灵性，像你。"用手掏了掏小家伙。小家伙在刘长江怀里来回躲，咯咯笑起来。方大夫从刘长江怀里接过孩子。刘长江给徐局长的爱人打过招呼，正准备和徐局长的儿子打招呼，徐局长对着儿子说："这个大哥哥可是你的榜样，名牌大学毕业，又回到你爸的老家当乡长。"他儿子叫了声哥哥然后把头扭向旁边。

刘长江笑笑说："局长抬爱了，叫叔叔才是，我占娃便宜。"

徐局长说："你还年轻，我当乡镇长都多大了！比你大好几岁。"哈哈笑起来，笑完以后说，"下午没啥事吧，今天刚好遇见，没事跟我一块。"

刘长江连连说好！

徐局长的司机和他打了声招呼以后特意保持着一段距离。

徐局长在前，刘长江在侧面，步行前往徐局长老家。

"你今年多大？在晶沟多少年？"

刘长江照实说："今年二十七，吃二十八的饭了，这都二月份，到这儿马上两年。"

徐局长"噢"了几声。

又走了一段距离说："在这儿感觉怎么样！"

刘长江笑笑说："才开始来不太适应，后面慢慢也就好了。这里比较闭塞，刚好可以静下心看书思考人生。这里户与户之间离得特别远，集体经济又发展不起来，只能各顾各，不能成片发展。"

徐局长深深地吸了一口气说：“是啊！我从农村出来的我能感觉到，但是也不是每个人都能像我一样理解你说的这些话。乡上吃住咋样？”

“现在好多了，我前几届盖的乡政府大楼。”指指大楼的方向说，“离这儿不太远，您一会儿没事过去看看，现在灶上还有饭，我房间有空调，这冬天空调不管用，还得加个电炉子。”

“这比以前好多了，我去你们那乡政府还是好几年前，那个时候我还在下面当县长，那个楼！”也回头看了眼乡政府的方向，“盖的时候我还去看过，”笑笑继续说，“自那以后我就没再过去。”停顿着往上走，继续说，“忙完天不晚过去看看也好。”

这时徐局长的司机说起话来：“这几年去市上的人都说晶沟这边有变化，刘乡长的口碑也好。”

徐局长“嗯”了一声没有说话。

“那是外面抬举了，我一个人能改变多少，我包的碳沟村。”刚说到这儿，徐局长说：“那不是碳沟的。”指了指司机，司机对刘长江笑笑。

“你继续说！”

“我一个外来的乡长对具体情况也不是特别了解，没事也不窝在乡上，到村上四处转，这家看看那家问问，要说能给谁做一顿饭，也没有做过，就是上面有啥好的政策及时传递到村上，村上有困难户，能想到、办到的也只是做一点力所能及的事情，一些能致富的营生替他们想到。”然后叹了一口气说，“真是能办的也有限！”

几个人都没有说话，到了徐局长老院，大门紧锁。

“钥匙在那边墙洞上，你掏一下。”徐局长说。

刘长江准备过去，司机小跑两步走过去，从一块砖洞里取出钥匙，打开门。

一个多月没有回来，院子里落满了树叶。徐局长有些感慨，说：“你说有人住的时候还有人打扫，还像个家，一个月没人住，成了这样！”

刘长江和司机两个人找了扫帚打扫起来。徐局长看着他们，也并没有说其他话。院子不是特别大，两个人把能打扫到的地方都清扫干净，满身大汗。在屋檐下的一个老柜子里，司机取出来几个袋子，里面装着香、纸、蜡烛、鞭炮等祭祀用品，司机和刘长江提着袋子，扛着锄头、铁锹向徐局长母亲的墓地走去。

到墓地，刘长江和司机站在旁边，徐局长一家人烧纸，刘长江和司机用锄头和铁锹把坟修葺一番才回。

到家放好锄头、铁锹，司机锁好门，一行人离开院子，徐局长又扭过头看了好几眼，对他儿子说：“这个地方是你爸出生、长大的地方，你奶奶走了以后我们回来的就会越来越少！”眼睛不停地眨着，最后眯成一条缝。

徐局长的儿子一脸漠然，不停地催促着说：“爸，天都黑了，冷！”

几个人沿着小路走到方大夫医务室门前，方大夫喊：“晚上到我这儿吃饭？”

徐局长的爱人说：“老徐，天也黑了，路上还不好走，我们早些走，儿子也饿了！”

徐局长的儿子又催促着。徐局长笑了笑说：“以后来的机会越来越少，到乡上看看，还是盖的时候去看过，今天让刘乡长当向导，你儿子也学学。”两个人没有反对，沉默着不说话。

徐局长的车停在不远处，刘长江骑着摩托车，徐局长乘着车，几乎同时到乡政府院子。徐局长给刘长江讲着当时盖大楼的事情，当时为什么选在这里，怎么规划，怎么建的，刘长江带着大家来到自己房间，进门徐局长就赞赏道：“屋子收拾得干净整齐，八零后很少有像你这样的。”

刘长江说：“平时保持惯了！”

徐局长看到刘长江桌子上放的写了一半的文章，拿着看起来。徐局长的儿子有些好奇，这儿看看那儿瞅瞅。徐局长把那几页看完，又翻到首页，用手拍拍说：“这写得多好，上一次在全市青年干部培训班上的发言稿就有人说好，你这个是平时写的！”

刘长江嘿嘿一笑说：“徐局长过奖，我也就平时看看书，写写东西，排解一下自己的情绪，基层工作，重复烦琐得多，也就是看和写还能沉下心。”

徐局长把那几页草稿放下，转到旁边的文件柜，念道：“《平凡的世界》《呼啸山庄》《红岩》《拿破仑传》……这些都是好书，我以前也看过。”走了两步说，“《菜根谭》，这本书也好！年轻人没事了就要多看书，这样挺好，挺好……”这时徐局长已经走到刘长江的座椅旁，坐在刘长江的老板椅上，左右环顾了一圈，然后叹了口气说：“我想起我那个时候，镇上还有几户人家，稍微比这好一些。这里除了看书、看电视真没啥娱乐的地方。”

“是啊，这里看书就是最大的娱乐。”

徐局长看到旁边一沓草稿纸说：“这也是你写的？不涉及机密和个人隐私吧？”

“这都是我平时闲下来写的，没事，您看。”

徐局长拿起那一沓，随手翻了几页说："写得好，这文笔和思路，专业的笔杆子都比不上。"

刘长江不好意思地一笑说："也就是个业余爱好，写了这么多投出去，没有一个发表的。"自嘲完以后觉得不妥又笑了一下。

徐局长站起身来说："现在社会的整体氛围和你写的有出入。还是要多出去看看，思路再宽阔一些。"

徐局长的儿子自从进了乡政府就来回跑，现在在走廊上也不太老实，不停地喊着肚子饿，要回县城吃东西。

刘长江说："刚下来的时候我给旁边餐馆打电话，订好了地方，咱们晚上在那儿随便吃点，乡村的小馆，也有和县城不太一样的味道。"

徐局长走出房间抬头看看天空，说："不了，不了！走！司机开车快，一个多小时就到县城，在那儿吃点啥。"

刘长江继续挽留说："您来一趟也不容易，天黑了，小公子肚子也饿了，吃完饭再走。"

徐局长把手背在身后，说："下次，下次过来我们再过去吃，这次就不去了。"

刘长江应着。

徐局长在走廊向上看看，问："袁书记在你楼上还是楼下？"

"在我楼上。"

徐局长欲言又止，说："他在这儿待的时间也久了……"

刘长江"嗯"地点点头。走廊上殷所长和刘长江打了声招呼，他似乎习惯刘长江这里进进出出的人。

刘长江跟着车出了乡政府院子，挥挥手，看着尾灯消失在迷雾里。

等车走远，他觉得司机打电话告诉他徐局长的事，还不停地夸他，哪怕是一盒土特产也没准备，他给司机发了一串短信，表示了感谢，并且说后面单独请他吃饭。司机没有回复，刘长江也知道司机这会儿正在开车。

## 一百二十九

过年放假，刘长江把蔡老板那里冷冻的羊肉绑在摩托车货架上。经过联合社进营业室和富晶垚打了个招呼。富晶垚看到他进来先招呼问："刘乡长过来办点啥业务？”

“不办啥业务，放假回家，路过进来和你打声招呼，你过年咋办！”

“我们一年四季都一样，都要值班，我这次值好几天，后面能回去待五天。”

谭会计也凑过来说：“你们多好，一年啥节日都正常放假，我们一年四季都在社上，肯定不让我儿子进这个单位。”

刘长江笑了下说：“我们之间就像隔了这一道玻璃，你看着我能休假，我看着你的高工资，去年发洪水我可是连续两个多月没回过家。”

“就是，在这个地方上班都一样。”富晶垚说。

刘长江哈哈笑出声：“哎，你有啥要带的没有？我骑的摩托车。”

富晶垚还抱有一丝想法，让刘长江把今年的羊肉带回去，听到他说骑摩托车回去后说：“没啥要带的，你骑慢一些，多注意安全。”

谭会计也说：“这天冷，多注意安全！”

刘长江招招手说：“提前祝你们新年好。”出营业室戴上头盔骑着摩托车出发。经过太阳花村的时候，他驻足看村子，大部分村民家升起炊烟。他稍做停歇，又骑上摩托车出发，到伍行的指挥部，大门半掩，他推门进去，灶房外的水池旁边拴着一条大狼狗，见到陌生人汪汪地叫起来，里面出来一个人。

“伍行在不在？”

那个人指了指楼上伍行的卧室，然后冲大狼狗喊：“回窝里去！”大狼狗也配合地回狗棚。

刘长江上楼到伍行房间，敲敲门。“请进！”刘长江推门而入。

伍行见他过来，放下手中的图纸站起来说：“过来咋不打个电话，我好迎接一下你，过年工人都走完了，还从外面牵了一只大狼狗看院子。”

“我进门它就叫，以前也没有狗，啥时候多了这条狗！”

伍行把桌子上的图纸稍微叠了一下，放进柜子，说：“你坐，我把这儿收拾一下！”他把图纸下面的放大镜、几本工程书放到抽屉里，说，“今天回家又路过我这里？”

“是啊，过年回家，路过，看门半掩着，我想着依你的干劲肯定没回家，进来看看。”

伍行从柜子茶几下面拿出来几盒茶叶说：“喝哪一个？”

刘长江看了看伍行手里的几种茶说：“那边那个，没喝过，就那个吧。”

“那好，我这儿平时也没人来，这茶叶放了好久，开始的时候还能分辨哪个味道好，这么久不喝也忘记哪个好哪个次。”伍行那一套茶具上也落满了灰，他简单地用水冲洗了一下，开始用茶壶泡起来，泡好茶伍行说：“今天不着急回了，我们俩今天把这几种茶全喝一遍。”

“晚点回没关系，你也难得这么清闲，咱们俩好好聊聊。”刘长江看着伍行把茶泡好，端过来一小杯，两个人品着茶聊起来。

“过年这里留了几个人？”

“我，还有一个厨师三个工人，工人还要看场地，走之前从村民家拉来那条狼狗，就是你刚才进来时冲你叫的那只。”

“噢，那狗真凶。你们放几天假？”

“我们这边工人的流动比较大，大部分承包给劳务公司，你最开始来看到的那些人，已经走了一部分，嫌这边太艰苦，到哪儿干不了这体力活。”刘长江“噢”了一声，伍行继续说，“上边是工人宿舍，每年换的人也多，都是一个乡一个乡的一起过来，大部分在这儿干几个月也就走了，这地方山大沟深，留不住人。”

“留不住人？那是你们工资不高，工资高了那些人咋不愿意待在这里。”

伍行拿出一盒烟递给刘长江说：“我们这儿工资也是根据投资来算的，肯定比城市里扫大街的工资高，体力活谁都能干，要是工资高了那还要那些画图、构图的干啥。”刘长江哈哈一笑，伍行说，“你咋样，你们旱涝保丰收，啥也不用操心。”

刘长江这次苦笑说：“我们是旱涝，没有丰收，我说了我的工资是多少你都会吃惊。”

伍行随口说：“多少？”

刘长江摆摆手说：“不说也罢。”

伍行也没有多问，两个人抽着烟。

“过年不回家，家里面咋安排的？”刘长江问。

“我工作这么多年回家过年的次数两个手指头就数清楚，你嫂子也习惯，娃也习惯，我也就每年这几天才能闲下来，脑子还是停不下来，你看这一堆的图纸。”

“你说得也是，这么多年嫂子真不简单。”抽了口烟说，“去年洪水的影响过去没有？”

伍行没有直接回答，把两杯水续上说：“在哪儿都一样，我们这儿就是会遇到自然界的各种事情，本来就是改造它们，还能想着它能多顺着我们的想法来。毛爷爷说过‘高峡出平湖’，那后面有多少人付出，出过多少事情才出现的奇观。那出事的时候看重人还是看中机器，去年那次洪水来得有些突然，我们以前对这一带的水流也有测量，没想着雨太急，我们准备不充分，损失有点大。我要是强行让工人把那几辆车抢出来，那个时候用一小部分损失重赏能行的人，也不是不可能，但是万一有人出事了咋办？谁的后面不都有几张嘴等着，几双眼睛盼着。”说完把一根没抽完的烟拧在烟灰缸。

“你说得是，我要是那个时候也让人先走！”

伍行笑了一下说：“那次洪水以后我们对整体设计又做了修改，加了一组发电机，这里的水量还是比较丰富，地方选对了，就剩加油干。”

“这个地方等水库修好了既能防洪又能带动周边人做起水产养殖和农家乐，哪件事不是好事。”

伍行长叹了一声说：“我们这个行业你可能不太了解，我们是建设方，项目方已经把太阳花上村搬迁补偿款全部打到你们县财政户头，我们建好交给运营管理。”

“这样！”

伍行继续说：“后面怎么安排都是集团的事情，我到哪儿都一样！”

刘长江笑笑说：“就是，你又负责任，又有专业背景，在哪儿都一样，想想办法调到集团总部，或者离家近的地方。一个人东奔西走，虽说拿高工资年龄大了也不是个事！”

伍行眼睛迷离起来，说：“在外面漂泊十来年，也想安定下来，再看吧！”

……

两个人聊了半个多小时，又换了两种茶。刘长江邀请伍行过年和他一起回县城，伍行客气地拒绝，他告诉刘长江工地上还要防火防盗防事故，事情也多。

经过昶河镇街道，街边的小卖部都还开着，平时没什么人的一条街道变得熙熙攘攘，大家都忙着采购。

到自己家楼下，刘长江把羊肉提回家。付莹莹正在家里等着他，两个人已经商量好过年在刘长江父母家。

两个人简单收拾，骑着摩托车过去，天已经黑下来，路上还有急急忙忙赶路的人。刘长江骑得比较慢，在一处街角，他看到一个人影拐进巷子里的网吧，模样特别像刘天佑，由于骑着摩托车，他也是大致看了一眼，并没有细看。

进门，屋里烧着炭火炉，暖烘烘的，他把羊肉放厨房和父母一起围着火炉搓圆子，做面食。做到一半，刘长江随口说了句：“我刚才在街头巷子口看到一个人影拐进巷子里，特别像刘天佑！”

空气里安静了好几分钟，没有人说话。

刘父说：“天佑走的时候说过年在晓雅那边，怎么可能回来！”

刘母叹了口气说：“我这几天做梦梦见你弟又成了一个流浪汉，还被狗追得东躲西藏！今天你就说看到刘天佑，怎么会有这么巧的事情！”

付莹莹说：“现实和做梦都是相反的，说不定刘天佑现在在那边每天大鱼大肉地吃。”

刘母嘿嘿一笑说：“就是，梦和现实相反的！”

一家人继续做着过年的糕点，刘母搓着圆子突然站起来说：“还是要给天佑打个电话。”然后对刘长江说，“毛毛，你给你弟打个电话问一下他在那边咋样？”

刘长江点头说好，从餐桌上抽了张纸擦擦手，掏出手机打过去，第一次没有人接，他又拨过去，还是没有人接。刘长江对母亲说：“妈，你放心，天佑在那边好着呢！这一会儿可能忙没接电话，你就别操心了！”

刘母心不在焉地“哎”了一声，等把糕点做好，刘长江和付莹莹洗手看电视，刘母还是觉得不太对，拿起刘父的电话给刘天佑打过去，一连打了三个，刘天佑终于接电话。电话那头特别嘈杂，刘母下意识有些激动，问他在哪里，电话那头支支吾吾，刘母打开手机外音，电话那头明显有鹿鸣本地的口音喊着打游戏，喊着买东西，刘长江觉得情况也不太对。刘天佑应付着挂断电话。

刘母烦躁起来问：“你在哪儿看到你弟的身影？”

刘长江给刘母描述了一遍，刘母吼起来：“他自从到城里就在那几个网吧鬼混，天佑怎么了？他肯定是出事情了！”说着拉刘长江要去找。

两个人穿好衣服，刘母在前，刘长江跟在后面。顾不上路边小孩玩耍的烟火，也顾不得小商贩的吆喝，径直来到巷子里的网吧。网吧里坐满了人，烟雾缭绕，一撮一撮的小孩聚在一起，有人打游戏有人在后面指点，热闹非凡，好像外面过年和他们都没关系。两个人进网吧就分头找。

在一个靠窗户的角落，刘长江看到了刘天佑，胡子拉碴，蓬头垢面，至少一个星期没有洗漱换衣服，电脑旁边堆着一堆的烟盒和盘子，正聚精会神地玩着游戏。刘长江走过去拍了拍他，刘天佑没有抬头喊：“打团战呢，干啥！说！”

刘长江又拍拍他说：“天佑，你不是去晓雅那边，怎么在这里！”

刘天佑没有听清楚刘长江说的话扭头，看到是他哥，愣了一下，回过神继续打着游戏，把键盘和鼠标狠狠地摔了两下，又把耳机从耳朵上取下来重重地摔在键盘上，坐在那里点了一根烟不说话。

刘长江明白刘天佑到浙江那边出了状况，温和地笑了一笑说：“妈在那边，她一个人一个人找，眼睛不太好，我们过去找她，一起回家，没啥事接受不了，回家就行！”

刘天佑猛地咂了一口烟，一脸茫然地看看刘长江，眼眶深陷，眼睛里充满了血丝。

“过年回家就对了，走吧！”

刘天佑这才慢悠悠地站起来，仍然没有说话，两个人找到刘母，刘母一把抓住刘天佑的手说：“我这几天一直做梦梦见你，做的梦就不好，把我担心死了，你好就行，晓雅呢？她也没和你一起回来！”

刘天佑淡淡地说了两个字“分了！”准备走。刘母又准备问，刘长江接过话说：“先回家，别在这儿说。”

三个人一起回家，刘母重复着说回家就好，刘天佑一路都沉默。

回到家，刘天佑坐在沙发上一言不发，一家人围着他说什么他都不吭气。过了好一会儿，他爸觉得再说也没什么意义，给刘天佑倒了杯水，去厨房里忙活。刘父叹着气刚走，刘天佑的眼泪顺着鼻梁流下来，没有任何哭泣的声音，只有泪水，一家人不再说话，刘母唉声叹气。

又过了好一阵，刘天佑开始讲起来。元旦他和晓雅坐上火车，开始的目的地是浙江，但是两个人在南京就下了车，行李和订婚的四样东西跟着火车先到浙江。下车以后两个人吃着、玩着、逛着，一路到上海待了几天，然后才到浙江，回到浙江，晓雅的父母也挺高兴，热情地招待了刘天佑，也叫来了七大姑八大姨看他，大家都觉得刘天佑还不错。后面就和刘天佑提起结婚的事情，在刘天佑毫无心理准备的情况下晓雅的父母提出来让刘天佑入赘。入赘这件事高晓雅以前从来没向他提过，对于刘天佑入赘，高晓雅父母也说不会亏待他，家里的几间铺子会让他打理，几套房子随刘天佑选，出生的孩子要随高姓。刘天佑面对突如其来的要求憋了极大的委屈，对他一个堂堂正正的北方汉子来说，入赘这件事他从来没有想过。他认为自己父母都是老师，虽然说不上有多富贵，但都是本分传统的人，这对于他们家也是个极大的侮辱。听完高晓雅父母的那些话他并没有立马争起来，当晚睡觉的时候他用蹩脚的字写了一行“我会永远记得你……”。然后留够回鹿鸣的路费，趁着月黑风高，半夜时分去了火车站，天不亮坐了一趟车先到杭州，然后买车票回鹿鸣县，他在鹿鸣县已经待了九天，也没什么打算，只是觉得过年，不应该在外面漂着，应该回到这里。心里有说不出来的压抑和难过。

刘天佑平静地讲完这些，继续说：“我以前开大车，高速路上飞过来一块木板，削在我后脑勺，当时感觉自己快不行了，努力把车停好，同行的另一个司机查看我脑勺后面的皮被擦掉了一大块。在出海的时候，北方人第一次出海，差点把胆汁都吐出来。我从来没有觉得悲伤和绝望。在离开晓雅家的时候，我瘫软着双腿挪出来，整个世界都塌陷了！”

刘长江静静地听刘天佑讲着，他母亲不时插两句话说：“你咋不和我们商量？”“晓雅怎么没有给我们打电话！”这些话都没有打断刘天佑一口气把这一个多月的经历讲完。

等到刘天佑不再说话，刘长江端起水杯喝水，刘母不再唠叨，只听到厨房抽油烟机和炸东西的声音。

安静了好一阵，刘母说：“晓雅一家也不是个善茬，把我天佑骗过去当上门女婿，这是埋汰谁呢！好歹我们也是知识分子家庭，对天佑好、对我好都是假象！”

刘天佑大声说：“妈，你别说了！”

刘长江在旁边用手抵抵刘天佑说：“不要伤感了，结婚这事情要两相情愿，结婚的时候是两个人，后面也是两家人的事，你们俩认识多久？”

刘天佑停了一会儿说：“不到一年，半年多。”

刘长江没有再说话，给刘天佑剥了一个橘子递过去说：“我来这儿骑摩托车带你嫂子看着一个人影像你，没想到还真是你，回鹿鸣，到爸妈这儿来也行，去我那儿也行，你看你，在网吧待那么久！家永远是你最安实的地方，多大的事！南方人和北方人思想是有差异。晓雅！你认为好，大家也觉得好，可是你们俩缘分没到，想开一些。你现在胡子拉碴，几天也没有洗澡，明天都过年了，收拾一下，想想那几年那么艰难都过了，现在是个啥！去，收拾一下自己。”

刘母也起身说：“我给你找衣服换一下，把电热水器打开，一会儿洗个澡。”去了房间，嘴里还唠叨，“我一会儿把房间给你收拾一下，这几天在网吧咋睡觉？今天回家睡个安稳觉，妈给你在县城找个比她好的……”

吃饭的时候，刘天佑自己开了一瓶白酒，喝得有些多。

## 一百三十

晶沟今年过年比前几年热闹，回来的人多，人气自然就比较旺，也带动了乡里面的消费。年跟前蔡老板才给富晶垚买到一头羊，在蔡老板的说辞里，这只羊费了他好大劲，乡上有人想买他都没有卖，富晶垚连连感谢。

这只羊的一半他让班车托运给他人行的叔叔，另一半托运回家，做完这些，他心里有一种说不清楚的自豪感。托运的时候，赵芳霞和他聊起来，她们一年四季除了生病休息，其他时间都在路上跑车。

富晶垚了解到，徐馨璐正月初五就得回学校做毕业设计，这一年是她最关键的一年，让富晶垚多体谅一下。富晶垚不太理解上学怎么比上班还要忙，但他嘴倒也甜，说了几句安慰话。

年前办业务的人明显比以往多了很多，尤其是跨行卡取钱，每取一笔联合社都能收一笔手续费，他和谭会计闲聊，说起这块业务，谭会计翻出来去年的报表，一合计，这数字比去年多出来一倍，照这样计算，金融危机把大城市里的人赶回来，联合社成了其中的受益者之一。

年跟前，老饼子拄着拐杖进来，这一次明显比以前蹒跚很多，手里拄着一根塑料拐杖。当时营业室里面有两个黄毛小伙子拿着广州的银行卡取钱，老饼子身上的臭味明显刺激到两个归乡客，他们冲着老饼子吼道：“离我们远一些，你这个叫花子！”

另一个也喊：“滚远一些，我们办完你再过来！”

老饼子戒备性地把拐杖横在面前，往后退了几步。

两个年轻的黄毛小伙子取出来几张银行卡，里面多一点的一百多块钱，少一点的几十块钱，反正不论多少只要取出来联合社就会收手续费，都算富晶垚和谭会计两个人的任务，所以在两个黄毛说几毛钱不取，整块的都取出来后，富晶垚也没有嫌麻烦，把两个人卡里面的整数悉数取尽，最后两人拿着三百多块钱高兴地走了，走的时候还不忘远远地冲老饼子喊两句：“以后看到我们绕着走，你这个乞丐！”因为离得远，老饼子这一次只是淡淡地看了两个人一眼，嘴里面嘟囔着谁也听不懂的话。

两个人走出营业室，老饼子从口袋里掏出来几张存单从柜台暗洞里塞进来，并且快速说出他的要求：“把那一张取出来，我用，剩下的本金存起来，利息给我。”

“好的！”

富晶垚开始操作，在办理的时候富晶垚主动和老饼子攀谈起来，虽然他不抱有太多的期望：“你太有钱了，现在就吃着以前的利息，都够你好好享受的，干啥还要去讨饭？”

老饼子开始没有说话，嘴唇上下翕动，终于发出声音：“这才多少，不够，我还要活到一百岁，这点不到十年就用完了！”

“这么多还不够，我现在的工资一辈子也挣不到你这么多钱！”

老饼子又停了一会儿说：“现在不行了，今年人多！”

“人多和你有啥关系，你要你的钱，别人要别人的。”

这次老饼子做了好长时间停顿说：“我带你去看看！”

富晶垚狼狈地笑笑说：“不了，不了！”

把老饼子的业务办完，富晶垚从营业室里拿出来一副对联从玻璃缝隙塞出去喊：“给你的，你有钱了都存这里！”

老饼子接在手里转身离开说：“今年不行，人多！”等到老饼子出去了，富晶垚对谭会计说：“老饼子一张存单的利息比两个黄毛几张卡里面的钱都多，你看那黄毛还厉害得不行！”

谭会计嘿嘿一笑说：“生活质量不一样，你让那几个黄毛像老饼子一样乞讨挣钱，几个黄毛还认为丢人；你要让老饼子像几个黄毛一样去工厂打工，老饼子还觉得那不自由。这个社会就是这样！”

过年值班，偶尔有几个人过来办业务，大部分时间都闲着，在那个小环境里待得久了，富晶垚喜欢打开存折，看里面的数字，这也是在营业室里唯一能让他高兴起来的事情，那一串的数字能提精神，更让他畅想这么多钱能干什么。

一双好的球鞋？用了大半年有些鸡肋的手机？晶沟这个地方还能吃什么？小卖部里面还能买什么？……都已经没什么新意。再想想当初停放在大门外的那辆路虎，差距还有些大。经过不停地查看账户余额，他坚信再攒几年钱就能买得起。

过年值班期间，只有段主任带他去过一户农家吃过一次饭，其他时间都在老蔡那儿吃，老蔡的两个女儿也回来，吃饭的时候他还能和那两个女孩叨叨嘴，这也缓解了他的寂寞。蔡老板在两个女儿面前尽是笑容，大女婿没有太多的话，看着电视，大女儿的脾气有些像蔡老板的老婆，指挥老公扫地、洗碗，二女儿比较活泼，如果不是了解得多，还以为她没结婚，整天围着蔡老板转。

这里的日子单调，只有沉浸其中的人才知道他的乐趣。

正月初四是富晶垚值班的最后一天，中午过后他就给景泽录打电话催他过来接班。第一次打过去，景泽录在电话那头醉醺醺地说："咋了嘛！又想你那女人着急回？"富晶垚把电话拿过来看看名字，也没有打错，很客气地说："我今天最后一天值班，你记得早点来接班！"

"我，我知道了……"挂断了电话。

富晶垚心里还带有期望景泽录能在下午班车来之前接班，他还给赵芳霞打了个电话，问了时间。赵芳霞非常善解人意地问他是不是也要回家，他们可以把车开慢一些，在联合社等他一会儿，这让富晶垚感到无比荣耀。

下午，到和赵芳霞约定的时间，景泽录依然没见踪影，富晶垚把电话打过去，景泽录不耐烦地说："快到了！"

整个社里面就他一个人。他也不敢把他那摊子事情撂下，坐班车走人。但是徐馨璐告诉他如果五号早晨赶不回县城，她就要走了。

这个下午，对富晶垚来说就像活鱼在铁板上煎，在营业室里来回蹦跳着骂人，不时出院子张望，敲景泽录房门，打景泽录手机。

营业室门前传来轰隆隆的班车声，赵芳霞进营业室问他是否准备妥当，等他半个小时没问题，这让富晶垚感激地流下眼泪，他不停地给景泽录打电话，景泽录还是那句话："我快到了，十分钟。"

终于，富晶垚忍不住在电话里吼起来："十分钟我就走了啊！"

他也就那样说说，还真不敢什么都不交接，自个儿坐班车离开。车停在营业室门口，他能从车窗里看到班车里坐满了人。他和赵芳霞在营业室里聊起来。先聊了过年，又聊了家里的情况，大部分都是赵芳霞在说，富晶垚的心里只想着景泽录能早点回营业室。

景泽录现在在哪儿？能不能过来？什么时间过来？对富晶垚来说啥都不知道。

不知不觉等了半个多小时，班车里面的人进营业室催赵芳霞，赵芳霞客气地说："我转点账马上就好。"

仍然没见景泽录的踪影。

富晶垚抱着一丝希望给景泽录打电话，说徐馨璐明天就走了，景泽录在电话那头不紧不慢地说："这么着急抱你的女人去，快了，一会儿就到！"富晶垚也耗尽了他的耐心骂了几句脏话，喊起来："你都说了那么多快了，你究竟在哪儿？五分钟能不能到？"

景泽录还是不紧不慢地说："五六分钟就到……"

"那就再等五六分钟！不然我真走了！"富晶垚给赵芳霞说五六分钟，赵芳霞眼睛瞟向班车说："半个小时都等了不在乎五六分钟。"两个人隔着玻璃没再说话。

场面脆弱的像冰花，都把希望寄托在景泽录能在五六分钟之内到营业室。

又等了几分钟，班车上的乘客过来催促，带着吼声喊："你还得办多久业务，都已经办了四十多分钟了还没办完！大过年坐你的班车回县城不都有事吗？"

"好好，你们上车我马上就来！"

"我在这儿看你办啥！"乘客说。

赵芳霞又说了几句好话，那个人才上车，打发走那个人，赵芳霞对富晶垚说："不好意思，我等着都无所谓，车上那些人你也看到了……"

富晶垚连连道歉，他始终没有说让赵芳霞先走，他还寄希望于赵芳霞的等待，景泽录的到来。

赵芳霞面对着他转身出了营业室，出门的时候说："以后有啥打电话。"

富晶垚眼睛里充满了眼泪，嗯嗯地点头，听到班车启动的声音，他彻底崩溃了，心里有无限的怨气，但是他又不知道怨谁，怨景泽录！还是怨徐馨璐只待到正月初五！还是怨赵芳霞不再等待！还是怨他在这个地方上班！

他拿起电话打给景泽录，还没等富晶垚说话，电话那头说："快了，快了，五分钟。"富晶垚愤怒地把电话摔在地上，他彻底地歇斯底里，"啊"地叫了一声。

这时外面传来开门停摩托车的声音，景泽录在窗户外说："我摩托车都当成飞机，还好过来我没有摔跤，不然你要负责任。"

富晶垚被景泽录先发制人的话说得哑口无言。

景泽录继续说："你等谁接你还是等班车？"

"班车走了十来分钟你才来！"

景泽录笑笑说："走就走呗，明天回也一样！"

"徐馨璐明天早晨就要回学校！"

景泽录有些不屑，说：“你和你那个对象都住一块，你还有啥多想的！”带有奸邪笑起来，上楼不忘哼着小曲。

富晶垚站在那儿愣了好一会儿，又把摔在地上的手机捡起来，手机屏幕已经破碎，他又心疼起手机。

景泽录到楼上洗漱完，来到营业室，富晶垚这才看到景泽录的脸因为喝酒黑中带红，浑身酒味，还带有女人身上的劣质香水味。他把所有的现金和重要空白凭证都和景泽录交接完，语气中颐指气使，景泽录时而大声时而轻声把各方面拿捏得非常到位，始终没有正面争吵。

交接完，他出营业室给徐馨璐打电话，他心里一直担心碎屏的手机还能不能用，拨通号码，各方面还都正常，通了十几分钟电话，徐馨璐安慰他好一阵。

再次来到院子里，他心里仍然憋着一股气要发泄，转了一圈没发泄口，到柴棚劈起柴，劈了一大堆柴火才缓过来，这次劈柴特别顺，所有的原木在他斧头挨着的那一刻被劈成两半。劈着劈着他才意识到，他的假期是从明天开始，景泽录提前来给他接班，而且他应该安慰徐馨璐，而不是让徐馨璐安慰他。

劈完柴浑身冒汗，他站在台阶上发愣，景泽录也把营业室收拾妥当，出院子看到他说：“你这几天在哪儿吃饭？”

富晶垚要睬不睬地说：“老蔡那儿！”

“每年都在老蔡那儿，你们都是让他两个闺女迷住了吧，晚上我带你去个好地方！”

富晶垚还是爱理不理，说：“你能带我去啥好地方！好吃的还是好玩的！”

“都有，都有！”

“是不是就像你说十分钟到单位一样？说是啥都有，其实啥都没有。”

景泽录用手指指他说：“你看你这娃说的啥话，反正你晚上也回不去了，去不去随你便。”又哼着小曲晃悠悠回房间。

晚上还得吃饭，老蔡那儿虽然好，景泽录说的也不失为一个选择。在这儿待了一年，他对景泽录的生活也越来越好奇。单调和枯燥的时候对徐馨璐的幻想占据着他的整个脑海。对于景泽录给他说的和村里的小媳妇，和那些风尘女子之间的瓜葛，他既好奇又有些不屑，更多的是心里那些用道德感压抑下来的本能冲动。

景泽录回房间前，掀开门帘，回头对站在台阶上发呆的他说：“我收拾一下就叫你！”富晶垚装作不太情愿地说：“嗯！”

约莫十分钟，景泽录漱着口出来，发出咕噜噜的声音，富晶垚还是在台阶上来回打转。他不清楚这十几分钟为什么不回房间，是害怕景泽录一个人出去不带他，站在这里等景泽录走过看到他，还是害怕一个人密闭在房间里空洞无聊，需要在外面呼吸新鲜空气。

景泽录继续咕噜噜地漱着口从二楼下来，到菜地旁边把水吐掉，对他说：“这次你不准掉链子啊！这次要是再掉链子以后再也不带你去哪儿了！”

富晶垚心里咚咚地响，他既想拒绝又期待着那个有好吃又有好玩的地方，如果坚决说不，景泽录会不会依着他不带他去，如果说去，会不会以后成为景泽录说他的笑柄，就像说他掉链子一样。

富晶垚轻声问了句：“你说的那儿有好吃的！大过年可别忽悠我。”

“肯定有吃的！”景泽录又说，“你没啥收拾的吧！”

“没，没啥！”犹豫和窥探的心占据了他的理智。

景泽录骑上摩托车，富晶垚木讷地站在那儿，有些犹豫，景泽录喊他把门打开，他装作不耐烦地打开大门，站在旁边。景泽录出来后让他把门关上，富晶垚照做。

锁好门富晶垚说：“院子里一个人都没有，要是出啥事情咋办！”

“你把手续都交给我了，有啥事情我负责任，不要你担责，走吧！”不停地对他做手势。

富晶垚显出不情愿的样子跨上摩托车后座。景泽录骑摩托车一会儿快一会儿慢，捉摸不透，富晶垚两只手牢牢抓住后面货架。

风从耳边吹过，他尽量把头贴在景泽录的后背。

景泽录说下车的时候他才四处看，这不就是矿上的生活区，他已经很久没来过这里。富晶垚刚下车，景泽录一个后跷腿也下了车，抽摩托车钥匙。带着他走进一个低矮的简易屋棚说：“哎！我来了，你们人呢？”

一个女人喊：“你来就来，让谁出去招呼你！”

景泽录哈哈笑了一下，对富晶垚说：“晚上在这儿管你吃，管你玩！”富晶垚心里忐忑地像揣着拨浪鼓，这太像省城火车站周围的小旅店。他记得有一次他和同学路过，一个老女人过来拉其中一个。

景泽录掀开门帘，喊他先进，富晶垚喘着粗气进屋，里面的条件特别差，两张床，中间一个帘子隔着，屋里亮着一盏灯，有些昏暗。一个女人走近景泽录在景泽录的裤兜里摸了一下，在富晶垚看来更像是在命根子上摸了一把，然后说："呦，过年了吃得好，鼓起来！"

景泽录嘿嘿一笑说："就你啥都知道，啥都会，另外那个呢！"

一个女人在里屋喊道："就知道你来，咋了，还想两个都要！"

"我带了一个过来，一会儿给我们炒俩菜！"

富晶垚更有些惶恐地对景泽录说："景叔叔，你这带我到啥地方？"

一个女人有些生气，说："咋了！还没提裤子就开始嫌弃了，老景，你带的啥人过来！"

"我这小兄弟说得也对啊，这是啥地方，到这儿的都是啥人！"放肆地笑起来。

那个女人在景泽录肩膀上捶了几下说："你就是个死东西，我可给你说啊，过年吃饭可以，其他的你就别想了，还想这个时候占便宜，美死你，你那个小兄弟哪儿的？"

"你问得多，我带过来的还咋了！"

里面那个女人说："你都不带东西过来，让我给你做啥，这大过年还想着你带我们吃个好吃的，你却到这儿混吃！"

景泽录有些犹豫，停了好一会儿说："好嘛！过年嘛，还不吃个好的！小富，你带钱没有，买点菜去。"

富晶垚有些不想接话，说："我，我没带钱啊！"

景泽录摆摆手说："去！去！去！你不带钱，换了那么多新钱，一张就够了！"

富晶垚捂着口袋说："没！没带！"

景泽录把手摆摆说："你先拿一百块钱出来，算我借你的，看你那小气样！"

"那算你借我的啊，我只有一百。"从口袋里摸索了半天，掏出来一张，景泽录从他手上拽过去。外面的那个女人说："两个大男人为了一百块钱争半天，还是不是男人！"

"小富，听到了吧，都说你不是男人！"

富晶垚憋红了脸说："还说你了，别只说我。"

景泽录把大腿一拍说："我是男人，他们俩都知道，你是不是就不知道了。"说完三个人都笑起来，只有富晶垚憋着笑不出来。

外面那个女人说："你又把一个小伙子教坏了，还整天劝我们在矿上看个人嫁了，嫁了你咋办？"

“啥，你说我咋办，咋办你不知道！”里面那个女人又说：“人家×××是村村都有丈母娘，你有个屁！”

景泽录把钱递给外面那个女人说：“给你们钱，你做的那个鱼好吃，给我们做一条。”然后又说，“这话你说错了，他！我太了解。”然后笑笑。

那个女人接过钱说：“好，过年怎么能不做点好吃的。”

景泽录坐在发黑的沙发上对富晶垚说：“这儿既有吃的，还能找乐子。十里八乡找不到第二处。”

富晶垚没有搭话，既有警觉又有好奇，里屋烤火的那个女人起身去做菜。景泽录让富晶垚也坐下看电视，大头彩电里放着娱乐节目，景泽录坐下以后找到遥控器，换了一个频道。外面只剩他们两个人，景泽录不时地摸嘴，说：“这是一个川妹子，鱼做得真不错！一会儿你吃了就知道。”

景泽录继续看电视，富晶垚四处张望屋里的环境，情况真不好，灯光暗不说，到处都脏兮兮的，在富晶垚看来屁股下面的沙发都是从垃圾堆里面捡回来的。屋里还冷得受不住。

半个多小时，里面端出来四个菜，让富晶垚吃惊的是竟然还有一个矮胖、短头发，分不出性别的人跟着出来，也就是房间里除了这两个女人，还有一个人，她一直在那里待着没有说过一句话，那个人年纪比较大，除了矮还有些圆。

富晶垚吃起饭来有些别扭，总觉得哪儿都不合自己口味，但是天又冷又有些饿，勉强把一碗米饭吃完。

吃饭的交谈中，富晶垚了解到这三个人来自同一个地方，在这儿的时间也不太久，提起花花两个人都认识，但是都没有说太多。两个人家里都不怎么好，那个短发的女人是个聋哑人，平时就给她们做饭，也是两个人养着，两个女人都是因为家里各有各的情况才到这里来，一个三十多岁，一个四十多岁，脸上擦的粉底加上昏暗的灯光看不出年龄，身上也有一股味道，但不像花花那样重，来这里以后就没怎么出去，过年也没有回。但是一个女人说了几遍：“过年谁不想回家？回得去吗！”

吃完饭，那个短发女人把盘子都收拾起来，四个人坐在沙发上看电视，景泽录和其中一个女人你掏掏我，拉着女人到里面那张床上，把两边的帘子拉上。

富晶垚面红耳赤心跳加快，另外一个女人说：“嘿！小伙子，那边还有一张床！”他没有搭理。

这种氛围下他觉得自己像剥光了让别人看，扭捏极了。

富晶垚实在听不下去起身快步出门，那个女人喊：“没见过世面……”

出门走了好一段路，他的心逐渐平静下来，这个时候他才感到裤子里面也湿了好多。心里不停地喊着：“我的徐馨璐，我的徐馨璐……”

景泽录再给他打电话的时候已经过了二十多分钟，略带责备地说：“你干啥去了？又掉链子！以后干啥都不带你！”

富晶垚也冷冷地说：“你以后不用带我了，我已经下山！”

“这里可有野狗和野狼，乱跑小心把你拖走！”

“拖走就拖走，你带的啥地方！”挂断电话。

景泽录又把电话打过来，富晶垚没有接，一个人小跑着从矿区下山。

天上只有一轮缝隙那么窄的月亮，周围黑漆漆的，只能通过感觉分辨哪里是路。他觉得自己特别恶心，更对不起徐馨璐。他第一次开始讨厌自己，恨不得现在就换一身衣服。

一路上他精神极度紧张，紧张到能感到每一根头发和汗毛都竖起来。

下山，过了简易桥他也没有减慢速度，四周黑漆漆的，沿着那条微微泛白的小路奔跑，没有狗叫声。偶尔冒出来一声鸟叫都让他全身紧张。

直到看到那棵核桃树，他才放慢脚步，这个时候他才有感觉，心跳加速到把手放在胸前都能感受到波浪般的起伏，浑身的衣服已经湿透，走过蔡老板的饭店，他看到蔡老板一家人围坐在大堂的火炉旁打扑克牌。他匆匆走过，生怕被人发现。经过联合社门前的马路，他看到段主任的房间亮着灯，他心里一惊，走了几步才反应过来现在应该是景泽录值班，心里才稍微放轻松。

他轻轻地把门推开，那个笨重的铁大门还是发出了咯噔一声，他又把门关好，蹑手蹑脚地上楼，院子上的台阶一个掀门帘的影子，“谁？”

“我。”

“小富啊，你景叔叔接你班，他人呢？下午交接完没赶上车？这大过年的院子里一个人都没有，出了啥事是你的责任还是你景叔叔的责任？两个人没有一个人把心思放在社上。你景叔叔都是老油条，啥都不怕，你还年轻，你可不一样！”

富晶垚结巴着说：“我也就刚出去了一小会儿，马上就回来了。”

“我可到了有半个多小时，给你们说多少次社上要留一个人。”

“好好，我知道，以后不会了！”

段主任开启了唠叨模式：“你知道整个陕西这种事出了多少次……”

富晶垚站在门口不敢进屋，看着段主任一边说一边挪动着他的小碎步，一直到他房门口。从具体的事情讲到管主任在的时候怎么做，整整一个多小时。两个人越靠越近。

冰冷冰冷的天，富晶垚的衣服已经湿透，冻得直打哆嗦。段主任说累了回房喝水的时候富晶垚趁机开门进房间，刚把衣服脱下来换上秋衣，段主任端着茶杯进来，没有看他，继续说："小富，社上的东西虽说都是公家的，每个人都在用……"

富晶垚嗯着，把衣服换好，段主任还是没有停，在灯光下能看到满脸通红，段主任今天又喝到位了。富晶垚紧着段主任唠叨，自己烧水，泡了杯茶，然后端着茶杯站在他跟前，脸上堆着笑听他讲。他在想第二天怎么回县城。

早晨起床到院子，景泽录的摩托车停在车棚，富晶垚的气不打一处来，走到柴棚劈起柴，噼里啪啦声音特别大。劈柴累了去蔡老板那里吃饭，再回院子里景泽录和段主任刚起床。

景泽录看到他像没事一样说："吃过了！"

富晶垚"嗯"了一声从他身边走过。

中午他给赵芳霞打电话问班车什么时间到，赵芳霞告诉他最快也要下午三点。

整个早晨，他对景泽录都气鼓鼓的，没事一个人窝在房间里看电视，即使下楼经过营业室，也把脸扭向旁边。

中午他没有等其他人，独自到蔡老板那里吃饭，吃完饭背着包坐在蔡老板的门口等车来，蔡老板的两个女儿和他聊天他也心不在焉。他焦急得不时站起来四处张望。他给赵芳霞打了几个电话，车终于到了蔡老板门口。

车厢里坐满了人，赵芳霞给他找了一个小板凳让他坐在过道上，刚坐稳他就给徐馨璐发了个信息，说他已经上车。徐馨璐回复他自己也刚上车，富晶垚当时想大吼一声，还是憋着没有发作。

车摇摇晃晃，他把背包放在腿上，蜷缩在车厢里，有些想哭，又想起景泽录，心里一股悲愤袭来。车越来越挤，过昶河没多远，眼泪还是没有忍住顺着鼻梁就下来了，没有哭泣声，只有眼泪。

赵芳霞过来卖票的时候看到他那样，问他是不是晕车，他抬头勉强笑笑。赵芳霞冲他笑了笑从口袋里摸出几颗薄荷糖，他摇头没有接，赵芳霞又往前伸过去，他才接过来，剥了一颗放在嘴里。

车到站，他就急忙下车，在车站里转了几圈，也没有看到去西安的班车。

这个时候的车站显得尤为冷清，一两个赶路人也都急匆匆。

他背着包出车站，没有急着回家，一个人步行到徐馨璐家附近，大口地呼吸，在那里发了好一会儿神才回家。

## 一百三十一

初六早晨，富晶垚把几个同学送到车站。

接近十一点，他看到刘长江给他打电话，他迅速接通，刘长江问他值班回来没有，邀请他中午去家里吃饭，富晶垚有些激动，想想在家单调无聊的样子，一口答应。

送完同学，他打了个出租车到刘长江家。就像在晶沟见面一样，他兴冲冲地敲门，一个女人把门打开，他没有换拖鞋，径直走向客厅。刚走两步，刚才开门的那个女人从旁边的鞋柜里取出一双棉拖放在地板上说："你就穿这双鞋吧！"

他又退回去连连说："不好意思，忘换拖鞋！"

女人说："没事，没事！"

在他下意识里，回家从来都是穿着鞋子在家里活动，从来没有换过拖鞋。换鞋的时候他看了一眼客厅，沙发上坐着几个人，年龄相仿，富晶垚换好鞋走过去冲他们打了声招呼，有人冲他点点头，在座的人他一个都不认识，他也没看到刘长江。刚坐下，有人给他递水果。

坐下之后他打量着整个房间，虽然他对将来的小家没什么概念，更没有规划，看到刘长江家里面的摆设特别温馨。房间的一半是客厅一半是餐厅，一扇推拉门隔着厨房和餐厅，客厅比餐厅大很多，沙发贴着墙占了很大一部分空间，沙发前面放着茶几，相对放着一个电视柜，正中间放着一台液晶电视，两边有两束鲜花，电视柜正上方的两边是两个镶在墙上的透明收纳柜，一个摆放了一些工艺品，一个摆满了书，整个家收拾得非常干净整洁，就像刘长江在晶沟的办公室一样。

富晶垚环顾了好几遍，打心里觉得这样的家真好，至于怎么好他也说不清楚，只是由衷羡慕罢了。

从厨房玻璃推拉门能看到里面有人，富晶垚起身去厨房，他瞥见餐厅一角堆起来还没有来得及收的礼品。推开门看到刘长江和付莹莹正在炒菜。付莹莹的照片他在刘长江的办公桌上看到过。刘长江见他推开门，客气地说：“我在厨房炒菜，你随便坐，今天刚好都有空，我就想着把你也叫上，都是同学、同事，你就像在晶沟那样，不要拘谨。”

付莹莹也说：“听长江提起过你，你们俩前后到晶沟工作，你第一次办的业务还是他的工资卡，你们俩没事还有个照应。”

富晶垚有些不好意思，说：“我在晶沟受刘乡长管，对我们也很照顾。”

刘长江翻炒着菜说：“这说的哪里的话，咱们都是邻居，我有事不就到你那儿去了。厨房油烟大，你到客厅坐，桌子上有水果，自己拿。”

“好，你们忙。”富晶垚拉上推拉门。

看到厨房里两个人忙碌的样子，富晶垚心里更加羡慕。他想象自己以后会不会像刘长江那样和徐馨璐有自己的房子，和她一起在厨房里做饭，宴请亲友。

走到客厅他又觉得过来是不是少了点什么，回到原来的地方坐下，其他几个人在一起聊天，忽视他。他越坐越觉得心虚，看看地上堆的几堆东西才木然地反应过来，过年到朋友家竟然什么也没有带，他细数完地上的东西起身说：“我出去一下。”

出院子有个不远的小卖部，他按照刚才地上堆的东西买了几样提着回去，进屋把礼品放下，坐在沙发上，看着电视听着那几个人闲聊。

坐了一会儿，一位男士问：“您贵姓？”从茶几上拿起一盒烟，抽出来一根递给他。

富晶垚摆摆手说：“我不抽烟。”

沙发上一个女的说：“抽烟到阳台上抽，还借着认识人抽烟！”有两个也跟着附和，那个男人笑着把烟又装进烟盒。然后问：“你在哪儿上班？”

“联合社上班。”

“在县城吗？那可是好单位，你咋进的！”

“没在县城，在晶沟，社会招聘，考进去的。”

“噢，你和刘乡长是在那儿认识的？”

“嗯，我办的第一笔业务就是刘乡长的业务，我们两个单位在隔壁，平时没事经常去他那儿。”

“自己考试就能考进去？那我也考进去得了！”

旁边一位女士也有些好奇地说：“你从哪里知道有这个考试？”

富晶垚被问得不知如何回答，嘿嘿一笑说：“我学的刚好就是这个专业，考起来相对容易些吧！反正那些题目在学校里也学过。”

其中一个人问:“你哪个学校毕业的？学的啥专业？”

“北方大学，经济管理专业！”

“嘿，那不是和刘长江的大学是隔壁吗！你们俩在学校认识吗？”

“我和刘长江隔着四个年级，我上初中他上高中，我上高中他上大学，我大学毕业他已经工作好几年，我们俩就是工作时凑巧认识。”

“就是凑巧？”

……

那个人仍然不死心，问:“你咋报的名？”

富晶垚疲于应付那几个人的问题。

觉得他跟不上这些人的思想节奏，甚至觉得自己可能不太合群。

吃饭的时候他从刘长江那里了解到有两对是两口子，还有几个女孩是付莹莹的同事。

饭桌上富晶垚讲起晶沟的环境有多恶劣，几个人很难理解现在的社会，同一个鹿鸣县城，还有刮风断电、下雨断路的地方。

刘长江拿出酒喝起来，看着付莹莹对刘长江关怀有加，富晶垚觉得喝的酒里面满是相思，徐馨璐的点点滴滴都浮现在他的脑海里。

下午结束得比较早。明天新年第一天上班，刘长江下午就得回晶沟。

这次做客，富晶垚第一次对未来的家有了概念，有了自己的想象和期盼，刘长江和付莹莹在厨房忙碌，吃饭时两个人细微的默契，最让他印象深刻。

后面几天即使走亲戚，他脑海里都浮现的是徐馨璐。他觉得不是过年，过的是思念。

鹿鸣县城也不大，过年期间他周围几个和他差不多大的邻居也从外面回来。在他父母的嘴里和眼里，他还是很不错的，这一年攒了好几万块钱，还置办了一些家用电器，给父母买了过年的新衣服。这让他在琪琪那里和待在晶沟的失落感找到些许的慰藉，像琪琪那样在外面挣大钱的毕竟是少数。

这一年，由于美国的次贷危机波及国内，他同学当中那些在外打工的人，确实没几个人挣到钱。

## 一百三十二

开年以后对于刘长江来说就是会多，乡里先开了几天的会，又到县上开会。到县上开会的时候刘长江到刘主任的办公室坐了好久，刘主任说每年两会过后是人事变动的高峰期，还附带说他也快到站了，从教师转行到县政府那年，他把年龄改小了一岁。按照原来的档案，他今年退休，如果按照他自己申报的年龄来算，他还能再干一年，不过这个不影响他对书记提这件事。两个人最后聊到了琪琪，琪琪过年的时候回家待了几天，好像有天大的事情，正月初五没到就走了。刘主任说这个娃越来越叛逆，不知道一天在忙啥。

“村村通”工程修好以后，条条水泥路都能通到乡政府。刘长江在下乡的时候经常见到一些年龄大的陌生人。问了龚自立才知道，这些人都是受金融危机影响，在城市里打了很多年工，没有稳定的工作和居所，年前回乡，看到通村路修好以后就不愿意再出去打工，寻摸着在家里做点事情。

正月十五过后已经到了阳历三月份，春草露出了嫩芽，农村也到了春耕、春种的时候。这段时间，刘长江下乡遇见好多三轮车，大部分都是新车，这些车跑得飞快，很多时候是空车。他平时骑摩托车就特别警觉，遇见这种车都会稍微停一下，等车过去再走。

有一次刘长江带着几个农业专家下乡做技术指导，乘坐的是县农业局派下来的一辆七座商务车。在一段一边是山、一边是堤坝的地方和三轮车相遇，按照“村村通”设计的标准来说，两辆轿车会面应该能正常通行，但是这一次两辆车都被卡住，谁也过不去。三轮车车主下车查看，司机小刘没有下车在车上指挥三轮车司机后退，三轮车司机想让小刘后退，两个人说了两句，小刘情绪激动地下车和三轮车司机协商，互不相让吵起来，眼看越吵越凶，刘长江下车劝和，看着能不能两辆车都往路边挪一点，让一辆车先行，三轮车的车斗经过改装增大了几个尺寸，试了几次，即使把双方后视镜都合起来，擦着路沿还差十几厘米，怎么都无法通过。

刘长江和三轮车司机说：“现在这地方你不让我，我不让你，谁也走不了，你看这路势，我是下坡，倒车比较麻烦，你是上坡，往后退比较容易，你让让，我们先过去。”

三轮车司机梗着脖子说：“我不着急，你不退，我就等着！”

小刘过来拍拍商务车的前车厢说：“这是你们刘乡长，你还想不想在乡上混了！还不退，胆子也忒大了吧！”

刘长江拦也没拦住小刘这话，这下把三轮车司机激怒了，扯着嗓子吼起来：“他还好意思说他是刘乡长！”用手指着刘长江说，“就要让他走走这种路，修的是啥路，有啥脸说他是乡长。要是别人，给我说说好话我就退了，是他我就不退。”

几个专家也下车，看到这种情况对三轮车司机说：“你看现在大家都堵着，吵架又解决不了啥问题，你说让刘乡长试试这条路，这路又不是刘乡长修的。现在要么你退，要么我们退。”

三轮车司机更激动，一只手叉腰一只手指着几个专家，说：“我后退？我就一个司机，看他能把我咋的！你来，来，看把我咋的！”

小刘捋起袖子要往前冲。

三轮车司机拿起三轮车凳子旁的摇把指着小刘和刘长江喊：“你来，你过来，看我不砸烂你的脑袋！”

“你还敢打人，看我不弄死你。”小刘喊着往前冲。

刘长江和几个专家使劲拉着小刘，小刘还骂着三轮车司机，说：“你他娘的也就只配开个三轮车，啥德行，今天我还就不走了……”

刘长江心里也有些生气，说不清楚气在哪里，上不堵，下不堵，就堵在这刚拐过弯的半山腰，几个人把小刘拉上商务车，让他别再和三轮车司机吵架。

三轮车司机一个人特别激动，一手拿着摇把，一手把还在车外的刘长江抓住说：“我是一个乡下的粗人，就会种个地，开个三轮车，你看这条路，只要是对面来车咋过？这个地方开始修的时候就有好多人说偷工减料，你量一下尺寸，路能修成这样，简直羞先人，让我这个三轮车司机修都不至于修成这样。你看这再宽出来二十厘米就美美的，还有这路面硬化，我没见过猪头肉还没见过猪走路！你过来看这横面。”说着拉刘长江到路边，指着外露的横截面说，“这横截面有十五厘米没有！你们都有标准吧，这么薄的路面，承重是多少？乡下人做的都是重活，就这路面用不了多久就被压得稀巴烂，说是给群众办好事，上面给的政策，给的资金，让你们这些人把经念歪了。”三轮车司机站起来，气得有些发抖说，“你们这些乡上的领导，就会整天坐在办公室！你们知道下面的啥？”

刘长江连连说：“是，这确实不对，有标准，他们肯定没有按照标准和要求来。”

三轮车司机仍然不肯罢休，说：“我一年种点地，家里面还有余粮，只是够吃，家里其他的费用就靠这三轮车挣点钱，你们那司机多厉害，不让我在晶沟这个地方待了，你让他试试……”

刘长江轻轻拍拍三轮车司机的肩膀说：“你消消气，我们今天拉几个农业方面的专家到村里讲课，咱们都是碰巧在这儿遇见了嘛！你说我没下过乡，我包的碳沟，我可是经常下乡，你们那个龚支书和余村主任，我都熟，你好像不是那个村的吧！”

三轮车司机把脖子又梗了一下说：“你还想打听我是哪个村的要整我吗？我一没有低保，二没有五保，三不靠你们乡上救急，只是去年发了那一点退耕还林款，这可是中央发下来，你还想咋！”

刘长江赔笑说：“这话你就多想了，你都说了我能把你咋了，我把你咋不了吗！你不退就罢了，我今天听你说这么多，确实觉得这条路修得有问题，我平时都骑摩托车下乡，路修好以后还是第一次开车过来，我骑摩托车也怕你们这些三轮车，跑得飞快，每次对面来车，我都得把车停在路边。你说的这标准我回去问问，我把车退到后面，你先过好吧。”

三轮车司机显然有些意外，更有些愣住了，气馁地说：“刚才那几个人说得也是，路不是你修的，我气也是气修路的人，还有你们那司机，咋说的话！”

刘长江仍然赔笑说：“好！好！我知道。”摆摆手，他也知道问题和情况，再纠缠下去也没有太多的必要。从小刘那里要来车钥匙，让几个人都下车，他驾着空车，倒到拐弯处贴着山放，短短几十米憋出一身的汗，停稳后按了几声喇叭，喊：“好了，你先过。”招招手，三轮车司机开车从他旁边经过，按了几声喇叭。

后面全部由刘长江开车，他留意到通村公路的整个情况，好多地方就缺那十几厘米，两辆车迎面驶来，就得有一辆车退到宽阔的地方，极为不便。

载着这些专家技术员到了村部，种植户和养殖户已经在教学点等着。讲完课，如果有人有问题，专家也会跟着农户到家里现场指导。刘长江在这个过程中也了解到村民的一些需求，需要乡政府和县上哪些部门协助，他都一一记下来。

在千坪村讲解的时候，几个经常下乡收干货的小贩给刘长江倒苦水，他们平时都是开着小三轮车走村串乡收干货，干货都不打秤，一辆三轮车载重十几吨，按照体积来算就像包裹了一层防护罩在车子外面，好几个收干货的小贩也都因为会车出现过或大或小的事故。

等专家教授把这一轮的农技知识讲解完，刘长江找到徐国平。他记得有一次从罗荔那里拿回来一沓文件，里面就有通村公路的具体参数指标。

徐国平的房间是两个单独的房间打通改成的大通间，在房间里找了好几个地方才找到那个文件，皱皱巴巴，上面还有茶渍，应该很多人都看过这个文件。刘长江拿回房间仔细研究起来，又和县交通局、县发改委联系，把所有的情况摸透，最后才打电话到县财政局，他了解到这块资金属于省级专项资金，已经付了百分之七十，还有百分之三十没有给付。

他把这些情况了解完以后，又到徐国平办公室和徐国平聊起来："徐乡长，您在乡上也好几年了吧！"

徐国平被他这么一问有些含糊，不知道刘长江后面想说啥，盘算起来："十九年，呀，应该不止，中间去过青岭镇待过一段时间，这样算断断续续好多年。"

刘长江哈哈一笑，说："村上和乡上的发展您都是看到眼里。"

"那是，怎么，刘乡长今天突然说起来这事。"

"没啥其他意思，和您聊聊。我小的时候听到最多的就是楼上楼下电灯电话，这包含几个层次，最开始应该是盖楼，接下来是家家户户通电，再下来通电话，真是一步步往好的方向发展。"

"是啊！通电那个时间我是亲见的，那个时候难，电咋通到村民家？得架电线杆子，得拉电线，都是肩挑背扛，就现在，晶沟还有一些住家户没有通上电。"徐国平说完跷起了二郎腿。

"住在大山里的人是真苦啊，能让生活方便的新事物比城里要晚好些年。等到稍微改善些，村里人都出去打工。这些年也在变，没啥太大变化。去年修路应该说是这些年最大的变化，修路这个惠民措施好，原本只能骑摩托车，现在小汽车通到家门口。"说完话锋开始转变，"上次县上派技术员下乡，路上遇到几个三轮车，有几段路两车正面相遇，就少那几厘米，谁都过不去。后来我开了一路，这种地方还有好几处，前几天我把'村村通'的标准从你这儿找到，仔细查看了一番，不能会车的地方和文件要求不达标，咱们这都是水泥路，厚度先不说，宽度肯定不够。"

徐国平停了一会儿说："你说了半天说这事，我走了几次，也遇到这情况，还给包工头说过这事，也就我说的那个地方加宽了一些，其他的地方还是那样，我也不能哪一处窄了说哪一处，这些人滑得跟啥一样。"

刘长江笑笑说："你说得是，他们再滑，这不后面还有尾款没给他们付吗！钱在我们账上，那怕啥！"

徐国平把二郎腿夹紧靠在椅子上，说："就怕各方面施压啊！"

刘长江沉默了一会儿，重重地叹了一口气说："这样，咱们先把这事情给袁书记吱一声，我来给袁书记说，农村能有啥大事！‘村村通’就解决了很大一部分，这应该不是咱们一个乡的问题，而是共性问题。”

徐国平不再说话。

刘长江沉默了一阵说：“我上次遇到那个三轮车司机，司机就说国家的好政策到乡上给念歪了，确实是这样个事实，这么大的好事，只差十几厘米！”

徐国平显出无奈，说：“是啊！人家县上验收都过了，我们还能咋弄！”

刘长江叹了一口气，说：“我问财政局，这钱后面一部分尾款由使用人结算，这部分资金划到乡政府账户，由乡政府支付给那些承包商。这事我给袁书记说好，哪怕是后面这些人不像你说的加宽加厚，最起码得在两边做个路沿，会车的时候车轱辘不至于掉下去，这样也算是个解决的办法，路沿一边做十五厘米，两边加起来就三十厘米，两辆车相遇咋都能扯得开，像现在这样不行！”

徐国平狠狠地咂了一口烟说：“你别说，你这种办法还是个好办法，加路沿，又不让他们加宽，减少他们的成本，那你给袁书记说。”说完斜着眼睛看着刘长江。

刘长江并没有立马答应徐国平，喝了几口茶，抽了几口烟以后才说：“我来说！”

这事情刘长江和袁书记说起来的时候还是比较顺利，袁书记本就经常开车，也遇到过好几次这种情况，也骂过那些包工头，听到刘长江把这些问题分析完，非常赞同他的想法。中间随口问了句：“这事都由徐乡长负责，你和他说了没有？”

刘长江笑笑说：“徐乡长和您一样，他还是乡里的人，谁说啥他肯定也都听到过。这事他不好对那些包工头说，我作为一个外地人，我抻这个头！”袁书记轻轻地点头笑。

## 一百三十三

过完年之后的景泽录有些不太正常，用富晶垚的感觉来说是太不正常。以前只有考核才回联合社的他，最近没事了还回社里转悠一圈，还会到营业室和谭会计说上几句悄悄话，临走总会低着头侧着身子问他：“最近没啥事情吧！”

富晶垚每次也不正面看他，反问：“能有啥事？”

景泽录只字不提那次借他一百块钱的事情。富晶垚好几次张开嘴想向景泽录要，最后又怕景泽录那大嗓门把那次吃饭的事情说出去。景泽录已经名声在外，但是他不一样，不能因为一百块钱，让别人啥都知道。

富晶垚在和谭会计闲聊中，好像形成了惯性思维，经常说起刘长江家里的场景，有多么温馨，有多么好，谭会计听得都有些腻烦，偶尔会撑他两句。

春暖花开的季节，乡村表现得比城市格外明显。

这天一个农妇背着竹笼去山里打干柴和松针，顺带再摘一些野菜。这里的人不关心国家政治，也不关心各种会议，他们只为一家人的生计劳作。

经常有人去的地方，能捡拾的东西都被人捡拾过了，农妇想捡拾一些松树球。已经劳作了半天，她背着竹笼继续往深山走，她想再多拢一些。

走着走着，她不知道究竟是因为自己年纪大，眼花了还是距离太远没有看清楚，前面不远处一棵树上挂着个东西，她心想，这大山里面，早几年狼就绝迹了，几十年都没有听说过这档子事，难不成是什么动物把食物拖到树上藏起来？还是什么东西被树挂住了！她揉揉眼睛，蹒跚着走近那棵树，越靠近她心里越犯嘀咕，这怎么像一套衣服挂在上面，说是一套衣服也不是，因为有一边的裤腿少了好大一截。

她放下背篓，上前拉了拉那件衣服，这才发现挂着的不是一套衣服，是一具死了很久的尸体，不知道挂了多久，脸已经腐烂，看不清楚，靠近树枝的那条腿已经被什么啃去一大截，农妇当场吓得痛哭起来，哀嚎声响彻整个山谷。农妇把已经捡拾半背篓的东西也丢弃，连滚带爬地回到村里。

农妇到村口天有些黑，遇到第一个人立马就瘫坐在地上，嘴里不停地说：“那儿挂了一个人，那儿挂了一个人……”神情恍惚。慢慢地聚拢了好几个人，没有人知道她在说什么，但看她那样子猜测应该不是个小事，等农妇稍微清醒一些以后才说清楚：在晶沟村的松树林里有一个人上吊自杀，尸体还挂在树上。

大家都推测那个人是谁。

这个消息很快就传遍了晶沟村，经过一群人来回的分析，这个上吊的人应该是——余俊武。

这个人景泽录提了好多次，富晶垚也见了很多面。管主任离开那天还用手摸了那个人的头。

村主任打电话报警，也给徐乡长打电话，同时还给段主任打电话，派出所和乡政府也都派人过去查看现场。

据段主任回来讲，农妇清醒一些的时候已经是将近十一点，他那天晚上十二点多跟着警察过去，乡上派去的是负责民政的王刚。几个人拿着探照灯，跟着农妇，找到地方已经是晚上两点多，到松树下面，看到余俊武的一条腿折了一半，穿着冬天的棉衣，拿了一根平时系裤子的绳子挂在树枝上，身子笔直地挂在树上，脸也被鸟啄烂，随身携带着身份证，没有留下任何遗言。经过了一个冬天，整个身体有些风干，昶河派出所的民警拿了一个停尸袋，把尸体装进去，几个人轮流抬回来。

段主任说完这些，加了一句“太惨了”。

景泽录也不清楚从哪儿知道了这个消息，几乎同时和段主任一起回到联合社。当段主任把这些情况在早饭的时候说完，景泽录就坐不住了。段主任还特意问：“景经理，他啥事情你知道吧！有啥赶快撇清楚，不要把自己搭进去。”

景泽录用不屑的口吻说：“我和他能有啥事情！他外面那摊子事情是个人都知道早晚要出事。”

段主任强调说：“你没沾就好！”

谭会计一句话都没说，黑着脸吃饭，吃完早饭段主任回房补觉。

中午在营业室上班，谭会计喃喃地说：“这下垮郊坝子了……”

在富晶垚的印象里，余俊武走路老佝着腰，胸口好像挂了一块大石头。但是脑子灵活，说话也利索。他来的第一天管主任骂过他：“你个老不死的，到处瞎混钱，也不怕天塌了把你埋下面！”当时余俊武并没有反驳，仍然赔笑，更因为管主任那个摸头的动作，富晶垚对这个人敬而远之，连后面的套近乎都会回绝，他们之间几无交集，余俊武每次也是匆匆来匆匆去。

对于这个人的死他不以为意，因为他和这个人没有直接发生过业务，而且在谭会计嘴里这个人从来没有好过。

当天中午有个农妇拿着一大沓纸条哭哭啼啼地在营业室柜台外面，还没等富晶垚开口问办什么业务，谭会计走过来把他扒拉开说：“景经理在楼上第三个门，你到那儿去找他。”等妇人离开营业室，谭会计说，“这个人是余俊武的媳妇，以后牵扯到余俊武的事情你就让他找你景叔叔，你个娃才来多久，知道啥，不要被装进去！”富晶垚这才意识到这件事情的严重性。

那个妇人走进院子的时候富晶垚能清楚地听到哭泣声，妇人到景泽录房间没多久，又有几个人拿着纸条到营业室，富晶垚看都没有看，离得远远的指指头顶说："景经理在那儿！"那些人也都没有说什么，攥着纸条出了营业室。

这个时候，富晶垚认为景泽录那里应该会吵吵闹闹，但是上面并没有吵闹声，谭会计还把窗户打开仔细听，只有景经理一个人说话，过了好一会儿才乱哄哄地下楼。景泽录走在最前面，带着将近十个人站在窗户外面，拿过其中一个人的借条从窗户外面递进来喊："小富，你查一下这个条子！"富晶垚没有动，谭会计接过条子看了看喊："小富，你过来。"富晶垚这才起身过去，谭会计把这张借条伸到他面前说，"你查一下这个人名下的存款，有没有一笔和这个时间、金额相同的存单。"

富晶垚接过这张借条说："这咋能查到？他这个存单又不是咱们社上开的，肯定查不到。"还是打开了电脑。

这张收条写得特别粗糙：

**收条**

今收到李朝勇身份证号（61××××××××××××）7000（柒仟元）整，待存单开好以后拿存单换此凭证。

余俊武

×年×月×日

收条上的每一个字都特别潦草，更像个药方。

富晶垚用上面的身份证号和名字查起来，并没有查到。他把存单扔在谭会计的三斗桌上说："我说了查不到，没有查到吧，查这有啥用？这在我们这儿就相当于一张废纸。"

这句话一说，窗户外面的人就不愿意了，扯着嗓子喊："你这小伙子咋说话的！我这七千块钱的收条咋能说没用就没用，收条上写明了他把钱拿这儿存起来，这事你们要负责任。"并开始鼓动外面的人吵架，外面的其他人并没有跟着他一起吵，只有他一个人高声叫喊。

谭会计喊起来："你别喊了，我们小富说的也不是没有道理，你看看我们的存单都是这样，你拿的是个收条，他说他来存钱，那究竟存没存进来也给你查了，他没有存进来呀。你找也应该先找死了的余俊武，还有他媳妇，看这个钱去哪儿了，冤有头债有主，我们联合社没收你这钱我们为啥要给你！"

景泽录缩着身子站在外面说："你看，我们这内勤都给你们说了，这钱不应该来找我们！"大家开始找外面那个哭啼的妇人，嚷嚷着怎么办，妇人的哭泣声变得更大，手里捏了一大沓的条子说不清楚。

景泽录见到这情景准备悄悄上楼，还没走两步，就被一个大婶一把抓住："你说不关你的事情就不关你的事情，余俊武说了存到你们那里，他没了只能找你们。"

景泽录挣扎了几下没有挣开，说："你先把手放下，你抓着我，我咋给你说。"

那个大婶没有松手反而抓得更紧，扯着嗓子喊："联合社骗人钱不承认，你让我们这些人怎么活！"边说边哭，这一哭周围人都跟着嚎起来。

谭会计在营业室大声吼："你们嚷什么嚷，我们这可是正规国家单位，有事好好说！"这一次再也不像之前那样管用，大家仍然在院子里又吼又闹，几个人拉着景泽录不松手，他的衣服都快被扯开。景泽录不住地喊："这里可不是你们耍泼的地方，你们先把手松开……"可是没有人听他说，富晶垚和谭会计在营业室里面喊："你们别胡来。"没人敢出去解围，一群人抓着景泽录，就像抓着救命稻草一样，院子里乱哄哄的。

吵闹的声音终于把段主任吵下来，段主任还处于惺忪状态，看到一群人围着景泽录，还有人用手拍着防尾随门，先是喊了一声："你们这在干啥！"没有人理会，所有人都闹着景泽录给个说法，段主任又连续喊了几声，才有人看到段主任下来，围过去，叽叽喳喳地大声说起这件事。经过几个人这样那样来回说，终于把惺忪的段主任说明白了，原来是因为余俊武那一摊子事。这么多年的经验让段主任意识到余俊武的事情比较严重，如果不严重，余俊武也不可能寻短。

他一只手举起来，伸出两只手指指向天空，大声喊道："大家静静，大家静静！"连续喊了好几声才算安静下来，段主任接着说，"我们对余俊武不直接管理，他的事情我们是不知道的。"

这话一出，就有人吼起来："我们因为他是驻村代办员才相信他，把钱交给他存起来，你说得好，现在啥都和你们无关，这样不行。"大家又吼起来。

段主任又大声喊："你们听我说，我还没有说完，听我说！"人群又安静下来，段主任接着说，"他在外面打着联合社存款，然后又高息放出去的事情，我们警告过他好几次，现在他人已经不在，谁也说不清楚那张条子的真假。"

人群里有人喊起来："怎么说不清楚，我们手里的借条怎么能说不清楚。"

段主任吼了一声："你听我把话说完，你咋没料到他借你钱不还，自杀了！"

没有人再说话。

段主任喊道："余俊武能自杀，肯定是你们手里的条子太多，他拆东墙补西墙已经补不过来，你们是把钱借给他了吧！你们没有拿钱到我们营业室里面存吧！所以这事情说起来他余俊武的问题占了大部分。你们太相信余俊武给你们承诺的高息也占了另一部分原因，你们之间的事情你们认为和我们联合社有关系？实际上有没有关系，你们自己每个人心里都清楚当时为什么交给余俊武。"

人群里沉默了一会儿，一个人喊起来："我这借条上写得清清楚楚拿钱到联合社来存。"把借条举起来。

段主任说："那他没拿过来存啊，我们还每天检查他从你们那儿拿了多少钱回来？这也不现实吗！"

那个人又喊起来："你们联合社咋管理他我们不管，白纸黑字，你看看，现在还钱就得了。"这声音得到了很多人的支持，大家喊着口号："联合社还钱，联合社还钱……"

这声音吵得隔壁乡政府里都能听到，那边有人站在走廊上看起热闹，大家或多或少都知道是余俊武的事情。

晶沟乡有好几个人都做着一边从村民手里高息揽储，一边用更高利息放出去的古老借贷，余俊武做得比其他人都要大。

但是这一次，余俊武在外面的摊子铺得太大，他也知道一旦爆发肯定活不成，就自己一个人挂在了一个人不经常去的山坳里，如果不是因为那个农妇跑得偏僻，再过一个夏天，这副骨架在山里面啥都不剩了。

乱哄哄的吵闹持续了整整一早上，人越聚越多，从开始的十几个人到满院子三四十人，中午吃饭的时候院子里挤满了，挤不进去的人站在外层围观里面的人和段主任、景泽录理论。厨师进院子都被这阵势吓住了，没有问几个人吃什么，做完饭就走了。

富晶垚和谭会计两个人中午出来也被拉住，说了好久才被放进营业室，后面两个人尽量不再上厕所，一直待在营业室。

谭会计在营业室里不住地对富晶垚说："你说这管老头子还是个半仙，早早就和余俊武撇清楚，这个景经理啊，整天在外面鬼混，啥都知道就是禁不住，这下好了，这余俊武一走，怕他是脱不了干系啊！"

富晶垚对这里面的事情懂得不太多，就问其中的原委，谭会计才慢慢地给他说出来。这个余俊武确实不简单，有四个孩子，前三个是姑娘，老小是个儿子，三个姑娘都已经出嫁，都比较远，有嫁在安徽的，有嫁在福建的，还有一个出外打工基本上就没回来过。当时出嫁的时候家里面陪嫁的东西比男方家里给的彩礼还要多。余俊武的儿子大学毕业以后在上海工作，工作定下来后就在那边把房子买了。

都说老头子有钱，现在看来也是掏空了积蓄。联合社一年期定期利息是六厘五的时候别人到他那儿存钱他给一分二，他按照两分五放出去，联合社的利息是越降越低，他反倒是越给越高，到最后给到两分。管老头子在这儿的时候骂过他几次，也不待见他。做我们这行的，怕的就是和自己单位竞争，差不多了还不知道收手。

富晶垚静静地听着谭会计讲着这些。

几个人中午的饭也都没有吃，院子里的人根本就不允许他们离开视线。

谭会计在吵闹没多久就给柯礼朝和阮宝山打电话，两个人本以为中午回来能赶上吃饭，这阵势也是吓住了，中午也没有吃饭也没有休息，被人拉着问怎么解决。一直到下午三点多，几个人实在熬不住，段主任用嘶哑的声音叫富晶垚出来，把会议室打开，让所有人去会议室。富晶垚挤上楼，把会议室收拾好，在楼上喊大家上去，大家簇拥着几个人来到会议室。

到了天黑，一些人看没有什么进展，也随着大家的想法（如果有人能解决，他的事情也不会落下）离开了联合社。会议室仍然有几十人，陆陆续续还有人送饭和送水，还有人送来铺盖打算在这里长住。

到了晚上，徐国平给段主任打电话询问今天的情况，徐国平分管乡里的金融工作，虽然除了这个联合社，没其他金融机构，但是这还算他工作的一部分。徐国平让他到乡里说明情况，一堆村民压根就不让他离开，段主任打电话简单地说了今天的情况。徐国平让他稳住局面，需要派出所维持秩序的及时报警，需要往县上汇报的及时往县上汇报。

晚上九点多，几个人轮流去吃饭。饿了一天、说了一天话的富晶垚头晕眼花，四肢都抬不起来。吃过饭就进金库值班，防止金库出现状况。他觉得这些村民好可怜，也觉得自己可怜。

躺在床上听到楼上吵吵闹闹一直到深夜，恍恍惚惚地睡下。

早晨天刚刚亮，院子里又吵吵闹闹，富晶垚知道又是这样的一天。乡里乡亲的因为经常见面，也没有人和他们动手打架，但是吵闹、拍桌子是常态，偶尔有人拍营业室的门。这些人压根就不让他们离开联合社的院子。到中午大家已经不再拉着段主任，段主任进营业室里和谭会计商量怎么办。

谭会计说："现在不是谁想把事情兜住就能兜得了的，一个人几千块钱，多得上万块钱，好几百人，余俊武在村上经营这么多年，总金额谁也估摸不了。"

段主任说："也是啊！如果把这件事汇报到县上，那包村的景泽录怎么办？社上对你我都会怎么处理？报警吧，派出所听到这种事也不一定过来。"

两个人犹豫着好长时间举棋不定，都害怕事情再扩大，对每个人的影响都不确定。

两个人慢条斯理地分析了半天，谭会计突然对富晶垚说："小富，你看啊，这件事对我们来说，我和段主任肯定没有牵扯到里面，你呢才来也不会。我和段主任都老了，但是你还年轻啊，要是处分到社上，也不指定会是哪一个人，你背上这个处分这一辈子就完蛋了。"说完微微笑了笑。

段主任用那根已经磨损的声带沙哑地说："就是！你还年轻，你咋弄！"

富晶垚开始还觉得自己能置身事外，被这句话拉进了现实里，精神瞬间紧张起来，愣了好一会儿才说："我又没从别人那儿拿钱，那个余俊武，我说过的话都不超过十句，关我啥事！"

段主任站起来笑了笑说："到时候就看关不关你啥事！"出了营业室。

谭会计和段主任也都没有打算把这件事报告给县上，反正没有任何一张收条上有联合社人的签字，拖个几天那些人熬不住，自然就走了。

从一开始，社里几个人的口径也都一致，这是余俊武自己私人的事情，和社里无关，这些村民在这里闹就闹，社里面肯定不会出这一部分钱。

刘长江在第二天中午给富晶垚打电话询问这边的情况，富晶垚心里有些惶恐，把自己内心里的惶恐和不安放大了说出来，更是把段主任和谭会计中午对他说的话展开了说，刘长江耐心地听他讲了将近半个小时，给他分析：这事情出在联合社，和他个人没有太大的关系，如果真的联合社背上一个处分的话那也是领导管理能力有问题，余俊武的事情也不是一天两天形成的，积累了很久，击鼓传花传到了现在，已经没办法弥补才暴露出来。刘长江问他有没有参与其中，富晶垚斩钉截铁地说没有，刘长江告诉他只要自己没有参与，仍然按照原来的工作职责，该干啥干啥，不用多想，最后打板子是不会打到他身上。富晶垚听了刘长江分析，心里的惶恐减轻了很多。

后面两天每天都有新面孔进院子询问情况，然后吵一阵，有些人看到这情况明白一时半会儿解决不了，自己忙自己的事情去了。

第三天晚上吃过饭，大家都没能出院子，和一些不亢奋的村民聊起天。

一个拿着一张三十二万借条的人走进院子，第一个碰见了谭会计，谭会计看了借条心里一惊，说了一天话他也不想再多说，给那个人指指楼上，这个人去景泽录那里。两个人在房间里来来回回说了半个多小时那人才离开。等那个人离开，景泽录下来和谭会计说起那个人，最开始在余俊武那里放了两万块钱，每年的利息也没有取，从开始的两万滚到了现在的三十二万，像这样的还有几个，这个人的金额应该能排到前五。当谭会计问起景泽录参与其中没有，景泽录还是那样说："我在这个行业里怎么可能不知道余俊武那点事，我从来没参与！"

一连四天，都是那样，人数在明显减少，也就那闹得最凶的二十多个人还在联合社，有几个在会议室里把铺盖都已经铺好，甚至打算生炉子做饭，让段主任制止了。

这天夜里一点多，院子里一阵急促的叫喊声："段主任在不在！段主任在不在！"

所有人都非常疲惫，睡得迷迷糊糊。段主任听到有人喊从房间里出来，打开走廊上的灯喊："谁啊！"

"是我，县联合社的谷经理！"

"谷经理！你怎么下来了？"段主任惊讶中带着预料之中的结果。

"你把咱们的人都叫醒，在会议室集合开会。"

"啥事这么着急，还劳你大半夜过来？"

"不紧急我一点从县上到这儿，我还害怕车开不进来，骑了两个多小时摩托，你现在就通知。"

"我这就喊他们！"

段主任披着衣服先敲景泽录的房间，接着敲柯礼朝的房间，让他们通知其他几个人，自己回房间换衣服。

谷经理挎着斜挎包上楼，经过会议室看到里面好几个人打地铺躺在地上睡觉，他来到段主任的房间，段主任已经把衣服换好，客套地说："这么晚还过来，你看这些人，根本和咱们联合社没任何关系的事情，硬是搅和到这儿来。"

谷经理"嗯"了一声没搭他的话，说："我看会议室都快不是咱们的了，就别在会议室开会，到你房间开会。"

段主任答应着，出门在走廊上喊："都到我房间来。"

几个人陆陆续续进段主任房间，富晶垚蹑手蹑脚地进房间，缩着身子在最角落里藏着。有好事的村民站在段主任的房间外面听这场突如其来的会议。

谷经理在里面喊："你们还想不想解决你们的事情？想解决就自己睡自己的觉！别在这儿偷听！"

外面的人也散去。谷经理说："现在开会，第一项，我宣布一项县上的决议，暂时免去段主任晶沟联合社主任的职务，我谷琨现在是晶沟联合社的代主任，这是文件！"说着把红头文件举起来在大家面前晃了一圈，递给段主任，段主任单手接过来，面部表情非常复杂。

谷经理又说："现在宣布第二项，后面的工作都由我来安排，你们现在的职位县里领导也都开会研究过了，没有商量，完全服从。"环视大家，然后说，"从明天起，考虑到段主任年龄大了，包外勤也不合适，段主任做会计，谭会计和柯礼朝两个人对换一下，柯礼朝以前包的哪几个村由谭会计接替。出纳！"指指富晶垚说，"就是你吧！你叫富晶垚吧？你接替景泽录，包晶沟村。"

富晶垚争辩说："景泽录还包碳沟！"在他认为晶沟不是最难的，碳沟才是。

谷经理说："碳沟！碳沟你也一起包，以前景泽录的那摊子就是你的！"

富晶垚涨红了脸说："碳沟也要我包？"

谷经理加重语气说："我刚说的够明白了吧，你把景泽录那摊子事情接了！"

富晶垚"嗯"了一声。

谷经理继续说："景泽录从今天开始在单位里待岗，停发工资。"

"这事情只是发生在我包的村上，余俊武那事情和我一点关系都没有，要是换个人包村，也还是这样！"景泽录为自己辩解。

谷经理用手指指景泽录说："有没有问题后面会调查，我先来，明天县联合社、县政府金融办、人行和银监局的领导都会过来，你现在和我说这个没什么用。我开会就说了，服从，所有的都是服从！"

景泽录像泄了气的皮球不再说话。

"最后一项，由柯礼朝和阮宝山两个人制作封条，现在所有档案类的，无论是会计档案还是信贷档案，还是农户档案，所有的都贴上封条，所有的人借用都要经过我签字。"然后对段主任说，"段主任，现在是非常时期，你先表个态！"

段主任弓着身子说："我坚决支持县上的决议！"

谷经理又指指其他人说："你们呢！"其他几个人都低声说："我们支持

县上的决议！”

“我记得你们这儿客房在后面那排是吧！”

“是的。”

“现在你们所有的人，一个一个把所有工作相关的物品找个袋子装好，拿到档案室，贴上封条，然后都到客房里睡觉。还有，从今天起，所有人不能请假，特殊原因请假也不能超过两天，请假两天离开本县要县联合社分管主任批准。”

所有人都“嗯”了一声，富晶垚听到这些，心里凉得像冬天里的河水一样，冰冷冰冷。

谷经理向富晶垚和谭会计要去了营业室和金库的钥匙，吩咐大家现在就开始实施，半个小时后在院子里集合。

半个小时没到，谷经理在院子里喊：“你们收拾好了没有？收拾好的物品跟着我放进营业室。”停顿了一会儿又喊，“你们都把自己的门锁好，院子里可不是都只是好人！现在这关头，自己要把自己的东西看好！”

院子里也没有人答应，会议室里的灯也被打开，好些人都没了睡意，也被这突如其来的阵仗搞蒙了，站在走廊上看联合社发生的状况。

谷经理进营业室里面当着所有人的面把东西放在保险柜，把保险柜的密码打乱，自己留一把钥匙，另一把交给段主任。所有的事情安顿好，已经四点多，联合社七个人再一次到了后排的客房里休息，谷经理在营业室里开着灯坐着。就这样一直到清晨。

## 一百三十四

刘天佑在家里晃荡到了二月底。去年的事情对他和刘母、刘父或多或少有一些刺激，刘父刘母也就任着他在家里吃了睡，睡了以后去网吧玩游戏，也不出去找营生，毕竟去年带回来那么大一笔钱，刘母以他结婚买房子为由扣留了一大部分。

到了三月底，刘长江给刘天佑打电话，刘天佑总是不耐烦。但是刘长江还会隔段时间打个电话。刘天佑每次高兴了附和几句，不高兴也就不怎么说话，刘长江也习惯了。

在春暖花开的一天，刘天佑突然醒悟，不再去网吧，开始收拾行囊，向刘母要五千块钱，说自己待在家里有些憋屈，而且有些烦，要投奔广州的朋友。刘母和刘父起初不放心，认为刘天佑吊儿郎当那样子，到广州靠什么生活。这种担心和说辞并不影响刘天佑的计划，他把所有的东西打包收拾完又向刘母要五千块钱，刘母忌惮着他的脾性，多给了他一千块钱，等到刘天佑拿到那六千块钱，没有向任何人招呼，吃过午饭趁着刘父、刘母午休踏上了去广州的火车。刘母也是在夜晚不见刘天佑回家，打电话不在服务区，给刘长江打电话，刘长江分析出来的。刘长江对这个弟弟也算了解，宽慰了母亲几句，让他们不用担心，毕竟刘天佑在社会上的经历比他还要丰富，只要不再像十七八岁那样交一些乱七八糟的朋友，肯定也不会太差。刘母叮嘱他要经常给弟弟打电话。这都是后话。

自从得到袁书记暂缓给各个路段的包工头付剩余尾款的承诺后，刘长江这里就没有消停过。袁书记有事就推说这事徐乡长负责。徐国平既然答应了刘长江，也就把事情往刘长江那里推，但也说明了情况：前段时间因为带着几个专家下乡支农，传授种植知识，差点因为路窄，一车人都报销了，过来和他理论了一番，如果乡里就这样验收合格，给付剩余百分之三十的尾款，他和刘长江以后还怎么共事，把所有的事情甩给刘长江。刘长江早就有思想准备，再怎么难还能比那个胡大勇厉害，这事情已经到这一步，他铁定了心，只要钱拨到乡财政账户，“村村通”不按照他心里最低的标准补一段路沿，他是肯定不会给付剩余的尾款。

最开始来他办公室说这件事的人，刘长江还把茶泡上，听他们大倒苦水——这里山大沟深，什么费用都高，路况还特别复杂，路修完以后，难免会出现极少一些地方窄一些，路面薄一些，不符合规范的地方，返工的话谁也包不住。刘长江也不恼，笑着听他们云里雾里说了那么多，然后把文件拿出来，把两辆车的宽度现场在办公室里丈量了一番，还把那天的事情简单说明，把几个专家所说的话捡了几句狠话说出来，再给这些人摆出来说：“你说我到这乡上来为了啥？你说我年轻不年轻，后面还有没有发展可能？我也不想和大家之间有过节，但是我那天可被那个三轮车司机骂了半个多小时，我这脸往哪里放？几个专家也在损我，说我这个乡长怎么当的！”末了任其他那些人怎么说，坚持按照文件规范来。

有人吵闹着拿领导压他，刘长江也不搭话，这事就这样拖了好久，中间也有领导给他打电话，说是了解情况，刘长江也知道那是在说情，他电话照接，但是把几个专家教授的那些狠话说得更露骨，说情人也就明白什么意思。

还有一个包工头竟然带着一群工人在他办公室坐下不走，他心里也有些怕，把小景和安红霞叫进来，给每个人都泡上水，三个人轮流着说“村村通”工程的目的和好处。

刘长江从这些工人的谈话里意识到他缺少一个关键的因素，那就是路的质量究竟怎么样，乡上只是让村上统计完成情况，至于哪里有问题，有多少处有问题，并没有具体统计，这在面对这些工人你一言我一语的过程中有些被动，这次完全凭着三个人相互配合才把这些人糊弄走，下次什么情况就难说了，得用具体的路况和数据说话。

至于要统计下辖的七个村还是他负责的碳沟村，他思量了好久，最终只统计碳沟村。如果要统计全乡的路面情况得和徐国平商量，按照他对徐国平的了解，肯定会让他去找袁书记，这一圈转下来，事情能不能解决，说不定一些人被拉拢，根本不会上报问题。

他考虑完给龚支书和余村主任打电话，他并没有直接说这事情的后果，只是轻描淡写地让他们统计一下“村村通”主路出现的问题。

村上很快把问题分到每个村民小组，只用了不到一个星期，碳沟村的问题就统计出来，不统计不知道，这一统计大小问题都出来了，有几个村组比较较真，完全测量。数据把刘长江也吓着了，这问题如果真要摆到台面上，那就真的需要翻新重建，但是几个包工头说的实际情况又不能不考虑。他思考了好久，很难平衡这其中的关系，他随手从柜子里的书架上拿起一本书看起来。这事情在他脑子里占据着大部分位置，看书的时候也把心提得老高。

看着书把自己关在房间里，他心里明亮起来，其实无论书上说什么，跟着中央的方针政策走是没有错的，发展和稳定是一件事的两个方面，如果真要全部返工，势必引起较大的问题，包工头从来都不按照章法来，大部分工人还没有结工资，如果再从中挑唆，他就成为众矢之的。思量许久，他觉得还是最初和徐国平提出来的方案比较合理，需要拓宽的加个路沿。确定方案以后，他又一次向现实妥协。

在联合社里乱成一锅粥的时候，乡政府也没能独善其身，一些人在联合社得到了不管的答复后转身就到乡政府里面找乡政府的领导解决，几个包工头也趁机找了一些人夹杂在里面，要求乡政府尽快从县上把钱申请下来拨给他们。袁书记把晶沟联合社的问题直接反映给了县政府办公室和县联合社，其他的问题推给了刘长江。这时候的刘长江已经做好了准备，把碳沟村统计出来的问题浓缩成简单的图表，配上通俗易懂的语言，复印了好多份。有群众跟着闹事，他就把那些小图表发给那些人，闹事的一些人本来认为这不是个什么事情，看到图表，反而支持刘长江，有些人也在分化中不再吵闹。同时，刘长江催促着殷所长尽快把这笔钱催到晶沟乡政府的户头上，这也是殷所长擅长的地方，自然不在话下。

刘长江坚定地顶着几方面的巨大的压力坚持要把这件事推进下去，他给了自己的底线，如果连最开始他向徐国平提出的两边加个路沿都达不到的话，他一定要和这件事纠缠下去。

在乡政府和联合社都不太平的时候，乡政府的事情因为联合社出的问题而无形地扩大。

## 一百三十五

谷经理第二天早晨早早地站在后面的屋檐下，他以为联合社几个人会联合起来，至少有那么一丝丝的反抗，他心里也盘算了半个晚上，但是很意外，几个起得都比较早，起床之后还都客气地向他打招呼。这应该是已经被生活驯化的一群人，已经把县上的领导当成了一种指引在奉行。

段主任也没有搞明白，为什么县上会这么快就派人下来全盘接替晶沟联合社，他还停留在这事情只是余俊武自个儿的事情上，和联合社没有关系，拖一拖也就过去了的幻想中，况且余俊武家里还有他老婆，还有儿子，不可能不还钱。

富晶垚经过半晚的思想斗争也认清了这件事，他现在最希望的就是刘长江给他分析的结果——和他无关，千万不能因为这件事毁了自己的前途。见到谷经理后，他热情地打招呼，然后开始表现自己，殷勤地烧水，然后劈柴，给厨师介绍新主任。

谭会计打了声招呼后站在屋檐下一个人转悠，低着头不停地说："球，这事我又不弄，关不了我啥事！"声音不大不小，像是自言自语，也像是说给谷经理听。

柯礼朝对谷经理点了点头以后，背着手看着对面的会议室，然后看看山，调侃调侃富晶垚。

阮宝山微笑地抄着手站在那里不动。

景泽录压根就没有出门，在房间里玩手机。

段主任上完厕所，在厨房里打热水洗了把脸以后和谷经理攀谈起来：“谷经理，家里面现在都没啥负担了吧？过年到哪儿去了没有！”

“都好！”语气有些生硬。

“你在这儿待过没有？好像没有，你进社就在骑牛镇是吧，没到鹿鸣南边几个乡镇待过！”

谷经理想了一下说：“段主任这么说还真是，没咋来过，考核也没来过这里，好像只去过一次白鲁川镇，这里从来没来过，不是先看地图再问人我还真找不到！这边山真大，路面硬化以后还好一些。”

“这‘村村通’修的是啥，越往上越差劲。”然后指指晶沟乡政府上边说，“那边会车都过不了。”

“噢，那也比以前强多了！”

段主任笑笑说：“谷经理说的也是。你那一批进联合社的科班生有好几个吧，就你现在还是副经理？”

这个时候谭会计过来插嘴说：“他们那个时候被分配进来，我可记得，当时进来的时候都稀罕得不得了，谷经理在乡下待了有两年没有？就进了机关！”

这事情引起了富晶垚的兴趣，也不劈柴，站在外围听起来。

谷经理面露喜色，说：“我们进来那几个人就我是正牌大学毕业，应该算最好的学校。”

几个人都笑着“噢”了一声。

谷经理停了一会儿说：“现在也就我一个人是副经理。”

谭会计接过话说：“就是，你看进来的那谁，没两三年就调到市办，现在在省上，还有那两个，都是区县主任。”

谷经理叹了口气，重复着说了句：“现在就我一个副经理啊！”

柯礼朝站在老远笑笑说：“你是暂时的，你看台阶上这个，以后永远都是副的，提不了正！”

几个人哈哈大笑，富晶垚有些反驳说：“啥主任经理，我不想！我不想！”

谷经理说：“你可不要有这种思想，该想的还要想。你看我们那几个，啥都在前面，冲得快，升得也快，想了才能动起来，动起来才有可能往想的地方去。”

几个人跟着附和说：“谷经理这说得对！”

富晶垚没有遮拦，继续说：“想啥，现在社上这情况还允许想，出了这事不被牵连都不错了！”

谭会计立马接过话说：“你这说的啥话，你没做啥事咋会被牵连？”

段主任笑笑说：“娃还是小，不会说话，和你一样，大学毕业就到这地方，也是娃的幸事，也是娃不幸的地方，大学好不容易毕业，结果分到了最差的地方！”

谷经理看了富晶垚一会儿说：“不要紧，没啥过不去的坎，也没啥不能被接受的。人嘛！心高气傲是好事，磨磨就好了！”

段主任趁机说：“这娃应该比你那个时候刺多吧！”

谷经理点点头说：“有一些！”

谭会计说：“这次这事和娃应该没啥关系，他也没见过这阵势，把娃搞紧张了，你咋还晚上一点多过来？县上搞得那么紧急，过来也给你派个车，让你自己来！”

谷经理叹了一口气不说话。

其他人也都等着他后面说点什么，谷经理转了一圈，看了看几个人说：“景经理咋没在，还在睡觉呢！”

景泽录没有回答。

“景经理，谷经理喊你！”阮宝山喊。

景泽录从房间里出来，站在屋檐下低着头没有搭话。

谷经理说：“我可不习惯在背后说人！”然后对段主任说，“你们这事情第二天风控部经理给你们打电话，没问出个啥事吧？”

“就问了一下社上最近的情况，没问其他的！”谭会计这才想起来这不是一个普通的问候，关键时刻关键岗位一句“最近没啥事情吧”这句话是最致命的。但是那个时候他们虽然无力回天，还想着隐瞒，但是纸已经包不住火。

谷经理说：“你以为他们只是在这儿闹，县上还有几个人，比这儿人少，这事情去年年底那段时间就应该出来了，一直拖到余俊武尸体被发现，年底是不是有人问景经理啥事，景经理没给人好好说！”

景泽录把身子耸了耸说：“余俊武拿钱没有存，我只是因为社上安排的负责这个村，我咋回答？只能让他们去找余俊武，我还能说让他找社上！”

段主任说：“这事情我咋不知道，要早知道我早就给县上汇报了！”

谷经理说：“那些人在县上说的话才难听，说你段主任只会喝酒，整天喝酒！”

段主任扯着嗓子说："这些人放屁，需要贷款的时候到社上是好话说尽，这时候我们啥都不是，不要听，你看看我们的报表，哪样不好！"

谷经理说："是啊，县上也看到你们的付出，这大山里面也不是谁都能待得住的，你问问小富想不想走，肯定想。但是这次事有些大啊！毕竟死了人，而且过百万了！"

几个人一齐说："不会不会，也就他余俊武自己花光了那几十万，不会过百万！"

谷经理没有直接辩驳，说："希望吧！"

大家都沉默着不再说话，各有各的盘算。但是富晶垚真的是什么都不知道，他只是听着。

吃完早饭，大家也都没有下后面的台阶，来闹事的人都知道这里出了大的变动，没有人喊口号，也没有人再找段主任，站在院子里，人数比前几天少了好多。

谷经理对几个人做了简单的分工，段主任和谭会计交接，富晶垚和柯礼朝交接，今天起只办理存、取款业务，信贷业务只收贷款和利息，不再新增贷款。阮宝山和富晶垚两个人制作封条，把所有的档案全部封存起来。

大家忙碌到中午十一点多，院子大门被打开，进来三辆车，还有两辆车没能进院子，停在大门外面。晶沟联合社从来没见过这么大的阵仗。车上的人陆续下来，将近二十人。

富晶垚正和阮宝山两个人贴封条，谭会计站在旁边指挥，谷经理叫他们把会议室清理一下，几个人来到会议室。虽然被换到外勤，谭会计依然不减在营业室里的架势，进会议室就站在会议室中央，一只手抄裤兜，一只手伸出来指着其中一个人说："你看你们闹啥闹，这下好了，段主任被免，县上领导也来了。余俊武的事情最后咋说现在不是你说的算，也不是我说的算，现在是县上领导说的算，你们快点出去，看看外面来了多少人？县上领导可不像我们这样好说话，这要开会解决你们的事情，把地方腾出来。"凭着这股气势和不停地督促，把人往出赶，那几个人卷着铺盖下楼。

从车上下来的十几个人鱼贯到二楼会议室，中间那个人是县上主管金融的副县长，富晶垚不认识，在人群当中他看到了人行的那个叔叔，他远远地打了声招呼，但是他叔叔瞟了他一眼当作没看到，正常和其他人说着话，晶沟乡政府也派了一个人，不是别人而是刘长江，走在队伍的最后面。

院子里的村民很多，暂时都安静下来，没有人大声喊闹。

会议持续了一中午，营业室里的业务也暂停了一中午，大家都在开会。会上几个领导做了表态，尤其是联合社的大主任表态说：这是本县三大社（生产合作社、供销合作社、信用合作社）从一九五八年成立以来从没有过的事情，也是今后坚决不能再发生的事情。这次无论谁参与其中，无论金额多少，一查到底，一旦查实，立马开除。群众的存款都是血汗钱，无论金额大小，只要是真实的、合理的，联合社兜底，一定不给县领导抹黑，不给人行和银监局找麻烦，更不会给社会带来不稳定的因素，一定把所有的问题化解在晶沟联合社……

这一连串的举措让富晶垚心里像压了千斤重担。如果说昨天还在发愁如何休假去看徐馨璐，那么今天的忧愁就是这个饭碗怎么办。

谷经理吩咐段主任在蔡老板那里订三桌午饭。散会以后，县上领导一再强调不在这里吃饭，道别的时候，富晶垚小跑几步到他叔叔跟前，他叔叔有意侧着身子避着他，富晶垚说了几句话，他叔没有回应也没有表态，只是“嗯”着，更没有说再见或者其他的话，随着县上几个领导上车离开了晶沟。

中间有人起哄，大主任站出来喊：“肯定会给你们一个满意的答复！”这才让人群安静下来。

送走县上几个领导，剩下的就是留下来处理这件事的人。县人行留下来一个人，那个人是县人行保卫股的老头，也快退休了。县政府没有派人留下来，指派刘长江协调处理。留下来最多的是县联合社的人，风险部两个，信贷部一个，营业部一个，再加上谷经理，总共五个人。

谷经理在送走领导以后并没有继续开会，他把联合社主任的话对那些闹事的人说了一遍。人群当中有人喊：“这个事情什么时间解决？”

“暂时没办法回答，我们从内部也在找问题，你们的问题也会同时推进，快则一两个月，慢则半年一年，这件事涉及的问题多，人数也多，这么多领导都过来开会，大家的问题肯定会得到妥善解决，请大家放心！”村民纷纷议论起来，谷经理再三解释，人群慢慢散开。

蔡老板那里做了三桌饭菜左等不见人来，右等不见人来，好不容易看到三三两两成群的摩托车队从下面飞奔而过，蔡老板想着这下好了，应该来了，但是总共就过来了十几个人，蔡老板问富晶垚怎么办，富晶垚有些胆怯没敢搭话，谷经理坚持把两桌退了，只留了一桌，蔡老板极为不悦。

这一顿饭吃得有些沉重，一桌子人当中有被审计的，也有审计的，被审计的人不知道会审计出什么样的结果，都默默吃菜，段主任提议喝酒，县上的几个人连连摇手。

下午回联合社，谷经理召开了全员大会，把大主任在会上的各项精神又重复了一遍，没有打气，只有恫吓，让大家都配合好下派的工作组的工作。因为档案在富晶垚的房间，就把几个人的房间临时做了调整，联合社几个人在没有查明之前全部睡客房，段主任的房间让给谷经理，剩下四个人的房间暂时都由其他几个人住。人行那位临近退休的大爷被安排住在蔡老板那里。

县工作组的人和晶沟社的人以前很熟，因为这件事没有定论，也都保持着距离。

当天晚上，富晶垚还在开会的时候，他叔叔给他打电话，把中午的事情给他还原了一遍，让他自己想这中间有没有什么问题！然后重复问他好几遍有没有参与到这件事情当中，富晶垚第一遍肯定地回答说自己没有，第二遍就发誓说没有，他叔叔说并不是不相信他，而是问题太大！富晶垚真真实实感受到了泰山压顶。后面自然也变得眼尖手快。

县工作组立马就开始着手检查各种档案，一笔业务一笔业务地审查，每一笔都不放过。四个人分工也明确，一个风控加营业部的人查内勤，也就是谭会计和富晶垚那一摊子事情，还有一个风控和一个信贷部的人查外勤业务，认为有问题的业务折叠起来打电话向办业务的群众核实。这些工作烦琐而又浩大。

营业室里面就更麻烦，段主任以往只是偶尔带班，基本不接触会计业务，对于每天的会计报表更是生疏，柯礼朝虽然能办业务，那速度也慢得像蜗牛，主要也是因为年龄大，眼睛昏花看不清楚，电脑操作生疏。现在比较轻松的就属于外勤，暂停放款，只收贷款，对于富晶垚来说不用坐班，自由了很多，但是思想上的压力却大了很多。

当天晚上开了简短的会议，对于查出来的问题都一一做笔录，询问所有经办人，这些业务是从十年前的传票开始查起，和富晶垚也没啥关系。大多数业务经办人都已经记不清楚，回答的也都是含含糊糊。

在工作组进驻的第二天，第三天，第四天……晶沟联合社所有人不停地向前来讨债的村民解释，工作组也在夜以继日地审查每一笔业务，从每天过来询问的人数和对可疑业务的筛查当中，风控部的两个人越来越觉得几十万的话不可信，可能只是个零头。实际上余俊武从群众手里打的借条已经有好几百万。

现在只做内部审计，外部没有任何实质性进展，对群众的解释就完全丧失了群众的信任，那些拿着借条的群众每天走几十里的山路，不只是为了听晶沟联合社几个人用嘴承诺“这个问题会解决”这几个字，他们又准备打地铺。谷经理也召集大家共同商量出一个对策，以便推动工作继续往下一步推动。

富晶垚听着风控部和谭会计几个人不停地说着几种方案，然后又被一一否定，突然感觉自己好像有了灵感，大声说：“这事情应该让他们去派出所报案啊，这个余俊武骗了那么多人的钱，给自己家置办那么多东西，又给子女做那么多好事，还都早早规划安排到外地，我看他就是诈骗，应该让派出所把他吞的钱全查出来，让咱们在这里一天到晚忙这些！”

大家都哈哈笑了一下。

谭会计咂了咂嘴说：“我看小富说的也是这个道理，这个余俊武很早之前都布局好了，子女嫁那么远，出了事谁也找不到，就是苦了家里的媳妇，跟了他大半辈子，他这一走好了！啥锅都让这个媳妇背，作为男人，真算个球，我看小富说得也是，和县里律师问问，让他们去法院起诉。”

谷经理也笑笑说：“要是真按照你们说的来办，我们这几个人也不用到这里来，谁不希望社里面没事！”这话一说，隐藏在里面深层次的意思立刻被其他人意识到，晶沟联合社里的几个人不再说话。这次会议又一次在没有结果中结束。

前来询问的人当中要么是余俊武借着联合社的名誉打下的收条，要么是注明了高息的借条，纸张也各式各样，有学生作业本上撕的纸，有硬纸壳子，有笔记本纸，还有随手从哪里撕下来的宣传册的纸，金额大部分都是几千块钱，也有上万块钱的，最高的就是那笔三十二万。三十二万的那个人也不是经常来，他住在昶河镇，是昶河镇女婿，每次来都操着河南口音，他把钱放在余俊武那里时间特别久，每次来都重复说他本来打算去年年前把这些钱取出来在外面买房，没想到出现这种情况，早知道这种情况去年发大水以后见到余俊武，就把钱取出来。他没有像那些几千和上万块钱的那些人激动，只是嘿嘿的语气词特别多。谭会计在会上提过几次这个人，一直强调他这三十二万是这几年滚出来的，最开始也只有两万多，后来认为余俊武那里来钱妥当，从起初的两万块钱本金滚着利息，再从别人那儿借钱，最终滚到了三十二万。

最亏的就是那些金额不大的人，晶沟本来挣钱就难，能攒下几千块钱用他们的话说“都累断了几根肋骨”才挣下的，这些人说起来特别激动，富晶垚也不愿意接待这些人，解释的时候还动不动拉扯起来，下手还特别狠。

最初富晶垚的声音比较大，那些人比他声音还大，后面他已经麻木，也就慢慢习惯，别人再怎么说，他用已经商量好的话术来回答。村民声音大了他就不再搭理，他在心里咒骂着余俊武，一天骂好几遍，但是又有什么用！

他发现谷经理自律性很强，生活很有规律，也没有什么其他的爱好，每天把当天统计发现出来有问题的传票和有问题的信贷资料反复看，偶尔还把当时办业务的人叫进去回忆当时办业务的过程。吃过晚饭也就只沿着这条街道走几圈，上面不会超过核桃树，下面不会超过联合社，有时候一个人，有时候和工作组的几个人一起，从来不会和晶沟联合社的人一起，遛弯回来就喊大家开会讨论，反正有事没事就是开会。富晶垚经常看到谷经理坐在一堆档案的会议室里沉思。

这段时间没人提到休假。

村民仍然不断找过来，有一个两个，也有三五成群的，谁也没有一个好的办法，至于大主任当时在会议上说的兜底，更是没有人敢具体回答。

审计也在继续，工作组的人也不想在这里长时间耗着，连续奋斗，只要不开会就在查看资料。

## 一百三十六

两会期间，乡政府和县政府每年都严阵以待。晶沟今年的形势更不乐观，乡政府所有人都没有休假，都在维稳，徐国平是乡人大主席，但是维稳的任务却分给了年轻的刘长江。刘长江很多时间带着同情和对那些执念的理解，但是很多农村问题根本没办法解决，还有一些问题牵扯的时间太久，或者一些似是而非的事情谁也说不清楚。

殷所长也在这个时候把“村村通”百分之三十的尾款申请下来，刘长江心里踏实很多。他原本还担心这笔钱不会拨付到他们这里，县财政局直接把钱打到包工头账户，钱下来以后他就更放心地向那些包工头主张，必须把路沿修起来才能付钱。

每当春季这个时候还有一件对农户特别重要的事情——发放扶贫贷款。扶贫贷款的程序是这样的：钱是由联合社以贷款的形式发放，利息按照联合社正常放贷利息由借款人垫付，付完利息以后拿着联合社出具的结息单到乡政府财政所申请利息补助，这笔钱全部由财政负担。今年因为余俊武集资放贷，整个乡上的贷款停滞。加上去年因为金融危机返乡的人增加，整个信贷政策向好，需要贷款的人增加，那些人看到晶沟联合社乱哄哄的样子也没办法，就找乡政府，刘长江作为县政府指派晶沟乡政府处理余俊武案的专人，过来找谷经理协调过几次，谷经理向他摆难处，具体什么时间能放款还不确定。

刘长江面临几个方面的压力，平常也就苦笑一下。

在后面的尾款拨到乡政府没多久，就有包工头觉得耗不住，和刘长江商量起后续的修路事宜，说出来的方案竟然和他最开始同徐乡长商量出来的方案一模一样。刘长江笑笑表示默许。

## 一百三十七

在这期间还发生了一件极不寻常的事情，这件事又突然又不可思议。

那天天气不错，春季里难得的艳阳天，微冷。刘长江正在看文件，手机铃响起来，显示为市上的座机号，对于这种电话他觉得八成是打错了，在快要挂断的时候才接听，电话那头并没有说他们是谁，干什么的，而是一连串地核实：“你叫刘长江吧？”

“我是刘长江！”

“你现在还担任晶沟乡副乡长？”

“现在还是晶沟乡副乡长，暂时没有变动。”

“那好，袁书记到县上开两会，除了你还有一个副乡长，快退休了是吧？”

“还要四五年才退休，你们那边是哪里？”

“我们现在交给你一个临时任务，对外保密。下午三点左右你到丹凤飞机场，到那儿以后会有人联系你。”

“我现在还在晶沟乡政府，这事情有些突然，我到那儿有啥特殊的事情？”

“这事你就不要问，作为组织里的一员，组织有组织纪律，你下午三点到那儿以后自然会有人和你联系。”

刘长江还想问其他的，更怀疑对方的身份，把手机拿到眼前看看，确实是市上的电话号码，他想不会是骗子吧？又把电话放在耳朵边说：“这时间太紧，我如果赶不到怎么办！”

“我只是通知到你本人，后面都是你个人的事情，后果也由你个人负责。”

“好吧，那我还需要带什么。”

那边重复说了一遍：“什么也不用带，到地方会有人联系你！”挂断电话。

刘长江越想这事情越不对劲，他怎么就和丹凤飞机场联系到了一起，自己从来没坐过飞机，也只是知道那里有一个飞机场，具体地址在哪儿？怎么进去压根就不清楚。

经过核实他还必须得去。

挂断电话看看时间，要下午三点前到丹凤，时间特别赶。

背上包下楼，骑着摩托车就出发。一路上他心里都有个疑问，谁打的电话？让他去那里干什么？他想了一遍又一遍，始终没有一个合理的答案。沿路比较欣慰的是，有人在几段特别窄的地方加宽。

到了县城，他把摩托车停在小区院子里，没有回家，找了个餐馆吃了碗面，吃完就去车站坐上去丹凤的班车。下车出了车站已经接近三点，他招手打了辆出租，告诉司机目的地。司机问他在机场上班？他说不是，他也想了解关于飞机场的情况，司机知道的也并不太多，只告诉他这个飞机场是农用飞机场，不是特别大。还有一些花边信息，说起来感觉像真的一样，刘长江听后也跟着哈哈大笑，并不信。

到了飞机场，司机趁着两个人说得高兴，开口要五十，刘长江碍于面子，抹不过，但是又觉得要价太高，在机场门口和司机讨价还价。正说着，一个陌生号打过来，刘长江接通后对司机说：“这价钱太贵，二十来分钟，不到十公里，这价钱有些高。”

“平时都不跑这边，刚好拉你，跑这边都是单趟，回去都是空车，地方还偏僻，五十都是少的。”

电话那头问他到机场没有，刘长江说到了，正准备下车。电话里让他直接进门到大厅，有人在大厅等他，刘长江答应着，觉得和司机再掰扯下去也没用，付了五十，司机仍然不停地说这里只拉单趟。

刘长江没有坐过飞机，只从电视剧里看过，这个机场大厅比电视里简陋得多。

进大厅就看到中间站着五个人，刘长江径直走过去，五个人当中一个公子哥模样的人，梳着偏分，戴着墨镜遮住了半张脸，披着长风衣遮住春天里的寒冷。旁边两个人穿得比较随意，还有一个穿西装，另外一个穿制服戴着工牌，应该是机场的工作人员，穿着随意的一个人迎上来说：“你就是晶沟乡的刘乡长吧！”

“是，我是刘长江！你们是哪里？”

那个人自我介绍说：“你叫我康秘书，那是我们家公子，我们俩都为公子服务，你接到的电话也给你交代过了吧，辛苦你大老远地跑过来一趟。”

刘长江还准备问一些情况，想到早晨电话里提到了组织纪律，也就不再问这些，然后说：“那你们让我过来，我能做什么？”

康秘书说：“我们就想了解一下晶沟稀土矿的事情，具体的材料我们都有，只是认为还不是特别可信，想通过你指引核实一下。”

刘长江笑笑说：“好，没问题，我知道多少向你们汇报多少，可能我知道的不一定比你们多。”这会儿他心里才踏实了许多。

康秘书长笑笑说：“我们一会儿在飞机上看整体情况，边看边说。”

刘长江说：“好！”

旁边一个公子哥模样的人没有和他搭话。带有工作牌的人带着他们进入机场。

机场停了好几架飞机，几个人上了其中一架，坐稳系好安全带，机舱里面倒也不简陋，除了座位以外还固定了几个绿色的大箱子。戴有工牌的人做了安全提示，飞机起飞，刘长江有些眩晕抓紧旁边的扶手。

半个多小时，来到晶沟地界，飞机下降到可以看清楚地面的高度，另外一个人解开安全带，从一个大盒子里取出几张地图摊在那个公子哥面前，刘长江看到那张地图同样带有星号标识，上面还有遥感高清分辨的字样，非常清晰地标注着晶沟的每一个村，每一条路的坐标。座椅经过调整，几个人围在一起，另外一个人一手抓着扶手一手和康秘书在地图上指点着，刘长江看到了晶沟乡政府。

“你就在下面那栋楼办公？”康秘书问。

刘长江点点头。

飞机上噪声特别大，几个人把头凑在一起，用肢体语言表述。康秘书长按照地图问了边界、河流、路口、村落等信息，也都做了标注。刘长江开始还有些不适应，慢慢适应下来，俯瞰整个晶沟，路线清晰可见，弯曲的道路，大山上零星的房屋，如同蚂蚁般大小的人对着飞机指点。在飞机上，他还看到在晶沟另外一边的白鲁川交界处，停着一长串的三轮车，打眼一看有三十多辆，这个时候没有树荫遮挡，横七竖八特别显眼。

康秘书长笑着扯起嗓子说：“你们基层工作做得不到位啊，你看那些车，是不是偷采国家资源。”

刘长江回笑说：“应该是！白天都没有动，把车停在那儿，晚上开始，这一块有个交界。”他从地图上看了看，指给另外三个人，在晶沟盘旋了将近一个小时，在两个矿洞上空停留的时间最久。

直升机返航，再次经过晶沟乡政府上空，刘长江看到了晶沟乡政府院子里有几个人指着飞机，联合社里面围了一群人。

下飞机出机场都有人引导。

回到鹿鸣县城，天已经特别黑，他漫步回家，感觉自己经历了一场梦。不知不觉到了楼下，看着自己家亮着的灯光，他停了一会儿，抽了支烟，去车棚骑着摩托车回晶沟乡政府，那里最近不太太平，事情有些多。

对于他离开的大半天时间，也没有人在意他发生了什么，大家津津乐道的反而是那天晶沟乡政府头顶上盘旋的那架飞机。尤其是殷所长说那架飞机飞得特别低，连飞机上坐着的人都能看清楚，当刘长江问起来看清楚是谁了没有，殷所长又说：“都戴着一个头盔，看着都一样，这飞机不是播种的就是撒药的。”刘长江笑了笑。

袁书记的调令在两会没有开完就下来了，和调令一起的还有一个文件《关于鹿鸣县整顿私采矿产资源的工作部署》，文件是从市府发下来的，盖的是市府的章，提到的却只有鹿鸣县，刘长江明白这件事更不简单。

## 一百三十八

从那天起，联合社里面就没有清净的时间，也没有清净的地方。最让大家头疼的是至今没有一个完整的方案出来，审计仍然在夜以继日地进行，从工作组来到现在，所有人都待在联合社里面，没有人休假。厨师一个人要做一大堆人的饭，不停地抱怨，但是也没什么用，索性无论人多人少，她把米量加大，菜的数量不变，分量增大。

柯礼朝和段主任以往一直都在外勤，潇洒自由惯了，这一下成了笼子里的鸟，天天待在营业室坐班，待了一段时间也抱怨起来。工作组还是和他们保持着一定的距离，这种距离犹如好几级的台阶，只有在吃饭的时候才能拉近一点点。

终于，内部审计汇总出来了，确实涉及很多问题，有外勤的也有内勤的。

联合社里传承的都是师傅带，徒弟学，平时考核只注重业务量，对于业务所覆盖的深层次情况，以往的检查也没有核实过。

在一些明显无法反驳的地方，大家默不作声，稍微能狡辩的地方，也都各讲各做了什么，尽力撇清楚自己的问题。

谷经理开始还听，后面也拍着桌子吼道：“只说你们自己的问题。”但是这样往往又没人再继续往下说。

内部审计终于汇总，所有的问题都暴露出来，大家都没有想到会有那么多的问题。

所有的业务在平时办理时，觉得是那么的轻松、那么的平常，但是经过时间的累积，都成为当时麻痹大意的罪证。从最开始不知道哪些问题的沉默，到现在谷经理提出问题时每个人都为自己极力辩驳，事情也在争论中缓慢地推进。

在内部审计几近结束时，村民那边两个问题特别突出，一个是这么大的窟窿怎么办？还有一个就是贷款什么时间可以放开？

晶沟村是贷款大户，富晶垚刚开始接外勤就有好几个人来问他放款的事情，他都以社里暂停贷款来拒绝。

为了应对金融危机，国家加大了对农村的投资，晶沟的信贷额度也增大，挣钱的机会也增多，但是无论多大的回报率都需要启动资金，乡政府过来协调了好多次。

审计汇总分析以后，谷经理回县里汇报具体情况，早晨骑摩托车回去，下午就回来，满面尘灰，没来得及洗漱就通知大家开会，传达县上的指示，这次语气还和以前一样。所有的问题必须深挖，无论是谁一查到底，根据问题的大小，该批评的批评，该处分的处分，该辞退的辞退，联合社兜底涉及余俊武所有真实有效的存款，对于他担保的贷款，无论是内勤还是外勤按照比例分摊，放款人占百分之六十，主任占百分之二十，两个内勤加起来占百分之二十，如果收不回来，自己想办法还上。还有就是从今天起，可以放款，村民有需求而且符合联合社贷款政策的，必须发放贷款，不得以任何理由拒绝，如果发现有违规情况，从重处罚。

这件事说完，谭会计又提出意见：“贷款是信贷员做贷前贷后审查，我们内勤根本就不会去看贷款的具体事项，而且余俊武在世的时候还算个有家庭的人，按照联合社的要求，他一个人就可以给一个自然人做担保，谁能知道这个人在外面捅了那么大一个窟窿，自己先把自己了结，罚我们内勤不合适。”

景泽录在沉默了许久以后也终于开口说：“我来晶沟是我愿意在这里的吗？看看管主任多好，人家走了啥责任都没有了，我包晶沟村也是按照联合社统一分配，不是我挑三拣四选的，余俊武在的时候多少人扒着他，十里八乡那些做生意的，提起余俊武，谁不知道？他的业务谁都没有像防贼一样防着他，况且还都是乡里乡亲。他自身的财务情况只有他自己知道，我们还能查他家里面的财务状况？谁都没有这个权力！现在他出事了事都安在我们头上，让我们把所有责任摊上，到哪儿去说都不是这个道理！”

段主任倒自我检查了一下：“我负责整个晶沟联合社的业务，所有人我统一安排，对于余俊武在外面的那些事情，我以前也听说过，但是听到的都是这个人讲信用，没有听到他对谁不按时还钱，这个我负有领导责任，我愿意接受这种处罚！”

这话刚说完，谭会计接过话：“对于内勤那百分之二十，我认为太高，对我来说也是为了在社上工作，我只愿意承担百分之五的责任，就那我也是看到谷经理在这儿忙了那么久的份上！”

富晶垚一听有些急了，立马提高声音喊起来：“我才来多长时间，我承担百分之十五的责任，我和他余俊武说的话不超过十五句，凭什么让我承担这么多，我是按照我自身岗位做事，管主任在的时候就给我说过让我离他远一些的！”

……

谷经理低着头听着这一群人争论，然后拿笔在桌子上“噔噔”地敲了好多下，反问道：“咋了？只有段主任一个人有责任，其他都没有责任？那这些问题和责任都由我这个新来的主任承担！”

柯礼朝和阮宝山看着这一群人争论，没有说一句话，他们俩查出来的问题少，即使按照这种方案处罚，每个人也背不了多少钱。

风控部的人伸着懒腰说：“要不这样也好，你们看那几笔余俊武担保的贷款，能收回来也行是吧，还有那几张存单，你们下乡核实下，这个问题你们是跑不掉的！”

谭会计黑着脸说：“那现在你们咋说我们就咋弄了！”

后面风控给出了另外一个建议，尽快登记余俊武签字的借条，签字的收条，签字的借款借据。谷经理也认为内部问题都已经理清楚，登记村民持有的各种便条也是一项比较紧迫的事情。

这件事谷经理和风控部商议让谭会计和富晶垚来统计，因为两个人在内勤待的时间久，统计这块属于形式大于实质，大概估算出问题金额，后面再分组实质核实每一笔的具体情况，登记便条内勤比外勤在行。谭会计摆出了两个问题：一个是风险部不能认定余俊武担保，经他手的贷款他都有责任；还有一个就是要发放新贷款，事情比较多，他没精力接待和登记。谷经理转而问起了富晶垚，富晶垚也跟着谭会计的要求提出来，两个人合在一起反驳，给谷经理出了个难题，只能又分给段主任和柯礼朝，他们俩现在是内勤，这些事刚好也是内勤的本职。

柯礼朝幽默地说了几句话："我现在是全能啊！这眼睛怕是这件事结束以后能炼成火眼金睛，能看清楚哪张借条的真假，说不定还能看清谁是奸臣，谁是忠臣！"没有人在意他这会儿说什么，只在意后续的事情怎么往下推进。

当天晚上，谷经理出了一个告示：

**《公告》**

自即日起，开始统计余俊武所涉及的集资放贷问题，请手持各种票据的村民尽快到联合社登记，为期两个月，逾期不再登记，后果自负。

晶沟联合社

× 年 × 月 × 日

打印了三十份，分发的任务交给了外勤，张贴在乡政府门口、各村村口、路口等显眼的位置。

第二天早晨，富晶垚从客房起床坐在床上发愣。这段时间他也够烦的，平白无故遇到这么个事情。而且徐馨璐面临毕业答辩，发过去的信息都像石沉大海，打电话也只说忙，没说两句就要挂断。好不容易回个短信，只有一句：那种大山沟还能出那么大的事情，你愿意待在那儿，不是不想回你信息接你电话，是你最近负能量太多，说话发信息都离不开你们那点破事。这段时间富晶垚经常失眠，身心俱疲。

起床后上厕所，刚准备进厕所就听到里面两个人对话，一个声音说："今天贴公告，不信你看，公告贴出来，下午就把联合社这院子围满了。"这是谭会计的声音。

另一个声音说："围满了也管它呢，又没有分给你。"这是景泽录的声音。

"你指望那两个人给你统计，来十个人都能统计一天！"谭会计又说。

景泽录"嗯"了一下说："你说得也是！我今天一天就在乡上发公告。"

"就你耍滑！"里面两个人一起笑起来。

富晶垚等着两个人出来，才进厕所。

这话说得也对，让段主任和柯礼朝两个人统计，没有谭会计说得那么夸张，但是也差不多。说不定就会把哪个外勤拉去做壮丁。

吃过早饭他找了个时机对谷经理说他负责晶沟村，这是个重点受害的地方，要宣传到位，村口路口都要贴。段主任和柯礼朝也对这事情有估计，柯礼朝笑着说："小富，你又不会骑摩托车，难不成靠双脚走着贴传单，以前没见你这么积极下乡，今天这么积极！"

段主任说："他是怕我们俩应付不过来让他帮忙！"

富晶垚争辩说："不是的，哪会呢！我包晶沟村，这方面肯定也得负责任啊！"

谷经理也就在这个时候才知道富晶垚不会骑摩托车，那他下乡靠什么！连连咂嘴说："你在乡下工作，怎么样都得学会骑摩托车！靠双脚不行！"

富晶垚不住地点头说："就是，就是！"

去会议室拿了几十份通告在院子里转了一圈。还是没有勇气靠双脚走着在晶沟贴传单。他找到谭会计，见面问："谭会计，依照你的经验，我们这事情后面咋处理！"

谭会计嗯了好几声说："咋处理！能咋处理！谷经理不是在会上说了吗，要知道有这事情真应该像管老头子一样，早早地想办法溜了，待在这儿干啥，替个死人背锅。"

富晶垚叹了口气说："你说得也是，但是不至于像谷经理说得那么严重吧！"

"你好歹干了两三年工作，形势还分不清楚？你看看那事情，是我们的事情吗？不都往你我身上安，哎！小富，我看你和人行那个人还熟，我给你说，县官不如现管，你别看那天主管金融的那个副县长在台上吼的声音大，你给你人行的叔叔说，这事情根本就和你没关系，这个时候他说话比副县长管用多了！"

富晶垚有些将信将疑，说："真的吗！我那天追着我叔打招呼，他后来打电话把我说了一通。"

"这就是你不成熟，单位里谁和谁一条裤筒你知道？而且出了事情谁都会撇清关系，即使是亲戚也怕粘上，他又不是你父母，他不怕你是第二个余俊武？"

"还这么复杂！"

"你这个娃还太年轻，单位和社会的人情世故啥都不知道！"

富晶垚还在回味谭会计说的话。谭会计又说：“你又不会骑摩托车，谷经理说可以放贷款，我今天下乡，带你在晶沟贴公告，可以给你说说晶沟，可是你可不能说我带着你啊！”

富晶垚连连说：“好，好！”收拾好袋子，两个人一前一后出了联合社的院子。

经过蔡老板的大饭店，蔡老板向富晶垚打招呼说：“你们最近里面热闹！现在热闹成啥样了！”

富晶垚有些狼狈，说：“别说了，和我没啥关系，背个死人的事情！”

蔡老板哎了一声说：“这话可不能这样说，替死人背事情这可是要不得的话，你这还年轻，咋说这话！”

富晶垚知道顺着谭会计的思路说错话，说：“蔡老板说得对，这是替社上背事情。”

蔡老板笑笑说：“这才是！”

富晶垚说：“我在你这儿贴个公告！别撕了。”

蔡老板接过来看了一下说：“这是打算把所有的事情都背下来，那可好，我这儿还有好几张余俊武的收条，就是字沾水了，看不太清楚！”

富晶垚带着气说：“只要有，你都拿去那儿登记呗！”

贴完公告，他小跑两步追上谭会计的摩托车，谭会计把车停在核桃树上边一点，看到他过来说：“你咋搞了这么长时间，我还以为你被谷经理拉过去给段主任帮忙去了！”

富晶垚把刚才蔡老板的话说了一遍，谭会计听后冷笑道：“这一群人，干啥事没个章法，你看后面，像蔡老板刚说的那样的多得很，别说一百万，一千万都有可能，不信我们俩把话撂在这儿！”

“一千万，好家伙，他是要把整个联合社掏空！”富晶垚说完深深地叹了口气。

谭会计骑着摩托车，在显眼的地方停下来，富晶垚刷糨糊，贴上公告，谭会计对这里的山、水、路、桥和住家户特别熟悉，用了不到一个小时，全都贴上了。

有人问谭会计问题，他用着盛气凌人的口气说：“你不会看公告！上面都写着！”或者说：“你到社上去问，在这儿问啥！在这儿有钱给你咋地！”

贴了几十处，说了几十遍，没有一个人争论，竟还有人嬉笑着赔不是。

## 一百三十九

贴完公告以后时间尚早，谭会计骑着摩托车盘算着去哪儿，两个人先后接到了谷经理的电话，大概内容都一样，前去社里登记的人挤满了院子，需要加派人手给段主任和柯礼朝帮忙，让他们两个人快点回去。富晶垚的借口是自己离得远，还没有贴完，走路回去得一两个小时，谭会计说他被一个村民纠缠着脱不开身，把这个人甩离了尽快回去。谭会计在挂断电话以后和富晶垚相视一笑。

谭会计说："现在不能回去，都能想象到那场面！"

富晶垚也赞同。

骑着摩托车经过大嫂子家门口时，谭会计停下来说："咱们俩去看看那房子咋样？"

富晶垚跟着谭会计上了陡坡，那栋房子一边的屋顶已经被吹塌，只留另外一边。大门敞开，里面竟然还有人。

谭会计站在道床上喊："这房子都成这样了，也没有个人收拾一下？大嫂子在的时候，多会收拾，窗户破个洞都会拿东西补起来，你看这半边都塌了也没人收拾！"

从里面出来两个人，一个是个子非常高的汪润好，另一个是满脸月球坑的男人，汪润好见是谭会计热情地说："谭主任来了，进来坐！"

富晶垚的第一反应是这个女人究竟图这个男人什么？要长相没长相，要气质没气质，说有钱，房子破成这样也不收拾，真是一朵鲜花插在了粪坑里。

两个人跟着进屋，堂屋还烧着火，坍塌那边的房门开着，那边的光线都比大门的光线亮。

富晶垚透过半开的门看到大嫂子去世的那间屋子被重新收拾了一下，里面除了那张床还有梳妆台，非常整洁。谭会计和汪润好聊起来，富晶垚在旁边听着搭不上话，大致也是因为金融危机，两个人都不想再去那边打工，打算在县城干点啥，踅摸了好长时间做什么，现在既缺钱又缺好的项目。谭会计说了好几个，汪润好都找出了困难，给富晶垚的感觉是汪润好已经打定主意，但是不确定的因素比较多，一直没说出口，月球坑男人后面接着谭会计的话说，印证这个想法是否正确，话里话外讨谭会计舒心，两个人竟然只字没有提余俊武集资放贷的事情。

说到启动资金，谭会计拍着大腿说："现在刚好是小富负责晶沟村，今天开始可以贷款，你不信问小富！”

富晶垚连连点头。

谭会计点头说：“我本来只是顺路过来看看你们家老房子，没想到还能凑出来个好事！”

汪润好留两个人在家吃饭，两个人求之不得，汪润好到门前摘菜、洗菜。富晶垚觉得待在房子里闷，也出门。最近因为这个糟心的事情请不了假，他也已经很久没有见到徐馨璐，看着个子高，身材好，还会收拾家的汪润好，他心里矛盾又挣扎。

中午汪润好提出来一瓶酒，谭会计和富晶垚都说最近不能喝酒。刚准备吃饭，又接到谷经理的电话，问他们能不能赶回去吃饭？问这个问题真实意图是催他们尽快回去，两个人都说正在尽快往回赶。

吃完饭将近两点多，谭会计向汪润好两口子道别。回联合社的路上谭会计说：“这下有咱们俩受得了，我年纪大不太怕，就怕你脸皮薄！”

这话让富晶垚有些发怵。

还没到蔡老板那里，就看到路边停了很多摩托车。谭会计笑笑说：“里面比外面热闹的不是一点点啊！”

他把摩托车停在蔡老板那里，富晶垚有些诧异，问：“咱们不回去！”

“你先回，我一会儿就到。”

富晶垚听到这话也知道两个人肯定不能一起回院子，他不回又怕被臭骂，横着心回联合社。从院子门口就围着一堆人，他好不容易挤进去，上台阶，看到段主任和柯礼朝两个人满脸通红地在营业室，谭会计以前办公的三斗桌挪到正对着院子那扇窗户，外面把条子透过铁栅栏递进去，段主任在里面登记，阮宝山用老式的复印机复印，柯礼朝正常办业务。几个人都面红耳赤，段主任接纸条的时候看到富晶垚回来，招手让他进去。富晶垚挤着进营业室。

第二扇门刚开，柯礼朝就带着嘲讽的口气说：“你这次扒大豁子，吃不完真要兜着走，谷经理气得快把桌子都拍烂了。”

富晶垚更有些害怕，段主任起身让富晶垚登记，他的眼睛实在受不了，腰也直不起来。

外面不停地催促他们登记，生怕到他那一个截止了。富晶垚随手翻了一下，前面才登记了不到两页。他接过一张便条登记起来，被人用手轻轻在肩膀上拍了一下：“登记的时候看一下，有啥疑虑在备注上注明，以便后期核对。”

他回头看是谷经理，并没有柯礼朝说的要把他吃了似的夸张。

富晶垚接手后，就停不下来，一直登记到晚上七点，他实在受不了，撂挑子，谷经理带着人把村民从院子里劝出来。

谷经理也知道现在正是用人的时候，如果真把人全部都骂烦了，没人可用也是个难办事。

晚上又开了一晚上的会，都是今天登记当中出现的问题汇总，谷经理和风控部的几个人商讨，其他几个人都没有说话，富晶垚耷拉着脑袋瘫坐在靠椅上。

一连几天人才慢慢减少。富晶垚其他的什么也不干，只登记便条，他手脚也麻利，除了登记还兼复印，阮宝山也撤了，段主任又优哉游哉地喝起茶。富晶垚也觉得他还是习惯内勤的工作。

这时候工作组给出了后期的具体方案就离开。

他们来的时候多少不太情愿，走的时候也匆匆忙忙。谭会计、柯礼朝等几个人在后面客房住了两个多月终于又回到自己房间，有自己的私人空间。工作组走的时候还简单收拾了一下房间，富晶垚的房间比他住的时候整洁。

登记没多久就已经厚厚一大本，后面只有零散的人过来登记。

谭会计这天喊他出来，说："小富现在是大总掌柜的，本来人家两个人拼命登记一个早晨也才登记十来个，你一个小时就能登记这么多，这么快就登记完了，年轻后生真是可畏啊！"

他知道这话在讽刺他，支吾了一声，跟着谭会计进房间，看见汪润好和那个月球男人在沙发上坐着，他有些意外。汪润好见到他进门，站起来打了声招呼，富晶垚温和地笑笑点点头。

"人家这几天来了好几次，你倒是忙别人的活，自己的业务不正干。那天说好贷款，人家第二天就来了，后面天天来，你可要快一些，不然又把贷款扎住不放，耽误人家事情吗！"

富晶垚连连点头说："这是，我这几天都在营业室登记，把这都忘了，我从来没做过信贷，还不知道咋办啊！"

"贷款的流程是先做贷前审查，写调查报告。"谭会计指指汪润好说，"这个你还不熟悉！都去了多少次，还要调查啥？都是模板你照着写就行，大学生吗！照抄还不会！"又轻声说，"你们要贷多少来着？"

"我们打算开个电器加盟连锁店，得七八万吧！"汪润好说。

"七八万估计不行，现在社上这情况你们也看到了，而且小富只有五万块钱的审批权限。”

汪润好显得有些泄气，说：“五万块钱就五万，我们先少进一些，后边驴打滚再往里投。”

“就是，开始做生意不能求大，年轻人谁有那资本！”

“谭伯伯说得是！”

这是富晶垚第一次听到汪润好叫谭会计伯伯，以前都随着大家叫谭会计。他开始认可汪润好贷款的合理性。

“你不知道咋放贷款我教你，你看这些资料，还差一个合同在营业室，你进去拿一份。贷前报告我这有模板，你把里面空着的部分填上，内勤咋操作你都知道吧！”

“知道，这么简单五万块钱就放出去了？”

“这有啥难的。”谭会计说完从办公桌上拿出一沓资料交给他说，“先把这些填好，合同你去营业室拿。”

富晶垚离开这一会儿，段主任在那里登记、复印，看到他进营业室拿完合同要离开，叫住他，让他继续在那里登记。富晶垚争辩说他本来只是临时顶替，却成了顶梁柱，他也扛不住，而且还有外勤的业务要忙。

柯礼朝听后嘲笑他说：“段主任是主任的时候你可不是这态度，让你咋样就咋样，段主任现在是会计了你就敢顶嘴。”

富晶垚觉得羞愧，又坐在三斗桌前登记。刚登记了几个人，谭会计就在院子里喊：“小富，人家还等着呢！你拿个合同咋就不过来了！”

富晶垚应着拿起合同耸耸肩膀说：“你看，我那边真有事！”

“是你自己的事情？还是人家谭会计的事情？你都搞不清楚吧！”柯礼朝说。

富晶垚回答不上来，谭会计在院子里不停催促，他只好拿着合同出了营业室。

来到谭会计的房间，按照谭会计的指导，汪润好和月球男很快就把几页表和合同填好，富晶垚也把字签好。在审查结婚证的时候他看到汪润好比他小三岁，而那个月球男人比他还大两岁，他有一种不想继续办理的冲动，后面硬是被谭会计催促着办完，好像晚一天这两口子少挣万儿八千似的。

联合社的贷款政策是，属于哪个行政村的人在相应的行政村建立农户档案，只有建立农户档案的人才可以在本辖区的联合社贷款，不能跨区域贷款。对于没有建立档案的直接在农户档案中新增，在系统上录入就可以。对于包村的联合社正式职工来说，不用通过主任审批，就有五万块钱的审批权限，超过五万，就得主任签字，汪润好的这笔贷款刚好是五万。

等把所有的手续填完，富晶垚拿着资料进营业室让柯礼朝在系统上操作，段主任和柯礼朝看着贷款资料八卦起谭会计和汪润好她母亲之间的事情，男人八卦男人的私事，总离不开那档子事。

柯礼朝靠着一根食指在系统上操作了一通，结果越弄越糟糕，一会儿身份证号码输错了，一会儿操作步骤打颠倒了，忙活了好长时间，汪润好夫妻俩的信息还没有正确录入系统里。

录着录着，柯礼朝把资料往桌子上一撇，起身揉揉眼睛说："这是让张飞绣花，让专家种地，我弄不了，就算会，这眼睛也受够了！"

段主任也站起来扭了两下腰说："营业室里面的内勤，还是得小富这些年轻人干，我们这些老头子就适合在外面跑。"

富晶垚顺着话茬说："就是的！把啥都弄乱套了，一团糟。"他接替起柯礼朝在系统上录起信息，很快把两个人信息录入完毕，最后一步提交的时候显示汪润好的信息在昶河被占用，这一下让富晶垚傻了眼，这种情况以前也遇见过，只需和县风险部联系，风险部在后台与公安系统联网核查，情况属实，不超过一个星期就把昶河镇的信息迁移到晶沟，后面有人去昶河联合社补一个信息迁移手续就可以。

富晶垚按照以往的方式打电话给风控部。现在的晶沟处于风暴口，风控部让他和昶河联合社说好，晶沟那边从系统上发起迁移申请，昶河那边也发起迁出申请，风控部在系统上核实以后才能完成信息迁移，富晶垚感受到了深深的不被信任。

房间里汪润好两口子还等着他办后续的手续，他过去把情况说完，谭会计直咂嘴说："女子，你还在昶河那边建过信息？你想想办结没有？"

汪润好努力回忆，想了好长时间说："我记得很早之前，上大学的时候在昶河办过一个助学贷款，当时我爸还在，你也在那边，在那儿办的。"

谭会计"噢"了一声，说："好像是的！七八年前的事情，当时你把那助学贷款还完了吧。"

"我毕业就还完了。"

谭会计把那一沓资料拿在手里抖动着，思考了许久说："那不行你们骑着摩托车把小富带去昶河一趟，你们门面都看了，不能错过这个趟是吧！"然后对富晶垚说，"小富，你一会儿让侄女婿骑摩托车带你们三个人下一趟昶河联合社，电脑上你也会操作，这边需要啥你弄好，一次去昶河办好，两个人从南方回来想做个啥也不容易，现在女子无父无母，我们能帮成啥样是啥样！”

富晶垚最近心累，不愿意去，可能是在营业室被谭会计指挥习惯了，他竟然没经过脑子，直接噢起来，噢完又有些懊悔，心想咋还费那么多的事情，还得跑那么远。

心里这么想身体却不由自主地出门开始找农户信息档案迁移表。

准备好一整套迁移手续，他拿去让谷经理签字，谷经理来来回回问了他几个情况，这户在哪里？家里啥情况？昶河那边的业务办结没有？到这边干啥？在谷经理犹豫要不要签字的时候，富晶垚说：“大学毕业在外面待了几年，现在想回来做点事情，门店都看好了！”

谷经理没再多问，签完字递给他说：“大学毕业！看着年龄也不小了，在外面也晃了好多年，确实也不容易，你抓紧时间办理。”

下楼去谭会计的房间，经过营业室的窗户，听到柯礼朝和段主任在说他现在已经完全成了谭会计的狗腿子，富晶垚心里有些不舒服。

他拿着谷经理签过字的那套农户迁移申请到谭会计房间，汪润好夫妇正等着他。

月球男的摩托车是个 125 的跨骑，车身比较长，他在摩托车最前面，富晶垚坐中间，汪润好侧着身子坐在最后，手扶在后面的货架上，三个人坐在上面还比较宽敞。

月球男骑摩托车虽然比较稳，但是晶沟全是山路，上坡陡、下坡急、拐弯幅度大，行驶了二十来分钟，汪润好就在后面使劲喊她手酸了，扶不住。月球男把车停下来，换成汪润好坐中间，富晶垚坐在后面。汪润好还是侧着身子坐，富晶垚两腿岔开，扶着后面的货架。

月球男骑着摩托车继续赶路，速度减慢很多。沿路陆陆续续有工人在修筑路沿，偶尔在路中间占一处地和水泥。这个时候富晶垚和汪润好就得下来。换了几次，汪润好最终岔着腿坐在中间，富晶垚岔着腿坐在她身后。

经过太阳花上村到下村那段上陡坡路时，汪润好没有抓稳，不住地挤压富晶垚，初夏只穿了一席薄薄的长裙，他看着前面这个女人，头绳扎着的长发被风吹起来撩在他鼻尖，撩在他额头，撩在他心里面。他只能看到汪润好的脖子，皮肤白皙，白得想咬一口，他下身不自主地顶在她的后面，汪润好似乎并没有太多的反应，随着摩托车的速度，不停地摩擦着他。在有一段路需要下来走的时候，富晶垚拿起装有资料的公文包遮在身前。

从山顶下来的时候，大部分都是下坡路，拐弯的地方又多，富晶垚的身子随着路形摩擦着那个只隔着一层薄纱的丰臀，丝滑又有弹性。在一个拐弯处，他终于没有控制住，因为浑身一抖，摩托车也跟着抖了一下，月球男问："出了什么状况？"富晶垚喉咙里还有没有咽下去的痰说："刚才没扶稳。"

这之后汪润好尽量往前靠，双手搂着月球男的腰。富晶垚知趣地往后挪了挪屁股。

在行驶到太阳花村下游时，富晶垚看到水电站工程指挥部停了好几辆车。在这种山野乡村，能停那么多辆车也是一件很稀罕的事情，他扭着头看发生了什么，从敞开的大门当中，他看到了刘长江在院子里抽着烟。

摩托车在昶河联合社院子门口停下来，富晶垚把背包放在前面说："你们俩等一下，我去趟茅厕。"

汪润好也跟着说："茅厕在哪儿？我也要去一趟，路不平，我怕我一会儿吐了！"富晶垚看了一眼汪润好，满脸通红，感到有些不好意思，更有一种兴奋，说："你跟着我，在男厕隔壁。"

"我在院子里等你们。"月球男说。

富晶垚没有搭理向厕所走去，他在前面，汪润好在后，他觉得一双火辣辣的眼睛在背后盯着他，走路都不自在。

联合社的厕所都是蹲式的厕所，他在角落的地方从包里拿出卫生纸清理了一下才出来。这个时候汪润好已经出来，在他前面，他盯着她的屁股，一直看到和月球男见面。

## 一百四十

富晶垚领着两个人到信贷室，里面的人他都认识。大家带有调侃的口气说晶沟联合社现在不好待，简直就像翻天一样的难干。

他的手续齐全，昶河这边也写了申请，让石主任审批，富晶垚上楼向石主任解释了好一会儿。等石主任签完字，昶河联合社内勤把信息提交到县风控部审批，风控部接收到信息，没有回复具体什么时间能迁移好。

出了昶河信贷室，刚下台阶，他看到已经退休的管主任，管主任这次来取现金，打算带着老伴出去旅游。富晶垚让汪润好在外面等一会儿，他和管主任说两句话。

管主任退休后可能很久没有人听他这样讲话，打开了话匣子，唠唠叨叨说了半个多小时。富晶垚只提到社里面几个人，管主任基本上还原了中间的过程，有些事情说起来就像他当时在场一样。因为富晶垚的脑袋还晕乎着，跟不上管主任的节奏，难以接收到管主任说的那么多内容，只是被动地听着。汪润好站在管主任背后做了几次手势让他离开，他终于说要走，在道别的时候管主任说："你们这些大学生刚进单位就像一张白纸。其他人是其他人，他们想怎么样是他们的想法，你要有自己的主见！我一个退休老头子，和你没啥利益瓜葛，说的你可要听！"

富晶垚点头说："好，好，我记着！"

回去的路上，还是来时那样坐，这个时候已经中午，快到吃饭时间，富晶垚又饿又乏力。到晶沟联合社的院子时，他感到全身无力。月球男说了好几遍到饭点了，请他一块回家吃饭，富晶垚才恍惚中听到，连连摆摆手说："不用，我回社里把资料整理一下再说，县上一般三天左右就把汪润好的农户资料迁移到这里，三天以后你们再过来。"

回到房间，四仰八叉地躺在床上好一会儿，脑海里回忆起那一段路，这是他一生中最值得回忆的路。

躺着躺着，他觉得肚子太饿，起身到蔡老板那里吃饭。

## 一百四十一

两会过后刘长江清闲了一阵，大家都知道这过后是人员变动的高峰期，袁书记已经调往县直机关，晶沟暂时还没有新书记过来。他给刘主任打电话聊起人员变动，刘主任的口气不是特别自信，告诉他这几天没事回县城一趟，带他见一下县委书记。

打完电话当天他就骑着摩托车回县城，刘主任让他第二天在县委大院见面。

第二天早晨刘长江依约来到县委大院，刘主任已经在县委书记那幢楼下等着，看起来特别苍老，见他说了一些情况。

刘长江感觉自己像赶考，除了激动还有些失落。

这是一幢老式办公楼，台阶和扶手磨得非常光滑。他以前在政协时很少进这一幢楼来，这次来，他有些紧张。

刚到三楼楼梯口，就看到县委书记办公室的门外排了很长一个队伍，刘主任带他穿过队伍，到隔壁办公室找来服务书记的副秘书长小张，小张比刘长江大不了几岁，已经是地中海。刘主任交代小张进去给书记通报一下，下一个他进去汇报一点事情。小张应下，敲了书记的门进去，不到一分钟出来告诉刘主任下一个就可以进去，刘主任带着刘长江站在门外等着。

里面的谈话时间有点久，等了二十多分钟才结束。出来两个人，刘主任也认识，轻声打了声招呼。

刘主任带着刘长江进去，书记站起来象征性地迎了一下，刘主任把刘长江向书记做了介绍，书记说："我记着晶沟有个年轻肯付出的刘乡长。"把话题岔开说起了刘主任的事情，书记说刘主任改年龄这件事已经收到好几封举报信。刘主任沉默了好长时间说："这个事情也不能只听举报信里说的那些，我们那个年代，阴历、阳历分不清楚，而且我家里以前几代都不识字，他们把阳历写成了阴历……"

书记打断他的话说："你的意思我知道了！"然后问，"还有其他事情没有？"

刘主任停顿后说："没有了！"

"没事欢迎你常过来聊天！"书记站起来伸出手和刘主任握了一下。

刘主任带着他出来下到一楼，握住刘长江的手说："过去看看不？"

刘长江笑笑说："不了，感谢您尽力。"

刘主任把刘长江的手握着上下摆动，说："你们那儿现在处在一个风口，你多保重。"

"谢谢您提醒，没事常联系！"

两个人松开手，刘主任转身去了政协楼。刘长江出了县委大院。他给付莹莹打了个电话，骑着摩托车去晶沟。

## 一百四十二

在袁书记还在半推半就地等着最后几天去新单位报到的时候，晶沟出现一件非常大的事件，一起爆炸致人伤亡，地点在晶沟和昶河的汇合处，按照地界划分，应该算是晶沟的地界，爆炸强度特别大。

这段时间，晶沟乡和昶河镇依据出台的《关于整顿非法采矿的文件》成立联合排查组，国土、公安、司法……能调动的人员全部调动起来，还从王三豪的矿上抽调了几个人，在各个路口设卡，遇到三轮车就检查，不论时间不论地点，抓到拉矿的三轮车连矿带车全部没收，一时间很多人赋闲在家，本来金融危机回来的人就多，这下没事干的人就更多了。赋闲在家的人多起来就容易凑在一起惹出一些事情，在城市打工的人稀罕乡下的鱼，稀罕乡下的野物，猎枪禁了很多年，没人动那个，电鱼和炸鱼就是这些人最大的乐趣，有几个人把弄来的铁砂藏在一个路口，平时都是有存有用，没人知道积了多少。爆炸那天几个人用瓶子填装铁砂的时候冒出了火星，三个人当场就飞上了天，下起了一阵血雨。

这个案子比较大，昶河派出所报告给县公安局，县公安局局长带上刑侦支队过来侦办此案。经过勘查，出具的报告认定是晶沟乡发生的刑事案件。县刑侦队就驻在了晶沟乡政府。公安局局长也是鹿鸣县的副县长，过来那天袁书记接待的这个局长，在蔡老板那里吃的饭。

据公安局局长说，当时大家还以为会有全尸，他带着徐支队长过去的时候昶河派出所在外围拉起了警戒，周边围了很多看热闹的人，也有人在哭。他们几个人带的停尸袋也没能用上。刑侦队徐队长加上十几个队员，加在一起只捡到不足两袋子人体组织，上面都混着铁砂和烧焦碳化的器官。局长说他从警这么多年，见到的为数不多的恐怖场面。

吃过饭之后，公安局局长就离开了，留下徐队长和其他三个队员继续调查铁砂的来源，还有没有其他犯罪行为。徐队长和其他三个人住在蔡老板的楼上。

刘长江这段时间带着联合组的成员检查拉矿车，查扣拉矿车，很少待在乡上。

## 一百四十三

自从出了余俊武的案子以后，富晶垚被调到外勤，他发现除了不会骑摩托车是个最主要的制约因素以外，其他的还挺好。

那次去昶河以后，他经常思考管主任说的那些话，不再和联合社里的其他人接近，经常跑到乡政府。刘长江不在房间，他就找小景打游戏。偶尔碰到刘长江在房间，两个人也没太多话，刘长江伏案看书，他看电视。

爆炸案发生以后，晶沟人见面说得最多的不再是余俊武的事，而是那次爆炸案有多惨。

自从管伙食的人从他变成柯礼朝，他去蔡老板那里的次数就少了很多。

在业务上，他对碳沟没什么好感，碳沟村民找他贷款，他基本都回绝，晶沟村的贷款他也找各种理由拒绝，导致好多人去找谷经理，谷经理找他了解情况，他也用各种理由搪塞。

这个时候段主任还在继续登记余俊武出具的便条。段主任虽然被免了主任职务，接谭会计的会计工作，但是比谭会计还要洒脱，除了登记余俊武的便条，其他的什么也不干。营业室里主要还是柯礼朝办业务，对于一个五十多岁的人来说有些难，一个人干几个人的活。他的头疼脑热，身子不舒服也都显现出来，谷经理对柯礼朝和富晶垚两个人非常头疼，一个确实年纪大了没办法，另一个吊儿郎当。

这一天一个人要买大卡车来贷款，家里穷得啥都没有，只有大车的驾照，被富晶垚拒绝了。富晶垚也有些懊悔自己业务不精，用看电视的方式排解，刘长江打电话让他中午到蔡老板那里吃饭，富晶垚巴不得有个事情打发一下焦虑的心情。还没到约定的时间，就奔到蔡老板的饭店里。他看到了以前见过的琪琪，还有四个警察，其中那个年纪大的警察他越看越熟悉，但是又想不起来在哪里见过。互相打过招呼后他和琪琪先聊起来。琪琪和王三豪的稀土矿签了一单合同，供应采矿机的钻头，合同金额不太大，用琪琪的话说也就几十万。两个人聊的时候，其他四个警察聊着案子的情况。

等到大家都停下来，那个年龄大的警官问了琪琪家里的情况，琪琪如实说，那个警官也认识刘主任，套了一会儿近乎。在提起富晶垚时，那个警官带有诧异地问他叫富晶垚，在联合社上班？富晶垚也有些惊讶，说是。这个警官没再往下问，富晶垚问那个警官怎么知道他的这些信息，旁边一个警察说："这是我们徐队长，啥也不知道。"富晶垚心里咯噔一下，他猜测这个人可能是徐馨璐的爸爸。如果在以往他会毫不犹豫地问出来，经过这段时间的事情以后他忍住不再追问，也不说话，坐在那里盯着徐队长。他越看徐队长的动作、神态越像徐馨璐，悄悄地给徐馨璐发了个信息，徐馨璐没有回他。他觉得特别别扭，没想到第一次见可能的未来的岳父竟然是在这样一种场合。徐队长并没有觉得拘束，还像平常一样和其他人聊天。富晶垚猜测徐馨璐只在徐队长那里提到他，但是并没有提他们俩太多的事情，更没有提两个人到底发展到哪种程度。

刘长江过来得比较晚，进门连连说对不起，解释最近在路口查车，他把他们那队人安排好立马骑着摩托车过来。富晶垚看他满身是土。大家给他在徐队长旁边留了个位置，他也没推脱就坐下。刘长江刚坐下准备介绍大家相互认识，徐队长抬起手说大家刚才都认识过了，不用再介绍。

刘长江中午没有喝酒。富晶垚和琪琪陪着徐队长喝了几杯，喝酒中徐队长突然问富晶垚去年大洪水的时候他和徐馨璐联系过没有，知不知道徐馨璐那段时间在哪里？这句话犹如把他从黑洞中突然暴晒在阳光下，而且一丝不挂。富晶垚吞吞吐吐地解释，他和徐馨璐通过电话，不再多说一个字，徐队长端起酒杯和他碰了好几杯，至于是什么意思，徐队长只是说喝酒，富晶垚也站起来连连碰酒，只管喝，一句话也不说。

刘长江大概知道其中过程，看着他们俩喝酒，也没有多说话，这个事情他觉得他挑明不合适，富晶垚挑明也不合适，只有徐馨璐自己给徐队长说才是最好的处理方式。

喝了一阵，大家说起晶沟最近发生的事情，对于问题的症结，琪琪的看法是因为金融危机。如果没有金融危机，余俊武集资放贷还能再往后拖延很长时间，也不会让他走向穷途末路；要不是金融危机，也不会有那么多人回农村，就不会出现这次大爆炸；如果不是金融危机，也不会有人把稀土资源看得如此重要，对王三豪的矿全盘收购，让他当个独立董事退休养老。富晶垚和徐队长觉得晶沟的这些事都是独立事件，没有那么多的联系，要说联系，都是人的欲望所致。

刘长江没怎么喝酒，也不怎么说话，最近晶沟确实发生了很多事情，除了这几个人说的那几件事以外，他的师哥伍行也调走了，没有调往集团，而是调往离家比较近的项目做了项目经理，他觉得伍行思想上同他在一个高度，不虚浮，业务也非常精，特别敬业，而且两个人还能聊到一起，天南地北都没有障碍。伍行的离开，让他想起来就感到心里空洞得像个风口。

这顿饭吃到下午三点多，琪琪的酒量非常好，徐队长一直夸奖他遗传了他爸的基因。富晶垚把徐队长送到楼上，扶到床上躺下才离开。刘长江扶着琪琪回他房间，留了一把钥匙贴上了纸条，又去了检查点。

# 一百四十四

袁书记走之前，刘长江给王三豪打电话说这个事，王三豪表现得比较冷漠，恭维了几句，问谁接替袁书记，刘长江说：“这是组织上的事情，安排谁谁来。”

袁书记在任命文件快要到期时才动身离开，在大家面前叹着气说：“唉！晶沟这个地方多好，待在这山清水秀的地方，还有一群干事的人在一起，不想走啊！没办法，领导让咱们挪挪摊，那咱们就挪挪呗。”

他离开那天王三豪仍然没有来送他。

这一次袁书记开来了那辆传说中只有离开鹿鸣县城才会开的霸道，小景忙前忙后地替他搬东西，不整理不知道，袁书记的房间里各式各样的东西还真多，清理出来的纸壳堆得像一座小山，收拾完房间，袁书记去了一楼北边的库房，仔细看了好久，选了几块石头，让小景拿纸箱包起来放在后备箱。把这些办完，对大家挥挥手，开着车离开了晶沟乡政府。

殷所长始终站在楼上看着院子里的一切，没有说话，等袁书记的车驶离院子，方才唱道：“你方唱罢谁登场，锵锵锵锵，谁来都是一个样！看矿上，黄金万两，谁不染指，谁不思量，这世界，锵锵锵锵，不如柏然过得潇洒，不如三豪过得敞亮，谁登场来都一样，都一样！……”带着些秦腔的腔调哼出来。

袁书记走后，并没有人过来接替。乡里大小事情、文件签发都落在了徐国平身上。徐国平将许多棘手的事情全推给刘长江。

徐队长在这里待了半个月把案件也理清楚，爆炸中死去的三个人，有两个是外面拉黑矿车的三轮司机，一个曾经在王三豪的矿上待过一阵，中间有一段时间离开，后来又到矿上的车队开车，这个人在矿上来回折腾，部门之间都熟悉，知道哪里有漏洞，谁都没能料到他带出去多少。另外两个开黑车拉矿石的人，通过这个人知道哪里是浅矿层，能通过简单爆破就能挖出稀土矿石。那两个人从湖北、河南的黑市上购买数量也不是特别多。

所有人都没曾想到最后能酿成这么大的祸。调查清楚以后，徐队长向刘长江打了个招呼就撤离。

琪琪这次给王三豪供货不太顺利。

琪琪和王三豪签订的合同本来约定分两期把所有款项结清，郗媛提出来因为稀土矿要被收购，王三豪以财务被限制付款为由，向琪琪提出分四期把所有款项结清，琪琪已经按照合同把钻头提供给王三豪，对王三豪好话说了一箩筐，还给王三豪带了湖南的特产，但是王三豪依然没有改口，仍然坚持分四期付款，只是最后一期的款项由原来的百分之十五变成百分之十。琪琪也是窝了一肚子火气，他并没有把这件事告诉刘主任，仍然给王三豪赔着笑脸。

琪琪把王三豪那边的事情处理完到刘长江这里来，刘长江下乡去了。他把车停在院子里，打着游戏等刘长江回来。一直等到很晚刘长江才回来，他向刘长江道了谢，刘长江留他吃饭，他也没吃开车就走了。

刘长江继续下乡、看书、到检查站，处理棘手问题。

六月初市上有个会议，鹿鸣县选派晶沟乡作为参会的乡镇。徐国平就让刘长江到市上参会。

在市上开完会，他联系徐局长，同样给徐局长的司机打电话。徐局长让刘长江开完会去他办公室一趟。刘长江开完会以后去了徐局长办公室。进门，徐局长盯着他看了好久，刘长江有点惶恐，以为哪里不太得体。徐局长觉得他比以前沧桑很多，起身迎了上去，说："刘乡长这样子……最近事情比较多？满身都泛着黄土气！"

刘长江笑笑说："晶沟那个地方除了您这样的高人以外，还出稀土啊，最近忙着那稀土的事情！"

寒暄过后两个人闲聊起来，刘长江说袁书记已经调走，徐乡长代管晶沟。徐局长给他分析这只是暂时的，不会一直空着。只是晶沟现在的情况特殊，县委暂时还没有找到合适的人选，但是依据袁书记走的时间来看，应该就在最近。

说起晶沟稀土矿，徐局长沉思了一下，仰头看着天花板说："这事情你就别掺和进去，这不是普通人能掺和的事情。"起身在办公室里面转了一圈，然后说，"你很多时候的样子让我想起了我那个时候，我那个时候没有人指引，也没有自己的思路，靠着一身硬骨头撞出来一条路，至少那个时候还给我们撞的机会，你们现在如果撞墙，只能越撞越孤立。"

刘长江又笑笑说："徐局长这话说得确实对，现在的我和两年前的我完全是两个心态，以前认为条条大路通罗马，现在才感受到，其实对于我们，条条大路都难通，起点可能就是终点！"

徐局长点点头说："咱们俩都属于草根，我和你还不一样，你是城里人，我是正儿八经的农村人！"说完哈哈笑了一下。

刘长江赔笑说："您这说错了，我现在是正儿八经的农村人，您是商洛城人。"说完两个人都一笑。

徐局长转了两圈以后回到座位上，从旁边一堆文件当中抽出来一个说："现在市发展和改革委员会要从基层抽调几个人上来，给我们的文件还写得清楚，从基层副科的岗位借调，为期一年，我们的宗旨也是为党和国家选派优秀人才，我觉得你很符合里面的条件，有县委工作经验，也有乡镇工作经验，像你这样年轻干部也不多，你仔细看一下，然后回去想想，如果想借调上来给我回个话。"

刘长江有些激动，眼睛里噙着眼泪，说："感谢您！太感谢您了！"

徐局长说："但是你先别把感谢的话说早了，文件上可说借调一年，一年以后怎么办可没有说，有可能再发过来一个文件继续借调，有可能从哪里来就回哪里去，你可要想好，回去没有位置就闲在那儿了！"

刘长江看完文件没有犹豫，说："符合各项条件的情况下，我想上来试试。"

"不用再想了？"

刘长江斩钉截铁地说："无论后面是继续借调还是退回县里，都不影响，在符合条件的情况下考虑一下我。"

徐局长赞许地说："对，年轻人就是要出来闯一闯！"

从徐局长房间里出来，他有些激动，但是也有些不确定，毕竟从乡镇到市上跨了好几个层级，太难了。他特别感激徐局长能给他说这件事，市发展和改革委员会是什么地方？

开完会之后就可以回鹿鸣县，他没有着急回，给徐局长的司机打了个电话，约他一起吃个饭，去年过年说请他吃饭一直都没有机会，这次过来刚好有时间。徐局长的司机没有含糊，指定了一个地方。

商洛这个地方不太大，刘长江还算比较熟悉，徐局长司机定的地方算是个中档餐馆，他打了出租车过去，徐局长司机还带了一个女孩，两人年龄看着差不多大，见面寒暄了一阵，女孩也不爱听，喊来服务员点着自己喜欢吃的菜，点完，徐局长的司机问起了菜单，女孩报出菜名。说到刺身的时候徐局长司机有些不耐烦，说："点啥刺身！你以为刘乡长和其他人一样，点啥刺身！"

女孩有些不高兴地嘟囔起来。

刘长江圆场说："好不容易请你们吃个饭，都行。"

徐局长的司机把刺身去掉，换成了水煮牛肉，然后把菜单递给刘长江，刘长江看水煮牛肉只有刺身四分之一的价钱。

吃饭过程中，徐局长的司机还透露了一个消息，前几天开车带徐局长去省城开会，今年要进行公务员遴选，具体如何遴选还不清楚，因为是第一次搞这个事情，省上有意拿出来一些副处级的岗位，遴选一批有想法有实力的基层年轻人，大概就在这个月月底或者下个月月初报名。

说完他还神秘兮兮地瞅了一下四周说："这个消息千真万确，刘乡长可以试试，第一年实施，各方面大家都还摸不透，特别正规，没有作弊的可能，你先知道就比别人多复习半个月，多复习的半个月就是你的优势。"

刘长江听后拱手说："感谢！我一定留意。"

吃完饭，徐局长的司机开车送他回宾馆。

这次到市上开会，是鹿鸣县安排，刚好司机能安排得过来，他也就坐着县上的车回县城。在车上看着沿路的山川城市，他的内心翻江倒海，如果真如徐局长司机所说："第一年特别正规，没有作弊的可能。"他是不惧的，因为他从来没有放下手中的书。

回到县城，刘长江还记着晶沟乡那一堆的事情，在家里只待了半天。付莹莹下午没课提前回家，两个人已经很久没有在一起真正谈点家里的事情。

付莹莹想最近备孕，打算六月怀孕，十个月以后娃出生也是明年不冷不热的时候，娃也好带，刘长江知道他必须正面面对这个问题。作为一个男人，结婚这么多年没有要孩子，对于外面的风言风语他无所谓，但付莹莹作为一个女人就不一样，闲言碎语多了，况且鹿鸣县城就这么大，大家都抬头不见低头见，偶尔会有一些话传到她耳朵里。刘长江就在家里待了一个晚上。办公室王主任的电话就没有停过，乡上这事、那事，尤其是检查站的事情，一会儿扣了谁，一会儿又发生肢体冲突，还需要协调其他乡镇，没完没了。

早晨天刚亮，没等付莹莹睡醒，他骑着摩托车回晶沟。进入昶河地界时，路中间横着一根用铁丝网捆着的圆木关卡。刘长江下来打了声招呼问起最近的情况，戴着红袖章的人说现在的三轮车已经很少，只有一些下乡贩干货的三轮车才放行，刘长江了解完以后骑着摩托车回晶沟。

过了昶河桥到晶沟地界，他仔细留意路沿，两边也都加宽了十几厘米，他欣慰好多。他感叹道，对于改造大山，还是那句话说得对，改造自然的过程就是人定胜天的过程。

回到乡政府，刚好赶上吃早饭。

中午歇息的时候他拿出没有看完的书翻起来，他重新看这本书是因为富晶垚那天随手翻了几页念了一段话：“征服的道路是漫长的，如果一个人开始怀疑既定目标的合理性，并对它产生怀疑的时候，也是目标瓦解的开始，如果再没有坚定的意志，就会在不停地质疑中消耗掉有限的精力和物质，最终会偏离轨道，甚至半途而废。”

他记得富晶垚当时自言自语说：“我心里对徐馨璐也有和你一样追求美好家庭的想法，但是每次去西安的路上，就得坐一天的车，身体困在大巴车上，精神上也压抑，还得花一大堆钱。这句话说得太对了，这种想法会消耗自己愉悦的心情，消耗掉辛苦所得，难道在这里所有的承受都是为了目标的消耗！”

刘长江再次看这句话想着富晶垚当时的话，觉得两个人虽然不在一个精神层面，但是面临的问题都相同，对于晶沟来说他们是过客还是归宿，现在还很难说。

## 一百四十五

没过几天乡政府停了一辆旧现代，说是旧是因为款式旧，擦的的确很干净。从现代车里下来一个人。

那个人刘长江是认识的，县农业局的副局长钟伟，刘长江在政协时就见过，一个白白净净的文弱书生样，快五十了看起来像三十来岁，戴着眼镜，本本分分。

旧现代车停在院子时他还在房间里喝茶。

钟伟下车以后乡上没人认识他，也就没有人把他当一回事，甚至还有人问他：“你找谁？”

钟伟整理了一下胸口的衣领说：“我是钟伟！”

那个人没听清楚又问：“叫啥？你找谁！”

钟伟仰着头背起手重复了一遍，那个人觉得钟伟派头太大没再搭话，自言自语回房间，殷所长站在走廊上像看笑话一样。

刘长江本打算把泡着的茶喝完再去检查点，然后再下乡看看黄姜的情况，他把摩托车头盔夹在胳膊下出房门，看到钟伟站在院子里没有人搭理，在走廊上喊：“这不是钟局长？”他第二反应是这个局长不会无缘无故地到这里来，如果不是上任还有啥事？第二句接着说："过来前也给大家打个电话给你开个欢迎会啊！"

钟伟转过头看到刘长江说："刘长江乡长吧！"

刘长江把头盔放在走廊台面上，快步下楼到钟伟跟前，说："您来可是晶沟今年最大的福利，晶沟就缺这一块。"

他在院子里喊着小景，先把钟伟迎上楼，殷所长叼着烟还看着院子里，仍然没有说话。

几个人把袁书记以前的办公室和卧室全部收拾了一遍，又从现代车里拿出钟伟带过来的铺盖和生活用品，小景又从库房里领了烧水壶笔纸等办公用品。忙活完已经到中午。

钟伟来了以后并没有做停顿，观察乡上的情况，当天下午召集徐国平和刘长江做了分工，首先把袁书记分管，现在由他接管的行政村分给了刘长江一个，从以往管辖三个村变成两个，其他的没做太多调整。

钟伟来了以后还保持着县直机关的工作作风，没事就是开会，开会时没什么说的就学习文件，没文件学习了就学习理论知识。反正就是下乡时间少，开会时间多，什么事情都得从打申请和打报告说起，需要几个人同意的事情，会议记录上一个字都不能少，要给县上呈报的各种报表，县上规定什么时间截止就一定在这个时间前完成，哪怕是他站在旁边看着都得完成，一改袁书记以前那种工作作风。

晶沟乡除了稀土矿也没啥企业，钟伟对于稀土矿的事情不插手也不过问。

刘长江的工作性质一下子变了，有更多的时间在乡上。

自从那次回来以后，他时刻关注着遴选考试的事情，一直到六月下旬，网上才发布公告，要求极为苛刻，确实有好几个副处级岗位，都要求在科级满三年，后面也备注如果在科级岗位的同等职位也算。刘长江算了一下，从正式任命文件来算他在科级岗位两年多，不满三年，但是在政协工作那段时间按照所从事的工作内容来看，也算副科的岗位。把所有的条件研究了好久，他选定了一个岗位：省委政策研究室农村经济政策处副处长，其他条件都符合，唯有工作年限还有些模棱两可，他按照报名提示在网上报名，工作履历上填上了相关工作情况，按照提示做了备注，点击提交的时候心里有些忐忑，更有些不可捉摸的兴奋。

# 一百四十六

谷经理把内部问题审计清楚，把需要登记的各种便条登记结束，余俊武集资放贷的问题差不多也都明朗起来，现在就看怎么处理。

富晶垚那段时间只请过一次假回县城，因为晶沟的事情太大，轰动了整个县城，他父母还问他具体情况，富晶垚遮遮掩掩地说了一部分，这让他父亲更担心，在他面前不停地打转，他母亲说他父子俩太像了，一点都经不住事情，一辈子也就那命。他母亲不停地催促他去他叔叔那里，告诉他这世界上伸手还不打笑脸人，虽然是远亲，提着东西过去给他叔叔说说好话、赔笑脸，难不成到时候挨板子还真挨到自己人身上？富晶垚有些胆怯，他母亲就那样一直啰唆，直到富晶垚答应去他叔叔家才停下。

回晶沟以后富晶垚预测这件事的最终处理结果，心里真有些害怕，母亲说的话（挨板子还能挨到自己人身上）给了他支撑的力量！而且平心而论，他不是联合社子弟，当时是县上统一分配的，在晶沟兢兢业业坚守了两年，没有糊弄瞎折腾，这事情都是余俊武捅的窟窿，自己命背，分到这里才挨了这个挫。他开始有意无意地在谷经理面前提他分过来有多辛苦，平时有多努力。这个时候其他人也都默不作声。

登记结束，所有的问题资金加起来七百多万，谷经理向县联合社汇报这个数字的时候，分管主任觉得有些不可思议。

市联合社上个月对几个县区的人事做了调整，郝主任已经调走，给富晶垚转正考试的秦卿梁秦主任接替了郝主任，成了仅次于一把手的常务副主任，成了这次联合社处理余俊武集资放贷案的组长。

接到谷经理口头汇报的第二天，秦主任就带着风控部经理到了晶沟联合社。现在的联合社每天只有不多的几个人询问事情的进展。他到晶沟做最后的定调，富晶垚见他过来有些害怕。秦主任进晶沟联合社把所有审计出来有问题的业务大致翻了一遍，把登记的花名册和复印的便条也翻看了一遍，然后和谷经理谈了一天。

晚上开会讨论责任划分。秦主任在说话前让谷经理对余俊武集资放贷案做了说明，涉及的内部业务，当时何人办理，当事人的谈话笔录都一一在会上做了说明，这耗去了一个多小时，谷经理念完以后，秦主任问："读完了？"

谷经理把几十页翻看了一遍，说："完了。"

说话前，秦主任在桌子上连续拍了几下，咚咚咚！拍得每一个人都心惊肉跳，富晶垚又一次真切地体验到考59.5分那段时间的心情，又压抑又气馁，大气都不敢出。

拍完桌子以后秦主任说："听一听！听一听！触目惊心，这像是一个工作人员干的事情！这还能对得起你们每个月拿的那些工资！这些事听起来都不可思议，简直就是伤害群众，伤害单位。每一笔业务下面都隐藏了一个什么目的？你们几个人一个一个给我说！"抽出一根烟点起来。

会场上出奇地沉寂，没有人说话，过了五六分钟，还是没有人说话，秦主任又拍了拍桌子说："就从你，景泽录，你开始说！"

景泽录低着头小声说："余俊武是我下辖村里面的人，我对他也比较熟，正因为太熟，太相信他，没有防备，但是他的事情我一点都没有参与，作为……"

话还没有说完秦主任又拍起桌子说："现在是交代问题，不是让你自我分析！"

景泽录没敢争辩，还是小声说："是我没有负责好下辖的业务，驻村代办员交给我的业务我没有一笔笔仔细核实！"

说到这儿秦主任说："这才说对了一部分，我刚才听了一个小时的问题汇报，你说哪一些你没有做好核实？"

景泽录这才知道秦主任这次来是要责任到人，说："那几笔贷款业务，你看我所有的手续都符合咱们社上要求！存款这事情，余俊武私下给那些人许诺更高的利息，那些人禁不住诱惑，如果说问题，我没有做好这方面的宣传。"

秦主任又拍了拍桌子说："说你的问题，你负责哪一些？现在让你待岗，觉得没有处理你还挺舒服！那明天就不用来了。"然后对谷经理说，"谷经理，你现在就打报告，明天上班前转到县办公室，报告上就说这个人不想干了，到我那儿我就签个字，多大的事情吗！"

谷经理没有接话，停了一会儿没有人出声，秦主任又拍了拍桌子说："谷经理，你听到我说的没有！"

谷经理还是没有说话，景泽录说："我听社上安排，给我分哪一些由我来消化我全接，无论是收回贷款还是核实出来的问题存款，如果是我的责任，我负责。"

秦主任没有表态，抽了几口烟说："下一个，段主任，你说！"

“我负有领导责任，秦主任怎么安排我怎么来！”

等了一会儿没有人说话，秦主任说：“下一个！”

还是没人说话，秦主任又拍了拍桌子说：“余俊武涉及的是七百万，不是七千、七万，你说你们哪一个人冤枉，都不冤枉，你们在座的哪一个没吃过他一顿饭，抽过他一根烟。”指指他们几个人。

如果是谷经理说这句，肯定会有人争辩，这一次没人敢争辩。

事实证明，枪除了打出头鸟，当大家都沉默的时候，还会打那个首先发声的人。富晶垚太过于害怕，清了一下喉咙发出“嗯”的一声，秦主任指着他说：“你有啥说的，说吧，今天让你们都说说，别任务分到个人头上找各种理由说自己完不成，摆这问题，出那幺蛾子，到时候找人说话都不顶用！”

富晶垚又“嗯”了一声说：“我听安排。”然后沉默，似乎觉得没说完，又说，“我来了还不到两年，遇到这种事情我也没办法啊，我不抽烟，没抽过他一根烟，没吃过他一顿饭……”还没说完，秦主任又把桌子拍了拍说：“现在不是摆问题的时候，你也想让谷经理打报告！”

大家又默不作声，秦主任说：“谭会计，你算是这里的老人手，这种问题你说应该不应该出？最开始出现这种问题你有没有报告？会计的作用是什么？最主要的监督作用你起到了没有？”

谭会计咳嗽了两声说：“秦主任也知道，我是社上的老人手，依说早就应该把余俊武的事情汇报给县上，这个余俊武也不是个啥善茬，你说小富，他考进来就分在这儿能怨谁！有些是命，我们背处分都没有啥，小富还年轻啊，他和我都是内勤，外面的事情他来时管主任就交代过让他少碰，我也给他说让他不要碰，他啥都不知道。”

富晶垚接着谭会计的话说：“我分到这儿，县上给我说这里锻炼人，人还没锻炼折进去多少！”

秦主任把桌子一拍说：“谭会计，你说你，不要说小富，小富他来也不是一天两天，他一个科班金融生看不出来这里面的风险和问题？那他大学就白上了，你不要说他没有问题就说内勤都没有问题，你这样认为就错了，不要把你们俩捆在一起，他是他的问题，刚才也表态了，县上怎么分任务他怎么完成，你就说你！”

谭会计停了一会儿脸色乌青，说：“秦主任都这样说了我还能说啥，跟他们一样，听社上安排。”

秦主任又换了一根烟说：“剩下你们俩不要觉得没你们两个啥事，你们是一个社，是一个整体。”

阮宝山和柯礼朝“噢”了一声。

“其他的话我就不多说，一会儿我们就把内部问题进行分解，责任到人，该清收的坚决清收，该核实的具体核实钱用到了哪里？谁用的？核实不清楚的自己承担责任，对于外面以联合社名誉打的收条还有余俊武打的欠条，也要分任务，你们做第一道筛查，同样是核实时间，核实到人，那些字迹明显不对，看着就是临时伪造的单独归类……”

当天晚上，秦主任带着谷经理、风控部经理和段主任把任务逐个落实到人，四个人直到深夜三点多才睡。

第二天早晨，谷经理把个人的任务清单下发给每个人，富晶垚看清单，他的任务也还好，三笔贷款，也分了几笔存单，经办人均是他。几项问题加起来十五万，总数字加起来压得他受不了。

所有问题都比较多，要在八月底之前核实清楚每一笔，后面哪一户再出问题由核实人负责。

谭会计比他的多一些。

最多的是景泽录，只要查出来是以往转贷的贷款、余俊武担保和余俊武自用的贷款，全部算在他头上。

秦主任没有征求大家的意见，也没有对大家做说明。

段主任吃饭时告诉大家，昨天晚上把每个人的任务分配完，秦主任和风控部经理就开车回县城了，段主任补充道，这事情本来就是麻烦事，秦主任也不想再听大家聒噪。

## 一百四十七

晶沟乡政府最近比较热闹，以往很少到乡政府开会的各村村主任和支书经常到乡政府开会。起初一些村主任见到村民还高兴地说换新书记，要到乡上开会。开会的次数多了也都疲了，钟伟当副职当惯了，突然变成正职，一时也没有适应，只能用这种方式开展工作，而且无论大事小事都要过问。刘长江倒觉得轻松许多，很多需要和县上、其他乡镇沟通的事情都由钟伟接替，他也就频繁地开会写稿子，反而练就了写作功底。

徐国平对新书记的工作方式慢慢也摸清了路数，暗地里说了几次机关作风在乡下行不通。

殷所长还像以前那样，仍然管不住他那张嘴，好几次站在走廊上说："小景！小景！以前袁书记在的时候，整天行踪不定，你都不知道他什么时间回办公室，你也不知道他今天在哪儿。现在不一样，来的是个凤凰，哪儿也不去，就在这儿等着大家过来给他朝凤，时代不一样，你小景还是被比下去了。"小景也不搭话，还是那副憨厚的笑容。

刘长江按照遴选网站报名以后每天关注审核进度，迟迟没有审核通过。

报名截止的那天中午，一个西安的座机号码给他打过来，先进行了自我介绍——他们是省政策研究室人事处的，因为刘长江的工作经历还缺一段，就他报考简历中副科同等经历问了他几个问题：第一个问题是他在县政协的时候工作内容是什么？第二个问题是他的领导是谁，什么职位？第三个也就是最关键的问题，后期让他提供县政协盖章的证明能否提供？刘长江都一一做了回答，对于最后一个提问，他虽然给的是肯定回答，但是心里有些含糊，刘主任退休的事情就连晶沟这地方都在传，应该八九不离十。他也寻思着在刘主任完全交出去所有的事情之前把这个证明开出来，如果后面接替刘主任的人和他扯皮，说不清楚刘长江在政协时的工作内容，无论后面考得多好都会被淘汰，而且能让人事处专门打电话问这个情况，后面肯定是必查资料。

周末回家，刘长江又到刘主任家，刘主任显得更苍老，见面就说："长江，对不住，在所有跟我工作的人当中，心里最愧疚的就是你，你看吧，他那天的话，关上那个门也就知道结果。钟伟到你们乡那一批人里没看到你的名字，我就知道我也应该快走了，多快啊！"

刘长江笑笑摆摆手："我还能不记得您对我的好吗！有谁快退休了还拉下面子带人去别人办公室，不行就不行吧，也没啥。"

刘主任如释重负地说："你心里觉得没啥就好，我也知道你家莹莹一直催着你回来，到现在还没要孩子，不过没关系，你本身就很优秀，总会发光的。"

刘长江笑笑说是，停了两秒钟不到说："我还有个事情想在您交接的时候给我行个方便！"

"这有啥不行，我退也就在这临门一脚，迈出去就不再属于那个地方的人，你说啥事？"

"不瞒您说，晶沟在市上有个人事局的徐局长，您了解吗！"

"我知道，那个人现在低调得像不存在，他那脾性就像晶沟本地人，咋了！”

“我上次去市上开会到他那里去了一趟，市发展和改革委员会有几个借调的名额，要求比较苛刻。在政协这块的工作他想让我出个证明，在这里工作的一年多相当于在副科岗位同等工作经历。”他没有说那是他遴选需要的证明。

“没想到你还能有这能耐！没问题，这事情明天不上班我都给你办了，这是好事，而且你当时在那儿本来也就是个副科的岗位，我直接领导你啊。”

两个人聊了一下这次的人事变动，又聊到琪琪给王三豪供应采矿钻头的事情，刘主任竟然真不知道，刘长江也没有往下说。

隔天中午，刘主任打电话让他去县政府广场取证明。两个人搞得像特务接头，在广场角落的树荫下见面，刘主任把证明装在信封里交给他，刘长江展开大致看了一下，揣进口袋，刘主任让他有事再联系，连手也没握就走了。刘长江注意到证明下面没有落款日期，给他预留了极大的空间。

把那个棘手的问题处理完，他心里几乎没什么包袱，再登录系统，显示资格审核已经通过，他长舒一口气，后面拼的就是实力。

因为是第一次遴选，好多地方都没有教材，他让西安的同学从钟楼书店买了教材寄回晶沟。拿到书以后他就没日没夜地背诵、理解、消化，他觉得又回到了高中时代。他仍然认为他一直都是个努力上进的好学生。

虽然知道消息比较早，但他也并没有比其他人有多少的先知优势。

还在他努力为遴选备考的时候，徐局长给他打电话让他写一份简历，通过电子邮件发送到徐局长的邮箱里，借调的事情他已经和发改委说过了，发改委那边原则上同意，但是还得看一下他的简历。刘长江制作了一份简历发给徐局长。

## 一百四十八

徐馨璐已经不太回富晶垚的短信，打过去的电话也草草说几句就挂断，富晶垚有时发很长一段心里的话，徐馨璐只回一个字“噢”。一方面因为学校加大对论文的审查要求，另一方面就是徐馨璐在事业上也有她的个人追求，她更向往大城市，那里的平台和空间与小地方不可同日而语。再加上不能毕业以后就失业，徐馨璐在忙毕业论文的同时还得找工作。

富晶垚遇到余俊武集资案自身都顾不上，更没能给处在关键时期的徐馨璐以心理安慰，给她在前途上一个光明的指引，这也让徐馨璐在听到富晶垚几个字时都感到一张网笼在她身上，束缚着她所有的追求。富晶垚给她发的信息，她很多都没有看，电话自然也不想接。

富晶垚的这种性格和乡下那种封闭、无法排遣压抑的环境有关，哪怕像女人买东西缓解自身压力那样释放情绪，这里除了劈柴，没有其他任何可以发泄情感的地方。这也是为什么农村会出现很多恶性事件，大部分也源于没有城市那么多娱乐活动缓解自身压力。

定论没有问题以后，柯礼朝三天两头地请假，有时候额头上贴着毛巾，手上挂着吊瓶在营业室里坐班。

段主任本也是会计出身，对会计也懂，但是当了几年主任，过上没有约束，没事还能喝上几杯的工作习惯。这种整天待在笼子里的工作时间久了，也处于半罢工、半工作的状态。

营业室里面基本上全由柯礼朝一个人忙活。

任务分下来以后，谭会计整天骑着摩托车拿上花名册东奔西跑地收贷款、核实便条，景泽录几乎是每天早晨出去，深夜回来。这也是社上的要求，每个人每天都必须回联合社报到，每个星期还要汇报总结。

富晶垚不会骑摩托车，只能通过查询贷款档案，向景泽录要电话号码，打电话催收核实。被村民这么一说给唬住了，效果甚微。

段主任有他自己的办法，没有抱怨也没有和谁说过。

几次周汇报会上，富晶垚的进展都是垫底。谷经理也很头疼，给他提了几个建议：一是尽快学会骑摩托，这样可以到村民家里核实，借款人家里面啥情况，他家周围邻居怎么说，还有这些人说的什么按照他们的说法核实实物，核实贷款上面的签字是不是本人签字，最后确定这些贷款究竟谁用了；第二个，让他找一个师傅带带，毕竟毕业就在内勤，待了那么久，外勤的业务一窍不通，刚开始干外勤就遇见这么大的事情，一个人也难拿下。

好几次都是倒数，好几次在会上被批评，他那仅存的最后一丝自尊被激发出来，他决定买一辆摩托车，找段主任当自己的外勤老师，他不相信景泽录，他相信谭会计，谭会计干工作确实是没得说，但是他怕被别人说三道四，最后变成别人嘴里的“谭会计的腿子”。段主任虽然还在营业室代理会计，但是任务量完成得比整天在外面跑的谭会计还要多。这也是他选段主任做老师的最主要原因。

在第四次通报富晶垚任务完成量是倒数第一以后，谷经理实在受不了，给他特批了两天假，让他回县城买一辆摩托车，批假的时候富晶垚问能不能出市，谷经理着重强调了一遍不许出市，他在心里咒骂了几句。

虽然现在的工作不忙，但是他的内心没有一处是安宁的，浮躁到刚说几句话就开始和人争辩，当别人大声争辩的时候，他又不想再争辩，沉默着不说话。用别人的话说就是他变㞞了，有些欺软怕硬。但他仍然坚持少放或者不放贷款，实在是迫于无奈或者是同情贷款人，他才按照审慎的方式发放。

还好社里面的工作重点完全围绕着处理余俊武的问题进行，这事情已经拖了四五个月，有些人变得激进，有些人变得失望，有人开始到县上上访。联合社的压力也很大。

放假回县城，坐上班车赵芳霞和他聊起来。那天车上人不多，赵芳霞专门给他找了个位置，听他说着一些没有实质内容的抱怨，一会儿骂余俊武，一会儿骂景泽录，一会儿骂和他吵架的那些人，骂了好一会儿，赵芳霞满脸微笑地听他说，顺着他的话音一起骂。

快到县城，赵芳霞凑近他，低声说："现在有没有可能模仿余俊武的笔体写个收条，联合社统一兜底的时候拿借条赔偿！"

富晶垚大声说："这怎么可能！"

赵芳霞拿手拽拽他说："你小声一点！"

富晶垚又低声说："不可能，每一笔都要核实，我们初步核实，下来县工作组核实，市上还会再核实一遍！哪会让你们这么方便就钻了空子！"

赵芳霞"噢"了一声。

## 一百四十九

富晶垚对摩托车有一种后天的恐惧，两轮车对他产生过刻在肌肉里的伤害。那是在他八岁的时候，有人骑了个二八大杠去他父亲的店里买东西，他对自行车充满了好奇，试着去骑那辆自行车，双手扶车把，一只脚踩在一边的脚踏上，另一只脚穿过三脚架伸向另一边脚踏板，刚把脚伸过去，自行车倒向他那边，把他压在下面，车把上的车闸戳在了他的肩胛骨上，疼得他大声哭喊起来，哭了好一会儿才有人过来把车子扶起来，没有人理他，他缓了好一会儿才慢慢爬起来，这次重摔把自行车车头摔歪了，车主用腿夹着前轱辘掰了几次才掰正，在一旁的父亲没有理会他的哭泣，和那个人修起了车。他的肩膀一个多星期都抬不起来，他也不敢和任何人说，就那样吊着手上学。

后来他父亲买了辆二手摩托车，鼓励他学骑车，他鼓起勇气骑上去，终因为个子矮，脚够不着地，没能战胜自己的畏难心理，就没有再学过，哪怕是他父亲偶尔让他送货，他都是走着把东西送过去。

鹿鸣的摩托车商店也不多，就几家。他和父亲在摩托车商店里转了几圈，富晶垚看哪一辆车都比较危险，感到哪一辆车都无法驾驭。最后在没有太多主见，脑子还处于混沌中时，他父亲给他选了一辆脚踏板摩托车，腿还能窝在中间凹下去的地方，缓解骑摩托车时的紧张。

摩托车买了以后，父亲带着他在县城的体育场练习了一天，他可以缓慢地走直线。

两天假期结束，他要回晶沟，吃过早饭他要走，母亲就很担心，父亲坚持骑摩托车送他回晶沟，自己再坐班车回县城。他从上学开始就觉得父母没有正式工作，在同学面前展示父母是一件丢脸的事情，工作以后还是这种心态，执意不让父亲送，甚至当着父亲的面骑着摩托车加速减速，调头猛拐弯，来了一场炫技。父亲拗不过，也就随他一个人骑着摩托车出发。

出县城就是国道，国道上有重型大卡车，他骑得很慢很慢，每遇到有车经过，他就把摩托停下来，等车走远他才骑着继续前进。

过了青岭镇到昶河镇那段山路，他就觉得应该快到昶河镇，那段路两边全是悬崖，每当有车从他身边经过他的心就揪起来，经过几辆大车以后他简直就想哭，他有些后悔自己太鲁莽，刚学会骑车就一个人骑几个小时。他停下来四处张望，没有行人，也没有骑摩托车经过的人，他在一处地势较缓的地方停下来歇息。他现在真心害怕，不敢向前。

他捡起石头，砸向路边的树，砸向路边的草，砸向深沟，过了好一会儿才缓解一些，他拿出手机，已经停留了半个多小时，手机不停地搜索信号，还剩一格电。

缓过一阵，他又骑着车缓缓前进，走走停停，终于到了昶河。在路上的时候他还有个想法，到昶河一定要把摩托车停在昶河联合社里，坐班车去晶沟，后面再来取。到昶河镇他又犹豫了，街道上飞奔的摩托车和他缓慢的骑行速度反差太大，他把车停在昶河联合社的门口犹豫着，联合社的人都在一个小圈子里，大家偶尔也会碰面，他怕别人拿这件事说他胆小。在门口停留一分钟，他又骑着摩托车上路。

从昶河到晶沟的这段路是最艰险的路，他小心谨慎，不敢加油门，遇到状况猛捏刹车。就这样跌跌撞撞地到了晶沟联合社，腿上也被擦破了好几处。进院子已经过了饭点，几个人都在午休，他狼狈地回到房间，全身稀软，躺在床上，肚子里咕噜叫又不想动，突然放松下来，他睡着了。

肚子的咕噜声把他叫醒，他知道该起床了。他打算去蔡老板那里吃碗面，经过营业室窗户，柯礼朝把他叫住，问院子里那辆新摩托车是不是他的？富晶垚带着自豪地说是，柯礼朝来到院子里喊：“你看我刚才还说这摩托车是小富的，你们还不信，你们都说是哪个女人暂时停在这儿，你们让小富自己说这是谁的！”放肆地笑起来。

富晶垚觉得被羞辱了说：“谁说这是女士摩托车，这摩托车男女都能骑。”

谷经理在二楼抱着水杯说：“小富好不容易买了一辆摩托车，你们就这样损他，这摩托车挺好的嘛！”

柯礼朝用手在摩托车中间比了一个凹形，说：“这个造型整个联合社院子谁都没有！”笑得更放肆。

富晶垚争辩道：“我这个摩托车比你们的好多了，你看这，至少还有放脚的地方。”

大家都出来评价他新买的摩托车，最后一致认为这辆摩托车买得好，特别符合他的体型。他听到一半，没继续往下听，肚子实在是太饿了。

有了摩托车以后他跟着段主任在乡里跑起来，段主任在催收这一块非常在行，他对整个乡里的情况特别熟悉，他负责的里面有一笔是余俊武堂弟签字的贷款，余俊武做的担保，他堂弟把所有的问题都推到余俊武身上，一口咬定这钱是余俊武用了，和他一点关系都没有，段主任不紧不慢地和他理论，开始说了他们的关系，接着突然说：“你家那啥是啥时候买的？”

这句话就把余俊武的堂弟给说蒙了，反驳道：“什么是什么时候买的？”

段主任在喉咙里含含糊糊地说：“你用的那个啥……”（其实也就是个面包车）

余俊武的堂弟开始狡辩的时候发现段主任对买车用车的来龙去脉都说得一清二楚，富晶垚也佩服得不行。

遇见和富晶垚耍赖皮往别处扯，段主任跟着嚷起来，声音比扯皮人还大，实在没办法就把村主任叫过来，让他对峙，很多人对段主任出这么一出没防备，以前说过的话，在别人面前吹过的牛全都露馅，段主任也不管有的无的全往这个人身上赖。经过一个月的催收，只剩下几户特别难缠的村民，还有一户压根就没有住处，更没有这个人。段主任也抱怨签字的几个人已经十几年都没见到过人影。

在催收的同时余俊武签字的便条也在核实中。这其中问题太多，段主任在闲聊的时候做了一个推测，登记的七百万当中至少有两百万是作假做出来的。这种余俊武签字的便条很多就无从查起，只有伪造金额过大，明显和持有人的收入不匹配，两个人才能理直气壮地争辩。平时喝得晕乎乎的段主任，这个时候也没有马虎，实打实地替着联合社着想，力争把损失减少到最低。

## 一百五十

王三豪的老婆到晶沟乡政府找乡领导反映事情，遇见的第一个人听到“王三豪”三个字，给他指到了钟伟房间，钟伟听完她说的事情，一头雾水。问题包括晶沟稀土矿、王三豪、郗媛、县上一个女护士，还有说话的这个女人，关系太乱，钟伟听了好半天也没听明白。这个女人带有很浓的本地口音，加上也没什么文化，说话没有条理，说了一大堆，绕了一大圈，钟伟只听到一堆的人和关系。

钟伟耐着性子听这个女人又补充了一些，还是很糊涂，他把办公室王主任叫过来，王主任看到是她，就知道事情应该比较大，女人又说了一遍，王主任把理解的意思讲给钟伟，理顺后钟伟才明白了整个过程。

晶沟爆炸案后，其中一个人和稀土矿有关，炸药的来源自然认定是从稀土矿流出去的。

这次大爆炸中，先是把工程安全部的负责人抓了起来，王三豪到县上活动的时候又把王三豪也抓起来。给王三豪当财务总监的郗媛此时不见了，护士白玲玲说她一年多没见到过王三豪。眼前这个女人从县政府打听到刑警队，王三豪关在哪里有好几种说法，但是所有人都说这事情不归他们管。可怜一个女人没办法来到晶沟乡政府，这是她最后能找的地方，如果实在不行她只有上访这一条路。

女人说的时候哭哭啼啼，重复着说了几遍“他虽然在外面女人多，总算是家里面的一个男人，家里吃的用的他还会给一部分，他现在在哪儿？是生是死连个说法都没有，可怜两个娃的父亲啊！”

钟伟听完扶了扶眼镜，蹭了蹭鼻子，他来这个地方时间不久，还没下过乡，对乡上的事情全然不知。蹭完鼻子对王主任说："这咋办！"

王主任摊开手说："这事情也不归我们管，更不是我们能管的事情啊！"

钟伟又把王主任的话对这个女人说了一遍，女人好不容易抓到一个能搭话的人，寻死觅活地说："他好歹也算晶沟乡的人，我至少应该知道这个人是死是活吧，现在什么都不知道，你这个乡长怎么当的！"

钟伟又扶了扶眼镜让她别激动，答应她打听出来王三豪关在哪里。这才平息了女人的哭闹。

女人走后，钟伟按照他的惯例把几个人召集起来开小会，商量这件事由谁牵头，怎么办。

会上办公室王主任把王三豪原配的话说了一遍，徐国平听完接了个电话出去了，他不喜欢钟伟这种处事方式，大事小事过会，都要留会议纪要。

刘长江最近一直忙着看书、练习写材料，虽然王三豪和他还有一些交情，自从那次去丹凤飞机场以后，他感到什么叫蚍蜉撼大树，根本就不在一个等量级。钟伟说完看着他，他也闷声不说话。

钟伟蹭着鼻子，扶扶眼镜框说："这事谁牵头，怎么落实？"

他还待在那里不说话。

"我来的时间比较短，乡上的情况也不是特别了解。"他开始唠叨起女人当时说的话，"郗媛找不到了，女护士说她也没见，我都准备问人家的老公和你啥关系时，王主任过来告诉我这才是王三豪的原配。"停顿了一会儿看着刘长江说："作为一个有资源的乡镇，一个人最开始占据了有利的先机，先别人一步，但是这并不等于别人没有反应过来，你看前几天查处的那些私自开采的人，他们只是比王三豪晚了几步，把他们现在的想法放到十几年前一起竞争，谁是矿主也说不定，他占了几十年先机，该赚的也赚够了，还认为稀土矿的发展和他积累的财富都是他创造出来的，这下好，那个叫啥郗媛的，我没见过，跑了！那个护士，也说寻不着人，现在就原配寻死觅活地四处找，落得什么下场！再想想那些资源是谁的？都是国家的，王三豪是真认不清形势！"说完以后对王主任说，"王主任，你看这样写会议纪要，这一次你就这样记，事情我负责，然后具体经办交给刘乡长，刘乡长虽然年轻，但是比我们有能力，这样合适吧！"

刘长江听着开始还觉得说得有道理，话题转到最后，问题还是落在他头上，还戴了一顶这么高的帽子，没有说话。

王主任说："钟书记说得对！"

钟伟听完笑笑问刘长江："刘乡长，你看这样你还有啥意见没有？"

刘长江抬头说："我没意见，就是打听出来人是否还活着没有？如果关起来关在哪里是吧！"

"我当着王主任的面也就答应他这两件事，其他的咱们也管不了，都是国法、国纪和他自己家的事情。"

"听书记安排！"刘长江说完心里寻思着这个案子最开始就是徐队长接管，打听涉案人的下落应该也不是啥难事，没有犹豫就答应下来。

小会结束，他给徐队长打了个电话，徐队长在电话里对这个案子有些隐晦。他们在把所有的侦查手续办完等着交给检察院的时候，省厅要提级审理，下来几个人让他们以这件事为由抓捕王三豪，人从县宾馆里抓走的，他带的队，人抓走以后就交给省厅下来的人，现在具体关在哪儿他也不知道，刑侦案件很忌讳别人打听情况。

这些话说完刘长江的心里凉了一大截，前段时间电视里还出现看守所躲猫猫涉案人死亡事件，这个王三豪真应了钟伟那句话，错把国家的资源当成了自己的资本。他拜托徐队长再打听一下。徐队长也没有推脱。

离刘长江遴选考试的时间越来越近，无论下乡回来多晚他都会坚持看书写材料。

王三豪的原配自从得到钟伟的答复，几乎每天都必来一趟，刘长江听着这个女人讲王三豪对家里面的好和作为一个男人的那些事，他也回忆起这个和他曾经赤裸相对的男人，真的印证了王三豪身上的那些疤痕。

这个人在晶沟谁不艳羡！前几年因为张狂，出去待了一段时间，牵回来一个郗媛，这次锒铛入狱，郗媛离他而去，一起被那个女人带走的还有什么？只有王三豪知道。

徐队长也在两天后给他回话，人还活着，被关押在山西的一个小县城，紧挨着陕西。刘长江把这个情况告诉了钟伟。女人再一次过来询问的时候，钟伟告诉了那个女人，女人听到人还活着没有忍住大声哭了一场，任旁边几个人怎么劝都没有劝住，哭完以后向钟伟道了谢才走。

遴选考试的考点在西安，刘长江提前一天过去。

从网上查到考试结果的时候，刘长江心里也没有太多的激动，他的职位要求是一比五，报考一百多人，他的名次是第二，也看不到和第一差多少分。接下来就是提交审查材料。他已经准备好，最主要的那个证明，他夹在毕业证书里面。

按照公示的时间坐车到省城提交资料，资料审核的老师看到他后面的备注后拿起手机打了一通电话，等了十几分钟当场告诉他资格审核通过。那一刻他心里紧张得提到嗓子眼。

在他准备面试的时候县委组织部组织干事通知他到县委组织部去一趟。他放下电话骑着摩托车赶到县委大楼，组织干事对他做了一个简单的询问，问他愿不愿意到县城周边的富油镇，那里有个副镇长前段时间调到县局当副局长，空出来一个位置，如果他愿意，平调过去还是副镇长，排在末尾，刘长江没有犹豫就答应了。

出了县委大院，他没有回晶沟，回家等着付莹莹放学回来，他要把这个好消息告诉她。

付莹莹下午放学回家看到他在家有些意外，刘长江很少这时候在家。刘长江没有压抑住自己的情绪，激动地告诉付莹莹自己平调到富油镇，然后双手搂着她的腰，付莹莹听完高兴得快哭出来，在刘长江肩膀上捶打了两下让他松手，刘长江看着她搂得更紧了，付莹莹假装生气地说不松手就不告诉他一个好消息，刘长江开始一愣，腾出一只手抚摸着付莹莹的头发说："说呗，还有好消息？"

付莹莹有些羞怯地说："我这个月没有来，买了试纸测试，你要当爸爸了！"说完顺势躺在刘长江的怀里。

刘长江太过于激动，他觉得不可思议，重复说："你有了？真的有了？"

遴选面试当场公布了分数，但是并没有当场宣布最终谁会被录取。刘长江出了考场以后打听到最快两三个星期，最慢两三个月以后才会公示结果，因为第一年遴选，谁也说不清楚。打听完这些，刘长江离开了考场。他没有立刻回鹿鸣，在西安给付莹莹买了一个包，一套夏天的衣服。他觉得付莹莹这几年太辛苦。

闲下来的时候，他把摩托车擦洗了一遍，这辆摩托车陪了他好多年，好几处都被擦破，还没有来得及修补。擦拭完以后，他启动调试了一遍，看了看显示仪，粗略估算了一下，就这段时间跑的路程已经和去年一年的路程差不多，看着摩托车心里感慨万千。

# 一百五十一

由于段主任给富晶垚当老师，加上富晶垚的任务本来就最少，前面一个月没有完成的任务，这段时间只剩下两户的贷款没办法收回，两笔存单有问题。跟着段主任满乡跑，除了学习业务他还乐在其中。

段主任带着他满乡跑业务的时候，只留柯礼朝一个人在营业室，柯礼朝既当柜员又是会计，实在扛不住，给谷经理申请了好多次不再于内勤，哪怕把一些外勤的业务分给他都可以。

柯礼朝在营业室打了几次吊瓶以后彻底罢工不在营业室待。唉声叹气地躺在房间里打吊瓶，办业务的人看到营业室没有人经常到后面院子里喊。谷经理担心再引起村民不必要的误会，看着柯礼朝那样子，实在没办法又找富晶垚商量。富晶垚虽然跟着段主任在外面也自在，但是他就是个安于现状、求稳定的人，答应了谷经理换岗的要求，柯礼朝这一次没有再添油加醋地调侃他，甚至接下了最后两笔四万多没有收回来的贷款中的一笔，两个人的岗位进行了对调，富晶垚又回到营业室，柯礼朝包晶沟村和碳沟村。

段主任还是会计，但是经常不在营业室，营业室里面变成了富晶垚一个人。谷经理也明白晶沟联合社目前的情况和乡下的实际状况，没事就下来看看富晶垚办理业务的情况。没有人再对谷经理摆困难撂挑子，他又安逸起来。

这个时候的景泽录一直停发工资，他的任务又特别重，虽然每天早出晚归，仍然还有一半的任务没有完成。

富晶垚再次回到营业室，没事就开始看单位的培训资料和联合社的规章制度，把以往的陋习慢慢改正，他现在每天打对账单，无论柯携敏和小景来不来拿，打好以后用夹子夹起来放在抽屉，他也开始像管主任告诉他的那样，用笔记本记录棘手的事情放在桌边的一角。

在学生放暑假的前几天，乡财政户头突然多出来几百万，富晶垚打出这个账户的拨款单，下面备注“搬迁补偿款”，他用夹子夹着放在钱箱。这笔钱到账以后也没有人问，小景过来拿其他拨款单也没有提这笔款项，富晶垚还特意提醒，小景说殷所长没有交代。

过了好几天，殷所长拿着印鉴，告诉富晶垚要取三百万现金，其余的打在几张卡上，对于这么多的现金晶沟联合社需要向县上申请调拨，他按照联合社的流程向县联合社申请三百万现金，县联合社风控部还专门打电话核实情况。

县上把三百万现金调拨到晶沟联合社，富晶垚第一次见到这么多钱，每一摞都用手掂一下，就差流口水。他打电话告诉殷所长，过来取钱的是殷所长和徐乡长两个人，三百万提起来特别沉，两个老头分成两个袋子，抬了两次。

富晶垚闲下来偶尔会在系统上查看那笔两万多没有清收的贷款，他在想几年前景泽录怎么做的手续？他当时怎么放出去的？

这段时间他们的考核没有影响，他的工资也没有影响。他现在的账户余额是贷款金额的两倍还多，每次看到这儿，他心里轻松许多。他现在最思念的就是徐馨璐，徐馨璐几乎不回他的短信和电话。偶尔接通也只告诉他还没有找到工作，每天都在投简历和面试的路上。经济危机对毕业生找工作影响特别大，如果九月份还没有找到合适的工作就回家待一段时间。每当徐馨璐不回他信息和电话，他就不停地宽慰自己，是因为她太忙，事情太多。他对徐馨璐的思念一刻都没有断过。

余俊武集资放贷案过了核实时间，谷经理要将最后的情况汇报到县联合社，富晶垚也变成了社里最忙的人，各种汇总报告都由他撰写，一遍一遍写，一遍一遍改。

白天他一个人在营业室办业务，晚上开会讨论每一笔可疑问题的借据和贷款，把这些写进汇报里。

他很久没有去过刘长江那里了。

突然有一天他接到刘长江的电话，让他去他的办公室一趟，他最近调到富油镇去了，是平调，走之前不想大张旗鼓地请大家吃饭，让他过去聊几句。富晶垚接到这个电话心里有一种说不清的失落，他给谷经理请假晚上没办法参会。

来到刘长江的房间，除了小景、沈慧亚之外，还有学校里的柯携敏，没有水果只有瓜子和茶水。小景还是那么憨厚地笑，几个人聊起以往，聊着现在，聊着以后………

富晶垚最近的事情太多，精力消耗太大，带有些许的自卑，都在听别人说，他把心里的想法隐藏了起来。

## 一百五十二

到富油镇报到后，刘长江分管得比较杂，主要是镇上生产、加工企业的政府对接和扶持。

富油镇是一个离县城只有二十分钟摩托车程的大镇，还和县城有半个小时一趟的公交车互通，这里的人口数量是晶沟的二十多倍，有好几个大型加工企业，也是一个历史名城。刘长江上次在罗荔房间看到的发改委扶持的项目中，三分之一的项目在这个镇。

这里就没有晶沟那种单调冷清的氛围，正面的街道有两条，侧面的街道好几条，镇上的商铺种类齐全，小卖部、农产品专卖店、孕婴店、电器商城、化肥店等一应俱全，晶沟的街道相当于这里的一隅。

富油镇镇政府有一百多人，县上有的职能部门这里全都有，到这里他才知道乡镇长不仅仅只是下乡，除了下乡，还得扶贫，还得协调乡镇企业。

刘长江到这里没多久就骑着摩托车带付莹莹过来转了一圈。这个乡政府里面也有殷所长那样的人，也有安红霞那样的人，跑安全、跑工地、下村指导生产。

他刚接触分管的领域，就接到了县委组织部的电话，他当时毫无心理准备，脑袋像被掀开了一样，一阵激动。因为他属于县管干部，所有的调动、任命都得通过县委组织部。通知他的还是县委组织部的那个组织干事，让他这两天到县委组织部办理借调手续。他骑着摩托车到县委组织部办理借调手续时看到了借调函，他留意到落款日期刚好在县委组织部上次找他谈话前两天，也就是县委组织部找他谈话的时候，其实这个借调函已经下发到县委组织部，但是并没有通知他。他有些琢磨不透这其中的用意，县上领导明知他已经被借调到市发展和改革委员会，仍然快速把他调到了富油镇。

看着付莹莹一天天大起来的肚子，他有些犹豫要不要借调到市发展和改革委员会。他打开遴选的网站，上面还是停留在上一次面试的信息，发改委的借调文件说了让他一个月内报到，时间也就剩下不到十天，他心里特别纠结，晚上翻来覆去睡不着。他住在镇上的宿舍没有回家，他知道如果把这件事告诉付莹莹，她肯定也是让他自己选择。

他感到自己进入一个思维的拥堵期，极像一个堰塞湖需要疏通，随时可能垮塌。他和富油镇镇长黄峪明聊这件事情，黄峪明觉得借调到市发展和改革委员会是一个只有好处没有坏处的好事，对于一个年轻人来说是求之不得，可以锻炼自身，还可以经历不同的事情，接触到不同层次的人，这都是镇上无法比拟的。他思考着黄峪明的话，更考虑着家里面的实际情况。

他游览了这里有名的景点——闯王山，登上闯王山，极目远眺，陷入沉思，这时徐局长的司机打电话，徐局长的司机首先恭喜他借调到市发展和改革委员会，然后说这件事情是他从领导那里听到的，领导还给鹿鸣市委组织部打电话询问通知他了没有，还夸奖刘长江文笔好，是个难得的复合型人才。刘长江不停地感谢。下山回到办公室找到回复函，报到的时间还剩两三天，他收拾完自己的东西回家，他需要和付莹莹商量一下这件事，但是他心里已经打定主意要去市发展和改革委员会。

付莹莹还沉浸在做母亲的快乐中，和刘长江猜测着孩子的性别，聊着孩子的衣服以及以后的各种情况。还说起她所在班级里某个学生有哪些坏毛病，他们的孩子可千万不要有。刘长江不忍心打断付莹莹的话。付莹莹自言自语了好一会儿，贴近刘长江说她想吃个苹果，刘长江起身削苹果，削苹果的时候刘长江低着头不敢正面看付莹莹，平静地说："我被借调到市发展和改革委员会，借调的函在我调动之前就下发下来了。"语气很平静，说完停顿着，没有看付莹莹，他不忍心再伤害自己的爱人。

付莹莹并没有接着他的话说，站起来摆弄了几下手里孩子的衣服说："这件好看吗？"

刘长江扭过头说："好看。"

付莹莹叹了口气说："男人是指望不住的，刚好了几天，又那么远，去市上总比晶沟强，说不定借调就留在那儿了，那是个多好的地方，留在那儿还要我娘儿俩吗！"

刘长江扑哧一笑说："你说的啥话！借调到期有可能留在那儿，更有可能回来，市发展和改革委员会好不好我不知道，反正是因为借调到那儿我才能调到富油镇，这是在我到市上之前做的顺水人情，后面无论留与不留，鹿鸣县和市发展和改革委员会对接的事情我是少不了，还能不经常回来！"

付莹莹坐下说："宝宝，你听到你爸说的吧，他如果不经常回来看你，你就拿这几句话到你爷爷奶奶那儿去说理去！"

刘长江放松地笑了，他觉得付莹莹像极了一个小孩子。

第二天一早，他给黄峪明打了个电话说要去市发展和改革委员会报到，黄峪明恭喜他，还打算派个车送他去，他感谢后拒绝了。

坐着班车来到商洛，他心里充满了不确定性。

## 一百五十三

到市发展和改革委员会报到之前他去了徐局长的办公室，徐局长办公室外面等着几个人，他排队等着。轮到他进去，徐局长看到是他，站起来迎上去叫着：“省委里面的刘副处长好啊！”

刘长江下意识地认为身后还有一个人，扭头看看，除了关着的门，后面空荡荡的。徐局长拍了拍他的肩膀说：“长江，我果然没有看错你，那次我看到你写的东西，就盘算着把你调到我这儿当个秘书，毕竟市上和乡下可是两个世界，更是两个发展方向，但是这个跨度有些大，市上的事情做得太过分说三道四的人就多，也就作罢，想着瞅机会再说。这个借调我最开始也想到你，但是你一个高才生，文笔又那么好，借调搞不好会被退回去，有些屈才，我也是犹豫了好长时间。自从那次你上来说袁书记调走了，我就知道晶沟稀土矿出了大事，这也不是一两个人能左右的。我想着你应该离开那里，我们俩的缘分，不深不浅。”

说到这儿刘长江笑了笑说：“不是不深不浅，而是你是我的贵人！”

徐局长摆摆手说：“哪里话，是你优秀，那天我就想这么优秀的人才不能牵扯进去，就想着借调也是个好办法，我函发得早，你可是掐着点上来，我可是听别人说，走了一个特殊程序，火速把你调到一个工业重镇。”

看着徐局长这么热情，刘长江心里猜测自己已经进入遴选的最后名单，但是还是不太确定。

刘长江恭维了几句。

徐局长摆摆手说：“哪里话！上次遴选的事情，我们局也一直关注着事情的动态，我把网页的首页设置的就是这个页面，今天早晨打开，几十个名单我就看到一个叫 * 长江，身份证号是咱们这儿打头的人，我猜必定是你无疑，你来看看！”

刘长江跟着徐局长到电脑旁，打开网页，映入眼帘的是陕西省组织人事网。徐局长冲他做了个手势，刘长江熟练地登录系统，显示自己已经被录取，这一刻他太激动了，眼睛里噙满了泪水。

徐局长在他肩膀上拍了几下说：“好样的！真是难得，工作这么多年还有你这么用功学习的乡镇长！省上平台和市上平台可不一样。”

刘长江激动得喉咙里面像卡着一口痰，吼喽着发不出来声音。

刘长江憨厚地笑笑站起来鞠了一躬，说：“您说这是我们俩之间的缘分，我感到这不仅仅是缘分，更是一种安排好的剧目，您是晶沟那一代的佼佼者，我深受那片土地的熏陶，也是被大山所磨炼的下乡青年。从知道这个信息，到刚才确定，我心里面是五味杂陈，什么都有，感谢我的贵人！”

徐局长又拍拍他的肩膀。

两个人聊了好一会儿。因为现在只是录取，至于后面的政审、体检到最后报到还要一段时间，徐局长建议他在市发展和改革委员会借调一段时间，这样乡、镇、县、市都有工作经历，整个情况都了解，后面的路走起来就更坚实。刘长江觉得徐局长的建议非常中肯。

下了市政府那幢小楼，他找了个偏僻的地方给付莹莹打了个电话。这件事情他从来没给付莹莹说过，打电话的时候他有些激动，他太过于欣喜。后面去市发展和改革委员会报到，他竟然迈起了儿时的步伐，蹦蹦跳跳，引得路人侧目。

因为他不是本地人，市发展和改革委员会临时给他找了个宾馆，只提供一个月的住宿作为缓冲期，后面他自己解决住宿，他想着这段时间应该完全够了。

刘长江开始了他在市发展和改革委员会的借调工作。这里没有任何人知道他已经遴选进了省委大院。

## 一百五十四

经过晶沟联合社第一轮核实后，省联合社驻商洛办事处联合县政府，又派了市办的风控人员、人行风险部、县公安局等单位组成联合组核实余俊武非法集资放贷案的所有便条。县公安局派下来的人不是别人，正是他那个同学张震，他到晶沟见到富晶垚也来了一个搂脖子，把富晶垚惹得哭笑不得。

本系统的住在晶沟联合社客房，剩下的住在蔡老板楼上。除了富晶垚和张震走得近一点以外，工作组其他人和晶沟联合社的人特意保持着距离。工作组十几个人用了半个多月时间核实了所有便条的真伪，这一次晶沟联合社没有一个人参与。

最终县联合社和县政府金融办商讨，经省联合社驻市办批复同意，向人行报备后出台了最终的解决方案，余俊武非法集资案历时半年以后终于得到了解决。

因为这几年晶沟联合社的效益比较好，方案完全印证了余俊武案案发后大主任在会上当着所有人说的那句话——对群众兜底。几轮核实排查后，最终确定集资金额为五百多万，由晶沟联合社承担一部分，县联合社承担一部分，从营业利润里面先行扣除，后面每年再填补这个窟窿。

这次核实便条真伪以后，县联合社风控部派下来的人就没有再回去，留在晶沟协助谷经理解决后续问题。

在县联合社给出的方案被人行通过以后，就正式一批一批通知持有核实票据的村民前来退款，联合社巴掌大的院子又挤满了人，乱哄哄的，但是营业室里面还是井井有条，风控部的人拿着便条一笔一笔核实、登记、核销、建立另外台账，富晶垚从预付账户里转账。好些人拿到钱的时候激动得哭起来，还有村民跪在院子里磕头，不住地感谢，他们没想到联合社真的兜底给付了本金。

正如一个满头杂发，皮肤黝黑，穿着只扣着下面两粒扣子衬衣，手里攥着兑付的七千块钱的老大爷所说："真是感谢联合社！这七千块钱，我得出多少汗，锄多少天地，做多少天小工，攒多久才能挣得到，联合社的领导真的给我们解决了天大的事情。"

九月，这件事已经基本结束。

前段时间太忙，他把徐馨璐遗忘在某个角落，等闲下来的时候他又想起了徐馨璐，感到撕心裂肺的疼，他无处安放他那颗心！

闲下来他给刘长江打了个电话，刘长江告诉他自己借调到市里面，每天也特别忙，互相寒暄了一阵以后，刘长江不经意透漏了个情况给富晶垚，前段时间他和徐队长联系，徐队长说他女儿工作签在了广州，问他知不知道？徐队长的女儿不就是徐馨璐？富晶垚感到五雷轰顶，匆忙挂断电话，他已经好多天没能联系上徐馨璐，此刻他打了几十个电话，提示音都是"对方号码是空号"。他躺在床上，什么也不想想，一点也不想动，睁着眼睛，眼泪止不住地往下流。

他想着刘长江曾经给他说的话，难道在这里只是简单地为了生存？除了这份工作，还能有什么！

他的思维不停地跳跃，一会儿是从前，一会儿是工作的事情，一会儿是刘长江的话，一会儿是往后一个人的孤独，一会儿是父母叮嘱他的话……他不清楚自己究竟是醒着还是睡着，夜半时分，他被冻醒了，坐起来，蒙了好一会儿，摇晃着出了房门。

院子里虫儿在竞相争鸣，仿佛过了今天就不能再叫，声音那样的嘶哑、凄凉，周围的山上偶尔传出来几声鸟叫，回荡在山间，幽怨而能灭失所有的思绪。干了的眼泪蜇得脸庞发痒，他揉了揉脸，眼泪又止不住地流。起初他心里还有个期望，等这件事落定，无论如何，他都要请几天假好好陪陪徐馨璐，但是现在都那么遥远，周围的一切都那么凄凉。仿佛这里一切带有人类气息的事物都已经死去！

他有一个想法准备去实施。他摸了摸口袋，掏出摩托车钥匙，下楼去车棚推出摩托车，打开大门，打着火，出了联合社院子。他要去广州，去找徐馨璐，无论她在哪里，他总会寻见，虽然他心里无数次想过徐馨璐不回鹿鸣，他没有想过徐馨璐这么决绝，什么也不说就这样去广州工作。

真的应了他到鹿鸣的那个晚上，在和徐馨璐共眠的那个房间里的梦，无论是山雀还是大象，没有一件是她满意的。

路黑漆漆的，黑得那么可怕，他第一次骑摩托车过来的时候，哪怕是一小段路他都走得那么缓慢，现在他把油门拧到底，飞速地行驶在这条路上，路边的百丈悬崖在他心里好像就不存在，他心里面只有一个目标——找到徐馨璐，乞求她不要抛弃他。

不到两个小时来到鹿鸣县火车站，他抽掉摩托车钥匙就去售票窗口买票。

这里每天四点多有一趟去深圳的火车，此刻没有坐票只有卧铺，他不在乎多少钱，买了一张，上火车仰面躺在床板上，止不住地思念，眼泪也止不住地流，脑海里仍然飞转着各种画面，清晰而又遥远，不停地思考，不停地撕心裂肺，他觉得自己什么都不存在了。

他没有告诉任何人他的去向，更没有留下任何痕迹。

吃早饭的时候大家发现他没有在，有人好奇地问过，也只有段主任在院子里喊了他几声，谭会计去车棚看他的摩托车没有在，但是没有吭声。上班时仍然不见他的人影，谷经理给他打电话，问他去了哪里。富晶垚躺在火车上，不想接电话，电话不停地响，他抬起千斤的手按下接通，不管电话那头情绪多么激动地说什么，他只说了一句“在火车上”就没有再搭理。

后来再有人打电话，他始终没有看是谁，更没有接，电话的电池很快就耗尽，终于安静了下来。

火车行进了一天一夜，他没有吃任何东西，除了上过一趟厕所，他没下过卧铺，偶尔缓不过来，他长长叹一口气，他的抽泣声让下铺的人以为上铺这个人出了什么问题，叫来了乘务员，乘务员拍了拍他，他漠然地回头看了一眼，乘务员问他什么他都不做回答，翻身把头对着车厢不再看其他人。

车到了广州南站，乘务员统一换票，提醒他下车，他没有带任何东西，起身随着人群出了车站。出站后站在火车站广场，他不知道要去哪里，更不知道徐馨璐在哪里，他四处乱晃。

已经两天没有吃饭他也没有感到饿。

他在人群当中搜寻着每一张女人的脸，搜寻着徐馨璐，不知不觉天已经黑了，他还在乱逛，漫无目的地乱逛，已经超过两天了，他没有一点缓过来的迹象。

晚上走累了蜷缩在公园凳子上睡着，广州的夜晚到处都是灯红酒绿，表面的光鲜并没有照出黑暗角落里的糟乱。

半夜几个小混混模样的人过去推推他，向他借钱，他木木地睁开眼睛，其中一个小混混把他拉起来，另一个在他头上扇了两巴掌，他没有遮挡也没有还手，更没有任何的表情，甚至没有多余的反应，把几个小混混吓跑了。小混混刚走，他又躺下。没多久一个流浪汉看到他，用脚踢踢，吼道这是他的地盘，让他换个地方，流浪汉持续地踢他，让他离开，他似乎也感受不到疼痛，流浪汉把他拖起来，又踹了一脚，他顺着踹的那一脚踉跄了几步又倒下，流浪汉把他拖出了公园，扔在路边才罢休，流浪汉离开前从他口袋里把值钱的东西全部掏出来，还在他身上踢了几下，他也没反应，流浪汉自言自语说：“你不会是个傻子吧！”他仍然没有反应。

他躺在路边，睁着眼睛看着流浪汉拿着他的东西从他眼前离开，渐渐地闭上眼睛，泪水又止不住地流。

天微亮的时候有小孩子经过，拿着木棍戳他，他睁开眼看看，小孩说：“这个人还活着！”也没人再搭理，离开了。

也不知道躺了多久，一个老太太过来拍拍他，他再一次睁开眼睛，周围站满了围观的人，对他指指点点，老太太问了好几句话，他耳朵嗡嗡响，听不清楚，没有回一句，老太太叫他，他也没有反应，在他跟前放了一块饼离开，围观的人也都散去。富晶垚漠然地看了一眼地上的饼，慢悠悠地离开。

他也不知道要去哪里，他心里只有一个想法，就像在晶沟那条街道上一样，到哪里遇见的都是熟人，就像从来没有想过会在那里遇见徐馨璐的爸爸一样，他坚信人群当中某一个人就是徐馨璐。

广州那么大，人那么多，他就那样乱晃，没有目标，没有方向，只有一个期望。终于他觉得太疲惫、太虚弱，又躺在了路旁，他开始感到饥饿，想吃东西，但是口袋里什么也没有剩下，已经不知道被几个流浪汉掏过，除了身上那套工服，他没有任何东西。

虚弱和饥饿让他开始有了其他方面的感受，他还是慢慢地往前走，开始搜寻吃的东西。

“十一”的广州人流涌动，到处挤满了人，各有各的去处，这些人擦身而过，和一个神情木然，胡子拉碴，浑身脏兮兮的他相比，形成了巨大的反差。

他肚子越来越饿，饿到浑身没什么力气，佝偻着身子。

广州的大街小巷放着《两只蝴蝶》，到处都是介绍工作的中介公司。

他在几个小吃店门口驻足要吃的，小吃店老板看他神情恍惚，问他有没有钱，他没有搭理，老板认为他是个神经病，把他赶走。

经过几个小饭店，没有人施舍给他任何吃的东西。在寻找吃的过程中，饭菜的香味不停地刺激着他，他的饿控制着他，让他对徐馨璐少了些许的忘却。

走了好一段街道，没讨到一口吃的。在一个路口的垃圾桶上面，放着一个吃剩的塑料盒，里面还有残羹，在穿梭的人流中，他没有顾及任何人的眼神，趴在垃圾桶上吃起来，甚至把汤也喝完，吃完以后他觉得稍微有一点点饱，脑袋又开始胡思乱想，他甚至认为徐馨璐就在前面不远的某个大楼里面。

他试着进一栋楼，但是刚靠近大楼，就有些眩晕，往前蹿了几步。在农村待久了他几乎和高楼绝缘，他战战兢兢地上台阶，刚进门，两个保安拦住他，问他找谁？“我找徐馨璐。”保安问他几楼、哪个公司？他也答不上来，看着这个穿着衬衣、蓬头垢面、胡子拉碴、脸上也刮花的矮子，保安把他当成了精神病，连手都没有动，用橡皮棒把他推了出去。富晶垚什么也没有说，转身离开。

他又到处乱逛，路人都避着他，在一处人来人往的地方靠着墙卧下，看着眼前来来往往的人，眼神木然。过了不知道多久，等他醒来，眼前的地上放了一些零钱，有一块的也有五毛的。他随手抓了一把放进裤兜，换了个地方继续漫无目的地游荡。

金融业发达的广州经历这次美国次贷危机以后开始焕发出新的活力，大家都急急匆匆，这里到处贴着招工启事，但是金融危机遗留下来的后遗症也特别凸显。

那天晚上他在一处马路旁边的景观树丛中睡下，进入了梦魇，他感到有人在拖他的脚，他挣扎着想醒，没能醒来，在梦里做了几番挣扎之后，他感到自己被人拖着走了一段，他强睁开眼，看到自己确实被人从绿化带里拽着脚拖出来，好几个人站在旁边，一个人让他站起来，他没有听见，睁着眼睛稀软地躺下去，那个人又吼了几声，他没有搭理，接着被暴踢了几脚，被两个人架起来，一个人搜他的身，口袋里的零钱被搜罗走，还把他的裤带也抽走，然后把他扔在了草丛里，有人说遇到了个神经病，有人说遇到了疯子，几个人说笑着要走的时候，有一个人在他旁边小便，尿花溅了他一身。晚上还有人陆续过来用脚推他，嫌他太臭也都走了。

又是一天，天亮了。他在草丛里没有引起别人的注意。不知道什么时间他踉跄地起身，恍恍惚惚往前走，他感到自己浑身有些飘起来，像要升仙。在一处公交站牌，一群人挤公交，有人把吃了一半的饼挤掉在地上，又被人踩了一脚，他看到后竟然捡起来塞到嘴里吃起来，突然一个石子硌到牙齿，由于太饥饿，太用力，石子把牙齿硌掉一大块，也是这一硌，他大脑里的神经全部被愤怒激出来，缓了一会儿他慢慢哭起来，然后放声大哭，挤公交的人特别多，大家都离他远远的，哭过以后他吐出嘴里面的东西，血夹杂着饼，他扔掉手里的半块饼。疼痛让他的意识渐渐清晰起来。

在一个公共厕所，他把自己在水龙头下清洗了一番，把衣服脱下来在水龙头下面洗去泥。再打算洗裤脚刷鞋子的时候，厕所的所长过来让他赶快离开，他没有听，正在搓裤子的时候，厕所的所长用拖把把他抵出来。要是以往他会争起来，甚至动手打起来，这次他没有反抗，被抵出了厕所，站在厕所外面让那个干巴的老头骂了好一阵，冷笑了两声离开。现在，他的牙疼占据着他的大脑，牙齿的疼痛和对找徐馨璐的渴望混在一起让他变得混沌，又开始了漫无目的地游荡，身上的衣服被晃荡干，他不敢再吃丢弃的食物。

但是太饿，确实太饿。

这个时候他需要吃的，太需要吃的东西。他来到一家介绍工作的门店，但是里面要二十块钱的信息费才能带他介绍工作，如果介绍成功还得两百块钱，他给店里面老板说让他打个电话，老板告诉他一毛五一分钟，他身上一毛钱都没有，转身离开。店老板在背后骂道："你个穷崽不好好工作！连一毛钱的电话费都付不起！"

牙齿疼，肚子饿，都是他现在面临的紧要问题，他需要尽快弄点钱。在大学时他经常做兼职。依据以往的经验，在一家超市门口找到了一个穿着道具服促销的工作，这种按天结算，本来招聘的人嫌他身上有味，但是富晶垚不停地说，他用自己的饿诉说着他对发传单的熟悉，这也让那个主管看中了他，让他暂时试用一天。他很卖力，在道具下面他尽情地宣泄着自己的情绪，时而抽泣、时而狰狞、时而大吼、时而呜咽。

中午超市里管了一顿盒饭，他吃了几口，牙齿疼得半边脑袋都是木的，道具服里，他又肆意地流下眼泪。

日结的时候超市老板只算了下午，给了六十块钱，他也没有在意。脱下沉重的道具服他也不知道要去哪里，到处乱晃。他并不着急着回去，联合社的工作？那又怎么样！

晚上广州的路边摊特别多，他穿梭在路边摊，一个门洞旁边的小巷子挤了一堆人，有几个女孩穿着他熟悉的衣服和短裙，他也不知道自己是想看热闹还是想找徐馨璐，凑上去，是个批发女孩发卡和头饰的门店，这里按斤拿货，他拿着五十块钱买了一提兜。疼痛使他清醒许多，他提着袋子找了一个公共洗手间洗漱，看到镜子里的自己满脸胡须，他想到前几天的遭遇，找了一个网吧，充了两个小时，找在一个窗户的位置把一大兜东西放在脚下，打开电脑，并没有立刻玩起来，看着窗户外面，霓虹灯，来来往往的人，一切都那么匆匆，看着并排的情侣，这个场景是那么的熟悉，他眼泪止不住地流下来。

他不停地反问自己究竟是来找徐馨璐？还是对晶沟束缚的不满，发泄自己的情绪？他不知道，但是他想起徐馨璐，心里那种撕裂感就隐隐泛起。

他蜷缩在凳子上，胡思乱想地似睡非睡，牙齿把他疼醒好多次，混混沌沌得不知道是在梦里还是现实中。

早晨打扫卫生的阿姨把他叫醒，他到吧台把昨天没有用的卡退掉，提着袋子找了一个喝粥的地方，花了一块五喝了半碗粥。除了牙齿的疼痛，其他的好了很多，他知道白天不适合摆摊，提着袋子到处乱逛，也许这个袋子看着像收破烂的，他把袋子放在旁边坐着歇息，有人把喝剩的塑料瓶子扔在他旁边，他看了看也没伸手捡拾，木然地看看那个人。

傍晚，他找到一个人多的地方支起了小摊，买的时候是论斤买，卖的时候是论个卖，他不在意能卖出去多少，就是看着来来往往的人。有人问他头饰和发卡啥价钱，他只说十块钱一个，别人讨价还价他也不理。虽然他觉得价钱有些离谱，但是还是卖出去一些，别人给多少钱他从不还口，给多了他就从口袋随便抽出来一张找出去。

夜晚人气特别旺，五十块钱一提兜的头饰和发卡所剩无几，他还木木地看着来往的行人，有几个人来到他这里，让他交五十块钱的摊位费，他仍然木木地看着不说话，两个人冲他吼起来，他没有争辩，从口袋里掏出钱递给他们，提着袋子准备离开，很多人看着这里发生的事情，他起身很慢走得也很慢。

突然一个声音叫住他：“你不是晶沟联合社的富晶垚吗？”富晶垚转头搜索身旁，侧面站着的竟然是余光亮的女儿余丽娇，他呆呆地站在那里没有说话。余丽娇又叫了他一声，他才回了一声噢。

余丽娇拉着他说：“我们也在这里摆摊，刚才那个管理看你是新人要五十，这一片都是三十，这里没有城管赶人。”

富晶垚神情木然，余丽娇发现他不对劲，拉着他去了她们摊位，好奇地问他怎么来这里，富晶垚的眼泪没有忍住流下来。

旁边一个男人问余丽娇这个人是谁，余丽娇介绍了富晶垚，旁边那个男人是余丽娇的老公，也是晶沟人。看着富晶垚的样子，那个男人给他找了个凳子让他坐在旁边，夫妻俩在那儿摆摊。

余丽娇问富晶垚的话，他一句都没有回答。

到了很晚两个人才收摊，余丽娇让她老公拉着富晶垚，富晶垚这才看到余丽娇已经怀孕，肚子凸起。

富晶垚木然地跟着两个人，男人肩膀上扛着摆摊的东西，女人摇晃着身子，偶尔回头看一眼他，在路灯下面带微笑，多么幸福。两年前一个把他叫作财神爷的人不停地把前面那个女人介绍给他，他没有接受，他现在庆幸那个女人没有嫁给他，不然那么灿烂的笑容就不会出现。他抹了抹眼睛和鼻子，跟着两个人。

在一个大排档下面，两个人请他吃夜宵，富晶垚木讷的表情让余丽娇感到他确实发生了事情。吃饭的时候余丽娇的老公要了两瓶小酒，一人一瓶，饭还没有吃就先喝起来，酒的灼辣感让他牙齿的疼痛缓解很多，他喝了好几大口，等菜上来，刚吃几口，就晕晕乎乎地伏在桌子上放声大哭起来，任凭两个人问什么他都没有回答。余丽娇拨通了余光亮的电话，对于富晶垚出现在广州街头，还被她们碰见，余光亮觉得不可思议。余光亮让两个人把富晶垚照顾好，劝他回去，晶沟联合社的人都着急得不行，不知道他出了什么事情，富晶垚的父母都找到晶沟联合社，哭得死去活来。富晶垚哭了一阵，又晕乎乎地伏在桌子上。

再次醒来的时候，余丽娇的老公已经去工厂上班，只有他们两个人在家，富晶垚躺在地上的凉席上，余丽娇问了他很多话，他始终没有回答。

中午余光亮的电话又打过来，说话的不是别人，是谷经理，谷经理说了一阵又换成段主任，又换成谭会计，几个人轮换着问富晶垚，让他回去，告诉他有天大的事情都可以回去说，前段时间余俊武非法集资案太忙，大家都没有考虑到他的个人情况，谭会计在电话里猜到了富晶垚因为徐馨璐毕业到了广州才过去，富晶垚还是一句话都不说，只有提起徐馨璐的时候他的眼泪才止不住地往下流。

晚上余丽娇的老公回来，余丽娇说了今天的事情。两个人晚上出去摆摊还带着他，富晶垚简直就像一个痴呆，余丽娇摆摊卖东西，他坐在旁边发呆，他去哪里余丽娇的老公还跟着，生怕他不辞而别。

两个人摆完摊回家，带着他在地摊上吃饭。余丽娇的老公比较会说，让他有啥事先喝酒，喝完酒再说，两个人喝起酒，在醉酒中余丽娇的老公提起了自己的家境和父母，说起了父母的不易。醉梦中，富晶垚梦到了一个女人，站在太阳花村最大片的太阳花丛里，他以为是徐馨璐，拼命地跑过去，靠近才看清楚是他的母亲，微微地冲他笑。

他沉沉地睡去。

又一次醒来是他母亲打来的电话，电话里哭着说教，富晶垚也哭起来，看着微亮的窗外，他不知道这是到广州的第几天，他确实需要回去，父母真的在向他招手。

他还是什么也没有带，准备起身回家，回鹿鸣，回晶沟。还在那个偏远的大山里上班，徐馨璐不在这里，她也从来没有来过。

余丽娇的老公带着他坐公交车到火车站，给他买了火车票，送他进站，这时候天才亮起来。他坐在那里等到十一点多，随着人流上车，回到了鹿鸣。

## 一百五十五

政审、体检完以后刘长江预计“十一”前会通知他去省里报到，但是网上除了公示的遴选名单，没再更新过。十一国庆节假期，他回鹿鸣县陪付莹莹，怀孕四个月的肚子已经特别明显，干什么都不太方便。

“十一”期间回来的还有刘天佑，他这次又带了一个女孩，进门没多久就告诉刘父、刘母女孩已经怀孕两个月，这让刘父、刘母既高兴又忧愁。

刘母想让刘天佑夫妻俩在县城里开个店面，女孩比较强势，打算在外面再打几年工，等有钱了再决定留在哪里。几天的相处中刘母了解到女孩是湖南人，家里以种水稻为生，这次回鹿鸣想把婚事办了。

和高晓雅相比，刘天佑和女孩的角色完全打了个颠倒，女孩把刘天佑拿捏得服服帖帖。

在女孩的安排下两个人的婚礼定在十月底，不能再拖，女孩的肚子不能说谎。婚礼开始有条不紊地张罗，刘长江也给刘天佑帮忙。

刘父、刘母也知道刘长江过不了多久就到省委工作，逢人就说这个有出息的儿子。刘长江也成了鹿鸣的一面旗帜。

“十一”过后刘长江又回市发展和改革委员会上班，这里的人还不知道他已经考到省委，对于借调的人，用得比较扎实，安排一大堆的材料，每天都写到一两点。市发展和改革委员会确实特别忙，各种项目的论证、政策出台的讨论、企业的补助调配……他也不在乎，就像他父亲经常告诉他的，力气出了就来了，不要怕出力气。

在刘天佑结婚前两天，刘长江请假回鹿鸣帮忙。女方父母提前过来，刘长江把他们安排在县里面最好的宾馆，女方家的其他亲戚也陆陆续续地过来，都由刘长江接待。

他也知道富晶垚去广州的事情，回来后的事情也特别曲折，他给富晶垚打电话，富晶垚只说因为心情不好，出去了几天。刘长江就没再多问，他想抽空见一下富晶垚，和他聊聊。因为富晶垚还在晶沟，他犹豫着什么时间过去。

把女方亲戚安顿好以后，他向付莹莹知会了一声，骑着摩托车去了晶沟，他脑海里浮现出许多情景，很多都一闪而过。

到晶沟街道，已经十点多，就像以往那么多的黑夜一样，带着压抑，带着焦躁，更有着让人敬畏的气势。乡上还像往常那样亮着零星的几盏灯，他那间房子不知道现在住着谁？

他没有打扰其他人到蔡老板那里要了一个包房，要了盘瓜子，然后给富晶垚打电话说他在蔡老板那里，富晶垚电话里充满了意外，十几分钟后到了包间。他看到富晶垚的脸庞有了刘天佑同样的轮廓，眼睛深陷，表情木讷，说话不走心。刘长江问他最近的情况，他没有回答，眼神飘忽不定。刘长江没有提自己、没有提徐馨璐、更没有提遴选的事情，他说起了两个人去王三豪的矿洞，说起了鹿鸣县的事情。像往常一样，两个人沉默的时间居多。

半个多小时以后，富晶垚的话才慢慢多起来，说起了徐馨璐，悲伤和凄凉还能从口气和语言中透露出来。他还说了两个梦，一个是他第一天到晶沟的梦，还有他回来前一天的梦，他说起了广州发生的事情，说了回来的事情。

回来以后谷经理才安下心来，富晶垚出去了整二十天，二十天没有请假。作为警示罚了三个月绩效，现在每个月只发一千多的基本工资。

不过富晶垚说没啥，钱这种东西，他已经不那么在意了。还说不知道以后要怎么办。

聊到十二点多，富晶垚精神变得恍惚，刘长江把他送到大门口，开门巨大的哐当声惊醒了联合社的人，二楼一个人站在走廊问有啥事情没有，刘长江回答没事。

安顿好富晶垚，刘长江骑着摩托车回县城。到家已经两点多。

刘天佑的婚礼上来了很多意想不到的人。本来订了十五桌，来的人太多，又增加了五桌。

刘长江报到的通知终于在十一月份下来，报到时间是十二月中旬。他给市发展和改革委员会的主管科长汇报了这个情况，这个科长当时惊讶了很久，缓过来后连连向他道喜。

离开市发展和改革委员会回鹿鸣之前，他到徐局长那里坐了好久，徐局长还像以往那样对他关爱有加。

回鹿鸣县办理完离职手续，刘长江在家陪付莹莹待了几天，这几天充满了期待，充满了感慨。

十二月十日，刘长江收拾好行囊去了西安。省委政策研究室不提供临时住宿，他得提前给自己找住的地方。好多人给他打电话要开车送他去西安，他都婉言谢绝。

那天他背着背包，提着两个袋子，买了去西安的车票。坐在大巴车上，他思考着：在整个社会的规则里，人类人为设定的规则是最难打破的，正如第一年高考！正如这次遴选！正如很多很多社会上的规则一样……

年前富晶垚打电话，说他调到了富油镇，那个刘长江曾经待了十几天的地方，他向富晶垚道贺！

第二年的五月，付莹莹在西安生了个大胖小子。

有一天在省委大院，刘长江听到鹿鸣县出现了震动，袁书记因为移民搬迁的事情被双规。王三豪的稀土矿全部被新公司接管。刘长江有些惆怅，在一起工作几年的同事出现了不同的变数。他给富晶垚打了一通电话，富晶垚告诉他已经和爱人旅行结婚，除了两家人其他人谁都没有通知，双方都比较满意。

挂了电话，刘长江看着省委窗外穿梭的车流——来来往往！

一稿　2021 年 5 月

二稿　2021 年 9 月

三稿　2022 年 11 月

定稿　2023 年 4 月 18 日

# 不明的迷茫

第二本小说五十三万多字已经完稿，开始了第一遍修改，刚修改了前几章，心里有一种说不清楚的慌张，究竟慌张什么，自己也沉思了许久，莫名的失落与焦虑袭上心头，在反问了自己几百遍以后，终究还是没有答案。在一个周天的下午，妻子带着孩子外出玩耍，我一个人懒懒地躺在沙发上，没有什么想的，脑子处于放空状态。中年的生活就那样，犹如李白那句“安能摧眉折腰事权贵，使我不得开心颜”，反过来讲，迎合与不迎合谁，确实都不怎么开心颜，闷着头对着沙发苦想，不知道多久，一个念头闪来，也许这种失落并不是源于内心的恐慌，更不是对生活的抱怨无处发泄，澎湃着那颗守不住的灵魂，而是突然对所写书里面几个人物的一种失去感，感叹这本书的命运。

起身回到房间，打开电脑查起来关于出版与小说写作，里面满是对这个行业内卷的不平。这个金字塔结构的行业里，对于一个毫不知名的小人物来说，写一本小说也不算什么，整个行业里一天写一万多字的大有人在，但是扑街的也到处都是。网络里充斥的各种言论让我心里面凉了好大一截，从莫名的担心变成了对实实在在所述文字的担忧。

从疫情开始就把自己淹没在这本书的构思里，很少参与各种应酬，很少用太多的心思投入自身的工作中，几乎把自己头脑中所有的空隙时间都留在对这本书里人物和事件的安排上。头脑风暴式的灵感，赶快把它记录下来；思路断档时期不停地呼唤着内心深处的自我救赎，忧郁而幽沉；希望柳暗花明眼前一新，思想出现堰塞湖阶段；在书城里徘徊在大部头的书里，借鉴别人的启示。在一步步的自我碾压中推进，后期的思路渐渐地清晰起来，在最后的四天里写了五万多字的结尾，而现在的心境却如此的荒凉。

树木在年轮里记录着自己的岁月，朝阳的一面年轮宽阔，另外一面较窄，向阳花木易逢春，向阳的人乐观积极开朗。像树木一样，用朝阳的那一面记录自我，人生自然会宽，无论多么深远多虑，它的发生也总是在未来的某个时期，何必想那么多！不如对着太阳，享受这一刻的暴晒，让自己的年轮更宽阔。